Ralf Isau
Die Dunklen

Zu diesem Buch

Sarah d'Albis ist mehr als eine herausragende Pianistin. Sie verfügt über die Gabe der Synästhesie und »sieht« Töne und Geräusche als Farben und Muster. Bei der Premiere eines wiederentdeckten Stücks von Franz Liszt in Weimar erscheint vor ihren Augen eine unheimliche Botschaft. Sarah versucht, dem Geheimnis auf den Grund zu gehen – und gerät in tödliche Gefahr. Denn der Bund der Dunklen ist auf der Jagd nach einer Partitur, die ihrem Besitzer unendliche Macht verspricht. In den falschen Händen würden diese Noten die Vernichtung unserer Welt bedeuten. Sarah muss sich einem Feind entgegenstellen, der weder Mitleid noch Skrupel kennt, und eine atemlose Hetzjagd quer durch Europa beginnt ... Uralte Verschwörungen und immer neue Wendungen – »ein Pageturner auf höchstem Niveau.« (Passauer Neue Presse)

Ralf Isau, 1956 in Berlin geboren, arbeitete lange als Informatiker. In seinen Romanen entwirft der mehrfach preisgekrönte Autor detailreiche und spannende Welten. Die Fantasy-Romane um den »Kreis der Dämmerung« und die »Neschan«-Trilogie sind moderne Klassiker des Genres. Mit den Bestsellern »Der Silberne Sinn« und »Die Dunklen« avancierte Ralf Isau zum neuen großen Namen des phantastischen Thrillers. Der Autor lebt mit seiner Familie bei Stuttgart. Weiteres zum Autor: www.isau.de

Ralf Isau

DIE DUNKLEN

THRILLER

Piper München Zürich

Mehr über unsere Autoren und Bücher:
www.piper.de

Von Ralf Isau liegen bei Piper vor:
Die Dunklen
Der Mann, der nichts vergessen konnte

Ungekürzte Taschenbuchausgabe
September 2008
© 2007 Piper Verlag GmbH, München
Umschlagkonzeption: Büro Hamburg
Umschlaggestaltung: HildenDesign, München – www.hildendesign.de
Umschlagabbildung: Anke Koopmann unter Verwendung von Motiven
von shutterstock
Autorenfoto: Victor S. Brigola
Satz: Filmsatz Schröter, München
Papier: Munken Print von Arctic Paper Munkedals AB, Schweden
Druck und Bindung: CPI – Clausen & Bosse, Leck
Printed in Germany   ISBN 978-3-492-26677-2

*Nirgends wird an den Gesetzen der Musik gerüttelt,
ohne dass auch die höchsten Gesetze des Staates
ins Wanken geraten.*
Platon

Neulich fand ich im Ruinenfeld der Musikgeschichte die Überreste eines Mosaiks. Die einzelnen Fragmente waren zu groß, um beliebig zu sein, aber für eine sichere Rekonstruktion des ursprünglichen Bildes zu klein. Deshalb arrangierte ich die Bruchstücke so lange, bis keines mehr übrig war. Heraus kam dieses Buch. Mithin sind alle gegenwärtig handelnden Personen darin ein Produkt bloßer Phantasie – wenngleich so mancher Leser hier und da noch die Versatzstücke möglicher Wirklichkeit erkennen mag.

R. I.

*Für Ursula und Manfred,
zwei besondere Musiker*

PRAELUDIUM

Paris

---— ✻ ———

Liszt ... sah aus, als hätte er im orthopädischen Institut gelegen und wäre dort ausgerichtet worden, er hatte so etwas Spinnenhaftes, so Dämonisches, und wie er da am Klavier saß, bleich und mit einem Gesicht voller heftiger Leidenschaften, kam er mir wie ein Teufel vor, der seine Seele freispielen sollte! Jeder Ton strömte ihm aus Blut und Seele, er schien mir einer Folter unterworfen. ... Doch während er spielte, kam Leben in sein Gesicht, es war, als tauchte die göttliche Seele aus dem Dämonischen auf.

Hans Christian Andersen 1840 über Franz Liszt

*... übrigens haben selbst diejenigen,
die am wenigsten günstig für Liszt gestimmt sind,
längst erklärt, er sei zu allem fähig.*
Hector Berlioz, 1836 über Franz Liszt

Prolog

Paris, 15. März 1866, 18.42 Uhr

Als Franz Liszt ans Dirigentenpult trat, hallten Applaus und Hochrufe durch Saint-Eustache. Die Pariser Premiere seiner *Missa solemnis* war lange mit Spannung erwartet worden. An die viertausend Menschen aus fast allen gesellschaftlichen Schichten bevölkerten die gotische Kathedrale. Um sich Gehör zu verschaffen, hob der Komponist die langen Arme; es sah aus, als wolle er sich in die Lüfte schwingen. Nicht wenige seiner glühenden Verehrer hätten ihm das durchaus zugetraut. Für sie war er ein Gott. Aber es gab auch andere in der Menge, die ihn eher für den Teufel hielten.

Der Anblick seiner schwarzen Soutane ließ die frommen Konzertbesucher in respektvolles Schweigen versinken. Selbst hartgesottene Freidenker spürten die Kraft, die den musizierenden Abbé wie eine elektrisierende Aura umgab. Mit seinem Raubvogelgesicht, der üppigen, grau melierten Mähne und der spinnenhaften Gestalt haftete ihm nach Ansicht vieler denn auch etwas Magisches an. Im Nu herrschte Stille in dem riesigen Gotteshaus.

»Es gibt heute Abend eine Änderung«, verkündete Liszt, nachdem er sich auf höchst sparsame Weise verneigt und die Besucher begrüßt hatte.

Ein Stöhnen ging durch die Reihen.

»Entgegen der Ankündigung im Programm«, fuhr er fort, »wird meine Wenigkeit heute persönlich dem Papst die Flötentöne beibringen.«

Es folgte verdutztes Schweigen. Aber dann dämmerte doch den meisten, wenngleich die deutsche Redewendung im Französischen etwas skurril klang, was der Komponist meinte: Ob ihrer alles beherrschenden Größe wurde die Orgel von Saint-Eustache *Le Pape*

– »der Papst« – genannt. Die Spannung der Menge entlud sich in donnerndem Applaus und schallendem Gelächter. Nur eine erzkatholische Minderheit blickte pikiert.

Franz Liszt verneigte sich erneut, diesmal sogar recht tief, wohl wissend, dass nicht alle im Publikum darin die Dankesbezeugung eines bescheidenen Künstlers sahen. Einige der lächelnden Gesichter waren nur Masken, hinter denen mörderische Absichten lauerten.

Während er sich langsam wieder aufrichtete, ließ er den Blick durch die Kirche wandern. Sämtliche Ausgänge waren von uniformierten Posten bewacht. Im südlichen Querschiff stand sogar eine ganze Abteilung Soldaten samt Marschgepäck und Waffen. Die Infanteristen hatten auch einige Musikinstrumente mitgebracht, wohl um auf die Konzertbesucher weniger bedrohlich zu wirken. Er hätte auf sein Gefühl vertrauen und fliehen sollen, nachdem er diesen Nekrasow unter den Besuchern entdeckt hatte!

Vermutlich steckte der Russe hinter dem Truppenaufmarsch in der Kirche. Er wollte an das Geheimnis, an die Notenblätter, die im Spieltisch der Orgel versteckt waren. Es musste einen Verräter geben, der ihm davon berichtet hatte. Wenn die Bruderschaft vom Aar sich so weit aus der Deckung wagte, dann war sie zu allem entschlossen. Liszt bebte innerlich. Es gab nur einen Weg, lebendig aus der Kirche herauszukommen, ohne das Geheimnis preiszugeben: Er musste den Gegner mit seinen eigenen Waffen schlagen.

Bis eben hatte er mit seinem Freund Adolphe in hastiger Eile die Strategie besprochen, hatte ihm befohlen, sich die Ohren mit Kerzenwachs zu verstopfen. Es war ein verzweifelter Plan, aber der Feind ließ ihnen keine andere Wahl.

Liszt schoss einen eisigen Blick auf den Russen ab, der den Außensitz der dritten Reihe okkupiert hatte, und begab sich gemessenen Schrittes an den Spieltisch der Orgel. Hier, im Schnittpunkt des kurzen Quer- und der drei Längsschiffe des Gotteshauses, hatte der Kapellmeister von Saint-Eustache sein achtzigköpfiges Orchester versammelt. Der mehr als doppelt so starke Chor aus Männern und Knaben stand im Ostflügel vor dem Hauptaltar.

Der Kapellmeister griff zum Dirigentenstab. Stille trat ein. Und dann begann das ungewöhnlichste Konzert, das Saint-Eustache je erlebt hatte.

Die ersten Takte waren sehr ruhig. Obwohl Liszt jeden Ton seiner »Graner Messe« auswendig kannte, empfand er sie an diesem Abend wie etwas Fremdes, Unheimliches. Als die Hörner erschollen, hallte es für ihn wie ein warnendes »Wer ist's?« in einem dunklen Wald.

Die Streicher antworteten bedrohlich: »Die Dunklen sind's.«

Dreimal sandte das Orchester die Frage ins hohe Gewölbe der Kirche empor, und ebenso oft kam die düstere Antwort. Dann erst erhob sich das getragene *Kyrie* aus dem Chor.

An diesem Punkt griff der Komponist höchstselbst in das Geschehen ein – seine Finger sanken auf die Tasten nieder. Franz Liszt konnte in jede Melodie einen goldenen Faden einweben, der Männer wie Frauen gleichermaßen in Bann schlug. Mit dieser einzigartigen Gabe vermochte er jedes Gefühl heraufzubeschwören, zu dem Menschen fähig waren: Liebe und Hass, Mildtätigkeit und Gier, Bewunderung und Abscheu.

Obwohl er den Kapellmeister zuvor von seiner Absicht, »ein wenig zu improvisieren« in Kenntnis gesetzt hatte – »Dirigieren Sie immer schön weiter« –, zuckte dieser heftig zusammen, als nun unvermittelt eine Dissonanz aus den Orgelpfeifen toste, welche die Stimmen des Chors gleich der Salve eines Exekutionskommandos niedermähte.

Liszt nahm sich ein wenig zurück. Er durfte es nicht übertreiben. Mit der ihm eigenen Geschicklichkeit stützte er ein paar Takte lang die Streicher und Hörner. Sein Blick suchte nach Nekrasow, fand ihn aber nicht im Publikum, wanderte weiter ins südliche Querschiff ... Liszt erschauderte.

Nekrasow war zum Kommandanten der Militäreinheit geeilt und spielte ihm etwas auf einer Hirtenflöte vor. Es läuft also auf einen Zweikampf hinaus, dachte Liszt, auf die Frage, wessen Klänge der Macht stärker sind. Um die Kirche unter seine Kontrolle zu bringen, braucht Nekrasow den Offizier und dessen Leute. Wie ein Schlangenbeschwörer dudelt er ihnen seinen Willen ins Unterbewusstsein.

Die Orgel tönte lauter. Schon die schiere Gewalt des Schalls war eine mächtige Waffe. Liszt wandte sich wieder den Manualen zu, damit sich seine Gabe ungestört entfalten konnte. Er schuf aus Orgelklängen ein betörendes Klanggeflecht, das nie zuvor auf einem Notenblatt gestanden hatte.

Wenige Takte später geschahen zwischen den himmelstürmenden Pfeilern der Kirche merkwürdige Dinge. Aus dem südlichen Querschiff erscholl ein Trommelwirbel. Das Publikum wurde unruhig. Nicht, weil die Militärkapelle einfach ins geheiligte Werk des großen Komponisten hineinpfuschte, sondern aus einem ganz unerklärlichen Mitteilungsbedürfnis heraus, das die Leute überkam. Sogar Herren und Damen der gehobenen Gesellschaft begannen munter miteinander zu schwatzen. Einige Patrone von Saint-Eustache erhoben sich von ihren Stühlen, doch keineswegs, um dem ungehörigen Benehmen Einhalt zu gebieten, sondern weil sie die Kollektenkisten ihrer Frauen an sich gerissen hatten und diese nun zu Tamburinen umfunktionierten.

Während die Kirchenvorstände mit ihren Spendenkästen durch die Reihen klapperten, brach unter den Premierengästen die Mildtätigkeit aus. Allerorts wurden Geldbörsen gezückt. Rasch füllten Münzen und sogar stattliche Scheine die Truhen der Barmherzigkeit, alles zum Wohle der bedürftigen Kinder des zweiten Stadtbezirks.

Liszt lächelte zufrieden. Wenn er die Klänge der Macht schon für sich selbst nutzte, dann sollte dabei wenigstens etwas für die Ärmsten der Armen abfallen. Er drehte sich zu seinem Freund um.

Adolphe Sax saß auf einem Ehrenplatz unweit des Spieltisches. Schweißperlen standen auf seiner hohen Stirn. Er wirkte verunsichert, ja aufgewühlt. Obwohl das Kerzenwachs in seinen Ohren ihn leidlich vor dem verstörenden Klanggewitter schützte, konnte er immer noch recht gut sehen. Der Meister nickte ihm aufmunternd zu.

Das *Kyrie* ging zu Ende, und der zweite Teil der Messe, das *Gloria*, begann. Der Hauptmann im Südschiff kämpfte verzweifelt um die Aufrechterhaltung der Disziplin unter seinen Männern. Einige zog es zu den Spendenkästen, andere übten lautstark Manöverkritik. Auch im Orchester herrschte bereits ein ziemliches Durcheinander, wobei sich das grassierende Mitteilungsbedürfnis auf recht unterschiedliche Weise äußerte. Zahlreiche Instrumentalisten hatten einfach aufgehört zu spielen und unterhielten sich miteinander. Einige stritten sogar. Andere bereicherten die Darbietung durch eigene, nicht immer harmonische Spielvariationen. Wegen der zahlenmäßigen Überlegenheit des Chors gab es unter den Sängern noch genügend Stimmkraft zum Ruhme Gottes. Aber auch das sollte sich bald ändern.

Als der Tenor das *Credo* anstimmte, bellte unvermittelt der Offizier: »Schultert das Gewehr!«

Mehr reflexhaft als aus freien Stücken kamen etliche Infanteristen dem Befehl nach. Für einen Moment bäumten sich die Marionetten gegen die Fäden auf, mit denen sie von Liszt und Nekrasow mal hierhin, mal dorthin gerissen wurden. Doch der Appell ans soldatische Unterbewusstsein war nur von kurzer Wirkung. Die Bewegungen der Soldaten wurden zusehends unkontrollierter. Der Hauptmann schwang seinen Säbel und brüllte einen weiteren Befehl, den aber kaum jemand mehr vernahm und letztlich niemand beachtete.

Während des *Sanctus* verwandelte sich die Kirche in einen Karneval. Selbst die Musikkritiker hatten aufgehört, dem Konzert zu lauschen, das diesen Namen ohnehin nicht mehr verdiente. Zwar *glaubten* die Menschen nach wie vor noch, eine Messe zu hören, aber in Wirklichkeit befanden sie sich in einer Trance, die sie jeder Urteilskraft beraubte. Sie träumten offenen Auges.

Liszt widerstrebte es zutiefst, die Macht der Klänge auf diese Weise zu gebrauchen, aber was sollte er tun? Mit dem Kopf gab er Sax einen Wink.

Der durch Votivkerzenwachs immunisierte Orchesterleiter stemmte seinen korpulenten Leib aus dem Stuhl empor und eilte zum Spieltisch. Unbehaglich blickte er auf die wie Derwische über die Manuale tanzenden Finger des Meisters.

Das *Sanctus* endete. Rasch zog Liszt mit der Linken aus einem Schlitz zwischen dem oberen Manual und dem Notenhalter eine schwarze Mappe hervor. Sie enthielt die Blätter, von denen das

Schicksal der Welt abhing. Während er zu einer bestrickenden Variation des *Agnus Dei* aufspielte, ließ Sax die Mappe unter seinem schwarzen Rock verschwinden. Er nickte dem Meister zu und lief durchs lange Hauptschiff in Richtung Westen davon, vorbei an Hunderten von Wachträumern, die ihn nicht beachteten.

Auch für die Soldaten an den Ausgängen blieb er unsichtbar. Er öffnete die schwere Tür des Mittelportals, drehte sich noch einmal um und schüttelte den Kopf. Saint-Eustache war zu einem Tollhaus geworden.

Adolphe Sax lief hinaus, um die geheimnisvollen Notenblätter dem vom Meister genannten Boten zu überbringen. Liszts eindringliche Worte waren unmissverständlich gewesen.

»Du musst die Windrose für mich in Sicherheit bringen. Es gibt da eine Bibliothek in Weimar...«

INTRODUZIONE

―

Weimar

——— ❋ ———

Jetzt ... ist es mir lieb, zuerst an Weimar zu denken, an meinen Fixstern, dessen wohltuende Strahlen meinen weiten Weg erleuchten.

Franz Liszt, 1846

> *Immer neu fragen wir uns, ob es Wahrheit sei,*
> *was wir hören und sehen;*
> *beide Sinne wollen kaum ausreichen,*
> *uns die Überzeugung von der wirklichen Existenz*
> *dieser kollossalen Rapidität,*
> *dieses Zusammenfassens der Massen zu geben.*
> *Es schwirrt uns vorüber wie Traumgestalten,*
> *nur davon nehmen wir das innerste Bewusstsein mit,*
> *dass ein Geist diese Formen beherrscht ...*
> Ludwig Rellstab, 1842 über Franz Liszt

1. Kapitel

Weimar, 13. Januar 2005, 20.04 Uhr

Unter den Illusionisten stehen die Musiker der Zauberkunst am nächsten. Niemand wusste das besser als Sarah d'Albis. Sogar im kleinen Zirkel der weltbesten Pianisten galt sie als Ausnahmeerscheinung. Ihr Spiel war wie Sonnenlicht, das die Farben des Regenbogens sichtbar machte. Wenn sie die dunkle Materie ihres Instruments mit dem bewegten Geist einer großen Komposition beseelte, erwachten bei ihren Zuhörern wie aus dem Nichts die heftigsten Gefühle.

Das besondere Gespür für die suggestive Kraft der Klänge lag Sarah im Blut – obwohl sie an diesem Abend kaum wissen konnte, wie wörtlich dies zutraf. Immerhin beschlich sie eine blasse Ahnung, in wenigen Minuten etwas Besonderes, womöglich Einzigartiges zu erleben. Dieses unterschwellige Gefühl war sie nicht mehr losgeworden, seit sie vor wenigen Stunden einen kurzen Blick auf jene Partitur hatte werfen dürfen, die gleich zum allerersten Mal der Öffentlichkeit zu Gehör gebracht und anschließend im großen Foyersaal in der Originalhandschrift des Komponisten präsentiert werden würde. Alles in Sarah lechzte danach, jetzt als Gastsolistin auf der Bühne des ehrwürdigen Deutschen Nationaltheaters Weimar mitzuwirken, aber ausgerechnet in diesem Stück gab es keine einzige Note für Klavier. Sie kam sich vor, als habe man ihr den Zauberstab weggenommen.

Stattdessen saß sie nun in der ersten Reihe, eingepfercht zwischen einem etwa fünfhundert Pfund schweren Staatsminister und einer spindeldürren Musikkritikerin, deren Ellenbogen ebenso spitz wie ihre berüchtigte Feder waren. Sarah ertappte sich dabei, wie sie tief in den Sessel gesunken war und ihre Beine ausgestreckt hatte, um wenigstens mit den Fußspitzen ihr ureigenes Element zu berühren: das Rampenlicht. Dabei fing sie einen amüsierten Blick der Feuilletonistin auf, der wie eine Einladung zum Interview aussah.

Schnell richtete sich Sarah wieder auf und stellte sich vor, ein Fisch zu sein, der dem Meeresrauschen lauschte, ihm so nah und doch unerreichbar fern, weil er sich am Strand die Enge einer Anglerbox mit einem Wal und einer Languste teilen musste. Um sich keine weitere Blöße und den ausgestreckten Fühlern ihrer Nachbarin keine falschen Signale zu geben, täuschte sie gesteigertes Interesse an der Ausstattung des Theaters vor.

Den hohen Zuschauerraum überspannte eine weiße, wabenartige Decke aus DDR-Zeiten mit quadratisch geschnittenen Leuchtstalaktiten. Ebenso versprühte das Ambiente aus hellem Eichenholz darunter unverkennbar den Charme der späten Siebzigerjahre. Als Sarah sich wieder unbeobachtet fühlte, wanderte ihr Blick zur Bühne zurück. Noch spielten die Musiker alle durcheinander, vorgeblich um ihre Instrumente zu stimmen.

Vor kurzem war zum dritten Mal das Zeichen zum Pausenende erklungen, nicht die in anderen Häusern übliche Glocke, sondern eine Fanfare des ehemaligen Weimarer Kapellmeisters Richard Strauss. Die letzten Nachzügler eilten in den Zuschauerraum. Bald waren sämtliche Plätze des Saales besetzt. Das Gemurmel wurde leiser. Alles harrte des Höhepunktes dieses besonderen Abends, der Uraufführung einer Komposition, die erst kürzlich wiederentdeckt worden war.

Die mit wildem Federstrich aufs Papier gebannten Noten hatten hinter einer gerahmten Europakarte in einem mehr als einhundertvierundzwanzigjährigen Dornröschenschlaf gelegen. Dieser endete unsanft, als am 2. September 2004 ein verheerendes Feuer den Rokokosaal der Herzogin-Anna-Amalia-Bibliothek zerstörte.

Über sechzigtausend alte Bücher, Handschriften, Karten und Musikalien kamen dabei zu Schaden oder gingen gar unwiederbringlich verloren. Die besagte Landkarte jedoch hatte kaum gelitten. Als man sie aus dem beschädigten Rahmen löste, kam dahinter die Sensation zum Vorschein: vierundzwanzig Notenblätter aus der Feder von Franz Liszt!

Der Meister hatte sein Werk *Grande fantaisie symphonique sur »Devoirs de la vie« de Louis Henri Christian Hoelty* genannt – »Große symphonische Fantasie über ›Lebenspflichten‹ von Ludwig Heinrich Christoph Hölty«. Derart sperrige Titel waren bei Komponisten des 19. Jahrhunderts keine Seltenheit. Nach dem Willen des Meisters hätte die Uraufführung seines Stücks bereits am 13. Januar 1881 stattgefunden, seltsamerweise trotz winterlicher Jahreszeit im Hof des Weimarer Residenzschlosses, aber aus unerfindlichen Gründen war es hinter die Landkarte geraten und dort vergessen worden. Die Einnahmen aus der Uraufführung sollten nun zum Aufbau ebenjenes Hauses beitragen, das dem Werk im Sturm der Zeiten Schutz gewährt hatte.

Gedankenversunken tastete Sarah nach dem Kettenanhänger unter der weichen Wolle ihres Pullovers. Eigentlich verdankte sie ihr Hiersein diesem Erbstück, das, wie es in einem Brief ihrer Mutter stand, einmal ihrem »großen Ahnen Franz Liszt« gehört habe. Sarah hegte immer noch Zweifel an dieser Behauptung, die ihr wie der verzweifelte Versuch einer noch verzweifelteren Frau erschien, der Tochter mehr als einen Scherbenhaufen zu hinterlassen. Auch deshalb hatte Sarah ihr Geheimnis lange gehütet. Bis ihr vor einigen Monaten ausgerechnet Hannah Landnal – die Languste zu ihrer Rechten, genannt »die dürre Hannah« – auf die Schliche gekommen war.

Eigentlich hatte Sarah sich selbst verraten. Im Interview war die Musikkritikerin zuvor auf ihrer »frappierenden Ähnlichkeit mit dem Klaviergott des 19. Jahrhunderts« herumgeritten. Die sinnlich dunklen Augen unter den fein gezogenen Brauen, die aristokratisch lange, schlanke Nase zwischen den dezent hervortretenden Wangenknochen, der kleine Mund und das spitze Kinn – all das sei auf eine weiche, sehr weibliche Weise »typisch lisztisch«, hatte Landnal gesagt und rasch hinzugefügt: »Aber natürlich völlig absurd. Die D'Albis und Franz Liszt Blutsverwandte – wer außer mir käme wohl auf so einen Unsinn!«

Auf diese Provokation war Sarah nur eine Antwort eingefallen: »Meine Mutter.«

Mit dieser leichtfertigen Äußerung hatte das Verhängnis seinen Lauf genommen. Wenn eine Operndiva wie Joséphine d'Albis Derartiges behauptet hatte, dann musste es ja wahr sein. Niemand störte sich daran, dass diese Kronzeugin in eigener Sache gar nicht mehr befragt werden konnte, weil sie seit fast zwanzig Jahren tot war. Ihre Tochter trug die Beweise ja im Gesicht. Zahlreiche Fachleute meldeten sich zu Wort, um Hannah Landnals Theorie sachkundig zu untermauern. So schaffte es die bekannte Computerkünstlerin Lillian F. Schwartz sogar, per Morphing aus Liszts Konterfei Sarahs Antlitz hervorzuzaubern. Und umgekehrt. So oft man wollte! Zwar ließ sich mit dem gleichen Verfahren auch eine Verwandtschaft zwischen Winston Churchill und jedem beliebigen Bullterrier nachweisen, aber von kleinlicher Kritik hatten sich die Medien eine große Story noch nie verhageln lassen.

Inzwischen zweifelte, abgesehen von Sarah, kaum noch jemand an ihrer Nachkommenschaft von dem großen Virtuosen und Komponisten. Man kann sich ausmalen, wie begeistert sie an diesem Abend gewesen war, ihren Ehrenplatz ausgerechnet neben der dürren Hannah vorzufinden …

Sarahs Gedanken stockten. In ihrer Versunkenheit hatte sie das Orchester bisher nur als einen großen kakophonischen Klangkörper wahrgenommen, aber eben waren ihr ganz hinten rechts zwei dunkle Augen aufgefallen, die sie geradezu hypnotisch anstarrten. Sie erschauderte. Seit im vergangenen Jahr ein Stalker in ihre Pariser Wohnung eingebrochen war, ihre Schränke durchsucht und sich an ihrer Unterwäsche vergriffen hatte, neigte sie zu hysterischen Reaktionen, wenn Männer sie *so* angafften.

Ihre Auftritte in der Öffentlichkeit waren schon früher eher burschikos als damenhaft gewesen, aber nach den traumatischen Wochen der Nachstellungen durch diesen Stalker hatte sie sich die Unscheinbarkeit zum Ideal erwählt. Mit bescheidenem Erfolg.

Sie besaß einfach das gewisse Etwas, das andere aufmerken ließ, wenn sie den Raum betrat. Dies hing weniger mit Äußerlichkeiten zusammen. Sicher, ihre Figur konnte sich sehen lassen. Sarah war schlank, ohne knöchern zu sein, aber mit einem Meter siebzig auch vom Gardemaß eines Models weit entfernt. Doch nicht irgendwelche Normen machten sie für das andere Geschlecht so attraktiv, sondern ihre natürliche Ausstrahlung.

An diesem Abend trug sie ihr glattes, langes, hellbraunes Haar als schlichten Pferdeschwanz, dazu einen Rollkragenpullover aus schieferfarbener Alpakawolle, hellgraue Hosen und flache Pumps. Nichts Spektakuläres also, aber der Paukist fixierte sie trotzdem wie ein Raubtier seine Beute.

Der Hüne war eine auffällige Erscheinung. Er besaß eine Glatze, einen buschigen Schnurrbart und eine Statur wie ein Ringer. Sein Frack saß so eng wie der Druckanzug eines Jetpiloten – er war vermutlich nur ausgeliehen.

Schon beim Einmarsch der Musiker hatte Walerij Tiomkins Gegenwart Sarah überrascht. Der russischstämmige Franzose gehörte eigentlich dem *Orchestre de l'Opéra National de Paris* an, das sie als Solistin schon mehrfach begleitet hatte. Fast ebenso gut kannte sie die Staatskapelle Weimar – erst vor fünf Tagen hatte sie an selber Stelle ein Benefizkonzert gegeben. Das Ensemble verfügte über zwei Pauker. Selbst wenn einer ausfiel, brauchte man also nicht auf Ersatz aus fremden Orchestern zurückzugreifen. Schon gar nicht auf einen Musiker aus Paris. Das Ganze war mehr als seltsam.

Demonstrativ wandte Sarah ihren Blick der ersten Violinistin zu, ihre Gedanken jedoch schweiften in die Vergangenheit. Sie kämpfte gegen einen neuerlichen Schauder an, als ihr bewusst wurde, dass auch der Stalker, der ihr im letzten Jahr das Leben zur Hölle gemacht hatte, ein Russe gewesen war: Oleg Janin, ein Moskauer Musikprofessor, der ...

»Sehen wir uns eigentlich wieder zum ›Amsterdamer Frühlingserwachen‹?«, brach Hannah Landnal – die Musikkritikerin – mit gleichsam brachialer Gewalt in die unruhevollen Erinnerungen ihrer Nachbarin ein. Die Frage bezog sich auf ein Klassikfestival, das die niederländische Hauptstadt alle zwei Jahre in der ersten Aprilwoche veranstaltete.

»Nein. Ich habe mir diesmal eine Auszeit genommen«, antwortete Sarah und rechnete schon mit der typischen Journalistenantwort »Wofür?«, aber da rettete sie der Applaus des Publikums.

Jac van Steen, der Generalmusikdirektor und Chefdirigent der Staatskapelle Weimar, war soeben auf die Bühne getreten. Er hatte es sich an diesem besonderen Abend nicht nehmen lassen, das Orchester persönlich zu leiten. Der hochgewachsene Niederländer verneigte sich. Im Zuschauerraum verloschen die Lichter. Er drehte sich um und hob die Arme. Die Ovationen ebbten ab. Sarah schloss die Augen. Und die Musik begann.

Ganz leise. Der Klang einer einzelnen Querflöte schwebte dunkel und voll durch den Konzertsaal. Unwillkürlich fühlte sich Sarah an die ersten Takte von Maurice Ravels *Bolero* erinnert. Vor ihrem inneren Auge wurde die ferne Melodie zu einer Kette aus bunten Perlen und Bändern, irgendwo oben im zweiten Rang in die Luft geworfen; anmutig wie ein Seidenschal entrollte sie sich nun unter der Decke und glitt langsam an Sarah vorüber.

Derartige Wahrnehmungen waren für sie normal, denn sie konnte Musik in farbigen Formen und Flächen *sehen*.

Manche hielten es für Magie, andere für den Ausdruck wahnhafter Halluzinationen, aber es war weder das eine noch das andere. Sarahs Gehirn verwandelte lediglich einen Reiz in *zwei* unterschiedliche Sinneseindrücke. Sie brauchte dazu keine Zauberformeln zu murmeln, es passierte von selbst. Wissenschaftler nennen diese Fähigkeit Synästhesie, was wortwörtlich »Mitempfindung« bedeutet, die Betroffenen ihrerseits bezeichnen sich untereinander als Synnies. Es gibt Menschen, für die sind Buchstaben und Zahlen grundsätzlich bunt. Sarah kannte eine Flötistin, die Tonintervalle schmecken konnte. Und wie sie, die begnadete Pianistin, sahen die meisten Synnies Klänge in farbiger Gestalt. Deshalb wurde diese Art der Synästhesie auch *Audition colorée* genannt: »Farbenhören«.

In einer Beziehung waren Sarahs Doppelempfindungen aber trotzdem sehr speziell: Wenn vor ihrem »inneren Auge« die aus

Tönen erschaffenen Bilder erschienen, dann hatte das Timbre darauf einen wesentlichen Einfluss. Dieselbe Melodie sah für sie also verschieden aus, je nachdem, wie die Klangfarbe von Musikinstrument und Raum beeinflusst wurde. Ein Telefonzellenkonzert mit einer Piccoloflöte war nur eine blasse Buntstiftskizze, die entsprechende Orgelpartie in einer Kathedrale dagegen ein opulentes Ölgemälde. Sarahs viel gelobte Ausdrucksstärke bei der Interpretation großer Meister schrieb sie maßgeblich dieser Besonderheit ihres Gehirns zu.

Die momentan von ihr wahrgenommenen Töne glichen, je nach Dauer, samtigen Kugeln und Bändern. Eine Querflöte aus Silber hätte zweifellos gläsern glänzende Körper erschaffen. Liszts Instrumentierung war exzentrisch, ein echter Anachronismus. Sarah fragte sich, ob er der schon zu seinen Lebzeiten antiquierten Traversflöte aus *Holz* gegenüber einem modernen Instrument aus Metall den Vorzug gegeben hatte, weil er wie sie ein Synnie gewesen war.

Wie eine Halbwüchsige im Kino ließ sie sich wieder tiefer in den Sitz sinken. Der gestrige kurze Blick in die Partitur hatte gereicht, um ihr eine grobe Vorstellung vom Verlauf des Stückes zu geben. Der verträumte Anfang war trügerisch. Gleich würde das Nationaltheater explodieren.

Unvermittelt stimmten sämtliche Instrumente ein gewaltiges Getöse an. Die junge Pianistin musste schmunzeln. Das jähe *forte fortissimo* des Orchesters dürfte bis in den Dachboden Tote auferweckt haben. Und das war lediglich der *akustische* Eindruck. Für Sarah kamen zu dem Donnerschlag noch bunte Kugelblitze hinzu und Bänder, die wie Nordlichter schillerten. Hinter allem hing ein purpurfarbener Regen.

Ebenso plötzlich, wie das Spektakel aufgeflammt war, verlosch es auch wieder. Nur die Streicher blieben zurück und entrollten für das nachfolgende Geschehen einen zauberhaften Klangteppich aus unterschiedlichen Schattierungen von Grün.

Aber da setzte die Harfe ein.

Auf der gläsernen Leinwand in Sarahs Kopf erschienen bunte Tropfen, die ineinander verliefen. Nach den ersten Tönen stutzte sie und runzelte verwundert die Stirn. Ihre Muskeln verhärteten sich. So etwas hatte sie noch nie gesehen. Den farbigen Tupfern fehlte völlig die sonst übliche Zufälligkeit des *Audition colorée*. Stattdessen beobachtete sie ein harmonisches Zusammenspiel von Linien, so als schriebe die Harfe diese mit breiter Kalligrafiefeder in ihren Geist. Sarah riss die Augen auf.

Damit verschwand das beunruhigende Bild aber nicht, es kam nur ein weiteres hinzu: das Orchester mit dem kahlköpfigen Paukisten, der sie angaffte, als wolle er sie mit seinen Blicken durchbohren.

Sie richtete sich kerzengerade auf, schnappte nach Luft und fasste sich an die Brust. Neben ihr fragte eine Stimme, ob es ihr gut ginge. Sarah ignorierte sie. Ihr Bewusstsein drängte *alles* zurück, ließ Hannah Landnal, den Paukisten und das ganze Theater zu einer Marginalie hinter dem Gebilde aus Licht und Farbe verblassen.

Es war ein leuchtendes Symbol, so plastisch, als könne sie es mit den Händen ergreifen.

Was der Uneingeweihte spontan als großes Z deuten mochte, war in Wirklichkeit eine Verschmelzung der Buchstaben F und L. Es sah aus, als habe ein Laserstrahl die schwungvoll stilisierten Lettern in die Luft gebrannt. Doch sie waren, wie Sarah sehr wohl wusste, lediglich ein neuronaler Funkenregen in ihrem Gehirn, ein Gestalt gewordener Harfenklang.

Und trotzdem ein getreues Abbild der Wirklichkeit.

Sarahs Linke schloss sich um den Kettenanhänger unter dem Pullover, diese vollkommene Miniatur des von der Harfe gezeichneten Bildes, ein Kleinod aus Gold und acht Saphiren, das schon ihre Mutter getragen hatte, bis sein Glitzern im Dunkel eines großen Umschlags erloschen war.

Du verkörperst die sechste Generation in der Nachkommenschaft deines großen Ahnen Franz Liszt. Halte sein Signet in Ehren. Aber zeige es niemandem, bis der Tag der Offenbarung gekommen ist!

Diese geheimnisvolle Warnung im Abschiedsbrief der Mutter war Sarah immer ein Rätsel gewesen. Aber nun hatte sie mit der Uraufführung der so lange verschollenen Partitur ihre Offenbarung erhalten: Eine Komposition, die zweifellos aus Franz Liszts Feder stammte, zeigte ihr ebenjenes Signet, das sie als Kettenanhänger um den Hals trug. Sie bebte vor Erregung.

Außer ihr würde wohl niemand sonst im Saal diesen Beweis ihrer Herkunft erkennen, denn die Wahrnehmungen jedes Synästhetikers waren so individuell wie ein Fingerabdruck. Allerdings – wie hatte Liszt dann dieses Symbol erschaffen können?

Während ein Teil von Sarahs Bewusstsein noch mit diesem Widerspruch haderte, nahmen andere Areale schon eine Veränderung im Spiel der Harfe wahr. Der Nachhall jener Saiten, die das Monogramm sekundenlang vor Sarahs innerem Auge gehalten hatten, wurde plötzlich von einer schnellen Akkordfolge übertönt. Wie in einem langsam ablaufenden Daumenkino kippte das FL-Signet schrittweise nach hinten, vollzog eine halbe Drehung – und sah wieder aus wie vorher.

Unglaublich! Sarahs Herz raste. Ein überwältigendes Hochgefühl durchflutete sie. Diese Harmonie aus Klängen übertraf alles, was sie je mit ihren ineinander verwobenen Sinnen wahrgenommen hatte.

Die Symmetrie im Achsenkreuz des Emblems hingegen war ihr schon vor zehn Jahren an dem Kettenanhänger ihrer Mutter aufgefallen: Man konnte ihn horizontal oder vertikal drehen und bekam doch stets das gleiche Signet zu sehen. Sie hatte damals spontan an das berühmte Spiegelmonogramm von Johann Sebastian Bach denken müssen. Die drei Anfangsbuchstaben seines Namens waren darin jeweils doppelt vertreten – einmal richtig herum und einmal kopfstehend. Der Schöpfer des FL-Signets indes hatte dieses aus nur *zwei* Zeichen erschaffen.

Mit dem Klang der zuletzt gezupften Harfensaiten verblasste auch das Symbol.

Sarah glaubte, damit die größte Überraschung des Abends hinter sich zu haben, aber das Signet war nur der Auftakt zu einer noch viel bewegenderen Klangmalerei. Unter die Streicher mischten sich nun die Farben anderer Instrumentengattungen – das Gelb der Holz- und Blechbläser und sogar das satte Rot der Pauke griffen nun in das bewegte Fresko ein. Sarah hatte kaum Luft geholt, als eine neue »Vision« ihr den Atem raubte.

Vor ihren Augen erschien ein Schriftzug, so als zeichne eine unsichtbare Hand ein unheilvolles Menetekel auf eine gläserne Wand, die sich langsam an ihr vorbeischob. Töne wurden zu farbigen Punkten, diese zu Großbuchstaben, aus den Versalien formten sich Worte, die bald Zeilen bildeten. Ohne Punkt und Komma entrollte sich im Fortgang des Konzerts vor ihr ein ganzes verstörendes Gedicht!

FARBENLAUSCHER NIMM DICH IN ACHT
DIE SCHWARZE MELODIE DER MACHT

STEHT FÜR VERRAT DEN WIRD VEREITELN NUR
WER LESEN KANN DIE PURPURPARTITUR

UM SIE ZU FINDEN UND SIE ZU BINDEN
MACH DICH ZUM KOENIG ALLER BLINDEN

NUR SO FUEHRT DICH DES MEISTERS INSTRUMENT
VON AS ZU N + BALZAC UND BIS ZUM END

EILE VOLKES WILLE FLICHT SCHON ALEXANDERS KRANZ
IN NUR ZWEI MONDEN WEHT ER AUF SEINEM GRABE FRANZ

Mit dem letzten Wort endete auch das Konzert, so als habe der Meister es mit seinem Namen unterschrieben. Sarah stand unter Schock. Durchgeschwitzt saß sie in ihrem Sessel und war außerstande, sich zu rühren.

Die Zuhörer im Saal begannen zu applaudieren. Zunächst nur vereinzelt. Offenbar hatte Franz Liszt mit seiner kühnen Harmonik das Publikum wieder einmal gespalten. Schon zu Lebzeiten waren seine extravaganten Klangschöpfungen, die bis an die Grenzen der Atonalität reichten, ebenso auf erbitterte Gegnerschaft wie auf glühende Verehrung gestoßen. Nach wie vor wurde weder sein Leben von den Historikern noch sein Werk von den Musikanalytikern völlig verstanden. Vielleicht weil all diesen Fachleuten ein wichtiges Stück des großen Puzzles gefehlt hatte, jener Teil des Mosaiks nämlich, der eben vor Sarahs innerem Auge erschienen war?

Im Deutschen Nationaltheater setzte sich letztlich das Prickeln der Sensation gegen die Irritationen durch. Der Applaus erfasste die ganze Zuhörerschaft. Nur die Pianistin in der ersten Reihe klatschte nicht. Die Klangbotschaft hatte sie förmlich paralysiert.

Vor allem der Schlussvers machte ihr zu schaffen. War es das, wonach es sich anhörte, die Warnung vor einem Mordkomplott? Wie anders sollte man es auffassen, wenn Liszt den Tod dieses Alexanders bereits zwei Monate im Voraus angekündigt hatte?

»... Sie nicht gleich etwas sagen, dann rufe ich einen Arzt.«

Die fordernde Stimme von Hannah Landnal stieg endlich in Sarahs obere Bewusstseinssphären auf. Sie blinzelte und wurde erst jetzt gewahr, dass es im Zuschauerraum wieder hell geworden war. Hinter ihr rumorten einige ganz Eilige, die im Wettlauf zu den Garderoben einen der vorderen Plätze belegen wollten. Im Orchester zerlegten einige Musiker ihre Instrumente. Der Paukist hatte sich bereits fortgestohlen.

Sarah wandte den Kopf nach rechts und blickte auf ein sauerkirschrotes Lippenpaar, das sich unentwegt bewegte. »M-mir geht es gut«, stammelte sie.

»So sehen Sie aber nicht aus, meine Liebe«, widersprach die Kritikerin.

»Die Fantasie meines ... Ich wollte sagen, die Komposition Liszts hat mich ... umgehauen. So sagt man doch in Ihrer Sprache, oder?« Sarah wusste sehr genau um die Bedeutung der Worte. Neben ihrer Muttersprache beherrschte sie fließend Deutsch und Englisch sowie, nur unwesentlich schlechter, Italienisch.

»Ja, so sagt man«, erwiderte Landnal und musterte ihr Gegenüber aus engen Augen.

Sarah zwang sich zu einem Lächeln, erhob sich betont schwungvoll aus dem himbeerfarbenen Sitzpolster, umklammerte mit beiden Händen den Doppelriemen ihrer schwarzen Handtasche und versicherte: »Es ist alles in Ordnung. Wirklich!«

Der Argwohn wich aus dem faltigen Gesicht der Kritikerin. Im Aufstehen zauberte sie mit der Eleganz einer Magierin Stift und Notizblock aus ihrem Handtäschchen hervor. »Ich stimme Ihnen übrigens zu, Madame d'Albis. Mir scheint, Liszt lacht sich im Grabe eins in Fäustchen, weil er die Musikwelt wieder einmal in Aufruhr versetzt hat. Das Werk dürfte Stoff für mindestens hundert Doktorarbeiten liefern. Haben Sie Ihrer Beurteilung von eben noch etwas hinzuzufügen? In Bezug auf die Komposition Ihres Ahnen, meine ich.«

»*Excuse me, Madame d'Albis*«, drängte sich eine fremde Stimme auf Englisch aus dem Hintergrund vor und ließ damit auch den forschen Interviewvorstoß der dürren Hannah scheitern.

Sarah, froh, der Kritikerin auf unverfängliche Weise entkommen zu können, wandte sich um. Vor ihr stand ein junger Mann, der sie auf eine merkwürdig eindringliche, jedoch nicht unangenehme Weise anlächelte. In der Hand hielt er eine jener postkartengroßen Fotos von ihr, die im Vorfeld ihres letzten Konzerts verteilt worden waren. Er mochte Mitte dreißig sein, war einen halben Kopf größer als sie, hatte volles, schwarzes Haar und blaue Augen. Sein scharf geschnittenes Gesicht schien zu bestätigen, was der schwere Akzent seiner förmlichen Entschuldigung bereits angedeutet hatte.

Schon wieder ein Russe, dachte Sarah und verbesserte sich sogleich: Aber ein ziemlich gut aussehender Russe.

Danach gewannen die Reflexe des Medienstars die Kontrolle über ihr Handeln. Sie schenkte dem Mann ein professionelles Lächeln, entriss ihm die Autogrammkarte, drehte sich um und stibitzte der zur Salzsäule erstarrten, grimmig dreinblickenden Kritikerin den Stift. Routiniert kritzelte sie ihren Namenszug auf das Foto.

»Madame d'Albis, ich muss Ihnen unbedingt etwas sagen«, versuchte der Russe einen erneuten Anlauf auf Englisch.

Sarah streckte ihm die Karte entgegen, und obwohl er keine Anstalten machte, selbige zurückzunehmen, lächelte sie abermals. Freundliche Unverbindlichkeit war die beste Methode zum Schutz der eigenen Privatsphäre. Fans konnten wie Kletten sein, wenn man sich von ihnen in ein Gespräch verwickeln ließ. Der Russe holte tief Luft, um das Sprüchlein, das er vermutlich tagelang eingeübt hatte, doch noch loszuwerden, aber Sarah kam ihm – ebenfalls auf Englisch – zuvor.

»Seien Sie mir bitte nicht böse, aber ich habe heute noch etliche Verpflichtungen.« Das war nicht einmal gelogen. Der Intendant des Hauses hatte sie zu einem kleinen Umtrunk in sein Büro geladen. Im Moment stand Sarah allerdings nicht der Sinn nach Smalltalk bei Rotkäppchen-Sekt. Immer noch schwirrten die geheimnisvollen Worte der Klangbotschaft wie bunter Glitter durch ihren Kopf. Sie wollte allein mit sich sein, wollte endlich über all die verwirrenden Eindrücke nachdenken.

»Aber ...«, setzte der Russe erneut an, doch während Sarah sich noch fragte, warum er nicht endlich seine Autogrammkarte zurücknahm, intervenierte die Landnal.

»Entschuldigung, junger Mann, aber ich bin von der Presse und habe zuerst mit Madame d'Albis gesprochen.« Auch die Kritikerin war der englischen Sprache mächtig. Um ihre Ansprüche zu unterstreichen, manövrierte sie ihren hageren Körper in eine taktisch günstigere Position zwischen dem Fan und der Pianistin. Dadurch hatte sie jedoch ihre Flanke vernachlässigt und gab einem weiteren Sarah-d'Albis-Bewunderer Gelegenheit zum Angriff.

»*Excusez-moi, Madame d'Albis*«, sagte der Paukist auf Französisch.

Sarah stieß innerlich einen Wutschrei aus. Haben die alle denselben Text gelernt, um mich kirre zu machen! Äußerlich blieb sie freundlich und spielte die Überraschte.

»Monsieur Tiomkin!« Den enervierten Unterton hatten wohl alle in der Runde verstanden. Der Blick des Paukisten bereitete ihr Unbehagen, so als klebten zwei blassblaue Bonbons auf ihrem Gesicht. Während sie nach einer Fluchtmöglichkeit Ausschau hielt, versicherte ihr der glatzköpfige Hüne in – weiterhin französischem – Plauderton, wie überrascht er gewesen sei, eine so prominente Kollegin und Landsmännin im Zuschauerraum zu entdecken. Seine tiefe, einschmeichelnde Stimme klang wie ein in Schleim getauchter Kontrabass. Doch dann wurde sie plötzlich knochentrocken, fast bedrohlich.

»Wie hat Ihnen das Konzert gefallen, Madame?«

Ihr Kopf ruckte herum, und sie starrte in seine fragende Miene. Zögernd antwortete sie in ihrer Muttersprache: »Ich war beeindruckt.«

»Das ist mir aufgefallen.«

Sarah verschluckte sich an ihrem eigenen Speichel. Landnal klopfte ihr beflissen auf den Rücken.

Der russische Fan hatte offenbar seinen Mut wiedergefunden und sagte auf Englisch: »Es ist wirklich dringend, Madame d'Albis!«

Aber ihr Interview gehe vor, beharrte die Kritikerin – jetzt sogar mehrsprachig.

»Mich würde vor allem interessieren, welche Empfindungen Liszts Fantasie in Ihnen geweckt hat«, präzisierte der russisch-französische Paukist unbeirrt sein Anliegen.

Ein kalter Schauer lief über Sarahs Rücken. Wusste er etwa …?

»Entschuldigung, Madame d'Albis«, sang den nun schon bekannten Refrain ein angenehmer Bariton in einem unverkennbar schweizerisch gefärbten Deutsch.

Sarah wandte sich einmal mehr um und atmete erleichtert auf. Das Gesicht mit dem Dreitagebart und den freundlichen Augen verhieß Rettung in höchster Not. »Herr Märki! Sie haben sich bestimmt schon gefragt, wo ich bleibe.«

Stephan Märki war der Generalintendant des Deutschen Nationaltheaters und der Staatskapelle Weimar. Er runzelte die Stirn. Es war ihm anzusehen, dass er etwas in der Art wie »So eilig haben wir's nun auch wieder nicht« sagen wollte, aber dann erkannte er wohl Sarahs Bedrängnis und antwortete heiter: »In meinem Büro erwartet Sie eine Überraschung, mit der ich Sie für Ihre Geduld entschädigen möchte. Kommen Sie, Madame, ich begleite Sie nach oben.«

Sarah bedachte die Runde ihrer Bewunderer mit einem bezaubernden Lächeln und stimmte zum letzten Mal das Motiv des Abends an: »Entschuldigen Sie bitte.« Dann schwebte sie, endlich befreit, davon.

In Begleitung des Intendanten verließ sie den Saal. Märki führte sie durch ein weiß getünchtes Treppenhaus ins nächste Stockwerk. Erst jetzt wurde Sarah bewusst, dass sie immer noch die signierte Autogrammkarte des Russen in der Hand hielt. Für einen Moment empfand sie Bedauern, einen Fan enttäuscht zu haben. Weil kein Abfallbehälter in der Nähe war, öffnete sie ihre Handtasche, um das Foto vorerst einzustecken. Dabei fiel ihr Blick auf die Rückseite der Karte. Unter dem offiziellen Text mit einer Kurzbiografie und den Daten ihres Benefizkonzerts stand auf Englisch eine handschriftliche Notiz.

Madame d'Albis!
Ich muss Sie warnen. Sie schweben in großer Gefahr! Aber ich kann Ihnen vielleicht helfen.
O. Janin
ojanin@arts.msu.ru

EXPOSITION

Weimar

--- ❈ ---

Die großen Männer, deren Aufenthalt Weimar berühmt gemacht, haben dort wohl magische Kreise gezogen, aber diese sind noch nicht zu Furchen vertieft. ... Gegenwärtig ist Weimar nur ein geografischer Punkt, ein Asyl, geehrt um der Hoffnungen willen, die die Erinnerungen ablösen möchten; ein neutrales Gebiet ...

Franz Liszt

*Die Wunder Deiner persönlichen Mitteilung
musstest Du in einer Weise zu erhalten suchen,
welche vom Leben Deiner Person
selbst sie unabhängig machte ...*
Richard Wagner an Franz Liszt

2. Kapitel

Weimar, 13. Januar 2005, 21.16 Uhr

Ein beißender Wind schlug ihr entgegen, als sie zwischen den Säulen hervortrat. Sarah klappte den Mantelkragen hoch und rückte die Papphröhre unter ihrer linken Achsel zurecht – die »Überraschung« des Intendanten. Forschen Schritts überwand sie die wenigen Stufen, die vom Hauptportal zum Theaterplatz hinabführten. In der Nacht würde es wohl Frost geben. Wenigstens regnete es nicht.

Sie beschloss, nicht sofort in den Russischen Hof zurückzukehren. Das Grandhotel war ein guter Ort zum Wohnen, aber im Moment brauchte sie etwas anderes. Ein kleiner Spaziergang an der kalten Luft, vielleicht auch ein Glas Rotwein in einem gemütlichen Lokal mochten das dunkle Gewölk in ihrem Kopf schon eher vertreiben. Was sie an diesem Abend erlebt hatte, war nicht so leicht zu verdauen – erst das in jeder Hinsicht visionäre Konzert und dann auch noch die Nachricht dieses Stalkers ...

Oleg Janin hieß er, Musikprofessor aus Russland. Er hatte Sarah im letzten Jahr an den Rand eines Nervenzusammenbruchs getrieben. Erst durch Briefe, dann durch Telefonterror und zuletzt mit dem Einbruch in ihre Pariser Wohnung. Im Beisein ihrer Freundin Hélène hatte sie ihn auf frischer Tat dabei ertappt, wie er ihre Unterwäsche durchwühlte. Mithilfe eines Nachbarn war der Perversling festgehalten worden, bis die Polizei sich endlich bequemt hatte, ihn festzunehmen. Weil sonst nichts gegen den Mann vorlag, war er lediglich zu einer saftigen Geldstrafe und einer Therapie verurteilt worden. Außerdem hatte er die Auflage bekommen, sich Sarah nicht weiter als bis auf dreihundert Meter zu nähern.

Und jetzt versuchte dieser kranke Typ, sie durch obskure Unheilsbotschaften erneut aus der Fassung zu bringen. Zum Glück hatte sie mithilfe einer Psychotherapeutin gelernt, besser mit solchen Nachstellungen umzugehen. Sie war nicht die Schuldige dabei, sondern das Opfer. Ob die Stalker nun unter nicht erwiderter Liebe oder Rachegefühlen litten, man durfte sie auf keinen Fall ermutigen. »Sollte er Sie in einer bewohnten Gegend angreifen, dann schreien Sie so laut Sie können. Aber meistens kann man eine solche Eskalation schon im Vorfeld ausschalten. Reagieren Sie einfach nicht auf seine Belästigungen und vermeiden Sie jeden Kontakt zu ihm«, hatte die Psychologin ihr eingeschärft. »Informieren Sie Ihre Nachbarn, den Freundes- und Bekanntenkreis. Vor allem aber dokumentieren Sie jeden Anruf, heben Sie jeden seiner Briefe auf, löschen Sie nicht seine Nachrichten vom Anrufbeantworter oder die E-Mails aus dem Computer – all das sind wichtige Beweismittel.«

Obwohl das Corpus Delicti Sarah anekelte, hatte sie es in ein Seitenfach ihrer Handtasche verbannt und beschlossen, das unerquickliche Ereignis vorerst zu vergessen. Unglaublich, dass dieser Psychopath jetzt sogar ahnungslose Landsleute dazu anstiftete, seine Terrorbriefe zuzustellen! Oder steckte der irrtümlich von ihr für einen Fan gehaltene Russe mit in der Sache drin? Wie auch immer, sollte Oleg Janin sie noch ein einziges Mal belästigen, würde sie dafür sorgen, dass er im Gefängnis landete.

Weimar war eine Kleinstadt und der Theaterplatz um diese Abendstunde wie ausgestorben. Um ihn zu überqueren, ließ Sarah das Goethe-Schiller-Denkmal links liegen. Es zeigte die beiden Dichterfürsten in einer Eintracht, die sie zu Lebzeiten nach Ansicht zahlreicher Gelehrter nie verbunden hatte. Womöglich existierte auch von dem Klaviervirtuosen und Komponisten Franz Liszt ein falsches oder zumindest lückenhaftes Bild. Wie die versteckte Klangbotschaft in seiner Fantasie bewies, war er wohl in Angelegenheiten verwickelt gewesen, die in keiner Biografie standen.

Während Sarah auf eine Gasse am gegenüberliegenden Ende des Platzes zustrebte, lief in ihrem Kopf ein Endlosband ab. Sie konnte nicht nur jeden Ton des Konzerts aus ihrem Gedächtnis abrufen, sondern mit der Erinnerung auch ihr synästhetisches Erlebnis im Geiste wiederaufleben lassen. Liszts Fantasie steckte voller symbolischer Andeutungen. Wer war der Farbenlauscher, an den er sich mit seiner so genial verschlüsselten Nachricht gewandt hatte? Was war die Purpurpartitur? Und welchen Alexander, der schon mit einem Fuß im Grabe stand, konnte er gemeint haben? Etwa Liszts langjährigen Weimarer Dienstherrn und Förderer, den Großherzog Carl Alexander? Wenn dem so war, dann hatte die Warnung wohl den Empfänger erreicht, denn der Landesfürst überlebte das Schicksalsdatum um immerhin zwanzig Jahre.

Nein, korrigierte sich Sarah und umklammerte noch fester die Papphröhre, die ihr vom Intendanten des Deutschen Nationaltheaters mit einer Bitte um Nachsicht überreicht worden war: »Betrachten Sie es als kleine Wiedergutmachung der Klassik Stiftung Weimar, weil wir Ihnen das Studium des Werkes so lange verwehrt haben.« Die in Märkis Büro anwesenden Mitarbeiter des Theaters und der Staatskapelle hatten applaudiert, und anschließend war mit rotem Sekt auf die Pianistin angestoßen worden. Der Schweizer Intendant schwang sich gar zu der Feststellung auf, die D'Albis verkörpere wie keine zweite Nachfahrin Liszts das Erbe des großen Virtuosen. Sarah war so viel Lobhudelei unangenehm, und sie hatte sich daher ziemlich bald entschuldigt.

Wenn sie sich erst beruhigt hätte, würde sie die Partitur ihres genialen Vorfahren gründlich studieren. Auch einige an diesem Abend nicht aufgeführte Entwürfe steckten in der Rolle. Und um sein Präsent zu krönen, hatte der Theaterintendant sogar eine Farbkopie der Europakarte beigelegt, hinter der das Werk so lange verborgen gewesen war. Während Sarah dem westlichen Ausgang des Platzes zustrebte, stellte sie sich vor, wie in dem lichtdurchfluteten klassizistischen Foyersaal im ersten Stock des Deutschen Nationaltheaters gerade Hunderte von Premierenbesuchern und Pressevertretern sich die Nasen an einer Glasvitrine plattdrückten, in der die Originale der Liszt-Fantasie ausgestellt wurden.

Endlich hatte sie die beiden eckigen Torpfeiler erreicht, durch die man in den Zeughof gelangte, eine abschüssige Gasse, die im oberen Bereich nur für Fußgänger passierbar war. Linker Hand lag das Bauhausmuseum, rechts das gelbe Wittumspalais, der ehemalige Wohnsitz der Herzogin Anna Amalia. Die Absätze von Sarahs Pumps knallten auf dem Kopfsteinpflaster, während sie die schlecht beleuchtete Engstelle durcheilte.

Mit einem Mal hörte sie Schritte. Sie drehte sich um, aber die finstere Gasse war menschenleer. Eilig lief sie zum zweiten Tor und war froh, als der einstige Zeughof endlich hinter ihr lag.

Einen Moment lang verharrte sie unentschlossen an der kleinen Straßenkreuzung, um sich zu orientieren. Zu ihrer Linken sah sie ein gelbes Haus und davor, auf einem zur Straße hin mit Pfosten und Ketten eingegrenzten Platz, eine Bronzeskulptur: Mutter mit zwei Kindern, eines auf dem Arm getragen, das andere an der Hand geführt.

Das Bild rief zwiespältige Erinnerungen in Sarah hervor. Selten hatte sie so viel körperliche Nähe bei ihrer eigenen Mutter spüren dürfen wie diese Kleinen. Joséphine d'Albis war in ihren letzten Lebensjahren eine in sich selbst eingeschlossene Frau gewesen.

Die Operndiva hatte ihre Karriere aufgegeben, nachdem sie schwanger geworden war und sich unter falschem Namen mit ihrem neugeborenen Kind auf die Kleinen Antillen zurückgezogen hatte. Sarah konnte sich kaum entsinnen, ihre Mutter jemals fröhlich gesehen zu haben. Joséphine schien in einer unerklärlichen Trauer gefangen zu sein wie ein Paradiesvogel, der in einem goldenen Käfig sein Dasein fristete.

Die Tochter war von alldem überfordert gewesen, hatte sich die Schuld an den Depressionen der Mutter gegeben. Zeitweilig waren Selbstverletzungen die einzige Sprache, mit der das Mädchen seine Gefühle auszudrücken vermochte. Doch das langsame Sterben Joséphines hielt es damit nicht auf. Im Alter von nur siebenunddreißig Jahren trat die einst gefeierte Sopranistin auf St. Bartolomé unbeachtet von der Bühne der Welt.

Sarah war gerade neun geworden. Das Haus am Strand von St. Bartolomé gehöre nun ihr, hatte ein verknöcherter Notar dem verstörten Kind erklärt. Maurice und Céline Frachet, enge Freunde von Joséphine, hatten es hierauf zu sich nach Martinique geholt und es bald darauf adoptiert. Céline war Klavierlehrerin und Maurice promovierter Astrophysiker. Er pflegte von seiner Frau und sich zu sagen, sie seien beide Musiker, denn Musik sei nur ein anderes Wort für Harmonie. Bei dem Waisenkind hatte er damit spontan Neugierde geweckt, die sich in einem scheuen »Warum?« Gehör verschaffte. »Das ist ein Geheimnis. Jeder muss es für sich selbst ergründen«, antwortete er und zwinkerte verschwörerisch.

Maurice hatte Sarah mit dem Rätsel trotzdem nicht allein gelassen. Er war ein geduldiger und kluger Lehrer, kannte unzählige Anekdoten aus dem Leben großer Astronomen, und zu jedem Sternbild konnte er eine Geschichte erzählen. Wenn er mit Sarah den Nachthimmel betrachtete, dann sagte er manchmal: »Pst! Kannst du sie hören?« Sie liebte dieses Spiel, kuschelte sich noch enger an ihn und fragte brav: »Was denn, Papa?« Er pflegte darauf schmunzelnd zu erwidern: »Die *musica mundana*, die kosmische Musik.« Und wenn sie noch nicht zu müde war, dann erzählte er von den Pythagoreern, welche glaubten, die Bewegung der Himmelskörper folge bestimmten harmonischen Zahlenverhältnissen und lasse dadurch die »Sphärenmusik« erklingen. Für normale Menschen sei sie unhörbar, aber nicht für ein Sternenkind wie seine kleine Sarah.

Von Céline erfuhr die Waise nicht weniger Zuwendung. Ihr verdankte sie die Liebe zum Klavier. Wenn Sarahs Finger über das Parkett aus Elfenbein und Ebenholz tanzten oder ihre Augen den Nachthimmel durchstreiften, vergaß sie die erlittenen Schmerzen. Ihre Verhaltensauffälligkeiten waren bald nur noch Schatten der Vergangenheit. Auch verblasste Joséphine zusehends in der Erinnerung ihrer Tochter.

Erst als Sarah volljährig geworden und ihr durch den verknöcherten Notar ein brauner Umschlag ausgehändigt worden war, drängte die Mutter sich mit Macht in ihr Bewusstsein zurück. Schuld daran war der rätselhafte Brief mit dem Kettenanhänger. Vermutlich habe das Schmuckstück, wie man an den Spuren auf der Rückseite erkennen könne, ursprünglich einen Ring von Franz Liszt geziert, teilte Joséphine darin mit. Obwohl sie in ihren Abschiedsworten den Namen des »großen Ahnen« noch mehrfach nannte, war Sarah bis zu diesem Abend nicht wirklich überzeugt gewesen, ob das FL tatsächlich für die Initialen des berühmten Musikers stand.

Sie bog nach links in die Geleitstraße ein, weil sie an deren Ende die Lichter einiger Gaststätten ausgemacht hatte. Die Bronzeskulptur der liebenden Mutter wie auch die Erinnerungen an die eigene Kindheit blieben zurück. Und damit auch das Laternenlicht.

Mit jedem Schritt wurde die Dunkelheit dichter. Weder andere Fußgänger noch Fahrzeuge waren zu sehen. Sarah wechselte vom Trottoir zur Mitte der schmalen Kopfsteinstraße. Rasch lief sie an den alten, liebevoll restaurierten Häuserfassaden vorüber, den heimelig anmutenden Lichtern am Ende der Gasse entgegen. Als sie ihr Ziel fast erreicht hatte, wurde ihre Aufmerksamkeit von einer drolligen Figur abgelenkt, die rechter Hand einen Häusergiebel schmückte. Einen Moment lang vergaß Sarah ihre Beklommenheit, während sie die alte Frau mit der langen Schürze betrachtete, die eine Schale mit Thüringischen Knödeln vor sich hielt.

Plötzlich heulte hinter ihr ein Motor auf.

Instinktiv sprang sie nach links, um den Weg freizugeben. Erst auf dem vermeintlich sicheren Bürgersteig drehte sie sich nach dem heranpreschenden Fahrzeug um. Der Wagen fuhr ohne Licht. Sie wunderte sich zwar, schöpfte aber noch keinen Verdacht. Doch dann bremste die dunkle Limousine unvermittelt ab und kam rutschend neben ihr zum Stehen. Erschrocken fuhr Sarah an die Hauswand zurück.

Die getönte Scheibe auf der Fahrerseite versank summend in der Tür, und aus dem Dunkel des Wagens neigte sich Sarah das Gesicht des Paukisten entgegen.

»Tiomkin! Was soll diese Gangsternummer?«, fauchte sie ihn auf Französisch an.

»Sie waren schon verschwunden, als ich auf der Premierenfeier erschien.«

»Ja und?«

»Ich habe Sie gesucht, weil ich Sie zu einer kleinen Unterhaltung einladen wollte.«

»Unterhaltung? Da verwechseln Sie wohl etwas, Monsieur. Sie

sind kein Cello und ich keine Cellistin. Lassen Sie mich jetzt bitte allein.«

»War das Konzert so erschütternd?«

Sarah erschauderte. »Keine Ahnung, was Sie meinen.«

»Ich rede von den Dingen, die Sie beim Klang der Liszt-Fantasie wahrgenommen haben.«

Entrüstet zeigte sie dem Paukisten die kalte Schulter und setzte sich wieder in Bewegung, um sich in die Sicherheit irgendeines Restaurants zu retten.

Der Wagen ruckte ein Stück vor und schnitt ihr den Weg ab. Sich erneut aus dem Seitenfenster beugend, knurrte der Paukist: »Unser Gespräch hat gerade erst begonnen. Steigen Sie ein, Madame!«

Ehe Sarah antworten konnte, hörte sie vom Ende der Straße her plötzlich ein lautes Klirren. Es kam aus unmittelbarer Nähe.

»Ich werde mit Ihnen nirgendwohin fahren«, sagte sie, machte kehrt und trat die Flucht in Richtung Zeughof an.

Der Paukist setzte sein Fahrzeug zurück, fuhr in einem Bogen um sie herum und stellte sich ihr abermals in den Weg. »Einsteigen!«, knurrte er.

»Lassen Sie den Unsinn oder ich schreie die ganze Gegend zusammen«, drohte Sarah. Trotz der schneidenden Kälte brach ihr der Angstschweiß aus. Sie war dem Hünen kräftemäßig weit unterlegen.

»Ich sage es nur noch einmal: *Steigen Sie sofort ein!*«, befahl der Paukist in scharfem Ton.

Sarah bemerkte im offenen Seitenfenster einen Lichtreflex. Der Russe hielt vor seinem Bauch irgendeinen Gegenstand, etwas Glattes, Dunkles, Rundes ... Ihr stockte der Atem. Hatte der Kerl etwa eine Pistole?

Sie wollte herumwirbeln, um doch noch irgendwie zu fliehen, verfing sich mit dem Absatz ihres Pumps jedoch zwischen den Pflastersteinen, knickte um und fiel der Länge nach hin. Jetzt hat er dich!, dachte sie und rechnete jeden Moment damit, gepackt oder gleich an Ort und Stelle von Kugeln durchsiebt zu werden, da glitt von links ein Schemen in ihren Gesichtskreis. Sie gewahrte eine kräftige Gestalt mit Hut und langem, schwarzem Mantel. In panischer Angst fuhr Sarah vom Boden hoch, glaubte schon, der Paukist habe einen Komplizen, als etwas ganz Unerwartetes geschah.

Der Neuankömmling tänzelte, überraschend leichtfüßig, zur Beifahrerseite des Wagens, in dem ein weißes Licht aufflammte. Sarah stutzte. Die vermeintliche Waffe war nur eine Stablampe. Für die Dauer eines Lidschlags streifte ein gebündelter Lichtstrahl das Gesicht des Unbekannten, zu kurz, um es deutlich erkennen zu können. Trotzdem erschauderte Sarah, weil es sie vage an jemanden erinnerte. Und dann – sie traute ihren Augen nicht – zog der Fremde plötzlich einen langen, metallisch glänzenden Gegenstand unter dem Mantel hervor.

Ein Schwert!

Die Klinge erhob sich in die Luft und fuhr mit brachialer Gewalt auf die Windschutzscheibe des Wagens herab. Es krachte. Tausend Risse verwandelten das Sicherheitsglas in ein Spinnennetz.

»Schnell, fliehen Sie!«, schrie der Schwertträger.

Sarah erlebte die Situation wie einen bizarren Traum. Die konfuse Mischung aus moderner Operninszenierung und Wirklichkeit überforderte ihren vor Schreck gelähmten Verstand. *Sie schweben in großer Gefahr!* Die Worte von der Autogrammkarte kollerten durch ihren Geist. Endlich stolperte sie los, mit nur einem Schuh, denn der andere Pumps hing immer noch im Pflaster fest. Sie humpelte zwei, drei schleppende Schritte.

»Jetzt laufen Sie endlich!«, rief der Held in Mantel und Schwert.

Benommen starrte sie ihn an. Das bärtige Gesicht im Schatten der Hutkrempe kam ihr nun eindeutig bekannt vor. Dann wechselte ihr Blick zu dem demolierten Wagen, weil der Fahrer plötzlich den Rückwärtsgang einwarf und mit jaulendem Getriebe die Flucht nach hinten ergriff. Sarahs Retter folgte ihm mit erhobenem Schwert. Jetzt erst drehte sie sich um und humpelte in die entgegengesetzte Richtung davon.

Nach wenigen Schritten erreichte sie das Ende der Gasse. Rechts von ihr lag das Gasthaus »Scharfe Ecke« sowie geradeaus ein Texmexrestaurant. Sie verwarf ihren ursprünglichen Plan, in eines der Lokale zu fliehen, zog sich auch noch den anderen Schuh aus und ging nach links. Die Kälte drang eisig durch ihre dünnen Nylonstrümpfe, doch bis zum Hotel waren es nur ein paar hundert Meter.

Kurz nach der Straßenecke bemerkte sie schräg gegenüber ein zerbrochenes Schaufenster. Verwundert ging sie langsamer. Ein Waffengeschäft. Zwischen den Scherben lagen Kampfmesser, Pistolen und weitere Schwerter. Hier also hatte sich der »schwarze Ritter« seine blitzende Klinge beschafft. Benommen tappte sie weiter.

Sie war noch nicht weit gekommen, als hinter ihr ein Rufen erscholl.

»Madame d'Albis! Bitte warten Sie doch!«

Sie blieb stehen und drehte sich um. Es war ihr Beschützer, der Ritter im schwarzen Mantel. Aber diesmal ohne Schwert. Stattdessen winkte er mit ihrem Schuh, während er auf sie zueilte. Er war sichtlich außer Atem. Als er schon ziemlich nahe herangekommen war, nahm er keuchend seinen Hut vom Kopf.

Sarah durchfuhr ein Schrecken. Bei dem vierschrötigen Mann, der um die sechzig war, aber – wie er gerade bewiesen hatte – alles andere als tattrig, handelte es sich um niemand anderen als Oleg Janin. Den Moskauer Musikhistoriker mit Zweitwohnsitz in Paris. Den Verfasser der dringlichen Warnung, die man ihr im Theater zugespielt hatte. Den Einbrecher und Dessouswühler. Den verurteilten Stalker. Kein Wunder, dass sein Gesicht ihr bekannt vorgekommen war.

»*Sie?*«, zischte es Tröpfchen sprühend aus Sarahs Mund hervor.

»Ja, ich«, erwiderte Janin zerknirscht. Etwa drei Schritte von ihr entfernt kam er schwankend zum Stehen und brummte: »Ich werde für solche Eskapaden allmählich zu alt.«

Sarah starrte ihn an, fassungslos über die Dreistigkeit, mit der er sich über die gerichtliche Anordnung hinwegsetzte. Ja, es war zweifellos derselbe Mann, den sie und Hélène vor etwa zehn Monaten in flagranti ertappt hatten. Oleg Janin besaß ein rundes Gesicht mit flacher, gefurchter Stirn, buschigen Augenbrauen und breiter, großporiger Nase. Der dunkle, von nur wenigen silbernen Fäden durchzogene Vollbart war, im Gegensatz zu früher, jetzt akkurat gestutzt. Zwar trotzte sein Haupthaar dem Altersgrau ebenso standhaft, aber die Stirn reichte ihm schon fast bis zum Hinterkopf. Er war gut einen Meter achtzig groß, von schwerer Statur und in seinem ganzen Gebaren eher behäbig – solange er nicht mit einem Langschwert Autos attackierte. Janins Erscheinung wirkte wie die eines gutmütigen Märchenonkels. Einen Stalker stellte man sich anders vor.

»Sie haben nichts von mir zu befürchten«, sagte er mit beschwichtigender Geste, als ihm Sarahs Zornesblicke wohl zu heiß wurden.

Reagieren Sie einfach nicht auf seine Belästigungen und vermeiden jeden Kontakt zu ihm. Die Verhaltensregeln der Psychologin hallten wie ein Stahlplattenklavier in Sarahs Kopf. Was sollte sie tun? Sich einfach umdrehen und davonlaufen?

»Woran denken Sie gerade?«, fragte der Russe.

»An eine Celesta.«

»Ein Stahlplattenklavier? Das nenne ich kreativ!« Janins Mundwinkel verzog sich amüsiert.

»Hat Ihnen noch niemand gezeigt, wie weit dreihundert Meter sind, Monsieur Janin?«

Er breitete die Hände aus. »Ich bin ganz friedlich, Madame. Mein Therapeut sagt, ich sei geheilt. Abgesehen davon: Hätte ich mich an die Auflage der Richterin gehalten, wären Sie jetzt schon entführt, im ungünstigsten Fall sogar tot.«

Ein eisiger Schauer rann über Sarahs Rücken. Bis zu diesem Moment hatte sie die Belästigung des Paukisten für eine besonders plumpe Version dessen gehalten, was manche Männer unter »ein bisschen Spaß haben« verstehen, aber nicht …

»Sie sollten in dieser Jahreszeit nicht barfuß durch die Nacht laufen«, drängte Janins Stimme sich in ihre wirren Gedanken. Er trat lächelnd zwei weitere Schritte näher und streckte ihr den Schuh entgegen.

»Ich trage Strümpfe«, entgegnete sie widerborstig, riss ihm aber trotzdem den Pumps aus der Hand.

Während sie in die Schuhe schlüpfte, sagte der Russe: »Hören Sie, Madame d'Albis, wir sollten besser von der Straße verschwinden. Der Farbenlauscher könnte es sich anders überlegen und zurückkommen.« Er versuchte nach ihrem Ellenbogen zu greifen, aber sie drehte sich von ihm weg.

»Sie glauben doch nicht ernsthaft, dass ich mit *Ihnen* irgendwohin gehe...« Unvermittelt stutzte sie. »*Farbenlauscher?*«

Janin deutete ihre Überraschung falsch. »Sie haben nie davon gehört? Eine Frage, Madame. Ich weiß, dass Sie heute Abend die Premiere des Liszt-Stückes besucht haben...«

»Ha!«, lachte Sarah exaltiert. »Tun Sie doch nicht so scheinheilig. Dass Sie mir nachspionieren, habe ich sogar schwarz auf weiß. Ihr Hermes hat mich nicht verfehlt.«

»Wer?«

»Na, der Bursche, den Sie zu mir geschickt haben.«

Die dichten Augenbrauen des Professors zogen sich zusammen wie dunkle Gewitterwolken. »Der ... ›Bursche‹?«

»Monsieur Janin«, sagte Sarah ungeduldig. »Was sollen dieses absurde Theater, diese ominösen Warnungen, der Kampf da eben? Und was hat die Premiere mit alldem zu tun?«

»Haben Sie während der heutigen Aufführung irgendetwas Besonderes *gesehen*, Madame d'Albis?«

»Was...?« Sarahs Mund blieb offen stehen. Der Rest ihrer Frage hatte sich spontan verflüchtigt. Erst der Paukist und jetzt Janin – woher wussten diese Männer von ihren ungewöhnlichen Wahrnehmungen während des Konzerts?

Der Professor nickte bedeutungsvoll. »Also ja. Ich ahnte es. Das ist der Grund, mein Kind, warum die Sie in ihre Gewalt bekommen wollen.«

Sarah ignorierte den unerwartet vertraulichen Ton. »Die? Von wem reden Sie überhaupt?«

»Mein Gott, das habe ich doch schon gesagt. Von den *Farbenlauschern*...!« Janins Kopf ruckte jäh herum. Unweit war gerade ein Motor aufgeheult. Man konnte hören, wie sich ein Fahrzeug näherte. Er wandte sich wieder Sarah zu. Die Worte sprudelten jetzt nur so aus ihm hervor. »Der Paukist hat bestimmt Verstärkung angefordert. Die suchen Sie immer noch. Lassen Sie uns in das Lokal dort gehen und abwarten, bis die Gefahr vorüber ist.«

Sarah konnte nicht fassen, in was für eine Lage sie da hineingeraten war. Sie schloss die Augen und biss sich auf die Unterlippe. *Vermeiden Sie jeden Kontakt zu ihm.* Die grelle Stimme der Stalkingberaterin schien nicht in ihrem Geist, sondern neben ihr zu sprechen. Aber hatte sie denn eine Wahl? Sarah schüttelte resigniert den Kopf und blickte mit angespannter Miene in das Gesicht des Professors.

»Ich warne Sie, Monsieur Janin! Machen Sie sich keine falschen Hoffnungen.«

Der Russe lächelte befreit. »Nur keine Sorge, Madame. Es ist zu Ihrem Besten.«

Abermals wollte er nach ihrem Ellenbogen greifen, doch wieder entzog sie sich ihm. Trotzdem ging sie mit Janin zum Eingang des nur wenige Schritte entfernten Restaurants. Der Name des Lokals lautete »Anno 1900«.

*Ohne positiven Gehalt kann man in dieser Welt
weder günstige noch feindliche Passionen erwecken.*
Heinrich Heine, 1837

3. Kapitel

Weimar, 13. Januar 2005, 21.28 Uhr

Weltenbummlern mochte sich in der ersten Annäherung an den schmalen, gestreckten, einstöckigen Quader spontan der Eindruck aufdrängen, es handele sich hier um die klassizistische Luxusvariante eines amerikanischen Diners. Vor allem das Spalier von großen, mehrfach unterteilten Rundbogenfenstern auf der Straßenseite nährte diesen Trugschluss, der sich beim Betreten des Anno 1900 jedoch schnell verflüchtigte.

Das Ambiente erinnerte an das von Liszt mitgeprägte »Silberne Zeitalter« und die darauf folgenden Jahre vor dem Ersten Weltkrieg: bunt zusammengewürfelte Möbel aus Urgroßmutters Tagen, wachsvertropfte Kerzenständer, Lampen aus bernsteinfarbenem Glas, Schiefertafeln mit dem Tagesangebot und üppige Palmenstauden. Jetzt, am Abend, lag über allem ein schwaches schmeichelndes Licht wie ein duftiger Schleier. Das Restaurant sei im Jahre 1890 als Wintergarten eines Hotels eröffnet worden, erfuhr Sarah beim vorgeblichen Studium des Getränkeangebotes. Sie spähte über den Rand der Speisekarte.

Oleg Janin durchsuchte gerade die Innentaschen seiner karierten Jacke. Das im englischen Gutsherrenstil gehaltene Sakko aus gelbgrüner grober Wolle erinnerte sie an eine militärische Luftaufnahme, die in weinrote Planquadrate unterteilt war. Der Professor hatte ihr gegenüber ein ganzes Sofa okkupiert und wirkte darauf etwas verloren.

Weil alle anderen Tische besetzt waren, hatte die Bedienung das Paar in die eben frei gewordene »Konferenzecke« geschickt, die sich hinten links in einem Anbau des Gastraumes befand. Jeden Donnerstagabend, hatte die strohblonde Kellnerin erklärt, spielten hier junge Weimarer Künstler Klavier. Das war freilich unüberhörbar.

Sarah saß auf einem der sechs Konferenzstühle. Ihre Pappröhre mit den Noten hatte sie neben sich auf den Tisch gelegt, nicht eben als Waffe zur Abwehr möglicher Übergriffe des Russen gedacht, schon aber zur Verdeutlichung des flüchtigen Charakters dieses Tête-à-têtes. Hinter ihr dröhnte das Piano, und sie fragte sich, was sie an diesem Ort überhaupt verloren hatte.

Ihr Blick schweifte nervös durch den Raum. Als er das Fensterspalier streifte, fuhr draußen gerade ein Wagen vorbei. Ob der Paukist sie suchte? Sarah schüttelte missmutig den Kopf. Sie musste sich beruhigen. Wenn sie dem »Farbenlauscher« nicht gleich wieder in die Arme laufen wollte, dann befolgte sie besser den Rat ihres »schwarzen Ritters«. Während sie hier mit ihm wartete, konnte sie ebenso gut ein paar brennende Fragen klären.

Um gegen das Klavier anzukommen, beugte sie sich über den ovalen Tisch und rief: »Stellen Sie mir etwa immer noch nach, Monsieur Janin? Warum sind Sie in Weimar?«

Der Russe auf seinem Kanapee zögerte, als müsse er die Antwort erst gründlich abwägen. Aber dann sagte er mit lauter, voll tönender Stimme: »Ich vermute, aus dem gleichen Grund wie Sie, Madame d'Albis.«

Obwohl es in dem Restaurant stickig warm war, fröstelte Sarah mit einem Mal. Der alte Bursche schien es darauf abgesehen zu haben, sie zu verunsichern. Er konnte ja kaum wissen, warum sie seit fast zwei Wochen durch das alte »Ilm-Athen« streifte. Sie hatte endlich Licht ins Dunkel ihres Familienstammbaums bringen wollen, und kein Ort eignete sich dafür so gut wie Weimar. Franz Liszt hatte hier von 1842 bis 1860 das Amt eines »Großherzoglichen Hofkapellmeisters in außerordentlichen Diensten« bekleidet und die Residenzstadt auch später noch regelmäßig besucht. Das Goethe-Schiller-Archiv hütete seinen schriftlichen Nachlass, die Hochschule für Musik *Franz Liszt* manch alte Partitur, und im Tiefenarchiv der Herzogin-Anna-Amalia-Bibliothek wurde seine persönliche Büchersammlung aufbewahrt. Sarah hatte etliche Tage damit verbracht, ihre Stollen in dieses Bergwerk der Erinnerungen zu treiben, ohne jedoch fündig geworden zu sein. Ausweichend antwortete sie: »Die Premiere hat Sie hierher geführt?«

Janins bärtiges Gesicht verzog sich zu einem Schmunzeln. Er nickte. »Ja, die Premiere. Ich habe übrigens auch Ihr Benefizkonzert am Samstag besucht. Sehr lobenswert, dass Sie sich so für die Restaurierung der beschädigten Schätze der Anna Amalia einsetzen. Der Brand war ja eine Tragödie von nachgerade epischen Ausmaßen ...«

»Monsieur Janin«, unterbrach Sarah den Professor mühsam beherrscht, »ich habe große Lust, zur Polizei zu gehen und Sie anzuzeigen. Entgegen der ausdrücklichen Anordnung des Gerichts folgen Sie mir nach Deutschland, besuchen mein Konzert und schicken mir ominöse Botschaften.«

Wieder wirkte Janin irritiert, als Sarah auf die Autogrammkarte mit der Warnung anspielte, aber ehe er etwas sagen konnte, kam die Bedienung, um die Bestellung aufzunehmen. Sarah entschied sich für einen Bordeaux, der Professor orderte Schwarzbier und einen Aquavit. Mit dem Verschwinden der Kellnerin hörte auch die Musik auf. Der Pianist gönnte sich und dem Publikum eine Pause. Sarah atmete auf. Wenigstens brauchten sie jetzt nicht mehr zu schreien.

Der Professor hatte die Unterbrechung genutzt, um etwas auf eine graue Visitenkarte zu kritzeln, die er nun schweigend über den Tisch schob.

»Was soll ich damit?«, fragte Sarah gereizt.

Sein Lächeln blieb unerschütterlich. »Es ist offenkundig, dass Sie mir nicht trauen, Madame d'Albis, und dafür habe ich auch vollstes Verständnis. Das beste Mittel gegen ein angespanntes Verhältnis ist bekanntlich Offenheit.« Er deutete auf die Karte, die nun vor Sarah lag und von ihr wie ein giftiges Insekt beäugt wurde. »Auf der Rückseite habe ich Ihnen meine Zimmernummer im Elephant aufgeschrieben. Falls Sie mich anrufen wollen. Sollten Sie mich im Hotel nicht erreichen, schicken Sie mir einfach eine E-Mail.«

Sarah nahm die Visitenkarte und steckte sie ein – als Beweisstück Nummer zwei. Dann erst antwortete sie: »Und was ist, wenn ich an einem ›Verhältnis‹ zwischen uns beiden nicht interessiert bin?«

Janin ließ sich in die Sofalehne zurückfallen, breitete die Hände aus und lächelte jovial. »Sie können mich natürlich auch anzeigen. Und am besten den Paukisten gleich dazu. Aber wundern Sie sich bitte nicht, wenn die Polizei am Ende *Sie* festnimmt. Die Farbenlauscher besitzen nämlich mehr Macht und Einfluss, als Sie auch nur ahnen. So oder so würden Sie nie erfahren, was heute Abend mit Ihnen geschehen ist. Ich kann mir nicht vorstellen, dass Sie das wollen.«

Sarah funkelte den Professor aus ihren dunklen braunen Augen missmutig an. Natürlich interessierte es sie, was die beunruhigenden Ereignisse der letzten anderthalb Stunden zu bedeuten hatten. Sie kämpfte ihre Abneigung gegen den Russen nieder und fragte: »Wer oder was sind die Farbenlauscher?«

Er beugte sich weit vor und blickte zu den anderen Tischen hinüber, als suche er nach Spitzeln. Leise antwortete er: »Ein geheimer Orden, der seit Anbeginn der Zeit die ›Klänge der Macht‹ hütet und damit Menschen manipuliert.«

Für einen Moment war Sarah sprachlos. Aber dann musste sie an sich halten, um nicht hysterisch loszulachen. »Das wird ja immer verrückter! Erst kreuzen Sie wie Braveheart mit einem Schwert auf und dann erzählen Sie mir diesen Unsinn von einer Geheimgesellschaft. Die Stalkingberaterin sagte ja, Sie hätten ein getrübtes Wahrnehmungsvermögen, aber das …« Sie schüttelte fassungslos den Kopf.

Janin blieb gelassen. »Bin *ich* eben fast entführt worden oder Sie?«

»Vielleicht hat sich der Paukist auch nur für meine Unterwäsche interessiert. So was soll's ja geben.«

»Falls Sie damit auf mich anspielen: Ich bin nicht in Ihre Wohnung eingedrungen, um mich an Ihren Dessous zu vergreifen, Madame d'Albis«, erwiderte Janin kühl.

Ein kurzer Lacher hüpfte ihr aus der Kehle. »Ach! Nicht? Vor Gericht haben Sie aber genau das gestanden.«

»Wäre es Ihnen lieber gewesen, ich hätte Sie in aller Öffentlichkeit als Erbin eines Großmeisters der Farbenlauscher bloßgestellt?«

Sarah starrte den Russen mit offenem Mund an.

Der nickte gewichtig. »Zugegeben, mir fehlt bisher ein hieb- und stichfester Beweis, dass Franz Liszt die Bruderschaft angeführt hat, aber alle Indizien deuten darauf hin. Als in der Presse bekannt wurde, dass Sie von ihm abstammen, witterte ich meine große Chance. Ich hoffte, bei Ihnen Dokumente oder irgendetwas zu finden, das meine Theorie erhärten konnte.«

»Ach, und da sind Sie einfach in meine Wohnung eingebrochen.«

»Ich habe vorher wochenlang versucht, an Sie heranzukommen. Aber in Ihrer fast schon paranoiden Sturheit sahen Sie in mir ja immer nur den Stalker, der Ihnen nachstellt.«

»Nein«, widersprach Sarah eingedenk dessen, was ihr in endlosen Therapiestunden eingehämmert worden war. »Nicht *ich* bin hier die Schuldige, sondern *Sie,* Monsieur Janin. Warum haben Sie sich in Ihren Briefen und Anrufen nicht klarer ausgedrückt? Immer hieß es nur, Sie wollten mich unbedingt treffen. Haben Sie überhaupt eine Ahnung, wie viele Fans das tagtäglich versuchen?«

»Was ich über die Farbenlauscher weiß, kann ich weder der Post noch einer Telefongesellschaft anvertrauen.«

»Dann wäre dies ja nun der passende Augenblick, mich aufzuklären. Und *bitte* erzählen Sie mir nichts von ›Klängen der Macht‹.«

Janin sah sie mitleidig an. »Ausgerechnet Sie leugnen die suggestive Wirkung der Musik, wo die Medien doch voll sind von Berichten über die D'Albis und Ihre Synästhesie? Ich habe letztens selbst erlebt, mit welcher Kraft Sie Ihr Publikum fesseln. Ihnen ist es vielleicht nicht bewusst, mein Kind, weil Sie die Menschen nicht absichtlich manipulieren …«

»*Manipulieren?*«, schnappte Sarah. »Es ist ja wohl ein himmelweiter Unterschied, ob man seine Zuhörer bezaubern möchte oder ob sie gegen ihren Willen zu etwas *gezwungen* werden. Die Menschen kommen in meine Konzerte oder kaufen sich die Alben, um die Musik zu genießen, etwas Spaß zu haben und ihre Alltagssorgen zu vergessen. Genau das gebe ich ihnen und sonst nichts.«

Der Professor kicherte lautlos in seinen Bart. »Ja, ja, schon gut. Mag sein, dass Sie Ihre Fähigkeiten nur intuitiv einsetzen, aber bitte glauben Sie einem Experten: Selbst unter Farbenlauschern ist eine so außergewöhnliche Begabung wie die Ihre eine Seltenheit. Was die Natur Ihnen in die Wiege gelegt hat, ist die Essenz dessen, was der Orden seit Jahrhunderten anwendet und verfeinert, der Kunst, sich Menschen allein mit Melodien und Tonfolgen gefügig zu machen.«

»Unsinn!«

»Nicht so hastig, mein Kind. Was in Bausch und Bogen abgestritten wird, ist der Wahrheit meist am nächsten. Haben Sie nie in der Bibel von David gelesen, wie er mit seinem Harfenspiel König Saul Erleichterung verschaffte, sodass dessen schlechter Geist von ihm wich? Und die Mauern von Jericho stürzten unter Posaunenklängen zusammen ...«

»Also können diese ›Klänge‹ jetzt sogar Steine erweichen, oder was?«

»Wenn das Bollwerk eine Metapher für den Widerstandswillen von Menschen ist, dann schon. Ich weiß, die meisten sträuben sich dagegen, der Musik solche Macht zuzugestehen. Nehmen Sie nur die Legende des Rattenfängers von Hameln. Historiker haben zu ihrer Entstehung alle möglichen Theorien aufgestellt, weil sie nicht wahrhaben wollten, dass der Fremde einfach nur mit seinem Flötenspiel die Kinder der Stadt hinter sich her lockte. Aber glauben Sie mir, für einen Farbenlauscher ist das eine der leichteren Übungen.«

Sarah schwieg. Sie war verwirrt. Janin hatte ihre Begabung besser analysiert, als es selbst einer Hannah Landnal je hätte gelingen können. Die Beispiele aus sagenumwobener Vergangenheit klangen vordergründig zwar absurd, aber wenn man erst anfing darüber nachzudenken, dann fielen einem immer mehr Geschichten zu den, wie er es nannte, »Klängen der Macht« ein ...

»Was geht Ihnen durch den Kopf?«, fragte der Professor.

»Ich musste gerade an die Sphärenmusik des Pythagoras denken – mein Adoptivvater hatte mir davon erzählt.«

Janin nickte. »Mir scheint, allmählich schwingen wir im gleichen Takt. Wenn Sie die Augen öffnen, nehmen Sie, um es einmal synästhetisch auszudrücken, überall das Echo der Farbenlauscher wahr: in der von Ihnen erwähnten Sphärenharmonie, in Isaac Newtons mathematischen Formeln zur Beziehung zwischen Klangvibrationen und den Wellenlängen des Lichtes, in der *Farbenlehre* des vielleicht berühmtesten Synästhetikers, Johann Wolfgang von Goethe...«

Die Aufzählung des Professors geriet jäh ins Stocken, weil draußen ein Streifenwagen mit Sirene und Blaulicht vorbeijagte. Beide wandten sich dem Fensterspalier zu. Vielleicht hatte jemand im Texmexrestaurant die Polizei alarmiert. Endlich wurden die Getränke serviert. Sarah nahm gleich einen großen Schluck Rotwein. Am liebsten hätte sie das absurde Gespräch auf der Stelle beendet, aber die Polizeisirene hatte ihr den Ernst der Lage eindrücklich bewusst gemacht. »Wieso habe ich nie etwas von den Farbenlauschern gehört?«, fragte sie, als die Bedienung wieder außer Hörweite war.

Janin leerte in einem Zug sein Aquavitglas. Versonnen betrachtete er das weiße Malteserkreuz, das in rotem Oval auf dem schlanken Schnapskelch prangte, ehe er auffallend ruhig antwortete: »Weil sie Meister der Tarnung sind. Man kann sie nur indirekt sehen, durch die Spuren, die sie hinterlassen.«

»Zum Beispiel?«

Er streckte ihr das Glas entgegen und deutete mit der freien Hand auf das Markenzeichen. »Das achtspitzige Kreuz der Johanniter – der späteren Malteser – ist eines ihrer bevorzugten Symbole. Überhaupt spielt die Zahl Acht bei den Farbenlauschern eine zentrale Rolle. Sie müssen nur aufmerksam durch die Welt gehen und werden staunen, wie oft Sie Darstellungen der Sonne oder irgendwelcher Sterne mit acht Spitzen sehen. Auch die Windrose gehört in diesen Kontext.«

»Moment, nicht so schnell«, unterbrach Sarah den Professor. »Was haben die Johanniter mit dem Geheimbund zu tun?«

»Die Farbenlauscher sind seit jeher ein kleiner, elitärer Zirkel gewesen. Um ihre Kräfte wirksam zu entfalten, bedienten sie sich immer wieder gut vernetzter Organisationen. Die Johanniter sind der älteste geistliche Ritterorden. Sie besaßen einmal sehr viel Macht, ebenso wie die ›Armen Ritter Christi vom Tempel Salomonis‹.«

»Die Templer. Und die sind alle Farbenlauscher gewesen?«, fragte Sarah ungläubig.

Janin schüttelte den Kopf. »Noch einmal: Die Farbenlauscher haben nur die Infrastruktur der Orden benutzt: ihr Nachrichten- und Geldwesen, ihre Schutzburgen, ihr System der Geheimhaltung. Später unterwanderten sie die Rosenkreuzer, Illuminaten und Freimaurer. Auch deren Logen haben ihnen letztlich nur als Deckmantel gedient.«

»Was man doch in ein paar Allerweltssymbole nicht alles hineininterpretieren kann«, spöttelte Sarah.

Bedächtig stellte der Professor sein Schnapsglas zur Seite, bevor er antwortete: »Sie sollten Ihre Unwissenheit nicht allzu laut hinausschreien, mein Kind. Passen Sie gut auf, was ich jetzt tue.« Ehe sie es verhindern konnte, hatte er sich die Papprolle gegriffen und einen Kugelschreiber gezückt. Mit flinken Strichen zeichnete er etwas auf den Adressaufkleber und drehte anschließend die Röhre herum, damit Sarah sein kleines Kunstwerk bewundern konnte. »Was sehen Sie?«

Es war unverkennbar ein Johanniter- oder Malteserkreuz, zur besseren Hervorhebung blau schraffiert. Genau das sagte sie auch.

Janin nickte bestätigend, drehte das Etikett wieder zu sich, wechselte an seinem Schreibwerkzeug auf eine Bleistiftmine und begann abermals zu kritzeln, während er murmelte: »Geben Sie gut Acht! Ich ziehe entlang der Außenkanten nur ein paar gerade Linien ... so und so ... und voilà ...« Diesmal legte er die Papprolle genau unter Sarahs Nase.

»Das hätte ich jetzt nicht gedacht!«, staunte sie. Das Kreuz hatte sich tatsächlich in einen *achtstrahligen Stern* verwandelt, den man mit ein wenig Fantasie sogar als Windrose deuten konnte.

Die Überraschung der jungen Frau bereitete Janin sichtlich Vergnügen. »Alles ist in allem verborgen«, sagte er tiefgründig. »Man muss nur richtig hinsehen, um die Zusammenhänge zu erkennen.« Die Verblüffung wirkte wie ein Weichspüler auf Sarahs Kratzbürstigkeit. Eher lahm als angriffslustig fragte sie: »Können wir weitere Kunststückchen vielleicht überspringen und Sie klären mich einfach über diese ›Zusammenhänge‹ auf?«

Der Professor lächelte befreit. »Dazu bin ich ja nach Weimar gekommen.« Er beugte sich vor und begann leise von Jubal zu erzählen, dem Gründer und ersten Großmeister der Farbenlauscher. Die Genesis, das erste Buch der Bibel, nenne diesen Nachfahren Kains in 1. Mose 4,21 den »Vater all derer, die Harfe und Pfeife spielen«. In der Symbolik der Bruderschaft besäßen diese beiden Instrumente seit alters her einen besonders hohen Stellenwert. Daher laute der Titel ihres Oberhauptes auch »Meister der Harfe«.

Um sein Wissen über die Macht der Musik an seine Jünger weiterzugeben, habe Jubal es in einer »Klanglehre« zusammengefasst. Es handele sich hierbei um eine einzigartige Melodie, die von den Farbenlauschern auch als »Königin der Klänge« bezeichnet werde. Über Äonen hinweg wurde dieses tönende Vermächtnis Jubals nur durch Vorspielen und Zuhören vom Harfenmeister an vertraute Adepten weitergegeben. Bei Todesstrafe war es verboten, die Tonfolge aufzuschreiben.

Diese wohl älteste Melodie der Welt konnte nur »lesen«, wer mit einer sehr seltenen Form des *Audition colorée* gesegnet war. Die Auserwählten – übrigens Angehörige beider Geschlechter – nannte man »Meister gleich Jubal«. Weil Synästhesie erblich ist und das Farbenhören bei Frauen generell häufiger als bei Männern auftritt, blieb die Führerschaft des Ordens oft generationenlang in den Händen der weiblichen Nachkommen eines Harfenmeisters.

Innerhalb der Farbenlauscher herrscht eine strenge Hierarchie, aufsteigend vom Grad der Neophyten – den noch nicht eingeweihten Schülern – bis zu den Adepten, dem engen Kreis potenzieller Nachfolger um den amtierenden Meister der Harfe. Je nach Rang weiht dieser seine Mitbrüder in ein bestimmtes Repertoire von

Klängen der Macht ein. Es gibt etwa eine Melodie, die ihre Hörer zur kopflosen Flucht antreibt. Eine andere versammelt Menschen an einen bestimmten Ort. Manche wecken Stimmungen wie Heiterkeit, Trauer, Hass oder Gesprächigkeit. Und eine befiehlt sogar, den Anführer zu töten ...

»Das hört sich an, als seien dieser Jubal und seine Nachfolger die idealen Verschwörer gewesen«, unterbrach Sarah den Professor.

»Nach dem Kodex des geheimen Zirkels sollen zerstörerische Kräfte von den Völkern der Erde ferngehalten werden, um sie auf lange Sicht zu einer neuen, besseren Ordnung zu führen. Finden Sie das unehrenhaft?«

»Nicht unbedingt. Ich würde sagen, es kommt auf die Methoden an.«

»Seien Sie versichert, wenn es die Farbenlauscher nicht gäbe, wäre unsere Welt heute nicht dieselbe. Der Orden hat lange seinen Regeln gemäß zum Gedeihen der Menschen gewirkt. Leider sind trotz der hohen Anforderungen an den Charakter der Neophyten auch immer wieder einige Unwürdige aufgenommen worden.«

»Egomanen, die sich von der Droge Macht haben verführen lassen?«

»Ja. Jubal hat weise gehandelt, als er seine Klanglehre in eine Form brachte, die sich nur wenigen erschließt. So blieb sie über viele Zeitalter geheim. Bis im 17. Jahrhundert ein Mitglied des Ordens das Sakrileg begangen hat.«

»Sie meinen ...?«

Janin nickte. »Er hat die Klanglehre des Jubal in Notenschrift auf Pergament gebannt. In der so genannten ›Purpurpartitur‹.«

Sarah glaubte sich vom Blitz getroffen. *Purpurpartitur?* Dieser seltsame Name war in Liszts Klangbotschaft aufgetaucht! Sie kniff sich unter dem Tisch in die Hand, um die innere Anspannung im Schmerz aufzulösen. So unverfänglich wie möglich fragte sie: »Warum denn gerade diese Farbe?«

»Sie bezieht sich auf den Purpur eines Kardinals«, erklärte Janin. »Selbiger hatte eine Intrige gegen die Farbenlauscher gesponnen und schließlich einen Adepten des Harfenmeisters so weit zermürbt, dass dieser für ihn die Klanglehre des Jubal in Noten niederschrieb. Der Kirchenfürst versprach sich vom geheimen Wissen der Bruderschaft unbegrenzte Macht, doch seine Kabale geriet außer Kontrolle. Sie führte zum ›Krieg der Farbenlauscher‹, durch den der Orden praktisch ausgelöscht wurde. Der Anstifter selbst konnte die Purpurpartitur nie für sich nutzen, weil weder er noch seine Schergen die Gabe des besonderen *Audition colorée* besaßen.«

»Demnach ist die Klanglehre für immer verloren?«

»Meines Wissens hat es von ihr nur ein einziges Exemplar gegeben, und das ist verschollen, was nicht ganz dasselbe wie ›verloren‹ ist. Die wenigen Überlebenden der Farbenlauscher haben den Orden erneuert, und ihre geistigen Nachfahren suchen bis heute nach der Königin der Klänge. Überall auf der Welt halten sie nach Kindern mit besonderer synästhetischer Begabung Ausschau. Zugleich variiert man die bekannten Klänge der Macht und sucht nach ganz neuen Methoden, um sich die suggestive Wirkung von Musik zu erschließen.«

»Sie wissen ja erstaunlich viel über die Farbenlauscher.«

»Ich habe der Erforschung ihres Ordens Jahrzehnte meines Lebens gewidmet. Immerhin geht es um eines der größten Geheimnisse der Menschheit. Es ist allgemein bekannt, dass Musik auf uns gewaltigen Einfluss ausübt, aber niemand vermochte bisher stichhaltig zu erklären, warum das so ist.«

»Und wenn man die Mechanismen erst versteht, kann man sie gezielt benutzen. Geheimdienste und Militärs werden begeistert sein.«

Der Professor schüttelte entschieden den Kopf: »Meine Arbeit dient ausschließlich friedlichen Zwecken, und die Leitung meiner Fakultät an der Moskauer Lomonossov-Universität sieht das genauso. Ich bin von meiner Lehrverpflichtung dort freigestellt, um mich ganz meinen Studien in Paris widmen zu können.«

»Warum ausgerechnet Paris?«

»Weil der geheime Orden in den Zentren der Macht stets am stärksten gewirkt hat: In Babylon, Rom, Byzanz und später im Reich der Franken. Ein Wissenschaftler wie ich kommt den Farbenlauschern nirgendwo so nahe wie in Paris. Die meisten schriftlichen Hinweise auf sie stammen aus dem Frankreich nach dem großen Schisma.«

»Schisma?«

Janin nahm einen tiefen Schluck von seinem Schwarzbier. »Der wiederbelebte Orden hatte sich in zwei Fraktionen gespalten: Die ›Lichten‹ oder ›Weißen‹, die sich selbst oft als ›Schwäne‹ bezeichneten, sowie die ›Adler‹, in manchen Quellen auch die ›Dunklen‹ oder ›Schwarzen‹ genannt. Die Wahl der Tiere und Farben folgt einer uralten Symbolsprache: Die Weißen wollten ihre Ideen durch ein neues Musikverständnis *offen,* im Licht, verbreiten. Die Schwarzen indessen vertraten die traditionelle Haltung des Ordens, nämlich dass nur eine *geheime,* im Dunkeln wirkende Gesellschaft die nötigen Entfaltungsmöglichkeiten zur Neuordnung der Welt erlangen könne. Sie neigen im Gegensatz zu den passiven Schwänen auch eher zu radikalen Methoden, bis hin zu einer Art Weltenbrand, gewissermaßen einer Läuterung von apokalyptischen Ausmaßen.« Janin schöpfte tief Atem und schlug einen überraschend liebenswürdigen Ton an. »Welchem Weg würden Sie den Vorzug geben, Madame d'Albis?«

»Ist Ihre Frage ernst gemeint?«, schnaubte Sarah.

Er trank sein Schwarzbier in einem Zug aus und wischte sich mit dem Handrücken über die Lippen. »Entschuldigen Sie meine Taktlosigkeit. Sie haben eben ein schockierendes Erlebnis gehabt, und ich langweile Sie mit meinen Forschungen.«

Sarah wurde aus dem Russen nicht schlau. Manchmal war er ihr fast sympathisch. Immerhin hatte er gerade auf der Straße einiges für sie riskiert. Etwas freundlicher fragte sie: »Was ist aus den beiden Gruppierungen der Farbenlauscher geworden? Gehört der Paukist zu den Adlern oder zu den Schwänen?«

»Ob Letztere noch existieren, weiß ich nicht sicher. Aber die Dunklen sind nach wie vor aktiv. Meiner Kenntnis nach ist Tiomkin die rechte Hand des amtierenden Meisters der Harfe, eines gewissen Sergej Nekrasow, und der würde alles tun, um in den Besitz der verschollenen Purpurpartitur zu gelangen.«

»Vielleicht ist sie längst vernichtet.«

Janin schüttelte bedächtig den Kopf. »Offenbar hält Nekrasow einige Gerüchte aus dem 19. Jahrhundert für glaubhaft, denen zufolge ein Harfenmeister der Weißen das Versteck der Purpurpartitur kannte und es in einem Dokument beschrieben hat.«

»Sie sagten vorhin, Franz Liszt sei ein Großmeister der Farbenlauscher gewesen. Halten Sie ihn für den Verfasser dieser ... Schatzkarte?«

»Es spricht einiges dafür. Allerdings wurde ein solches Schriftstück nie gefunden.« Janin seufzte. »Vielleicht ist es auch besser so, denn in den falschen Händen könnte die Königin der Klänge zu einer Waffe werden, gegen die sich sämtliche Atomsprengköpfe dieser Welt wie eine Kiste Knallfrösche ausnehmen.«

Sarah nippte nervös an ihrem Glas. Sie hätte gerne die Büchse der Pandora fest verschlossen gehalten und wünschte sich, das von Janin geschilderte Szenario sei nichts als eine Ausgeburt seiner überbordenden Fantasie. Aber wie war dann die vom Konzert heraufbeschworene Vision zu erklären?

»Entschuldigen Sie mich bitte einen Moment?«, sagte der Professor und erhob sich umständlich vom Sofa.

Sarah sah ihn fragend an.

Er lächelte säuerlich. »Ich muss kurz einem menschlichen Bedürfnis folgen. Männer meines Alters haben da leider wenig Spielraum.«

Sie nickte verständnisvoll.

Ehe er nach rechts in den Hauptraum zum WC entschwand, drehte er sich noch einmal zu ihr um. »Wenn ich zurückkomme, erzählen Sie mir hoffentlich von Ihren Eindrücken während der heutigen Uraufführung.«

Sie erstarrte kurz, dann lächelte sie ergeben.

Oleg Janin entschwand.

Sarah zählte im Stillen bis zehn, stand entschlossen auf, schnappte sich Mantel und Handtasche sowie die Pappröhre, drückte der Bedienung im Vorbeiflug einen Zehneuroschein in die Hand und schoss aus dem Lokal. Der Russische Hof lag nur wenige Schritte entfernt gleich auf der anderen Seite des Goetheplatzes. Es bestand also berechtigte Hoffnung, an diesem Abend nicht noch einmal belästigt zu werden.

*Die Musik hat von allen Künsten
den tiefsten Einfluss auf das Gemüt,
ein Gesetzgeber sollte sie deshalb
am meisten unterstützen.*
Napoleon I.

4. Kapitel

Paris, 13. Januar 2005, 22.32 Uhr

Jede Nacht legte sie ein glitzerndes Negligé an, die *Ville Lumière* – die »Stadt der Lichter«, um Bewohner wie Besucher gleichermaßen zu verführen, dem Zauber ihrer Schönheit Ruhe und Schlaf zu opfern. Davon ungerührt herrschte in der Pariser Firmenzentrale von Musilizer schon anderthalb Stunden vor Mitternacht hinter allen Fenstern Dunkelheit. Mit einer Ausnahme. An einem wuchtigen Arbeitstisch im Direktionsbüro saß in einem Rollstuhl ein uralter Mann mit schlohweißem Haar.

Die Musilizer SARL verdiente ihr Geld hauptsächlich mit Musik. Genauer gesagt mit funktioneller Musik. Oder noch präziser ausgedrückt, mit jener Melange aus Klängen, die auf Flughäfen und Bahnhöfen, in Supermärkten und Fahrstühlen aus Lautsprechern rieselte, um Menschen unterschwellig zu beeinflussen, sie also in geduldigere Passagiere, kauffreudigere Kunden oder weniger klaustrophobische Liftbenutzer zu verwandeln. Neben der Muzak LLC war Musilizer das weltweit bedeutendste Unternehmen dieser Art, arbeitete aber im Gegensatz zum Marktführer wesentlich diskreter.

Wenn eine Fabrik ihre Arbeiter zu höherer Leistung animieren wollte, führte der erste Weg zu Muzak, sofern aber ein Politiker sich für die Wählerschaft unwiderstehlich zu machen suchte, wandte er sich an Musilizer. Aus gewöhnlich gut unterrichteten Kreisen war zu erfahren, dass die an der Avenue Pablo Picasso residierende Firma ihren Kunden mittlerweile eine ganze Palette sogenannter *Subliminals* anbot. Diese Verfahren dienen dem Zweck, Menschen über das Gehör oder den Gesichtssinn unterhalb der Wahrnehmungsschwelle zu manipulieren. Musilizer hielt die Rechte an nahezu achtzig der über hundert Patente, die allein in den USA unter der Rubrik »Unterschwellige Beeinflussung und Bewusstseinskontrolle« registriert waren. Nicht alles, was in der Firma vor sich ging, war legal.

Auch deshalb schätzte der schmächtige Alte im obersten Stockwerk die Zeit nach Büroschluss. Wenn sogar seine Sekretärinnen längst zu Hause waren und in dem Geschäfts- und Bankenviertel La Défense der Puls langsamer schlug als anderswo in Paris, dann konnte er endlich ungestört arbeiten. Das Verwaltungshochhaus lag an der Westseite eines Kreisverkehrs inmitten von winterkahlen Bäumen. Es gab fürwahr bessere Plätze, die *Ville Lumière* im Negligé zu bewundern.

Die Schreibtischlampe im Büro des Musilizer-Chefs vermochte kaum die Arbeitsfläche des ausladenden Möbels zu beleuchten, der Rest des großen Raumes lag im Dunkeln. Dem äußeren Anschein nach tat der Greis gar nichts. Er saß mit geschlossenen Augen wie versteinert in seinem Rollstuhl, die Ellenbogen auf den Tisch gestützt, die Kuppen der knöchernen Finger aneinander gelegt und das Kinn gegen die abgespreizten Daumen gelehnt. Seine grauen Zellen indes sprühten Funken vor Aktivität. So konnte er stundenlang verharren. Manchmal erreichte er in der Meditation einen Zustand, in dem er den Verfall seines Körpers vergaß und sich wieder jung fühlte.

Sergej Nekrasow war der älteste Mensch der Welt.

Er verdankte seine außergewöhnliche Langlebigkeit weder den Genen seiner Vorfahren noch der belebenden Kraft der Musik. Vor über einhundertfünfzig Jahren war er in den inneren Zirkel einer Bruderschaft aufgenommen worden, die sich »Der Kreis der Dämmerung« nannte. Nur ein Dutzend Männer zählte diese Elite und ein dreizehnter führte sie an: Lord Belial. Er besaß Kenntnisse und Fähigkeiten, die nach landläufiger Vorstellung menschliches Vermögen bei weitem überstiegen. Mithilfe seines geheimen Wissens hatte er die Vitalität seiner engsten Vertrauten zusammengeschmiedet und mit diesem Milleniumsbund ihre Lebenserwartung, so sein Versprechen, um das Zwölffache eines gewöhnlichen Menschenalters verlängert. Sein Plan, die Erde von allen Übeln zu reinigen, war aber letztlich an einem mächtigen Gegner gescheitert. Dieser Feind, ein Engländer namens David Camden, hatte die geheime Bruderschaft zerschlagen und ihre Führer getötet. So verlor auch der Milleniumsbund seine Kraft. Nur Sergej Nekrasow war übrig geblieben, den baldigen Tod vor Augen.

Als Spross einer alten russischen Artistenfamilie hatte er bereits in Kindertagen gelernt, nie ohne Netz und doppelten Boden zu arbeiten. Deshalb war er schon früh verschiedenen anderen Geheimgesellschaften beigetreten: den Erben der Illuminaten, der Deutschen Union, den italienischen Carbonari, den französischen Freimaurern, den Gold- und Rosenkreuzern sowie der »Bruderschaft vom Aar«.

So wird in der Sprache der Poesie der Adler genannt.

In diesem Orden der Dunklen Farbenlauscher hatte Nekrasow jene Gleichgesinnten gefunden, die wie er der Menschheit einen neuen Anfang geben wollten. Weil er über die Gabe des *Audition colorée* verfügte, standen ihm auch die höheren Grade der Jüngerschaft des Jubal offen, schon nach kurzer Zeit gehörte er zu ihren geheimen Oberen. Zwischen seiner Aufnahme in den höchsten Grad dieses Bundes und der Gegenwart lag unterdessen bereits mehr als ein Menschenalter. Nach so vielen Jahren, so vielen Kämpfen und so vielen Rückschlägen erfüllte Sergej Nekrasow zum ersten Mal wieder so etwas wie gespannte Erwartung. Bald würde er die Früchte seiner geduldigen Arbeit ernten ...

Das Telefon klingelte.

Nekrasows grüne Augen fixierten den Apparat. An einer roten Leuchtdiode erkannte er, dass der Anrufer die abhörsichere Verbindung benutzte. Er hob ab, sagte aber kein Wort.

Am anderen Ende der Leitung meldete sich Walerij Tiomkin mit der Frage: »Was bringt den Himmel zum Klingen?«

»Die Lyra«, antwortete Sergej Nekrasow mit raschelnder Stimme.

»Sie haben Recht gehabt«, sagte der Paukist wortkarg.

»Dann hat sie etwas erblickt?«, vergewisserte sich der Alte.

»Tausendprozentig. Die D'Albis ist fast ausgeflippt, als sie die Musik sah.«

»Und danach?«

Der Paukist erzählte, wie sich die Pianistin aus dem Theater geschlichen und er sie mit dem gestohlenen Wagen abgepasst hatte. Auch die Zertrümmerung seiner Windschutzscheibe durch Oleg Janin verschwieg er nicht.

»Machen Sie sich darum keine Sorgen«, sagte Nekrasow. »Hat die Aktion Aufsehen erregt?«

»Das kann man wohl sagen. Die Polizei krempelt die ganze Innenstadt von Weimar um, aber wenn sie etwas finden, dann höchstens einen gründlich demolierten Wagen mit falschem Kennzeichen.«

»Was ist mit der Windrose?«

»Um die kümmere ich mich gleich.«

»Wunderbar. Ich weiß, mein Bruder, Sie bringen ein großes Opfer, indem Sie sich auf diese Weise kompromittieren, aber es ist nötig, um den letzten Schritt zu vollziehen. Die Bruderschaft vom Aar wird nicht vergessen, was Sie in diesen Stunden für sie tun.«

»Ich betrachte meinen bescheidenen Beitrag als große Ehre.«

»Gut.«

Einen Moment herrschte Stille in der Leitung. Als der Alte seiner einsilbigen Antwort nichts mehr hinzufügte, fragte der Paukist: »Haben Sie irgendwelche neuen Anweisungen für mich?«

»Nein«, erwiderte Nekrasow. »Madame d'Albis hat unsere Aufforderung zum Tanz erhalten. Wir verfahren weiter nach Plan.«

*Wenn sie einem nahekommt,
hat alle Musik,
selbst die schlechte,
etwas Unheimliches.
Sie rührt gleich an das Urweltliche.*
Karl Schaffler

5. Kapitel

Weimar, 13. Januar 2005, 22.15 Uhr

Das traditionsreiche Grandhotel Russischer Hof Weimar gehörte zu den ersten Adressen der Stadt. Sarah d'Albis versprach sich von seinen Mauern zurzeit vor allem Sicherheit. Als sie durch die Glastür ins noble Foyer eintrat, überkam sie daher ein Gefühl der Erleichterung. Ihr Blick wanderte wie schon oft zuvor zu der Bronzeplakette im spiegelnden Granitfußboden. Das runde, leicht nach oben gewölbte Medaillon war so groß wie eine Paellapfanne.

»Bon Soir, Großvater«, erwiderte sie flüsternd den Gutenabendgruß. Mit einem Mal erschien ihr dieses Stück Metall von einer seltsamen Aura umgeben. Zwar hatte sie in der Hotelchronik gelesen, dass die Plakette an Franz Liszts Begegnung mit Robert und Clara Schumann erinnern sollte – mit den Worten »*Bon Soir, ihr Lieben*« hatte er das Musikerehepaar 1841 hier begrüßt –, aber nach dem Erlebnis im Deutschen Nationaltheater fühlte sie sich davon auch durchaus persönlich angesprochen.

»Haben Sie Ihre Schlüsselkarte zur Hand, Madame d'Albis?«, fragte dezent eine Stimme von rechts.

Sarahs kontemplatives Verharren über der Bronzeplatte hatte aus einem Nebenraum hinter der Rezeption eine blonde junge

Frau auf den Plan gerufen. Die prominente Pianistin war in dem Fünfsternehaus gut bekannt. Sie lächelte der Empfangsdame zu, kramte die codierte Plastikkarte aus der Handtasche hervor und streckte sie, eingeklemmt zwischen Zeige- und Mittelfinger, triumphierend in die Höhe. »Da ist sie ja!«

»Kann ich sonst noch etwas für Sie tun, Madame?«

Sarah wollte schon dankend ablehnen, aber dann fragte sie: »Die Rezeption ist doch die ganze Nacht über besetzt, oder?«

»Selbstverständlich. Wir sind immer für Sie da.«

»Das ist gut«, murmelte Sarah und lief weiter. Das »Gute Nacht!« der Hotelangestellten registrierte sie schon nicht mehr.

Obwohl sie im ersten Stock wohnte, steuerte sie auf die Fahrstühle zu. Auf dem Weg dorthin musste sie eine im Fußboden eingelassene Steinintarsie überqueren. Unwillkürlich machte sie einen Bogen um den doppelköpfigen russischen Adler, als könne das Betreten desselben die Präsenz dunkler Farbenlauscher heraufbeschwören.

Gleich darauf entstieg sie dem Lift und wandte sich nach links. Sarah bewohnte die durch eine Verbindungstür zur Suite zusammengefassten Zimmer 129 und 130. Sie hatte eine Abneigung gegen allzu beengte oder bescheidene Verhältnisse. Oft musste sie während ihrer Konzertreisen in der Hotelunterkunft Interviews geben und hasste es, wildfremde Männer neben ihrem Bett zu empfangen. Mithilfe der Codekarte verschaffte sie sich Zugang in ihr Refugium und drückte mit dem Rücken die Zimmertür ins Schloss. Nun erst fühlte sie sich wirklich sicher.

Mit der Geborgenheit kam die Erschöpfung. Die letzten Stunden waren für ihren Geschmack ein bisschen *zu* aufregend gewesen. Achtlos ließ sie ihre Tasche und die Papphülse neben sich zu Boden gleiten und hob die Hand vors Gesicht, um ihre langen gespreizten Finger zu betrachten. Sie zitterten.

Was denn sonst?, dachte sie. Die Stunden bei der Stalkingberaterin im vergangenen Jahr hatten aus ihrem Nervenkostüm noch lange keinen Kampfanzug gemacht, sondern darin bestenfalls einige Risse geflickt. Nach einer lästigen Infektion im letzten September und Oktober, für die laut ärztlichem Bulletin ihr »stressbedingt geschwächtes Immunsystem« verantwortlich war, hatte sie die Notbremse gezogen: sechs Monate »Kreativpause« – so nannte man eine längere Auszeit in Künstlerkreisen.

Das Benefizkonzert im Nationaltheater vor fünf Tagen war eine Ausnahme gewesen, weil sie sich für ihre Ahnenforschung ohnehin in Weimar eingeigelt hatte und die Restaurierung der beschädigten Bestände der Herzogin-Anna-Amalia-Bibliothek ihr überdies ein echtes Herzensanliegen war. Sie hatte ja nicht ahnen können, wie diese, eigentlich als erholsame Abwechslung geplante Reise ihr Leben auf den Kopf stellen würde.

Sollte sie die Polizei anrufen? Oleg Janin hatte ihr ausdrücklich davon abgeraten. Seltsamerweise war er, der verurteilte Stalker, mehr um sie besorgt gewesen als um sich selbst. Falls sie den Paukisten anzeige, würden die Farbenlauscher ihren Einfluss geltend machen, um sie in Schwierigkeiten zu bringen. Die während des Konzerts erblickte Botschaft machte es Sarah nicht gerade leichter, in dem Musikhistoriker lediglich einen geistig kranken Menschen zu sehen.

Aber rechtfertigte seine bizarre Geschichte den Einbruch in ihre Wohnung? Wohl kaum. Andererseits wäre er nicht der erste Wissenschaftler, der nach jahrelangem Forschungsmarathon zu illegalen Mitteln griff, um sich den Endspurt ins Ziel nicht von einem plötzlich aufgetauchten Hindernis verstellen zu lassen. Immerhin hatte er sie davor bewahrt, irgendeiner obskuren Gruppe in die Hände zu fallen. Vielleicht sollte sie seine Warnung ernst nehmen.

Abgesehen davon sträubte sich in ihr alles dagegen, innerhalb eines Jahres erneut auf einem Polizeirevier vorstellig zu werden und sich über intimste Dinge ausfragen zu lassen, als wäre sie die Perverse und ihre Peiniger nur arme verführte Mannsbilder. Zweifellos würde sie die ganzen Schrecken der letzten Monate noch einmal durchleiden. Und überhaupt! Wie sollte sie den Flics ihre synästhetischen Wahrnehmungen während der Uraufführung schildern? Die Beamten würden sie, wie sie aus einschlägigen Erfahrungen wusste, für eine Voodoozauberin halten.

Sarah schüttelte den Kopf. Nein. Besser, sie überschlief die Entscheidung noch einmal. Morgen konnte sie immer noch Anzeige erstatten.

Sie stieß sich mit den Schultern von der Tür ab und durchquerte den Raum. Unterwegs zog sie den Mantel aus und warf ihn über eine Stuhllehne. Am anderen Ende des Zimmers stand neben dem linken der beiden Fenster ein nicht ganz echter klassizistischer Schreibtisch aus rotem Holz mit goldenen Applikationen und darauf – ein eklatanter Stilbruch – ihr matt silbernes, flaches Notebook neuester Bauart. Sie war ganz vernarrt in den Computer. Ohne ihn ging sie nie auf Reisen.

Der Gebrauch des Internets war für Sarah so selbstverständlich wie der morgendliche Blick in den Spiegel. Mit dem Rechner konnte sie nicht nur drahtlos im World Wide Web surfen und per E-Mail den Kontakt zu ihren Agenten halten, sondern sogar telefonieren. Sie benutzte ihn auch als »akustischen Spiegel« zur Selbstkontrolle, indem sie über ein Mikrofon oder eine ansteckbare Klaviatur ihre Übungen aufzeichnete, um sie später kritisch anzuhören. Außerdem war er ihre »wandernde Bibliothek«: Tausende digitaler Fotos, ihre komplette Sammlung klassischer und moderner CDs sowie diverse Nachschlagewerke befanden sich darauf. Und was momentan für sie das Wichtigste war: Alle von ihr zusammengetragenen Daten zu Franz Liszt lagen auf der Festplatte, darunter auch eine ins Englische übersetzte Auswahl von etwa sechshundert seiner Briefe.

Es juckte sie in den Fingern, das Notebook aufzuklappen und sofort mit der Entschlüsselung der Klangbotschaft zu beginnen.

Einen Moment lang schwebte ihre Hand über dem Deckel des Computers, dann aber bemerkte sie wieder das Zittern und schüttelte energisch den Kopf. Nein, in diesem aufgekratzten Zustand konnte sie ohnehin keinen klaren Gedanken fassen. Morgen war auch noch ein Tag. Sie würde eine Tablette nehmen und sich schlafen legen.

Als sie sich umdrehte, bemerkte sie die Papphöhre, die neben der Tür an der Wand lehnte. Bei der feierlichen Überreichung hatte sie die Notenblätter nur pro forma angesehen, um dem Gebot der Höflichkeit zu genügen. Einen Moment lang ruhte ihr Blick nun begehrlich auf dem Behältnis – dann kapitulierte sie vor der wieder aufflackernden Neugier. Sie holte die Rolle und ließ sich auf einem sandfarbenen Sofa nieder, das zusammen mit zwei gepolsterten Stühlen und einem rührend filigranen Glastischchen die Ecke rechts der Fenster zum Empfangsbereich für Gäste aufputzte.

Sarah öffnete die Röhre und breitete den Inhalt auf dem Tisch aus.

Nur kurz betrachtete sie die »Politische Übersicht von Europa«. Der kolorierte Kupferstich, hinter dem ein Unbekannter Liszts Komposition versteckt hatte, war für sie nicht mehr als ein hübsches, aber unspektakuläres Zeitdokument. Auf der Rückseite des etwa dreißig mal einundzwanzig Zentimeter großen Bogens befand sich das Faksimile einer handschriftlichen Notiz in schwarzer Tinte:

Urabdruck aus: Stieler's »Schul-Atlas über alle Theile der Erde und über das Weltgebäude«
Sechsundvierzigste Auflage, verbessert und vermehrt von Herm. <u>*Berghaus.*</u>
32 illuminierte Karten in Kupferstich.
Verlag: Gotha: Justus Perthes. 1866.

Die einzige Auffälligkeit an dem Vermerk war der unterstrichene Name »Berghaus«. Sarah konnte sich keinen Reim darauf machen und schob die Farbkopie ans äußere Ende des Tisches.

Nun widmete sie sich den Notenblättern. Schon manch ungeübten Musikstudenten hatte beim Anblick von Liszts wildem Gekritzel die Verzweiflung gepackt. Der Komponist pflegte Partituren – selbst gedruckte Exemplare – immer wieder zu ändern. Sogar sein Sekretär hatte nicht selten rückfragen müssen, wenn er die vom Meister abgesegnete Fassung in Reinschrift übertrug. Auch das aus dem Feuer gerettete Autograph sah ziemlich chaotisch aus. Hier waren Notenlinien freihändig und reichlich schief verlängert worden, dort hatte Liszt ganze Takte gestrichen. Verschiedene Farben gaben überdies bestimmte Überarbeitungsstände wieder. Bald hatte sich Sarah in den vielen aufregenden Details verloren.

Bemerkenswerterweise war die Komposition mit zwei unterschiedlichen Datierungen versehen: 1866 und 1880. Der Hauptteil stammte aus dem früheren Zeitabschnitt. Sogar einige Skizzen zum Schluss der Fantasie hatte es bereits in den 1860ern gegeben. Vierzehn Jahre nach Ende der ersten Phase war dann jene Fassung entstanden, in der sich die ominöse Warnung verbarg.

EILE VOLKES WILLE FLICHT SCHON ALEXANDERS KRANZ
IN NUR ZWEI MONDEN WEHT ER AUF SEINEM GRABE FRANZ

Das »Zwiegespräch« mit den Notenblättern ihres Ahnen ließ Sarah erschauern. Sie konnte die unheilverkündenden Worte tatsächlich *sehen*, fast eben so deutlich wie zuvor im Theater.

Das Vom-Blatt-Lesen war auf dem Pariser Conservatoire national de musique eines ihrer Lieblingsfächer gewesen. Daher vermochte sie sich auch ohne Instrument eine recht präzise Vorstellung vom Klang und der Farbigkeit eines Stückes zu machen. Sie las Partituren wie andere Frauen Modezeitschriften und konnte nach einer solchen Lektüre selbst schwierige Werke noch Wochen später auswendig spielen. Wenn sie überdies eine Tonfolge *hörte*, brannte sich diese ihrem Gedächtnis fast unauslöschbar ein. Und das Erstaunlichste war: Das *Audition colorée* zeigte ihr bei erinnerten Klängen dieselben Bilder wie beim ersten Hören. Daher wanderte auch jetzt, beim Lesen von Liszts Fantasie, die Klangbotschaft erneut an ihrem inneren Auge vorbei.

Wenigstens war ihr nun klar, warum sie gestern die erste kurze Inspizierung des Werkes so verunsichert hatte. Sie war davon regelrecht verstört gewesen, vermutlich, weil sie unterschwellig bereits geahnt hatte, dass nicht allein der, um es vorsichtig auszudrücken, moderne Charakter der impressionistischen Klänge von schöpferischer Kühnheit kündete. Liszt galt ohnehin als Wegbereiter der musikalischen Avantgarde des 20. Jahrhunderts, aber die Fantasie über Höltys »Lebenspflichten« war ein polyphones Feuerwerk, das sie spontan an ein Gemälde Vincent van Goghs erinnert hatte.

Sarah studierte die Details jedes einzelnen der vierundzwanzig Notenblätter. Sie steckten voller kleiner Merkwürdigkeiten, wie

Liszts explizite Besetzung einer »Traversflöte (Buchsbaum, J.D.)«. In den unvollendeten Entwürfen des Schlusses war die hölzerne Querflöte sogar das melodieführende Instrument gewesen. Sarah nahm sich vor, den Initialen »J.D.« bei nächster Gelegenheit auf den Grund zu gehen.

Unter dem ausladenden Titel des Stückes las sie die Worte *Ce vers ne s'adressent qu'à un petit nombre* – »Diese Verse wenden sich nur an Wenige«. Ein Zitat des Schriftstellers Alphonse de Lamartine, wie Sarah sich entsann. Sie war dem Satz bei Liszt schon einmal begegnet; er hatte ihn seinen *Harmonies* vorangestellt. Damals musste sie spontan an die geheimnisvolle Sprache der Musik denken, deren Wesen nach Liszts Vorstellung das innerste Verständnis für die Natur und das Gefühl für das Unbegrenzte umfasst. In seiner *Fantasie* über Höltys Gedicht ging das verrätselte Gepräge wohl weiter, sollte den Eingeweihten auf das hinter den Klängen versteckte Gedicht hinweisen.

Sonderbar war auch die Vortragsbezeichnung *balzante* gleich zu Anfang der Partitur. Solche Spielanweisungen helfen Orchesterleitern bei der möglichst originalgetreu den Vorstellungen des Komponisten entsprechenden Aufführung eines Stückes. Gegen Mitte des 18. Jahrhunderts hatte sich in Frankreich und Italien ein umfangreiches Vokabular entwickelt, um Tempo, Lautstärke, Spieltechnik und andere Charaktermerkmale einer Komposition möglichst fein zu bestimmen. Aber Sarah konnte sich nicht erinnern, jemals der Vortragsbezeichnung *balzante* begegnet zu sein. Immerhin beherrschte sie das Italienische gut genug, um das Wort mit »hüpfend« oder »springend« übersetzen zu können. Entsprechend ausgelassen hatte das Orchester das Stück auch gespielt.

Möglicherweise offenbarten sich in all diesem nur Schrullen eines exzentrischen Komponisten ohne weitere Bedeutung. Sehr viel erstaunlicher war dagegen die Kunstfertigkeit, mit der Franz Liszt in Töne eine synästhetische Botschaft eingewoben hatte. Vielleicht, dachte Sarah, liegt ja noch mehr in den Entwürfen verborgen.

Schnell verlor sie sich in jenen Passagen, die es nicht bis in die Endfassung geschafft hatten. Im Kopf ließ sie jede der einzelnen

Tonfolgen erklingen. Bei manchen nahm sie verschwommene Muster wahr, wenn sie sich den Klang der von Liszt besetzten Instrumente vorstellte. Am liebsten hätte sie die betreffenden Stimmen in das Musikprogramm ihres Computers eingegeben, um per Kopfhörer einen besseren Eindruck zu gewinnen.

Als sie von den Blättern aufsah, um ihr Notebook anzuschmachten, brannten ihr die Augen. Von draußen drang das entfernte Geräusch einer Polizeisirene herein. Ob man den Paukisten immer noch suchte? Sarah blickte auf ihre Armbanduhr. Es war eine halbe Stunde nach Mitternacht. Die Zeit hatte sich über dem Studium der Komposition klammheimlich davongestohlen.

Sarah beschloss, dem Ruf der Vernunft zu folgen und sich zu Bett zu begeben. Sie ließ die auf dem zierlichen Glastisch ausgebreiteten Blätter einfach liegen und betrat durch die Verbindungstür den angrenzenden Raum. Er war schmaler und diente ihr als Schlafzimmer. Kurze Zeit später lag sie in ihrem grauen Seidenpyjama im Bett und wartete auf die Wirkung der Schlaftablette.

Darüber vergingen etwa anderthalb Stunden.

Dann vernahm sie ein fernes Flötenspiel.

In einem Hotel nichts Ungewöhnliches, sagte sie sich. Schon oft hatte sie darunter gelitten, wenn zu später Stunde aus angrenzenden Räumen noch Musik in ihr Zimmer drang. Synästhesie lässt sich nicht wie eine Nachttischlampe ausknipsen, ebenso wie das Gehör nicht abstellbar ist. Im Gegenteil nahm Sarah hinter geschlossenen Lidern manch buntes Hirngespinst nur umso deutlicher wahr. Die leise, einschmeichelnde Flötenmelodie als ernsthafte Störung aufzufassen, wäre allerdings übertrieben gewesen.

Und trotzdem stimmte damit etwas nicht.

Seit dem brutalen Vorgehen des Paukisten lagen Sarahs Nerven blank. Ihre Muskeln verhärteten sich, während sie angestrengt lauschte. Es hörte sich an wie eine ... *Hirtenflöte?* Der samtene Klang war verführerisch. Kam er aus der Hotelhalle? Das ließ sich nicht genau feststellen – denn plötzlich verstummte er.

Mit geschlossenen Augen horchte Sarah weiter. Ihr Herz pinselte eine dichte Folge blassroter Tupfer in ihren Geist, ansonsten waren ihre Ohren blind. Bis sie plötzlich Schritte vernahm.

Ihr Puls begann zu rasen. Nur ein Nachtschwärmer? Oder ein Gast auf der Suche nach einem Zigarettenautomaten? Den kaum erkennbaren, braunroten Spritzern auf der Leinwand ihrer Wahrnehmung war nicht das grüngelbe Tropfen der Fahrstuhlglocke vorausgegangen. Auch keine Tür hatte geklappt. Irgendwer musste über die Treppe heraufgeschlichen sein.

Unvermittelt hörte Sarah ein Knirschen. Das Geräusch war durch die angelehnte Verbindungstür aus dem Nebenzimmer gekommen. Im Nu saß sie senkrecht im Bett. Jemand versuchte, in ihre Suite einzudringen. Ihr Herz verwandelte sich in eine Pauke, die ein fettes rotes SOS in ihr Bewusstsein kleckste. Was sollte sie tun?

Sie schwang die Beine aus dem Bett, ganz von selbst rutschten ihre Füße in die bereitstehenden Filzpantoffeln. Ihr Blick huschte zum Telefon auf dem runden Tischchen beim Fenster. Hatte sie noch genügend Zeit für einen Notruf?

Als sie das Krachen splitternden Holzes vernahm, verwarf sie die Frage. Stattdessen schlich sie in Richtung Verbindungstür, um diese zuzuziehen und rasch abzuschließen. Auf halber Strecke gab sie auch dieses Vorhaben auf.

Ein weißgelber Lichtstrahl bewegte sich unruhig hinter dem Spalt. Der Einbrecher hatte eine Taschenlampe und näherte sich offenbar dem Durchgang.

Sarah wollte schreien, aber etwas in ihrem Hinterkopf äußerte die Vermutung, dass sie sich damit nur Nachteile einhandeln würde.

Plötzlich hörte sie ein Puffen, wie sie es sonst nur aus Hollywoodthrillern von den Schüssen schallgedämpfter Pistolen kannte. Kurz hintereinander drei- oder viermal. Etwas klirrte. Ihr wurde schwindelig vor Angst. Das war kein gewöhnlicher Einbrecher, sondern ein Killer! *Du musst raus hier!*, durchzuckte es sie. *Und zwar sofort!*

Sie huschte zum Ausgang und drehte so leise wie möglich den Sperrriegel auf. Das Entfernen der Sicherungskette verursachte ein leises Klimpern. Sarah starb fast vor Angst. Behutsam öffnete sie die Tür und zog sie, nachdem sie aus dem Zimmer geschlüpft war, gleich wieder zu. Im Liftbereich brannte die ganze Nacht ein gedämpftes Licht. Hoffentlich hatte der Eindringling es nicht durch die Verbindungstür bemerkt.

Rasch lief Sarah zum breiten Treppenaufgang gegenüber den Fahrstuhltüren. Als ihre Sohlen den glatten, schwarzen Granit der Stufen berührten, dankte sie Gott für die leisen Filzpantoffeln. Doch sie hatte sich zu früh gefreut.

Kurz bevor ihr Kopf unter das Niveau des Fußbodens abtauchte, sah sie eine vermummte Gestalt aus ihrem Zimmer kommen. Der Killer trug Schwarz, die Farbe des Erlöschens aller Klänge im Nichts – und die des Todes. Die Augenschlitze seiner Gesichtsmaske waren auf Sarah gerichtet. Sie stieß einen schrillen Schrei aus und rannte los.

Als sie eine Etage tiefer das beleuchtete Foyer erreichte, erlitt sie den nächsten Schock. Sie hatte gehofft, der Nachtportier käme ihr, vom Rufen alarmiert, entgegen. Stattdessen stand er mit gläsernem Blick völlig reglos mitten auf dem Wappen mit dem doppelköpfigen Adler. Der junge, breitschultrige Mann sah aus wie eine Wachsfigur. Entsetzt ergriff Sarah die Flucht.

Weil sie es nicht wagte, um den Hypnotisierten – oder was immer mit dem Mann geschehen war – herum zum Ausgang zu laufen, rannte sie in die Gegenrichtung an einem goldenen Tisch mit Blumengesteck vorbei in das Atrium, das in einen Neubau führte. Wieder hörte sie hinter sich einen gedämpften Schuss. Die Blumenvase zerbarst. Unwillkürlich zog Sarah den Kopf ein, aber die Kugel hatte sie weit verfehlt.

Sie lief unter dem Glasdach hindurch, streifte einen abgedeckten Flügel. Im Grünen Salon sah sie sich gehetzt um. Links, wo morgens das Frühstücksbuffet aufgebaut war, entdeckte sie einen Hinterausgang, schwach beleuchtet von einem grünen Fluchtwegzeichen.

Abermals schoss der Killer. Das Projektil schlug einige Meter neben Sarah in einen Stuhl ein. Sie kreischte aus voller Kehle und hastete weiter.

Nach wenigen Schritten hatte sie den Frühstücksraum durchquert und hieb mit der Linken die Klinke nieder, während sie sich gleichzeitig gegen das hölzerne Geflecht der Türverkleidung warf. Das Hindernis schwenkte leicht nach außen. Sarah stürzte hindurch und warf die Tür hinter sich ins Schloss.

Einen flachen Atemzug lang starrte sie orientierungslos auf eine schmale Fahrstuhltür. Dann kannte sie sich wieder aus. Der Aufzug wurde nur selten von Gästen benutzt. Links ging es in die Fitness-Folterkammer, also wandte sie sich nach rechts. Auf einer weißen Tür prangte in goldenen Lettern das Wort »Service«. Als Sarah sie öffnete und hindurchlief, wurde auch schon der Notausgang des Grünen Salons aufgestoßen.

Für einen kurzen Moment sah sie in ein Paar dunkle Augen, dann beendete die zufallende Tür das Intermezzo der Blicke. Sie rannte einen kahlen Flur entlang zur Rückseite des Gebäudes. Durch eine Glastür fiel etwas Licht vom Hof herein. Hinter Sarah ächzten Scharniere. Sie zog den Sicherungshebel nach unten, stieß die Tür auf und stürmte hinaus.

Geduckt hastete sie nach rechts an einigen Fahrzeugen und einem Gebäude vorbei auf die Ausfahrt des Parkplatzes zu. Erneut puffte hinter ihr der Schalldämpfer, und abermals verfehlte sie das Geschoss. Zum Glück war der Killer ein lausiger Schütze.

Als Sarah die schmale Straße erreichte, wurden ihr die Knie weich. Weimar war eine jener Kleinstädte, in denen man nachts die Bürgersteige hochklappte. Nirgendwo war ein Auto oder ein Passant auszumachen. Stattdessen hörte sie hinter sich die schweren Schritte des Verfolgers.

»Hilfe!«, schrie Sarah aus Leibeskräften und rannte nach rechts. Vielleicht wurde sie auf dem Goetheplatz wenigstens von einem Taxifahrer bemerkt. Ein paar Dutzend Schritte später – sie hatte unterwegs ihren verzweifelten Ruf noch mehrmals wiederholt und zu allem Übel auch noch einen Pantoffel verloren – erreichte sie endlich den breiten Platz.

Er war wie ausgestorben.

Sarah stolperte weiter, erneut hatte sie sich nach rechts gewandt, womit sie wieder an die Vorderseite des Russischen Hofes gelangte. Ihre lauten Schreie verkümmerten nun rasch zu einem verzagten Greinen. Tränen liefen ihr über die Wangen. Der eisige Wind pfiff durch ihren Schlafanzug, und das kalte Straßenpflaster unter der nackten Fußsohle fühlte sich wie ein Nadelkissen an. Sie wollte schon aufgeben. Hatte es überhaupt noch einen Sinn zu fliehen ...?

Als sie den Haupteingang des Hotels erreichte, stutzte sie. Ungläubig drehte sie sich nach dem Verfolger um. Wo war er abgeblieben? Er hätte doch längst hinter dem Gebäude aufkreuzen müssen. *Sollte er Sie in einer bewohnten Gegend angreifen, dann schreien Sie, so laut Sie können.* Anscheinend war, was gegen Stalker half, auch bei Killern durchaus nützlich.

Sarah drehte den Kopf nach links und blickte in den Empfangsbereich des Russischen Hofes. Von der anderen Seite der Glastür starrte sie ein ziemlich überrascht wirkender Nachtportier an.

*... er will schöne Töne hören,
will, dass man alles hergebe,
was man nur hat,
nichts für sich behalte ...*
Auguste Boissier,
1832 über den Klavierlehrer ihrer Tochter,
Franz Liszt

6. Kapitel

Weimar, 14. Januar 2005, 2.22 Uhr

Der Nachtportier wunderte sich, als Sarah d'Albis im Seidenpyjama und mit nur einem Pantoffel beschuht die Hotelhalle betrat. Die Konzertpianistin wirkte reichlich derangiert. Ihr bleiches Gesicht verwirrte ihn wegen der winterlichen Temperaturen nicht so sehr wie ihre Begrüßung.

»Wie geht es Ihnen?«

Er schüttelte fassungslos den Kopf. »Sie möchten wissen, wie es *mir* geht? Das wollte ich gerade *Sie* fragen, Madame d'Albis! Was um Himmels willen suchen Sie um diese Zeit im Nachtzeug auf der Straße? Sind Sie Schlafwandlerin?«

Ihre Blick irrlichterte durchs Foyer, als suche sie dort die Antwort. Schließlich schüttelte sie den Kopf, sah ihn wieder an und murmelte: »Nicht dass ich wüsste. Jemand hat versucht, mich umzubringen. Ich musste ... fliehen.«

Der Portier bewahrte Haltung. Er war von prominenten Gästen einiges gewohnt. Etliche tickten nicht richtig. Manche nahmen Drogen. Den Eindruck machte die D'Albis zwar nicht, aber vielleicht war sie ja doch eine Schlafwandlerin. Verständnisvoll antwortete er: »Ich war die ganze Zeit hier. Meinen Sie nicht, mir hätte so etwas auffallen müssen?«

Sie lachte irr. »Wie denn? Er hat Sie ja mit seiner Flöte eingelullt. *Hypnotisiert.*«

»Wer?« Allmählich machte sich der junge Nachtportier ernste Sorgen um den geistigen Zustand des Gastes.

»Ich nehme an, dass es der Paukist war.«

»Dann hat also ein Paukenspieler mich mit einer Flöte hypnotisiert und Sie anschließend auf die Straße gejagt«, fasste der Portier seine bisherigen Erkenntnisse geduldig zusammen. Seine Augen fixierten den nackten Fuß der D'Albis.

Diese blitzte ihn zornig an, öffnete den Mund, um vermutlich die nächste Unsinnigkeit von sich zu geben, doch unvermittelt hielt sie inne und horchte auf.

Bestimmt hört sie jetzt Stimmen, dachte der Portier. Dann aber vernahm er ein Geräusch. Ein Martinshorn näherte sich. Vom Magen her breitete sich ein unbehagliches Gefühl in ihm aus. Das war jetzt schon der dritte Einsatz in dieser Nacht und sogar der vierte seit gestern früh – jemand hatte beim Morgenspaziergang im Ilm-Park eine Leiche gefunden ...

»Schnell, laufen Sie raus und rufen Sie die Polizei«, verlangte die Pianistin unvermittelt.

»Was? Ich kann doch nicht ...«

Sie deutete auf die zerschossene Blumenvase im Durchgang zum Atrium. »Und wie erklären Sie sich *das* da? Der Killer hat Ihr halbes Hotel zerlegt, um mich zu erwischen.« Ihr Zeigefinger schwenkte im Halbkreis herum. »Die Flics da draußen kommen wegen mir. Ich habe um Hilfe gerufen. Nun gehen Sie schon!«

Obwohl die zersprungene Vase den Portier seltsamerweise nicht im Geringsten interessierte und seine Sorge sich ausschließlich um den Geisteszustand der jungen Frau drehte, vermochte er sich ihrem zwingenden Blick trotzdem nicht länger zu widersetzen. Er lief auf die Straße, gerade rechtzeitig, um dem Fahrer des heranrasenden Wagens zuzuwinken.

Das weiß-grüne Fahrzeug kreuzte die Gegenspur und blieb vor dem Hotel stehen. Ein Beamter streckte den Kopf aus dem Fenster und sah den Nachtportier fragend an.

»Sind Sie im Einsatz, weil eine Frau um Hilfe geschrien hat?«

»Ja. Haben Sie uns angerufen?«, entgegnete der Polizist.

Der Portier verstand die Welt nicht mehr. Warum hatte *er* nichts bemerkt? Er schüttelte den Kopf, deutete durch die Glastür und antwortete: »Nein. Aber die betreffende Person ist ein Gast unseres

Hauses. Sie kam eben im Schlafanzug und halb barfuß von draußen herein.«

Der Fahrer krauste die Stirn. »Halb barfuß?«

Entgegen Sarahs Befürchtungen wiederholte sich nicht, was ihr vor einigen Monaten auf einem französischen Polizeirevier widerfahren war. Nach dem Einbruch von Oleg Janin hatte die Befragung der französischen Polizei eher einem Verhör geglichen. Hier hingegen war die anfängliche Skepsis der Streifenbeamten verflogen, sobald sie Sarahs Suite betreten hatten. Die aufgebrochene Tür, ein von Kugeln durchsiebtes Bett und ein zerschossener Lüster verliehen ihrer Aussage denn doch einiges Gewicht.

Inzwischen war auch der Empfangschef des Russischen Hofs informiert worden und sicherte dem geschockten Gast spontan jedes Entgegenkommen des Hotels zu, das die erlittenen Unannehmlichkeiten mildern helfe. Sein Angebot, Sarah in die luxuriöse Zarensuite im Dachgeschoss umzuquartieren, nahm sie dankend an.

Dort wurde sie zunächst von einem Notarzt mit einer, wie er es nannte, »Scheißegalspritze« emotional ausgeknockt. Das Beruhigungsmittel vermischte sich mit der Restwirkung des Bordeaux und der Schlaftablette zu einem interessanten Cocktail, der nicht nur Sarahs Knie weich machte, sondern auch ihr Gemüt in einen Marshmallow verwandelte.

Unterdessen traf eine Kriminalbeamtin der Weimarer Polizei ein, die sich bald als »leitende Ermittlerin in diesem Fall« zu erkennen gab. Als Beweis für ihre Kompetenz im Umgang mit weiblichen Opfern hatte sie einen Jogginganzug mitgebracht, was Sarah ziemlich erheiterte. Zur Begründung sagte die Kommissarin, es könne noch eine Weile dauern, bis der »Tatort« von der Spurensicherung freigegeben werde. Die blonde Mittvierzigerin hieß Monika Bach. Bach, wie der Komponist. Sarah fand diesen launigen Zufall – dank der »Scheißegalspritze« – ungemein tröstlich.

Um dem Opfer eine möglichst stressfreie Atmosphäre zu bieten, fand die Befragung im Salon der Zarensuite statt. Sarah saß mit angewinkelten Beinen in einem hell- und dunkelrot gestreiften Sessel, Bach teilte sich das dazu passende Zweiersofa mit einem Kollegen. Während die Kommissarin in einem schwarzen Notizbüchlein blätterte, versprach sie, sich auf das Nötigste zu beschränken. Sie müsse die Fahndung nach dem Täter mit einigen Fakten unterfüttern: wie er ausgesehen und was er genau getan habe ...

»Ich bin ja wohl am meisten daran interessiert, dass Sie diesen Killer schnappen«, sagte Sarah mit schwerer Zunge. Inzwischen glaubte sie wirklich, dass die Farbenlauscher ihr nachstellten und der neuerliche Rückschlag die Bande eher zu größerer Brutalität reizen als zum Aufgeben bewegen würde. Als die Beamtin sie daher fragte, ob sie vielleicht Feinde oder im Hinblick auf den Täter einen Verdacht habe, antwortete Sarah wie aus der Pistole geschossen: »Es war der Paukist.«

Von da an zogen ihre Schilderungen immer weitere Kreise, wobei sie ihren örtlich betäubten Verstand durch wiederholte Warnungen vom Abgrund der Willenlosigkeit fortzuscheuchen versuchte: Vielleicht sind die Flics Spitzel der Farbenlauscher und der Arzt hat dir eine Wahrheitsdroge gespritzt. Bleib wach, Sarah! Verrate den Dunklen nichts, was sie nicht ohnehin schon wissen! Ihr von Psychopharmaka überschwemmtes Gehirn konnte zwischen Wahrheit und Wahn kaum mehr unterscheiden.

Zuerst berichtete sie schleppend von Walerij Tiomkins Überfall in der Geleitstraße. Die beiden Beamten tauschten einen langen Blick, der Sarah selbst in ihrem benebelten Zustand nicht entging.

»Was ist?«, fragte sie.

»Sie reden von *dem* Walerij Tiomkin, dem Musiker von der Pariser Oper, der heute Abend den Pauker der Staatskapelle vertreten hat?«, vergewisserte sich die Kommissarin.

Sarah bejahte.

»Ist Ihnen bekannt, weshalb diese kurzfristige Umbesetzung vorgenommen werden musste, Madame d'Albis?«

»Nein.«

»Der Stammpauker des Ensembles wurde heute ... nein, *gestern* früh im Ilm-Park tot aufgefunden. Er lag mit dem Gesicht nach unten im Fluss.«

Obwohl Sarahs Gehirn dem Gefühl nach warm in Watte gepackt war, fröstelte sie. »Ist er ... ertrunken?«

Bach schüttelte den Kopf. »Wohl eher nicht, wenngleich die Ergebnisse der Obduktion noch nicht vorliegen. Wenn Sie mich kurz entschuldigen würden?«

Die Polizistin entfernte sich ein paar Schritte und telefonierte kurz über das Handy. Sarah trank einen Schluck Mineralwasser und lauschte. Sie konnte nur einzelne Fetzen des Gesprächs aufschnappen, hörte aber mehrmals deutlich Tiomkins Namen. Der Paukist stand also ab sofort auf der Fahndungsliste. Gut so.

Nach Ende des Telefonats kehrte die Ermittlerin zur Sitzgruppe zurück und wandte sich erneut an Sarah. »Bitte erzählen Sie mir mehr von Tiomkins Angriff. Wie sind Sie ihm entkommen?«

Sarah schilderte Oleg Janins bühnenreifen Auftritt mit dem Langschwert.

Wieder sahen sich die beiden Kommissare bedeutungsvoll an.

»Sagen Sie bloß, Sie kennen auch den Professor?«, wunderte sich Sarah.

»Nein«, antwortete Bach. »Aber als unsere Beamten am fraglichen Ort eintrafen, entdeckten sie das zerstörte Schaufenster eines Waffengeschäfts.«

Sarah kicherte. »Das habe ich auch gesehen.«

»Normalerweise sind solche Läden verpflichtet, ihre Auslagen nachts zu schützen. Auch das betreffende Geschäft verfügt über ein Panzergitter, aber es blieb heute Nacht offen.«

»Und was schließen Sie daraus?«

»Ich?« Die Polizistin zog eine Grimasse. »Vorerst gar nichts. Der Einbruch wird von einem Kollegen bearbeitet, und wir hatten nach dem Leichenfund gestern noch keine Gelegenheit für ein Schwätzchen. Auf dem Kommissariat ist seit vierundzwanzig Stunden die Hölle los.«

»Das kann ich mir vorstellen«, sagte Sarah leichthin, als gehe es lediglich um die Stoßzeit in einer Lottoannahmestelle. »Erst der Überfall beim Knödelrestaurant. Dann gegen halb eins schon der nächste Alarm. Und jetzt der Mordversuch. Was ist da eigentlich kurz nach Mitternacht passiert?«

»Das erfahren Sie noch früh genug, Madame d'Albis. Kommen wir noch einmal zurück auf Walerij Tiomkin. Denken Sie, sein Interesse an Ihnen ist ...?«

»Sexueller Natur?«, vollendete Sarah die Frage. Sie wunderte sich, wie leicht ihr diese Worte über die Lippen kamen, und schüttelte den Kopf. Bisher hatte sie nichts von dem Gespräch mit Janin erwähnt, sah aber auch nicht ein, warum sie den Stalker länger schützen sollte. Vielleicht steckte ja sogar er hinter dem Mordanschlag. Ihr war so ziemlich alles egal.

Nur seine Warnung vor den mächtigen Farbenlauschern ließ sie kurz innehalten.

Dann aber holte Sarah zum Rundumschlag gegen alle Russen aus, die ihr in letzter Zeit das Leben schwer gemacht hatten. Auch das Gespräch im Anno 1900 rollte sie vor den Kripobeamten noch einmal auf. Ab und zu wurde sie von Bach unterbrochen, weil ihre Schilderungen ob der schweren Zunge unverständlich oder wegen des obskuren Inhalts für die Ermittler kaum noch nachzuvollziehen waren. Je länger sie von der Jüngerschaft des Jubal erzählte, desto intensiver tauschten die beiden beredte Blicke.

Sarah war klar, wie unglaubhaft das alles für die Polizisten klingen musste. Daher verzichtete sie lieber auf eine Schilderung ihrer farbenseherischen Wahrnehmungen während des Konzerts – außerdem gingen die niemanden etwas an. Doch weil ihre Geschichte offenkundig auf tönernen Füßen stand, wollte sie das Motiv der geheimen Bruderschaft wenigstens andeuten.

»Der Paukist hat mich nach meinen Eindrücken während der gestrigen Premiere gefragt. Ich nehme an, die Farbenlauscher haben mehr als nur ein musikalisches Interesse an der Fantasie von Franz Liszt.«

Bach, eben noch weit auf die Seitenlehne des Kanapees gelehnt und in ihrem Büchlein kritzelnd, richtete sich unvermittelt auf. »Sie meinen das gestern Abend im Nationaltheater aufgeführte Werk?«

Sarah nickte. Hatte sie zu viel verraten?

Die Polizistin blätterte in ihren Notizen. »Ich habe gelesen, Sie seien eine Nachfahrin unseres ehemaligen Hofkapellmeisters. Ist Tiomkin deshalb hinter Ihnen her?«

»Was weiß ich!«, erwiderte Sarah, mit einem Mal ärgerlich über ihre eigene Redseligkeit. »In der Medienwelt verbreitet sich jede delikate Unwahrheit wie ein Lauffeuer, aber eine bittere Wahrheit nur wie ein Schwelbrand. Die Presse hat aus einer vagen Vermutung meiner Mutter eine Legende gezimmert. Meine Abstammung von Liszt ist keineswegs bewiesen.«

»Selbst eine Lüge kann ein Motiv liefern – sofern man sie für wahr hält. Was will die Geheimgesellschaft von Ihnen?«

Die Befragung nahm einen Verlauf, der Sarah immer weniger behagte. Wenn nur ihr Schädel nicht so wattewohlig wäre! »Ich schätze mal«, antwortete sie vage, »die Farbenlauscher suchen in Liszts Stück eine geheime Botschaft. Vielleicht glauben sie, ich könne die Nachricht für sie sichtbar machen und entschlüsseln.«

»Eine geheime Botschaft?«, echote die Ermittlerin. »In einem Musikstück? Wie soll das gehen?«

Am liebsten hätte sich Sarah die Zunge abgebissen. Sie quasselte sich noch um Kopf und Kragen und alles nur wegen dieses »Scheißegalcocktails«. Was, wenn sie wirklich Spitzeln der Farbenlauscher gegenübersaß?

»Madame d'Albis?«, bohrte die Polizistin nach.

Sarah holte tief Atem. Im Geiste fegte sie die Wattebäusche aus dem Weg, um an ihre Erinnerungen zu gelangen. Sie musste improvisieren. Auf dem Konservatorium hatte sie doch... »*Der Leyermann!*«, stieß sie unvermittelt hervor.

Ihr seltsames Verhalten bewirkte bei der Kommissarin ein Stirnrunzeln. »Könnten Sie sich etwas genauer ausdrücken, Madame d'Albis?«

»Das ist ein Lied von Franz Schubert aus seinem *Winterreise*-Zyklus. Er hat in den Notenwerten des Stückes den Namen seines Freundes Franz Schober versteckt. Dieser Schober arbeitete später als Privatsekretär für einen Komponisten, der alle zwölf Lieder des Zyklus für das Piano umgeschrieben hat.«

»Und wer war dieser Musikus?«

»Franz Liszt.«

Bach kratzte sich mit dem Ende ihres Stifts am Hinterkopf. »Wenn ich Sie richtig verstehe, dann könnte Liszt über seinen

Sekretär Schober von Schubert zu einer Art musikalischer Geheimschrift inspiriert worden sein und das gestern aufgeführte Stück liefert den Schlüssel zu ihrer Dechiffrierung?«

»Denkbar wär's.«

»Hmmm«, machte die Beamtin, um erneut mit ihrem Kollegen in ein stilles Zwiegespräch zu treten.

»Ich kann Ihnen einen guten Analytiker empfehlen, der bei der Entschlüsselung des Stückes hilft«, erbot sich Sarah, auch weil ihr die nur aus Blicken bestehende Sprache der zwei auf dem Kanapee weitgehend unverständlich war.

»Das ist nicht das Problem«, antwortete Bach. »Sie wollten doch vorhin wissen, warum die Polizei gegen halb eins schon einmal ausgerückt ist. Der Grund ist die Liszt-Komposition, über die wir gerade reden. Sie wurde aus dem Nationaltheater gestohlen.«

Sarah war wie vom Donner gerührt. Schlagartig verlor die »Scheißegalspritze« an Wirkung. »Gestohlen?«, hauchte sie.

Die Polizistin nickte. »Ich kann mir vorstellen, dass Sie schockiert sind. Wir haben mit dem Intendanten gesprochen und er sagte uns, Sie hätten wochenlang dem Tag entgegengefiebert, die Partitur Ihres großen Ahnen studieren zu dürfen.«

Betroffen schüttelte Sarah den Kopf. »Wie konnte das passieren? Herr Märki erzählte mir, es sei extra eine Sicherheitsfirma mit der Bewachung der Exponate beauftragt worden.«

»Das ist richtig. Der Dieb ist ziemlich raffiniert vorgegangen. Wir nehmen an, er hat sich unter die Premierengäste gemischt und kurz vor Ende der Veranstaltung irgendwo in der Nähe des großen Foyersaals versteckt. Als sich der Raum schon geleert hatte und die letzten Besucher das Haus gerade verließen, schlug er zu. Er ist mit seiner Beute über die Führertreppe geflohen.«

»Die … *was?*«

Die Ermittlerin verzog den Mund. »An der Rückseite des Gebäudes gibt es einen Eingang, der früher von Adolf Hitler benutzt wurde, um über eine Wendeltreppe in seine Loge zu gelangen. Der Dieb hat die Tür aufgebrochen und konnte so unbemerkt entkommen.«

Wieder schüttelte Sarah den Kopf. In was war sie da nur hineingeraten!

Bach lächelte bittersüß. »Na, zum Glück hat Herr Märki Ihnen heute Abend Reproduktionen der Notenblätter geschenkt. Er meinte übrigens, die Klassik Stiftung werde Sie demnächst darum bitten, die Faksimiles noch einmal kopieren zu dürfen.«

»Wieso das denn? Ich werde doch wohl nicht die Einzige sein, die ein Duplikat von der Partitur besitzt.«

»Anscheinend doch. Der Intendant erklärte uns, nach dem Brand in der Herzogin-Anna-Amalia-Bibliothek sei eine Reihe ziemlich unfairer Medienberichte erschienen. Das habe bei einigen Verantwortlichen der Stadt zu Überreaktionen geführt. Um nach der Entdeckung der Liszt-Komposition neuerliche Indiskretionen zu vermeiden, wurde zunächst nur der Musikhochschule ein kompletter Satz Faksimiles zugestanden.«

»Warum will man dann meine Kopien zurückhaben?«

Bach kräuselte die Lippen. »In der Hochschule wurde ebenfalls eingebrochen. Laut unseren bisherigen Erkenntnissen bereits gestern. Aber erst heute hat man den Verlust bemerkt.«

Sarahs Augen wurden groß. »Doch nicht …?«

Die Polizistin nickte. »Leider ja: Der Dieb hat ausschließlich die besagten Notenblätter gestohlen. Wo bewahren Sie Ihre Kopien auf, Madame d'Albis?«

Die Frage traf Sarah wie ein Schwall kalten Wassers. »Ich denke, Sie haben meine demolierte Suite gesehen. Die Faksimiles liegen alle auf dem Tischchen.« Sie deutete zu einem identischen Möbelstück, das zwischen ihr und den beiden Kripobeamten stand.

»Sind Sie ganz sicher, die Kopien zuletzt dort gesehen zu haben?«

Sarah ahnte, was die Frage bedeutete, und nicht einmal die besagte Spritze konnte ihre ohnmächtige Wut bändigen. Sie hätte aus der Haut fahren können. Mit gepresster Stimme antwortete sie: »Natürlich bin ich sicher. Wollen Sie mir etwa sagen, die Partitur sei nicht mehr da?«

Bachs versteinerte Miene ließ erkennen, wie betroffen auch sie von der Zuspitzung der Ereignisse war. Sie nickte. »Ich fürchte ja,

Madame d'Albis. Wir haben weder auf dem Glastisch noch sonst irgendwo in Ihrer Suite auch nur ein einziges Notenblatt gefunden.«

Am frühen Nachmittag erwachte Sarah aus einem tiefen, traumlosen Schlaf. Sie wusste weder, wann noch wie sie ins Bett gekommen war. Zwar hatte sie nach wie vor Watte im Kopf, fühlte sich aber schon erheblich klarer als in der Nacht zuvor. Alkohol und Barbiturate waren offenbar abgebaut, ihr Körper fing wieder an zu funktionieren. Die Spritze des Notarztes indes wirkte immer noch. Sarah schwebte in einem Zustand biochemisch stabilisierter Ausgeglichenheit, der ihr aber in der augenblicklichen Situation durchaus willkommen war.

Schon fast dynamisch schwang sie die Beine aus dem Bett und löschte als Erstes ihren brennenden Durst mit einer halben Flasche Mineralwasser, die irgendeine freundliche Seele auf den Nachttisch gestellt hatte. Danach entschloss sie sich zu einem Besuch der Toilette. Als sie hierzu das Schlafzimmer verließ, stand sie plötzlich vor einer hellblonden Frau ihren Alters.

Sarah brüllte wie am Spieß.

Binnen Sekunden flog die Tür zum Appartement auf und ein Riese kam hereingestürzt, der dem Aussehen nach in seiner freien Zeit im Deutschlandachter ruderte. Jetzt hielt er jedoch eine Pistole in den Händen. Seine Augen suchten nach Heckenschützen.

Um das Geschrei der Pianistin zu übertönen, musste auch die junge Frau ihre Stimme erheben. »Es ist alles in Ordnung, Madame d'Albis. Wir sind's nur, Ihre Leibwächter.«

Sarah erinnerte sich. Und verstummte. Richtig! Die Kommissarin hatte ihr Personenschutz zugesichert, falls sie sich entschließe, noch eine Weile in Weimar zu verbleiben. Es könne für die Ermittlungen sehr hilfreich sein, wenn sie, die Hauptzeugin, der Polizei weiter zur Verfügung stehe. Sarah hatte darum gebeten, die Entscheidung überschlafen zu dürfen.

»Entschuldigen Sie bitte«, sagte die Polizistin. »Ich dachte, Sie ...«

»Schon gut«, wiegelte Sarah ab. »Ich hatte nur vergessen ...«

Sie warf dem Beamten, einem Zweimeterhünen mit schwarzem Lockenkopf, einen verklärten Blick zu und schlurfte zur Toilette.

Etwa eine Stunde später hatte Sarah geduscht und gefrühstückt, ihr Allgemeinzustand befand sich weiter im Steigflug. Aus einer Boutique war auf Veranlassung des Hotels eine kleine Auswahl von Kleidungsstücken herbeigeschafft worden, damit der seiner Garderobe beraubte Gast nicht länger als nötig im Jogginganzug herumlaufen musste. Augenscheinlich hatte der Empfangschef des Russischen Hofes gut recherchiert, denn nicht nur die Konfektionsgröße, sondern auch der von Sarah bevorzugte sportliche Stil stimmte. Sie wählte fünf oder sechs untereinander kombinierbare Stücke. Die schwarze Baumwollhose und den hellblauen Kaschmirpullover mit V-Ausschnitt zog sie sofort an.

Obwohl sie nun wieder vorzeigbar war, brachte sie es nicht über sich, das Hotelzimmer zu verlassen. Zu tief steckte die Furcht vor einem weiteren Anschlag der Farbenlauscher.

Außerdem musste sie dringend ihr Gedächtnis anzapfen, um die Klangbotschaft ihres Ahnen zu rekonstruieren.

Nach einem Anruf bei Kommissarin Bach gab die Spurensicherung Sarahs Computer frei. Gegen vier saß sie am Schreibtisch und tippte Noten in ein Musikprogramm ein. Um ungestört zu sein, hatte sie Maike Hampel – die Leibwächterin – mit einer Biografie über Franz Liszt in den äußersten Winkel des Appartements verbannt. Mario Palme, Hampels Kollege, hielt draußen vor der Tür Wache.

Selten hatte Sarah ihr fast unfehlbares musikalisches Erinnerungsvermögen so geschätzt wie in diesen Stunden. Bis zum Abend arbeitete sie sich Ton für Ton, Takt für Takt, Stimme für Stimme durch die Partitur. Mit Kopfhörern hörte sie die einzelnen Passagen immer wieder ab, doch nur selten musste sie eine Note nachbessern. Natürlich hätte sie auch ein Exemplar der vom Orchester benutzten Partitur anfordern können, aber sie verzichtete bewusst darauf. Solche gedruckten Ausgaben wichen oft vom Original ab.

Ergänzungen wie die Vortragsbezeichnung *balzante* oder Liszts Datierungen konnte Sarah ob ihrer geringen Anzahl noch recht einfach rekonstruieren. Die eigentliche Herausforderung stellten für sie jene Teile der Komposition dar, die am vergangenen Abend nicht zur Aufführung gekommen waren, die sie also nur vom Lesen der vielfach überarbeiteten Notenblätter kannte. Jeder einzelne Zwischenstand konnte eine verborgene Nachricht enthalten, sie musste alles berücksichtigen.

Die Wiederherstellung der Partitur bedeutete für sie eine ungeheure, sich über mehrere Tage erstreckende Kraftanstrengung. Am Samstagabend hatte sie ihre Arbeit einmal unterbrechen müssen, weil die Kommissarin gekommen war, um ihr weitere Fragen zu Tiomkin und Janin zu stellen. Ansonsten verschrieb sie sich mit Haut und Haaren ihrem neuen Projekt. Zehn Jahre waren seit dem Lesen des rätselhaften Abschiedsbriefs der Joséphine d'Albis vergangen, für ihre Tochter eine Zeit einsamer Suche nach Identität hinter der glamourösen Klaviervirtuosin. Woher stammte sie? Mit jeder Stunde fühlte sie sich der Antwort näher.

Und dann war da auch noch die Purpurpartitur. Ob das Gerede des russischen Professors über die »Klänge der Macht« tatsächlich ernst zu nehmen war? Sogar bis in ihre Träume verfolgte sie die Klanglehre des Jubal.

In der Nacht zum Sonntag war sie schweißgebadet aus dem Schlaf geschreckt. Sie hatte von schwarz vermummten Gestalten geträumt, die sie umringten. Alle trugen weite, bis zum Boden reichende Kutten und spitze Kopfbedeckungen mit Sehschlitzen; nur Mund und Kinn ragten unter ihren Kegelhüten hervor. Außerdem besaßen sie Adlerflügel, die sie von ihren Körpern abspreizten und so einen geschlossenen Kreis bildeten. Sarah presste sich ein Bündel purpurfarbener Notenblätter an die Brust. Die Vermummten streckten die Hände danach aus. Ihr Ring zog sich stetig zusammen, obwohl weder ihr Abstand zueinander noch ihre Zahl sich verkleinerte. Ein Gefühl der Beklemmung ließ Sarah keuchen, sie glaubte zu ersticken. Kurz bevor die Hände der Adlermenschen die Noten berührten, erwachte sie und riss die Augen auf.

An ihrem Bett stand ein Schemen, ebenso dunkel und bedrohlich wie die Gestalten aus ihrem Traum. Wieder schrie Sarah voll Entsetzen – bis Maike Hampel sie beruhigte.

Danach hatte Sarah ungefähr zwei Stunden lang über dem Text von Liszts Klangbotschaft gebrütet, war der Lösung des Rätsels aber kaum näher gekommen. Gegen fünf ging sie mit brennenden Augen wieder zu Bett und schlief noch einmal bis zum Morgengrauen.

Nach dem Frühstück widmete sie sich erneut den musikalischen Rekonstruktionsarbeiten. Als von der Jakobskirche das Mittagsgeläut ertönte, war Sarah fertig. Fix und fertig. Erschöpft lehnte sie sich in ihrem Stuhl zurück und lauschte noch einmal der aus ihrer Erinnerung wiedererweckten *Grande fantaisie symphonique sur »Devoirs de la vie« de Louis Henri Christian Hoelty*.

Weil der vom Computer generierte Sound den Klangkörper der Staatskapelle Weimar nur unvollkommen nachzubilden vermochte, erblickte Sarahs inneres Auge nur verschwommene Schlieren. Aber mehr war auch nicht nötig. Die Worte des düsteren Gedichts hatten sich längst in ihr Gedächtnis eingebrannt. Nach den fruchtlosen Bemühungen der vergangenen Nacht fragte sie sich allerdings, ob sie die »Schatzkarte« ihres Ahnen jemals verstehen würde.

Oleg Janin. Plötzlich war das bärtige Gesicht des Professors wieder da. Abgesehen von ihren Aussagen beim gestrigen Besuch der Ermittlerin hatte Sarah es in den letzten anderthalb Tagen tunlichst vermieden, an den Russen zu denken. Jetzt überkam sie mit einem Mal so etwas wie Reue. Die Kommissarin hatte ihr mitgeteilt, Janin könne nicht der vermummte Killer gewesen sein. Er sei ausführlich verhört und nach einer Überprüfung seines Alibis am Nachmittag wieder auf freien Fuß gesetzt worden.

Immerhin hatte er sie am Donnerstagabend als schwarzer Ritter vor Tiomkin gerettet. Zum Dank war sie im Anno 1900 einfach vor ihm davongelaufen. Je länger sie darüber nachdachte, desto mehr Argumente sprachen dafür, sich mit Janin wieder zu versöhnen. Wenn jemand etwas über die Farbenlauscher wusste, dann er. Obwohl – seltsam war es schon, wie genau er sich mit dem Geheimbund auskannte ...

Andererseits konnte es nicht schaden, ihm noch einmal auf den Zahn zu fühlen. Möglicherweise brauchte sie ihn sogar, um die ominöse Klangbotschaft ihres Ahnen zu entschlüsseln.

Mittlerweile war Sarah wieder im Besitz ihrer persönlichen Habe, sodass sie schnell Janins Visitenkarte parat hatte. Sie griff zum Telefon und ließ sich mit dem Hotel Elephant verbinden. Es meldete sich eine gelangweilt klingende Telefonistin, der sie Namen und Zimmernummer des Professors nannte. Niemand meldete sich.

Sarah drehte die Karte um. Kurz entschlossen legte sie auf und griff gewohnheitsmäßig zum Handy, um die Mobilfunknummer des Russen zu wählen. Als ihr Telefon beim Drücken der Tasten verschieden hohe Töne von sich gab, formten diese vor ihrem inneren Auge ein farbiges Muster. Die Anordnung der leuchtenden Punkte nach der Vorwahl kam ihr irgendwie bekannt vor.

Ehe sie sich jedoch entsinnen konnte, wo sie dieses Bild schon einmal gesehen hatte, meldete sich Janins tiefe Stimme.

»Ja?«

»Können Sie mir vergeben?«, fragte Sarah ohne ein Wort des Grußes.

»Sarah?«, rief der Professor überrascht.

Einmal mehr ignorierte sie seine plumpe Vertraulichkeit. »Mir wurde berichtet, dass Sie den gestrigen Tag in Gesellschaft einer Reihe Polizisten zugebracht haben. Ich bin wohl nicht ganz unschuldig daran. Tut mir leid.«

»Schwamm drüber. Ich hatte bis kurz nach eins mit einem Musikprofessor in der *Elephant Bar* gesessen. Danach sind wir zwei mit unseren Drinks in die Hotelhalle umgezogen, wo wir unter den strafenden Blicken eines Portiers noch die halbe Nacht laut gefachsimpelt haben. Stellen Sie sich vor: Der Mann ist Flötist und kam eigens aus Münster angereist, um während der Uraufführung sein historisches Instrument zu spielen.«

Die Unbekümmertheit des Professors tat Sarahs gequältem Gewissen gut. »Hätten Sie heute Nachmittag Zeit?«

»Wann immer Sie möchten. Wie wäre es mit einer Friedenspfeife im Frauentor-Café?«

»Ich habe einen besseren Vorschlag«, antwortete Sarah kühl. »Im Salon des Russischen Hofes gibt es einen Flügel. Dort erwarte ich Sie um halb drei.«

*Ich versichere zugleich,
daß ich … in keinen geheimen Verbindungen stehe,
welche mich abhalten könnten, die Pflichten zu erfüllen,
die der Freymaurerbund mir auflegen kann.
… Vielmehr verspreche ich,
bei meinem Gewißen und bei meiner Ehre,
daß ich … auch über alles dasjenige,
was ich jetzt und künftig von der Frymaurerey erfahren sollte,
… das genaueste Stillschweigen beobachten will.*
Franz Liszt, im Verbindungsbogen
der Frankfurter Freimaurerloge *Zur Einigkeit*
anlässlich seiner Aufnahme am 18. September 1841

7. Kapitel

Weimar, 16. Januar 2005, 14.34 Uhr

Im Salon Lionel Feininger befand sich außer Sarah und ihren beiden Leibwächtern niemand. Es war kurz nach halb drei. Offenbar gehörte der Musikhistoriker Oleg Janin zur Partei des akademischen Viertels.

Während die beiden Polizisten auf einer roten Polstersitzgruppe in der äußersten Ecke des Salons Posten bezogen hatten, kauerte Sarah auf der Bank am Flügel. Die drei Beine des schwarzen Instruments ruhten auf einer in das helle Parkett eingelassenen Rosette, die eine Windrose mit acht spitzen »Blütenblättern« darstellte. Auf Sarahs Bitte hin hatte die Hotelleitung den Überwurf vom Instrument entfernt und den Deckel der Klaviatur aufgeschlossen.

Ihre Fingerkuppen liebkosten die Tasten. Gute Solisten waren wie Hochleistungssportler, sie mussten täglich stundenlang trainieren. In letzter Zeit hatte Sarah ihr Übungsprogramm allerdings sträflich vernachlässigt. Sie verspürte große Lust, irgendein Stück zu spielen, etwas Sanftes, Maßvolles, um sich für das nachfolgende, möglicherweise aufregende Wiedersehen mit Janin zu wappnen. Vielleicht Chopins *Berceuse* in Des-Dur, Opus 57 …

Ihre Finger begannen wie die Füße einer Ballerina über die weißschwarze Bühne zu tanzen, federleicht, ohne den geringsten Laut.

Trotzdem erklangen in Sarahs Kopf die Töne von Chopins Wiegenlied. Sie spürte, wie sie ruhiger wurde. Zugleich wuchs das Verlangen, die Klänge aus ihrem Geist zu befreien ...

Abrupt nahm sie die Hände von den Tasten. Später vielleicht, ermahnte sie sich. Ihr Blick schweifte nach oben, wo der graue Winterhimmel ein mattes Licht durchs Glasdach streute. Vor ziemlich genau sechzig Stunden war sie an dieser Stelle um ihr Leben gelaufen. Längst hatte die Hotelleitung sämtliche Spuren der Schießerei beseitigt.

Sarahs Blick wanderte nach unten, überquerte ein Spiegelband und traf auf eine umlaufende Galerie von Bildern großer Persönlichkeiten, deren Namen mit Weimar oder mit dem Russischen Hof verbunden waren. Eines der in Messingplatten geätzten Gesichter zeige den jungen Franz Liszt.

Aus den Augenwinkeln bemerkte Sarah eine Bewegung. Es war Oleg Janin. Mit Hut und schwarzem Mantel näherte er sich dem Salon. Sarah gab ihren Bodyguards einen Wink. Der Russe wurde zu ihr durchgelassen.

Sie führte ihn zu einer Sitzgruppe vor einem Gobelin mit mehreren Figuren und einem Pferd. Ihr Notebookcomputer – die »wandernde Bibliothek« – lag bereits auf dem flachen Glastisch. Janin entledigte sich Mantel und Huts. Er trug wieder das englische Gutsherrenjackett und dazu eine dunkelbraune Breitcordhose. Leise ächzend, so als koste es ihn beträchtliche Mühe, ließ er sich in einen kubischen Sessel mit schwarzem Korpus und sandfarbenem Polster fallen.

Obwohl die Leibwächter kein Französisch sprachen, senkte Sarah die Stimme, als sie dem Professor für sein Kommen dankte.

Janin lächelte großväterlich. »Unser Gespräch neulich hat ein so – wie drücke ich mich am besten aus? – abruptes Ende gefunden.«

»Ich war ziemlich durch den Wind an diesem Abend«, entschuldigte sich Sarah mit einem Lächeln.

»Das kann ich verstehen.«

Ein Mann mit langer weißer Schürze erschien und erkundigte sich nach den Wünschen der Gäste. Die Pianistin bestellte einen schwarzen Tee, und der Professor entschied sich für Espresso und Aquavit.

Als sie wieder ungestört waren, sagte Sarah: »Sie meinten am Donnerstag, Liszt sei vermutlich ein Großmeister der Farbenlauscher gewesen und habe eine Art Schatzkarte verfasst, die zur Purpurpartitur führt. Wie kommen Sie darauf?«

»Durch intensives Studium seiner Biografie.«

»Ja und? Das habe ich auch betrieben.«

»Und wie erklären Sie sich die vielen Widersprüche?«

»Mir sind keine aufgefallen.« Sie ließ sich in die Sessellehne zurückfallen. »Aber ich habe ja auch nicht wie Sie versucht, ihn als Kopf eines Geheimbundes zu entlarven, sondern mich nur im Rahmen meiner Ahnenforschung mit ihm beschäftigt.«

Janin lachte kurz auf, ehe er über ein Räuspern zum gebotenen Ernst zurückfand. »Bitte entschuldigen Sie, aber die Diskrepanzen können Ihnen doch unmöglich entgangen sein.«

»Vielleicht nennen Sie mir einfach ein Beispiel«, erwiderte Sarah steif.

»Ich wäre ein schlechter Lehrer, wenn ich es Ihnen so einfach machte. Was ein Schüler nicht selbst herausfindet, das nimmt er auch nicht an. Ist Ihnen die Biografie von Franz Liszt noch geläufig?«

Bevor sie antworten konnte, erschien der Mann mit der langen Schürze. Er servierte die bestellten Getränke und zog sich sogleich wieder zurück.

Sarah gab einen Spritzer Zitrone in den Tee und rührte ihn nachdenklich um. Natürlich entsann sie sich zahlloser Details aus dem Lebenslauf des Musikers, von seiner Geburt am 22. Oktober 1811 im damals noch ungarischen Raiding bis zum Tode am 25. Juli 1886 in Bayreuth. Sie zuckte betont gleichgültig die Achseln. »Sicher. Er war der größte Klaviervirtuose seiner Zeit, danach in dieser Stadt ein gefeierter Komponist und später ein rastloser Wanderer zwischen Weimar, Budapest und Rom. Doch ich kann in seiner Vita nichts Mysteriöses finden.«

Der Professor kippte seinen Aquavit hinunter, leckte sich die Lippen und lächelte nachsichtig. »Manchmal muss man ein Mosaik auseinandernehmen und neu zusammensetzen, um das Bild richtig zu erkennen.«

»Und wer bestimmt, was ›richtig‹ ist?«

»Unser Intellekt. Haben Sie sich je mit Liszts weltanschaulicher Orientierung beschäftigt? Seinen Taufnamen verdankt er ja dem heiligen Franziskus von Paola.«

»Ich würde sagen, er war ein Katholik, der den Dogmatismus verabscheute, sich aber nach Ordnung in der Welt sehnte. In diesem Sinne hat er die *Mater ecclesia* – die alles vereinende Mutter Kirche – als Notwendigkeit gesehen.«

»Und wie kommt es, dass er zugleich Freimaurer gewesen ist?«

»Ist das irgendwie von Belang?«, fragte Sarah lauernd.

Der Professor lächelte. »Das ist insofern bemerkenswert, als zwischen 1739 und 1884 sechs Päpste die Freimaurerei verdammt haben. Das Wort von der ›Synagoge des Satans‹ machte die Runde. Trotzdem trat Liszt nie förmlich aus den diversen Logen, die ihn als Mitglied führten, aus. Finden Sie das normal?«

»Er war eben der typische Nonkonformist«, antwortete Sarah ausweichend.

Janin schmunzelte. »Das ist die simple Erklärung. Öffnen Sie endlich die Augen, mein Kind. In seinem Herzen war Liszt alles andere als ein frommer Katholik. In ihm schlummerte ein Revolutionär. Er hat vermutlich nie ein Bajonett in die Hand genommen, aber gewiss war die Musik für ihn eine Bombe, mit der er die alte Ordnung der Welt wegsprengen wollte.«

»Jetzt übertreiben Sie aber!«

»O nein, Madame. Sehen Sie sich nur einmal die Leute an, mit denen er sich umgab. Lauter Querdenker. Liszt hat seine Reputation in der gehobenen Gesellschaft systematisch dazu benutzt, die Ziele der geheimen Bruderschaft zu verfolgen.«

»Der Freimaurer?«

»Ach was! Das habe ich Ihnen doch schon am Donnerstag zu erklären versucht: Die Freimaurer sind den Farbenlauschern nur Mittel zum Zweck gewesen. Liszt benutzte die masonischen Strukturen, um ein internationales Netz zu knüpfen; während seiner Konzertreisen hat er oft Logenhäuser besucht.« Janin nippte an seinem Espresso, verzog das Gesicht und fügte hinzu: »Gleichzeitig pflegte er eine enge Verbindung zu Papst Pius IX., wohnte zeitweilig sogar im Vatikan. Die Lichtgestalt des umjubelten ›Klaviergottes‹ ist wohl eher die eines ›Luzifers‹ gewesen. Nur so ergeben die Widersprüche einen Sinn. Er hat als Meister der Harfe alle manipuliert, weil seine kleine Schar weißer Farbenlauscher auf Hilfe von außen angewiesen war. «

»Sie sind ja wahnsinnig!«, stieß Sarah hervor. Erschrocken über den eigenen Ausbruch sah sie zu den Leibwächtern hinüber. Hampel reckte den Hals und warf ihr einen fragenden Blick zu. Sarah machte mit der Hand eine beschwichtigende Geste und wandte sich mit gedämpfter Stimme wieder an den Professor.

»So ein Mensch war er nicht. Er hat in seinem Leben unzählige Wohltätigkeitskonzerte gegeben ...«

Der Professor lachte. »Ihre Wahrnehmung arbeitet nach dem Prinzip, dass nicht sein kann, was nicht sein darf. Wachen Sie endlich auf, Kind!«

»Ich bin nicht Ihr Kind. Merken Sie sich das ein für alle Mal«, zischte Sarah.

Janin zeigte sich betroffen. Einen Moment lang wirkte er müde, wie ein vom Leben enttäuschter Mann, doch schon im nächsten schlüpfte er in die Rolle des reumütigen Bußgängers, breitete die Arme aus und sagte: »Bitte entschuldigen Sie, Madame. Wenn ein Wissenschaftler jahrzehntelang in seiner Theorie aufgegangen ist, bringt ihn Widerspruch leicht in Rage. Ich will mich nicht mit Ihnen darüber streiten, ob Liszt aus niederen Beweggründen oder aus einem fehlgeleiteten missionarischen Eifer gehandelt hat. Es ist ja seit jeher das Bestreben der Farbenlauscher gewesen, die Menschheit vor Schaden zu bewahren. Allerdings bedarf es zur Heilung der Welt wohl mehr als nur ein paar Sinfonien.«

»Sie denken dabei nicht zufällig an die Purpurpartitur?«

»In den richtigen Händen wäre sie möglicherweise das probate Mittel, um den moralischen Verfall zu stoppen. Aber wenn dieser Mann hier sie bekommt, dann rechne ich mit dem Schlimmsten.« Janin hatte mit den letzten Worten eine Fotografie aus der Innentasche seines Sakkos gezogen und vor Sarah auf den Glastisch gelegt.

Sie beugte sich vor, stellte ihre Teetasse ab und betrachtete die Aufnahme. Sie war nicht besonders scharf und zudem nur schwarzweiß. Unweigerlich erinnerte es sie an Paparazzifotos, die mit riesigen Teleobjektiven aus weit entfernten Verstecken geschossen wurden. Von ihr gab es eine ganze Reihe solcher Schnappschüsse. Janins Bild zeigte das Konterfei eines alten Mannes mit wildem weißem Haarschopf. Trotz der vielen Falten hatte sein Gesicht etwas Verschlagenes.

»Ist das dieser ... Nekrasow?«, fragte sie.

Der Professor nickte. »Sergej Nekrasow. In Russland geboren. Leitet die Firma Musilizer, neben Muzak das weltweit bedeutendste Unternehmen für funktionelle Musik. Sie kennen den Begriff?«

»Das Kauf-mich-aber-klau-mich-nicht-Gedudel, mit dem man in Supermärkten berieselt wird.«

»So kann man's auch ausdrücken. Ich habe in mehreren Titeln des Unternehmens sublime Informationen zur Manipulation des menschlichen Unterbewusstseins gefunden. Nekrasow verfügt mittlerweile über ein ganzes Arsenal dieser sogenannten ›Subliminals‹. Im Wahlkampf von Wladimir Putin kamen die Methoden ebenfalls zum Einsatz.«

Sarah riss die Augen auf. »Sie machen Witze!«

»Leider nein. Sergej Nekrasow hat längst damit begonnen, die Welt in seinem Sinne neu zu ordnen. Jetzt stellen Sie sich bitte vor, ein Mann wie er käme in den Besitz der Purpurpartitur. Damit könnte er die Menschen weit wirkungsvoller beeinflussen, als es mit irgendwelchen Subliminals möglich ist. Die Klanglehre des Jubal würde ihm nahezu unbeschränkte Macht verleihen, die Fähigkeit, unsere Welt nach seinem Willen zu formen und zu beherrschen.«

»Und Sie wollen das verhindern«, sagte Sarah tonlos.

Janin lächelte gequält. »Ich gebe zu, dass meine Geschichte das Begriffsvermögen von Politikern überfordert. Aber ich bin sicher, dass *Sie* mich verstehen, Madame d'Albis. Als Französin dürfte Ihnen bekannt sein, dass der Erfolg Ihrer Revolution zum Teil der *Marseillaise* zugesprochen wird?«

Sarahs Kinnlade klappte herab. »Sie wollen doch nicht etwa behaupten ...?«

Er nickte. »Mir liegen Dokumente vor, die keinen Zweifel aufkommen lassen: Die Nationalhymne Frankreichs ist das Werk eines Farbenlauschers.«

»Das ist ... unglaublich.«

»O nein, es ist lediglich ein unvollkommenes Gesellenstück, in einer Zeit entstanden, als der Krieg der Farbenlauscher noch nicht ganz überwunden war. Heute, unter Sergej Nekrasows Führung, ist die geheime Bruderschaft um ein Vielfaches mächtiger, und ich fürchte, es liegt allein in Ihrer Hand, seine Pläne zu durchkreuzen. Oder wollen Sie untätig mit ansehen, wie die Menschheit im Chaos versinkt, weil dieser Harfenmeister und seine Gefolgschaft die Musik missbrauchen, das Reich der Klänge, in dem *Sie*, Madame d'Albis, eine Königin sind?«

Sarah war unfähig zu antworten. Eine Königin? Ihr Reich? Chaos? Unsicher griff sie nach der Teetasse, da beugte sich Janin weit vor und packte sie am Handgelenk. Seine Stimme klang jetzt beschwörend.

»Wir müssen die Purpurpartitur eher finden als Tiomkin und Nekrasow, Sarah! Nur so können wir die Bruderschaft noch aufhalten.«

Einen Moment lang verharrte sie, vom starren Blick des Russen gelähmt, dann aber löste sie sich aus seinem Griff, lehnte sich rasch im Sessel zurück und fragte: »Wir?«

Er nickte bedeutungsvoll. »Ja. Deshalb brauche ich jetzt endlich ein paar klare Antworten von Ihnen, Madame d'Albis: Was haben Sie am Donnerstagabend während der Uraufführung der Liszt-Fantasie wahrgenommen?«

Sarah erschauerte. Janin hatte sie in eine Zwickmühle gedrängt. Sie konnte wohl kaum behaupten, das von ihm beschriebene Szenario interessiere sie nicht. Außerdem hatte sie in den letzten Tagen zu viel erlebt, gesehen und gehört, um ihn lediglich für einen einfallsreichen Verschwörungstheoretiker zu halten. Sie kam wohl nicht umhin, ihn einzuweihen. Wenigstens teilweise.

»Ich habe eine Botschaft gesehen«, sagte sie leise.

Einen Moment lang sah der Russe sie nur durchdringend an. Dann fing er langsam an zu nicken. »Also doch! Wie sah sie aus?«

Sarah hob die Schultern. »Sie bestand aus farbigen Tupfern und Bändern, die eine lange Reihe von Buchstaben bildeten. Nur Worte und Zwischenräume. Keine Satzzeichen.«

»Faszinierend! Und das war alles in den Tönen der Fantasie verborgen?«

»Ja. Wobei mein *Audition colorée* auch das Timbre mit einbezieht.«

»Verstehe. So etwas ist beim Farbenhören sehr selten. Deshalb dürfte Tiomkin auch nicht genug gesehen haben.«

»Sie meinen, er ist ebenfalls ein Synnie?« Sarah war überrascht.

»Ein Synästhetiker? Mit Sicherheit. Ohne entsprechende Begabung kann niemand in der Hierarchie der Farbenlauscher so weit aufsteigen. Im Hinblick auf Liszt haben Sie jedenfalls meine letzten Zweifel ausgeräumt. Wissen Sie, was das bedeutet?«

»Nein. Aber Sie werden es mir bestimmt gleich sagen.«

»In seine *Fantasie* sind Klänge der Macht eingewoben. So etwas konnte nur ein ›Meister gleich Jubal‹ tun. Folglich muss Franz Liszt die Purpurpartitur studiert und das darin verborgene Wissen angewandt haben. Worum geht es eigentlich in seiner verschlüsselten Nachricht?«

Sarah misstraute dem beiläufigen Ton, in dem Janin seine Frage gestellt hatte. Womöglich war er eine Spinne, die ihr Opfer in ein Netz aus Halbwahrheiten einspann, um das Geheimnis der Klangbotschaft aus ihm herauszusaugen. Sie beschloss, auf der Hut zu bleiben, dem Russen nur den kleinen Finger zu reichen und nicht gleich die ganze Hand.

Sie antwortete: »Um die Warnung vor einem Mordkomplott.«

Der Professor blinzelte konsterniert. »Wie bitte? Sind Sie sicher?«

»›Eile! Volkes Wille flicht schon Alexanders Kranz. In nur zwei Monden weht er auf seinem Grabe, Franz.‹ So lautet die Nachricht. Gestern Abend habe ich im Internet das Gedicht *Lebenspflichten* von Hölty gelesen. Die zweite Strophe geht so:

Heute hüpft, im Frühlingstanz,
Noch der frohe Knabe;
Morgen weht der Todtenkranz
Schon auf seinem Grabe.

Fällt Ihnen die Ähnlichkeit der Wortwahl auf? Sie sagten vorhin, manchmal müsse man ein Mosaik auseinandernehmen und neu zusammensetzen, um das Bild richtig zu erkennen. Oder was schließen Sie aus Liszts Bezugnahme auf den Grabschmuck?«

»Es hört sich tatsächlich wie die Ankündigung eines Attentats an. Wussten Sie übrigens, dass Ludwig Hölty ebenfalls Freimaurer war?«

»Nein. Heißt das, er gehörte auch zu den Farbenlauschern?«

»Da bin ich mir nicht sicher.«

»Zumindest würde passen, dass Liszt die Verse eines Bruders in seine Klangbotschaft eingearbeitet hat.«

»Und sie wie zur Bekräftigung sogar mit seinem Namen unterschreibt.«

Sarah schüttelte den Kopf. »Das dachte ich anfangs auch, aber inzwischen bin ich mir nicht mehr so sicher. Der Name Franz könnte auch auf den Empfänger der Warnung hindeuten.«

»Die Art und Weise, wie Sie an das Problem herangehen, gefällt mir«, lobte der Professor. »Allerdings begegnet man dem Namen Franz bis in unsere Zeit ziemlich oft. An wen könnte die Nachricht adressiert gewesen sein?«

»Vielleicht finden wir das heraus, wenn wir die Identität des Alexanders enträtseln, den Liszt offenbar retten wollte.«

»Der Vorname ist im 19. Jahrhundert wahrscheinlich genauso verbreitet gewesen wie der des Komponisten.«

Sarah funkelte den Professor unwillig an. Eigentlich hatte sie sich von seiner Mithilfe mehr als Allerweltskommentare erwartet. Nachdenklich ließ sie ihren Blick durch den Salon schweifen. Als er die Banderole mit den Konterfeis berühmter Persönlichkeiten streifte, stieß sie unvermittelt hervor: »Der Russische Hof!«

Janin beugte sich vor. »Wie bitte?«

Sie wandte sich ihm zu und fragte aufgeregt: »Wussten Sie, dass beim Brand der Weimarer Bibliothek auch siebenhundert Notenhandschriften der Zarentochter Maria Pawlowna zerstört wurden?«

»Was hat das mit diesem Hotel zu tun?«

»In der Hauschronik steht, dass man es ursprünglich ›Alexanderhof‹ getauft hatte, zu Ehren des Zaren Alexander, dem Bruder Maria Pawlownas. Der Großherzog von Sachsen-Weimar-Eisenach hatte sie Anfang des 19. Jahrhundertes in St. Petersburg geheiratet.«

»Wenn ich mich nicht irre, ist Alexander I. Pawlowitsch 1825 gestorben.«

Sarah nickte nachdenklich. Sie klappte ihr Notebook auf, startete ein Enzyklopädieprogramm und tippte als Stichwort »Alexander« ein. Eine mehrseitige Liste von Artikeln wurde angezeigt. Sie zog die Nase kraus. Um die Ergebnismenge weiter einzuschränken, verband sie den Suchbegriff mit der Ziffernfolge »1881«. Die Liste schrumpfte dramatisch zusammen. Gleich ganz oben stand der Name eines weiteren Zaren. Sie klickte den Eintrag an und überflog den Text. Unwillkürlich musste sie lächeln, blickte vom Bildschirm auf und sagte: »Alexander II. Nikolajewitsch.«

»Stimmt!«, erinnerte sich Janin. »Er ist 1881 gestorben.«

»Ja, indem er auf dem Sankt Petersburger Newski-Prospekt von Anarchisten in die Luft gesprengt wurde.«

»Ich will nicht den Historiker herauskehren, aber meines Wissens nach ist er schon am 1. März umgekommen. Liszt hat aber ausdrücklich die Mitte des Monats als Todesdatum vorhergesagt. Er muss einen anderen Alexander gemeint haben.«

»Das sagen ausgerechnet Sie, eine angebliche Koryphäe in russischer Geschichte!« Sarahs Zeigefinger wanderte zu einer Stelle am unteren Rand des Bildschirms. »Hier steht, dass in Ihrer Heimat bis zur Oktoberrevolution 1917 der Julianische Kalender benutzt wurde. Nach dem Gregorianischen fällt der Tag des Zarenmords genau auf den 13. März.«

»Das hatte ich übersehen«, knirschte Janin.

»Es kommt noch besser: Die Untergrundorganisation, die den Monarchen atomisiert hat, nannte sich *Narodnaja Wolja*.« Sie schenkte dem Professor ihr hübschestes Lächeln. »Sie können mir das bestimmt übersetzen.«

»Volkswille«, brummte Janin.

Sie nickte und zitierte noch einmal – mit entsprechender Betonung – die Zeile aus der Klangbotschaft. »›Eile! *Volkes Wille* flicht schon Alexanders Kranz.‹ Liszt muss irgendwie von den Attentatsplänen der Anarchisten Wind bekommen haben.«

»Nicht verwunderlich, wenn er jahrelang in Kreisen verkehrt hat, die so eng mit dem Zarenhof verbunden waren.«

»Der Anschlag passt genau in das von Ihnen beschriebene Schema«, überlegte Sarah laut.

»Ich kann Ihnen nicht ganz folgen.«

»Sie sagten neulich, die Adler neigten zu radikalen Methoden, bis hin zu einem Weltenbrand, und sie spannten andere für ihre Zwecke ein – wieso dann nicht eine anarchistische Gruppe wie diese *Narodnaja Wolja*?«

Janins verkniffene Miene wich einem Lächeln. »Ihre schnelle Auffassungsgabe gefällt mir. Die Farbenlauscher haben durch ihre Klänge der Macht schon manchen Staatsstreich, manche Revolution und nicht wenige politische Morde ausgelöst, um die Ordnung und das Gleichgewicht der Kräfte wiederherzustellen. So verlangt es ihr uralter Kodex.«

»Gleichgewicht?« Sarah rümpfte die Nase und deutete auf den Computerbildschirm. »Das Attentat auf Alexander II. brachte einen Prozess in Gang, der letztlich in die Oktoberrevolution mündete. Ob die Farbenlauscher sich die Neuordnung der Welt so vorgestellt haben? Wollten sie das zaristische Imperium durch die Herrschaft des Proletariats ersetzen oder war diese Entwicklung ein Unfall?«

»Wohl eher ein politischer Super-GAU. Leider kann, wenn Sie eine kritische Masse Menschen mit einer Idee infizieren, daraus leicht ein unkontrollierbarer, globaler Erdrutsch entstehen. Möglicherweise haben die Adler ihren Fehler ja wiedergutgemacht: Vom einst so stolzen Schiff des Kommunismus ragen heute nur noch die Schornsteine aus dem Völkermeer.«

»Und das schreiben Sie den Farbenlauschern zu?«, fragte Sarah ungläubig.

Janin grinste. »Beweisen Sie mir das Gegenteil.«

Sie schüttelte den Kopf. »Das ist ja krank.«

»Vermutlich ebenso krank wie Liszts Warnung vor dem Attentat auf Alexander II. Gibt es in seiner Klangbotschaft noch mehr, irgendetwas, das Sie mir bisher vorenthalten haben?«

Mit seiner direkten Frage hatte er sie kalt erwischt. Ostentativ klappte sie ihr Notebook zu. »Sie sind ganz schön hartnäckig.«

»Das lernt man zur Genüge während einer gut vierzigjährigen Suche.«

Sarah fühlte sich in die Enge getrieben. Konnte sie diesem Mann vertrauen? Oder nutzte er sie nur aus? Das ließe sich feststellen. Sie sagte: »Quidproquo.«

»Wie bitte?«

»Das ist lateinisch und bedeutet ...«

»›Etwas für etwas‹ – ich kenne das Wort. Allerdings weiß ich nicht, was Sie von *mir* wollen.«

»Bei der Entschlüsselung der Identität des Zaren waren Sie in der Tat nicht besonders hilfreich. Aber da Sie ein so profunder Liszt-Kenner sind, würde mich interessieren, wer Ihrer Meinung nach der Empfänger der Klangbotschaft sein könnte.«

»Der ominöse Franz, meinen Sie?« Janin kraulte sich den Bart, trank den Rest des inzwischen kalt gewordenen Espressos und zupfte erneut in seiner Kinnbehaarung herum. Plötzlich hellte sich seine Miene auf. »Er könnte Franz von Liszt gemeint haben, seinen viel jüngeren Vetter. Es ist verbürgt, dass der alte Franz sogar Taufpate des jungen gewesen ist. Letzterer wurde später ein bedeutender Rechtsgelehrter und Kriminalpolitiker.«

»Ein Politiker? Wie sollte er da die Klangbotschaft lesen?«

»Man muss kein Musiker sein, um zu den Farbenlauschern zu gehören. Als Vettern könnten die beiden Liszts über die gleiche synästhetische Begabung verfügt haben.«

»Und wieso hat der Komponist dem Zaren nicht einfach eine Depesche geschickt?«

»Weil er weder Telegrafenämtern noch Kurieren traute. Möglicherweise fürchtete er von den Adlern als Großmeister der Schwäne entlarvt zu werden.«

»Mag ja alles sein, aber muss man es sich und dem Empfänger der Botschaft so schwer machen, wenn man einem Staatsoberhaupt das Leben retten will?«

»Der Besuch einer Aufführung der ›Lebenspflichten‹-Fantasie hätte vermutlich gereicht, Liszts Vetter die Attentatswarnung zu übermitteln. Als gemäßigt Liberaler und Reformer verfügte er sicher über Verbindungen zur Monarchie wie auch zum Widerstand. Vielleicht konnte er von seinem hessischen Lehrstuhl aus auf beide Richtungen einwirken, sogar bis nach Russland.«

»Womit er der ideale Mittelsmann zur Überbringung einer Warnung an den Zaren wäre.« Sarah knabberte auf der Unterlippe. Janins Darlegung klang plausibel. Es war Zeit, ihm eine weitere Schublade im Kabinett ihres Vertrauens zu öffnen. »Sie wollten doch wissen, ob die Klangbotschaft noch andere Mitteilungen enthält.«

Ein Ruck ging durch Janins Körper. »Ja?«

»So wie ich die Sache einschätze, wollte der greise Liszt das Geheimnis der Purpurpartitur im Angesicht des nahenden Todes an die nächste Generation weitergeben oder den jüngeren Franz sogar zum neuen Meister der Harfe einsetzen.«

»Heißt das ... die Klangbotschaft nennt das *Versteck* der Purpurpartitur?«

Sarah musterte den wie elektrisiert wirkenden Russen aus schmalen Augen. Wie viel sollte sie ihm verraten? Ausweichend antwortete sie: »Das kann ich Ihnen nicht sagen. Die Verse bleiben für mich rätselhaft.«

Sie erhob sich, begab sich an den Flügel und intonierte die Melodiestimme zum dritten Vers der Botschaft. In ihrem Kopf entstand dabei ein Bild, das mit dem Klanggemälde eines ganzen Orchesters nicht zu vergleichen war. Hier spielte sie auf einem Instrument von Kawai, aber schon das Timbre eines Steinways oder Bechsteins hätte ihrem inneren Auge etwas andere Eindrücke vermittelt. Außer ein paar bunten Klecksen sah sie daher nichts, das auch nur annähernd den im Nationaltheater erblickten Buchstabenfolgen entspräche ...

»Was bedeutet das?«, fragte Janin mitten in Sarahs Gedanken hinein.

»Äh ... Es ist eine dieser orakelhaften Hinweise. Nachdem Liszt die Purpurpartitur erwähnt hat, heißt es in seiner Botschaft: ›Um sie zu finden und sie zu binden, mach dich zum König aller Blinden.‹«

Janin lächelte. »Das ist leicht zu verstehen. Es bedeutet so viel wie: ›Lass dich nicht von dem ablenken, was deine Augen sehen, sondern beobachte allein mit dem *Audition colorée*. Das Farbenhören weist dir den Weg zur Purpurpartitur.‹ Aber warum fangen wir nicht von vorne an? Wie beginnt die Nachricht?«

»Die ersten zwei Verse dienen nur der Einstimmung. Sie lenken die Aufmerksamkeit des Empfängers auf die Purpurpartitur«, antwortete Sarah unbestimmt. Als ihr bewusst wurde, dass ihre Linke auf dem verborgenen FL-Signet lag, ließ sie rasch die Hand fallen. Die Augen des Professors verengten sich. Der Kettenanhänger ist unter dem Pullover, er kann ihn unmöglich sehen, beruhigte sie sich.

Janins Miene entspannte sich wieder. »Also gut. Dann weiter im Text.«

»Es ist ja wie ein Gedicht aufgebaut«, erklärte Sarah. »Im nächsten Vers heißt es, man müsse sich ›von AS zu N+Balzac und bis zum End‹ führen lassen. Klingt ziemlich kryptisch, was? Ich meine, warum hat Liszt dem Namen Balzac ein N und kein H vorangestellt? Schließlich hieß er Honoré de Balzac.«

»Das ist wirklich seltsam«, murmelte der Professor und zupfte sich erneut am Bart. »Abgesehen von dem Schriftsteller hat Liszt in seiner Pariser Zeit noch viele andere Künstler getroffen: Hector Berlioz, Frédéric Chopin, Niccolò Paganini, Heinrich Heine, Victor Hugo ... Ich werde meine Schüler darauf ansetzen. Vielleicht finden die mehr heraus. Was haben Sie noch in der Klangbotschaft gesehen?«

»Nichts. Den Schluss mit der Warnung kennen Sie ja bereits.«

»Das ist nicht Ihr Ernst!«, entgegnete der Russe entsetzt.

»Doch.« Sarah war die Lust vergangen, sich von dem Professor andauernd wie ein Schulmädchen gängeln und in die Enge treiben zu lassen.

Ein gehetzter Ausdruck trat auf Janins Gesicht. Er schüttelte ungläubig den Kopf. »Dann lassen Sie uns an den Anfang zurückgehen, zu dieser – wie nannten Sie das? – ›Einstimmung‹.«

»Die ist irrelevant«, versetzte Sarah schnippisch.

Der Professor sprang aus seinem Sessel auf und tobte: »Sie wissen doch was, Sarah. Spucken Sie's aus!«

Seine Körpersprache war bedrohlich genug, um die beiden Leibwächter auf den Plan zu rufen. Binnen Sekunden hatten sie den Salon durchquert, ihre Hände lagen auf den Pistolengriffen.

»Brauchen Sie Hilfe, Madame d'Albis?«, fragte die Polizistin.

»Danke, Frau Hampel, aber« – Sarah wandte sich gemessen Janin zu – »es war wohl nur ein Missverständnis.«

Die Bodyguards zogen sich in ihre Ecke zurück.

Sarah blitzte den Russen grimmig an. Mit seinem Jähzorn hatte er sämtliche Schubkästen im Kabinett ihres Vertrauens wieder zugeworfen. Warum lag ihm so viel an der Purpurpartitur? Ging es ihm nur um wissenschaftlichen Ruhm? Oder wollte er die Klänge der Macht gar für sich nutzen?

Der Professor stieß vernehmlich die Luft aus und setzte sich wieder. »Bitte verzeihen Sie, Madame. Ich …«

»Sie wiederholen sich«, fiel Sarah ihm barsch ins Wort. »Wenn Sie nach Weimar gekommen sind, um mich von Ihren Verschwörungstheorien zu überzeugen, dann dürfen Sie mich nicht mit Halbwahrheiten abspeisen. Es wird Zeit, die Karten aufzudecken, Monsieur Janin.«

»Nun«, druckste der Professor, »eigentlich sind Sie nicht der einzige Grund, weshalb ich hier bin.«

Sarahs Augen wurden zu engen Schlitzen. »Sondern?«

»Ich war seit dem Spätsommer letzten Jahres immer wieder in der Stadt, um die hiesigen Archive nach Hinweisen auf die Purpurpartitur abzugrasen. Dann – endlich! – stieß ich im alten Teil der Anna-Amalia-Bibliothek auf einige viel versprechende Hinweise. Als das Haus schloss, musste ich meine Suche unterbrechen. Am nächsten Morgen lag der Rokokosaal in Schutt und Asche.«

Wieder hatte Janin es geschafft, Sarah zu überraschen. »Sie waren vor dem Brand in der Bibliothek?«

Er nickte ergeben.

»Wollen Sie damit andeuten, die Farbenlauscher hätten Sie beobachtet und das Feuer gelegt?«

»Wenn es Ihnen lieber ist, dann glauben Sie an einen Zufall.«

»Aber wieso ...?« Sie klappte den Mund zu und schüttelte verärgert über ihre eigene Einfältigkeit den Kopf. »Wenn die Farbenlauscher eine so geheime Gesellschaft sind, woher wissen Sie dann so viel über sie? Und wagen Sie nicht, mich noch einmal mit Halbwahrheiten abzuspeisen!«

Janin starrte missmutig auf das leere Aquavitglas mit dem weißen Malteserkreuz. Schließlich hoben und senkten sich seine Schultern unter einem tiefen Seufzer. »Na gut«, begann er so leise, dass Hampel und Palme ihn selbst mit erstklassigen Französischkenntnissen nicht hätten verstehen können. »Aber Sie müssen mir versprechen, es niemandem zu verraten.«

»Ich will nichts von Ihnen, sondern Sie von mir«, erwiderte Sarah unbarmherzig.

»Ist ja schon gut«, sagte Janin mit besänftigender Geste. »Also, die Sache ist die: Mein Vater war ein Adler.«

Sarahs Augen wurden groß. »Sie meinen ...?«

»Ein Farbenlauscher«, bestätigte der Professor. »Nicht nur irgendeiner, sondern er war der erste Adept des Großmeisters. Schon damals stand Sergej Nekrasow der Bruderschaft vor – er ist uralt. Mein Vater war so eine Art Kronprinz, aber dann kamen zwischen den beiden Differenzen über die Ziele der Bruderschaft auf. Da hat Nekrasow seinen Nachfolger kurzerhand ermorden lassen. Und ...« Der Russe rieb sich das Kinn.

»Und?«

Er beugte sich vor und sagte noch leiser: »Mein Vater hat mir eine Mappe mit verschiedenen Schriftstücken hinterlassen: Namen ehemaliger Farbenlauscher; geschichtliche Ereignisse, die auf ihr Wirken zurückgehen; Musikstücke, in die sie ihre Klänge der Macht eingewoben haben, und viele andere Einzelheiten, die kein Außenstehender je hätte erfahren dürfen.«

Argwöhnisch musterte Sarah den Mann, dessen physische Präsenz in diesem Moment geradezu erdrückend war. Aber der andere Oleg Janin war nicht vergessen, der Stalker, dem sie viele schlaflose Nächte verdankte, der sie mit seinen Briefen, Telefonanrufen und schließlich sogar mit einem Einbruch terrorisiert hatte. Sie schüttelte den Kopf. Seine Geschichte überzeugte sie nicht.

Sie beugte sich unvermittelt vor, nahm ihren Computer vom Tisch und erhob sich.

Janin stand ebenfalls auf. »Wollen Sie etwa gehen?«

»Ja«, antwortete sie knapp.

»Aber wieso...?«

»Sie verschweigen mir etwas, Monsieur Janin.«

Er spreizte in einer Geste der Arglosigkeit die Arme. »Wie kommen Sie darauf?«

Sarah hielt seinem Unschuldsblick mit eisiger Härte stand. »Wie *ich* darauf komme?« Sie lachte. »Die Antwort darauf erwarte ich von *Ihnen*, Monsieur. Rufen Sie mich an, wenn sie Ihnen eingefallen ist.«

Ohne Adieu wandte sie sich von ihm ab und verließ den Salon.

Dieser junge Mensch denkt und träumt gar viel;
alles entschuldigt er.
Sein Gehirn ist ebenso außergewöhnlich,
ebenso geschult wie seine Finger.
Wäre er nicht ein genialer Musiker,
er wäre ein bedeutender Philosoph und Literat geworden.
Auguste Boissier,
1832 über den Klavierlehrer ihrer Tochter,
Franz Liszt

8. Kapitel

Weimar, 16. Januar 2005, 15.44 Uhr

Das Kopfsteinpflaster der Weimarer Altstadt stellte enorme Ansprüche an die Fesseln weiblicher Füße. Jede Unachtsamkeit konnte einen Bänderriss nach sich ziehen. Gleichwohl verlangsamte Sarah ihr forsches Tempo nicht. Die zwei Leibwächter blieben die ganze Zeit über auf Tuchfühlung. Zum Glück waren sie gut trainiert.

Nachdem Oleg Janin knurrend wie ein sibirischer Wolf den Russischen Hof verlassen hatte, waren die Beamten Hampel und Palme von Sarah mit der Ankündigung überrascht worden: »Ich gehe jetzt spazieren.« Hierauf wurde einige Minuten lang das Für und Wider von Ausflügen im Revier potentieller Killer erörtert, was aber Sarahs Entschluss letztlich nicht erschüttern konnte. Drei Tage Stubenhocken seien genug. Sie brauche Bewegung und frische Luft.

In Wahrheit ging es ihr nicht um Körperertüchtigung. Das Weimarer Schlossmuseum hatte im Winter nur bis vier Uhr nachmittags geöffnet. Um im ehemaligen Residenzschloss des Großherzogs ein paar Antworten zu bekommen, blieb also nicht viel Zeit. Daher die Eile.

Über den Herderplatz und durch die Mostgasse gelangten Sarah und die beiden Bodyguards zur Westfront der imposanten Vierflügelanlage. Durch einen Torweg betraten sie den Innenhof des Schlosses, jenen Ort also, den Franz Liszt für die Uraufführung seines geheimnisvollen Stückes auserkoren hatte. Sternförmige Steinreihen im schlüpfrig nassen Pflaster gliederten ihn wie eine aufgeschnittene Torte in dreieckige »Kuchenstücke«. Sarah fröstelte, weil die winterliche Kälte ihr unter den Mantel kroch. Wenigstens lag kein Schnee. Aber war das vor einhundertvierundzwanzig Jahren auch so gewesen?

Einmal mehr fragte sie sich, wie einem Komponisten nur die Idee kommen konnte, eine Konzertpremiere Mitte Januar im Freien stattfinden zu lassen. Gut, an den europäischen Fürstenhöfen hatte es auch damals schon komfortable Lustzelte und Kanonenöfen gegeben, aber trotzdem...

Urplötzlich blieb Sarah stehen. Ihre Augen blickten gebannt auf die Mitte des Platzes. Dort war mit dunklen Steinen in das hellere Pflaster ein Symbol eingelassen. Wegen der Nässe hob es sich kaum von seiner Umgebung ab. Es war eine Windrose.

Wieder einmal. Im Geiste baute Sarah eine Brücke zu der Parkettrosette im Russischen Hof und von dort zum Gespräch mit Oleg Janin im Anno 1900: Man könne den Farbenlauschern nur über ihre Spuren folgen, ihre Symbole. Die Zahl Acht spiele bei ihnen eine zentrale Rolle. *Auch die Windrose gehört in diesen Kontext...*

»Alles in Ordnung?«, kappte hinter ihr Hampel den Erinnerungsfaden.

Sie wandte sich der Polizistin zu und deutete auf den Stern am Boden. »Ist das Pflaster im Originalzustand?«

Die Kripobeamten tauschten ratlose Blicke. Palme schob die Unterlippe vor und zuckte die Achseln. Seine Kollegin sagte: »Ich bin nicht von hier. Hab aber mal gehört, der Schlossturm sei der älteste Gebäudeteil. Er stammt aus dem Mittelalter...«

»Schon gut«, unterbrach Sarah die Leibwächterin und wandte sich dem Eingang des Museums zu.

Wenig später stürmte das Dreigestirn durch die Tür ins Foyer. Eine energische Kulturhüterin in dunkelblauem Rock und weißer Bluse verstellte ihnen den Weg. Die untersetzte Frau streckte Sarah den Handteller wie eine Polizeikelle entgegen und rief: »Halt! Wir schließen in ein paar Minuten.«

»Das ist mir bekannt.«
»Umso besser. Am Dienstag können Sie wieder ...«
»Bis dahin habe ich keine Zeit.«
»Tut mir leid, aber ...«
»Ich muss nur etwas wissen.«

Die dralle Museumswächterin seufzte: »Geht uns das nicht allen so?«

»Das Pflaster im Innenhof. Von wann ist das?«, erkundigte sich Sarah unbeirrt.

Auf der Stirn der Frau bildeten sich Verwerfungen. Offensichtlich wurde ihr diese Frage nicht so häufig gestellt. »Also, das alte Residenzschloss ist 1774 abgebrannt. Fünfzehn Jahre später ist es wieder aufgebaut worden. Zunächst nur mit drei Flügeln ...«

»Und die Windrose im Hof?«

»Die dürfte genauso alt sein.«

Sarah glaubte, der Stern des Paradeplatzes sei gerade in ihrem Kopf aufgegangen. »Danke!«, stieß sie erfreut hervor und lief mit ihren beiden Schatten wieder hinaus.

Die Kulturhüterin blieb kopfschüttelnd zurück.

Argwöhnisch beäugt von den Bodyguards, drehte sich Sarah im inneren Kreis um sich selbst und staunte. Bei der Entdeckung der Windrose war ihr dieses Detail gar nicht aufgefallen: In dem Rund aus grauen Steinen befand sich ein Kreuz aus vier dunklen, einander berührenden Dreiecken. Des Öfteren wurde, wie sie inzwischen wusste, auch das Erkennungssymbol der Malteser oder Johanniter in dieser vereinfachten Form dargestellt. Konnte das noch ein Zufall sein?

Aus ihrer Erinnerung stiegen Worte auf, die sie in einem Brief von Franz Liszt gelesen hatte. Sie stammten aus der Zeit kurz nach seiner Ernennung zum Hofkapellmeister und waren an den Erbgroßherzog Carl Alexander gerichtet.

Jetzt ... ist es mir lieb, zuerst an Weimar zu denken, an meinen Fixstern, dessen wohltuende Strahlen meinen weiten Weg erleuchten.

Je länger Sarah das Kreuz zu ihren Füßen betrachtete, desto mehr erschien ihr diese Aussage wie eine Dechiffrieranweisung. Kein Zweifel, Liszt hatte eine »Schatzkarte« komponiert. Nun galt es lediglich, wie Oleg Janin sich wohl ausdrücken würde, die Spuren und Symbole richtig zu lesen: Die Windrose stand für die acht Haupthimmelsrichtungen. Sie war ein Kompass zur Orts- und Kursbestimmung.

Und von dieser Stelle in Weimar aus sollte die Suche beginnen.

Als Sarah wieder aufschaute, strich ihr Blick über einen breiten Balkon am Ostflügel des Schlosses. Obwohl die Sonne noch nicht untergegangen war, brannte in dem dahinter liegenden Festsaal bereits Licht. In einem der Fenster stand ein glatzköpfiger Mann mit Walrossbart und Preisboxerstatur. Sarah erkannte ihn sofort.

Es war der Paukist.

Einen Wimpernschlag später hatte sie sich in einen Eiszapfen verwandelt oder kam sich jedenfalls so vor. Unverwandt starrte sie nach oben und meinte, die Blicke des Russen wie klamme Finger auf ihrer Haut zu spüren. Vor Schreck brachte sie kein Wort heraus. Die beiden Leibwächter bemerkten trotzdem, dass mit ihr etwas nicht stimmte.

»Ist das nicht ... Tiomkin?«, fragte die Polizistin.

Sarah schaffte es zu nicken.

Im nächsten Augenblick verdeckten die Bewacher mit ihren Körpern die Schusslinie und zerrten die Schutzbefohlene zum Südausgang. Alles ging unheimlich schnell. In der Deckung des Torwegs telefonierte die Beamtin mit der Dienststelle. Ihr Kollege spähte mit gezückter Waffe zum Festsaal hinauf und fluchte.

»Mist! Ich kann ihn nicht mehr sehen.«

»Sie meinen, er ist geflohen?«, fragte Sarah. Ihre Stimme bebte vor Angst.

»Machen Sie sich keine Sorgen. Wir beschützen Sie.«

Die Antwort beruhigte Sarah nicht wirklich. Bestimmt brachte man angehenden Leibwächtern solche dämlichen Floskeln auf der Bodyguardschule bei. Hatte Tiomkin sie verfolgt, um sie aus dem Hinterhalt niederzuschießen? Oder war er aus demselben Grund hierhergekommen wie ...?

»Die nächste Polizeiwache liegt am Markt, nur einen Steinwurf weit entfernt«, beendete Hampel das bange Grübeln ihrer Schutzperson.

Tatsächlich erscholl schon nach Sekunden ein Martinshorn, und wenige Herzschläge später polterten die Reifen eines grün-weißen Streifenwagens über das Kopfsteinpflaster der Schlosszufahrt. Er blieb in der Durchfahrt stehen, und ein Polizist sprang heraus, um die Evakuierung des Gebäudes zu koordinieren. An seiner Stelle nahm Palme neben dem Fahrer Platz.

Hampel bugsierte Sarah auf den Rücksitz und sagte: »Machen Sie sich keine Sorgen. Wir beschützen Sie.«

Die Leibwächter brachten ihr schonend bei, sie solle sich bis auf Weiteres von den Fenstern fernhalten, weil die Verglasung weder in der Zarensuite noch sonst wo im Russischen Hof kugelsicher sei. Sarah war begeistert.

»Wir können nicht ausschließen, dass man Sie tatsächlich töten will«, erklärte Kommissarin Bach ihr wenig später die verschärften Sicherheitsmaßnahmen am Telefon. Sie war gleich nach der Rückkehr ins Hotel alarmiert worden.

»Sie können es nicht ausschließen?«, wiederholte Sarah verwundert. »Was soll denn *das* heißen? Tiomkin hat mit seiner Pistole aus meinem Hotelzimmer Kleinholz gemacht.«

»Im Moment wissen wir weder, ob er der Einbrecher war, noch kennen wir seine wahren Absichten«, erklärte Bach geduldig. »Sie haben uns erzählt, er sei mit einer Taschenlampe ausgerüstet gewesen. Blind war er also nicht. Trotzdem durchsiebt er ein frisch gemachtes Bett mit Kugeln und verteilt ein paar weitere im übrigen Zimmer. Finden Sie das nicht seltsam?«

»Vielleicht ist er kurzsichtig.«

»Oder er wollte Sie gar nicht töten.«

»Sondern?«

Die Ermittlerin atmete hörbar ein. »Ihnen Angst einjagen. Oder vom Raub der Notenblätter ablenken. Ich weiß es nicht.«

»Falls Sie beabsichtigen, mich zu beruhigen, müssen Sie sich aber mehr anstrengen.«

»Wie sah die Waffe aus, mit der Tiomkin Sie zuvor aus seinem Auto heraus bedroht hat?«

Sarah schluckte. »Das habe ich Ihnen doch gesagt, da war keine. Nur...«

»Eine Taschenlampe?«

Ganz langsam beschlichen Sarah nun doch Zweifel. Nachdem sie eine Weile nichts gesagt hatte, meldete sich am anderen Ende der Leitung wieder die Polizistin.

»Oft sind die Dinge einfacher, als sie scheinen, Madame d'Albis, aber manchmal entpuppen sie sich auch als ungleich komplizierter. Da ist zum Beispiel das Waffengeschäft, aus dem sich Ihr Retter das Schwert besorgt hat. Ich habe Ihnen ja schon von dem Rollgitter erzählt. Inzwischen wissen wir, dass es mit einer Zeitschaltuhr gekoppelt ist, die es nach Ladenschluss herunterlässt. Am Donnerstagabend hat die Automatik jedoch versagt. Komisch, finden Sie nicht?«

»Eigentlich sollte ich froh darüber sein.«

In der Stimme der Polizistin lag milder Spott. »Ja. Eigentlich. Aber irgendwie befriedigt mich diese fatalistische Haltung nicht. Da verlasse ich mich noch lieber auf meinen Bauch.«

»Und was verrät der Ihnen in diesem Fall?«

»Dass wir bisher nur an der Oberfläche gekratzt haben. Ich möchte morgen zu Ihnen ins Hotel kommen, um noch ein paar Fragen durchzugehen. Vielleicht fällt Ihnen ja bis dahin etwas ein, das Sie mir gerne erzählen möchten.«

Um Sarahs seelische Verfassung stand es nicht zum Besten. Sie kauerte auf dem Sofa in ihrer Luxussuite, die Arme um die angezogenen Beine geschlungen, das Kinn auf die Knie gestützt, und brütete vor sich hin. Das Telefonat mit der Kommissarin hatte ihrer Verzweiflung den letzten Kick gegeben. Sie war bis ins Mark verängstigt. Wohin sie auch ging, die Farbenlauscher schienen schon da zu sein.

Hatte sie überhaupt eine Chance, diesem geheimen Club von Wahnsinnigen zu entkommen? Wer bestimmte eigentlich, ob sie frei sein, ja, ob sie weiter leben durfte? In ihrer regen Fantasie malte sie sich aus, wie sie demnächst in einem abgelegenen Atombunker ihr Dasein fristete, um von der geheimen Bruderschaft nicht entführt oder gar umgebracht zu werden.

Tränen rannen ihr über die Wangen. Sie unterdrückte ein Schluchzen, um nicht Hampels Aufmerksamkeit auf sich zu ziehen. Sollte sie hier tatenlos herumsitzen und warten, bis die Polizei Tiomkin schnappte?

Nein! Ihr trotziger Widerspruch war stumm, nur ihre Lippen bewegten sich. Vielleicht hatten sich die Therapiestunden mit der Stalkingberaterin ja doch gelohnt. Zumindest wollte sie endlich wieder nach vorne blicken und sich nicht die Kontrolle über ihr Handeln entziehen lassen. Sie hatte sich *einmal* von einem Russen das Nervenkostüm von der Seele reißen lassen, eine weitere Blöße würde sie sich gewiss nicht geben.

Ein Ruck ging durch ihren Körper, als sie die Mauer der Furcht zum Einsturz brachte und förmlich vom Kanapee schnellte. Die beiden Polizisten hatten ihren Schreibtisch ins Schlafzimmer gestellt, um sie vom Fenster und damit von der Schusslinie fernzuhalten. Sie setzte sich an ihr Notebook und klappte es auf. Manchmal ist Angriff die beste Verteidigung, machte sie sich Mut. Du musst das Heft in die Hand nehmen, musst eine Strategie entwickeln. Ihre Finger legten sich auf die Tastatur und fingen an zu tanzen, beinahe so flink wie auf der Klaviatur.

Die Ausgangssituation hatte sie schnell analysiert. Erst waren die Notenblätter von Franz Liszt mit den dazugehörigen Kopien gestohlen worden, und nun lungerte Tiomkin im Stadtschloss herum. Das konnte nur eines bedeuten: Sergej Nekrasow und seine Dunklen Farbenlauscher hatten die Suche nach der Purpurpartitur wieder aufgenommen.

Obgleich Sarah immer noch Zweifel an Janins Theorie von der globalen Bedrohung durch die Purpurpartitur hegte, schien ihr die Frage der eigenen Abstammung kaum noch strittig. Liszts Klangbotschaft war wie ein Funkspruch aus der Vergangenheit. Um diesen zu übermitteln, mussten Sender und Empfänger kompatibel sein, sie benötigten das gleiche außergewöhnliche *Audition colorée*. Alle Forschungen sprachen gegen solche identischen Wahrnehmungen bei Synnies, aber wenn es sie gab, dann mit hoher Wahrscheinlichkeit bei Blutsverwandten.

Einmal mehr beschlich Sarah das Gefühl, die *unvollendeten* Entwürfe der Fantasie über Höltys *Lebenspflichten* gründlicher untersuchen zu müssen. Vielleicht nannte der darin festgehaltene ursprüngliche Schluss den Ort, wo die Suche nach der Klanglehre des Jubal beginnen musste. Wieso sonst hatten die Dunklen Farbenlauscher die Originalnotenblätter und sämtliche Kopien gestohlen, sich aber nicht für die Abdrucke des Orchesters interessiert? Nekrasow mochte es lediglich darum gehen, jede Erwähnung der Purpurpartitur auszutilgen, aber wenn ihm dies gelang, wäre vermutlich auch nicht mehr die Blutlinie nachzuvollziehen, mit der Liszt seine besondere Gabe in die Zukunft gerettet hatte.

Sarah klinkte sich mit dem Notebook ins Internet ein. Was meinte Liszt mit »des Meisters Instrument«? Aus gutem Grunde hatte sie Janin von dieser Zeile der Klangbotschaft nichts verraten. Sie war sich beinahe sicher, dass hinter der Formulierung der Zugang zum Geheimnis des lisztschen Gedichts lag.

Das Instrument eines Meisters? Und gleich die nächsten beiden Worte lauteten: »von AS«. Stand das Kürzel für die Tonart As-Dur? Oder handelte es sich um die Initialen von Antonio Stradivari, der wie kaum ein anderer den Titel »Meister« verdiente? Die Hypothese gefiel Sarah. Sie hatte gelesen, dass von den eintausend Geigen, die Stradivari gebaut hatte, immer noch etwa sechshundert existierten ...

Ein Geistesblitz brannte den Gedanken weg und zum Vorschein kam eine weitere Erinnerung an das Anno-1900-Gespräch mit Oleg Janin. Jubal sei der Vater all derer gewesen, die Harfe und Pfeife spielen, hatte er gesagt. Sarah klatschte sich mit der flachen Hand gegen die Stirn – und wurde sich bewusst, dass sie nicht alleine war.

Sie lächelte ihrem Schutzengel Hampel zu. »Mir geht es gut.«

Die Polizistin vergrub ihren Blick wieder in die Liszt-Biografie.

Sarah rief eine Internetsuchmaschine auf und tippte neben dem Kürzel »AS« die deutschen Begriffe »Entdeckung« und »Flöte« ein. Eine Sekunde später lag ihr die Ergebnismenge vor: über fünfzigtausend Treffer! Aber gleich die erste Seite trug den viel versprechenden Namen »Furioso«. Sarah klickte sie an, las die Überschrift – und war wie elektrisiert.

Die spektakulärste Traversflöte der Welt – die Denner-Flöte

Denner? Liszt hatte in seiner Partitur ausdrücklich notiert: »Traversflöte (Buchsbaum, J. D.)«. Fieberhaft überflog Sarah den Text. Tatsächlich! Das darin beschriebene Instrument war von Jacob Denner gebaut worden. Dieselben Anfangsbuchstaben! Das konnte unmöglich ein Zufall sein.

Der Nürnberger lebte von 1681 bis 1735 und galt als der berühmteste Holzblasinstrumentenbauer seiner Zeit, so behauptete der Verfasser des Internetartikels. Im 18. Jahrhundert seien Denners Querflöten vor allem für ihren ausgeglichenen Klang und ihre perfekte Stimmung gepriesen worden. Weltweit seien lediglich vier Exemplare erhalten. Erst 1991 habe man in der Nähe von Nürnberg ein besonderes, sogar noch spielbares Meisterstück von Denner wiederentdeckt. Die Oberseite des Holzkastens zur Aufbewahrung der Flöte zeige als zentrales Dekor zwei ineinander verschachtelte achteckige Sterne. Als Sarah eine Fotografie des Kastens sah, blieb ihr der Atem weg.

»Eine Windrose!«, flüsterte sie. Fieberhaft las sie weiter.

In einigen der den Kasten auf allen Seiten umziehenden Schmuckbänder sei die immer wiederkehrende Buchstabengruppe »AS« zu erkennen, hieß es da; möglicherweise handele es sich hierbei um Initialen, die Hinweise auf die Geschichte der Flöte gäben. Das Germanische Nationalmuseum Nürnberg besäße mehrere Denner-Flöten.

Nürnberg? Könnte es sein, dass der erste Buchstabe in »N+Balzac« gar nicht für einen Vor-, sondern für einen Ortsnamen stand? Möglicherweise waren »A. S.« und »N+BALZAC« Akronyme.

»Buchstabenrätsel!«, hauchte Sarah.

Sie wurde immer aufgeregter. Schnell rief sie am Computer die Korrespondenz ihres Ahnen auf und gab den Suchbegriff »Nürnberg« ein. Sechs Briefe wurden angezeigt. Zwei waren an Adelheid von Schorn gerichtet, die Tochter der Schriftstellerin Henriette von Schorn. Sie war, wie Sarah schnell herausfand, Liszts Schülerin, und die Übereinstimmung ihrer Namensinitialen mit dem umlaufenden »AS«-Monogramm vom Flötenkasten unübersehbar.

Der zweite Brief war am 20. November 1882 in »Venedig, der Schönen« verfasst worden. Im Jahr nach dem Attentat auf Zar Alexander II. Liszt brachte darin fast überschwänglich seine Erleichterung zum Ausdruck, wohlbehalten in Italien angekommen zu sein: »Dem Himmel sei Dank!« Fast so, als sei er auf der Flucht gewesen und mit knapper Mühe seinen Häschern entkommen. Und dann – das war wirklich seltsam – sprach er mit Bewunderung über Adelheids »Methode des Whist«.

Sarah rief ein Wörterbuchprogramm auf und erfuhr so, dass *whist* der Name eines Kartenspiels war. Das Wort hatte aber noch eine weitere Bedeutung: Schweigen – insbesondere jenes, das während des Spiels einzuhalten ist.

Ihr Nacken kribbelte vor Erregung. War Liszt tatsächlich nach mehrtägiger mühevoller Reise nichts Besseres eingefallen, als einer Freundin im Brief mitzuteilen, wie gut sie Karten spielen könne? *Vor allem ist es wirklich wunderschön, all die Asse loszuwerden.* Die abschließende Formulierung schrie geradezu nach einer konspirativen Deutung. Vielleicht steckte ein vereinbarter Code dahinter. Möglicherweise hatte er seiner Verbündeten auf diese Weise mitteilen wollen, dass sie die Asse unter seinen Gegnern ausgeschaltet habe. *Dem Himmel sei Dank!*

Nürnberg. Lautlos formten Sarahs Lippen den Namen der Dürerstadt. Sie war beinahe sicher, dass die Suche nach der Purpurpartitur dort beginnen sollte, wo es nach wie vor die meisten Flöten von Jacob Denner gab. Ihr Blick wanderte sehnsüchtig zum Telefon. Es war Sonntagabend. Um diese Zeit würde sie keinen der Experten im Germanischen Nationalmuseum mehr erreichen.

»Halt mal!«, bremste sie sich. Bei der Uraufführung am Donnerstagabend hatte doch ein Flötist gespielt, dessen Instrument ganz im Sinne Liszts erklungen war. Noch einmal begann sie den Text der Internetseite zu lesen, diesmal jedoch gründlicher.

»Konrad Hünteler!«, stieß sie unvermittelt hervor. Da stand es ja! Die 1991 bei Nürnberg entdeckte Querflöte befand sich mittlerweile als Leihgabe im Besitz des Münsteraner Musikprofessors und Flötisten Konrad Hünteler, damit es seiner ursprünglichen Bestimmung gemäß genutzt, nämlich gespielt, werde. Hatte Janin nicht erzählt, er habe in der Nacht zum Freitag mit einem Flötisten gefachsimpelt?

Das war allerdings drei Tage her. Hatte es überhaupt einen Sinn …?

»Was man nicht versucht, kann auch nicht gelingen«, murmelte Sarah – ein Leitspruch ihrer Adoptivmutter. Sie griff zum Telefon, wählte die Nummer der Rezeption und ließ sich – wieder einmal – mit dem Hotel Elephant verbinden.

Eine gleichgültig klingende Stimme meldete sich.

»Professor Konrad Hünteler bitte«, verlangte Sarah mit allem Selbstbewusstsein, zu dem sie fähig war.

Stille trat ein. Dann sagte die Dame am anderen Ende der Leitung: »Einen Moment bitte, ich verbinde.«

DURCHFÜHRUNG
Notus
(Süden)

—

Nürnberg

———— ❈ ————

Montag, 20. November 1882
Venezia la bella: Palazzo Vendramin.

Liebe Freundin,

ich möchte nicht, dass Dir von anderer Seite über meine sichere Ankunft hier berichtet wird. Dem Himmel sei Dank! … Dein Bruder schrieb Dir aus Nürnberg, dass die Methode des Whist, sozusagen von Dir ersonnen und gewiss perfektioniert, sich über den Dürerplatz bei L. Ramanns [Klavierschule] verbreitet hat, auch unter Deinem Namen. Vor allem ist es wirklich wunderschön, all die Asse loszuwerden.

F. Liszt

*Das ist die Art, wie Liszt lehrt.
Er vergegenwärtigt euch eine Idee,
diese nimmt Besitz von eurem Geiste und haftet da fest.
Musik ist für ihn ein so wirkliches, sichtbares Ding,
dass er stets, auch in der physischen Welt,
sofort ein Gleichnis oder ein Zeichen findet,
um seine Ideen auszudrücken.*
Amy Fay,
1873 über ihren Lehrer Franz Liszt

9. Kapitel

Weimar, 17. Januar 2005, 12.05 Uhr

Der Besuch des einstigen Wohnsitzes von Franz Liszt wurde von den Leibwächtern der Kriminalpolizei als erhebliches Sicherheitsrisiko eingestuft – am liebsten hätten sie ihre Schutzperson im Hotel eingeschlossen und den Schlüssel weggeworfen. Für Sarah bedeutete das Verlassen des Schlupfwinkels stattdessen den Auftakt zu ihrer Gegenoffensive.

Der Flötist hatte während des Telefonats am Sonntag gesagt: »Ich werde in Bälde mit Professor Schmidt von der Franz-Liszt-Gesellschaft zu Abend essen, und morgen Vormittag beende ich ein Seminar in der Altenburg. Die Denner-Flöte habe ich dabei. Wenn Sie mich also dort besuchen, helfe ich Ihnen gerne.«

»Im Liebesnest von Franz und Carolyne? Das wäre schön«, hatte Sarah hoffnungsvoll erwidert, doch als sie Hampels energisches Kopfschütteln sah, fragte sie pflichtschuldig: »Andererseits – könnten wir nicht im Russischen Hof gemeinsam zu Mittag essen?«

»Nichts täte ich lieber, Madame d'Albis. Ich bin nämlich ein großer Bewunderer Ihrer Kunst. Leider erwarte ich in der Jenaer Straße später noch einen Gast und danach werde ich mich sputen müssen, um den 16.12-Uhr-Zug nach Münster zu bekommen. Ich kann Ihnen also nur ein schmales Zeitfenster zwischen zwölf und ungefähr zwei Uhr anbieten.«

»Abgemacht«, hatte Sarah erwidert und dabei tunlichst die vorwurfsvollen Blicke ihrer Bewacher ignoriert.

Etwa achtzehn Stunden später – inzwischen war es Montagmittag – rollte ein unauffälliger hellblauer VW Passat vor das Gebäude, in dem Franz Liszt mit Carolyne von Sayn-Wittgenstein zwölf Jahre in »wilder Ehe« gelebt und damit weite Kreise der konservativen Weimarer Gesellschaft brüskiert hatte. Zuerst entstiegen dem Wagen die Leibwächter. Palme klingelte an der Vordertür. Hampel spähte, die Hand an der Waffe, das Umfeld aus.

Von der Rückbank blickte Sarah durchs Wagenfenster an der Fassade des dreistöckigen Gebäudes empor. Man begegnete der Altenburg auf Schritt und Tritt, wenn man sich eingehender mit Franz Liszt beschäftigte. In seiner Zeit als Hofkapellmeister hatten sich hier immer wieder zahlreiche Größen aus Musik, Literatur und den schönen Künsten eingefunden. Das Alphabet von Hans Christian Andersen bis zu Richard Wagner hinauf und wieder von Clara Schumann bis zu Bettina von Arnim hinunter – alle waren seine Gäste gewesen.

Liszts Domizil hatte so gar nichts von einer Festung, wie es der Name »Altenburg« suggerierte. Es handelte sich um ein eher schlichtes Wohnhaus von allerdings imposanter Größe; Sarah meinte allein an der Vorderfront etwa dreißig rotbraun lackierte Fenster zu zählen. So bunt es früher in dem Gebäude zugegangen war, so farbenfroh präsentierte es sich nun nach außen. Das Erdgeschoss war altrosa gestrichen, die beiden darüber liegenden Etagen hellgrün; dazwischen betonten sandfarbene Bänder die dreifache Gliederung.

Die Tür unter dem Bogenfenster öffnete sich. Palme sprach kurz mit einer Person, die Sarah nicht sehen konnte, dann gab er seiner Kollegin einen Wink.

Die Polizistin öffnete den Schlag. »Schnell ins Gebäude! Ich bin dicht hinter Ihnen. Machen Sie sich also keine Sorgen ...«

»Sie beschützen mich«, leierte Sarah das Mantra der Bodyguards herunter. Sie griff nach ihrer schwarzen Nylontasche mit dem Notebook und verließ den Wagen. Einen Moment später stand sie im Zwielicht eines Hausflurs und schüttelte die Hand von Konrad Hünteler.

Der Flötist trug eine Hose mit messerscharfen Bügelfalten und ein akkurat gestärktes Hemd – alles in Schwarz. Er mochte Mitte oder Ende fünfzig sein und hatte ein freundliches rundes Gesicht, in dem zwei kleine, dunkle Augen lebhaft funkelten. Am auffälligsten an dem Mann war sein voluminöser Haarschopf. Mit Mohnpulver bestäubte Zuckerwatte hätte genauso ausgesehen, dachte Sarah.

»Ganz schön beeindruckendes Polizeiaufgebot«, meinte Hünteler im Anschluss an die Begrüßung. Seine volle Stimme war für Sarah ein tiefblaues Wogen und so rau wie trockene Steine am Strand – durchaus angenehm.

Sie lächelte säuerlich. »Ich habe Sie ja vorgewarnt. Danke, dass Sie sich Zeit für mich nehmen, Professor Hünteler.«

»Sagen Sie bitte Konrad zu mir. Wir Tonkünstler gehören doch alle zur selben Familie.«

»Gerne, wenn Sie mich Sarah nennen.« Schon in dem Telefonat am Sonntagabend hatte sie Vertrauen zu Hünteler gefasst. Er war mit Herz und Seele Musiker, ohne die im Klassikzirkus weit verbreitete Affektiertheit. Sein liebenswürdiges Wesen bestärkte sie in dem Entschluss, ihn nicht zu belügen, wenngleich sie ihm von der unglaublichen Wahrheit auch nicht mehr als nötig zumuten wollte.

Hünteler führte seinen Gast in einen großen Salon mit tiefroter Tapete und etlichen Stühlen. Beherrscht wurde der Raum von einem Konzertflügel. »Früher war das hier Liszts Bibliothek und Musikzimmer«, erklärte der Flötist mit einer vagen Handbewegung.

Sarah nickte, während sie an den hakeligen Plastikverschlüssen ihrer Tasche herumnestelte. Ihre Nervosität weckte die Neugierde des Flötisten.

»Wie kann ich Ihnen helfen?«

»Ich ...« Plötzlich sprang der widerspenstige Verschluss auf. »Ich möchte Sie bitten, mich auf einer virtuellen Reise nach Nürnberg zu begleiten.«

»Virtuelle ... was?«

»Wir begeben uns in der Phantasie dorthin, wo der ursprüngliche Besitzer Ihrer Flöte wohnte.«

»Der letzte Eigentümer dürfte in Windsbach gelebt haben, gut vierzig Kilometer südwestlich von Nürnberg. Dort ist die Flöte jedenfalls gefunden worden, als man den Dachboden eines alten Hauses entrümpelte.«

»War wohl eine ziemliche Überraschung.«

»Im Gegenteil. Die Eigentümerin hat den Fund für wertlosen Plunder gehalten, weshalb sie ihn verschenkte. Die neuen Besitzer verkauften die Flöte später samt Kasten für zwanzigtausend Mark an einen Händler für alte Musikinstrumente. Sie glaubten, das Geschäft ihres Lebens gemacht zu haben. Der neue Eigentümer veräußerte das Instrument dann für den *fünfzehnfachen* Preis weiter.«

Sarah pfiff durch die Zähne. »Da hat aber jemand einen ordentlichen – wie nennen Sie das auf Deutsch?«

»Reibach gemacht?«

»Ja, genau das Wort meinte ich.« Sie zog einen Computerausdruck aus der Notebooktasche und reichte ihn Hünteler. »Das hier wird unserem virtuellen Ausflug Leben einhauchen. Es ist der von mir wiederhergestellte ursprüngliche Schluss der *Grande fantaisie symphonique sur ›Devoirs de la vie‹ de Louis Henri Christian Hoelty.*«

Der Professor nahm ihr die Blätter aus der Hand und bestaunte sie gebührend. »Faszinierend! Ich kenne lediglich die Partitur, die mir für die Premiere und für das Seminar überlassen wurde. Und das haben Sie alles aus dem Kopf rekonstruiert?«

Sarah zuckte die Achseln. »Manche verfügen über ein besonderes Zahlen- oder Namensgedächtnis, meines ist auf Noten getrimmt. Sehen Sie hier.« Sie deutete mit Zeige- und Mittelfinger auf die Querflötenstimme. »Wie schon im Hauptteil seiner Fantasie hat Liszt auch im Urschluss ausdrücklich eine Traversflöte aus Buchsbaum von J. D. verlangt.«

»Meine Denner-Flöte ist aus diesem Holz gefertigt.«

»Ich vermute sogar, dass Liszt bei der Komposition an Ihre Flöte dachte.«

»Ist das Ihr Ernst?«

»Durchaus. In der *Fantasie* ist eine verschlüsselte Nachricht enthalten, die meine Aufmerksamkeit auf Ihre Flöte gelenkt hat. Bitte ersparen Sie mir, Ihnen die verwirrenden Details zu erklären. Jedenfalls wollte Liszt allem Anschein nach mit seiner Komposition ein Vermächtnis weitergeben.«

»Und Sie sehen sich als seine legitime Erbin, weil er Ihr Urahn ist. Wie steht's mit dem anderen Familienzweig? Sie wissen schon ...«

»Ich will niemanden ausbooten, Konrad, mich aber auch nicht ausschließen lassen, weil andere die vermeintlich älteren Rechte haben. Liszts Botschaft ist wie ein Rätsel verfasst und es steht jedem frei, es zu lösen.«

»Und welche Rolle haben Sie mir dabei zugedacht?«

»Um an das Vermächtnis zu gelangen, heißt es in der Nachricht, müsse man suchen ›von AS zu N+Balzac und bis zum End‹.«

In Hüntelers Miene spiegelte sich Überraschung. »Jetzt wird mir einiges klar. Auf dem in Windsbach gefundenen Flötenkasten erscheinen die Initialen AS gleich mehrmals.«

Sarah nickte, umging den Hinweis auf Adelheid von Schorn und kam sofort zur Sache: »Offenbar gehörte Liszt einer Vereinigung an, deren legendäre Geschichte bis auf Jubal zurückgeht, den biblischen ›Vater all derer, die Harfe und Pfeife spielen‹. Diese Leute haben unter anderem das Symbol der Windrose benutzt, die ebenfalls auf dem Kasten zu sehen ist.«

»Das ist richtig. Übrigens ist mir die von Ihnen zitierte Bibelpassage gut bekannt. Wussten Sie, dass Luther an der betreffenden Stelle von Geigen spricht? Andere deutsche Übersetzungen nennen hier eine Zither. Ich erwähne das, weil auf der Rückseite des Kastens kein Flöten-, sondern ein Lautespieler abgebildet ist.«

»Tatsächlich?«, staunte Sarah über dieses neue, sich nahtlos ins große Bild einfügende Mosaiksteinchen. Sie deutete wieder auf die Blätter. »Könnten Sie die Noten für mich spielen?«

»Was versprechen Sie sich davon?«

»Ich bin Synästhetikerin und kann die Töne sehen. Meine Wahrnehmungen helfen mir dabei, die verschlüsselten Botschaften zu entdecken.«

»Sie scherzen.«

»Nein, es stimmt wirklich. So bin ich auch auf das rätselhafte Akronym ›N+Balzac‹ gestoßen. Zumindest vermute ich, dass es sich um die Anfangsbuchstaben von Orten handelt. N könnte für Nürnberg stehen.«

»Hätte ich Sie erst heute kennen gelernt, würde ich Sie für eine Spinnerin halten«, gestand Hünteler freimütig.

»In Deutschland begegne ich derlei Reaktionen häufiger, als Sie glauben. Ist wohl ein düsteres Echo aus der Vergangenheit. In Hitler-Deutschland wurden Synnies wie ich als Geisteskranke in die Anstalt eingewiesen und zwangssterilisiert.«

Der Flötist bemerkte offenbar, wie dünnhäutig Sarah auf dem Gebiet war, denn betont freundlich stellte er klar: »Meine Äußerung bezog sich mehr auf die von Ihnen angesprochenen ›verschlüsselten Botschaften‹.«

Sie räusperte sich verlegen. »Entschuldigen Sie bitte. Wenn man so oft wie ich als ›krank‹, ›bekloppt‹, ›bescheuert‹ oder sonst wie anormal beschimpft wurde, neigt man gelegentlich zu Überreaktionen.«

»Das kann ich verstehen. Meine Wortwahl hätte auch taktvoller sein können. Und was Ihren Partiturauszug anbelangt – einige Läufe darin sind ziemlich anspruchsvoll. Geben Sie mir bitte etwas Zeit, mich darauf einzustellen.«

»Selbstverständlich. Ich warte.«

Sarah setzte sich zu ihren Beschützern in die erste Reihe und beobachtete den Professor dabei, wie er einen rot ausgeschlagenen, trapezförmigen schwarzen Kasten aufklappte, in dem die einzelnen Teile der Flöte lagen. Sie waren rotbraun, manche fast schwarz.

Hünteler nahm als Erstes das Kopfstück zur Hand, warf einen Blick in die Partitur und sagte: »Seltsam. Liszt hat hier die Tonart gewechselt. Ich muss die Flöte um eine kleine Terz nach unten transponieren, sie zur *flûte d'amour* machen.«

»Haben Sie denn das passende Mittelstück?«

Er nickte. »Keine Denner-Flöte hat so viele wie diese, und nur sie allein lässt sich durch ein besonders langes Mittelstück in eine *flûte d'amour* verwandeln.«

Sarah lächelte triumphierend. »Zweifeln Sie immer noch daran, dass Liszt bei seiner Komposition diese und keine andere Traversflöte im Sinn hatte?«

Hünteler betrachtete die im Flötenkasten untereinander aufgereihten Teile. »Ich muss zugeben, allmählich gerate ich ins Grübeln. Geben Sie mir bitte noch ein paar Minuten Zeit.«

»Gerne. Haben Sie etwas dagegen, wenn ich Ihr Spiel nachher aufzeichne?«

»Nicht, so lange es für Ihren persönlichen Gebrauch ist.«

Sarah versprach es, und Hünteler widmete sich wieder seiner Flöte. Mit geübten Griffen setzte er sie aus dem Kopf-, dem langen Mittel- sowie dem Herz- und Fußstück zusammen. Anschließend legte er sie quer an seine Unterlippe und blies gefühlvoll ins Mundloch. Ein warmer, weicher Ton erklang. Zufrieden mit der Stimmung machte er sich ans Üben.

Während die schnellen Tonfolgen aus der Denner-Flöte perlten, nahm Sarah ihren Computer aus der Schutztasche und machte ihn aufnahmebereit. Sie hatte zur Tonaufzeichnung ein hochwertiges Mikrofon mitgebracht, das sie üblicherweise zur Kontrolle ihres eigenen Spiels benutzte. Nachdem alles vorbereitet war, zog sie eine weitere Kopie der Partitur aus der Tasche und vertrieb sich die Wartezeit mit dem Studium derselben. Hünteler beherrschte sein Instrument virtuos, und so dauerte es nicht lange, bis er sich zutraute, die Passage flüssig vorzutragen.

Nach einem tiefen Atemzug hauchte er den Noten des großen Komponisten im wahrsten Sinne des Wortes Leben ein. Dabei bewunderte Sarah einmal mehr das volumenreiche Timbre des fast dreihundert Jahre alten Instruments. Der volle, üppige, dunkle und nuancenreiche Klang weckte in ihr die Vorstellung an einen schweren, erdigen Wein in einem Eichenfass. Zweifellos ließ hier die Königin der Traversflöten ihre Stimme erklingen, makellos rein in der Intonation, und selbst im *piano* schwang sie sich mühelos in höchste Höhen hinauf. Spätestens nach den ersten Takten der Schlusspassage war für Sarah klar, dass sie »des Meisters Instrument« gefunden hatte.

Ihr *Audition colorée* verwandelte die kurzen Töne in samtene

Kugeln, die längeren dagegen in Bänder aus Wildseide, die in allen Schattierungen von Gelb leuchteten. Doch dies gehörte für Sarah zur Normalität der musikalischen Wahrnehmung. Als geradezu berauschend empfand sie hingegen die großen Formen, die sich aus den kleineren bildeten. Wieder wanderte ein Schriftzug an ihr vorüber.

BEGIB DICH IN DEN KOPF DER REVOLUTION
DIE WINDROSE ZEIGT DIR DEN WEG

»Und? Was gesehen?«, fragte der Flötist keck, nachdem er den letzten Ton hatte ausklingen lassen.

»Und ob!«, antwortete Sarah atemlos. Sie hatte eine Gänsehaut und vergrub den Blick rasch in die Noten auf ihrem Schoß. Für Hünteler mochte es so aussehen, als versuche sie, den darin verborgenen geheimen Code zu knacken, doch in Wahrheit brauchte sie einfach Zeit, um sich zu beruhigen. Als es ihr wieder besser ging, klärte sie ihn über den Inhalt der Botschaft auf.

»Das wird ja immer besser!«, freute sich der Professor.

Sarah verzog das Gesicht. Ihr Bedarf an Rätseln war eigentlich schon nach der ersten Nachricht gedeckt gewesen. »Fällt Ihnen dazu etwas ein?«, fragte sie lahm.

Hünteler betrachtete nachdenklich seine Flöte. »Für mich klingen Liszts Worte etwa wie ein Appell zur geistigen Auseinandersetzung mit den Ideen der Aufklärung oder den revolutionären Strömungen seiner Zeit.«

Es kostete Sarah große Überwindung, äußerlich ruhig zu bleiben. Sie hatte ähnlich empfunden und dabei an Oleg Janins Äußerung über Franz Liszt gedacht: *Er hat vermutlich nie ein Bajonett in die Hand genommen, aber gewiss war die Musik für ihn eine Bombe, mit der er die alte Ordnung der Welt wegsprengen wollte.* Hatte der Russe am Ende doch recht?

Missmutig schüttelte sie den Kopf. »Liszt schwärmte in jungen Jahren für Sozialreformer wie Saint-Simon und Lamennais, aber er war bestimmt kein Revoluzzer. Später hat er sich von politischen Aktivitäten gänzlich ferngehalten.«

»Und was ist mit seinen Transkriptionen von Stücken wie der *Marseillaise*, Ziskas *Hussitenlied* oder der unvollendeten Revolutionssymphonie, in der die Pariser Juliaufstände von 1830 verherrlicht werden sollten?«

»Wollen Sie damit sagen, er hat seinem Umstürzlertum ein musikalisches Gewand gegeben?«

»So könnte man es ausdrücken. Wenn Sie mich fragen, war Ihr Ahne nicht nur als Virtuose und Komponist ziemlich progressiv. Vielleicht liegt genau da das geheime Vermächtnis, nach dem Sie suchen.«

Am liebsten hätte Sarah dem Flötisten von der Purpurpartitur erzählt, aber so weit wollte sie ihn doch nicht in die Sache hineinziehen. Sie seufzte. »Fragt sich nur, wie ich es finden kann.«

Hünteler breitete die Arme aus. »Liszt sagt: ›Die Windrose zeigt dir den Weg.‹ Offensichtlich spricht er von einer Schnitzeljagd in verschiedene Himmelsrichtungen.«

»Ungefähr so weit war ich auch schon. Angenommen, Nürnberg ist die erste Station – wo geht's dann weiter? Ich meine, mich ›von AS zu N + Balzac und bis zum End‹ zu schicken, ist nicht gerade sehr nett von Opa Franz. Steht das B nun für Berlin, Budapest, Brüssel oder für irgendein winziges Nest, das niemand kennt?« Sie fegte verärgert die Noten vom Schoß.

Betretene Stille verbreitete sich im Roten Salon. Sarah blickte Hilfe suchend zu den beiden Polizisten, aber die wirkten abwesend, als hätten sie ihr nicht einmal zugehört. Mit einem Mal deutete Hünteler auf den Notebookcomputer, der aufgeklappt neben Sarah auf einem Stuhl stand.

»Können Sie damit ins Internet gehen?«

»Jetzt sofort? Über mein Handy ist das kein Problem. Was wollen Sie nachsehen?«

»Notus.«

»Notiz, meinen Sie?«

»Nein. *Notus* oder eigentlich *Notos*. Das ist der griechische Name des Südwindes. Ist schon etwas länger her, dass ich mich mit den alten Hellenen herumgeschlagen habe, deshalb bekomme ich nicht mehr alle *anemoi* zusammen.«

»Wen?«

»Die Windgötter. Das Pluszeichen steht jedenfalls für das christliche Kreuz, womit man auf alten Landkarten die Himmelsrichtung der heiligen Stadt Jerusalem kennzeichnete.«

Sarah straffte den Rücken. »Sie meinen Osten?«

»Ja. Suchen Sie bitte nach den Stichworten ›Windrose‹, ›Notus‹ und ›Boreas‹, das müsste genügen.«

Nach wenigen Sekunden war Sarah online, rief eine Internetsuchmaschine auf und gab die genannten Stichwörter ein. Nur zwei Dutzend Treffer wurden angezeigt. Sie klickte den ersten an und sagte: »Bingo! Woher haben Sie das gewusst?«

Hünteler verzog den rechten Mundwinkel. »Humanistische Bildung.«

Es dauerte eine Weile, bis Sarah sich über die ganze Tragweite ihrer Entdeckung klar geworden war. Sie öffnete hierzu ein Textdokument, tippte in acht Zeilen das lisztsche Akronym ein und ordnete den Buchstaben die klassischen Winde zu:

N	*Notus*	*Süden*
+	*Eurus*	*Osten*
B	*Boreas*	*Norden*
A	*Apeliotes/Aparctias*	*Südosten/Nordwesten*
L	*Libs*	*Südwesten*
Z	*Zephyrus*	*Westen*
A	*Aparctias/Apeliotes*	*Nordwesten/Südosten*
C	*Corus/Caecias*	*Nordwesten/Nordosten*

»An drei Stellen knirscht es etwas«, bemerkte Hünteler. Er hatte inzwischen neben Sarah Platz genommen und ihr beim Zusammenstellen der Liste zugesehen. Seine Bemerkung bezog sich auf die Abkürzungen, die sich mehr als einem Windnamen zuordnen ließen.

Sie nickte. »Ja, leider.«

Er streckte die Brust heraus. »Etwas mehr Optimismus, Sarah! Ich nehme mal an, Liszt hat sich von Weimar aus orientiert; hier ist der Fixpunkt seiner Spur der Windrose.«

»Spur der Windrose?«

»Gefällt Ihnen der Name nicht? Ich finde ihn für eine Schnitzeljagd in alle Himmelsrichtungen recht passend. Man sagt ja auch ›Kompassrose‹, und da steckt das italienische *compassare* drin, das ...«

»... ›ringsum abschreiten‹ bedeutet.« Sarah verzog das Gesicht. »Mir wäre es trotzdem lieber, mein werter Ahne hätte sich etwas klarer ausgedrückt, besonders, was die Buchstaben A und C betrifft.«

»Sie werden das schon schaffen. Die Stadt im Süden – ob es nun Nürnberg oder Windsbach ist – haben Sie anhand der Hinweise jedenfalls gefunden. Ihre nächste Station liegt irgendwo im Osten.«

Sarah schnaubte. »Na toll! Dann nehme ich am besten die Transsibirische Eisenbahn.«

Hünteler lachte. »Ich schätze mal, es reicht völlig aus, sich auf den Radius zu beschränken, den Ihr Vorfahr bereit hat.«

»*Pas de problème*«, stöhnte Sarah – kein Problem – und warf die Hände in die Höhe. »Also *nur* Europa? Na, wenn das keine gute Nachricht ist.«

Die Rechte des Virtuosen-Dichters,
des berufenen Virtuosen,
sind von einer Ausdehnung,
wie sie ein durch illegitime und unwissende Herrscher
verdorbenes Publikum kaum ahnt.
Franz Liszt

10. Kapitel

Weimar, 18. Januar 2005, 15.34 Uhr

Der Osten war ein beängstigend großes Suchgebiet. Wo fing er überhaupt an und wo endete er? Auf der Fahrt ins Hotel stellte sich Sarah diese Frage immer wieder. Der Schlüssel musste die Windrose sein.

Kaum im Russischen Hof eingetroffen, schnappte sie sich das Faksimile aus *Stieler's Schul-Atlas,* marschierte damit in die Rezeption und ließ die Europakarte einscannen, um sie später in ihren Computer zu laden. Als sie mit Hampel im Schlepptau wieder in ihre Suite zurückkehrte, stand Palme, die Fernbedienung in der Hand, vor dem Fernseher. Eine Nachrichtensprecherin verkündete gerade, am Vortag sei der chinesische Reformpolitiker Zhao Ziyang verstorben. Die Kommunistische Partei befinde sich im Alarmzustand, weil in der Vergangenheit Trauerkundgebungen immer wieder zu Unruhen geführt hätten. Im Jahr 1989 sei es nach dem Tod von Hu Yaobang zum Massaker am Tiananmen-Platz gekommen.

Normalerweise nahm Sarah die täglichen Hiobsbotschaften der Nachrichten kaum noch wahr – es gab einfach zu viele davon –, aber an diesem Nachmittag machte sie schon die Meldung einer *möglichen* Katastrophe nervös. Unwillkürlich musste sie an Janins Äußerungen über die »kritische Masse« Mensch denken. Diese Formulierung wurde auch in Verbindung mit Nuklearsprengkörpern gebraucht. Unfreundlicher als beabsichtigt verlangte Sarah von ihrem Bewacher, den Fernseher sofort auszuschalten.

Als ihr Puls wieder ruhiger schlug, setzte sie sich an den Computer und rief ein Bildbearbeitungsprogramm auf. Mit wenigen

Mausklicks legte sie über den eingescannten Kupferstich eine transparente, hellblaue Windrose. Der Stern reichte im Norden weit über das norwegische Christiania – das heutige Oslo – hinaus und im Süden bis hinab nach Neapel; im Westen endete er kurz vor dem französischen Brest und die östliche Spitze stieß fast ans – damals noch russische – Kiew.

Nachdenklich betrachtete Sarah den Bildschirm. Ganz eindeutig war die Abgrenzung der Himmelsrichtungen damit immer noch nicht. Ihr kam eine Idee. Wieder griff sie zum virtuellen Zeichenwerkzeug und überzog die Landkarte mit weiteren Linien.

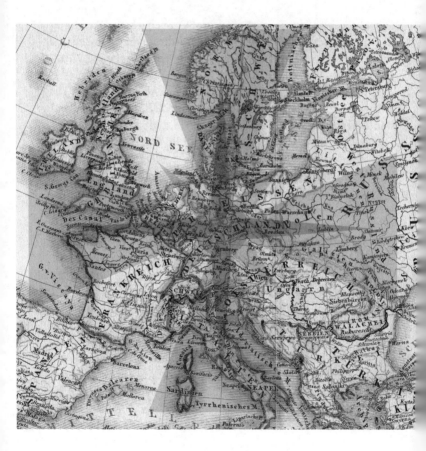

Ausgehend von Weimar, dem Zentrum der Windrose, teilte sie den Radius des Suchgebietes strahlenförmig in acht gleich große Zonen ein. Die Dreiecksegmente der Haupthimmelsrichtungen färbte sie zur besseren Übersicht hellrot ein und staunte nicht schlecht, als dadurch wieder jenes vereinfachte Malteserkreuz entstand, das ihr schon im Innenhof des Residenzschlosses aufgefallen war.

Europa unter dem Symbol der Farbenlauscher.

Sarah war überzeugt, intuitiv das Richtige getan zu haben. Mit etwas klammen Gefühlen betrachtete sie das riesige Suchareal im Osten.

Nach einem tiefen Seufzer wandte sie sich den infrage kommenden Orten zu. Diese reichten vom nur gut zwanzig Kilometer entfernten Jena bis nach Kiew, wo Franz Liszt 1847 erstmals Jeanne Elisabeth Carolyne Fürstin von Sayn-Wittgenstein begegnet war.

Gegen sechs musste Sarah eine Zwangspause einlegen, weil Kommissarin Bach im Hotel aufkreuzte. Von Tiomkin fehle nach wie vor jede Spur, berichtete die Kripobeamtin. Er tauche auf und wieder ab, fast so, als könne er sich unsichtbar machen. Deshalb wolle man ihm nun eine Falle stellen. Als Sarah die Einzelheiten des Plans erfuhr, war sie wenig begeistert.

»Eigentlich wollte ich demnächst abreisen.«

»Das steht Ihnen frei. Darf ich fragen, wohin?«

»Nach Osten.«

»Sie sind ja heute wirklich mitteilsam. Nun, ich lasse Sie gehen, wenn Sie uns noch einmal helfen.«

Sarah zögerte. Konnten die deutschen Behörden sie, das *Opfer* im Fall Walerij Tiomkin, gegen ihren Willen in Weimar festhalten? Wohl kaum. Andererseits hatte die Kriminalistin Bach ein feines Gespür für Zeugen, die ihr etwas vorenthielten.

»Ich bin dabei«, stimmte Sarah nach reiflicher Überlegung zu.

Als sie wieder mit sich und ihren Gedanken alleine war, brauchte sie einige Zeit, um den Kopf frei zu bekommen. Das Gespräch mit der Ermittlerin hatte sie stärker beunruhigt, als sie sich eingestand. Aber dann geriet Sarah erneut in den Bann der unterschiedlichen Quellen, die Franz Liszts Leben und Wirken im Osten bezeugten. Sie schwelgte im Studium von Briefen und Dokumentationen ohne Gefühl für Zeit und Raum. Darüber verging eine halbe Nacht und der größte Teil des darauf folgenden Tages.

Zwischendurch meldete sich drei- oder viermal die Rezeption: Ein Professor Janin wünsche Madame zu sprechen. Er sagte, es sei sehr dringend. Ihre Antwort lautete jedes Mal: »Ich will aber nicht mit *ihm* reden.«

Am Dienstag – es war kurz nach halb vier – lehnte sich Sarah in ihrem Stuhl zurück, reckte sich ausgiebig und sagte: »Warum in die Ferne schweifen, wenn das Gute liegt so nah?«

Hampel blickte von ihrer Liszt-Biografie auf. »Wie bitte?«

Sarah drehte sich zu der Polizistin um. »Was fällt Ihnen zu Franz Liszt und Jena ein?«

Die Blondine lachte. »Das fragen Sie *mich*? Er wurde zum Ehrenbürger der Stadt ernannt, nachdem – Moment!« Sie blätterte eifrig in ihrem Buch. »Hier steht's! – Nachdem ›der gefeierte Künstler ein trefflich Concert zum Besten der hiesigen Kleinkinderverwahranstalt in den Rosensälen gegeben hatte‹. So heißt's in der Stadtchronik. Das war 1842.«

»Haben Sie je von einem Baron von Dornis gehört?«

Die Leibwächterin schüttelte den Kopf. »Nie.«

Sarah nickte. »Danke.« Sie wandte sich wieder den Textschnipseln zu, die sie aus verschiedenen Fundstellen in einem elektronischen Dokument zusammengetragen hatte.

Baron von Dornis war ein in Jena ansässiger Bildhauer gewesen. Am 6. März 1848 hatte Liszt sich mit einer Bitte an den Künstler gewandt: Er wolle von ihm eine Arbeit erwerben. Was Sarah hatte aufmerken lassen, war das Datum. Im März 1848 war in Deutschland und Österreich eine Revolution ausgebrochen. Und was hatte Liszt in seiner Notus-Botschaft verlangt?

Begib dich in den Kopf der Revolution.

Unwillkürlich musste sie an Oleg Janins Worte über das geheime Treiben der Farbenlauscher denken: Mancher Staatsstreich, manche Revolution und nicht wenige politische Morde seien von den Klängen der Macht ausgelöst worden. Hatte der Russe am Ende doch die Wahrheit gesprochen? Bestimmt nicht, was Franz Liszt anbelangte, beruhigte sich Sarah. Sicher, er hatte enge Kontakte zu einigen Neuerern gepflegt und mit seinem grandiosen Trauermarsch *Funérailles* den Opfern der ungarischen Freiheitsbewegung ein musikalisches Monument errichtet. War am Ende diese Komposition vielleicht nicht sein einziges Denkmal für Revolutionäre gewesen?

Sarah blickte auf die Uhr. Aus Erfahrung wusste sie, in Deutschland fielen pünktlich um vier Millionen Stifte. Ihr blieb nicht mehr viel Zeit. Sie griff zum Telefon und ließ sich mit dem Tourismusbüro der Stadt Jena verbinden. Nach einigen Warteschleifen landete sie bei der Friedrich-Schiller-Universität. Zunächst sah es so aus, als kenne man auch hier keinen Baron von Dornis, aber dann wurde sie in der Theologischen Fakultät fündig. Wenig später hatte sie sogar den Dekan, Karl-Wilhelm Niebuhr, an der Leitung.

»Wie sagten Sie, soll das Kunstwerk heißen?«, fragte der Professor.

»So genau weiß ich das selber nicht, aber ich vermute, es steht irgendwie mit dem Thema Revolution in Verbindung.«

»*La Révolution?*« Der Name kam wie aus der Pistole geschossen. »Das muss es sein! Was wissen Sie darüber?«

»Das ist eine Bronzebüste, die von Dornis kurz nach 1848 geschaffen hat. Sie steht im Garten des ehemaligen Berghäuschens, aus dem gegen Ende des 19. Jahrhunderts ein ausgewachsenes Berghaus geworden ist. Ich habe die Plastik ...«

»Berghaus?«, fiel Sarah dem Dekan ins Wort. Denselben Namen hatte sie, mit Bleistift unterstrichen, auf der Rückseite der Europakarte gefunden. Das konnte kein Zufall sein. Sie räusperte sich. »Entschuldigen Sie bitte, Professor Niebuhr. Mir ist nur gerade etwas eingefallen. Was wollten Sie über die Büste sagen?«

»Äh ... Dass ich sie oft bewundert habe. Sie zeigt das Gesicht Jeanne d'Arcs, der Jungfrau von Orléans – ein ausgesprochen liebreizendes Gesicht, wenn ich das noch anmerken darf.«

Sarah tippte aufgeregt in den Computer. »Dann existiert ›Die Revolution‹ immer noch? Kennen Sie die Adresse dieses ... Anwesens?«

»Des Berghauses? Es befindet sich hier in Jena, im Philosophenweg, mitten im Grünen. An die Hausnummer kann ich mich nicht erinnern, aber es ist nicht zu verfehlen: große, repräsentative Villa im neoklassizistischen Stil mit einem ionischen Tempel davor. Vom Garten aus hat man einen wundervollen Blick auf das Saaletal. Es gehörte Karl August von Hase, einem über die Grenzen Thüringens hinaus bekannten Theologen.«

»Ich habe von ihm gelesen. Er war mit Franz Liszt befreundet.« In Gedanken fügte Sarah hinzu: Und beide gehörten den Freimaurern an. »Ist das Berghaus bewohnt oder ein Museum oder ...?«

»Von Hases Nachfahren haben es aufgeben müssen. Aber seit einem Vierteljahrhundert lebt im Erdgeschoss ein komischer Kauz. Hat früher mit antiquarischen Büchern gehandelt. Der alte Zausel ist etwas verschroben, aber sonst ganz nett. Sein Name lautet Koreander, Karl Konrad Koreander. Warten Sie, ich gebe Ihnen seine Telefonnummer.«

Sarah vernahm ein Rascheln. Alsbald diktierte ihr Professor Niebuhr die Ziffern in die Tastatur und meinte, viel mehr könne er nicht für sie tun. Sarah bedankte sich überschwänglich und beendete das Gespräch. Sekunden später hatte sie die Nummer des »komischen Kauzes« gewählt.

»Ja?«, tönte eine brummige Stimme aus dem Hörer.

Sarah stellte sich vor und fragte höflich, ob sie *La Révolution* einen Besuch abstatten dürfe.

»Da kann ja jeder kommen«, antwortete der Alte. Er gab sich nicht die geringste Mühe, freundlich zu sein.

Sie schloss die Augen, tarierte ihr inneres Gleichgewicht neu aus und erwiderte: »Ich bin aber nicht jeder.«

»So? Das kann jeder sagen«, versetzte Koreander.

»Hier spricht *Sarah d'Albis*«, wiederholte sie hoheitsvoll.

»Wer auch immer Sie sind, stehlen Sie mir nicht die Zeit.«

»Ich bin eine Nachfahrin von Franz Liszt ...« Eigentlich hatte Sarah noch einen Hinweis auf die enge Beziehung des Komponisten zum früheren Besitzer des Berghauses hinzufügen wollen, aber der Zausel kam ihr zuvor.

»Ist das wahr?«

Sie legte ihre Hand auf die Stelle, wo sie unter dem Pullover den Kettenanhänger trug. »So wahr mir Gott helfe.«

»Jetzt übertreiben Sie mal nicht gleich, Kindchen. Wann wollen Sie kommen?«

»Heute noch?«, versuchte sie es zaghaft.

»Ich gehe früh zu Bett. Sagen wir, morgen Vormittag um zehn. Philosophenweg 46. Das Haus ist nicht zu übersehen. Gute Nacht.«

In der Leitung knackte es.

Sarah atmete tief durch und warf ihrer Bewacherin einen verstohlenen Blick zu. Offenbar gehörte es zur Ausbildung von Personenschützern, dergleichen zu bemerken. Die Polizistin schaute von ihrem Buch auf.

»Erfolg gehabt?«

»Sieht ganz so aus. Sagen Sie, Maike, ist Ihnen eigentlich schon aufgefallen, dass wir so ziemlich die gleiche Figur haben? Wenn Sie nicht blond wären, könnte man uns fast für Zwillinge halten.«

Der vertrauliche Ton ihrer Schutzbefohlenen weckte den Argwohn der Polizistin, unschwer zu erkennen an der tiefen Furchenlandschaft auf ihrer Stirn. »Worauf wollen Sie hinaus, Madame d'Albis?«

»Sagen Sie doch Sarah zu mir.«

»Worauf wollen Sie hinaus, Sarah?«

Sie lächelte so unschuldig wie möglich. »Ich habe mich gerade gefragt, wie Sie wohl mit braunen Haaren aussehen würden.«

Franz Liszts Kompositionen lassen mich kalt;
sie verraten mehr poetische Absichten
als echte schöpferische Kraft,
mehr Farbe als Form,
mehr äußeren Glanz als inneren Gehalt.
Pjotr Iljitsch Tschaikowsky,
1881 über Franz Liszt

11. Kapitel

Paris, 19. Januar 2005, 10.00 Uhr

Sergej Nekrasow war ein Bewohner der Nacht. Morgens kam er nie vor zehn ins Büro, meistens schlecht gelaunt, und seine Mitarbeiter gingen ihm bis mindestens zwölf aus dem Weg. Seit sich die Ereignisse in Weimar zugespitzt hatten, bemühte er sich, seine Gewohnheiten umzustellen. Wäre er nicht an seinen Rollstuhl gefesselt gewesen, hätte es ihn aber trotzdem zur Decke katapultiert, als an diesem Dienstag um Punkt zehn das Telefon auf der geheimen Leitung klingelte.

Er hob ab, sagt aber nichts.

»Was bringt den Himmel zum Klingen?«, fragte der Mann am anderen Ende der Leitung.

»Die Lyra«, leierte Nekrasow. »Gibt es Probleme?«

»Nur Aufgaben. Sie hat sich abgesetzt.«

»Das war zu befürchten. Haben Sie schon eine Ahnung, wohin sie verschwunden ist?«

»Nein, aber das kriegen wir heraus. Sie kennt die Spielregeln nicht, also wird sie Fehler machen.«

»Ich kümmere mich darum.«

»Tun Sie das. Die Zeit läuft uns davon.«

»Wir haben immer noch Plan B.«

»Es wäre mir lieb, wenn wir darauf verzichten könnten.«

»Wenn Sie ein leichtes Menuett wünschen, müssen wir die Klanglehre bekommen. Andernfalls wird es eine *Sinfonie mit dem Paukenschlag.*«

»Lassen Sie Haydn aus dem Spiel. Der war kein Farbenlauscher.«
Nekrasow kicherte. »Zumindest keiner von den Adlern. Sie wissen, was ich meine. Manchmal muss man ein Feld in Brand stecken, um es wieder fruchtbar zu machen, selbst wenn es die ganze Welt umfasst.«
»Ich melde mich wieder.«
Ohne Abschiedsgruß legte der Anrufer auf.

*Eine gewaltige Naturkraft,
die wie ein Orkan in Tönen sich entlud,
überwältigte die Zuhörer.*
August Stradal,
Franz Liszts Sekretär,
über seinen Meister

12. Kapitel

Weimar, 19. Januar 2005, 7.41 Uhr

Das Taxi hielt nur wenige Sekunden vor dem Russischen Hof. Die Glastür glitt auseinander und eine Frau verließ das Hotel. Sie trug eine Sonnenbrille und den Mantel von Sarah d'Albis. Ihr Haar war brünett – nur der Pferdeschwanz lugte unter dem tief in die Stirn gezogenen Hut hervor. Die Autotür wurde aufgestoßen, die Frau stieg ein und der Diesel nagelte davon.

Kurz darauf rollte der Lieferwagen einer Wäschereifirma in die Tiefgarage des Hotels, wo Mario Palmes Bariton zu der echten Sarah d'Albis sagte: »Ich halte diesen Plan nach wie vor für zu riskant. Wenn Maike schon in Ihre Rolle schlüpft, hätten wir Sie besser gleich bis zu Ihrem nächsten Zielort begleiten sollen.«

»Sie meinen, so wie am Sonntag?«

»Der Spaziergang ins Residenzschloss war Ihre Idee.«

»Und der heutige Ausflug ebenfalls – abgesehen von den Arrangements, die Frau Bach getroffen hat. Ich schätze, Weimar wird mich so schnell nicht wiedersehen, Mario. Sie dürfen sich ab heute also wieder ganz Ihren sonstigen Pflichten widmen.«

»Schade«, antwortete der Polizist mit ausdrucksloser Miene. »Ich hatte gerade angefangen, mich an Sie zu gewöhnen.«

Die beiden schüttelten sich die Hände, und Sarah stieg mit ihrem Rollenkoffer in den dunklen Laderaum des Kleintransporters. Sie hörte noch, wie Palme den Fahrer anwies, sich wie gewöhnlich zu verhalten und seine geheime »Fracht« am Ostflügel des Hauptbahnhofs abzuliefern. Dann heulte der Motor auf, und das Gefährt setzte sich in Bewegung.

Für Sarahs Geschmack verhielt sich der Mann hinter dem Steuer entschieden *zu* gewöhnlich: Er fuhr, als sei sie nur eine Ansammlung von Organen, die schleunigst einer Transplantationsklinik zugeführt werden mussten. Wenigstens war sie, inmitten von Säcken schmutziger Wäsche, vor schmerzhaften Zusammenstößen leidlich geschützt. Sie dankte dem Himmel, dass die Fahrt zum Bahnhof nur einige Minuten dauerte.

Sich auf diese Weise aus Weimar davonstehlen zu müssen, war für sie beinahe unerträglich. Aber die Kommissarin hatte darauf bestanden. Sie meinte, Freiheit bekäme man nicht zum Nulltarif. Nach der leidigen Episode, tröstete sich Sarah, würde sie die Dinge endlich selbst anpacken, wieder ganz die Kontrolle innehaben. Und dann?

In den letzten Jahren hatte sie oft darunter gelitten, nur das Resultat einer unglücklichen Liebe zu sein. Nicht einmal den Namen ihres Erzeugers kannte sie, sondern wusste nur, dass er zuerst ihre Mutter geschwängert und sie anschließend verlassen hatte. Dadurch war Joséphine d'Albis alles genommen worden: die Liebe, die Würde und die Lebensfreude. Ihrer Tochter wurde später erzählt, die Mutter sei an gebrochenem Herzen gestorben, aber inwieweit sie dem Tod die Hand geführt hatte, sagte man ihr nicht.

Vom Verstand her wusste Sarah, ein urkundlich beglaubigter Stammbaum würde aus ihr noch keinen zufriedenen Menschen machen, doch ebenso klar war auch, dass Ungewissheit und Mangel an Selbstwertgefühl die Seele zermürbten. Damit wäre bald Schluss.

Der Lieferwagen ging in eine scharfe Rechtskurve und Sarah landete einmal mehr in der Wäsche. Seltsamerweise musste sie dabei an den Dessouswühler Oleg Janin denken. Nach dem Aufstehen hatte sie seinetwegen ein schlechtes Gewissen geplagt. Trotz aller Vorbehalte, die sie gegen ihn hegte, verdankte sie ihm die Freiheit, vielleicht sogar das Leben.

Deshalb hatte sie beschlossen, ihm einen Abschiedsgruß zu schicken. Nun ja, ein bisschen Häme war vielleicht auch im Spiel gewesen. Weil sie seine Visitenkarte nicht hatte finden können, schickte sie die Nachricht an die Adresse auf der Notiz des jungen Russen, der sie am Konzertabend angesprochen hatte.

Von: Sarah d'Albis <pianiste@aol.fr>
Datum: 19. Januar 2005 06:24:21 MESZ
An: Prof. Janin <ojanin@arts.msu.ru>
Betreff: Adieu!

Professor Janin,

ich habe mich entschlossen, aus Weimar abzureisen. Sie brauchen mich daher nicht länger im Russischen Hof anzurufen oder hier auf ein weiteres Treffen zu warten. Ich möchte nicht versäumen, Ihnen für Ihre Hilfe in der Nacht vom 13. Januar zu danken. Bei Ihren Forschungen über die Farbenlauscher und Franz Liszt kann ich Ihnen leider nicht weiter behilflich sein. Bitte haben Sie überdies Verständnis dafür, dass ich auch in Zukunft lieber allein auf den Spuren meiner Ahnen wandeln möchte.

Leben Sie wohl

Sarah d'Albis

Mit einem Ruck kam der Lieferwagen zum Stehen. Kaum hatte sich Sarah aus den Wäschesäcken hochgerappelt, wurde auch schon die Seitentür aufgerissen, und das Lausbubengesicht des beleibten Fahrers grinste ihr entgegen.

»Alles in Ordnung, Madame?«

Sie kletterte wortlos ins Freie und zupfte ihren kurzen, taillierten Mantel zurecht. Er war ein durchaus adäquater Ersatz für das Maike Hampel überlassene Kleidungsstück: braun, mit weichem Lammfell gefüttert und aus feinstem Hirschleder gearbeitet. Nachdem sie sich hinreichend geordnet hatte, hievte Sarah ihren Trolly aus dem Wagen. Während der junge Mann ihr dabei zusah, ächzte sie: »Ich habe auf dem Weg hierher Ihre Wäsche geplättet. Das ist Ihnen doch hoffentlich recht, oder?«

Er grinste. »Wäre nicht nötig gewesen, aber trotzdem danke.«

»Danken Sie nicht mir, sondern Ihren Fahrkünsten.«

»Ich bin gedüst wie sonst auch. Sollte ja nicht auffallen, hat Ihr Aufpasser gemeint.«

Sarah unterdrückte den Impuls, ihm ein Trinkgeld anzubieten, verabschiedete sich mit einem halbherzigen Dankeschön und zog mit ihrem Rollenkoffer von dannen.

Es war kurz nach acht. Irgendwo ging hinter bleigrauen Wolken gerade die Sonne auf. Das imposante Empfangsgebäude des Weimarer Bahnhofs wurde von zwei niedrigen Seitenflügeln flankiert. Rote Ziegeldächer verliehen der hellen Sandsteinfassade trotz des Schieferhimmels eine freundliche Note. Durch die drei riesigen Rundbogenfenster des Mittelbaus ergoss sich ein gelbes Licht auf den Vorplatz.

Die Pianistin schritt durch eine Tür im Osttrakt des Komplexes und fand sich wenig später in der hohen Empfangshalle wieder. Eine weibliche Stimme verkündete mit geschäftsmäßiger Freundlichkeit, dass der 8.19-Uhr-Regionalzug nach Jena sich um etwa zehn Minuten verspäten werde.

»Ausgerechnet!«, stöhnte Sarah.

Ihr Blick schweifte wie beiläufig umher. Sie gab sich Mühe, ihre Anspannung zu verbergen. In der Halle herrschte das zur Stoßzeit übliche rege Kommen und Gehen, Rufen und Murmeln, Klappern und Tappen. Aus Lautsprechern rieselten musikalische Beruhigungsmittel, wohl um die Verspätungen der Bahn für die Fahrgäste erträglicher zu machen. Tatsächlich saßen einige Fernreisende auf Bänken und dösten vor sich hin, andere lasen Zeitung oder unterhielten sich. Die umliegenden Läden entließen Menschen mit druckfrischen Zeitungen oder mit den obligatorischen Last-Minute-Souvenirs. Eine Dame fortgeschrittenen Alters mit Stock schlurfte erstaunlich flink in den kleinen Supermarkt, vermutlich, um noch eilig für Reiseproviant zu sorgen. Mehr als tausendmal hatte Sarah solche Szenen schon auf Bahnhöfen und Flughäfen beobachtet.

Sie steuerte mit ihrem Trolly einen freien Sitzplatz an, von dem aus sie den Fahrplananzeiger im Auge behalten konnte. Vor der Bank baute sie den Koffer wie ein Bollwerk auf, verschanzte sich dahinter und begab sich im Geiste sogleich auf Wanderschaft.

Erst einmal schritt sie die Instruktionen ab, die Kommissarin Bach ihr am vergangenen Abend eingeschärft hatte, doch bald lockte die Neugierde sie in die Zukunft. Die virtuelle Reise nach Nürnberg war nur der Auftakt gewesen. Auf der »Spur der Windrose«, wie Konrad Hünteler es so treffend umschrieben hatte, ging es jetzt im richtigen Leben weiter. Was würde sie wohl in Jena erwarten? Der alte Koreander schien ein harter Brocken...

Sarahs Gedanken verstummten jäh. Sie horchte auf. Die Hintergrundmusik hatte sich verändert. Aus dem eben noch eintönigen Gedudel war ein beschwörender Unterton hervorgetreten, ein unterschwelliger Befehl, der immerfort rief: *Du bist in Gefahr – flieh!*

Im nächsten Moment verwandelten sich für sie die Lautsprecher in Fleischwölfe, aus denen die sublime Botschaft unablässig wie ein Ekel erregender, stinkender, grauer Brei quoll. Aber niemand in der Bahnhofshalle schien Sarahs Wahrnehmungen zu teilen. Die Leute dösten, lasen, sprachen und kauften weiter.

Doch dann schlug die Stimmung plötzlich um. Der Geräuschpegel im Bahnhof stieg rasch an. Schläfer erwachten und sahen sich irritiert um. Andere Fahrgäste ließen ihre Zeitung, oder was immer sie gerade in der Hand hielten, fallen und liefen auf die Ausgänge zu. Es wurde gestoßen und geschubst. Irgendwo schrie eine Frau. Sie war gestürzt und kam nicht mehr auf die Beine, weil sie von den über sie hinwegsteigenden Menschen immer wieder niedergetreten wurde.

Gelähmt vor Schreck saß Sarah einfach nur da und beobachtete ihre Umgebung. Rasend schnell schlug jetzt die Geschäftigkeit in Panik um. Überall flohen die Menschen vor etwas, das nur in den Urängsten ihres Unterbewusstseins existierte. Wer nicht zu Boden gedrückt wurde, suchte das Weite, drängte mit letzter Willenskraft nach draußen, in die lärmende Stille der Zivilisation.

Als die Bahnhofshalle so gut wie leer war, erwachte Sarah aus ihrer Starre. Immer noch tropfte das synthetische Klangragout aus den allgegenwärtigen Fleischwölfen. Ihr war speiübel und sie bedauerte, Oleg Janin ausgebootet zu haben. In seinen obskuren Warnungen hatte er eher untertrieben. Tatsächlich besaßen die Farbenlauscher mehr Macht und Einfluss, als Sarah es sich jemals hatte vorstellen können.

Mit einem Mal vernahm sie zu ihrer Rechten ein dünnes, heiseres Geschrei. Es drang aus einem führerlosen Kinderwagen, der in einiger Entfernung an ihr vorüberrollte. Die Gefahr für das Baby darin brachte Sarah endgültig in die Wirklichkeit zurück. Sie stemmte sich von der Bank hoch, um dem Gefährt nachzusetzen, doch gerade, als sie hinter ihrer Kofferbastion hervorpreschen wollte, streifte ihr Blick einen wandelnden Kleiderschrank, der sich ihr von der Seite her mit großen Schritten näherte. Erschrocken wandte sie sich um.

Es war Tiomkin.

Abgelenkt von dem Kindergeschrei, hatte sie ihn nicht kommen sehen. Sie versuchte ihm auszuweichen, blieb aber mit dem Fuß unter ihrem Trolly hängen und stolperte. Der Russe packte ihr Handgelenk und zog sie brutal zu sich heran. Sie konnte seinen üblen Atem riechen, als er mit schlecht gespielter Freundlichkeit sagte: »Wollen Sie mir schon wieder einen Korb geben, Madame d'Albis?«

»Sie tun mir weh! Lassen Sie mich sofort los!«, fauchte sie und versuchte, sich aus seinem Griff zu befreien. Vergeblich.

Ihre Gegenwehr stimmte ihn heiter. Er lachte. »Es liegt ganz bei Ihnen, Madame, wie viele Schmerzen Sie noch erleiden müssen. Wenn Sie mich jetzt ohne weiteren Widerstand begleiten, geschieht Ihnen ...«

Der Paukist verstummte jäh, als ein kompaktes Gebilde aus Knochen, Sehnen und Fleisch geräuschvoll in seinem Gesicht landete. Auch Sarah hatte die heranfliegende Faust nur aus den Augenwinkeln wahrgenommen. Tiomkins Griff löste sich und er taumelte mit blutender Nase zurück.

Mario Palme setzte sofort nach.

In Anbetracht des chaotischen Verlaufs der letzten Minuten hatte Sarah weder geahnt noch erwogen, dass hinter ihr der Polizist in Stellung gegangen sein könnte. Er trug Ohrstöpsel. Ob ein Walkman oder die Anweisungen der Einsatzleitung ihn vor den Klängen der Macht geschützt hatten, wusste sie nicht. Frau Bach hatte ihr die Details der Operation »Paukenschlag« vorenthalten und sie lediglich mit einigen grundsätzlichen Verhaltensregeln vertraut gemacht, zu denen auch die lapidare Erklärung gehörte: »Je unbefangener der Lockvogel, desto besser.«

Palme riss den Russen zu Boden. Der wehrte sich jedoch geschickter gegen den nahkampferfahrenen Polizisten, als man es von einem Musiker hätte erwarten sollen. Fassungslos verfolgte Sarah das Ringen der beiden Hünen.

»Laufen Sie!«, quetschte Palme zwischen zusammengebissenen Zähnen hervor.

Er hätte sich besser auf den Gegner konzentrieren sollen, denn Tiomkin nutzte die Ablenkung für einen Hieb gegen seinen Kopf. Der im Gerangel nur ungenau ausgeführte Schlag konnte Palme zwar nicht mattsetzen, riss ihm aber die Ohrhörer heraus.

Erschrocken blickte Sarah nach oben, zu den Fleischwölfen, und rief: »Sie müssen Ihr Gehör schützen, Mario!«

Ein Schmerzensschrei lenkte ihre Aufmerksamkeit auf den Kampf zurück. Palme hatte einen Hebel ansetzen und den schweren Gegner herumschleudern können. Dabei war ein schwarzes Plastikkästchen, kaum größer als ein Handy, aus der Manteltasche des Russen gerutscht. Klappernd schlitterte es über den Betonboden. Sarah starrte misstrauisch auf den ovalen Lautsprecher, der fast die ganze Oberseite der Box bedeckte. Aus dem silbernen Gitter drang ein Knacken.

»Das hätten wir«, ächzte Palme neben ihr, während er Tiomkin Handschellen anlegte. Der Paukist leistete keinen Widerstand. Vermutlich war er bewusstlos.

Sie deutete zur Decke. »Hören Sie die Musik? Wenn Sie sich nicht gleich die Ohren zustopfen, dann ...!«

»Mir geht es gut«, unterbrach Palme sie. »Aber *Sie* sollten jetzt endlich Ihren Koffer nehmen und den Bahnhof verlassen. Die Einsatzkräfte draußen werden Sie in Empfang nehmen.«

»Aber ...!«

»Bitte, Madame d'Albis!«, fiel er ihr erneut ins Wort.

Sie schnaubte empört, schnappte sich aber trotzdem ihren Trolly und lief damit in Richtung Ausgang. Kurz bevor sie die Tür erreicht hatte, vernahm sie abermals ein lautes Knacken.

Und dann ertönte hinter ihr eine Hirtenflöte.

Schaudernd wandte sie sich um. Die Musik kam aus der kleinen schwarzen Box. Das Kistchen musste beim Sturz auf den Boden beschädigt worden sein, daher die »Ladehemmung«. Nun aber spielte es in schrecklich bestechender Qualität eine hypnotische Klangfolge, die Sarah nur allzu bekannt war. Sie hatte, leise und kaum wahrnehmbar, aber nun doch zweifelsfrei, dieselbe Melodie im Russischen Hof gehört – kurz vor dem Einbruch in ihr Zimmer. Auch in den Flötentönen steckte eine unterschwellige Botschaft, wortlos zwar, für sie aber trotzdem so klar verständlich, als flüstere ihr jemand ins Ohr.

Lausche und warte. Sobald ich dich rufe, befolgst du meinen Befehl.

Sarah begann vor Angst zu zittern. Sie wollte Palme eine Warnung zurufen, aber der Anblick des Polizisten ließ ihre Stimme verdorren. Es war zu spät. Er stand wie eine Wachsfigur, nein, wie vordem der Nachtportier des Russischen Hofes, neben Tiomkin und sah mit glasigen Augen zu ihr herüber. Der Paukist regte sich. Schwerfällig drehte er sich auf den Rücken und sagte kurz etwas zu dem Beamten.

Einen Moment lang blieb Palme unbeweglich wie eine Steinfigur. Dann aber blinzelte er. Vorher hatte er das nicht getan, gewahrte Sarah mit Grauen. Der Polizist griff in seine Hosentasche, holte ein Schlüsselbund hervor und beugte sich zu Tiomkins Handschellen hinab.

Sarah fühlte, wie das Entsetzen sie zu lähmen drohte. Ihr Beschützer war zu einer Marionette der Farbenlauscher geworden. Viel Zeit blieb ihr nicht mehr, ihren Häschern zu entkommen. Sie begann wieder zu laufen. Und über ihr sang weiter der Chor der Fleischwölfe.

Du bist in Gefahr – flieh!

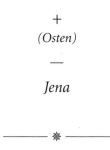

Jena

---- ❃ ----

Wegen ungünstiger Witterung fand die deutsche Revolution in der Musik statt.

Kurt Tucholsky

> *Schläft ein Lied in allen Dingen*
> *Die da träumen fort und fort,*
> *Und die Welt hebt an zu singen,*
> *Triffst du nur das Zauberwort.*
> Joseph von Eichendorff, Wünschelrute

13. Kapitel

Jena, 19. Januar 2005, 10.06 Uhr

Der Himmel über Jena war so düster wie Sarahs Stimmung. Und der Blick auf die Armbanduhr verhieß neue Schwierigkeiten. Sie war schon sechs Minuten über der Zeit. Vielleicht würde der offenbar sehr unduldsame Herr Koreander ihr nicht einmal öffnen, wenn sie zu spät bei ihm im Berghaus aufkreuzte. Ihr mentales Immunsystem würde nach dem Fiasko in Weimar einen weiteren Rückschlag kaum verkraften.

Alles erschien ihr so unwirklich. Bizarrer noch als der schwarze Ritter mit dem langen Schwert vom Premierenabend waren die Erlebnisse dieses Morgens gewesen. Nach ihrer Flucht aus dem Hauptbahnhof hatte sie ein Taxi gefunden, aus dem *Die vier Jahreszeiten* von Vivaldi dröhnten. Die Lautsprecherbeschwörungen der Farbenlauscher waren an diesem akustischen Schutzschild abgeprallt, und der Fahrer hatte sich über eine Fuhre nach Jena gefreut.

Während das Taxi nun endlich in den idyllischen Philosophenweg einbog, gingen Sarah immer noch die Pannen der letzten Tage durch den Kopf. Tiomkin schien über jeden ihrer Schritte informiert gewesen zu sein. Nach dem Vorfall im Stadtschloss hatte Kommissarin Bach den Verdacht geäußert, es könne im Polizeiapparat einen Spitzel der Farbenlauscher geben. Jetzt sind es vermutlich mindestens zwei, dachte Sarah angesichts dessen, was Tiomkin im Bahnhof mit Palme angestellt hatte. Vielleicht wäre es besser gewesen, Oleg Janins Warnungen ernster zu …

»… Euro, junge Frau.«

Der Fahrer riss sie aus der Versunkenheit. Ihr war völlig entgangen, dass der Wagen angehalten hatte. Das Taxi stand vor einem schweren, schwarzen Gittertor, das den Eindruck erweckte, zur Abwehr von Panzerwagen errichtet worden zu sein. Die beiden schmiedeeisernen Flügel hingen an wuchtigen Pfeilern aus Rochlitzer Porphyr. In den roten »sächsischen Marmor« der rechten Säule waren zwei Ziffern eingegraben: 46. Ansonsten bestach das Entree durch schlichte Anonymität – nirgends war ein Namensschild auszumachen. Karl Konrad Koreander lebte offensichtlich in seiner eigenen Welt und wollte von niemandem gestört werden.

Sarah entrichtete den Fahrpreis, wünschte dem Droschkenkutscher alles Gute und stieg mit ihrem Gepäck aus dem Wagen. Einen Moment lang stand sie unschlüssig vor dem Tor. Es fehlte nicht nur das Namensschild, sondern auch eine Klingel. Sie blickte an der hohen Feldsteinmauer entlang, die sich dreißig oder mehr Meter nach beiden Seiten erstreckte. Andere Zugänge konnte sie nicht ausmachen. Schüchtern drückte sie gegen den rechten Torflügel. Er rührte sich nicht. Sie legte etwas mehr Kraft in einen zweiten Versuch, und diesmal schwenkte die Tür mit hörbarem Quietschen nach innen. Sarah betrat das Anwesen.

Hinter dem Tor verzweigte sich der Weg. Offenbar handelte es sich um eine kreisförmige Zufahrt. Sarah schob ihre Notebooktasche auf der Schulter zurecht, stemmte den Rollenkoffer hoch und ging links herum. Der unter ihren Sohlen knirschende Kies war feucht und grau und mit Unkraut durchsetzt. Die Auffahrt führte in einem weiten Bogen um eine Anzahl von Tannen herum und war gesäumt von Hecken aus immergrünen Pflanzen und kahlen Rosensträuchern. Sarah wäre nicht überrascht gewesen, wenn sich eine Meute Dobermänner auf sie gestürzt und sie zerfleischt hätte, aber nichts dergleichen geschah. Um sie herum herrschte eine fast gespenstische Stille. Sie kam sich vor wie in einem verwunschenen Garten.

Von der »großen, repräsentativen Villa im neoklassizistischen Stil« war kaum etwas zu sehen. Dekan Niebuhr mussten bei seiner Schilderung wohl blasse Bilder aus besseren Zeiten vor Augen gestanden haben. Nur hier und da lugte zwischen den Wipfeln das vorspringende Gebälk eines Daches hervor, das Sarah unwillkürlich an Renaissancebauten in Florenz oder Rom denken ließ.

Immer tiefer drang sie in den verwunschenen Garten ein. Die Zufahrt war leicht abschüssig, was sie daran erinnerte, dass sie sich einem *Berg*haus näherte. Aus dem Schieferhimmel fiel ein Regentropfen auf ihre Nase. Der Geruch modernden Laubs lag in der Luft. Irgendwo zankten Krähen, der eisige Wind wehte ihre heiseren Schreie herbei. Erst kurz vor Vollendung des Weghalbrunds erblickte sie das einstige Domizil Karl August von Hases.

Nun erst verstand sie die Schilderungen des Dekans richtig. Sie näherte sich fürwahr einem kleinen griechischen Prostylos, dem Imitat eines Tempelchens mit Dreiecksgiebel und vier ionischen Säulen darunter, die Zugang zur offenen Vorhalle gewährten – das ehemalige »Berghäuschen«. Hinter diesem ragte, als müsse ihm ein großer Freund den Rücken decken, das eigentliche Berghaus auf.

Wie mit schützenden Händen umschlossen die beiden Flügel des repräsentativen Gebäudes das kleine »Erechtheion«. Zu ebener Erde zierten die dreigeschossige Villa weitere Säulen, im ersten Stock steinerne Balkonbrüstungen sowie unter dem Dachgesims Relieffriese mit Motiven aus der griechischen Sagenwelt. Sarah überwand drei Stufen, um durch die Säulenreihe in die Vorhalle des Tempelchens zu treten. Vor einer schweren Tür aus dunkelbraunem Holz endete ihr Mut.

Keuchend ließ sie ihren Trolly zu Boden sinken und starrte unschlüssig auf den massiven Messingklopfer. In Gedanken spielte sie einige Szenarien durch, die sich nach Gebrauch desselben entrollen mochten. Der alte Koreander hatte sie eingeschüchtert. Wie würde er auf ihre Verspätung reagieren? Zögerlich streckte sie die Hand nach dem gelben Metall aus, doch ehe sie es berühren konnte, wurde die Tür nach innen aufgezogen.

Vor Sarah stand ein alter Mann: schwer und untersetzt, mit Wurstfingern, einem roten Bulldoggengesicht und knollenförmiger Nase. Putzige weiße Haarbüschel über den Ohren umlagerten seine Glatze wie Schneeverwehungen einen spiegelnden bleichen Felsen. Auf seinem großporigen Riechkolben klemmte eine lächerlich kleine goldene Brille und zwischen seinen Zähnen eine gebogene Meerschaumpfeife, die aber nicht brannte.

Offenbar hatte der Alte sich für den Damenbesuch in Schale geworfen, denn er trug ein weißes Hemd und einen zerknitterten schwarzen Anzug, dessen beste Tage erkennbar schon ein Weilchen zurücklagen. In der Rechten hielt er ein Buch in kupferfarbenem Umschlag, welcher so abgewetzt war, als sei es schon hundertmal gelesen worden.

Das musste er sein, der »Zausel«, wie der Dekan ihn beschrieben hatte. Sarah fühlte sich aus den blauen Augen des Alten taxiert. In diesem Blick lag alles, was sie momentan bei sich vermisste: Selbstvertrauen, Stärke, Mut und ...

Überraschung?

Sie schöpfte Atem, wollte gerade zu einer bestechend überzeugenden Erklärung für ihre Verspätung anheben, als der Greis ihr zuvorkam.

»Ich bin der König der Narren! Wie konnte ich glauben, in einundneunzig Jahren schon alle Wunder sämtlicher Welten gesehen zu haben?« Sein Blick wanderte zu dem kupferfarbenen Buch herab.

Sarah blinzelte verwirrt. Bedrohlich klang der seltsame Ausruf des Alten kaum, eher so, als sei er nicht recht bei Verstand. »Karl Konrad Koreander?«

»Wen hatten Sie denn erwartet?«, entgegnete er verschnupft.

»Äh ... Ich ...«

»Schon gut. Jetzt kommen Sie erst mal rein.«

Bis dahin hatte die Pfeife Koreanders Mund nicht verlassen. Jetzt nahm er sie heraus und tippelte mit kleinen Schritten zur Seite. Sarah zerrte ihren Trolly über die Türschwelle. Sie wagte einen weiteren Anlauf, sich zu entschuldigen. »Leider habe ich mich etwas verspätet ...«

»Etwas?«, ergötzte sich der Alte, als habe sie einen vortrefflichen Scherz gemacht. »Ich will mal so sagen: Einhundertfünfzig Jahre sind wohl ein bisschen mehr als ein Pappenstiel.«

Sarah gelangte zu dem Schluss, Koreander müsse tatsächlich einen Sprung in der Schüssel haben. Wenigstens schien er nicht gefährlich zu sein. »Ich betreibe Ahnenforschung und die Bronzeplastik ...«, begann sie abermals, nur, um gleich wieder von ihm unterbrochen zu werden.

»*La Révolution* wartet draußen auf Sie. Was stehen Sie da noch herum? Kommen Sie schon.« Er war bereits ein gutes Stück vorangetippelt und winkte ihr zu.

Sie ließ das Gepäck beim Eingang stehen und eilte ihm hinterher. Nach drei Schritten hatte sie ihn eingeholt.

Das gefiel ihm offenkundig auch nicht, denn er mäkelte: »Mit solchem Karacho brauchen Sie jetzt auch wieder nicht loszustürmen. Ein alter Mann ist doch kein D-Zug.«

»*Oh, pardon!*«, sagte Sarah und passte sich seinem Greisengang an.

Koreander schlurfte über den schwarz-weiß karierten Steinboden. Während ihrer Recherchen in den letzten Tagen hatte Sarah gelesen, dass solche Rautenmuster in Freimaurertempeln üblich waren. Ihr Blick blieb an einer Inschrift über dem Durchgang am Ende des Tempelchens hängen.

Dieses Haus hier steht in Gottes Hand
Es schaut hinaus in's weite Land
Und zeigt den Blicken weit und breit
Des Saaletales heitre Herrlichkeit,
Und zu ihm gibt uns das Geleit
Der Geist urdeutscher Gastlichkeit.
So weihet es denn heute ein
Ein echt harmonischer Verein
Und spricht den Segen über's Haus
Nur Fried und Glück geh ein und aus!

Franz Liszt, 26. Juni 1855

Als der Alte bemerkte, wie seine Begleiterin hinter ihm zurückblieb, drehte er sich zu ihr um. »Literarisch kein großer Wurf, was?«

Sie sah ihn verständnislos an.

Er deutete auf das Gedicht. »Der Spruch da. Liszt hat ihn zur

Einweihung des Berghäuschens zu Gehör gebracht. Ziemlich stümperhaft, wie? Seine Musik war eindeutig besser als seine Poesie.«

Sarah musste an die Klangbotschaft ihres Ahnen denken, verkniff sich aber eine Erwiderung.

Mit einer beiläufigen Geste deutete Koreander zu den Wänden. »Bewundern Sie lieber die Fresken. Sie stellen die Penaten dar, altrömische Götter. So eine Art Leibwächter für Haus und Familie.«

Sarah kannte Penaten nur in Cremeform. Wortlos folgte sie dem Greis in eine weitere, deutlich repräsentativere Halle. Über zwei Treppenaufgänge gelangte man in die oberen Geschosse. Koreander behielt seinen Ostkurs jedoch konsequent bei. Das zerlesene Buch drückte er dabei wie einen kostbaren Schatz an seinen rundlichen Leib, die Meerschaumpfeife klemmte wieder in seinem Gebiss.

So gelangten sie durch eine weitere Tür in einen großen Salon mit dunkelgrüner Stofftapete. Über den Möbeln hingen weiße Laken. Verglaste Türen gegenüber dem Eingang führten auf eine Terrasse hinaus. Dahinter erstreckte sich weites Grün.

Auf selbiges deutend keuchte Koreander: »Von hier aus finden Sie allein hin. Gehen Sie durch die Tür da und im Garten immer geradeaus. Dann stoßen Sie direkt auf das hübsche Antlitz der Revolution.« Er wandte sich kichernd zum Gehen.

Sarah wartete noch, bis der komische Kauz in der Halle nach rechts geschwenkt und ihren Blicken entschwunden war, dann durchquerte sie rasch den Salon und lief in den Garten hinaus. Einen Moment verharrte sie auf der Terrasse, eingedenk der Zeilen aus Liszts »stümperhaftem« Gedicht: *Und zeigt den Blicken weit und breit des Saaletales heitre Herrlichkeit.* Das Panorama war auch nach hundertfünfzig Jahren noch malerisch. Der Himmel indes hatte aller Heiterkeit abgeschworen – er weinte dünne Tränen.

Um nicht am Ende in einen Schauer zu geraten, machte sich Sarah an die weitere Erkundung des Gartens. Dabei folgte sie genau der Beschreibung des Alten und steuerte in gerader Linie hangabwärts durch das Grundstück.

Hin und wieder musste sie Gestrüpp oder Bäumen ausweichen. Bald klebten Fladen nassen Laubes an ihren Stiefeln. Den verwilderten Park erfüllte eine morbide Aura, welche dieselbe Faszination auf sie ausübte wie die blätternden Fassaden venezianischer Patrizierhäuser oder die grauen Grabsteine auf dem Pariser *Cimetière de Montmartre*. Nachdem sie einem großen Lebensbaum ausgewichen war, erlebte sie eine Überraschung.

Da stand, inmitten eines kurz geschnittenen Wiesenrunds, *La Révolution* – »die Revolution«.

Sarah erlitt einen regelrechten Schock. Der metallene Kopf steckte wie aufgespießt auf einem Stab. Schon dieses makabre Detail hätte jeden einigermaßen historisch gebildeten Zeitgenossen mit Argwohn erfüllen müssen – zwar hatte man während der Französischen Revolution so manchen herrenlosen Kopf – oder losen Herrenkopf – auf einer Pike zur Schau gestellt, aber Jeanne d'Arc, die zur französischen Nationalheldin stilisierte Bauerntochter aus Lothringen, war auf dem Scheiterhaufen verbrannt worden. Baron von Dornis mochte anderthalb Jahrhunderte lang die Bewunderer seiner Plastik getäuscht haben, aber für Sarah bedurfte es nur eines Blickes, um die wahre Identität dieser falschen »Jungfrau von Orléans« zu erkennen.

Denn das Antlitz der personifizierten Revolution glich dem ihren wie ein Ei dem anderen. Es kam ihr vor, als blicke sie in einen Spiegel.

Wenn es noch irgendwelche Zweifel gegeben hatte, ob sie wirklich von Franz Liszt abstamme, dann waren diese nun jäh fortgewischt. Offenkundig hatte seine Tochter dem Bildhauer Modell gestanden. Das schöne, durch die typisch lisztsche Nase unverwechselbare Gesicht dokumentierte deutlicher als jede Urkunde eine Kindschaft, von der die Welt bisher nichts wusste. Leider stand kein Name an der Büste, nur die nichts sagenden Worte *La Révolution*.

Der überraschende Vorstoß ins Wurzelwerk ihres Daseins machte Sarah schwindeln. Bisher waren alle Versuche, ihre Abstammung zu klären, gescheitert. Sie hatte ursprünglich angenommen, über den Vater mit Liszt verwandt zu sein, aber im Abschiedsbrief ihrer

Mutter stand nicht einmal dessen Name. Der einzige mögliche Hinweis auf ihren Erzeuger war ein Packen Zeitungsausschnitte: Joséphine d'Albis hatte erstaunlich viele Artikel gesammelt, die einen russisch-französischen Dirigenten namens Anatoli Akulin glorifizierten. Als Sarah dessen Spur vor einigen Jahren verfolgt hatte, war diese bald versickert – so als hätte der umjubelte Musiker nie existiert.

Auch Tiomkin und Janin waren in Frankreich lebende Russen. Gab es da einen Zusammenhang?

»Sag du es mir«, flüsterte sie, aber ihr bronzenes Gegenüber schwieg.

Anders als das Phantom, dem sie ihre Existenz verdankte, hatte sich die Ahnenreihe ihrer Mutter als ergiebiger erwiesen. Angefangen bei Sarahs Großvater Adolphe, dessen Vater Antoine, bis zu ihrer Urgroßmutter Françoise d'Albis, einer geborenen Colbert, hatte sie den Stammbaum bis zur Mitte des 19. Jahrhunderts zurückverfolgt. Und nun – es konnte nicht anders sein – blickte sie ins Gesicht ihrer Urururgroßmutter.

»Wie heißt du?«, murmelte Sarah, diesmal eindringlicher als zuvor.

Wie zur Antwort verstärkte sich unvermittelt der Regen. Aus dem Nieseln wurden Perlenschnüre dicker Tropfen, die lotrecht aus dem Himmel fielen.

In Sarah machte sich Verzweiflung breit. Sollte das *alles* gewesen sein? Die Gewissheit über ihre Abstammung von Liszt war ohne Frage ein kostbares Geschenk, aber wenn es dabei blieb, dann würde die Spur der Windrose in diesem verwilderten Garten vorzeitig enden.

Sarah ignorierte die klamme Kälte, klappte ihren fellbesetzten Kragen hoch und umschritt langsam die Büste. Das stolze Gesicht mit der aristokratischen Nase blickte nach Norden. *Begib dich in den Kopf der Revolution.* Wie hatte Liszt das gemeint? Ihre Augen suchten jeden Quadratzentimeter der Büste ab, doch sie fand nirgends einen Hinweis …

Bis der Regen noch heftiger zu trommeln begann.

Ja, er *trommelte* auf das Haupt der Büste. Und die war hohl. Hohl wie eine Glocke. Die schweren Tropfen brachten diese mit zahllosen kleinen Schlägen zum Klingen. Es waren, wie Sarah entgeistert feststellte, Klänge der Macht.

Offenbar hatte der Schöpfer dieses einzigartigen Kunstwerkes den »Schädel« der Revolution unterschiedlich stark ausgearbeitet. Sarah war mit dem Prinzip bestens vertraut, hatte sie doch als Kind auf der Karibikinsel St. Bartolomé oft den einheimischen Steelbands zugehört. Sie bauten ihre Instrumente aus Stahlfässern und nannten sie schlicht *Pan* – »Pfanne« – oder, wenn das Publikum anspruchsvoller war, *Steeldrum* – »Stahltrommel«. Dem nach innen gewölbten Boden eines so präparierten Ölfasses ließen sich an die dreißig verschiedene Töne entlocken. Ähnlich war es hier. Nur was daraus entstand, übertraf alles, was Sarah je erlebt hatte.

Das vielfarbige Klimpern erschuf ein Bild in ihrem Geist, diesmal keinen Schriftzug – dazu prasselten die Tropfen zu wahllos auf die Klangfelder der Büste –, sondern einen schemenhaften Körper. Sarah verschlug es den Atem, als sie die Konturen der flimmernden Gestalt erkannte.

Es war eine Meerjungfrau, eine Nixe.

Der durchscheinende Körper fügte sich nahtlos an die Büste an. Von den Schultern über die nackten Brüste bis hinab zum Bauchnabel war sie menschlich, darunter bis zur Schwanzspitze ein Fisch. Sobald der Regen schwächer wurde, verblasste die Erscheinung, und wenn das Tropfengetrommel wieder zunahm, erstrahlte sie neu.

»Ist es nicht schön, ihr beim Singen zuzuhören?«, sagte unvermittelt eine Stimme hinter Sarah.

Erschrocken fuhr sie herum. Vor ihr stand, mit einem großen Regenschirm in der Hand, der Besitzer des verwunschenen Gartens.

In der Bibliothek des Berghauses war es warm und heimelig. Einträchtig reihten sich Philosophen und Naturwissenschaftler, Staatsmänner und Militärs, Dichter und Romanciers, Geistesgrößen jeglicher Couleur in den Regalen dicht gedrängt bis hinauf zur hölzernen Kassettendecke. Zwei große Sprossenfenster ließen Licht in das Kabinett des Wissens. Auf einem fadenscheinigen Perserteppich stand inmitten der alten Bücher ein speckiger, braunlederner Ohrensessel, und in diesem saß Karl Konrad Koreander. Auf einem runden Tischchen neben ihm lagen die Meerschaumpfeife und das abgewetzte kupferfarbene Buch. Durch seine aberwitzig kleine Brille musterte er die junge Frau, die ihm gegenüber auf einer Chaiselongue Platz genommen hatte.

Sarahs klamme Hände hielten einen Pott Tee. »Das tut gut!«, lobte sie die Gastlichkeit des Alten.

»Ich kann durchaus nachvollziehen, dass Sie vor lauter Schreck den Regen gar nicht bemerkt haben. Als ich vorhin Ihr Gesicht sah, war ich genauso perplex«, gestand Koreander.

»Wie es aussieht, ist Franz Liszt tatsächlich mein Ahne.«

»Am Telefon hörte es sich für mich so an, als stehe das für Sie bereits fest.«

»Ich wollte Sie beeindrucken.«

Er lächelte. »Ihre Ehrlichkeit gefällt mir.«

Sarah wich dem forschenden Blick des Alten aus. Sie hatte ihm bisher weder von der Meerjungfrau erzählt noch die Purpurpartitur erwähnt. So viel zum Thema Ehrlichkeit. Zur Besänftigung ihres Gewissens redete sie sich ein, ihn vor den Farbenlauschern schützen zu müssen. Eindringlich sagte sie: »Herr Koreander, ich bin überzeugt, die Büste hütet ein Geheimnis, das nur für Liszts Nachkommen bestimmt ist. Haben Sie eine Ahnung, warum er die Büste ausgerechnet *La Révolution* genannt hat? War von Hase vielleicht Mitglied einer Geheimgesellschaft mit umstürzlerischen Zielen?«

Koreander steckte sich die Pfeife in den Mund und dachte gründlich nach. Dann schüttelte er den Kopf. »Der streitbare Professor war Freimaurer, wenn ich mich nicht irre. Schon in jungen Jahren sind seine Vorstellungen von Recht und Freiheit einigen Vertretern des alten Regimes sauer aufgestoßen. Als Burschenschaftler hatte er sogar elf Monate Festungshaft auf der Burg Hohenasperg abgesessen. Ich nehme an – und das ist die ehrliche Antwort auf Ihre erste Frage –, Franz Liszt fühlte sich im Herzen den Idealen der Revolution sehr nahe. Er und von Hase waren gewiss so etwas wie Seelenverwandte.«

»Sie wissen sehr viel über die beiden.«

»Ich bewahre nur, was sonst dem Vergessen anheimfiele: Dieses Haus, das Andenken jener, deren Schicksal mit dem Anwesen verflochten ist, und natürlich seine Bücher und Dokumente.«

»Steht in denen zufällig auch etwas über die Bronzeplastik?«

»Und ob!«, antwortete Koreander postwendend. »Ich dachte schon, Sie würden mich gar nicht mehr danach fragen. Warten Sie…« Ächzend stemmte er sich aus dem Sessel hoch, schlurfte zu einem der Regale und kehrte mit einer in graues Leinen eingeschlagenen Dokumentenkiste zurück. Nachdem er wieder Platz genommen hatte, nestelte er aus dem Kasten eine Schublade heraus, kramte kurz in den darin verwahrten Schriftstücken und sagte schließlich: »Da ist er ja!«

Sarah sprang von der Chaiselongue auf, um Koreander das ihr entgegengestreckte Blatt abzunehmen. Ein Brief! Die krakelige Handschrift hatte sie schon früher gesehen; im Weimarer Goethe-Schiller-Archiv war sie daran mehrfach verzweifelt. Üblicherweise hatte Liszt seine Korrespondenz von Sekretären niederschreiben lassen, aber dieses Schriftstück stammte zweifellos aus seiner eigenen Feder.

»Können Sie ihn mir vorlesen?«, fragte Sarah.

»Soso, das Enkelchen kann die Sauklaue des eigenen Großpapas nicht entziffern«, spöttelte Koreander.

Sarah brachte ihm den Brief zurück. »Bei mir dauert es nur wesentlich länger. Sie scheinen den Inhalt ja schon zu kennen.«

Dem einstigen Antiquar bereitete es keine Mühe, das Autograph zu lesen. Der Brief war in Weimar verfasst, auf den 2. August 1861 datiert und an Karl August von Hase gerichtet. Nach einem kurzen Gruß widmete sich der Musiker ganz *La Révolution*. Den Namen des »hübschen Mädchens« verriet Liszt auch seinem Freimaurerbruder nicht, aber dafür waren seine Anweisungen zur Aufstellung der Bronzeplastik im Berggarten umso detaillierter. Die Nasenspitze der Revolution solle nach Norden zeigen, verlangte er und ergänzte diese Vorgabe durch einige für Sarah gänzlich unverständliche Zahlenkolonnen.

»Können Sie damit etwas anfangen?«, fragte sie verwirrt.

»Und ob!«, antwortete Koreander aufgekratzt. »Das ist ein Winkelmaß in Verbindung mit der geografischen Position des Berghäuschens. Den *damaligen* Koordinaten wohlgemerkt!«

»Wieso? Hat denn jemand das Tempelchen umgestellt?«

Der Alte lachte leise in sich hinein.

»Was ist so komisch daran?«, fragte Sarah pikiert.

»Nichts«, winkte er ab. Dann deutete er zu einem Regal. »Bringen Sie mir bitte mal den Atlas da. Es ist der große braune Foliant auf dem untersten Boden.«

Während Sarah die Bibliothek durchquerte, erklärte Koreander: »Die Villa Paulina, wie mein Namensvetter das Berghäuschen gerne zu nennen pflegte, stand immer schon da, wo sie heute ist. Aber seit der Abfassung dieses Briefes hat sich der Nullmeridian verschoben. Eigentlich gab es vor 1884, als man ihn in Greenwich festnagelte, sogar mehrere. Um Liszts Angaben richtig zu deuten, muss man sich also in die Vergangenheit begeben. Der Maestro orientierte sich an dem von Ihrem Landsmann Arago festgelegten Längenkreis, der das Observatorium von Paris schneidet.«

Sarah musste an Oleg Janins Worte im Anno 1900 denken: *Ein Wissenschaftler wie ich ist den Farbenlauschern nirgendwo so nahe wie in Paris.* Sie reichte ihrem Gastgeber den Atlas. »Täusche ich mich, oder haben Sie die Koordinaten bereits überprüft?«

»Und ob! An Ihren Scharfsinn könnte ich mich gewöhnen«, antwortete Koreander vergnügt und fing an, in dem Kartenwerk zu blättern.

Sarah fasste die Bemerkung als Kompliment auf. Sie ging neben ihm in die Knie und verfolgte gespannt die Suche.

»Sie müssen wissen«, erklärte er nebenher im Plauderton, »die liebreizende Revolution im Garten hat mich schon immer verzaubert. Wenn ich ihrem klimpernden Gesang lauschte, ging es mir genau wie Ihnen: Immer beschlich mich das Gefühl, sie hüte ein großes Geheimnis. Deshalb habe ich irgendwann *das* hier gemacht.« Inzwischen hatte er die gesuchte Seite gefunden: eine Karte von Nordeuropa, auf der sich ein annähernd senkrechter Bleistiftstrich befand. Koreander deutete ins Buch. »Hier sind wir: das Berghaus in Jena. Legt man den von Liszt für die ›Nasenspitze der

Revolution‹ vorgeschriebenen Winkel an, dann ergibt sich eine Linie, die fast exakt nach Norden verläuft. Die Abweichung der geografischen Breite nach Osten beträgt weniger als zwei Grad.«

»Darf ich?«, fragte Sarah und zog Koreander den Atlas vom Schoß. Sie ließ sich neben ihm im Schneidersitz auf den Teppich sinken und wanderte mit dem Finger auf der Graphitlinie nach Norden. Mit einem Mal verharrte sie und sah Koreander aus großen Augen an. »Sie sind ein belesener Mann. Was fällt Ihnen spontan zum Stichwort ›Meerjungfrau‹ ein?«

»Meerjungfrau? Wie kommen Sie jetzt darauf?«

Sarah fasste sich ein Herz und antwortete: »Ich kann Töne sehen. Das Trommeln der Regentropfen auf dem Haupt der *Révolution* hat mir die Gestalt einer Nixe gezeigt.«

»Donnerlittchen!«, entfuhr es Koreander. »Also, dazu fällt mir auf Anhieb nur eines ein: Hans Christian Andersens Märchen *Die kleine Meerjungfrau*.«

Sarah nickte. Ihr war es genauso gegangen. »Wussten Sie, dass Franz Liszt und Andersen sich kannten? Als Hofkapellmeister hat er den Dänen in der Weimarer Altenburg empfangen.«

Koreander nickte. »Ich hab davon gelesen. Und warum macht Sie das so zapplig?«

»Weil … ich glaube, dass die ›Nasenspitze der Revolution‹ ein Wegweiser ist. Sie zeigt zu einer anderen Bronzeskulptur, zur kleinen Meerjungfrau in Kopenhagen.«

»Ich will Ihnen ja nicht die Illusionen rauben, Kindchen, aber Liszt kann von der Seejungfer am Langelinie-Kai nichts gewusst haben. Wenn ich mich nicht irre, wurde sie dort erst 1913 aufgestellt. Da war Ihr Vorfahr längst tot.«

Sarah bewunderte das enzyklopädische Wissen des Alten. So behäbig er äußerlich wirkte, so beweglich war er im Geiste. »Haben Sie eine Ahnung, wann Andersen sein Märchen *Die kleine Meerjungfrau* geschrieben hat?«

Koreander steckte sich das Mundstück der Meerschaumpfeife zwischen die Zähne, sog zwei- oder dreimal daran und antwortete: »Das müsste so um 1840 gewesen sein.«

»Mehr als ein Jahrzehnt bevor Liszt sich mit ihm getroffen hat«, murmelte Sarah und spann in Gedanken den Faden bereits weiter: Offenbar hatte Franz Liszt den Farbenlauschern als Meister der Harfe vorgestanden und während seiner Konzertreisen in ganz Europa nach Gleichgesinnten gesucht. Oleg Janin vertrat die Ansicht, dass die geheime Bruderschaft nicht nur aus Musikern bestand. Warum also sollte Liszt nicht auch Hans Christian Andersen für die Schwäne gewonnen haben? Vielleicht hatte er dem Schriftsteller sogar einen Teil der Windrose anvertraut, die zum Versteck der Purpurpartitur führte. Weshalb sonst hätte Liszt *La Révolution* so aufstellen lassen, dass sie exakt nach Kopenhagen blickte?

Aufgeregt legte Sarah die Hand auf Koreanders Arm. »Wie komme ich von hier am schnellsten nach Dänemark?«

Als Sarah dem Ausgang des Berghauses entgegenstrebte, war sie allein. Koreander hatte auf seine »schweren Füße« verwiesen, ihr ein Taxi gerufen und sie bereits in der Bibliothek verabschiedet. Sie war in euphorischer Stimmung. Selbst der Anblick des Gepäcks neben der Tür konnte ihre glänzende Laune nicht schmälern. Sie hängte sich die Computertasche um, hievte den Rollenkoffer hoch und verließ die Villa Paulina. Leichtfüßig durchquerte sie die Vorhalle des Tempelchens. Als sie die Stufen erreichte, erschien hinter einer der Säulen plötzlich eine Gestalt.

Es war Oleg Janin.

»Madame d'Albis!«, begrüßte sie der russische Professor im Tonfall unendlicher Erleichterung. »Sie ahnen ja nicht, wie froh ich bin! Ich fürchtete schon, Sie für immer verloren zu haben.«

> *Thalberg spielt mit einer verblüffenden Fertigkeit,*
> *er ist sehr ruhig, scheint selbst nicht hingerissen zu sein,*
> *er war nicht so original wie Liszt,*
> *keiner von ihnen hat mein Gefühl angesprochen;*
> *Thalberg wendet sich an den Verstand,*
> *Liszt an die Phantasie.*
>
> Hans Christian Andersen,
> Tagebucheintrag vom 21. 11. 1840,
> nach einem Konzertbesuch in München

14. Kapitel

Jena, 19. Januar 2005, 12.18 Uhr

»Wie haben Sie mich gefunden?« Sarahs Stimme troff nur so vor Argwohn.

Oleg Janin zuckte die Achseln. »Mit Bestechung.«

Die beiden liefen nebeneinander über die Zufahrt zum Philosophenweg zurück. Der Professor hatte ihr den Koffer abnehmen wollen, war aber an ihrem hartnäckigen Widerstand gescheitert. Jetzt ließ sie den Trolly hart zu Boden sinken, starrte ihn mit offenem Mund an und versprühte Empörung.

Seine Lippen kräuselten sich. »Was soll ich sagen? Ich bin Russe. In meiner Heimat geht ohne ›Schmiermittel‹ gar nichts. Die Dame in der Weimarer Taxizentrale funktioniert nach demselben Prinzip.«

Sarah erinnerte sich an den Funkspruch, mit dem sich ihr Fahrer von der Leitstelle abgemeldet hatte. Die Vorstellung, ihre Verfolger in einem Taxi abhängen zu können, war offenbar ziemlich naiv gewesen. Unwillig schüttelte sie den Kopf. »Sie reden über die Menschen, als seien sie bloß Maschinen.«

Er lachte. »Öffnen Sie die Augen, mein Kind! Die meisten unserer Zeitgenossen benutzen ihren Kopf doch nur als modisches Accessoir. Das Denken überlassen sie lieber anderen – den Trendsettern, Meinungsmachern, Vordenkern oder wie immer sie die ›klugen Köpfe‹ nennen, denen unsere Welt Kriege, Hunger und Umweltverschmutzung verdankt.«

»Sie sind ein Zyniker.«

»Nein, nur Realist. Wollen Sie etwa abstreiten, dass die meisten Probleme der Menschheit selbstverschuldet sind?«

»Mag ja sein, aber ...«

»Sie sollten endlich damit aufhören, sich die Welt schönzureden, Sarah, denn das wäre mit Sicherheit Ihr Verderben.«

Sie warf die Arme in die Höhe und rief: »Was wollen Sie von mir? Soll ich das Abschmelzen der Polkappen verhindern? Oder das Atomprogramm von Nordkorea und dem Irak sabotieren?«

Er schüttelte den Kopf. »Vorerst würde es völlig genügen, wenn Sie die Farbenlauscher ausmanövrieren. Ich kann Ihnen dabei helfen.«

Sarah schnaubte unwillig. »Ihnen geht es doch nur um die Purpurpartitur.«

»Ich habe nie bestritten, dass mir die Klanglehre des Jubal sehr wichtig ist, aber – ob Sie mir glauben oder nicht – es liegt mir auch viel an Ihnen.«

Sie verdrehte die Augen. »O bitte nicht!«

Ehe sie etwas dagegen tun konnte, hatte sich Janin ihres Koffers bemächtigt und den Marsch zur Straße fortgesetzt. In versöhnlichem Ton sagte er: »Jetzt vergessen Sie mal den Stalker, den Sie offenbar immer noch in mir sehen. Sie sind zwar eine äußerst attraktive Frau, aber ich schwöre bei allem, was mir heilig ist, dass ich keine romantischen Gefühle für Sie hege.«

Sarah hatte den Russen wieder eingeholt und beäugte ihn von der Seite. »Sondern?«

Er verzog das Gesicht und wiegte sein schweres Haupt hin und her. »Wie soll ich das erklären? In meinem Leben sind mir viele junge Menschen anbefohlen worden, und für jeden habe ich mich verantwortlich gefühlt. Ich will aber nicht so tun, als sei meine Sorge um Sie nur ein Reflex. Ihnen haftet etwas Besonderes an, Sarah. Für mich sind Sie ein kostbares Gefäß. Nichts von dem, was Ihnen eigen ist, darf vergeudet oder gar verschüttet werden. Deshalb möchte ich Sie vor Ihren Feinden beschützen. Wegen mir nennen Sie es väterliche Fürsorge.«

»Und *das* soll ich Ihnen glauben?«

»Ich bitte darum.«

In Janins Stimme lag eine Aufrichtigkeit, die Sarah betroffen machte. Mit einem Mal kam sie sich ungemein arrogant vor. Selbstverliebt. Dabei brauchte sie dringend Hilfe. Sie hatte sich unfreiwillig in einem Spinnennetz verfangen, aus dem sie sich allein kaum mehr befreien konnte. Der Professor dagegen kannte die Jäger, er hatte sie sein Leben lang studiert. Vielleicht war er ein Schlitzohr, aber das mochte bei solch mächtigen Gegnern sogar nützlich sein.

Sarah atmete tief durch und sagte leise: »Gibt es eine Chance, die Farbenlauscher abzuschütteln?«

Inzwischen hatten sie das Tor durchschritten und die Straße erreicht. Auf dem Weg waren sie an einem Busch vorbeigekommen, hinter dem der Professor sein eigenes Gepäck versteckt hatte, einen dunkelgrünen, mit unzähligen Aufklebern tapezierten Trolly, der aussah, als habe er schon mehrere Weltumrundungen hinter sich. Das von Koreander gerufene Taxi war noch nicht eingetroffen. Der Professor stellte die Koffer ab. Den Blick auf die Straße gerichtet, antwortete er: »Der innere Zirkel der Adler ist klein, aber die Bruderschaft hat viele Zuträger. Es dürfte so gut wie unmöglich sein, ihnen zu entkommen – immer und überall sind sie in der Nähe. Aber mancher Floh wird übersehen, weil er sich direkt im Pelz des Bären versteckt.«

»Ist das russische Bauernlyrik?«

Er wandte sich Sarah zu und lächelte. »Wenn Sie wollen. Was ich damit sagen will, ist Folgendes: Das Milieu der Farbenlauscher ist schon immer die Welt der Musik gewesen. Hier dürfen wir niemandem trauen, haben aber zugleich die größten Chancen, fündig zu werden, weil auch der Hüter der Purpurpartitur ein Tonkünstler war. Zum Glück kenne ich Nekrasows Organisation mittlerweile gut genug, um uns tarnen zu können. Vertrauen Sie mir.«

Das Streckennetz der Bahn im Osten Deutschlands war noch nicht im 21. Jahrhundert angekommen. Deshalb fuhr der Intercity nur mit 160 km/h gen Westen. Sarah nutzte die Zeit, um ihre »wandernde Bibliothek« zu befragen.

Sie und Oleg Janin hatten das Erste-Klasse-Abteil für sich allein. Der Professor saß ihr gegenüber. Um ihre Reiseroute zu verschleiern, hatte er die Fahrkarten nach Frankfurt am Main erst im Zug gelöst. Von dem europäischen Verkehrsknotenpunkt konnten sie nötigenfalls am nächsten Morgen nach Kopenhagen fliegen, doch Sarah wollte nichts überstürzen.

Im Akronym N+BALZAC stand Boreas, der Nordwind, an dritter Stelle. Danach würde die Spur der Windrose nach Südosten zeigen, dem Wind Apeliotes entgegen. Oder nach Nordwesten, von wo Aparctias wehte? Verzettel dich nur nicht, ermahnte sich Sarah. Schließlich leben wir im Informationszeitalter. Schon Nürnberg hatte sie virtuell bereist, möglicherweise gelang ihr dies bei den anderen Himmelsrichtungen ebenso.

Zunächst galt es herauszufinden, wo genau Franz Liszt seinen nächsten Hinweis versteckt hatte. Mit an Sicherheit grenzender Wahrscheinlichkeit war Hans Christian Andersen der Schlüssel. Janin beobachtete schweigend, wie sie an ihrem Computer hantierte. Das Nachschlagewerk darin gab wenig über den dänischen Schriftsteller her. Er war vor allem bekannt für seine Märchen – »Des Kaisers neue Kleider«, »Die Prinzessin auf der Erbse«, »Das hässliche Entlein«, »Der standhafte Zinnsoldat« und natürlich »Die kleine Meerjungfrau«. Auch Romane und Reiseberichte stammten aus seiner Feder. Überrascht war Sarah, als sie das Geburtsdatum Andersens las.

»Er kam am 2. April 1805 in Odense zur Welt«, murmelte sie. Mittlerweile hatte sie dem Professor von ihrer »Vision« im Berggarten berichtet.

Seine bürstenartigen Augenbrauen hoben sich. »Interessant. Dann wäre er in ein paar Wochen ja genau zweihundert Jahre alt geworden.«

Sie deutete auf den Monitor. »Er ist übrigens am 4. August 1875 in Kopenhagen gestorben, elf Jahre vor Liszt. Von einer Verbindung zwischen den beiden steht hier nichts.«

»Erwarten Sie allen Ernstes, in einem Konversationslexikon etwas über die Aktivitäten der Farbenlauscher zu finden?«

Sarah überhörte die Spitze und widmete sich wieder ihrem

Computer. Erst durchforstete sie die darin gespeicherte Korrespondenz von Franz Liszt und anschließend etliche Quellen im Internet. Ein Tagebucheintrag des dänischen Schriftstellers ließ sie aufmerken. Um das Jahr 1832 hatte Liszt dessen Oper *Ravnen* inszenieren wollen; die Musik stammte von Johan Peter Emilius Hartmann. Das Vorhaben scheiterte. Als jedoch eine deutsche Fassung der Hartmann-Oper *Liden Kirsten* erschien, brachte der Hofkapellmeister doch noch einen Andersen-Stoff in Weimar auf die Bühne. Die Uraufführung war am 17. Januar 1857.

»Könnte eine der beiden Opern den nächsten Hinweis enthalten?«, fragte Sarah den Professor.

»Haben Sie je *Der Rabe* oder *Klein Karin* gehört?«

»Ja.«

»Was hat Ihr *Audition colorée* Ihnen gezeigt?«

»Das Übliche: Farbige Flächen, Tupfer und Bänder.«

Janin breitete die Arme aus. »Da haben Sie Ihre Antwort.«

Sarah dachte eine Weile über sein pragmatisches Urteil nach. Irgendwie kam es ihr zu simpel vor. Plötzlich hatte sie eine Idee.

»Bei meiner Beschäftigung mit Liszts Werk ist mir immer wieder aufgefallen, dass er in vielen Partituren handschriftliche Änderungen vorgenommen hat.«

»Ja, aber die Andersen-Opern wurden von J. P. E. Hartmann komponiert.«

»Das hat Liszt nie gestört. Der Begriff des *Original*werkes, wie ihn die meisten Komponisten auffassen, war ihm fremd. Die Musik der Welt diente ihm als Steinbruch, aus dem er sich immer wieder einzelne Stücke herausbrach, um sie zu schleifen und zu polieren und aus Gutem etwas noch Besseres zu schaffen.«

»Wenn ich Sie richtig verstehe, sind Sie der Ansicht, Liszt habe irgendeine Partitur verändert, um darin einen neuen Hinweis für die – wie haben Sie das genannt? – die ›Spur der Windrose‹ zu verbergen.«

Sarah nickte. »Irgendwo müssen wir ja mit der Suche beginnen. Oder haben Sie einen besseren Vorschlag?«

»Nein. Ihre Theorie gefällt mir. Allerdings könnte es Dutzende solcher veränderten Partituren geben.«

»Mag sein. Aber *La Révolution* blickt nach Kopenhagen und die Quellen nennen nur zwei Werke Andersens, die Liszt aufführen wollte. Letztlich kam nur die Oper *Klein Karin* auf die Bühne. Warten Sie mal, ich habe eine Idee.«

Sarah holte ihr Handy aus der Tasche.

»Was haben Sie vor?«, fragte Janin.

»Ich rufe Giordano Bellincampi an. Oder steht er auch auf Ihrer schwarzen Liste?«

»Der Name sagt mir nichts. Ein Italiener?«

»Halb, halb – die andere Hälfte ist dänisch. Er ist Generalmusikdirektor der Nationaloper in Aarhus. Vielleicht kann er uns helfen.«

»Vertrauen Sie ihm?«

»Wir sind seit zehn Jahren befreundet.«

Janin schürzte die Lippen. »Also gut. Rufen Sie ihn an.«

Sarah wählte die Handynummer des Dirigenten, jenes Mannes, für den sie einst ihr Vagabundenleben hatte aufgeben wollen. Giordano wusste nichts davon. Für ihn war sie nur ein »Kumpel«, sein großes Herz gehörte anderen – seiner Frau und seinen drei Kindern. Vermutlich auch besser so, dachte Sarah, während sie auf den Klingelton wartete. Sie wollte nicht genauso enden wie ihre Mutter.

Wenigstens war das Glück beim Telefonieren auf ihrer Seite. Nach nur zweimaligem Läuten meldete sich Bellincampis sonore Stimme. Im Telegrammstil schilderte sie ihm ihr Vorhaben. Die beiden sprachen englisch miteinander.

»Seltsamer Zufall, dass du mich ausgerechnet nach der *Liden Kirsten* fragst«, sagte er. »Am 2. April beginnt das Hans-Christian-Andersen-Jahr. Es wird hunderte von Konzerten, Theateraufführungen, Lesungen, Ehrungen und was weiß ich nicht noch alles geben. Mein Orchester ist auch involviert, und außerdem bin ich Gastdirigent in der Königlichen Oper. Momentan stecke ich bis über beide Ohren in den Proben. Jetzt rate mal, zu welchem Stück.«

»Sag bloß, du dirigierst die *Liden Kirsten*.«

»Volltreffer. Wir werden vor der Königsfamilie spielen.«

»Gratuliere, Giordano. Macht sich bestimmt gut in deiner Vita. Was sagst du zu meinem kleinen Forschungsprojekt?«

»Eine Hartmann-Partitur mit eigenhändigen Veränderungen von Liszt?«, wiederholte Bellincampi. »Dazu kann ich nichts Konkretes sagen.«

»Heißt das, du hast schon einmal Druckausgaben gesehen, in denen es handschriftliche Eintragungen gab?«

»Ja. Aber frag mich nicht, wo. Könnte im *Statens Arkiver* gewesen sein. Vielleicht war's auch in *Det Kongelige Bibliotek*.«

»Was ist mit dem Andersen-Zentrum in Odense?«

»Nein, daran würde ich mich erinnern. Es war mit Sicherheit irgendwo hier in Kopenhagen.«

»Könntest du das für mich herausfinden?«

Ein Lachen erscholl aus dem Hörer. »Du machst mir Spaß, Sarah! Das ganze HCA-Spektakel lässt mir kaum Zeit zum Luftholen.«

»Wenn ich persönlich nach Kopenhagen käme, könntest du mir Zugang zu den Archiven verschaffen?«

»Kein Problem. Manche sind ohnehin öffentlich. Wann willst du einschweben?«

Sarah rief sich den Flugplan der Scandinavian Airlines ins Gedächtnis. »Wie wär's mit morgen früh?«

Boreas
(Norden)

Kopenhagen

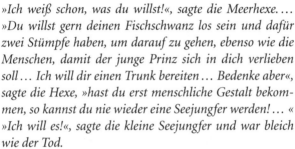

»Ich weiß schon, was du willst!«, sagte die Meerhexe....
»Du willst gern deinen Fischschwanz los sein und dafür zwei Stümpfe haben, um darauf zu gehen, ebenso wie die Menschen, damit der junge Prinz sich in dich verlieben soll... Ich will dir einen Trunk bereiten... Bedenke aber«, sagte die Hexe, »hast du erst menschliche Gestalt bekommen, so kannst du nie wieder eine Seejungfer werden!... «
»Ich will es!«, sagte die kleine Seejungfer und war bleich wie der Tod.
»Aber mich musst du auch bezahlen«, sagte die Hexe, »und es ist nicht wenig, was ich verlange. Du hast die herrlichste Stimme von allen hier unten auf dem Meeresgrunde, damit willst du ihn bezaubern, hast du dir wohl gedacht, aber die Stimme musst du mir geben. Das Beste, was du besitzest, will ich für meinen kostbaren Trank haben!...«
»Es geschehe!«, sagte die kleine Seejungfer, und die Hexe setzte ihren Kessel auf, um den Zaubertrank zu kochen.

Hans Christian Andersen, *Die kleine Meerjungfrau*

*Morgen reise ich direkt nach Rom
und verbringe den Sommer und Herbst
in der Villa d'Este (Tivoli).*
Franz Liszt, 10. Mai 1874

15. Kapitel

Kopenhagen, 20. Januar 2005, 9.24 Uhr

Die Schiffe auf dem tiefblauen Øresund waren so winzig wie Käfer. Sarah blickte nur kurz über die Flügelspitze des Airbusses in die Ostsee hinab, dann schloss sie wieder die Augen. Sie war eine Handlungsreisende in Sachen Musik. Der Anflug auf Kopenhagen hatte für sie längst seinen Reiz verloren.

Schon beim Start in Frankfurt war ihr nicht nach Reden zumute gewesen. Sie hatte den Fensterplatz ergattert, für Oleg Janin war nur der undankbare Mittelsitz geblieben. Um jeden Versuch von Konversation im Keim zu ersticken, hatte sie eifrig in der Tageszeitung geblättert, die ihr von mechanisch lächelnden Stewardessen beim Betreten der Maschine förmlich aufgedrängt worden war. Von den meisten Meldungen hatte sie nur die Titel gestreift, sich dann aber doch hin und wieder in einen Artikel verirrt.

Obwohl George W. Bush erst am Mittag wieder einmal zum Präsidenten der Vereinigten Staaten von Amerika vereidigt werden würde, spekulierte das Blatt bereits vor seiner Inauguration über die zweite Amtsperiode. Bei der weiteren Lektüre der Tagespresse fragte sich Sarah, ob es den neuen alten Machthaber in »Gottes eigenem Land« wohl wurmte, dass weite Teile der Welt an diesem Tag nicht auf Washington, sondern nach Rom blickten. Der sich dramatisch verschlechternde Gesundheitszustand von Johannes Paul II. war nämlich das zweite große Thema in dem Blatt. Der Autor zog eine Parallele zwischen dem jahrelangen Ringen des Papstes mit der Parkinsonkrankheit und dem Kampf des heiligen Michael gegen den Drachen. »Was wird geschehen«, so fragte der Artikelschreiber, »wenn Michael diesmal den Kampf gegen die Urschlange verliert?«

Mit einem Mal hörte Sarah neben sich ein leises Schnarchen. Janin war eingeschlafen. Vorsichtig faltete sie die Zeitung zusammen, lehnte den Kopf zurück und schloss die Augen. Nicht, um dem Professor ins Reich der Träume zu folgen, sondern weil sie ungestört über *Die kleine Meerjungfrau* nachdenken wollte.

Die falsche Jungfrau von Orléans war ihr nicht mehr aus dem Kopf gegangen. Deshalb hatte sie sich am vergangenen Abend im Flughafenhotel über das Internet Andersens Märchen von der Meerjungfrau verschafft. Irgendwann war sie dann über dieser Bettlektüre eingeschlafen, mit dem summenden Notebook auf dem Bauch.

Noch jetzt, kurz vor der Landung in Kopenhagen, ließ sie sich von der zauberhaften Geschichte des großen Erzählers bewegen. Sie war eine Hymne auf die selbstlose Liebe: Eine Meerjungfrau verzichtet auf ihre Stimme, um den Prinzen, dem ihr Herz gehört, für sich zu gewinnen. Was für ein Opfer!

So süß klingende Stimmen gibt es bei den Menschen auf der Erde nicht. Die kleine Seejungfer sang am schönsten von allen, und alle klatschten ihr zu, und einen Augenblick lang fühlte sie Freude im Herzen, denn sie wusste, dass sie die schönste Stimme von allen im Wasser und auf der Erde hatte!

Andersens Beschreibung hatte Sarah aufgewühlt. Es war keine sentimentale Ergriffenheit über den Ausgang des Märchens – der Prinz heiratete eine andere und die kleine Seejungfer verging zu Schaum auf dem Wasser –, sondern vielmehr ein unruhiges Ahnen, Liszt könne in seiner Meerjungfrau mehr gesehen haben als einen Wegweiser nach Kopenhagen. Auch um das Gesicht seiner Tochter für die Nachwelt zu bewahren, hätte es keiner Nixe bedurft. Vielleicht lieferte der Name – *La Révolution* – ja den Schlüssel, dachte Sarah und fragte sich, ob Liszt dabei in erster Linie die Farbenlauscher im Sinn gehabt hatte. Sollte an die Stelle von Klängen der Macht jene selbstlose Liebe treten, die in dem Märchen beschworen wurde …?

Unvermittelt ertönten aus den Lautspechern die üblichen Sicherheitshinweise für den Landeanflug. Im Fenster war die gewaltige Øresund-Brücke zu sehen, die Dänemark mit Schweden verband.

»Wo sind wir?«, fragte neben Sarah eine verschlafene Stimme. Janin war erwacht. Er wirkte desorientiert.

»Über dem Reich der kleinen Meerjungfrau«, antwortete sie.

Der Airbus setzte beinahe pünktlich auf dem regennassen Rollfeld des Kopenhagener *Kastrup Lufthavns* auf. Um keine verräterischen Spuren zu hinterlassen, begaben sich Sarah und Janin per Zug ins Zentrum der dänischen Hauptstadt. Die Fahrt dauerte nur zwölf Minuten.

Der Hauptbahnhof lag gegenüber dem Tivoli, Kopenhagens berühmtem Vergnügungspark. Als international gefeierte Solistin war Sarah Empfangskomitees und Limousinen gewohnt, aber damit sei vorerst Schluss, sagte der Professor. Er habe ein Hotel ausgewählt, das sie zu Fuß erreichen könnten.

Bezeichnenderweise war es der Hans Christian Andersens Boulevard, den sie mit ihren Rollenkoffern entlangliefen, bis sie auf die Vester Farimagsgade stießen. Auf dem Weg mussten sie ab und zu Schneehaufen ausweichen, aber im Großen und Granzen bescheinigte Sarah den Dänen weitaus mehr Kompetenz im Umgang mit kristallinem Wasser als ihren Landsleuten in Paris – die Gehwege waren vorbildlich geräumt. Wenig später checkten sie im Imperial Hotel ein.

Von ihrem Zimmer aus wählte Sarah die Nummer des Handys von Giordano Bellincampi, erreichte ihn aber nicht. In seinem Büro beschied sie die Sekretärin, der Maestro sei im Moment unabkömmlich. Sarah hinterließ ihre Mobilrufnummer und eine Nachricht.

Um elf traf sie sich mit Janin im Foyer, einem Kühlschrank in dänischem Design – wohin das Auge blickte, spiegelnde Flächen in Chrom, Holz und Stein.

»Wo fangen wir an?«, fragte der Professor.

»Ich würde vorschlagen, mit dem Staatsarchiv. Das hat bis vier geöffnet.«

Janin bestand darauf, den etwa anderthalb Kilometer langen

Fußmarsch vom Hotel zum *Statens Arkiver* ohne technische Hilfsmittel zu bewältigen. Vorbei an roten Backsteinhäusern wanderte das Paar nach Slotsholmen, der »Schlossinsel«, die freilich an drei Seiten nur durch einen engen Kanal von der umgebenden Stadt getrennt war. Die einstige königliche Hofhaltung beherbergte immer noch einige der wichtigsten Institutionen des Landes.

Erfreulicherweise hatte der Generalmusikdirektor der Dänischen Nationaloper die Gäste bereits avisiert und zu ihrer Unterstützung eine Englisch sprechende Archivarin angefordert. Das erwies sich als kluge Entscheidung, denn für Sarah und den Professor besaßen die hauptsächlich in Dänisch verfassten Findbücher und Kataloge etwa so viel Aussagekraft wie ägyptische Hieroglyphen.

Wohl kaum ein anderer Däne genoss in der Welt so viel Beachtung wie Hans Christian Andersen. Er war eine Ikone. Unter dem Markenzeichen »HCA« türmten sich im *Statens Arkiver* wahre Dokumentengebirge, von den Kirchenbogen, die seine Geburt und Konfirmation bezeugten, über unzählige Briefe bis hin zu seinem Testament. Darin lisztsche Spuren aufzufinden glich der Suche nach einem Schatz im Himalaya. Die blonde, unentwegt Kaugummi kauende Archivarin tat trotzdem ihr Bestes, die ausländischen Gäste nicht zu enttäuschen. Hier und da stießen sie auf Liszts Namen, aber je länger die Suche dauerte, desto deutlicher wurde, dass sie sich durchs falsche Gebirgsmassiv gruben.

»Die Korrespondenz ist ja sehr interessant, aber wo sind die Noten?«, stöhnte Sarah irgendwann.

»Noten?«, echote die Archivarin verwundert.

»Ich bin ja eigentlich wegen der Opern gekommen«, erinnerte Sarah die junge Frau.

»Zu denen ich Ihnen auch einiges herausgesucht habe.«

»Ja, aber keine Noten.«

Die Archivarin schob ihren Kaugummi von einer Wange in die andere. »Die haben wir hier nicht. Andersens künstlerisches Werk finden Sie in der Nationalbibliothek, gleich hier um die Ecke.«

Det Kongelige Bibliotek lag, wie schon das Staatsarchiv, auf Slotsholmen, nur einen Steinwurf weit entfernt von Christiansborg, der einstigen Königsresidenz, in welcher nun das dänische Parlament tagte. Längst war die Nationalbibliothek über ihren historischen Kern, einem Konglomerat aus Stilelementen des norditalienischen Mittelalters und der frühen Renaissance, hinausgewachsen und hatte sich bis zum Wasser ausgedehnt. Direkt am Ufer lag *Den sorte diamant* – »der schwarze Diamant« –, ein rhombischer Klotz, in dessen Fassade aus schwarzem Marmor sich die Schiffe des Hafens spiegelten.

Die Pianistin und der Musikhistoriker trafen etwa zwanzig Minuten nach vier an der Information der Bibliothek ein und störten eine gelangweilte Blondine bei der Nagelpflege. Die Namen der Gäste waren der Dame bereits bekannt – Giordano Bellincampi hatte wirklich ganze Arbeit geleistet. Sarah erklärte in englischer Sprache, worum es ihr ging, wobei sie besondere Betonung auf das Wort »Noten« legte.

»Wir schließen um fünf«, antwortete die Dame desinteressiert.

Der russische Professor schüttelte glucksend den Kopf.

Sarah funkelte ihn wütend an, bewahrte gegenüber der Mitarbeiterin der Königlichen Bibliothek aber die Contenance. »Das sind noch mehr als dreißig Minuten.«

»Ab zehn Uhr stehen wir Ihnen morgen früh wieder zur Verfügung«, erwiderte die Dame wie ein Auskunftsautomat.

»Wieder?«, knurrte Sarah.

»Frau Jensen ist für Ihre Betreuung abgestellt. Aber sie befindet sich nicht mehr im Haus. Morgen früh ab zehn ...«

»Vielen Dank«, unterbrach Sarah den blonden Infomat, packte Janin am Ärmel und zog ihn mit sich hinaus.

»Es kann nicht jeder so engagiert sein wie Sie«, sagte der Professor.

Sie seufzte. Er hatte ja Recht. »Was machen wir jetzt?«

»Wie wär's mit einem netten Abendessen zu zweit?«

Wie auf Zuruf knurrte ihr Magen. »Gute Idee. Abgesehen von dem Müsliriegel vor drei Stunden habe ich seit dem Frühstück nichts mehr gegessen. Aber machen Sie sich keine Hoffnung auf ein romantisches Candle-Light-Dinner.«

Er verdrehte die Augen zum Himmel. »Fangen Sie schon wieder damit an? Wenn ich Ihnen Avancen machen will, merken Sie das noch früh genug. Vorerst wäre ich mit einem blutigen Steak im Hotelrestaurant vollauf zufrieden.«

»Sie haben hoffentlich nichts dagegen, wenn ich mich vorher noch frisch mache?«

»Es sei Ihnen gewährt.«

Der Fußmarsch durchs winterliche Kopenhagen zurück ins Hotel war beinahe beschaulich, hätte Sarah den schneebepuderten Bäumen und Büschen nur mehr Aufmerksamkeit geschenkt. Doch wie schon auf dem morgendlichen Flug hing sie ihren eigenen Gedanken nach. Janin trottete neben ihr her wie ein angeketteter russischer Bär. Ab und zu warf sie ihm einen verstohlenen Blick zu. Obwohl ihre verletzten Gefühle dagegen rebellierten, begann sie sich allmählich an den ruppigen Professor zu gewöhnen. Wahrscheinlich kam sein väterliches Gehabe bei den Studenten gut an. Sie würde wachsam sein müssen, damit er sie nicht um den Finger wickelte.

Als Sarah sich an der Rezeption des Imperial Hotels nach den Modalitäten des Internetzugangs erkundigte, bekam sie mit der Antwort auch gleich eine Nachricht überreicht. Selbige sei erst vor wenigen Minuten abgegeben worden, erklärte die Empfangsdame.

»Von wem?«, fragte Sarah überrascht.

»Eine Taxifahrerin hat sie gebracht.«

Sarah wandte sich ihrem Begleiter zu. »Vermutlich von Giordano. Aber warum hat er mich nicht angerufen?«

Der Professor packte sie am Ellenbogen, zog sie ein Stück vom Tresen weg und zischte: »Haben Sie ihm etwa gesagt, in welchem Hotel Sie abgestiegen sind?«

»Nicht ihm persönlich, sondern seiner Sekretärin. Sie sagten doch, es sei in Ordnung, wenn ich Giordano ...«

Barsch fiel Janin ihr ins Wort: »Ihren Freund auf dem Handy anzurufen ist eine Sache, unseren Aufenthaltsort ins Telefonnetz der Oper zu posaunen eine ganz andere. Ich dachte, ich hätte Ihnen gestern klar und deutlich erklärt, wie das Spitzelnetz der Farbenlauscher funktioniert. Anscheinend haben Sie mir nicht zugehört.« Er atmete vernehmlich durch die Nase aus und fügte etwas gefasster hinzu: »Was steht denn in der Nachricht?«

Sarah funkelte den Russen erbost an. Seit dem Konservatorium hatte sie niemand mehr so heruntergeputzt. Aber Janins Misstrauen war wohl nicht ganz unbegründet. Sie schluckte ihren Ärger hinunter und faltete den Zettel auseinander.

Augenscheinlich handelte es sich um einen Computerausdruck. Als sie die Mitteilung las, lief ihr ein Schauer über den Rücken.

Liebe Sarah!

Ich habe mich umgehört und vielleicht gefunden, was Du suchst. Anscheinend teilen noch andere Deine Passion für Liszt. Heute rief mich ein Kerl an, der mir »schmerzhafte Dinge« androhte, falls ich Dir helfe. In was hast Du mich da nur hineingezogen? Komm bitte heute Abend ins Tivoli. Der Zugang von der Konzerthalle wird offen sein. Ich treffe Dich um neun an der Rutschebanen.

G. B.

Sarah reichte Janin den Zettel.

Er überflog die wenigen Zeilen und war offenkundig ebenso überrascht wie sie. »Im Tivoli?«

Sie nickte. »Merkwürdig, was? Ich bin schon mehrmals in der Konzerthalle gewesen, als Solistin wie auch als Zuschauer. Im Winter konnte man immer nur den Eingang in der Tietgensgade benutzen, weil der Vergnügungspark geschlossen war – nur in der Weihnachtszeit hat er für ein paar Tage geöffnet.«

»Vielleicht ist ja gerade das der Grund, warum Ihr Freund Sie dort treffen will. Möglicherweise fühlt er sich bedroht oder sogar beobachtet. Im Tivoli kann er, wenn er seine Verfolger erst mal abgehängt hat, ungestört mit Ihnen reden.«

Das klang schlüssig. Aber irgendwie behagte Sarah die Vorstellung trotzdem nicht, nachts in einem menschenleeren und vermutlich stockfinsteren Vergnügungspark einzudringen. Am liebsten hätte sie ihren Freund Giordano angerufen. Doch war das klug? Wenn er seinem Telefon noch trauen würde, hätte er ihr keine Nachricht ins Hotel schicken brauchen. Sarah kehrte an die Rezeption zurück.

Die Empfangsdame fächelte ihr ein federleichtes »Was kann ich für Sie tun?« zu.

Sarah kam sich zwar blöd dabei vor, sagte aber trotzdem: »Ich hätte gerne eine Taschenlampe.«

Während sich Sarah mit Oleg Janin der Konzerthalle näherte, schlug ihr Verstand Kapriolen. Das 1843 eröffnete Tivoli war nach der italienischen Stadt gleichen Namens benannt. Dort, östlich von Rom, steht die Villa d'Este. Franz Liszt hatte in dem ehemaligen Benediktinerkloster den Luxus gefunden, der ihm als Mönch auf dem Monte Mario versagt geblieben war, und als Gast seines Gönners, des Kardinals Gustav Adolf Prinz zu Hohenlohe-Schillingsfürst, seine *Giochi d'acqua* komponiert sowie 1879 eines seiner letzten Konzerte gegeben. Anderthalb Jahre vor dem Mord an Zar Alexander II.

»Allmählich fange ich an, hinter allem eine versteckte Botschaft zu suchen«, stöhnte Sarah, nachdem sie ihrem Begleiter von den akrobatischen Gedankenverbindungen erzählt hatte. Seine Antwort überraschte sie.

»Um die Spur der Windrose bis zum Ende zu verfolgen, wird das auch bitter nötig sein. Abgesehen davon kennt Bellincampi ja Ihre – wie drückte er sich aus? – ›Passion für Liszt‹. Vielleicht haben ihn dieselben Assoziationen erst auf die Idee gebracht, Sie im Tivoli zu treffen.«

Unvermittelt blieb Sarah vor einem hölzernen Bauzaun stehen. Er war mit bunten Szenen bemalt, die offenbar den Vergnügungspark im 19. Jahrhundert darstellten. Der Professor sah seine Begleiterin fragend an.

»Dahinter sollte eigentlich der Eingang liegen«, erklärte sie deutend.

»Zur Konzerthalle?« Der Russe spähte über den Zaun hinweg.

»Tja, anscheinend wird das Haus renoviert. Wenn ich es mir recht überlege, ist eine Baustelle sogar noch besser geeignet, unbemerkt auf das Gelände zu gelangen. Warten Sie ...«

Er lief ein Stück weiter am Zaun entlang, blieb dann stehen, blickte sich um und ging durch die Wand – so zumindest sah es für Sarah aus.

Sie runzelte die Stirn. Während sie die Umgebung im Auge behielt, lief sie zu der Stelle, wo Janin von der Bildfläche verschwunden war, entdeckte dort eine Tür im Zaun und schlüpfte hindurch. Auf der anderen Seite wurde sie schon von einem bestens gelaunten Oleg Janin erwartet, der ihr flüsternd klarmachte, dass man von nun an den Tatbestand des Hausfriedensbruchs erfülle.

Sarah zog ihre Taschenlampe aus der Manteltasche und schaltete sie ein. »Gehört das in Moskau zum üblichen Abendvergnügen der Stadtbevölkerung?«

»In gewissen Kreisen schon. Aber nicht an der Uni. Ich würde sagen, wir müssen da lang.«

Der Professor deutete auf eine verzinkte Tür, die mit dem Entree, das Sarah von früheren Besuchen kannte, nichts mehr gemein hatte. An der Stelle des einstigen »Wintereingangs« befand sich nun ein Rohbau.

Die von Janin entdeckte Stahltür war unverschlossen. Das Paar betrat das Gebäude. Hatte draußen noch das Streulicht der Straße für eine spärliche Beleuchtung gesorgt, herrschte hier nun völlige Dunkelheit. Mithilfe der Taschenlampe aus dem Hotel bahnten sie sich einen Weg durch aufgetürmtes Baumaterial und Werkzeug. Als sie in den alten Teil des Gebäudes kamen, fand sich Sarah besser zurecht. Bald hatten sie den Haupteingang gefunden, der in den Vergnügungspark führte. Auch hier stand die Tür offen.

Janin vergrub seine Hände in den Manteltaschen. »Sieht aus, als wäre Ihr Freund schon am Treffpunkt.«

»Zur Rutschebanen geht's da lang«, sagte Sarah mit flüchtiger Geste und übernahm die Führung. Nachdem sie unter dem Portikus der Konzerthalle hervorgetreten war, wandte sie sich nach links. Bis zur Rutschebanen, der ältesten noch betriebenen Holzachterbahn der Welt, war es nicht weit – vor einhundertsechzig Jahren hatte man noch überschaubare Vergnügungsparks gebaut.

»Schalten Sie Ihre Lampe aus. Der Schnee reflektiert genug Umgebungslicht«, befahl Janin nach wenigen Schritten.

Sarah tat es voll Unbehagen. Sie kannte das Tivoli nur hell illuminiert, wenn ihm wohl hunderttausende von Lampen nach Sonnenuntergang jene fröhlich flimmernde Aura verliehen, die Besucher aus aller Welt anlockte. Aber jetzt war der Park dunkel und still. Ein schlafendes Zauberreich. Irgendwie gespenstisch.

Die beiden Eindringlinge störten diese Ruhe. So jedenfalls empfand Sarah, während sie mit Janin durch den verlassenen Lustgarten marschierte und der Schnee unter ihren Sohlen knirschte. An der Konzerthalle war der weiße Belag von Bauarbeiterbeinen zu Matsch zerstampft worden, aber bald wies dem Paar nur noch eine einzige Spur den Weg.

Janin deutete auf die Fußabdrücke. »Ich hatte Recht. Ihr Freund erwartet uns schon.«

Winterkahle Bäume säumten den Weg, erstarrte Riesen, deren Gliedmaßen ab und zu im kalten Wind klapperten. Kurz darauf schälte sich vor dem Paar ein bizarres Gebilde aus dem Halbdunkel. Es bestand aus unzähligen hölzernen Streben. Hier und da verschwanden die Pfeiler, Quer- und Diagonalbalken unter künstlichen Bergen.

»Das ist die Rutschebanen«, flüsterte Sarah.

»Fragt sich, wo Bellincampi bleibt«, erwiderte Janin. Seine Augen suchten unentwegt die Umgebung ab.

»Vermutlich da vorne beim Einstieg.« Sie deutete auf die Fußspuren, die um das Ende des hölzernen Kolosses herumführten.

Schweigend schritten sie die verschlungenen Windungen der Rutschebanen ab wie zwei Forscher bei der Inspektion eines prähistorischen Lindwurms, der zur Präsentation auf ein hölzernes Gerüst genagelt worden war. Mit jedem knirschenden Schritt kam Sarah die Situation unheimlicher vor. Müsste Giordano sie nicht längst bemerkt haben? Warum zeigte er sich nicht?

Schließlich blieb sie stehen, hielt Janin am Ärmel fest und flüsterte: »Ich denke, wir sollten umkehren.«

»Und Ihr Freund? Er wartet auf Sie.«

»Die ganze Sache ist mir nicht geheuer. Einen Ausdruck kann jeder anfertigen. Warum hat Giordano seine Nachricht nicht unterschrieben?«

»Tut er das denn gewöhnlich?«

»Nein. Er benutzt wie ich auch lieber den Computer als einen Stift. Aber trotzdem, mir gefällt dieses konspirative Drumherum nicht. Es könnte eine Falle sein. Was dann?«

»Dann haben Sie immer noch mich. Wissen Sie noch: der Premierenabend in Weimar?« Der Professor grinste.

Sarah blieb aber ernst. »Sie haben Ihr Schwert vergessen, schwarzer Ritter.«

»Das große vielleicht, aber das kleine begleitet mich auf Schritt und Tritt.« Janin zog seine Rechte aus der Manteltasche, es klickte und eine schlanke Klinge glitzerte an seiner Hand.

Sarah wich einen Schritt zurück.

»Kein Sorge, mein Exkalibur tötet nur die Bösen.« Er klappte das Messer zu und steckte es wieder weg.

Sarahs Unbehagen war damit keineswegs verflogen. Irgendwie kam ihr diese Szenerie – ein konspiratives Treffen im geschlossenen Tivoli – ebenso unwirklich vor wie eine Woche früher Janins Schwertattacke in Weimar. Sie schüttelte den Kopf. »Irgendwas stimmt hier nicht.«

»Was meinen Sie?«, fragte der Professor.

»Ich komme mir vor wie in einer dieser Fernsehshows, wo sie vor versteckter Kamera die Leute auf den Arm nehmen.«

Janin schüttelte den Kopf. »Ich habe keine Ahnung, wovon Sie reden.«

»Na, von den ganzen bizarren Situationen der letzten Tage. Die Weimarer Polizei sagte mir, das Schaufenster des Waffengeschäfts, in dem mein schwarzer Ritter sein Zauberschwert gefunden hat, sei normalerweise durch ein automatisch schließendes Panzergitter gesichert. Letzten Donnerstag hat die Technik aber versagt. Komischer Zufall, finden Sie nicht?«

»Was …?«, japste Janin. »Wollen Sie etwa andeuten, *ich* hätte das Rollgitter manipuliert, um mir einen spektakulären Auftritt zu verschaffen?«

Sarah hob zu einer Antwort an, aber mit einem Mal war ihr Geist wie leergefegt und sie stöhnte: »Ach, ich weiß nicht, was ich denken soll.« Sie wandte sich um und stapfte in Richtung Konzerthalle zurück.

Janin schloss wieder zu ihr auf und sagte beschwichtigend: »Ich kann Ihr Misstrauen ja verstehen, Sarah. Wer den Farbenlauschern in die Quere kommt, muss sich auf so manche Überraschung gefasst machen. Sie sollten nur nicht alle vor den Kopf stoßen oder zum Teufel jagen, die es gut mit Ihnen meinen.«

»Alle?«

»Hier versetzen Sie Ihren Dirigentenfreund und in Weimar sind Sie ständig vor *mir* davongelaufen; am Telefon haben Sie mich dreimal abblitzen lassen.«

»Dreimal?« Sarah schnaubte amüsiert. »Sie haben mindestens *sechsmal* versucht mich anzurufen.«

Der Professor lachte. »Sie übertreiben …«

»Ich weiß sehr gut …«, fiel Sarah ihm ins Wort, verstummte aber sofort wieder, weil sie zu ihrer Rechten eine Bewegung bemerkt hatte. Als ihr Blick die Schatten unter dem Achterbahngerüst durchdrang, sah sie kurz eine schemenhafte Gestalt. »Da ist jemand«, raunte sie und deutete zur Rutschebanen.

Janin stellte sich sofort schützend vor sie und rief Bellincampis Namen. Aus dem Dunkel kam keine Antwort. »Sind Sie ganz sicher, etwas gesehen zu haben?«

»Meine Augen sind in tadellosem Zustand«, erwiderte Sarah spitz und zog den Russen am Mantel mit sich. »Verschwinden wir hier, bevor etwas passiert.«

Ihr Rückzug glich eher einem lauernden Schleichen, so als könne jeden Moment ein Angriff aus der Dunkelheit erfolgen, aber nichts dergleichen geschah. Unbehelligt erreichten sie das Ende der Rutschebanen. Von hier bis zur Konzerthalle war es nur noch ein Katzensprung. Sarah schöpfte wieder Hoffnung. Vielleicht hatten sie dem Unbekannten einen Hinterhalt vermasselt, oder er war nur ein Stadtstreicher, der im Park Schutz vor der Kälte suchte.

Als die zwei an einem dicken Baumstamm vorbeikamen, hörte Sarah plötzlich ein Knacken. Erschrocken fuhr sie zusammen. Dann gewahrte sie eine schwere Gestalt, die auf sie zulief. Mit drei, vier schnellen Schritten war sie herangekommen, stieß Janin zur Seite, richtete den Lauf einer Pistole auf ihn und das Wort an Sarah.

»Ich könnte Ihrem Freund ein paar schmerzhafte Dinge antun, Madame d'Albis. Es liegt an Ihnen, das zu verhindern.«

Bei aller Bestürzung entging Sarah doch nicht, dass der Kerl dieselbe Floskel benutzt hatte, die in der angeblichen Nachricht Giordano Bellincampis stand – nur diesmal auf Französisch. Außerdem sprach er mit der Stimme des Paukisten.

»Tiomkin?«, japste sie.

Der lachte rau. »Hatten Sie ernsthaft geglaubt, mich abhängen zu können? Sie haben ja keine Ahnung, wozu wir fähig sind.«

»Sie meinen, die Farbenlauscher? Oder sollte ich besser sagen, die Dunklen?« Sarahs Entrüstung war stärker als ihr Erstaunen. Fieberhaft überlegte sie, was sie für den Professor tun konnte.

»Wissen Sie das von dem da?« Tiomkin fuchtelte mit der Pistole vor Janins Gesicht herum.

»Das spielt keine Rolle. Was wollen Sie von uns, Tiomkin?«

»Das habe ich Ihnen doch schon mehrmals erklärt. Ich möchte Sie einladen, mich zu begleiten.«

»Madame d'Albis wird mit Ihnen nirgendwohin gehen«, knurrte der Professor.

»So? Wollen *Sie* mich daran hindern?«, entgegnete der Farbenlauscher spöttisch. Als er einen Schritt auf seinen Landsmann zumachte, fiel ein schwacher Lichtschimmer auf Tiomkins Gesicht. Seine Nase war bandagiert. Vermutlich Mario Palmes letzte gute Tat als Mann freien Willens, dachte Sarah.

Janin rührte sich zwar nicht vom Fleck, gestikulierte dafür aber umso heftiger mit den Händen. »Ihre Bruderschaft braucht diese Frau doch nur, um die Purpurpartitur zu finden. Danach würden Sie sich ihrer kaltblütig entledigen.«

Tiomkin zog etwas Schwarzes aus der Manteltasche und erwiderte amüsiert: »Wir wollen sehen, ob Sie in ein paar Minuten noch genauso denken.«

Als Sarah einen metallischen Reflex auf dem Gegenstand bemerkte, lief es ihr kalt den Rücken hinab. »Monsieur Janin«, rief sie aufgeregt, »er hat eine dieser Boxen, von denen ich Ihnen erzählt habe!«

Ehe der Professor reagieren konnte, hatte Tiomkin eine Taste gedrückt und aus dem Lautsprecher drangen – diesmal ohne Verzögerungen oder Störgeräusche – die Klänge der Macht, eingesponnen in das betörende Spiel einer Hirtenflöte. »Genießen Sie einfach das Stück«, empfahl er seinem Landsmann, während er drohend mit der Waffe wedelte.

Lausche und warte. Sobald ich dich rufe, befolgst du meinen Befehl.

Es war dieselbe unterschwellige Botschaft, die der Paukist im Weimarer Bahnhof benutzt hatte. Hilflos musste Sarah mit ansehen, wie nach ihrem Leibwächter nun auch Oleg Janin von dem Flötenspiel betört wurde. Es war zu dunkel, um in seinen Augen zu lesen, aber die Körperhaltung des Professors wirkte schon nach wenigen Takten nicht mehr so aggressiv, sondern schlaff wie bei einem Betrunkenen.

»Hören Sie auf damit!«, flehte Sarah. Tränen hilfloser Verzweiflung rollten über ihre Wangen.

Tiomkin lachte nur. »Bewahren Sie Ruhe, Madame d'Albis. Wir kümmern uns gleich um Sie.«

Er hat das Wörtchen *wir* anstelle von ich benutzt, dachte sie. Heißer Zorn brandete durch sie hindurch.

Unterdessen schloss der Professor die Augen.

»Oleg Janin, hörst du mich?«, fragte der Paukist, als vollziehe er einen feierlichen Ritus.

Sarah erschauderte, als der Professor die Antwort schuldig blieb.

Lausche und warte... Die Blackbox flötete immer noch.

Tiomkin machte einen Schritt auf Sarah zu und richtete die Pistole auf ihren Kopf. Sein Gesicht blieb weiter dem Historiker zugewandt. »Hörst du die Musik, Oleg Janin? Sträube dich nicht länger gegen sie. Lass sie in dich hinein. Fühle, wie sie dich durchströmt und dich fortträgt von allen deinen Zweifeln. Vertrau mir, mein Bruder. Zu unser beider Nutzen müssen wir diese Frau von hier fortbringen. Ihr darf kein Leid zustoßen – wenn es sich vermeiden lässt. Danach kehrst du nach Hause zurück und wartest, bis der Meister der Harfe dir neue Instruktionen gibt.«

Janin bestätigte weder den Befehl, noch wehrte er sich dagegen. Er stand einfach nur da, steif wie eine Wachsfigur.

Das Flötenspiel verstummte jäh und Tiomkins Stimme dröhnte: »Hörst du mich, Bruder Janin?«

Blinzelnd öffnete der Professor die Augen. Sein Blick war immer noch auf die Stelle gerichtet, an der sein Widersacher zuvor gestanden hatte. Langsam drehte er den Kopf, bis er Sarah direkt ansah. So verharrte er einen Moment.

Sarah erschauderte, wohl wissend, dass sie gegen zwei kräftige Männer chancenlos war.

Unwillkürlich zuckte sie zusammen, weil Janin einen Schritt auf sie zu gemacht hatte. Zwei weitere schlossen sich an. Als er sie fast erreicht hatte, drehte er sich blitzschnell zum Paukisten um und schlug ihm die Waffe aus der Hand. Ein zweiter Hieb landete in dessen Magengrube. Tiomkin ließ seine Klangkiste fallen und krümmte sich.

»Verstecken Sie sich unter der Achterbahn!«, rief Janin.

Diesmal bewies Sarah mehr Geistesgegenwart als im Weimarer Bahnhof. Sie sprang mit beiden Füßen auf das schwarze Kästchen, das auf den Wegsteinen unter dem Schnee zermalmt wurde – die Hirtenflöte verstummte. Dann erst befolgte sie Janins Anweisung und lief davon.

Während sie auf die Rutschebanen zueilte, erscholl hinter ihr das Stöhnen, Puffen und Ächzen eines heftigen Kampfes. Als sie die hölzerne Stützkonstruktion der Achterbahn erreichte, peitschte ein Schuss durch die Nacht. Sie duckte sich hinter die dicken Streben und spähte entsetzt zurück. Zwei weitere Schüsse fielen. Einer schlug über ihr ins Balkenwerk ein. Reflexhaft zog sie den Kopf ein.

Die Lage auf dem Weg war mehr als unübersichtlich. Offensichtlich hatte Tiomkin zwischenzeitlich wieder die Pistole an sich gebracht. Jetzt rangen die beiden Widersacher um die Waffe und ballerten mehr oder weniger unkontrolliert in der Gegend herum.

Noch einmal hallte ein Schuss durch den Park.

Janin schlug nach Tiomkins Hand, ein und noch ein zweites Mal. Abermals entglitt die Pistole dem Griff des Paukisten. Im nächsten Moment wälzten sich die beiden im Schnee.

Sarah zitterte vor ohnmächtiger Verzweiflung. Eben erst hatte sie Janin verdächtigt, ein falsches Spiel zu treiben, und jetzt setzte er sein Leben für sie aufs Spiel, um sie vor diesem Ungeheuer zu beschützen. Sie musste ihm helfen. Aber wie? Sollte sie in den Kampf eingreifen? Einen Moment wankte sie zwischen Ja und Nein, aber dann zog sie stattdessen das Handy aus der Manteltasche.

Hilflos starrte sie es an. Zwar kannte sie die *numéro d'appel d'urgence*, die Nummer für medizinische Notfälle in Frankreich, aber wie alarmierte man die Polizei von Kopenhagen? Vom Weg ertönte ein Schmerzensschrei, der sie aus ihrer Benommenheit riss. Sie wählte einfach die vertrauten Ziffern: 112.

Eine Frau meldete sich auf Dänisch.

»*Do you speak English?*«, stieß Sarah hervor.

»*Yes, no problem*«, kam die prompte Antwort.

In Stichworten schilderte sie die Situation: Schießerei auf dem Areal des Tivoli; sie bräuchten dringend Hilfe; es gehe um Leben und Tod. Dann legte sie auf.

Unterdessen war auf dem Weg eine Pattsituation eingetreten. Die beiden Russen glichen zwei Bulldoggen, die sich ineinander verbissen hatten und nicht mehr voneinander loskamen. Schläge wurden kaum noch ausgetauscht, man umklammerte sich einfach. Die Pistole lag zu Häupten der beiden, fast zum Greifen nahe. Unschwer zu erraten, wie der Kampf entschieden werden sollte.

Ein Ruck ging durch die beiden Körper. Tiomkin schaffte es, seinen Arm für einen Augenblick zu befreien. Seine Fingerspitzen berührten die Waffe, doch er bekam sie nicht zu packen. Stattdessen stieß er sie ein Stück von sich weg und musste sich erneut danach ausstrecken. Der Professor schrie vor Anstrengung, als er seinen Gegner zurückzuhalten suchte.

Obwohl Sarah vor Angst kaum aufrecht stehen konnte, wollte sie ihren Partner doch nicht einfach seinem Schicksal überlassen. Bis die Polizei einträfe, würde der Kampf längst beendet sein, und momentan war Tiomkin eindeutig im Vorteil. Sie musste Janin helfen.

Zögernd trat sie unter dem Holzgerüst hervor, holte die Taschenlampe heraus und richtete den Lichtkegel auf die Waffe. Sie musste nur die Pistole nehmen und …

Plötzlich löste sich ein Arm aus dem Knäuel der Kämpfer, fuhr senkrecht in die Höhe. Etwas blitzte in der Hand auf. Dann schoss es wie ein tödlicher Blitz herab.

Jäh kehrte Stille ein. Keiner der Kontrahenten bewegte sich. Auch Sarah verharrte starr vor Schreck. Sie hörte keinen Schrei, was sie zunächst irritierte. Die Pistole lag immer noch im Schnee. Was war geschehen? Dann vernahm sie ein einzelnes Wort.

»Почему?«

Es war für sie ebenso unverständlich wie kyrillische Buchstaben. Irgendwie hatte es wie »*Pokémon*« geklungen, aber das konnte es kaum heißen. Vom Weg ertönte ein Seufzer, der sie erschauern ließ.

Nun erst kam Bewegung in die beiden ineinander verschlungenen Körper. Der obere wälzte sich schwer vom unteren herab, drehte sich auf den Bauch herum und erhob sich stöhnend aus dem Schnee. In seiner Rechten schimmerte eine blutige Klinge.

Oleg Janin wandte sich der Achterbahn zu. Seine Schultern hoben und senkten sich, während er Luft in seine Lungen pumpte.

Sarah entsann sich der Lampe in ihrer Hand und leuchtete damit in seine Richtung.

Er winkte mit dem Stilett und rief: »Kommen Sie. Es ist vorbei. Wir sollten hier besser verschwinden, ehe wir Scherereien mit der Polizei bekommen.«

Bei der Geretteten hielten sich Entsetzen und Erleichterung die Waage. Der Lichtfinger ihrer Lampe tastete nach dem reglosen Körper im Schnee. »Ist er … *tot*?«

Der Blick des Professors streifte kurz den Paukisten. »Sieht ganz danach aus.«

Sie stapfte zum Weg zurück, sorgsam darauf bedacht, Tiomkins Leiche nicht zu nahe zu kommen. »Sie haben ihn umgebracht«, hauchte sie fassungslos.

»Wäre es Ihnen lieber gewesen, er hätte mich getötet?«, keuchte Janin.

Seine Frage traf Sarah ins Mark. Nein!, dachte sie bestürzt, das wäre noch schrecklicher gewesen. Aber sie brachte kein Wort heraus, ihre Kehle war wie zugeschnürt. Stumm hielt sie weiter Kurs auf die Konzerthalle.

Der Professor stieß sein Stilett einige Male in den Schnee, wischte die Klinge am Hosenbein des Toten ab und klappte sie wieder zusammen. Dann erst folgte er Sarah.

Als er zu ihr aufgeschlossen hatte, sagte er: »Es war Notwehr.«

Sie schlang die Arme um ihren Oberkörper und nickte.

»Alles in Ordnung mit Ihnen?«

Sarah schüttelte den Kopf.

Janin seufzte. »Es tut mir leid. Ich hätte auf Sie hören sollen.«

»Ja, das hätten Sie ... Trotzdem danke, dass Sie mich gerettet haben.«

»Wenn Sie mir danken wollen, dann hören Sie endlich auf, mir zu misstrauen. Damit schwächen Sie nur Ihre und meine Position – zum Vorteil unserer Gegner.«

»Bitte entschuldigen Sie. Ich bin nur ...«

»Ist schon gut. Sie brauchen mir nichts zu erklären«, unterbrach Janin sie. Sentimentalitäten schienen seine Sache nicht zu sein.

»Es ist okay, wenn Sie Sarah zu mir sagen«, murmelte sie aus dem Gefühl der Verpflichtung heraus, ihm ihre Dankbarkeit zu zeigen.

Nach einer kurzen Stille antwortete er: »Sie ahnen ja nicht, was für eine Freude Sie mir damit machen! Meine Studenten sagen übrigens Oleg zu mir; das gilt natürlich auch für Sie.«

»Danke ... Oleg. Ziehen Sie bitte keine falschen Schlüsse ...«

»Ja, ja, hab schon verstanden. Unsere Beziehung bleibt rein platonisch. Sie haben mein Wort als Ehrenmann.«

»Warum hat Tiomkin Sie nicht mit seiner Klangbox manipulieren können?«

»Um verführt zu werden, muss man verführt werden *wollen*, Sarah. Man ist den Klängen der Macht nicht hilflos ausgeliefert. Ihnen haben sie ja auch nichts anhaben können.«

»Ja, aber bei mir ist es eher eine natürliche Immunität.«

»Und ich habe vor langer Zeit gelernt, wie man sich innerlich gegen die Klänge der Macht wappnet. Im russischen Fernsehen wollte mich mal ein Hypnotiseur in einen Schimpansen verwandeln, am Ende hat *er* sich zum Affen gemacht.«

Sarah war nicht in der Stimmung, das Thema weiter zu vertiefen. Sie kniff sich in den Oberarm, um mit dem Schmerz die wirren Gedanken aus dem Kopf zu spülen. Mit bescheidenem Erfolg. Während sie stumpf einen Fuß vor den anderen setzte, spukten die gerade durchlebten Szenen in ihrem Kopf herum. Alles war so kompliziert, so undurchschaubar! So schrecklich!

In ihrem Erfahrungsportefeuille hatte es bisher keine Leichen gegeben. Als Kind war ihr nicht einmal die tote Mutter gezeigt worden, lediglich ein Zedernholzsarg, ein hübsch verziertes Möbelstück. Wie mechanisch holte Sarah in der dunklen Konzerthalle wieder die Taschenlampe hervor und übernahm die Führung. Erst kurz vor dem Ausgang fand sie ihre Sprache wieder.

»Bitte verstehen Sie mich nicht falsch, Oleg, aber haben Sie früher schon einmal einen Menschen getötet?«

»Sie meinen, weil ich dieses Klappmesser mit mir herumtrage?«

»Ja... Das heißt, eigentlich wegen der Art und Weise, wie Sie es an Tiomkins Hosenbein abgewischt haben. Das war so...« Sie suchte verzweifelt nach einem Wort, das weniger verletzend als »kaltblütig« klang.

»Routiniert?«, schlug Janin vor.

»Ja«, flüsterte sie.

Stille trat ein. Sarah fragte sich, ob sie da gerade in ein Wespennest gestochen hatte, wagte aber nicht, weiter in den Professor zu dringen. Schweigend erreichten sie die verzinkte Ausgangstür. Als Sarah sie öffnen wollte, stemmte Janin seine Hand dagegen.

»Warten Sie!«

Sarah erschrak. »Was...?«

Im Lichtkegel der Taschenlampe wirkte Janins Gesicht hart, beinahe gespenstisch. »Sie haben Recht«, sagte er tonlos. »Tiomkin war nicht der Erste, den ich getötet habe.«

Sie schüttelte ungläubig den Kopf. »Aber wie kommt ein Musikhistoriker dazu …?«

»Lassen Sie mich einfach ausreden, Sarah. Denn ich werde Ihnen diese Dinge kein zweites Mal erzählen«, unterbrach er sie.

Sie nickte.

Janin holte tief Luft. »Ich bin am 11. Januar 1947 in der UdSSR geboren, zu einer Zeit, als Stalin noch fleißig daran arbeitete, dreiundvierzig Millionen Menschen zu ermorden. Als hätte es das Grauen des Zweiten Weltkriegs nie gegeben. Ich war erst sechs, als er starb. Aber mein Vater hasste die ›rote Möderbande‹ – so nannte er sie. Durch die Farbenlauscher verfügte er über ausgezeichnete Kontakte in den Westen und wusste von Dingen, die in der Sowjetunion damals schnell den Kopf kosten konnten. Aus welcher Quelle seine Informationen stammten, erfuhr ich erst viel später – ich habe Ihnen in Weimar ja schon von dem Dokumentenfund erzählt. Sein Abscheu gegen die roten Schlächter hat aber schon früh auf mich abgefärbt. Mit Stalins Tod hörten die Metzeleien ja nicht auf. Mao ist der größte Schlächter aller Zeiten. Er hat siebenundsiebzig Millionen Morde zu verantworten und er lebte noch, als ich anfing, über meine Rolle in der Welt nachzudenken. Ich wollte unbedingt etwas gegen das unablässige, sinnlose Blutvergießen tun, schloss mich einer Widerstandsbewegung an …«

»Und haben mit einem Mal selbst Menschen umgebracht.«

Er nickte. »Es waren alle Massenmöder, Sarah. Männer, die auch nach Stalins Ableben noch als Helden gefeiert wurden. Trotzdem will ich mein Tun nicht beschönigen. Als ich anfing, über die Farbenlauscher zu forschen und mich näher mit Musik zu beschäftigen, wurde mir klar, dass es einen anderen Weg gab.«

»Anderen Weg, wofür?«

»Um die Welt von allen Pestbeulen zu befreien, die ihr Angesicht entstellen. Täten Sie das etwa nicht, wenn Ihnen die Macht dazu gegeben wäre?«

»Sicher. Jeder täte das. Aber ich bin nicht Gott. Und Sie auch nicht, Oleg.«

»Gott ist nur ein Titel. Wer die Macht besitzt, der *ist* ein Gott.«

Sarah musterte das von unten beleuchtete, maskenhafte Gesicht des Russen. Sie verstand nun manche seiner Äußerungen besser, aber wirklich erleichtert fühlte sie sich deshalb nicht. Um das Thema zu beenden, sagte sie: »Vielleicht haben Sie Recht. Aber ich bin nur eine Pianistin. Ich besitze die Macht, Menschen für ein oder zwei Stunden glücklich zu machen. Das genügt mir.«

Janin hielt ihrem forschenden Blick stand und antwortete bedächtig: »Ihre Bescheidenheit spricht für Sie, Sarah. Aber werden Sie noch genauso denken, wenn Sie die Purpurpartitur in Händen halten?«

Mit seinem gedanklichen Schwenk hatte er sie überrumpelt. Einen Moment lang fehlten ihr die Worte, für Janin lange genug, um die Tür zu öffnen und ins Freie zu treten.

Ehe Sarah ihm folgen konnte, stocherten grelle Lichtspeere nach ihr und sie nahm eine plärrende Stimme wahr, die sich grellgelb wie ein Textmarker in ihr Bewusstsein malte. Zwar verstand sie die dänische Anweisung nicht, aber das Wort *politi* ließ sie zumindest ahnen, wer da ins Megaphon sprach. Sie hatte den Notruf ganz vergessen.

Mit erhobenen Händen – so wie sie es aus einschlägigen Kriminalfilmen kannte – begab sie sich hinaus, um sich neben Janin zu stellen, der bereits in gleicher Haltung vor den zahlreichen Gewehrläufen der Kopenhagener Polizei posierte.

Es tut nichts, in einem Entenhof geboren zu sein,
wenn man nur in einem Schwanenei gelegen hat.
Hans Christian Andersen,
Das hässliche junge Entlein

16. Kapitel

Kopenhagen, 21. Januar 2005, 1.35 Uhr

Allmählich hingen Sarah Polizeibefragungen zum Halse heraus. Diesmal war es besonders schlimm gewesen. Ein Gespann aus zwei Kriminalbeamten – ein schwitzender kleiner Rothaardackel und eine unterkühlte Blondine – hatten ihr nicht weniger unterstellt als die Beteiligung an einem Kapitalverbrechen. Der Notruf könne fingiert worden sein, um sich nach dem Mord an Walerij Tiomkin als unschuldiges Opfer auszugeben, meinte die flachsfarbene Eiskönigin.

Sarah hatte ihr ganzes Arsenal an Verteidigungswaffen aufgefahren: die Nachricht des falschen Giordano Bellincampi, die Geschichte vom Entführungsversuch in Weimar und die Information, dass Walerij Tiomkin in Deutschland unter dringendem Verdacht stehe, einen Berufskollegen ermordet zu haben. Zum ultimativen Booster wurde dann aber die geschwind aus ihrem Handy gezauberte Telefonnummer von Monika Bach, der Weimarer Kollegin des dänischen Verhörteams.

Einige Telefonate in unterschiedliche europäische Länder hatten dann für eine Entspannung der Lage gesorgt. Kommissarin Bach – die Weimarer Polizistin arbeitete scheinbar rund um die Uhr – bestätigte Sarahs Aussagen und ließ ihr einen schönen Gruß ausrichten: Wenn es der Starpianistin nicht allzu viel ausmache, hätte sie sich gerne demnächst mit ihr über einige äußerst kuriose Geschehnisse im Weimarer Hauptbahnhof unterhalten. Am Ende war es dann Giordano Bellincampi, der höchstselbst auf dem Revier erschien, sich für Sarah d'Albis als Leumund verwendete und sie gegen halb zwei mit dem Taxi ins Imperial Hotel zurückbrachte.

Oleg Janin hatte nicht so viel Glück gehabt. Die Form der Klinge des aus seiner Manteltasche sichergestellten Stiletts passte einfach zu gut zur Einstichwunde in Tiomkins Brust. Der schwitzende Rothaardackel erklärte Sarah, man wolle noch ein paar Untersuchungen anstellen, ehe man ihren Begleiter gehen lasse. Im Übrigen werde man prüfen, wie das unbefugte Eindringen ins Tivoli zu bewerten sei. Nachdem man Sarah den Pass abgenommen hatte – nur bis zur eindeutigen Klärung des Sachverhalts der Notwehr, erklärte der dänische Ermittler –, durfte sie gehen.

»Eigentlich hatte ich vor, dich mit meinem eigenen Ferrari abzuholen, aber meine Frau hat mir das ausgeredet«, scherzte Giordano Bellincampi, als Sarah vor dem Hotel aus dem Taxi stieg.

Sie wusste, dass er nicht einmal einen Führerschein besaß, dafür aber ein leidenschaftlicher Fahrradfahrer war. »Da habe ich ja noch mal Glück gehabt. Vergiss nicht, ihr meine Grüße auszurichten.«

»Mach ich. Und wenn du Hilfe brauchst, ruf mich an.«

Sie beugte sich zum Seitenfenster des Volvos hinab. »Das habe ich eigentlich erst kürzlich getan.«

»Ja. Britta hat mir die Anrufnotiz auch gegeben, aber …«

»Du hast wieder einmal mitten in den Proben gesteckt.«

»So ist es.«

Sarah schüttelte das Gefühl des Imstichgelassenseins ab. Giordano konnte nun wirklich nichts für ihre Misere. Sie lächelte dem Mann zu, dessen Nähe immer noch ihr Herz schneller schlagen ließ, küsste ihn auf die Wange und sagte: »Möglicherweise brauche ich dich früher, als du denkst.«

Ihres russischen Partners beraubt, trat Sarah nach einer fast schlaflosen Nacht allein den Marsch zur Insel Slotsholmen an. Die Ereignisse des vergangenen Abends steckten ihr noch in den Knochen. Sie hatten sie ohne jede Frage erschüttert, aber ihren in Weimar gefassten Beschluss nicht zum Wanken gebracht. Nein, sie würde sich nicht unterkriegen lassen. Passivität ist die sicherste Methode, die Kontrolle zu verlieren. Mit dieser Devise motivierte sie sich zum Weitermachen.

So schrecklich der Tod des Paukisten auch war, barg er doch eine Chance: Er verschaffte ihr eine Atempause, weil die Farbenlauscher sich erst neu aufstellen mussten. Sergej Nekrasow hatte die Angelegenheit »Sarah d'Albis« nicht irgendjemandem überlassen, sondern seiner rechten Hand Walerij Tiomkin. Jetzt war diese gleichsam abgeschlagen.

Um Punkt zehn erschreckte Sarah die Empfangsdame der Nationalbibliothek während der Lektüre des Tageshoroskops und verlangte nach Bente Jensen. Diesmal mit Erfolg. Binnen weniger Minuten näherte sich ihr die von Bellincampi organisierte Assistentin, eine junge, braunhaarige, quirlige, überaus gut gelaunte, kleine Bibliothekarin in kurzem Rock, Strickstrümpfen und mit einer schwarzen Fünfzigerjahrebrille, welche ihrem hübschen runden Gesicht etwas unnötig Strenges verlieh. Wie sich schnell zeigen sollte, wusste sie dieses Spannungselement geschickt einzusetzen, etwa um ihrem skurrilen Humor einen überzeugenden Anstrich zu verleihen.

»Es freut mich, Sie persönlich kennen zu lernen, Madame d'Albis«, begrüßte sie die französische Besucherin in jenem lockeren, erstaunlich guten Amerenglisch, das die skandinavische Bevölkerung im Originalton von US-Film- und Fernsehproduktionen schon mit der Muttermilch eingeflößt bekam.

»Das ist sehr freundlich von Ihnen«, erwiderte Sarah und schüttelte die kleine Hand der Bibliothekarin.

»Es ist mir eine große Ehre, einer so berühmten Saxophonistin beistehen zu dürfen.«

Sarahs Kinnlade klappte herab. *Saxophonistin?*

Jensen grinste unvermittelt. »War nur ein Scherz. Ich weiß schon, dass Sie Klavier spielen. Sie sind für mich die Größte – abgesehen von Katrine Gislinge natürlich.« Mit ihrer Äußerung deutete Jensen einen patriotischen Hang zu dänischen Größen aus Kunst und Wissenschaft an, der sich für Sarah noch als Stolperstein erweisen sollte. Im Moment fühlte sich die D'Albis einfach nur deklassiert. Die dänische Pianistin Katrine Gislinge war gut... Nein, eigentlich war sie sogar sehr gut. Aber...

»Gehen wir?«, fragte Jensen mit einer richtungsweisenden Geste.

Sarah ließ ein Lächeln über ihr Gesicht zucken und schloss sich der kessen Bibliothekarin an.

Kurz nach der ernüchternden Begrüßung hatte die auf Hans Christian Andersen spezialisierte Frohnatur ihre Schutzbefohlene in den Westflügel des historischen Traktes entführt, wo sie einen kleinen Lesesaal mit knarrendem Parkett, schmalen hohen Fenstern und kaum dreißig Arbeitsplätzen betraten. Die Frauen nahmen hinter einem freien Computermonitor Platz, und Sarah musste einige Minuten Smalltalk über sich ergehen lassen, ehe sie ihr Forschungsvorhaben schildern durfte.

»Sie wollen also Noten?«, vergewisserte sich Jensen.

»Nicht irgendwelche Noten«, präzisierte Sarah. »Es sollte um vertonte Werke von Hans Christian Andersen gehen. Primär interessiere ich mich für die *Liden Kirsten* von Hartmann, vorzugsweise in Deutsch und Dänisch.«

»Da könnte einiges zusammenkommen. Das Werk war im 19. Jahrhundert die in Dänemark meist aufgeführte Oper.«

»Ich habe Zeit. Mein Partner sitzt im Gefängnis.«

Jensen musterte Sarah irritiert durch ihre Retrobrille. Plötzlich lachte sie glockenhell. »Ihr Humor gefällt mir, Madame d'Albis. Was darf's denn sein? Autographe oder gedruckte Fassungen?«

»Sowohl als auch. Was ich suche, sind handschriftliche Ergänzungen, möglichst von Franz Liszt.«

»Das ist aber speziell.«

»Nicht wahr!« Sarah rang ihrem müden Gesicht ein Lächeln ab.

»Sonst noch was?«

»Vorerst nicht.«

Jensen klatschte in die Hände. »Also, dann wollen wir mal.«

Hiernach ließ sie ihre Finger über die Tastatur klackern. Nebenbei zerkaute sie einen Bleistift, der ihr hin und wieder auch als Schreibhilfe zum Notieren von Treffern diente. Innerhalb kürzester Zeit hatte sie eine ansehnliche Liste von Signaturen zusammengestellt und resümierte stolz: »Wir haben sogar das originale Notenmanuskript von J.P.E. Hartmann, außerdem die hier in Kopenhagen bei C.C. Lose & Delbanco erschienene Erstausgabe von 1846, eine andere aus demselben Verlag von 1870, eine ...«

»Ich möchte sie alle sehen«, kürzte Sarah die Aufzählung ab.

Etliche Mikrofilmrollen später machte sich in ihr Verzweiflung breit. Wohl hatte es in den Partituren etliche handschriftliche Vermerke gegeben, aber meist handelte es sich dabei nur um Randnotizen. Die für Liszt üblichen »Verbesserungen« fehlten völlig. Als Sarahs Betreuerin sich in die Mittagspause verabschiedete, stand für sie fest, dass die *Liden Kirsten* nicht das gesuchte Geheimnis barg. Zumindest keines der Exemplare in der dänischen Nationalbibliothek.

Sie musste sich entscheiden, ob sie sich anderen Kompositionen zuwenden oder ihre Strategie noch einmal grundsätzlich überdenken sollte. Der Verstand riet ihr zu Letzterem, aber ihr Gefühl weigerte sich, von der *Liden Kirsten* abzulassen. Deshalb überfiel sie Jensen, als diese von der Pause zurückkehrte, sogleich mit einer neuen Idee.

»Andersen hat doch auch das Libretto zur *Liden Kirsten* geschrieben. Bewahren Sie hier das Originalmanuskript auf?«

»Pscht!«, machte die Bibliothekarin und deutete in den mittlerweile fast voll besetzten Saal. Flüsternd bejahte sie Sarahs Frage und fügte hinzu: »Aber das sind keine Noten.«

»Das macht nichts.«

»Sie wollten aber doch Noten sehen.«

»Ich habe meine Meinung geändert.«

Jensen schüttelte kichernd den Kopf und entschuldigte sich für einen Moment. Fünf Minuten später kehrte sie mit einem neuen Mikrofilm zurück und legte ihn in das Lesegerät.

Sarah kniff ein paarmal die Augen zusammen, als litte sie unter Sehstörungen. Andersens Handschrift war noch katastrophaler als die von Franz Liszt. Oder lag es daran, dass alles in Dänisch war? Zumindest konnte sie so gut wie nichts entziffern. Dennoch machte sie sich umgehend an eine gründliche Untersuchung des Werks, Seite für Seite, Zeile für Zeile, Tintenklecks für Tintenklecks. Als sei in ihren Augen ein Scanner eingebaut, der auf höchste Auflösung eingestellt war, tastete sie jedes auch noch so kleine Detail ab.

Das Autograph machte den eigentlichen Sinn des Begriffs *Libretto* – »kleines Buch« – erfahrbar, denn Andersen hatte die Gesangstexte in eine Kladde geschrieben; deutlich konnte man auf den Schwarz-Weiß-Bildern die Heftung erkennen. Seine raumgreifende, schwungvolle Schrift ergoss sich über einen vergleichsweise schmalen Innenbereich der einzelnen Seiten. Auf den meisten Blättern befanden sich mehrere Abschnitte, die der Autor fortlaufend nummeriert hatte. Jensen deutete auf eine umkreiste Zahl.

»Diesen Kringel hier hat er nachträglich eingezeichnet, soweit ich mich erinnere, mit blauem Buntstift.«

Sarah murmelte: »Hat er sich vermutlich bei Liszt abgeguckt.« Und drehte den Film zum nächsten Blatt vor. Hier waren Randnotizen zu sehen, im Vergleich zu den schmalen Federstrichen fielen sie deutlich breiter, aber auch blasser aus. Meist bestanden sie in lediglich einem Wort, manchmal nur einem Buchstaben. Trotzdem konnte Sarah das Wenigste davon entziffern. Sie blätterte weiter.

Und stutzte. War da nicht eben …?

Rasch kurbelte sie noch einmal in die Gegenrichtung und ging ganz nahe an die Mattscheibe des Lesegeräts heran.

»Was ist das da?«, fragte sie, auf eine Linie am unteren Rand des Blattes deutend.

Jensen nahm den zerkauten Bleistift aus dem Mund und antwortete: »Vermutlich Fliegendreck.«

Sarah schüttelte den Kopf. »Nein. Da steht doch was. Und sehen Sie das da? Das erste Zeichen? Sieht aus wie ein … *Stern.*«

»Lassen Sie mich mal ran.« Die Bibliothekarin schob das Bild bis zum Anschlag nach oben und drehte an einem Rädchen, wodurch sie die Fotografie stark vergrößerte.

»Ist ja ganz verschwommen«, mäkelte Sarah.

»Das haben wir gleich.« Jensen justierte die Schärfe mit einem anderen Knopf. Der Bleistift zwischen ihren Zähnen knackte. Dann wurde das Bild kristallklar und sie sagte: »Whow!«

Auf der Mattscheibe war eine kleine Windrose und ein Schriftzug zu erkennen, deutsche Worte, die Sarah elektrisierten.

❋ *Kirsten singt mit dem Schwan auf der Sternenburg*

Die Bibliothekarin lehnte sich zurück und nickte dem Gast anerkennend zu. »Ich bin gebührend beeindruckt.«

»Und ich erst!«, gestand Sarah. Die Windrose und der Schwan – das Symbol der Lichten Farbenlauscher – schrien förmlich nach einer Deutung im Sinne Liszts.

Jensen schob ihre Brille zurecht. »Klingt wie eine Regieanweisung. Oder nein, vielleicht doch eher wie ein Geistesblitz, den der gute HCA nachher verworfen hat. Ich kenne die Oper. Kirsten singt nicht mit dem Schwan und schon gar nicht auf der Sternenburg.«

Sarah schüttelte den Kopf. »Die Notiz ist in Deutsch.«

»Na und? Sie könnte trotzdem von HCA sein. Als Schüler hat er E. T. A. Hoffmann im Original gelesen und später besuchte er im Theater von Odense öfters deutsche Inszenierungen. Die *Klein Karin* wurde sogar von ihm persönlich autorisiert ...«

»Frau Jensen«, unterbrach Sarah die erhitzte junge Dame, »ich will die intellektuellen Fähigkeiten Ihres Nationalhelden keineswegs schmälern, aber ...«

Die Bibliothekarin lachte exaltiert und fing sich von den umstehenden Lesetischen einige empörte Blicke ein. »Ich kann Ihnen versichern, Madame d'Albis, Hans Christian Andersen hat so manchen Spleen gehabt. Wer die meiste Zeit in Hotels lebt, darf auch seine Notizen auf Deutsch anfertigen. Leonardo da Vinci hat seine Aufzeichnungen sogar in Spiegelschrift geführt.«

Es war unüberhörbar, dass Bente Jensen eine glühende Verehrerin des großen HCA war. Weil Sarah mit der rätselhaften Nachricht im Libretto allein jedoch nicht viel anfangen konnte, versuchte sie es mit einer Stärke der Franzosen: Diplomatie.

»Eigentlich wollte ich nur darauf hindeuten, dass Andersen offenbar bis weit über die Grenzen Dänemarks hinaus eine große Bewundererschar hatte. Offenbar waren sich sogar bedeutende Männer nicht zu schade, ihm Hilfsdienste anzubieten.«

»Hilfsdienste?«, echote Jensen argwöhnisch.

Sarah nickte. »Sofern man die Arbeit eines Sekretärs so bezeichnen darf.« Sie deutete auf den irrtümlich als Fliegendreck missdeuteten Rätseltext. »Vermutlich wollten Sie mich nur auf die Probe stellen und wegen der winzig kleinen Buchstaben habe ich es tatsächlich nicht sofort bemerkt, aber jetzt erkenne ich die Handschrift wieder – in Weimar habe ich unzählige Schriftstücke von Franz Liszt gesehen.«

»Liszt soll der Schreiber Andersens gewesen sein?«

»Es war wohl nur ein Freundschaftsdienst, vermutlich einmalig.«

Jensen machte ein zweifelndes Gesicht. »Warum sollte HCA das zugelassen haben?«

Vielleicht, weil er ein Farbenlauscher war, der seinem Harfenmeister nichts abschlagen konnte, dachte Sarah. Oder weil sie beide wussten, dass die Spur der Windrose auf dem Autograph eines dänischen Kultstücks Generationen überdauern würde. Das laut auszusprechen kam natürlich nicht infrage.

Jensen interpretierte das Schweigen des Gastes auf ihre Weise. »Dachte ich mir, dass Ihnen dazu nichts Gescheites einfällt.«

Aus Rücksicht auf die Befindlichkeiten der Bibliothekarin ließ Sarah das Thema der Urheberschaft fallen und fragte stattdessen: »Sie meinten eben, Kirsten singe nicht mit dem Schwan und schon gar nicht auf der Sternenburg. Gibt es einen bestimmten Grund, warum Sie nicht ›auf *einer* Sternenburg‹ gesagt haben?«

»Klar. Ich nehme mal an, weil HCA an die einzige Sternenburg gedacht hat, die an diesem Ort der Welt *die* Sternenburg ist, nämlich die *Stjerneborg* auf der Insel Ven. Sie wurde von Tycho Brahe entworfen, dem größten Astronom vor Erfindung des Fernrohres, der übrigens hervorragend Deutsch sprach und gegen den Johannes Kepler nur ein Handlanger war.«

»Johannes Kepler *ist* der Gehilfe Brahes gewesen«, sagte Sarah tonlos. Mit einem Mal fiel es ihr wie Schuppen von den Augen. *Stjerneborg!* Das Observatorium und der dänische Astronom waren ihr natürlich ein Begriff.

»Das wusste ich nicht«, gestand Jensen verwundert. »Wie kommt es, dass eine Pianistin sich so gut in der Geschichte der Astronomie auskennt?«

»Mein Vater hatte einen Doktor in Astrophysik.«

»Oh!«

»Ich will Ihre Feststellung nicht anzweifeln, aber könnte hier mit der Sternenburg nicht auch etwas anderes gemeint sein? Für mich klingt der Name sehr märchenhaft, was bei Andersen ja auch niemanden überraschen würde.«

Jensen schüttelte entschieden den Kopf: »Ich würde Ihnen Recht geben.« Damit tippte sie mit dem umspeichelten Radiergummi gegen die Mattscheibe und fügte hinzu:»»Wenn da nicht von Kirsten die Rede wäre. So hieß Tycho Brahes holdes Eheweib.«

Schlagartig kehrte Sarahs Erinnerung zurück. Maurice, ihr Adoptivvater, hatte ihr, als sie zwölf war, eine anrührende Liebesgeschichte erzählt, als Lehrstück für die Gleichheit aller Menschen. Sie handelte von Tycho, einem jungen Mann aus dem Adelsstand, der sich in Kirsten, eine einfache Bauerstochter, verliebte, sie heiratete und dafür von seiner Familie verstoßen wurde. Das Paar zog auf eine kleine Insel im Sund, der Meeresstraße zwischen Seeland und der Südwestküste Schwedens. Dort, auf Hven – auch Hveen genannt – konnte sich ihre Liebe bis zum Himmel entfalten, und mit dem stand Tycho Brahe schon damals auf Du und Du.

Sarah benetzte mit der Zungenspitze ihre Lippen. Weil sie so aufgeregt war, sprach sie besonders bedächtig, als sie Jensen nun fragte: »Angenommen, Andersen hat die Wendung ›Kirsten singt mit dem Schwan‹ metaphorisch aufgefasst, was könnte er Ihrer Meinung nach damit gemeint haben?«

Die Bibliothekarin ließ ein paarmal den Radiergummi gegen ihr Brillenglas prellen, schob die Unterlippe vor und sagte: »Ich weiß ja nicht, ob in Frankreich die Bedeutung des Wortes ›Schwanengesang‹ durch die globale Erwärmung verdunstet ist, aber hier im Norden hört man ihn häufiger, als für manchen Tierliebhaber erträglich ist.«

»Ich kann Ihnen nicht ganz folgen.«

»Hin und wieder kommt es vor, dass die Schwäne während des Schlafs mit den Füßen im Eis festfrieren. Angeblich sollen sie, den Tod vor Augen, noch einmal wunderschön singen – sie schreien wohl eher um ihr Leben. Jedenfalls bezeichnet man den letzten öffentlichen Auftritt eines großen Sängers oder einer Operndiva als ›Schwanengesang‹.«

»Und auch das letzte, möglicherweise bedeutendste Werk eines

Künstlers«, fügte Sarah gedankenverloren hinzu. »Franz Schuberts dreizehn letzte Lieder sind von seinem Verleger so genannt worden. Franz Liszt hat sie später transkribiert.«

»Ist das die Art Metaphorik, nach der es Sie gelüstet?«

»Wenn ich das wüsste!«, murmelte Sarah. Sie suchte immer noch nach einer plausiblen Verbindung zu den Lichten Farbenlauschern, den Schwänen.

Jensen beschrieb mit dem Bleistift eine Halbkreis. »In unserer Bibliothek hier finden Sie zu dem Thema tonnenweise Material. Allein, was mir dazu spontan einfällt, dürfte für eine mehrtägige Lesetour durchs Haus reichen: Die Schwäne stehen seit alters den Göttern zu Diensten, als Boten oder auch als Zugtiere für deren Wagen; Zeus nahm die Gestalt eines Schwans an, als er sich Leda näherte, um die schöne Helena zu zeugen; der Schwan ist ein Symbol für Reifung und Vollendung, aber auch für die Reinheit der Jungfrau Maria...«

»Und Lohengrin wurde von einem Schwan abgeschleppt«, leierte Sarah weiter, »die Schwingen der Engel werden häufig als Schwanenflügel dargestellt, die verzauberte Prinzessin Odette in Tschaikowskys *Schwanensee* besitzt tagsüber die Gestalt eines Schwans und und und.« Sie warf die Hände in die Höhe. »So kommen wir nicht weiter.«

»Sie sind ja ganz schön besessen von Ihrer ... Forschung«, sagte Jensen, wobei sie ihr Gegenüber kritisch musterte.

»Entschuldigen Sie.« Sarah deutete auf das Lesegerät. »Für mich hängt einiges davon ab, dieses kleine Rätsel da zu lösen.«

»Ich würd's nicht so kompliziert machen, Madame d'Albis. Immerhin haben wir es hier mit einem Manuskript von Hans Christian Andersen zu tun, dem Autor des Märchens vom *Hässlischen Entlein*, das sich am Ende in einen schönen Schwan verwandelt.«

Sarahs Blick heftete sich an den Speichelfleck auf der Brille ihrer Assistentin, während sie angestrengt nachdachte. Jensen hatte da eben etwas gesagt, das ziemlich vernünftig klang. Eine Metamorphose... »Wie komme ich am schnellsten zur Insel Ven?«

Die Frage spritzte so unerwartet aus Sarah heraus, dass die Bibliothekarin erschrocken zurückzuckte. »Nach Ven? Das ist eigentlich nicht weit, Luftlinie vielleicht so um die fünfundzwanzig Kilometer. Hätten wir Sommer, würde ich sagen: ›Nehmen Sie im Hafen die nächste Fähre.‹ Die verkehren im Winter aber nicht.«

»Und das bedeutet?«

»Es bleibt Ihnen wohl nichts anderes übrig, als über die Øresund-Brücke nach Schweden zu fahren und von Landskrona aus überzusetzen. Die Strecke dürfte in etwa viermal so weit sein.«

»Eine andere Verbindung gibt es nicht?«

Jensen schüttelte den Kopf. »Nein. Es sei denn, Sie könnten fliegen wie ein Schwan.«

Über Sarahs Gesicht huschte ein Lächeln.

Lass mein Leben nicht vergeblich gewesen sein.
Tycho Brahe, 24. Oktober 1601, letzte Worte

17. Kapitel

Kopenhagen, 22. Januar 2005, 9.40 Uhr

Der Lärm im Helikopter überschüttete Sarahs feine Sinne mit einem rotbraunen, filzigen Hagelschauer. Sie saß neben einem bulligen Marineveteran mit Fliegerjacke und kurzem Bürstenhaarschnitt. Um ihr ein Gefühl von Sicherheit und Kameradschaft zu vermitteln, hatte er sich als ehemaliger Blauhelm der UN zu erkennen gegeben und anschließend darauf bestanden, Olle genannt zu werden. Obwohl der morgendliche Himmel grau war, trug der aschblonde Endvierziger eine Sonnenbrille – vermutlich, weil er die Erwartungen der zahlenden Kundschaft nicht enttäuschen wollte. Und gezahlt hatte Sarah nicht zu wenig: zweitausend Dollar für die erste Stunde im Voraus. Immerhin sparte sie durch den Flug eine Menge Zeit und, so hoffte sie zumindest, Scherereien mit den schwedischen Behörden. Ihren Pass hielt nach wie vor die dänische Polizei unter Verschluss. Ebenso wie ihren Partner.

Am vergangenen Nachmittag war Oleg Janin einer Richterin vorgeführt worden, die seine vorläufige Festnahme in Untersuchungshaft umgewandelt hatte. Mit ihrer letzten Amtshandlung vor dem Wochenende war der Professor für mindestens sechzig Stunden schachmatt gesetzt.

Deshalb hatte Sarah den Charterflug allein antreten müssen. Etwa zehn Minuten nach dem Abheben kam auch schon das Reiseziel in Sicht. Die Insel Ven sah wie mit Puderzucker bestäubt aus; das vergleichsweise warme Meereswasser ließ wohl keine dickere Schneedecke zu. Von den Umrissen her glich sie einer nach rechts gekippten Miniatur des australischen Kontinents.

»Das Eiland ist etwa viereinhalb mal zwei Komma vier Kilometer groß, eine hohe Platte mit steil abfallenden Ufern«, knarrte Olles Stimme aus dem Ohrenschützer, der zugleich der On-Board-Kommunikation diente. Dem routinierten Tonfall des Piloten nach zu urteilen, hatte er schon für viele gut betuchte Fluggäste den Fremdenführer gemimt. Er deutete nach vorne. »Die Überreste der beiden Sternwarten liegen genau in der Mitte, auf dem höchsten Punkt, ungefähr fünfundvierzig Meter über dem Meeresspiegel.«

Alsbald schwebte der Helikopter über dem Zentrum der Insel. Die von Südost kommende Straße machte hier einen Knick nach Nordnordost. In diese »Kniekehle« schmiegten sich eine Handvoll Gebäude, darunter auch eine Kirche sowie ein Park, in welchem man noch die Grundrisse der einstigen Uraniborg erkennen konnte. Nur etwas mehr als hundert Meter südlich davon befand sich eine zweite, deutlich kleinere Anlage, deren Anblick Sarah elektrisierte.

»Eine Windrose!«, flüsterte sie.

»Was haben Sie gesagt, Ma'am?«

Sie deutete nach unten. »Diese Struktur da gleicht einer großen Windrose.«

»Was Sie nicht sagen! So hab ich das noch nie gesehen. Stimmt aber. Mit ein bisschen Fantasie lässt sich in der Stjerneborg tatsächlich eine Kompassrose erkennen.«

»*Das* ist die Sternenburg?« Sarahs Blick schwenkte zum Piloten und gleich wieder nach unten. Eigentlich war das Areal der Sternwarte eher ein großes Quadrat mit halbkreisförmigen Ausbuchtungen an jeder Seite. Stellte man sich diese als abgerundete Pfeilspitzen einer Kompassrose vor, dann zeigten sie exakt in die Haupt-, die Ecken des Gevierts hingegen in die Nebenhimmelsrichtungen.

»Da ist ein Feld, auf dem wir runtergehen können«, sagte der Pilot und deutete nach unten. Auf der Insel gab es fast nur Felder, aber Olle spielte eben auch nur seine Rolle.

Einige hundert Rotorumdrehungen später setzte der Bell 206 Jet Ranger butterweich südlich der Straße auf. Der Pilot schaltete die Turbine aus. Sarah bat ihn, bei der Maschine zu warten, weil sie ihren Aufenthalt nicht länger als nötig ausdehnen wolle.

Olle grinste. »Ist mir recht. So kommen wir vielleicht um das

Ticket fürs Falschparken herum. Eigentlich hätte ich nämlich in Sankt Ibb landen ...«

Mehr hörte Sarah nicht, denn sie war schon durchs Gestöber aufgewirbelter Schneeflocken in Richtung Observatorium entschwunden.

Vage erinnerte sie sich an ein mehr als fünfzehn Jahre zurückliegendes Gespräch mit Maurice. Im Gegensatz zur früher erbauten, deutlich größeren Uraniborg hatte Tycho Brahe die Stjerneborg unterirdisch angelegt, um möglichst viele Fehlerquellen für seine Messungen auszuschalten.

Ihr kurzer Fußmarsch zur Burg der Sterne endete vor einem Holzzaun, der ihr ungefähr bis zur Taille reichte. Dahinter ragten aus einem Pflaster aus Feldsteinen mehrere runde Turmhauben, so zumindest sahen die winzigen Gebäude aus. Eines der grünspanüberzogenen Kupferdächer endete in einer Kuppel, die Form der anderen erinnerte Sarah an die Hüte chinesischer Reisbauern. Nirgends waren Touristen zu sehen, was nicht weiter verwunderte, weil ...

»Wir haben geschlossen«, rief plötzlich eine Stimme aus unmittelbarer Nähe.

Sarah fuhr erschrocken herum. Von der Straße kam ihr ein Mann mit verwuscheltem blondem Haar entgegen. Er konnte nicht größer als einen Meter sechzig sein und trug eine braune Breitcordhose sowie eine blaue Steppjacke, die ihn wie ein Michelinmännchen aussehen ließ. Dem Stampfen seiner Bergschuhe auf dem frostharten Grund nach zu urteilen, hätte er eher ein schwergewichtiger Riese sein müssen. Durch eine silberne Nickelbrille fixierte er Sarah, als sei er der Sheriff von Nottingham auf der Suche nach Robin Hood. Er hatte sogar Englisch gesprochen.

»Woher wissen Sie, dass ich keine Schwedin bin?«, rief Sarah zurück, während der Sheriff sich noch näherte.

»Erstens, weil Ihr Hubschrauber ein dänisches Hoheitszeichen trägt und zweitens, weil nur Amerikaner auf die verrückte Idee kommen ...« Jäh blieb ihm das Wort im Halse stecken. Die Distanz zwischen ihnen war mittlerweile auf etwa drei Meter geschrumpft.

Sarah ahnte, was der ihr nur allzu bekannte Blick zu bedeuten hatte. Sie lächelte huldvoll und erklärte unnötigerweise: »Ich bin Französin.«

»Aber ... Aber ... Aber das weiß ich doch«, stotterte der Sheriff von Nottingham freudestrahlend. »Eine so berühmte Pianistin ... Ich bin ein großer Bewunderer von Ihnen, Madame Grimaud.«

Sarah trocknete jäh der Speichel im Mund. Sie notierte im Sinn, bei nächster Gelegenheit ihren Agenten anzurufen und ihn mit der Organisation einer Promotionstour durch Skandinavien zu beauftragen. Dann zwang sie sich zu einem Lächeln und sagte: »Ich bewundere Hélène Grimaud mindestens ebenso wie Sie.«

Verwirrung umwölkte das Gesicht des Sheriffs. »Dann sind Sie keine Pianistin?«

»Doch. Aber mein Name ist Sarah d'Albis ...«

»Ach, natüüürlich«, fiel der Mann ihr ins Wort und klatschte sich auf die Oberschenkel. »Ich bin untröstlich, Madame, dass mir dieser peinliche Lapsus unterlaufen ist. Das passiert mir nicht das erste Mal. Aber was ich über meine Bewunderung für Ihr Klavierspiel gesagt habe, stimmt trotzdem.«

Dessen war sich Sarah zwar nicht mehr so sicher, hütete sich aber, diesem Zweifel weiter nachzugehen. »Sind Sie hier so etwas wie der Sheriff?«, fragte sie in bewusst heiterem Ton.

»Ich?« Der Mann lachte. »Ja. Könnte man so sagen.« Er näherte sich Sarah bis auf Armeslänge und reichte ihr die Hand. »Angenehm, Sie kennen zu lernen, Madame d'Albis. Ich bin Doktor Knud Lundstrøm, der Leiter der Tycho-Brahe-Gedenkstätte, die aber wie gesagt derzeit geschlossen hat.«

»Und wann öffnet sie wieder?«

»Mitte April.«

»So viel Zeit habe ich nicht.«

Lundstrøm rieb sich verlegen die Hände. Auch das kannte Sarah. Sie teilte die Männer grob in zwei Kategorien ein: Machos, die selbstgewiss-lüsterne Blicke auf sie verschossen, und Rotköpfe, die in Gegenwart einer hinlänglich attraktiven Frau unter motorischen Störungen litten und sich wie Tölpel benahmen. Der Leiter der Tycho-Brahe-Gedenkstätte war eindeutig ein Rotkopf.

»Zufällig«, sagte Lundstrøm nach reiflichem Zögern, »habe ich gerade nichts Besseres zu tun. Es wäre mir also eine große Ehre, Sie ein bisschen herumzuführen.«

»Sie sind ein Schatz, Doktor. Das ist wirklich sehr freundlich von Ihnen.«

Lundstrøm lief rot an. »Bitte sagen Sie doch Knud zu mir. Das ist nicht so ... förmlich.«

»Gerne, Knud. Und ich bin Sarah.«

»Und nicht Hélène.« Er zog den Kopf zwischen die Schultern und spielte den Schelm.

Sarah hielt den Zeitpunkt für gekommen, das Gespräch auf eine sachliche Ebene zurückzuführen. »Eigentlich, Knud, gilt mein Interesse einer sehr ... speziellen Sache. So weit mir bekannt ist, diente eine der fünf Krypten der Stjerneborg nicht der Himmelsbeobachtung, sondern als Aufenthalts- und Studierzimmer.«

»Richtig. Sie sprechen vom sogenannten Hypocaustum, einem quadratischen Raum in der Mitte der Anlage. Wie der Name sagt, war er sogar beheizbar. Tycho Brahe hat sich darin auf seine Beobachtungen vorbereitet, studiert oder einfach bei Bewölkung die Wartezeit überbrückt.«

»Gab es darin denn auch eine Himmelskarte? Eine, auf der das Sternbild des *Schwans* zu sehen ist?« Sarah hielt den Atem an.

Lundstrøm sah sie staunend an. »Ich bin schwer beeindruckt, Sarah! Das steht nicht einmal in unserem Museumsführer. Woher wussten Sie das?«

Geräuschvoll ließ sie die Luft wieder entweichen. Am liebsten hätte sie triumphierend geschrien, wahrte aber die Contenance und antwortete schlicht: »Ich hab's irgendwo gelesen. Darf ich die Sternenkarte sehen, Knud?«

Der Doktor strahlte übers ganze Gesicht. »Gerne. Kommen Sie. Sie hängt drüben im Museum.«

Mit drüben hatte Knud Lundstrøm das Areal der Uraniborg gemeint. Während die beiden die Straße kreuzten und zum Museum liefen, erzählte Sarah von ihrem Adoptivvater, womit sie bei ihrem schwedischen Bewunderer weiter punktete.

Über die Schulter zum Helikopter deutend scherzte er: »Mit Musik kann man sich eine goldene Nase verdienen, was?«

»Ich bin zufrieden.«

Er sah sie schelmisch von der Seite an. »Das war gerade der Anfang meiner Museumsführung. ›Sich eine goldene Nase verdienen‹ – die Redewendung geht vermutlich auf Tycho Brahe zurück. In jungen Jahren soll er einen Teil seiner Nase beim Duell verloren haben. Deshalb trug er stets eine Prothese aus Silber oder Messing. Aber zu festlichen Anlässen wählte er die goldene Nase.«

Sarah gab sich beeindruckt. »Sie sind ein wirklich gescheiter Mann, Knud.«

Er lief rot an und machte eine wegwerfende Geste. »Ach, das war doch gar nichts.«

Die zwei überquerten einen Platz. Kurz darauf schloss der Gedenkstättenleiter den Eingang der Kirche auf, die Sarah schon vom Hubschrauber aus bemerkt hatte.

»Früher war das hier die Allerheiligenkirche, jetzt ist es unser Museum«, erklärte Lundstrøm und ließ Sarah den Vortritt.

Diesmal musste sie nicht einmal schauspielern, um ihre Ergriffenheit zu zeigen. Es war wie eine Reise in die schöneren Tage ihrer Kindheit. Ein Gefühl der Wehmut überkam sie, als sie im einstigen Kirchenschiff die Nachbildungen von Instrumenten zur Himmelsbeobachtung sah, Erfindungen des großen Astronomen Brahe. Neugierig und unbefangen wie ein kleines Mädchen wandelte sie zwischen den Spitzbogenfenstern und Schautafeln umher.

Plötzlich blieb sie wie angenagelt stehen. An einer Tafel im Chor hing inmitten anderer Exponate die gesuchte Sternenkarte, eingerahmt und hinter Glas.

… kommt es vor, dass die Schwäne während des Schlafs mit den Füßen im Eis festfrieren …

Einzelne Fetzen des Gesprächs mit der Bibliothekarin der Nationalbibliothek schwirrten durch Sarahs Geist. Gefrorenes Wasser und eine Glasscheibe ähnelten sich. War Kirsten beim Singen mit dem Schwan in diesem »Eis« gefangen worden?

Sarah näherte sich der Karte und versuchte, durch sie hindurchzusehen. Erfolglos. Sie bestand aus dickem Pergament.

Lundstrøm missdeutete die Neugierde seines Gastes. »Der Titel

Hemisphærium Coeli Boreale bedeutet so viel wie ›nördliche Hemisphäre‹.«

Darauf wäre Sarah auch allein gekommen. Sie bedankte sich trotzdem mit einem Lächeln für den Hinweis und erkundete weiter die Karte. Es handelte sich um einen Kupferstich, der das sommerliche Himmelsgewölbe in Kreisform darstellte. Die linke obere und die rechte untere Ecke zeigten Brahes Observatorien Uraniborg und Stjerneborg, und in den beiden anderen erkannte Sarah Instrumente aus der Ausstellung wieder. Die Sternbilder waren figürlich eingezeichnet, unter anderem auch der Schwan, rechts davon Herkules mit der Leier und etwas tiefer der Adler ...

Sarah erbebte innerlich, als ihr bewusst wurde, wie nahe sich die beiden entzweiten Bruderschaften der Farbenlauscher am Himmel waren. Während sie die Konstellation betrachtete, spürte sie eine sich fast ins Unerträgliche steigernde Unruhe, das Gefühl, eine verschwommene Nachricht zu betrachten, die sie beinahe, aber eben doch nicht ganz zu entziffern vermochte. Unwillkürlich wanderte ihre Hand zum Schwan.

»Bitte nicht berühren!«, spie Lundstrøm förmlich hervor.

Sie zuckte zurück. »Entschuldigung.«

Er lächelte generös. »Nichts passiert. Was Sie da gerade bewundern, ist das Sommerdreieck, gewissermaßen das himmlische Modell vieler Symbole, die wir seit alters kennen, etwa des aus zwei Dreiecken bestehenden Davidssterns oder des christlichen Zeichens der Dreifaltigkeit. Selbst die Freimaurer haben sich das nach oben weisende Dreieck zu eigen gemacht, oft mit dem allsehenden Auge kombiniert ...«

»Die Freimaurer?«

Lundstrøm nickte gewichtig, erkennbar stolz, sein Wissen vor der ebenso schönen wie prominenten Besucherin ausbreiten zu können. »So ist es. Nach Hermes Trismegistos, dem legendären Stammvater aller Magier, lautet eine der wichtigsten alchemistischen Regeln ›wie oben, so unten‹. Dies entsprach auch Brahes Sicht vom Universum. Sehen Sie hier.« Der Doktor deutete auf ein Zitat des Astronomen, das gleich unterhalb der Himmelskarte angebracht war:

> »Es ist wichtig zu wissen, dass die sieben Himmelsplaneten den sieben Metallen auf der Erde und den sieben wichtigsten Organen im Menschen entsprechen. Gemeinsam sind sie in Schönheit und Harmonie geordnet, sodass es scheint, eines und jedes habe ein und dieselbe Funktion, Wesen und Natur.«

»Wie oben, so unten«, wiederholte Lundstrøm. »Machen wir uns nichts vor: Die gefeierten Wegbereiter der modernen Naturwissenschaft waren zu ihrer Zeit eher wegen ihres esoterischen und okkulten Wissens geschätzt. Kopernikus, Galilei, Brahe und Kepler – sie alle verdienten ihre Brötchen mit der Erstellung von Horoskopen. Und Paracelsus war ein Alchemist erster Güte.«

Sarahs Blick wanderte wieder zu den Sternbildern Schwan und Adler. *Kirsten singt...* »Ob man wohl einen Blick hinter ...?«, begann sie zaghaft, biss sich aber sogleich auf die Zunge. Unsinn. Der penible Gedenkstättenleiter erlaubte ja nicht einmal, den Rahmen *anzufassen.* Sie musste einen anderen Weg finden ...

»Hinter ... die Kulissen des Museums werfen könnte?«, riet Lundstrøm wieder etwas schalkhaft.

Doch da überkam wie aus heiterem Himmel die von ihm so bewunderte Pianistin ein heftiger Hustenanfall, der von einem so schauerlichen Würgen begleitet war, als würden ihr gleich sämtliche Gedärme aus dem Rachen quellen.

»Mein Gott, Sarah! Was ist denn jetzt passiert?«, stieß Lundstrøm besorgt hervor.

»Ich brauche was zu trinken, Knud!«, röchelte sie.

»Selbstverständlich. Kommen Sie ...«

Wieder hustete sie sich fast die Seele aus dem Leib und ging dabei zudem in die Knie. Offenbar unfähig, noch ein einziges Wort herauszubringen, schüttelte sie nur den Kopf und bedeutete dem Doktor durch Gesten, er solle schleunigst das rettende Nass beschaffen. Lundstrøm lief los.

Sobald er den Raum verlassen hatte, verschwand auf wundersame Weise Sarahs Hustenattacke. Sie richtete sich wieder auf, trat an die Stellwand und nahm die Sternenkarte ab.

»Vergeben Sie mir, Doktor Lundstrøm.«

Nachdem sie auf diese Weise beim Hüter der Tycho-Brahe-Devotionalien Abbitte geleistet hatte, warf sie den Rahmen auf den Boden. Das Zersplittern des Schutzglases ging Sarah durch und durch. War der Kupferstich ein Original, dann hatte sie gerade ein Sakrileg begangen. Zum Glück hatte die Karte, soweit ersichtlich, bei dem Sturz keinen ernsthaften Schaden genommen.

Besorgt blickte Sarah zur Tür. Hoffentlich hatte Lundstrøm das Klirren nicht gehört. Jetzt ging es um Sekunden. Um sich der Splitter zu entledigen, drehte sie den Rahmen um, entfernte mit spitzen Fingern ein paar verkantete große Scherben, zog sich dabei einen schmerzhaften Schnitt zu und löste endlich das Pergament aus dem Rahmen. Dann wurde ihr schwindelig.

Sie waren tatsächlich da! Mehrere Notenblätter aus der Ouvertüre der *Liden Kirsten*. Und was Sarah am meisten erregte: Die gedruckte Partitur war voll handschriftlicher Änderungen.

»Sei mir gegrüßt, Urururgroßvater«, flüsterte sie.

Rasch nahm sie die Blätter aus dem Rahmen, rollte sie zusammen und steckte sie vorne in ihren Mantel. Dann nestelte sie eine Hundertdollarnote aus der Tasche, legte sie auf den Kupferstich, schrieb anschließend daneben mit ihrem eigenen Blut eine Nachricht an Lundstrøm auf den Steinboden, sprang auf und rannte zum Ausgang.

Die schwere Tür fiel krachend ins Schloss, und das Kirchenschiff lag wieder verlassen. Vom Besuch Sarah d'Albis' kündete nur ein zertrümmerter Rahmen, eine alte Himmelskarte inmitten von Scherben, die Banknote und eine blutrote Entschuldigung:

Sorry!

Sarah war auf der Straße noch nicht weit gekommen, als hinter ihr Lundstrøms Schrei erscholl.

»Halt!«

Sie lief schneller.

Ihre schicken Stiefel eigneten sich vorzüglich zum Flanieren auf Großstadtboulevards, für eine Querfeldeinhatz war der Gedenkstättenleiter dagegen viel besser gerüstet. In seinen Bergschuhen rannte er trittsicher über den gefrorenen Acker. Sarahs Vorsprung schrumpfte rasch zusammen. Als sie in Sichtweite des Helikopters kam, bedeutete sie dem Piloten durch aufgeregtes Kreisen der Hand über dem Kopf, er möge das Triebwerk anwerfen.

Olle reagierte so cool, wie seine Fliegerbrille aussah, und startete umgehend die Turbine.

»Jetzt warten Sie doch, Sarah! Davon geht die Welt nicht unter«, keuchte im Hintergrund der Wissenschaftler. Er hatte sie schon fast eingeholt.

Sie drehte sich zu ihm um. »Adieu, Knud! Wenn das Geld nicht reicht, schicke ich mehr.« Und rannte weiter.

»Aber Sie können doch nicht einfach so ...« Lundstrøm schluckte den Rest hinunter und erhöhte hartnäckig das Tempo.

Sarah musste sich schleunigst etwas einfallen lassen. Selbst wenn *sie* ihm entwischte, würde der Helikopter kaum rechtzeitig abheben. Sie änderte ihren Plan.

Und verringerte unmerklich ihre Geschwindigkeit.

Der verbleibende Vorsprung schmolz schnell dahin. Als Knud Lundstrøm von hinten ihren Mantel zu packen bekam, waren sie dem Hubschrauber schon ziemlich nahe. Olle hatte sich gerade die Sonnenbrille vom Gesicht gerissen, um den merkwürdigen Wettlauf ungetrübt beobachten zu können. Umso besser, dachte Sarah.

Sie ließ sich von dem Wissenschaftler auf spektakuläre Weise herumwirbeln und schrie aus Leibeskräften.

»Bitte beruhigen Sie sich«, rief er beschwichtigend, dachte aber auch nicht daran, sie wieder loszulassen.

»Nehmen Sie Ihre Finger von mir weg. Ich bin keines von diesen Mädchen«, brüllte Sarah und schlug mehr oder weniger ungezielt auf ihn ein. Über Lundstrøms Schulter hinweg bemerkte sie, dass Olle die Tür geöffnet hatte.

»Jetzt drehen Sie nicht gleich durch«, erwiderte der Museumsleiter, während er ihren Schlägen auszuweichen versuchte.

»Ich lasse mich aber von Ihnen nicht vergewaltigen«, kreischte Sarah.

»Was? Sie missverstehen mich. Ich wollte doch nur ...«

Weiter kam Lundstrøm nicht, weil plötzlich der Pilot hinter ihm hervorsprang und ihm die Faust aufs Kinn pflanzte. Der Wissenschaftler verdrehte die Augen und kippte um wie ein nasser Sack.

Sarah taumelte, zwei, drei Schritte zurück und keuchte: »Mussten Sie gleich so hart zuschlagen?«

Olle blinzelte verwirrt. »Ich denke, er wollte Sie vergewaltigen.«

»Das war nur bildlich gemeint.«

»Kapier ich nicht.«

Sarah ging neben dem Bewusstlosen in die Hocke. »Hoffentlich haben Sie ihm nicht den Kiefer gebrochen.«

»Keine Sorge«, wiegelte Olle ab. »In der Nahkampfausbildung lernt man, seine Kräfte dosiert einzusetzen.«

Sie betastete das Kinn des Wissenschaftlers. Zertrümmert war es jedenfalls nicht. Seine Augenlider blinzelten. »Ich glaube, er kommt zu sich.«

»Soll ich noch mal …? «

»Unterstehen Sie sich!« Sarah tätschelte die Wange des K.-o.-Gegangenen und sagte in versöhnlichem Ton: »Ich vergebe Ihnen, Knud, und werde sogar von einer Anzeige absehen, wenn auch Sie den heutigen Vorfall vergessen. Zum Museum finden Sie ja sicher alleine zurück.«

Er öffnete nun ganz die Augen, machte aber nicht den Eindruck, als habe er seine Nothelferin zuvor schon einmal gesehen.

Sarah erhob sich und sagte zum Piloten: »Lassen Sie uns schleunigst hier verschwinden.«

Olle schüttelte den Kopf und lachte. »Immer dasselbe mit der Kundschaft. Erst wollen sie Abenteuer erleben und zum Schluss drängeln sie, um an der Chartergebühr für den Heimflug zu sparen.«

Die zwei kehrten zum Helikopter zurück und stiegen ein. Der Rotor brüllte auf. Während Doktor Lundstrøm sich das schmerzende Kinn hielt und schwankend wieder auf die Beine kam, umhüllte ihn ein Schleier aus Schnee und Staub. Das Fluggerät hob ab und schwebte vor seinem verschwommenen Blick davon.

*Musik aber kann
... durch gewöhnliche Worte
nicht nähergebracht werden.
So lehrte er sie,
wie auch Christus es getan hatte,
indem er manchmal
Gleichnisse oder Bilder gebrauchte.*
Carl Valentine Lachmund,
1882 über seinen Lehrer Franz Liszt

18. Kapitel

Kopenhagen, 23. Januar 2005, 16.00 Uhr

»Mir scheint, du bist schwerer zu fassen als die Forelle im Bach«, sagte Sarah. Sie hatte schon den ganzen Sonntag versucht, Giordano Bellincampi ans Telefon zu bekommen.

Die Stimme aus dem Handy klang italienisch unbekümmert. »Ich trinke gerade einen Espresso. Solltest dir auch ab und zu eine Kaffeepause gönnen.«

»Nächsten Monat vielleicht. Ich muss dich um einen Gefallen bitten ...«

»Heute Abend habe ich einen Auftritt, Sarah ...«

»Hör mir doch erst mal zu, bevor du gleich wieder Nein sagst. Ich habe ein Partiturfragment von J. P. E. Hartmann gefunden. Von der *Liden Kirsten*. Es enthält handschriftliche Änderungen von Franz Liszt. Er hat die Bläser radikal umgeschrieben. Du probst die Oper doch sowieso. Könntest du nicht mit deinem Orchester die Noten spielen? Nur ein einziges Mal?«

»Gefunden?«, wiederholte der Dirigent argwöhnisch.

Sarah atmete tief und sagte sich: Er ist dein Freund, du kannst nicht jedem misstrauen. Dann erzählte sie Bellincampi von ihrer Stippvisite auf Ven. Allerdings verschonte sie ihn mit den Details ihres bühnenreifen Abgangs. Trotzdem reagierte er südländisch temperamentvoll.

»Bist du von allen guten Geistern verlassen, Sarah? Verschwindest entgegen den behördlichen Auflagen aus dem Land und stiehlst diese Noten. Wundert mich, dass nicht längst die Polizei bei dir aufgekreuzt ist. Lundstrøm hat doch bestimmt Anzeige erstattet.«

»Das glaub ich nicht.«

»Ach, und warum?«

»Er ist ... ein Fan von mir.«

»Das bin ich auch, aber ...«

»Außerdem weiß er nichts von den Noten. Ich habe alles so aussehen lassen, als sei mir ein bedauerliches Missgeschick passiert. Geld für die Reparatur des Rahmens habe ich ihm auch dagelassen.«

»Du bist unmöglich.«

Sie lächelte ins Telefon. »Nicht wahr! Das hat Maurice auch immer gesagt.«

Der Dirigent brummte: »Wenn dein Adoptivvater davon erführe, würde er dir vermutlich den Hintern versohlen.«

»Er hat mich nie geschlagen. Machst du es, Giordano?«

»Was? Dich übers Knie legen?«

»Mit deinem Orchester die modifizierten Passagen spielen. Ich habe sie in mein Notensatzprogramm übertragen und kann so viele Ausdrucke machen, wie du brauchst.«

Einen Moment lang hörte Sarah nur den Atem des Dirigenten. Dann antwortete er: »Na, meinetwegen. Wir proben auf der alten Bühne in Kongens Nytorv. Ich werde dich für morgen früh um zehn anmelden. Sei bitte pünktlich.«

Es sehe gut aus, hatte der zuständige Ermittler der Kopenhagener Kriminalpolizei am Telefon gesagt, als Sarah sich am Montagmorgen nach ihrem russischen Partner erkundigte. Vermutlich werde Oleg Janin bis zum Abend wieder auf freiem Fuß sein.

Mit dieser viel versprechenden Nachricht im Ohr nahm sie kurz nach halb zehn ein Taxi nach Kongens Nytorv, dem Königlichen Neuen Markt. Sie hätte vom Imperial Hotel auch laufen können, hielt die Vorsichtsmaßnahmen des Professors aber für passé. Nekrasow hatte seine rechte Hand verloren. Bis er Tiomkin ersetzt hätte, würde sie längst über alle Berge sein – sofern in den nächsten ein oder zwei Stunden alles nach Plan verlief.

Kopenhagen leistete sich neuerdings den Luxus mehrerer Opernbühnen. Das ehrwürdige, fast zweihundertfünfzig Jahre alte Königliche Theater, in dem Bellincampi probte, lag am größten und wichtigsten Platz der Stadt. Sarah stieg direkt vor dem Gebäude aus, in dem sie selbst auch schon konzertiert hatte. Es war eine Promenadenmischung aus Klassizismus und Renaissance mit einer flachen Kuppel, die an eine jüdische Kippa erinnerte. Über dem Eingangsportal thronte eine Figurengruppe aus bestrickenden Evastöchtern in antiken Gewändern. Die Muse in der Mitte hielt eine Leier. Wie passend, dachte Sarah in unruhevoller Erinnerung an jene Himmelskarte, der sie diesen Besuch verdankte.

Der betagte Pförtner erkannte die D'Albis gleich wieder und wusste Bescheid. In seltsam gutturalem Englisch sagte er: »Gehen Sie nur, Madame. Der Maestro erwartet Sie bereits.«

Den Weg zum Orchester fand Sarah allein. Sie ersparte sich den tristen Anblick der Hinterbühne und navigierte sicher durchs Foyer. Von da ging es ein Stück unter Kronleuchtern und zwischen Ölgemälden entlang bis zu einem der Seiteneingänge, die in den Zuschauerraum führen. Selbiger war ein Traum, selbst für eine Musikerin, die der Oper nicht viel abzugewinnen vermochte. In *Det Kongelige Teater* war die Zeit stehen geblieben. Vier Balkonreihen umfassten die Bühne wie große Hufeisen aus weißem Stuck und Blattgold. Die Klappsessel im Parkett waren mit weinrotem Veloursstoff bezogen und an der Decke prangte eine große Rosette mit antiken Figuren.

Die Musik verstummte und Bellincampis Stimme hallte wie die eines Tenors durchs Theater. »Sarah, du bist *tatsächlich* pünktlich.«

Sie näherte sich dem Orchester mit großen Schritten und einem herzlichen Lächeln. Weil die Musiker im Königlichen Theater höher als in üblichen Opernhäusern platziert waren, schwang sich Bellincampi leicht über die Balustrade und kam ihr mit federnden Schritten entgegen – der Italiener in ihm war unverkennbar.

Sarah erzitterte innerlich, ein Nachbeben der alten Schwärmerei für den Dirigenten. Er sah nach wie vor gut aus: schlank, schwarze Haare, feurige dunkle Augen und eine Adlernase, die sie stets als seine besondere Stärke empfunden hatte. Als er sie umarmte und ihr zwei Küsse auf die Wangen hauchte, pfiffen einige Musiker beifällig.

»Wie ich höre, probst du bereits die Ouvertüre«, sagte Sarah im Anschluss an die Begrüßung, die auch ihre Kollegen im »Graben« mit eingeschlossen hatte. Dorthin schlenderten Pianistin und Dirigent jetzt Arm in Arm.

Bellincampi schmunzelte. »Ja, aber nur die klassische Fassung. Die Musiker wissen bereits von deinem ›Experiment‹ – so habe ich's ihnen verkauft. Ich bin selbst gespannt.«

Sarah gab ihrem Freund den Packen Notenblätter, die sie am Morgen im Hotel ausgedruckt und mit Büroklammern für die einzelnen Musiker vorsortiert hatte. »Ich habe eine Bitte, Giordano. Es ist kindisch, ich weiß, aber dürfte ich euch von der Königsloge aus zuhören?«

Er lachte. »Immer noch die kleine Sternenfee, die sich so sehr eine Krone wünscht? Für mich bist du längst die Königin der Pianistinnen.«

»Lass das bloß nicht Katrine Gislinge hören.«

Er runzelte irritiert die Stirn.

Jetzt war es an ihr, zu lachen. »Das ist eine andere Geschichte, die du ein andermal zu hören bekommst. Ich verschwinde dann mal.«

Während Sarah sich hinauf in den ersten Rang begab, studierten die Musiker ihre Noten. Schwierige Läufe wurden geübt. Das übliche Gefiedel und Gedudel eben.

In der Königsloge angekommen, nahm Sarah auf einem barocken Stuhl mit gepolsterten Armlehnen Platz. Hoheitsvoll winkte sie Bellincampi zu.

Der Dirigent gab den Musikern Gelegenheit, ein letztes Mal die Stimmung ihrer Instrumente zu prüfen. Das Ritual war in den meisten klassischen Orchestern der Welt gleich: Nachdem die Oboe den Kammerton a' angegeben hatte, nahm der Konzertmeister ihn auf seiner Geige ab und reichte ihn an die anderen Musiker weiter. Das Heben des Taktstocks genügte, um Stille einkehren zu lassen. Sarah schloss die Augen, damit sich ihr *Audition colorée* frei entfalten konnte. Dann begann eine Ouvertüre zur *Liden Kirsten,* die vermutlich nie zuvor ein Menschenohr vernommen hatte.

Die ersten leisen Takte gehörten den Streichern. Sie verströmten die Melancholie von grünen Nebelschleiern, die an einem ruhigen Herbstmorgen über dem Sund waberten. Unvermittelt tauchten die Flöten auf, wie muntere gelbe Fische sprangen sie aus dem Meer, zunächst ungeordnet, aber je heftiger die verschiedenen Instrumente gegeneinander hervortraten, desto mehr verdichteten sich in Sarahs Geist die Striche und Kleckse zu einer Form. Ihr Puls beschleunigte sich.

Mit einem Mal stutzte sie. Schon beim Übertragen der Noten in den Computer war ihr klar gewesen, dass dieser Hinweis anders als die Klangbotschaft von Weimar beschaffen sein musste. Sie hatte aber eher mit einem »Telegramm« ihres Ahnen gerechnet, einer Kurznachricht, wie Liszt sie der Querflöte von Jacob Denner auf den Buchsbaumleib geschrieben hatte. Doch nichts dergleichen. Vor ihrem inneren Auge erschien ...

»Eine ... *Krone?*«

Das Insignium königlicher Macht bestand aus einem Reif mit zwei sich kreuzenden Bügeln. Obenauf stak ein Kreuz, das sich gefährlich zur Seite neigte, als wolle es jeden Moment umfallen. Vielleicht war die Schieflage ein Kompromiss ihres Ahnen, dachte Sarah, um *Klein Karin* nicht durch allzu viele Dissonanzen zu entstellen.

Gespannt wartete sie, ob noch irgendetwas anderes folgen würde. In Weimar war ja auch einem Symbol – dem FL-Signet – ein Text gefolgt. Doch als das grüne Gewoge der Streicher im Orchestergraben wieder die Oberhand gewann, war klar, dass dergleichen nichts mehr kommen würde.

Verwirrt sackte Sarah in ihrem Barockstuhl zusammen und schüttelte den Kopf. Da saß sie nun, die Sternenfee in ihrer Königsloge – mit nichts als einer Krone.

Liszts äußere Erscheinung
... war wunderbar imposant:
das lange, fest geschlossene Gewand,
das er als Abbé trug,
die üppige Mähne seines weißen Haares,
seine begeisternde Gestalt –
das alles gab ihm den Anschein
von etwas Überirdischem, Weltfremdem;
er schien nicht nur riesengroß,
sondern es sah aus,
als ob er über den anderen,
über dem ganzen Saal schwebte.
Alexander Siloti,
1884 über Franz Liszt

19. Kapitel

Kopenhagen, 24. Januar 2005, 11.38 Uhr

»*Vi ses i København.*« – »Wir sehen uns in Kopenhagen.« So hatte Giordano Bellincampi seine Freundin verabschiedet. Es war Sarah nicht leichtgefallen, ihre Enttäuschung vor ihm zu verbergen. Für den Rückweg zum Hotel verzichtete sie auf das Taxi. Sie musste nachdenken.

Als sie den dänischen Designerkühlschrank – das Entree des Imperial – betrat, hellte sich ihre Stimmung ein wenig auf. Im Empfangsbereich entdeckte sie Oleg Janin. Er saß in einem jener weißledernen Sessel, deren eiskalte Chromarmlehnen jeden Kontakt mit der Haut zu einem abschreckenden Erlebnis machten. Offenbar froh, dem Möbel zu entkommen, schwang sich der Professor in die Höhe, als er die Pianistin hereinkommen sah.

»Sarah, da sind Sie ja!«, rief er im Herbeieilen.

Sie wartete, bis er sie erreicht hatte, und schüttelte seine kräftige Hand. »Herzlich willkommen in der Freiheit, Oleg. Hat man Sie also endlich gehen lassen.«

»Ja. Mein Pech war, dass ich in die Wochenendfalle getappt bin. Heute früh hat dann endlich jemand das Fax aus Weimar gelesen und die Fakten geprüft. Man versicherte mir, es gebe am Sachverhalt der Notwehr keine Zweifel mehr. Und unser unbefugtes Eindringen ins Tivoli wird auch kein Nachspiel haben, man will es in Anbetracht der Umstände auf einer Ermahnung beruhen lassen.«

»Und die Pässe?«

»Ich habe meinen schon wiederbekommen. Leider wollte man mir Ihren nicht mitgeben. Wahrscheinlich sollen Sie sich den amtlichen Rüffel persönlich vom Revier abholen ... Was ist mit Ihnen? Ich hatte geglaubt, Sie würden vor Freude an die Decke springen.«

Sie kam sich herzlos vor, weil es ihr nicht gelang, angesichts von Janins Freilassung mehr Begeisterung zu zeigen. Mit einem Seufzer antwortete sie: »Ich bin tatsächlich nicht in Konfettilaune. Liszts nächster Hinweis – ich konnte ihn aufspüren. Und bin gelinde gesagt ... verwirrt.«

»Wie wär's, wenn wir uns ins Atrium setzen und Sie erzählen mir die ganze Geschichte bei einer Tasse Tee?«

Sarah hatte zugestimmt, und einige Zeit später war Janin wieder auf dem Laufenden. Sie musterte ihn über ihre dampfende Tasse hinweg. »Was denken Sie?«

»Beschreiben Sie noch einmal die Krone«, bat er, während er sich versonnen über den Kinnbart strich.

Sie zuckte die Achseln. »Leuchtend gelber Reif. Zwei Bügel, die sich oben kreuzen.«

»Klingt nach einer lateinischen Krone. Gab es noch andere Merkmale?«

»Ja, das Kreuz.«

Janins Oberkörper richtete sich auf. »Was für ein Kreuz?«

»Na, ein Kreuz eben. Nichts gegen den großen Meister Liszt, aber da hätte er sich mehr Mühe geben können. Das Ding war so krumm wie der Schiefe Turm von Pisa.«

Die buschigen Augenbrauen des Professors ruckten zusammen. »Das Kreuz war *geneigt*?«

»So kann man's auch ausdrücken.«

Ein triumphierendes Lächeln brachte Janins Antlitz zum Strahlen. »Liszt hat nicht gepatzt, meine Liebe. Das muss ich dem Harfenmeister lassen, er versteht es wahrlich, mit den Klängen der Macht umzugehen! Was er in die Ouvertüre der *Liden Kirsten* eingewoben hat, war nicht irgendeine x-beliebige königliche Kopfbedeckung, sondern die *Stephanskrone*, Ungarns heiligste Nationalreliquie.«

Tiefe Falten erschienen auf Sarahs Stirn. »Seltsam.«

»Gefällt Ihnen meine Erklärung nicht?«

»Nein. Das heißt, doch, schon. Aber ich wundere mich über Liszts ... Wankelmut. Mir kam es so vor, als wolle er mit der Spur der Windrose nicht nur Wegweiser aufstellen, sondern uns auch eine neue Richtung im *Denken* zeigen. Da ist *La Révolution*, die uns an Freiheit und Gleichheit gemahnt. Dann Andersens Märchen von der kleinen Seejungfer – eine Geschichte über die selbstlose Liebe. Und jetzt ein *monarchistisches* Symbol?« Sie schüttelte den Kopf. »Irgendwie passt das für mich nicht zusammen.«

»Aber nur, weil Sie sich zu sehr von Ihrem eigenen Erfahrungshorizont einschränken lassen, Sarah. Im Kontext der bisherigen Hinweise ergibt das, was Sie heute gesehen haben, durchaus einen Sinn. Vergessen Sie nicht: Franz Liszt war Ungar. Er liebte sein Land. Und die Stephanskrone ist *das* Symbol für die ungarische Einheit schlechthin. Über das schiefe Kreuz kursieren viele Legenden. Einer zufolge wurde es von den Habsburgern verbogen, um die magischen Kräfte der Krone zu brechen.«

»Ich frage mich nur, wie uns das dabei helfen soll, den nächsten Hinweis zu finden.«

»Wir können jetzt ausschließen, dass Liszt mit dem vierten Zeichen in N+BALZAC den Nordwestwind Aparctias meinte – aus Südosten weht Apeliotes.«

»Sicher. Ich hätte es nur gerne etwas genauer. Ohne weitere konkrete Anhaltspunkte müssten wir in die ungarische Hauptstadt fliegen und dort jeden Pflasterstein umdrehen. Liszt hat sich im Alter regelmäßig über Wochen in Pest aufgehalten.«

»Wussten Sie, dass sich der fromme Abbé 1870 in der Budapester Freimaurerloge Zur Einigkeit als Ehrenmitglied aufnehmen ließ?«

Sarah quittierte die von einem süffisanten Lächeln unterstrichene Frage mit einem mürrischen Blick. »Bringt uns das irgendwie weiter?«

»Durchaus, meine Liebe. Es erinnert uns an die geheime Seite des ach so gefeierten ungarischen Volkshelden Franz Liszt. Er fühlte sich dem Freiheitskampf der Magyaren verbunden. Wie hat er wohl empfunden, als deren heilige Krone ausgerechnet einem Habsburger zufiel? Ich rede von Franz Joseph I., dem Kaiser von Österreich-Ungarn.«

Sarah ließ die Teetasse, an der sie eben noch genippt hatte, abrupt sinken. »Halt mal! Liszt hat für die Krönungszeremonie eine Messe komponiert.«

Der Professor schmunzelte. »Und es kommt noch besser: Er hat damit angefangen, *bevor* er den Auftrag dazu bekam.«

»Wie bitte?« Sarah blinzelte irritiert.

Janin nickte. »Eigentlich hatte diese Ehre dem Wiener Hofkapellmeister zuteil werden sollen. Trotzdem machte sich Liszt bereits im Jahr vor der Krönung an die Arbeit. Und dann – o Wunder! – erhielt er tatsächlich den Zuschlag.«

»Die Bevölkerung von Buda hat ihn, als er am Krönungstag durch die Stadt lief, hochleben lassen, als sei *er* ihr neuer König«, murmelte Sarah mit glasigem Blick.

»Und das finden Sie nicht mysteriös? Er war nicht einmal eingeladen. Und trotzdem stiehlt er dem Kaiser, der sich anschickt, die Stephanskrone zu entweihen, das Herz der Menschen.« Janin griff mit einem selbstzufriedenen Lächeln nach der Espressotasse. »Da haben Sie Ihren ›konkreten Anhaltspunkt‹.«

Sie zog eine Grimasse. »Ich werde das Gefühl nicht los, Sie wollen Liszt da etwas unterstellen, Oleg.«

»Unterstellen?« Der Professor lachte. »Machen wir uns doch nichts vor: Ihr werter Urahn war ein Meister der Harfe. Er wusste, wie man andere manipuliert. So ist er an den Auftrag für die Komposition gekommen, und genauso hat er sich auch in die Herzen der Menschen eingeschmeichelt.«

»Versucht das nicht jeder Musiker?«

»Sie denken dabei nicht zufällig gerade an sich?«

Sarah wich dem bohrenden Blick des Professors aus. »Liszt war immer für seine Bescheidenheit bekannt.«

»Verschwenden wir keine Zeit mit Spekulationen über seine Beweggründe, Sarah. Wir sollten uns eher fragen, welche Überzeugungen ihn in Jena eine Büste namens *La Révolution* haben aufstellen lassen. Wollte er damit nicht dieselbe Botschaft vermitteln, mit der wir es hier zu tun haben? Er wünschte sich nichts sehnlicher als eine Befreiung der Menschen aus Knechtschaft und Ungleichbehandlung durch Potentaten wie Franz Joseph. Ich glaube, als bei der Krönungszeremonie in der Matthiaskirche am 8. Juni 1867 Liszts *Ungarische Krönungsmesse* erklang, hat er damit in Wahrheit nicht den Kaiser gepriesen, sondern die Freiheit...«

»Matthiaskirche?«, fiel Sarah dem Russen grübelnd ins Wort.

Janin breitete die Arme aus. »Die Ungarn nennen sie *Mátyás templom*, aber auch ›Frauen-‹ oder ›Marienkirche‹. Dort wurde Franz Joseph I. die Stephanskrone aufs Haupt gesetzt.«

»Und wo befindet sie sich heute?«

»Meines Wissens nach wird sie ... nach wie vor in der *Matthiaskirche* ausgestellt.«

Beide sahen sich mit großen Augen an.

»Denken Sie gerade das Gleiche wie ich?«, fragte Sarah leise.

Er nickte. »Vermutlich. Wir sollten uns den Ort der ominösen Ereignisse etwas genauer ansehen.«

Apeliotes
(Südosten)

—

Budapest

———— ❋ ————

Welch wunderbare Ruhe! Welch geistige Erhebung! Ein unsichtbares Etwas schien majestätisch in der Luft zu fluten, wir konnten es nicht sehen, wir konnten es nur fühlen. Es war, als wehe etwas Geheiligtes um uns. Des Meisters Haupt war erhoben, sein Blick in ungewisse Ferne gerichtet, seine Seele in einer anderen Welt. Wir saßen wie verzaubert, so, als hätte er einen Engel vom Himmel herab zu uns beschworen.

Carl Valentine Lachmund,
1882 über seinen Lehrer Franz Liszt

*Wenn ich spiele, so spiele ich
stets für das Volk auf der Galerie,
so daß die Leute,
die nur fünf Groschen
für ihren Platz zahlen,
auch was hören.*
Franz Liszt

20. Kapitel

Budapest, 25. Januar 2005, 11.56 Uhr

Die Donau mäanderte grün im Sonnenschein. Nur ab und zu behinderten Wolken die Sicht. Sarah glaubte den Hauch der Geschichte zu spüren, als der Copilot den Passagieren empfahl, aus dem Fenster zu sehen, denn sie überflögen gerade Esztergom, dessen historischer deutscher Name Gran laute. Genau einhundertfünfzig Jahre war es her, seit Franz Liszt seine *Missa solemnis zur Einweihung der Basilika in Gran* komponiert hatte. Und im Jahr 1000 war Stephan I. in dem Ort am südlichen Donauufer zu Ungarns erstem König gekrönt worden. Mit ebenjener Krone, deren synästhetisches Abbild sie am Tag zuvor in einem Kopenhagener Theater erblickt hatte.

Die zweistrahlige Fokker 70 der ungarischen Fluggesellschaft Malév befand sich bereits im Sinkflug. Kurz nach zwölf landete sie auf dem Flughafen Budapest Ferihegy. Eine Dreiviertelstunde später saßen Sarah und Janin, zusammengepfercht mit neun weiteren Fluggästen und deren Gepäck, in einem Minibus und schaukelten der Budapester Innenstadt entgegen.

Der Professor plädierte für eine »unauffällige Absteige«. Fünfsternehotels seien mit Sicherheit das Erste, was die Farbenlauscher durchforsten würden, falls es ihnen gelänge, die »Spur der Windrosenpilger« bis nach Ungarn zu verfolgen. Sarah hielt ihm entgegen, dass unauffällige Absteigen im Moment das Letzte seien, was sie sich zumuten wolle. In Anbetracht der bescheidenen Ergebnisse seiner Geheimhaltungsstrategie in Kopenhagen konnte sie ihn schließlich auf vier Sterne hochhandeln, und so stiegen sie im Béke Hotel ab.

Das Béke lag an der Terez Korut, einer zentral gelegenen Ringstraße unweit des Bahnhofs, von der aus die Matthiaskirche bequem zu Fuß erreichbar war, was, wie Janin nicht oft genug betonen konnte, nur zu ihrer eigenen Sicherheit diene. Er brannte darauf, dem Gotteshaus einen Besuch abzustatten. Sobald sie das Gepäck auf den Zimmern abgeladen hatten, machten sie sich auf den Weg.

Obwohl Sarahs Gedanken während der Durchquerung des historischen Zentrums von Pest hauptsächlich um die Spur der Windrose kreisten, konnte sie sich dem Charme der Donaumetropole nicht ganz entziehen. Wie das Rouge, die Mascara und der Lippenstift im faltigen Antlitz einer alternden Czardasfürstin überschminkten die allseits sichtbaren Relikte der k. u. k. Monarchie die vom Zahn der Zeit hinterlassenen Makel. Gerade dieser Patina an den klassizistischen und den vielen Jugendstilhäusern verdankte die alternde »Königin der Donau« ihren Zauber, die Aura einer goldenen Zeit.

Über die Kettenbrücke gelangten die beiden Windrosenpilger auf die andere Seite des Flusses. Ihr Fußmarsch vom Hotel war am Ende länger als erwartet. Knapp drei Kilometer lagen hinter ihnen, als die Matthiaskirche vor ihnen auftauchte. Sie stand im Burgviertel, einem geschichtsträchtigen Flecken mit zahlreichen historischen Gebäuden. Von hier aus hatte sich die Stadt Ofen ausgebreitet, besser bekannt unter ihrem ungarischen Namen Buda.

Weil Sarah und Janin den einstigen Festungsberg bei der Fischerbastei erklommen, sahen sie zuerst nur eine Turmspitze und ein mit verschiedenfarbigen Ziegeln gedecktes Dach, das schillerte wie die Haut eines bunten Drachen. Nachdem sie eines der ehemaligen Burgtore durchschritten hatten, gelangten sie endlich auf den Kirchenplatz.

Sosehr Sarah die lebenslustigen, praktisch veranlagten Magyaren mochte, so zwiespältig war ihr Verhältnis zur ungarischen Sprache. Szentháromság tér – schon der Name des großen Us, in das sich die Basilika schmiegte, erschien ihr unaussprechlich. Selbst *Mátyás templom* hatte schon seine Tücken.

Am neugotischen »Tempel des Matthias« bröckelte es an allen Ecken und Enden. Um die Besucher vor herabfallenden Dämonen oder sonstigen himmlischen Überraschungen zu schützen, wurden sie von einem Zaun auf Abstand gehalten. Aus selbem Grunde waren auch die Eingänge überdacht. Während Janin und Sarah an dem Gebäude entlang westwärts liefen, stieß er sie in die Seite.

»Fällt Ihnen an dem gotischen Goliath da vorne was auf?« Er deutete zu dem achtzig Meter hohen, weißen Hauptturm mit seinen Spitzbogenfenstern.

Sie schob die Unterlippe vor. »Sollte es?«

»Er ist achteckig.«

»Die Zahl der Windrose?«, flüsterte Sarah.

Janin nickte. »Noch ein Teil, das sich ins Puzzle fügt.«

Die beiden betraten die Basilika durchs Südwestportal. In der Vorhalle tauschte Janin eintausendzweihundert Forint gegen zwei Tickets ein. Durch ein steinernes Tor, deren Figuren die Köpfe fehlten, gelangten sie ins Innere der Kirche. Trotz der Beleuchtung wirkte es auf Sarah düster und kaum weniger marode als die Fassade. Hier und da sorgten eine bunte Rosette oder ein farbenfrohes Bleiglasfenster für ein paar Lichtblicke. Die Luft roch muffig.

Einige flache Atemzüge lang betrachtete Sarah wahllos die zahlreichen Ornamente und Verzierungen des fast achthundert Jahre alten Gotteshauses. Durch die drei Schiffe der Liebfrauenkirche hallte das vielstimmige Gemurmel zahlreicher Touristen. Obwohl niemand die Würde des geheiligten Ortes durch lautes Sprechen zu stören wagte, hätte man meinen können, einem Zwergenheer beim Kriegsrat zuzuhören.

»Erstaunliche Akustik, was?«, raunte Janin.

Sarah riss sich vom Anblick der verschmutzten und verschimmelten Fresken los, um ihn anzusehen. »Dafür ist die Kirche bekannt. Hier finden viele Konzerte statt. Schauen wir uns die Stephanskrone an? Vielleicht entdecken wir darauf ja irgendwas, das uns bei der Suche nach dem nächsten Hinweis hilft.«

»Unbedingt! Ich kann's kaum erwarten.«

Über eine ausgetretene Treppe begaben sie sich in den ersten

Stock des nördlichen Seitentrakts, wo sich das Königliche Oratorium befand. Hier wurden hinter Glas verschiedene Ausstellungsstücke gezeigt, die an die Kaiserkrönung erinnerten. Sogar ein Teil des Festgewandes von »Sissi«, der Gemahlin Franz Josephs, konnte man bewundern. Glanzpunkt der Sammlung waren die Insignien: der Reichsapfel mit byzantinischem Doppelkreuz, das Zepter mit einer altägyptischen Kristallkugel und die Stephanskrone. Als Sarah die englische Erläuterung zu dem Exponat las, erbleichte sie.

»Geht es Ihnen gut?«, erkundigte sich Janin besorgt.

»Es ist nur eine Kopie! Die echte Krone wird im Parlamentsgebäude ausgestellt«, antwortete sie konsterniert.

Der Professor ging dicht ans Glas, seine Augen wurden zu engen Schlitzen. Nachdem er die Krone hinreichend taxiert hatte, brummte er: »Denken Sie, das spielt irgendeine Rolle?«

Sie sah ihn entgeistert an. »Wie meinen Sie das?«

»Wichtig ist doch, was die Krone uns erzählen will. Dazu dürfte die Kopie – sofern sie originalgetreu ist – ebenso gut geeignet sein wie das historische Vorbild.«

Hierauf drückten beide ihre Nasen an der Scheibe platt.

Selbst als Nachbildung war die Stephanskrone beeindruckend. Die Goldschmiede hatten Dutzende von Perlen und Edelsteinen in den Reif und die Bügel eingelegt. Dazwischen befanden sich Bilder von Christus, Engeln, Heiligen und Aposteln, deren Gestaltung Sarah an russische Ikonen erinnerte. Am unteren Rand des Reifs waren beiderseits je vier kleine Ketten befestigt, von denen jede in einem Blatt aus drei kleinen Juwelen endete. Über dem Ganzen thronte das schiefe goldene Kreuz.

Ein beleibter Museumswächter beendete die Versunkenheit des Paars durch einen ungarischen Wortschwall. Sarah und Janin traten instinktiv einen Schritt zurück.

»Irgendeine Idee?«, fragte sie.

»Wenn der Hinweis in der Krone versteckt ist, dann werden wir Tage oder gar Wochen brauchen, bis wir jedes Detail untersucht und auf seinen Symbolgehalt geprüft haben.«

Sie nickte. »Mein Gefühl sagt mir, das wäre reine Zeitverschwendung. Nehmen wir einmal an, die Krone birgt nicht den Hinweis selbst, sondern bereitet die Deutung nur bildlich vor, so wie die Nixe im Garten des Berghauses von Jena.«

»So weit waren wir schon in Kopenhagen. Oder glauben Sie, die Aussage des Kronensymbols zu kennen?«

»Wie wär's mit: ›Nicht einzelne Menschen regieren über die Menschenherzen, sondern die Schönheit der Kunst – der göttliche Funke.‹ Genau das hat Liszt ja am 8. Juni 1867 vorgemacht, als er Franz Joseph die Show stahl.«

Janin grunzte. »Sie idealisieren mir Ihren Ahnen denn doch zu sehr, Sarah.«

Sie musterte ihn aus engen Augen. »Gestern meinten Sie, ich hielte die Teile des Puzzles in der Hand und müsse sie nur noch zusammensetzen.«

»Tun Sie sich keinen Zwang an. Ich bin für jede Hypothese offen, solange sie schlüssig ist.«

Sarah biss sich auf die Unterlippe. Die Lösung schien greifbar nah. Bedächtig sagte sie: »Die in Weimar entdeckte ›Schatzkarte‹ wurde, sehen wir einmal vom Schlussteil ab, im selben Jahr fertiggestellt, in dem Liszt die *Krönungsmesse* komponiert hat – zunächst ohne Auftrag aus Wien. Mir kommt es so vor, als habe er den gar nicht gebraucht, um sein wahres Ziel zu erreichen.«

»Bin ganz Ihrer Meinung. Seine vorrangige Absicht lag vermutlich darin, ein Versteck für seine Apeliotes-Nachricht zu erschaffen, so etwas wie eine musikalische Schatztruhe.«

Sarahs Augen wurden glasig. Sie blickte gleichsam durch die Wände ins Kirchenschiff hinab, während sie murmelte: »Ich kann die Lösung des Rätsels schon sehen, aber noch nicht klar erkennen …« Unvermittelt wechselte sie in den Befehlston. »Kommen Sie!«

Mit langen Schritten lief sie an dem mürrischen Museumswächter vorbei, hinaus auf die Treppe und hinunter zum Hauptraum der Kirche. Janin konnte ihr kaum folgen. Im nördlichen Seitenschiff hielt sie jäh inne, nicht um ihrem Begleiter Gelegenheit zum Atemholen zu verschaffen, sondern weil ihr eine mehrsprachige Hinweistafel ins Auge gefallen war, die sie zuvor übersehen hatte.

»Oratorium der Malteser?«, murmelte sie.

Der Professor holte sie ein, las in ihrer erstaunten Miene und fragte: »Sie wussten nichts von dem Gebetsraum? Er liegt da, wo wir gerade herkommen, am Ende der Königstreppe.«

»Nein«, antwortete Sarah leise und knabberte auf ihrer Unterlippe. Die Malteser hatten den Jüngern Jubals jahrhundertelang als Tarnung gedient. »Sagen Sie, Oleg, gab oder gibt es bei den Farbenlauschern heilige Orte?«

»Sie meinen so eine Art Mekka, zu dem sie gepilgert sind? Nein, davon müsste ich wissen. Aber sie hatten immer so etwas wie eine spirituelle Nabe gehabt, um die herum sich alles drehte. Einen Ort, an dem ihre größten Meister lehrten und ihre wichtigsten Schätze gehütet wurden.«

»Und wo hat sich dieses Zentrum befunden?«

»Das wüsste ich auch gerne.«

»Könnte es *hier* gewesen sein?« Sarahs ausgestreckte Hand fing gleichsam die ganze Kirche ein.

Janin zögerte. Schließlich hob er die schweren Schultern und antwortete: »Möglicherweise. Ich kann es Ihnen nicht definitiv beantworten.«

Einen Moment lang grübelte Sarah noch, aber dann erklärte sie entschlossen: »Das Malteser-Oratorium läuft uns nicht weg. Erst möchte ich etwas anderes herausfinden.«

Ein paar Augenblicke später standen die zwei im Chor und Sarah rief: »Ha!« Es war ein recht kurzes, aber lautes *Ha!*, das ihr zweierlei verriet: Erstens mochten es Kirchenbesucher nicht sonderlich, wenn man in einem Gotteshaus die Stimme erhob – außer zum Lobpreis des Herrn – und zweitens hatte die Kirche tatsächlich eine unvergleichliche Akustik. Der Nachhall des einen *Ha!* hielt sich mehrere Sekunden lang.

Sarah nickte wissend. »Das muss es sein.«

Janin zupfte sich nervös im Bart herum. »Sind Sie jetzt völlig übergeschnappt?«

»Nein, nur sehr zuversichtlich. Ich habe mich gerade in Liszts Lage versetzt. Was ich beim Hören eines Musikstückes sehe, hängt stark von der Klangfarbe ab: vom Instrument und vom *Raum* mit seiner individuellen Akustik. Manchmal fällt der Unterschied zwischen zwei Sälen für meine Wahrnehmung kaum ins Gewicht, aber hier« – sie breitete die Arme aus und drehte sich einmal um ihre eigene Achse – »hier ist es *einzigartig*.«

Das letzte Wort hatte Sarah ziemlich laut ausgesprochen. Prompt kam als Echo ein vielstimmiges »Pscht!« zurück. Einer der überall präsenten Sicherheitsleute luchste zu ihnen herüber.

»Und was fangen wir nun mit Ihrer Erleuchtung an?«, fragte Janin in ostentativem Flüsterton. »Sollen wir uns hinstellen und die *Ungarische Krönungsmesse* trällern?« Offenbar spielte er darauf an, dass besagtes Stück ein Chorwerk war.

»Liszt hat Teile der Messe transkribiert. Es gibt Orchesterfassungen, solche für Klavier ...« Sie verstummte, weil sie über dem westlichen Hauptportal ein Arsenal von Pfeifen ausgemacht hatte. »Und das Offertorium für Orgel.«

»Meines Wissens sind die Bearbeitungen aber alle *nach* der Krönung entstanden«, gab Janin zu bedenken.

»Sie dürfen nicht alles glauben, was in den Werkeverzeichnissen steht. Von Franz Liszt existieren gleich mehrere und teilweise widersprechen sie sich. Wer also hat Recht?« Sarah schenkte ihrem Begleiter ein süßes Lächeln, und ehe er zu Wort kommen konnte, hatte sie sich schon in Richtung Orgel abgesetzt. Die Hände im Rücken verschränkt, den Kopf in den Nacken gelegt, schlenderte sie durch die Kirche. Das Sicherheitspersonal atmete auf.

Der neugotische Orgelschrank mit dem Spieltisch befand sich auf einer Empore. Sarah versuchte die Zahl der Pfeifen zu schätzen, gab das Unterfangen aber bald auf, weil ohnehin nur ein Teil von ihnen sichtbar war. Sie erinnerte sich, dass im Englischen das Wort *organ* nicht nur »Orgel« bedeutete, sondern auch »Organ«. Und tatsächlich glichen große Kirchenorgeln komplizierten Organismen. Dem Betrachter zeigten sie gewöhnlich nur ihre äußere Hülle – einen »Prospekt« –, ihr wahres Leben aber lag unter der Haut verborgen.

Inzwischen hatte Sarah eine Stelle erreicht, an der die Froschperspektive sie zum Stehenbleiben zwang, wollte sie nicht die

Details des reich geschmückten Orgelpfeifenschranks aus den Augen verlieren. Plötzlich erstarrte sie und stieß einen erstickten Schrei aus.

»Was ist?«, fragte Janin hinter ihr.

Sie deutete zum Prospekt hinauf. »Der Engel.«

Der Professor spähte nach oben zu der Holzfigur, und seine Miene versteinerte.

»Erkennen Sie ihn wieder?«, fragte Sarah.

»Die lange Nase ist ja unverwechselbar.«

Der Engel war Franz Liszt wie aus dem Gesicht geschnitten.

Sarah winkte einen der Kirchenwächter herbei und erkundigte sich, ob sie halluziniere oder da oben wirklich der berühmte Komponist stehe.

Der Sicherheitsmann, ein betagter Ungar mit Schmerbauch, musterte sie, als habe sie gefragt, ob es am Himmel tatsächlich eine Sonne gebe. »Natierlich das sein Ferenc Liszt«, antwortete er in gebrochenem Englisch.

»Wann wurde der Orgelprospekt denn gebaut?«

»Zweite Halbe neunzehn Jahrhundert.«

»Das Jahr wissen Sie nicht zufällig?«

»Jahr egal. Leute kaufen trotzdem Ticket.«

Sarah runzelte die Stirn. Der bärbeißige Alte war mit ihren Fragen sichtlich überfordert. »Hat die Kirche einen Organisten?«

Der Wächter sah sie verständnislos an.

»Soll ich auf Russisch …?«, wollte Janin vorschlagen, aber Sarah schnitt ihm das Wort ab.

»Bloß nicht! Nachher wirft er uns noch die Niederschlagung des Ungarnaufstands vor.« Stattdessen wiederholte sie ihre Frage in der Sprache der Pantomimen, indem sie vor seiner Nase in der Luft ein paar schnelle Läufe spielte.

Darauf reagierte der Alte sofort. Er nickte eifrig und radebrechte: »Laszlo Lotz. Kommen Donnerstagabend wieder. Dann Chor trainieren.«

Das hieße, einen ganzen Tag verschenken. Außerdem war kaum zu erwarten, dass der Organist die Chorprobe mit Sarahs persönlichem Wunschprogramm auflockern würde. Sie hielt sich die Hand

mit abgespreiztem kleinen Finger und Daumen an die Wange.
»Kann man Herrn Lotz anrufen?«

Der Wachmann beäugte sie argwöhnisch. Offenbar konnte er schon, wollte aber nicht.

»Bitte!«, bettelte Sarah und versprühte dabei ihren ganzen Charme. Mit den Händen erneut in der Luft herumklimpernd, erklärte sie: »Ich Pianist. Kollege von Laszlo Lotz.«

Ein tiefes Brummen drang aus dem Leib des Wächters. »Gut. Ich rufen ihn. Kommen mit mir.«

Er schlurfte unter den enthaupteten Figuren hindurch in die Vorhalle, wo Janin zuvor die Eintrittskarten gekauft hatte. Der Sicherheitsmann sprach kurz mit der Ticketverkäuferin, die hinter der Glasscheibe eines Verschlages hockte und ihm mit mürrischer Miene zuhörte. Mehrmals sprang ihr Blick zu Sarah und Janin. Schließlich reichte sie einen Telefonhörer durch die Öffnung in dem Fenster, wählte eine Nummer, und der Wachmann begann ein neues, angeregtes Gespräch.

Etwa fünf Minuten später ließ er die Besucher wissen, Laszlo spreche kein Englisch.

»Kann er außer Ungarisch irgendeine andere Sprache?«, erkundigte sich Sarah verzagt.

»Sein Mutter deutsch.«

Sarah atmete auf und streckte die Hand nach dem Hörer aus. »Darf ich mit ihm reden?«

Der Wachmann sprach noch einmal für etwa eine Minute in die Muschel, ehe er der Bitte nachkam.

»Guten Tag, Herr Lotz, mein Name ist Sarah d'Albis«, begann sie ihre Begrüßung und wurde sofort unterbrochen.

»Ja, sapperlot! Doch nicht etwa *die* Sarah d'Albis, die berühmte Virtuosin?«

Sarah lauschte noch einen Moment in den Hörer, doch der Organist versuchte nicht, ihr das Saxophon oder ein anderes Instrument unterzujubeln. Richtiggehend verlegen antwortete sie: »Ich fühle mich geehrt, dass der Organist einer so bedeutenden Kirche meinen Namen kennt. Herr Lotz, ich hätte da eine große Bitte, die Ihnen im ersten Moment vielleicht seltsam vorkommt.«

Euphorisch wäre ein zu schwaches Wort gewesen, um Sarahs Stimmung zu beschreiben. Als sie mit Oleg Janin ins Hotel zurückkehrte, fühlte sie sich geradezu beflügelt, was nicht allein am Anblick jenes Engels lag, der mit dem Antlitz des großen Komponisten über eine mächtige Orgel wachte. Wenn je ein Gefühl ihr gesagt hatte, sie läge mit einer Ahnung richtig, dann jetzt. Dieses Instrument und die außergewöhnliche Kirchenakustik mussten zusammen den Resonanzkörper bilden, in dem Liszts Offertorium aus der *Ungarischen Krönungsmesse* seine eigentliche Bestimmung erfüllte.

Laszlo Lotz hatte sich bereit erklärt, Sarah am nächsten Morgen die Orgel für etwa dreißig Minuten zu überlassen, damit sie dem Werk ihres Ahnen Leben einhauchen könne. Vorausgesetzt, das Liebfrauenpfarramt stimme dem Vorhaben zu. »Seien Sie bitte pünktlich um sechs Uhr am Westportal«, hatte er am Telefon gesagt. Die frühe Stunde sei der Preis für das exklusive Vergnügen, denn ab sieben öffne das Haus seine Pforten dem Publikum.

Auf Sarahs Frage nach dem Alter des Liszt-Engels erklärte Lotz, der Orgelschrank sei nach Entwürfen von Frigyes Schulek im Zuge eines größeren Umbaus der Kirche neu gestaltet und mit dem renovierten Gotteshaus 1893 geweiht worden.

Also sieben Jahre nach Liszts Tod.

Einen Moment lang hatte Sarah geglaubt, ihre wunderschöne Theorie sei gerade wie ein Kartenhaus zusammengestürzt, dann aber fielen ihr einige plausible Erklärungen für das scheinbare Paradoxon ein. Schulek könnte Farbenlauscher gewesen sein. Oder Liszt hatte ihn – wie Oleg Janin behauptete – mit Klängen der Macht beeinflusst, um sich selbst ein Denkmal zu setzen. Möglicherweise hatte auch der Adressat der Weimarer Klangbotschaft – vermutlich der Vetter des Komponisten – seinen Einfluss geltend gemacht, um die Spur der Windrose für spätere Generationen zu erhalten.

Letzteres schien sich zu bestätigen, als Sarah von ihrem hoffnungslos überheizten Hotelzimmer aus im Internet einige Recherchen über die Matthiaskirche und ihre Orgel anstellte. Das Gotteshaus blickte auf eine bewegte Geschichte zurück. Es war zweimal an die Türken gefallen, die es in eine Moschee umwandelten. Im Zweiten Weltkrieg hatte es schwere Schäden erlitten: Das Dach brannte aus, die Gewölbe stürzten ein und die Orgel verstummte. Das Betreten der Basilika war zu einem lebensgefährlichen Unterfangen geworden.

»Bis heute bleibt es ein Geheimnis, wem eigentlich zu verdanken ist, dass die Kirche unter dem kommunistischen Regime nicht abgerissen wurde«, las Sarah auf einer Internetseite. Konnte es sein, dass die Lichten Farbenlauscher über die Spur der Windrose wachten? Wenn ja, dann irrte Oleg Janin, wenn er die Bruderschaft der Schwäne für erloschen hielt.

Ein Blick auf die Uhr am rechten oberen Monitorrand versetzte Sarah in Alarm. Sie hatte sich für sieben mit dem Professor zum Abendessen verabredet. Es war 18.32 Uhr und sie wollte vorher noch duschen. In Windeseile entledigte sie sich ihrer Kleidung und begab sich ins Bad. Als sie etwa zwanzig Minuten später, in ein großes Handtuch gewickelt, den Föhn ausschaltete, vernahm sie eine bekannte Melodie.

Das Hauptmotiv aus Franz Liszts *Liebestraum*.

Die Musik klang seltsam dumpf. Kam sie aus einem der Nachbarzimmer? Das wäre ein merkwürdiger Zufall. Liszts Kompositionen waren keine Ohrwürmer, denen man auf Schritt und Tritt begegnete – wenngleich der *Liebestraum* noch am ehesten in diese Kategorie passte. Trotzdem lief Sarah ein kalter Schauer über den Rücken. Obwohl sie an dergleichen nicht glaubte, hätte sie eine Begegnung mit Tiomkins Geist in diesem Moment kaum überrascht.

Langsam schlich sie aus dem Bad und blickte sich um. Beim Betreten des Hotelzimmers hatte sie die Tür hinter sich verriegelt und die Sicherungskette vorgelegt. Alles schien in bester Ordnung. Abgesehen von dem *Liebestraum*, der kein Ende nehmen wollte. Das ist keine Konzertaufnahme, machte sich Sarah klar, sondern ein ... *Handy?*

Mittlerweile hatte sie die Quelle der nicht besonders wohlklingenden Musikdarbietung geortet: ihr Kopfkissen. Irritiert blickte sie zum Nachttisch, wo ihr Mobiltelefon lag. Still und stumm.

Ein Gefühl der Panik stieg in ihr auf. Zaghaft, so als könne das fremde Telefon sie jeden Moment anspringen, näherte sie sich dem Bett, nahm allen Mut zusammen und fegte das Kopfkissen zur Seite.

Ihre Vermutung traf zu. Auf dem weißen Laken lag ein spiegelndes schwarzes Handy, das ihr den *Liebestraum* jetzt ungedämpft entgegenblies, offenbar mit Maximallautstärke. Im Display wurde das französische Wort »*Maître*« angezeigt – Meister.

Sarah erschauerte. Vorsichtig streckte sie die Hand nach dem Telefon aus. Kurz bevor ihre Fingerspitzen es berührten, verstummte es.

Einen Moment lang stand sie wie gebannt und beäugte das Gerät, als sei es ein giftiges Insekt. Dann packte sie zu.

Plötzlich erwachte es erneut zum Leben.

Sarah stieß einen spitzen Schrei aus und ließ das vibrierende Handy vor Schreck fallen. Auf dem Bett spielte es munter weiter den *Liebestraum*. Entschlossen griff sie ein zweites Mal nach dem Gerät und drückte die Abhebentaste.

»Hallo?«

Der Anrufer zögerte. Nur sein raschelnder Atem war zu hören. Dann sagte er leise, beinahe flüsternd: »Warum läufst du ständig vor uns davon, Sarah?«

Obwohl im Zimmer eine fast tropische Hitze herrschte, fröstelte sie. Diese Stimme gehörte unzweifelhaft einem Mann. Sarahs empfindlicher Wahrnehmungsapparat ordnete sie in die gleiche Kategorie ein wie das Geräusch trockenen Laubes, das von übermütigen Füßen aufgewirbelt wird. Der Anrufer sprach Französisch. Mit russischem Akzent.

»Wer sind Sie?«, fragte sie, obwohl sie es längst ahnte.

»Mein Name ist Sergej Nekrasow.«

Sarah sank aufs Bett. Ihre Knie waren wachsweich geworden. »Der Chef von Musilizer und Großmeister der Adler?«

Ein kleines, merkwürdig zischelndes Lachen drang aus dem Hörer. »Hat dir das der Professor …?«

»Für Sie bin ich immer noch Madame d'Albis«, fiel sie ihm scharf ins Wort.

Nekrasow hielt für einen Moment inne, so als müsse er angesichts ihres trotzigen Aufbegehrens erst seinen Zorn zügeln. Dann fuhr er unbeirrt fort: »Ich rufe dich nicht an, um mit dir über Gospodin Janin zu sprechen...«

»Wie haben Sie überhaupt meinen jetzigen Aufenthaltsort so schnell herausgefunden und obendrein das Handy in mein Zimmer geschmuggelt?«, unterbrach sie ihn abermals.

Diesmal schwieg der Farbenlauscher länger als zuvor, und als er endlich antwortete, verursachte sein eissprödes Schnarren ihr eine Gänsehaut. »Du bist ein sehr ungezogenes Mädchen, Sarah. Tiomkin sollte dich gelehrt haben, dass meine Brüder nicht nur Telefone ausliefern. Wenn dir das Handy zu unpersönlich ist, dann...« Im Vertrauen auf ihre Fantasie begnügte er sich mit der Andeutung einer Drohung.

Sarahs Kehle war wie zugeschnürt. Wenn der Kerl das *Audition colorée* besitzt, machte sie sich klar, dann kann er im Klang deiner Stimme bestimmt die Furcht schillern sehen. Sie nahm sich zusammen und erwiderte so kühl wie möglich: »Sagen Sie mir einfach, was Sie von mir wollen.«

Sein Atem rasselte. »Wir verfolgen deine Karriere seit geraumer Zeit mit großem Interesse. Mit deiner synästhetischen Begabung und der vermutlichen Abstammung von Franz Liszt hast du uns Anlass zu großen Hoffnungen gegeben. Dein Verhalten während der Premiere in Weimar hat dann unsere letzten Zweifel zerstreut: Du bist die Richtige für uns. Deshalb möchten wir dich für unser... Unternehmen gewinnen.«

»Danke für das Angebot, aber ich bin für die nächsten vier Jahre ausgebucht.«

»Schluss jetzt mit den Spielchen, Sarah! Und wage ja nicht, einfach aufzulegen!« Nekrasows Stimme zischte so kalt wie flüssiger Stickstoff. »Oder willst du so enden wie der Paukist in Weimar?«

Sie erschauerte. Dieser Mord ging also auf das Konto der Farbenlauscher. Tonlos erwiderte sie: »Mit Erpressung erreichen Sie bei mir nur das Gegenteil, Nekrasow. Ich bin nicht interessiert.«

Offenbar sah der Farbenlauscher tatsächlich ihre unterdrückte Angst, und es schien ihn zu erheitern. »Warum so ablehnend, mein

Kind? Wir können dein schlummerndes Potential zur vollen Entfaltung bringen. Im Kreis meiner engsten Vertrauten sind wir uns einig: Du bist die kommende Meisterin, fähig, die Königin der Klänge zu finden und damit neue Melodien zum Wohl der ganzen Menschheit zu erschaffen, viel machtvoller als alles, was wir in unserer ruhmvollen Geschichte je hervorgebracht haben.«

»Ich glaube nicht an diese Art von Macht.«

Er lachte auf eine Weise, die Sarah frösteln ließ. »Nun ja. Offen gestanden habe ich damit gerechnet, dass du nicht spontan zusagen würdest – bedenkt man, wie du mit meinem Boten, dem armen Walerij, umgegangen bist. Was hältst du davon, wenn ich dir einen Beweis unserer Macht liefere?«

»Tun Sie, was Sie nicht lassen können«, antwortete sie so gleichgültig wie möglich.

»Also gut. Zum Vollmondfest werden wir eine Göttin für dich stürzen. Achte auf die Nachrichten. Bis dahin leihe ich dir mein Telefon. Im Interesse deines eigenen Wohles rate ich dir, es nicht zu verlieren. Ich melde mich wieder, Sarah, und dann möchte ich eine Entscheidung hören.«

Es klickte. Nekrasow hatte aufgelegt.

*Ich hätte alles in der Welt lieber sein mögen
als Musiker im Solde großer Herren,
patronisiert und bezahlt von ihnen
wie ein Jongleur ...*
Franz Liszt

21. Kapitel

Budapest, 26. Januar 2005, 5.57 Uhr

Es war noch dunkel, als das Taxi vor dem Hauptportal der Matthiaskirche hielt. Während Oleg Janin den Fahrer bezahlte, stieg Sarah mit ihrer Notebooktasche und einem mulmigen Gefühl im Magen aus dem Wagen. Ein eisiger Wind wehte über den Vorplatz der Basilika. Ihr Blick suchte bereits nach finsteren Gestalten, die im Hinterhalt lauerten, doch die Farbenlauscher konnten sich unsichtbar machen, so lange sie wollten, und sich zeigen, wann immer es ihnen beliebte. Alles, was Sarah zu dieser allzu frühen Stunde entdeckte, war ein Mann an der Westpforte, der neugierig zu dem Auto mit dem gelben Nummernschild herüberspähte. Sie hatte nicht eingesehen, die drei Kilometer vom Hotel aus zu laufen. Die Adler schienen ja sowieso beständig über ihr zu kreisen und jeden ihrer Schritte zu überwachen.

Seit sie das Handy unter dem Kopfkissen gefunden hatte, fühlte sie sich wie eine Marionette von Sergej Nekrasow. Dem unbändigen Drang, das schwarze Ding einfach die Toilette hinunterzuspülen, widerstand sie nur wegen seiner Drohung, ihr einen zweiten Tiomkin auf den Hals zu hetzen. Dann doch lieber ein Telefon mit einem sich bald erschöpfenden Akku.

Es sei vielleicht das Beste, ihre Ahnenforschung für unbestimmte Zeit auf Eis zu legen, hatte sie zitternd Oleg Janin beim Abendessen erklärt, denn um das Rätsel ihrer Herkunft zu klären, müsse sie die Spur der Windrose weiterverfolgen. Damit würde sie die Purpurpartitur unweigerlich den Adlern zuspielen. Ob er das wolle?

»Lassen Sie uns nicht so schnell aufgeben. Das Akronym

N + BALZAC besteht aus *acht* Zeichen und wir suchen erst nach dem A, dem *vierten* Meilenstein«, hatte Janin sie zu beruhigen versucht. »Wenn Nekrasows Schergen nach der sechsten oder siebten Etappe immer noch an unseren Fersen kleben, überlegen wir uns etwas Neues. Vielleicht können wir sie irgendwie abhängen.«

»Offen gestanden hat mir Nekrasow eine Heidenangst eingejagt. Wieso soll ich dieses Risiko eingehen?«

»Weil jedes Zögern noch viel schlimmere Folgen haben könnte. Mich beunruhigt, was der Harfenmeister über diese Göttin gesagt hat.«

»Die er zum Vollmondfest stürzen will? Sie nehmen diesen Unfug doch nicht etwa ernst, oder?«

Janin hatte einen kleinen schwarzen Lederkalender aus der Innentasche seines Sakkos gezogen, ihn aufgeschlagen und ihr die Seite unter die Nase gehalten. »Vollmond ist am 26. Januar. Also *heute,* Sarah! Die Ihnen zugestandene Bedenkzeit ist nur sehr kurz und ich fürchte, Nekrasow hat dabei nicht an die Reserve seiner Telefonbatterie gedacht.«

»Sondern?«

»An die Stunde der Farbenlauscher, den Tag der Entscheidung, den ultimativen Showdown. Ich werde das Gefühl nicht los, die Adler könnten früher losschlagen, als ich befürchtet habe.«

»Ohne die Purpurpartitur?«

»Ich dachte, das hätte ich Ihnen erklärt. Das Hauptziel der Dunklen ist es, die Menschheit vom Übel zu befreien und eine neue Weltordnung zu errichten. Die Klanglehre des Jubal ist der Königsweg, aber es geht auch ohne sie. Eher würden die Schwarzen Farbenlauscher die Partitur vernichten, als sie einem Gegner zu überlassen.«

»Scheint eine alte russische Tugend zu sein, seine kostbarsten Schätze abzufackeln. Wenn ich da an Moskau denke ...«

»Die Strategie der ›verbrannten Erde‹ ist keine typisch russische Erfindung«, unterbrach Janin sie mit Leichengräbermiene, »aber sie hat sich wiederholt bewährt. Napoleons *Grande Armée* und die Deutsche Wehrmacht waren Geschwüre, die man nur mit Feuer loswerden konnte. Moskaus Bewohner haben ihre Häuser in Brand

gesteckt, weil sie die Freiheit für kostbarer erachteten als ihre Stadt. Aber diesmal geht es um mehr, Sarah. Wenn Sie die Bedrohung weiter ignorieren, könnte die ganze Welt in Flammen aufgehen.«
»Zur Stunde der Farbenlauscher?«
»So ist es.«
Obwohl Sarah eine so ungeheure Verschwörung nach wie vor für eine Übertreibung des Professors hielt, hatte sie sich am Ende doch zum Weitermachen überreden lassen. Jetzt liefen die zwei Seite an Seite auf das hell erleuchtete Westportal der Matthiaskirche zu, wo Laszlo Lotz sie bereits erwartete.

Trotz seines weiten Lodenmantels wirkte der Organist des *Mátyás templom* hager. Er musste schon an die siebzig sein. Sein faltiges, mit Warzen übersätes Gesicht erinnerte Sarah an einen Leguan, sofern man sich eine Echse mit grauem Haarschopf vorstellte – die Frisur des Herrn Lotz hätte auch einer Beethoven-Büste zur Ehre gereicht. Aus seinem Oberkiefer blitzten den Ankömmlingen zwei goldene Schneidezähne entgegen, als er sie auf Deutsch willkommen hieß. Eigentlich begrüßte er nur Sarah.

»Madame d'Albis! Es ist mir eine große Ehre, Sie kennenzulernen.« Er beugte sich zu der ihm dargebotenen Hand herab und hauchte einen Kuss darauf. Von Oleg Janin nahm er keine Notiz.

Sarah überlegte kurz, ob es ein Fehler gewesen war, ihren Begleiter am Telefon als *russischen* Musikhistoriker vorzustellen. »Musikhistoriker« hätte vielleicht genügt. Um die peinliche Situation zu überspielen, schenkte sie dem Organisten ein liebreizendes Lächeln und erwiderte: »Die Freude ist ganz auf meiner Seite, Herr Lotz. Vielen Dank, dass Sie mir das Vergnügen gewähren, Ihre prachtvolle Orgel zu spielen.«

Das eben noch strahlende Gesicht des Alten verdüsterte sich jäh.
»Stimmt etwas nicht?«, fragte Sarah.

Der Ungar rieb sich die hageren Hände, als wolle er sie in Unschuld waschen. Verlegen antwortete er: »Es gibt da ein kleines Problem, Madame. Das Liebfrauenpfarramt war von Ihrer Idee nicht sonderlich angetan.«

Janin gab ein zischendes Geräusch von sich, womit er prompt einen grimmigen Blick des Organisten auf sich zog.

»Bitte sagen Sie nicht, wir seien umsonst gekommen«, stöhnte Sarah.

»Nun, eigentlich schon ...«

»Aber Sie haben doch ...«

»Andererseits«, sagte Lotz rasch und mit galanter Entschiedenheit, »kann ich einer so schönen und begabten Musikerin wie Ihnen unmöglich eine Enttäuschung zumuten. Ihr Wunsch soll erfüllt werden.«

»Ich möchte nicht, dass Sie durch mich in Schwierigkeiten kommen.«

Der Organist lachte leise. »Nur keine Sorge, Madame. Ich bin seit über fünfzig Jahren mit meiner Orgel verwachsen. Man bräuchte schon eine Kettensäge, um mich von ihr zu lösen.«

»Sie ahnen ja nicht, wie froh ich bin!«, gestand Sarah.

Lotz zog einen schweren Schlüssel aus der Manteltasche und während er sich damit an der Kirchenpforte zu schaffen machte, zwinkerte er verschwörerisch. »Aber das bleibt unter uns.« Sein misstrauischer Blick wanderte zu Janin.

»Mein Begleiter ist genauso verschwiegen wie ich«, versicherte Sarah.

Die Tür öffnete sich unter lautem Knarren, fast so, als sträube sie sich gegen die Eindringlinge. Wenige Minuten später waren die drei auf der Empore. In der Basilika herrschte ein nebelhaftes Zwielicht, erschaffen aus dem durch die großen Fenster sickernden Schein der Straßenlaternen und dem Glimmen der Notbeleuchtung. Janin lehnte im Mantel an der Brüstung, außer Sichtweite des misstrauischen Greises. Lotz saß in einer sicher hundert Jahre alten, an beiden Ellenbogen mit Lederstücken geflickten roten Strickjacke neben Sarah auf einem Klappstuhl. Sie hatte an dem von einer Leselampe erleuchteten Orgeltisch Platz genommen und lauschte seinen Instruktionen. Wenngleich sie mit Kirchenorgeln, insbesondere mit deren diversen Pedalen, längst nicht so virtuos umgehen konnte wie mit einem Konzertflügel, verfügte sie doch über ausreichende Kenntnisse und Fertigkeiten, um darauf auch anspruchsvolle Stücke souverän zu spielen.

Die Orgel der Matthiaskirche besaß immerhin fünf Manuale

und nicht weniger als siebentausend Pfeifen. Kein Wunder, dass Laszlo Lotz stolz auf seine »Diva« war – so nannte er das stimmgewaltige Instrument.

Die Noten des Offertoriums aus Franz Liszts *Ungarischer Krönungsmesse* hatte er gleich mitgebracht. Es handelte sich um eine Erstausgabe der Partitur, die er als blutjunger Organist beim Ausmisten der Hinterlassenschaft seines Vorgängers gefunden hatte. Nicht auszuschließen, dass der Komponist sie einst in Händen gehalten habe, bemerkte Lotz mit einem Augenzwinkern.

»Hat Liszt je persönlich in diese Tasten gegriffen?« Sarah deutete auf die Manuale.

Lotz schob die Unterlippe vor. »Ich weiß es nicht. Aber möglich wäre es. Immerhin hat er, der katholische Abbé, ja auch die große Orgel in der jüdischen Synagoge von Budapest gespielt.« Der Alte tätschelte Sarahs Hand. »Aber durch Sie, Madame, wird die Stimme des Engels dort droben auf jeden Fall in meiner Diva erklingen. Warten Sie …« Er zog eine Reihe von Registern, die seiner Ansicht nach am ehesten den klanglichen Vorstellungen des Meisters für das Stück entsprachen.

Sarah legte behutsam ihre Hände auf die Tasten. In ihrem Kopf spukten tausend Gedanken herum. Gab es irgendwo in der Kirche, zwischen den enthaupteten Figuren und vermoderten Fresken, Augen, die sie beobachteten, und Ohren, die den nächsten Hinweis auf der Spur der Windrose wie mit Adlerkrallen schnappen und als Beute davontragen wollten? Ihre Finger zitterten. Als sie zur Probe eine Taste anschlug, dröhnten die Orgelpfeifen wie ein Chor von Racheengeln. Unwillkürlich zuckte sie zurück. Es dauerte lange, bis endlich wieder Ruhe in der Kirche herrschte.

Lotz kicherte. »Die Stimmgewalt der Diva kann einen umhauen, was?«

Sarah nickte. »Und erst die Akustik!«

Er deutete hinter sich ins Hauptschiff. »Wenn ich einen Schlussakkord durch sämtliche Register blase, dann dauert es sage und schreibe *sieben* Sekunden, bis er verhallt ist. Bei den polyphonen Teilen und schnellen Tempi muss man arg auf die Akzentuierung achten, sonst kommt leicht ein unverdaulicher Klangbrei heraus.«

»Ich möchte die *Missa Coronationalis* spielen, keinen Boogie-Woogie«, sagte Sarah in Anspielung auf das langsame Tempo des geistigen Werks. Das in den wechselnden Gesängen der katholischen Messfeier an vierter Stelle stehende Offertorium kündet die Gabenbereitung an. Nach Vorstellung der Gläubigen werden hierbei Brot und Wein in Christi Leib und Blut verwandelt. Schnelle Tempi verboten sich da von selbst.

Sarah vermutete in der besonderen Akustik der Kirche sogar einen Vorteil, den Liszt in seine Komposition mit einbezogen hatte. Durch das Verwischen von Tönen konnten Klanglinien mühelos miteinander verschmelzen und so wiederum Buchstaben oder andere Formen bilden. Sie musste den nächsten Meilenstein auf der Spur der Windrose nur noch sichtbar machen.

Nachdem sie sich gesammelt hatte, begann sie zu spielen. Die ersten Akkorde des Offertoriums hätten selbst einen Klavierschüler im ersten Jahr nicht überfordert. Ruhig und mit würdevoller Feierlichkeit entströmten sie den Registern der mächtigen Orgel. Das Gotteshaus füllte sich mit sphärischen Klängen.

Note für Note verwandelte sich die Partitur in schillernde Töne. Nach dem ersten Notenblatt wurde Sarah unruhig. Die gewaltige Fülle des Pfeifenbataillons hüllte sie in einen dicht gewebten Umhang aus nahezu allen Farben des Regenbogens. Doch sie erkannte keine Ordnung darin. Nur wenig mehr als zwei Minuten bangen Lauschens genügten, um ihre Zuversicht ins Wanken zu bringen. Als der letzte Akkord verklungen war, blieb sie mit geschlossenen Augen sitzen wie eine Spielpuppe, deren Uhrwerk abgelaufen war.

Neben ihr klatschten zwei knöcherne Hände gegeneinander. »Wunderbar!«, begeisterte sich Lotz.

»Alles in Ordnung?«, erklang Janins Stimme von der Brüstung her.

Sie schüttelte den Kopf. »Ich habe nichts erkennen können.«

»Erkennen?«, wunderte sich der Organist.

Endlich hob sie die Lider, sah den Alten an und erzählte ihm von ihrer Fähigkeit des Farbenhörens. Lotz fragte darauf, ob Synästhesie ansteckend sei und Sarah musste etwas weiter ausholen, um ihm ihre speziellen Erwartungen an das Stück begreiflich zu machen. Sie erwähnte das Vermächtnis ihres Ahnen, aber nicht die Purpurpartitur.

»Meine Wahrnehmung hängt stark von der Klangfarbe ab«, erklärte sie abschließend. »Vielleicht müssen wir die Registrierung ändern.«

Der Alte schürzte die Lippen. »Gerne. Sagen Sie mir, was Sie wünschen und ich ziehe die passenden Register. Sie sollten dabei nur die Zeit im Auge behalten. In zwanzig Minuten muss ich Sie, so leid es mir tut, hinauswerfen.«

Sie zog die Stirn kraus. »Wie viele Register hat die Orgel?«

»Einhundertunddrei.«

Sarah stöhnte. »Zu viele, um alle durchzuprobieren.«

»Da haben Sie allerdings Recht. Wir könnten bis zum Sankt-Nimmerleins-Tag hier sitzen und experimentieren. Aber ehe wir Ihre kostbare Zeit mit Jammern vergeuden, lassen Sie uns lieber noch ein paar Registrierungen ausprobieren, die am besten zum Charakter des Stückes passen.«

Sarah drehte sich zu Janin um. Der nickte. Sie wandte sich wieder dem Organisten zu, atmete tief durch und sagte: »Guter Vorschlag, Herr Lotz. Fangen wir an.«

Laszlo Lotz kannte die Stärken und Schwächen seiner »Diva« genau. Er wählte verschiedene Klangbilder, die sowohl zur Epoche wie auch zum Œuvre des Komponisten, insbesondere zu Liszts Orgelwerken passten. Damit veränderte sich auch jedes Mal der schillernde »Umhang«, von dem sich Sarah beim Spielen umhüllt sah. Doch in keinem einzigen Fall erblickte sie mehr als willkürliche Farben und Formen. Unterdessen verging die Zeit wie im Fluge.

Mitten im Spiel – ihr blieben kaum mehr als fünf Minuten – brach sie einen weiteren Versuch ab und rief: »Halt! So hat das keinen Zweck. Wir können ewig so weitermachen, ohne das richtige Klangbild zu finden.«

»Bis zum Sankt-Nimmerleins-Tag«, wiederholte Lotz.

»Ich bin überzeugt, Liszt hat einen Hinweis auf die richtige Registrierung der Orgel hinterlassen. Er ist da, aber wir sehen ihn nicht.«

»Der einzige Anhaltspunkt, den wir haben, ist die Stephanskrone«, erinnerte sie Janin überflüssigerweise.

Sie fasste den Organisten fest ins Auge. »Gibt es so etwas wie ein königliches Register, Herr Lotz? Oder eines, das ›Krone‹ heißt?«

Er schüttelte den Kopf. »Wenn es majestätisch klingen soll, ziehe ich gewöhnlich ein oder mehrere Prinzipalregister. Aber die hatten wir schon.«

Sarahs Blick wurde glasig. Ihr ausgestreckter Zeigefinger bewegte sich auf und ab, während sie murmelte: »Ja, aber nur zusammen mit anderen. Sie meinten vorhin, die Akustik der Kirche erfordere eine besondere Akzentuierung bei vielstimmigen Passagen …« Sie fuhr zu Janin herum. »Mir fällt gerade ein, was in einem Buch über Liszts Spätwerk steht: Er habe, wie er es ausdrückte, der ›polyphonen Fettsucht‹ seiner früheren Jahre entsagt …«

»Das ist es!«, platzte der Professor heraus. »Wer weiß, vielleicht hat er dabei sogar an die Matthiaskirche gedacht. Schalten Sie bitte die anderen Register aus, damit wir ausschließlich die Prinzipale hören.«

Lotz plusterte sich auf. »Meine Diva ist keine Hammondorgel. Da können Sie Register abschalten, so viel Sie wollen. Hier werden sie abge*stoßen*.«

»Bitte seien Sie so lieb!«, bettelte Sarah. Ihre halbe Stunde war schon fast verstrichen.

Der Organist schob sämtliche Registerzüge in die Grundstellung zurück, nur die Prinzipale ließ er stehen.

Erneut begann Sarah das Offertorium. Etwa bei der Hälfte brach sie den Versuch abermals ab und schüttelte des Kopf. »Ich sehe nichts, das auch nur annähernd ein sinnvolles Muster erkennen lässt.«

Lotz verzog das Gesicht. »Ich will ja nicht drängeln, aber hier wird's bald zugehen wie im Taubenschlag. Wir sollten langsam Schluss machen.«

Sarah blickte verzweifelt zu dem Engel auf, der mit dem Antlitz von Franz Liszt auf ihr fruchtloses Tun hinabsah. Sie schnippte mit den Fingern. »Gibt es nicht auch ein Register, das sich ›himmlische Stimme‹ nennt?«

»Sie meinen die Vox coelestis.«

»Ja! *Bitte*, Herr Lotz ...«

»Ist ja schon gut«, unterbrach der Organist ihr neuerliches Betteln, stieß die Prinzipale ab und zog die »himmlische Stimme«.

Sarah intonierte abermals das Stück – und brach noch vor dem Ende ab. »Das ist es auch nicht«, stöhnte sie.

»Ich fürchte, dann kann ich Ihnen nicht helfen, Madame.«

Hilfesuchend sah sie sich abermals nach Janin um, aber der hob nur ratlos die Schultern.

»Gibt es denn gar nichts Majestätisches an Ihrer Orgel?«, wandte sie sich wieder an den Alten.

»Die ganze Diva ist königlich«, versetzte Lotz brüskiert.

»Bitte entschuldigen Sie, so habe ich das nicht gemeint. Ich wollte nur ...«

»Madame d'Albis«, fiel ihr der Alte sehr entschlossen ins Wort, »Sie sind eine begnadete Pianistin und ich verehre Sie außerordentlich. Ich bereue auch nicht, meinen Orgeltisch für eine halbe Stunde an Sie abgetreten zu haben, aber nun ist wirklich Schluss. Ich komme in Teufels Küche, wenn der Küster uns hier erwischt.«

»Dann muss er wohl ein Büttel des Beelzebubs sein«, grunzte Janin.

Lotz verschoss einen giftigen Blick auf den Professor.

»Gibt es vielleicht eine Kaiserpfeife?«, fragte Sarah; es war mehr ein Ablenkungsmanöver.

»Nein«, brummte der Organist.

»Oder ein Kronenregister?«

»Auch nicht. Ihre Zeit ist abge– ... Moment mal! Da fällt mir etwas ein.«

Sarah beugte sich unwillkürlich dem Alten entgegen. »Ja?«

Der lachte mit einem Mal – seine Goldzähne blitzten – und klatschte sich die flache Hand an die Stirn. »Dass ich daran nicht gedacht habe. Vor ein paar Jahren war eine Kirchengemeinde aus dem andalusischen Marchena bei uns zu Besuch, unter anderem auch der Organist. Er hatte in Deutschland Musik studiert und so konnten wir miteinander fachsimpeln. Natürlich kamen wir dabei auf die Disposition unserer Instrumente zu sprechen. ›Wissen Sie,

Herr Lotz, was wirklich komisch ist‹, hat er zu mir gesagt. ›Ausgerechnet die ‚Spanische Trompete' heißt in Spanien nicht ‚Spanische Trompete', sondern ‚*Trompeta real*'. Das bedeutet …‹«

»Königliche Trompete«, flüsterte Sarah und sah den Organisten mit großen Augen an.

»Nein«, sagte der entschieden, ehe sie ihren Wunsch in Worte fassen konnte.

»*Bitte* geben Sie mir noch eine letzte Chance. Ziehen Sie die Spanische Trompete«, flehte Sarah.

Der Alte wand sich wie ein Aal. »Nichts täte ich lieber, aber …«

Vom Kirchenportal drang ein Knarren zur Empore herauf.

»Aber Sie hören es ja selbst, Madame d'Albis. Da kommt jemand. Viel zu früh zwar, aber für Sie ist es zu spät.«

»Laszlo?«, hörte Sarah von unten jemanden rufen, gefolgt von einem Schwall unverständlicher Worte.

Der Organist antwortete irgendetwas auf Ungarisch, ehe er sich flüsternd wieder an Sarah wandte. »Das ist Pater Gink. Er hat die Orgel gehört und will, dass ich mit dem Üben aufhöre.«

Aus einem inneren Impuls heraus stand sie von der Orgelbank auf, nahm das Gesicht des Alten zwischen ihre Hände, küsste ihn auf beide Wangen und raunte: »Na schön. Ich möchte Ihnen keine Schwierigkeiten bereiten. Danke für Ihre Freundlichkeit.« Sie setzte einen dritten Schmatzer auf die Stirn des Organisten und gab ihn wieder frei.

Er seufzte. »Das ist unfair, Madame.«

»Entschuldigen Sie bitte. Ich wollte Sie nicht in Verlegenheit …« Sie verstummte, weil Lotz gerade die Vox coelestis abgestoßen hatte und nun, nicht ohne einen gewissen Trotz, die Spanische Trompete zog.

Unvermittelt hallte Gemurmel durch das Kirchenschiff. Offenbar hatte der Priester die ersten Besucher bereits eingelassen.

Lotz deutete auf die Manuale.

»Was ist mit Pater Gink?«, wisperte Sarah.

»Er wird sich über meine neue Fingerfertigkeit wundern. Während Sie in die Tasten greifen, kann ich mir über meine Henkersmahlzeit Gedanken machen. Und jetzt spielen Sie endlich.«

Das ließ sich Sarah nicht zweimal sagen. Weil sie die Partitur längst verinnerlicht hatte, schloss sie die Augen und spielte.

Die Spanische Trompete war ein horizontal angeordnetes Orgelregister und klang gerade so, als stünde ein Spalier mittelalterlicher Bläser auf einer Burgmauer, um die Ankunft des Königs zu verkünden. Das nasale Timbre gereichte dem Offertorium nicht unbedingt zur Ehre, aber dafür wurde Sarah dieses Mal nicht enttäuscht. Schon nach wenigen Takten vereinten sich Liszts Werk und der zerklüftete Raum der Matthiaskirche zu einem einzigartigen Klanggefüge, und vor Sarahs innerem Auge erschien eine neue Botschaft:

WANDRE DURCH DER HÖLLE TAL
WO DU DEN SCHWARZEN PRINZEN SIEHST

UND MIT DES WINDES HARFE ZAHL
IHR ERSTER HUETER DICH BEGRUESST

IM PURPUR ANGEZETTELTE KABALE
SOLL OFFENBAREN DIR DIE CRUX

DIE FARBENLAUSCHER TRAGEN ZUM FINALE
POST TENEBRAS LUX

Als der letzte Ton verklungen war, riss sie die Hände von den Tasten, als habe sie sich daran die Finger verbrannt. Empört blickte sie zu dem hölzernen Engel empor und rief: »Das ist Wahnsinn! Soll ich geradewegs in die Hölle hinabsteigen und mich mit dem Teufel verbünden?«

Das Gemurmel aus dem Kirchenschiff war lauter geworden. Einige Besucher applaudierten. Pater Ginks aufgeregte Stimme erscholl. Sie klang fragend. Und erzürnt.

Der Organist packte Sarah am Arm. »Schnell, kommen Sie! Ich bringe Sie hier raus.«

> *Nichtsdestoweniger möchte ich so kühn sein, die Unterstützung*
> *meiner beiden Hände für ein in Kürze zu Gunsten der Flutopfer zu*
> *gebendes Konzert anzubieten ... Im Jahr 1838, als ich erstmals nach*
> *Wien zurückkehrte, gab ich dort mein erstes Konzert zur Unter-*
> *stützung der Flutopfer in Pest. ... Es wird mir ein Trost sein, wenn ich*
> *nun meine lange Karriere als Virtuose mit der Erfüllung einer*
> *ähnlichen Pflicht beschließen kann. Ich verbleibe, bis zum Tode,*
> *Ungarns wahrer und dankbarer Sohn.*
> Franz Liszt,
> am 1. März 1876 in einem Brief an August von Trefort,
> den ungarischen Erziehungsminister

22. Kapitel

Budapest, 26. Januar 2005, 7.11 Uhr

Sarahs heftige Reaktion auf die jüngste Klangbotschaft ihres Ahnen hatte, mehr noch bei Lotz als bei Janin, für Bestürzung gesorgt. Die Verlegenheit des Organisten war dann eher noch größer geworden, als sie ihrem befremdlichen Ausruf einige wirre Entschuldigungen hatte folgen lassen. Um dem gestrengen Pater Gink zu entkommen, war das Trio ohne befriedigende Klärung des Vorfalls auf verschlungenen Wegen ins Freie geflüchtet. Als Sarah dem Ungarn zum Abschied hundert Dollar für seine Dienste anbot, schwang dieser sich zu glaubhafter Entrüstung auf, nahm das Geld zuletzt aber trotzdem, um es für die Instandhaltung der »Diva« zu spenden.

Hiernach war Sarah mit Janin über die Fischerbastei hinab zur Donau gelaufen. Sie hatte erklärt, der Spaziergang helfe ihr beim Nachdenken. Der wirkliche Grund für ihren überraschenden Bewegungsdrang waren die Farbenlauscher, ahnte sie doch, was ihr nun bevorstand. Wie Bluthunde würden sie ihre Witterung aufnehmen, um ihr zur nächsten Station auf der Spur der Windrose zu folgen. Was konnte sie tun, um ihre Verfolger abzuschütteln? Am liebsten hätte sie sich unsichtbar gemacht.

»Was haben Sie gesehen, Sarah?«, fragte Janin, während die beiden am Buda-Ufer entlangtrotteten. Bis dahin hatte der Professor sich rücksichtsvoll in Schweigen gehüllt.

Sie schob den Trageriemen ihrer Computertasche zurecht und antwortete leise: »Eine neue Botschaft.«

»Darauf wäre ich auch von selbst gekommen. Finden Sie nicht, wir sollten darüber sprechen?«

»Natürlich sollten wir das. Ich muss außerdem dringend einige Dinge im Internet recherchieren. Aber nicht im Hotel, wo einem Telefone untergeschoben werden. Da sind wir nicht sicher.«

Auf weiteres Nachfragen des Professors hatte Sarah nicht mehr reagiert. So liefen sie nebeneinanderher, stumm wie ein hilfloser Vater mit seiner pubertierenden Tochter, die gerade ihre Trotzphase hat. Über die Kettenbrücke kehrten sie nach Pest zurück. Dort fanden sie ein Café, das schon geöffnet hatte. Es hieß »Farger«. Ein Aufkleber am Fenster machte es als Internet-Hotspot kenntlich und damit für Sarah zum Ort der Wahl. Ohne ihren Begleiter zu fragen, trat sie ein.

Das Entree empfing die Gäste mit kühler Sachlichkeit: eine runde Theke aus blauem Glas, drum herum Hocker, die mit ihren niedrigen Lehnen ebenso en vogue wie unbequem aussahen, außerdem ein mit Magazinen und Zeitungen üppig bestücktes Wandbord, Poster von Kaffeetassen (gefüllt und leer), ein vielarmiger Kaktus (vermutlich mexikanisch) und eine lächelnde, noch etwas unausgeschlafen wirkende junge Frau, die auf die Frage nach einem ruhigen Plätzchen spontan den Nachbarraum empfahl.

Da saßen sie sich nun auf spartanisch dünn gepolsterten Bänken an einem Tisch gegenüber und wärmten sich an heißen Getränken. Vor Sarah stand ihr aufgeklapptes Notebook. Gerade hatte sie einige Suchbegriffe eingetippt und checkte die Ergebnisse aus dem Internet.

Janin ließ seinen Blick durch das Café schweifen. Das Farger war ein Spiegelbild der Stadt: modern und zugleich im Alten verhaftet. Das Parkett und die schlichten Möbel aus hellem Holz hätten auch das Stilempfinden des hippen Kopenhagener Publikums nicht verletzt, die im Raum versprengten schwarzen Ledersofas und Perserteppiche indes zielten wohl eher auf den traditionellen ungarischen Geschmack.

Mit einem Mal lächelte Sarah grimmig. »Vielleicht ist es mit der

Macht der Farbenlauscher doch nicht so weit her. Siebeneinhalb Stunden nach Vollmond weiß das Web immer noch nichts von einer gestürzten Göttin.«

Janin hatte sich gerade die Zunge an seinem Mokka verbrannt, verzog das Gesicht und fragte: »Haben Sie eigentlich Nekrasows Handy dabei?«

»Das liegt im Hotelzimmer. Vielleicht holen seine Mordbuben es ja wieder ab und der ganze Spuk ist vorbei.«

»Das glauben Sie doch selbst nicht.«

Sie schüttelte den Kopf. »Ehrlich gesagt, bin ich mir nicht einmal sicher, ob wir das Rätsel des letzten Hinweises überhaupt lösen sollen.«

»Ich dachte, das hätten wir gestern schon geklärt. Wenn Sie jetzt aufgeben, werden Sie die Stunde der Farbenlauscher nicht hinausschieben, sondern sie vielmehr noch schneller heraufbeschwören. Außerdem wären Sie für die Adler nicht mehr nützlich. Nur noch gefährlich.«

Sarah schluckte. Sie hatte das Gefühl, eine kalte Hand drücke ihr die Kehle zu. »Sie meinen, Nekrasows Warnungen sind …?«

Er nickte. »Ihre Gabe hat Ihnen ein Wissen verschafft, das Sie für die geheime Bruderschaft zu einer Bedrohung macht. Nur wenn wir den Dunklen immer einen Schritt voraus sind, werden am Ende *wir* triumphieren.«

Sie starrte auf den Monitor ihres Computers, ohne die Zeichen darauf zu sehen. In was hatte sie sich da nur hineinziehen lassen!

»Sarah?«, meldete sich behutsam Janins Stimme.

Sie riss sich vom Bildschirm los. »Wie?«

»In der Kirche – Sie waren so … verstört. Was hat Ihnen die Orgel gezeigt?«

Sarah wiederholte den Wortlaut der neuesten Klangbotschaft und war überrascht, wie ihr Gegenüber darauf reagierte. Erst wurde der Professor blass, dann starrte er sie betroffen an und schließlich beugte er sich vor, um seinem Unmut hitzig Luft zu machen.

»Wollen Sie etwa immer noch behaupten, Liszt sei ein Engel des Lichts?«

Janins Ausbruch traf Sarah wie ein Blitz aus heiterem Himmel.

Wütend funkelte sie ihn an. Sein Hang, ihrem Ahnen finstere Machenschaften zu unterstellen, ging ihr allmählich gehörig gegen den Strich. Empört konterte sie:»Liszt kann unmöglich das Ungeheuer gewesen sein, das Sie partout aus ihm machen wollen. Er hat unzählige Benefizkonzerte gegeben, mehrmals auch für ungarische Opfer von Überschwemmungen.«

Einen Moment hielt der Professor ihrem zornsprühenden Blick stand, dann lehnte er sich jäh zurück und winkte ab. »Es lohnt nicht, darüber zu streiten. Wir sollten uns lieber auf die Lösung seines neuesten Rätsels konzentrieren.«

Zwar waren sie sich in diesem Punkt einig, aber Sarah konnte trotzdem nicht so schnell auf gute Laune umschalten. Während sich ihr Ärger verflüchtigte, kam wieder die schon in der Matthiaskirche empfundene Verunsicherung zum Vorschein. Sie schüttelte den Kopf. »Die Verse der jüngsten Botschaft kommen mir verworrener vor als alles, womit Liszt uns bisher beglückt hat. Mit der letzten Zeile kann ich überhaupt nichts anfangen.«

»*Post tenebras lux?* Das ist Lateinisch und bedeutet: ›Nach der Dunkelheit das Licht.‹«

Sarah tippte die Worte in ihre Internetsuchmaschine ein, drückte die Enter-Taste – und pfiff durch die Zähne. »Das sind ja zigtausende von Treffern!« Sie klickte den ersten Eintrag an und überflog den Text. »Die Worte schmücken das Stadtwappen von Genf. Hat offenbar mit der Reformation zu tun.«

Der Professor gähnte. »Unseligerweise konnte weder das protestantische Licht noch die katholische Finsternis der Menschheit Glück und Frieden bringen. Übrigens spielt die Reise durchs Dunkel zum Licht auch in der Freimaurersymbolik eine wichtige Rolle. Sie hat alchemistische Wurzeln: Erst durch mystischen Tod und Verwesung erlangt die Materie jene Vollkommenheit, die ihre Wandlung zum Stein der Weisen ermöglicht.«

Sarah starrte mit düsterer Miene auf die Ziffern am oberen Bildschirmrand: Vierundvierzigtausendsiebenhundert Treffer verwiesen auf das lateinische *Post tenebras lux*. »Liszt hat mit Marie d'Agoult, seiner ersten Lebensgefährtin, in Genf gelebt«, bemerkte sie lahm.

»Das kann alles und gar nichts heißen. Wie passt Genf zu den anderen Hinweisen, dem ›Höllental‹ und dem ›Schwarzen Prinzen‹? Versuchen Sie doch mal, das Credo mit den Begriffen zu kombinieren.«

»Sie haben Recht. Das dürfte die Trefferzahl einschränken.« Sarah schickte die zusätzlichen Suchworte ins Internet hinaus. Zwei Sekunden später lag die enttäuschende Rückmeldung vor. »Fehlanzeige. Nicht eine einzige Fundstelle.«

»Seltsam«, wunderte sich Janin.

Mit engen Augen nippte Sarah an ihrem heißen Tee. Plötzlich stellte sie aufgeregt die Tasse ab. Die Tastatur klapperte erneut.

»Hatten Sie einen Geistesblitz?«, erkundigte sich Janin.

»Na ja. Ich habe eben die Suchbegriffe in Liszts Muttersprache eingegeben: auf Deutsch. Jetzt versuche ich es auf Französisch mit *Val d'Enfer* und *Prince Noir*.« Im Sturzflug stieß ihr Zeigefinger auf die Enter-Taste hinab.

»Whow!«, hauchte sie, als die Antwort aus dem World Wide Web auf ihren Monitor schwappte.

Janin schob sich von der Bank, um neben sie zu treten. Als sein Blick auf den Bildschirm fiel, runzelte er die Stirn. »Nur ein einziger Treffer?«

Sarah klickte den Eintrag an und hangelte sich zu einer umfangreichen Beschreibung durch, die sie rasch überflog: »Da ist von einem Ruinenviertel die Rede, das *Post Tenebras Lux* heißt. Und *Le Prince Noir* ist ein Künstlerhaus, ein kleines Bed & Breakfast in der alten Zitadelle von Les Baux de Provence.«

»Südfrankreich? Klingt vielversprechend. Liszt dürfte die Gegend gut gekannt haben. Wenn ich mich nicht irre, hat er schon als Fünfzehnjähriger eine Konzertreise dorthin unternommen. Außerdem fügt es sich wunderbar in die Spur der Windrose. Als nächster Buchstabe in N + BALZAC folgt L für *Libs,* den Wind, der aus Südwesten weht.«

»Das trifft aber auf Genf ebenfalls zu. Es liegt ziemlich genau auf einer Linie zwischen Weimar und Les Baux.«

Janin setzte sich wieder Sarah gegenüber und schmunzelte. »Sie haben in Geografie wohl immer eine Eins gehabt.«

Sie zuckte die Achseln. Ihre Augen blieben auf den Monitor gerichtet. Während sie weiter durchs Web surfte, erklärte sie: »Ich bin nur viel auf Achse. Abgesehen davon habe ich vor einiger Zeit Château d'Arpaillargues in Uzès besucht. Die Stadt liegt in der Nähe von Baux. Marie de Flavigny hat dort gelebt.«

»Wer?«

»Die spätere Gräfin Marie d'Agoult, die Franz Liszt drei Kinder geschenkt hat.«

»Jetzt! Haben Sie etwa gehofft, von ihrer Tochter Cosima abzustammen?«

»Sie meinen, weil sie Richard Wagner geheiratet hat und ich dadurch einer der prominentesten Musikerfamilien angehören würde? Nein. Cosimas Stammbaum dürfte wasserdicht sein. Ich dachte eher an die anderen beiden: Daniel und Blandine ... *Das gibt's doch nicht!*«, entfuhr es Sarah unvermittelt.

Janin schob das Kinn vor und spähte über seine Nase hinweg zum Computer. »Sagen Sie bloß, Ihre wilde Klickerei hat gefruchtet?«

»Das kann man wohl sagen!« Ihr Blick streifte über den Monitor hinweg Janins dunkle Augen. »Als Sie mir in Weimar vom großen Schisma der Farbenlauscher erzählten, meinten Sie, das alles habe mit den Machenschaften eines machtbesessenen Klerikers zu tun gehabt.«

Er nickte. »Ja. Die als Partitur niedergeschriebene Klanglehre des Jubal wurde nach dem Kardinalspurpur benannt.«

»Kann es sein, dass der Intrigant niemand anders war als *Kardinal Richelieu*, der Erste Minister im Staatsrat von Ludwig XIII. und seinem Thronfolger, dem ›Sonnenkönig‹?« Demonstrativ drehte sie ihren Computer Janin zu, damit er selbst lesen konnte, welches Schicksal Les Baux de Provence heimgesucht hatte.

Das Ancien Régime, dessen Ungleichbehandlung und Ausbeutung der Menschen Franz Liszt aus tiefstem Herzen verabscheut hatte, war unter der kompromisslosen Machtpolitik Richelieus erst zu voller Blüte gelangt. Um den Absolutismus zu stärken, hatte der Kardinal seine Gegner wahrlich nicht mit Glacéhandschuhen angefasst. Vor allem die Hugenotten – kalvinistische Protestanten –

waren ihm ein Gräuel gewesen. Nach der blutigen Belagerung und Einnahme von La Rochelle hatte er seine Aufmerksamkeit auf Les Baux de Provence gerichtet, ein anderes Zentrum des Protestantismus.

Dessen Lehnsherr Jean-Baptiste Gaston – der Herzog von Orléans – hatte sich unvorsichtigerweise gegen seinen Bruder verschworen, was nicht weiter tragisch gewesen wäre, wenn es sich dabei nicht um Ludwig XIII. gehandelt hätte, den König von Frankreich. Richelieu sah in der Intrige einen willkommenen Anlass, die Zitadelle von Les Baux im Jahr 1632 zu belagern. Siebenundzwanzig Tage später war der Widerstandswille des Ortes gebrochen. Die kriegsmüden Bewohner schleiften eigenhändig die Burg, um den unerbittlichen Kardinal zu besänftigen.

»Im Wesentlichen bin ich mit den historischen Zusamenhängen vertraut«, sagte Janin nach beendeter Lektüre.

Sarah drehte den Computer wieder zu sich um. In ihr kochte es. Nicht zum ersten Mal fühlte sie sich von Janin an die kurze Leine genommen. Kühl sagte sie: »Ich möchte eine ehrliche Antwort von Ihnen, Oleg. Wussten Sie, dass die Purpurpartitur ihren Namen *Richelieu* verdankt?«

Der Professor zögerte.

Für Sarah kam sein Ringen nach Worten einem Geständnis gleich, und dadurch geriet sie erst richtig in Rage. »Finden Sie nicht, Sie hätten mir dieses kleine Detail verraten können? Werfen Sie irgendeinem Franzosen das Wort ›Kardinal‹ an den Kopf und ihm wird automatisch der Name Richelieu einfallen. Warum haben Sie mir seine Identität verschwiegen?«

»Weil ich Sie nicht mit Vermutungen in eine womöglich falsche Richtung lenken wollte. Ich bin Historiker, Sarah. In der Wissenschaft zählen Fakten, nicht Spekulationen.«

Sie musterte ihn aus Augen, die nur mehr Schlitze waren. »Sie spielen doch kein doppeltes Spiel mit mir, oder?«

»Fangen Sie schon wieder damit an?«

»Uns beiden ist klar, wie besessen Sie von der Vorstellung sind, die Purpurpartitur zu finden. Ehrlich gesagt, wäre ich nicht überrascht, wenn Sie mich auszubooten versuchten.«

Janin breitete auf dem Tisch die Arme aus. »Sie schätzen mich falsch ein, Sarah. Zugegeben, ich habe auf der Suche nach der Königin der Klänge schon einige Grenzen überschritten, aber *Sie* ausmanövrieren?« Er schüttelte entschieden den Kopf. »Wie soll das gehen? Nur Sie haben das spezielle *Audition colorée*, um die Klanglehre zu finden.«

Das stimmte. Ohne sie wäre er kaum so weit gekommen. Vielleicht konnte er nicht so leicht aus seiner alten Lehrerhaut schlüpfen, die ihn dazu zwang, Schüler unbelastet an eine Aufgabenstellung heranzuführen. Sie atmete hörbar tief aus und deutete wieder auf den Monitor: »Wenigstens sind wir in der Deutung des neuesten Rätsels ein gutes Stück vorangekommen. Mit der ›im Purpur angezettelten Kabale‹ dürfte sich Liszt auf Richelieus Verrat beziehen. Die von ihm erwähnte Crux ist dann wohl das Kreuz der Spaltung, das die Farbenlauscher seitdem niedergedrückt hat. Haben Sie eine Ahnung, wen er mit dem Hüter der Harfe des Windes meint?«

»Keine Ahnung.«

Janins Antwort war so schnell gekommen, dass Sarahs Argwohn abermals aufflackerte. »Wirklich nicht?«

Der Professor seufzte. »Vielleicht meinte er eine Äolsharfe, ein Instrument, über das der menschliche Wille keine Gewalt hat, das nur dem Wind gehorcht.«

»Eine Windharfe? Natürlich! Die Verse sind so verklausuliert, dass ich von selbst gar nicht darauf gekommen bin. Ich kann ja mal nachsehen, was meine wandernde Bibliothek dazu sagt.«

Erneut tippte sie auf der Tastatur herum, durchsuchte erst die Nachschlagewerke auf der Festplatte und dann wieder das Internet. Zu Äolsharfen gab es erschreckend viele Artikel und Verkaufsangebote, aber sobald sie den Namen des Instruments mit dem des Dorfes Les Baux de Provence oder mit den anderen Begriffen aus der Offertoriumsbotschaft kombinierte, gähnte nur Leere auf ihrem Bildschirm. Sarah probierte verbissen weitere Verknüpfungen durch, aber je länger sie im Ozean der Informationen kreuzte, desto übermächtiger wurde das Gefühl des Verlorenseins. Schließlich klappte sie trotzig das Notebook zu und starrte wütend in das provozierend heitere Gesicht des Professors.

»Was gibt es da zu grinsen?«

Sein Brustkorb wippte unter einem geknebelten Lachen auf und ab. »Nichts für ungut, Sarah, aber mir gefällt die Vorstellung, dass Sie mit Ihrem Internet nicht jede Frage beantworten können.«

»Es ist nicht *mein* Web«, knurrte sie.

»Nichtsdestotrotz scheint es Franz Liszt geschafft zu haben, dem Fortschritt ein Schnippchen zu schlagen. Ich will mich ja nicht als Hellseher aufspielen, aber meiner Ansicht nach kann sich hinter einem so raffinierten ›Schloss‹ nur etwas Besonderes verbergen.«

»Fragt sich nur, wie wir es knacken können.«

»Liegt das nicht auf der Hand? Packen Sie Ihren Computer ein. Und auf nach Les Baux de Provence!«

Libs
(Südwesten)

—

Les Baux de Provence

Zu einem Sprichwort werde ich mein Ohr neigen;
Auf einer Harfe werde ich mein Rätsel eröffnen.

Psalm 49,4

*Reinigung der Kunst
ist Reinigung der Menschheit.*
Franz Liszt

23. Kapitel

Les Baux de Provence, 26. Januar 2005, 22.19 Uhr

Gleich einem von Piraten aufgebrachten Schiff trieb der schmale Kalksteinfelsen in der Nacht. Das Plateau war zerklüftet wie nach stundenlangem Kanonenbeschuss. Einige Aufbauten lagen in Trümmern, andere Häuser dagegen waren unversehrt und immer noch bewohnt. Hier und da leuchteten Positionslichter. Der Havarist mit dem Namen *Les Baux de Provence* hatte im Sturm der Geschichte manch schweres Wetter durchlebt, war aber nie gesunken. Trotzig reckte er sich dem funkelnden Sternenhimmel entgegen.

Der Mond sah mit seinem Zyklopenauge teilnahmslos auf den altersschwachen Peugeot herab, der sich die Straße zur größten Burgruine Frankreichs hinaufquälte. Auf der Rückbank des Taxis saßen stumm Sarah d'Albis und Oleg Janin. Sie hatte vor etwa vierzehn Stunden einen Paravent des Schweigen zwischen sich und ihrem Begleiter aufgestellt, um ihn spüren zu lassen, was sie von seiner Geheimniskrämerei hielt.

Les Baux de Provence markierte das vorläufige Ende ihrer kleinen Odyssee. In der Absicht, Nekrasows unsichtbare Häscher abzuhängen, waren sie von Budapest aus zunächt mit dem Zug nach Wien gereist. Dort hatten sie die Nachmittagsmaschine der Air France nach Lyon genommen und waren kurz vor acht nach Marseille weitergeflogen. Im Vergleich zu den bisherigen Stationen ihrer Irrfahrt kannte sich Sarah in der Hafenstadt sehr gut aus. Um möglichst wenig Spuren zu hinterlassen, hatte sie einem ehemaligen Fremdenlegionär aus Usbekistan einen unverschämt hohen Preis gezahlt, damit er sie mit seinem »halb legalen« Taxi zu ihrem Bestimmungsort am Südhang der Alpilles chauffiere.

Der Usbeke steuerte seinen Peugeot in halsbrecherischer Fahrt landeinwärts, gerade so, als habe er den Dienst bei der *Légion étrangère* nie quittiert und gehöre zu einer verdeckt operierenden schnellen Einsatztruppe. Immerhin erreichte er das Zielplanquadrat in der ausgezeichneten Zeit von einundfünfzig Minuten ohne Feindberührung und nennenswerte Kollateralschäden (eine Ratte, die sich dem Fahrzeug in den Weg gestellt hatte, war plattgewalzt worden). Sichtlich zufrieden mit seiner Leistung setzte er die beiden Fahrgäste in der Grande Rue Frédéric Mistral im schmalen Gassenlabyrinth von Les Baux ab.

»Das ist Ihr Quartier. Der Schuppen nennt sich Hôtel Bautezar. Genau das, was Sie wollten: keine Luxusherberge, aber mit drei Sternen noch im Rahmen des Erträglichen. Zu der Jahreszeit bekommt man meistens ein Bett.«

Daran hegte Sarah durchaus Zweifel. Argwöhnisch beäugte sie die Renaissancevilla durchs Seitenfenster. Mehr als ein Dutzend Zimmer hatte das Hotel wohl nicht. Hoffentlich mussten sie die Nacht nicht im Freien verbringen. Sie zahlte dem Legionär den Sold aus und schickte ihn zur Basis zurück.

Janin empfing seine Partnerin vor dem Hoteleingang mit versöhnlichen Worten. »Sollten die Dunklen unsere Spur jemals bis zu dem Burschen verfolgen können, werden wir längst nicht mehr hier sein.«

Sarah tat so, als habe sie nichts gehört. Mit den Augen verfolgte sie die Rücklichter des Taxis, bis sie im Gassengestrüpp verschwanden. Anschließend ließ sie ihren Blick an der Sandsteinfassade des Gebäudes emporwandern – wo er jäh an einem Wappenrelief über dem Eingang hängenblieb. Sie war wie elektrisiert.

Das von einem Rechteck umrahmte heraldische Emblem zierte anstelle eines Helms ein gekrönter Mohr. Auf dem Schildhaupt darunter war eine Windrose zu sehen. Gewissermaßen als Wahlspruch stand unter dem Wappenschild – in scheinbar falscher Schreibweise – der Name des Etablissements.

BAVTEZAR

»Bavtezar?«, murmelte Janin verwundert. Sarahs Interesse für das Wappen war ihm keineswegs entgangen.

»Nicht Baff-, sondern *Bau*tezar! Das ist Provenzalisch«, klärte sie ihn auf. »Sie dürften ihn als Balthasar den Magier kennen.«

»Magier?«

Sarah hatte den französischen Begriff *roi mages* im Sinn gehabt – *königliche Magier*. »Die Heiligen Drei Könige oder *Three Kings*. Ich weiß nicht, wie sie in Ihrer Muttersprache heißen. Jedenfalls wissen die Evangelien von einer fürstlichen Herkunft in Wirklichkeit nichts. Sie sprechen lediglich von Magiern oder Astrologen.«

Janin nickte. »*Tri volhva* – so werden sie üblicherweise in Russland genannt: ›Drei Magier‹.«

»Und Balthasar war der Überlieferung nach der älteste von ihnen. Das alte Herrschergeschlecht von Les Baux de Provence führte seine Herkunft auf ihn zurück.«

»Das haben Sie bestimmt im Internet gelesen.«

»So ist es. Fällt Ihnen was an diesem Balthasar da oben auf?« Sie deutete zum Relief über der Tür.

Janin zuckte die Achseln. »Sollte es?«

»Der Kopf über dem Wappenschild. Sehen Sie diese sehr vollen Lippen? Das Gesicht hat eindeutig negroide Züge.«

»Ja und? Ich denke, Balthasar war ein Mohr?«

»In der katholischen Heiligengeschichte ist der Herr Professor offenbar weniger beschlagen«, spöttelte Sarah. »Nach der Legende war der Jüngling *Caspar* dunkelhäutig und nicht der greise Balthasar. Ich wüsste zu gerne, wie es zu dieser Verwechslung kommen konnte.«

»Spielt das eine Rolle? Sicher wollte Liszt uns mit seinem letzten Hinweis nur eine unverwechselbare Ortsangabe geben: ›Wandre durch der Hölle Tal, wo du den Schwarzen Prinzen siehst‹. Das Val d'Enfer liegt unterhalb des Dorfes, und da haben wir den gekrönten Mohr.« Janin deutete zum Wappenrelief hinauf.

Die Erklärung des Professors klang schlüssig, aber Sarah fühlte sich trotzdem nicht wohl damit. Liszts bisherige Klangbotschaften waren alle mehrdeutig gewesen: Wegweiser sowohl in der wirklichen Welt wie auch in der seiner Gedanken. *Nicht jeder ist der, für den er sich ausgibt* – war der Verweis auf den falschen Balthasar eine versteckte Warnung?

»Worüber denken Sie nach?«, fragte Janin an ihrer Seite.

Sarah blinzelte ihn benommen an. »Nichts. Ich versuche nur zu verstehen.«

»Was halten Sie davon, damit in einer geheizten Stube fortzufahren? Der Wind hier draußen ist ziemlich ungemütlich.«

»Nichts dagegen. An den Mistral sollten Sie sich allerdings gewöhnen. In dieser Gegend weht er im Winter manchmal tagelang.«

Sie betraten das Hotel. Ein paar Stufen führten in einen großen Speisesaal mit Gewölbedecke hinab. Das Bild des altertümlichen Ortes setzte sich im Ambiente des Bautezar fort: kahle helle Steinwände, teilweise mit laubgrünen Gobelins behängt, würdevolle alte Möbel, Kerzenleuchter, eine Treppe aus dunkelbraunem Holz – die Kulisse zu einem Stück von Shakespeare hätte nicht authentischer sein können. Abgesehen von den Ankömmlingen gab es keine Darsteller. Sowohl das Restaurant als auch die rechts in eine Nische geduckte winzige Rezeption waren verlassen.

Auf dem Tresen stand ein graviertes Namensschild mit der Aufschrift »Albert-Bernard Cornée« und eine Glocke. Janin hieb auf selbige, um sich bemerkbar zu machen. Zur Fächerwand hinter dem Tresen deutend, sagte er: »Kein Schlüssel fehlt. Ich schätze, wir müssen nicht unter der Brücke schlafen.«

Aus den Tiefen des alten Gemäuers erscholl eine Stimme.

Sarah zählte elf Zimmerschlüssel. Dabei bemerkte sie neben dem Bord eine Holztafel mit einem in Zinnlettern gesetzten Zitat.

Eine Rasse junger Adler, niemandem untertan.
Frédéric Mistral

Sie stieß den Professor an und deutete auf das Brett. »Ob der Dichter da an die Dunklen Farbenlauscher gedacht hat?«

Ehe Janin antworten konnte, erschien ein schlaksiger Concierge mit zerzauster dunkler Mähne auf der Bühne. Nach Sarahs Auffassung musste er in einer Doppelrolle zugleich den Hotelbesitzer verkörpern. Zumindest erschien es ihr undenkbar, dass ein gewöhnlicher Angestellter sich so leger in Szene setzen durfte. Der etwa vierzig Jahre alte Mann trug eine ausgebeulte schwarze Baumwollhose und ein dazu passendes Hemd, an dem die drei obersten Knöpfe von dichter Brustbehaarung aufgesprengt worden waren. Dieses eher düstere Ensemble belebte er durch eine knallbunt schillernde Weste. An den Füßen trug er graue Filzpantoffeln.

»Guten Abend, Madame und Monsieur. Mein Name ist Cornée. Was kann ich für Sie tun?«, begrüßte er die Gäste, wobei er sie dem Lächeln seines beunruhigend breiten Mundes aussetzte. In seinem Gesicht war so ziemlich alles schief: besagtes Lächeln, die Zähne, die lange Nase, sogar die Augen waren von unterschiedlicher Größe.

Während Janin sich um die Anmeldung kümmerte, betrachtete Sarah weiter den Spruch des provenzalischen Dichters mit dem Namen jenes trockenen Nordwindes, der gerade draußen durch die Gassen pfiff. Die »Rasse junger Adler«, die niemandem untertan sein wollte – diese Umschreibung, mehr als zweihundert Jahre nach dem großen Schisma der Farbenlauscher verfasst, fügte sich erstaunlich gut in das Bild eigensinniger Neophyten, die sich weder von Purpurträgern noch allzu sanften Schwanen-Brüdern gängeln lassen wollten. Zufall? Oder war der Dichter selbst ein Nachfahre jener …?

»Gefällt Ihnen die Poesie Mistrals?«, drängte sich unvermittelt die näselnde Stimme des Hoteliers in Sarahs Grübelei.

Sie riss sich von der Tafel los und lächelte höflich. »Ich habe mich nur gerade gefragt, warum er ausgerechnet von Adlern spricht.«

»Der Adler gilt als König der Vögel. Viele Länder tragen ihn im Wappen. Er ist ein uraltes Sinnbild für göttliche oder imperiale Herrschermacht, aber auch für spirituelle Erkenntnis, Neugeburt und für Freiheit«, sagte Janin mechanisch.

Im asymmetrischen Gesicht von Monsieur Cornée spiegelte sich zuerst Verwunderung, dann etwas Schelmisches. »Nicht zu vergessen der junge Napoléon Bonaparte. Auch ihn hat man *aiglon* – ›junger Adler‹ – genannt.« Mit dem Daumen über die Schulter deutend, erklärte er: »Frédéric Mistral dürfte wohl eher an die unbeugsamen Bewohner dieses Ortes gedacht haben. Les Baux de Provence gleicht einem Adlerhorst, von dem aus man den Weg durch die Alpilles überwachen konnte, der aber auch Querdenkern als Zuflucht diente.«

»Haben Sie je von einer Bruderschaft gehört, die sich ›die Adler‹ nannte?«, fragte Sarah geradeheraus. Sie hörte, wie der Professor neben ihr scharf die Luft einsog.

Die schwarzen Augen des Hoteliers musterten die beiden Gäste, deren Verhalten ihm vermutlich merkwürdig vorkam. Dann antwortete er: »So gut kenne ich mich in der Geschichte der Hugenotten nun auch nicht aus.«

»Sagt Ihnen die Bezeichnung ›Farbenlauscher‹ etwas?«

Janin japste.

»Tut mir leid, Madame.«

»Oder eine Gesellschaft der ›Weißen‹ oder der ›Dunklen‹ oder ... «

»Es gibt hier die Kapelle der Weißen Büßer. Dort wird die Statue der heiligen Stella verehrt, der Schutzpatronin der Dichterbewegung ... «

»Die Pénitents blancs sind eine religiöse Bruderschaft. Ich denke nicht, dass uns das weiterbringt ... «, mischte sich ihr russischer Freund ein, aber Sarah hinderte ihn mit einer Handbewegung am Weitersprechen.

»Monsieur Cornée, seit wann ziert der Schwarze Prinz mit der Windrose draußen Ihren Eingang?«

»Das ist keine Windrose, sondern der Stern von Bethlehem.«

Aber sicher, dachte Sarah, Balthasar wird zum Mohr und die Kompassrose zum Stern von Bethlehem – das Auge sieht, was es sehen will. »Ist das Wappen älter als einhundertfünfzig Jahre?«

»Nein. Es wurde 1953 angebracht, als man hier das Restaurant eröffnete. Aber ähnliche Motive finden Sie überall im Dorf.«

»Verstehe. Eine Frage hätte ich noch: Lebt hier zufällig eine Person, die man als ›Hüter der Harfe‹ bezeichnet oder sagt Ihnen dieser Titel irgendetwas?«

Diesmal ließ sich Cornée mit seiner Antwort Zeit. Dann schüttelte er langsam den Kopf, sagte: »Nein...« Und fügte aufgeregt hinzu: »Aber vielleicht kann Ihnen Madame Le Mouel weiterhelfen. Sie hat früher im *Orchestre Philharmonique de Marseille* gespielt. Als Harfenistin.«

Der Trolly drückte die Matratze verdächtig tief ein. Während Sarah einige Kleidungsstücke auspackte, stellte sie sich vor, wie sich die Schlafunterlage erst unter ihrem Körpergewicht verformen würde. Vermutlich erwartete sie ein Morgen mit mörderischen Rückenschmerzen.

Das Hotelzimmer war im Stil Ludwigs XVI. eingerichtet, nicht, was des Monarchen Hang zum Luxus anbelangte (er hatte noch im Schatten der Guillotine auf ein gepflegtes Äußeres Wert gelegt), sondern im Hinblick auf die antiquierte Möblierung: Himmelbett mit opulent geblümter Überdecke, ein verzogener Kleiderschrank, der sich nicht schließen ließ, und ein winziges Badezimmer mit prähistorischen Armaturen – Sarah hatte schon lange nicht mehr unter so bescheidenen Verhältnissen logiert.

Die museale Unterkunft war offenbar längere Zeit nicht mehr gelüftet worden. Sarahs erster Gang hatte sie deshalb zum Fenster geführt, wo sie beide Flügel weit aufriss und tief einatmete. Wenigstens herrschten in Les Baux de Provence weder die eisigen Temperaturen Kopenhagens noch die klamme Kälte von Budapest. Jetzt, da ihr Monsieur Cornée den Weg zum Haus von Florence Le Mouel beschrieben hatte, war sie ohnehin viel zu aufgeregt, um zu frieren. Nur wenn der Mistral eine allzu heftige Bö durchs Fenster schickte und die sich blähenden Vorhänge sie im Nacken kitzelten, fröstelte sie ein wenig. Irgendwo bellten Hunde.

Als sie sich anschickte, die frisch bestückten Bügel zum Schrank zu tragen, streifte ihr Blick die schwarze Notebooktasche. Unvermittelt fiel in ihrem Kopf ein Dominostein und löste eine ganze Gedankenstafette aus, an deren Ende eine gemurmelte Erinnerung stand.

»Die gestürzte Göttin.«

Sarahs Augen suchten das Fenster, wo der Mond prall durch die unruhigen Vorhänge schien. Entschlossen klappte sie den Koffer zu und nahm mit dem Computer an einem Möbel Platz, das ob seiner Winzigkeit den Namen Tisch kaum verdiente. Übers Handy klinkte sie sich ins Internet ein und wiederholte die Suche, die sie schon am Morgen im Budapester Café Farger unternommen hatte. Insgeheim hoffte sie, Nekrasows unheilvolle Ankündigung möge sich abermals als Theaterdonner entpuppen, aber sie wurde fündig.

Die Tragödie der Mondpilger

So titelte das Onlineportal der Londoner *Times*. Der Bericht verursachte Sarah eine Gänsehaut. Bereits am Mittwoch – dem Tag des Vollmondes – hätten nahe dem indischen Wai mehr als dreihundert Menschen bei einer Massenpanik ihr Leben verloren. Hunderttausende seien zuvor nach Mandher Devi gepilgert, um der Schutzpatronin des Dorfes zu huldigen, der Göttin Kalubai.
Wir werden eine Göttin für dich stürzen.
Wie von Nekrasow angekündigt hatte sich die sogenannte Schutzpatronin als machtlos erwiesen, als in einer belebten Marktstraße ein Brand ausbrach und etliche Gläubige in Flammen aufgingen. Andere seien in der daraufhin ausgebrochenen Massenpanik zu Tode getrampelt worden, hieß es in den Berichten. Die meisten Opfer waren Frauen und Kinder.
Über den Auslöser der Katastrophe herrschte Uneinigkeit. Manche Onlinemedien sprachen von einem Kurzschluss, andere von nassen Stufen – das Meiste davon beruhte auf Spekulationen. Einige Berichterstatter indes räumten offen ein, die Ursache des Unglücks sei bis dato ungeklärt.
Kein Journalist erwähnte Klänge der Macht.
Religiöse Feste und Rituale waren ohne Musik kaum denkbar. Zweifellos hatten auch die Pilger rund um den Mandher-Devi-Tempel davon eine Menge zu hören bekommen. Waren in einigen der Melodien unterschwellige Botschaften versteckt gewesen …?
Sarah fuhr erschrocken zusammen, als sie plötzlich den *Liebestraum* von Franz Liszt vernahm. Das Flötenspiel kam aus ihrem Trolly. Sie hatte Nekrasows Handy ganz vergessen – oder den Ge-

danken daran verdrängt? Mit weichen Knien lief sie zum Bett, klappte den Koffer auf, kramte das Mobiltelefon heraus und drückte die Abhebentaste.

»Ja?«

»Glaubst du mir jetzt?«, fragte Sergej Nekrasow ohne Begrüßung. Obwohl oder vielleicht gerade weil er das schreckliche Unglück in Indien mit keinem Wort erwähnte, entflammte Sarahs Zorn.

»Stecken Sie hinter der Massenpanik in Mandher Devi?«

»Ich war dir einen Beweis unserer Macht schuldig.«

Sarah schnappte nach Luft. »Und dafür bringen Sie *dreihundert* Menschen um? Sie sind ja wahnsinnig!«

»Wir haben niemanden getötet, sondern lediglich die Kettenreaktion *ausgelöst*.«

Sie fühlte, wie Hass und Abscheu ihr die Kehle zuschnürten. »Das ist die erbärmlichste Ausrede, die ich je gehört habe. Dann hätten Sie die Panik doch bestimmt auch eindämmen können.«

»Sicher. Nichts wirkt so beruhigend wie eine friedliche Melodie. Aber was, wenn der Tag des Vollmonds ohne spektakulären Vorfall verstrichen wäre? Hättest du mich dann nicht für einen Scharlatan gehalten, Sarah?«

»Meinen Sie, als Verkörperung des Teufels schneiden Sie besser ab?«

»Ruhig Blut, Sarah. Derlei Vergleiche sind kaum angebracht. Denk an Joséphine. Sie hat nie die Contenance verloren.«

Sarah erschauerte. Nicht genug, dass Nekrasow ständig *sie* mit Vornamen ansprach, jetzt gebärdete er sich noch als Vertrauter ihrer Mutter. Gepresst erwiderte sie: »Lenken Sie nicht von Ihren Verbrechen ab. Es gibt keine Rechtfertigung für das, was Sie getan haben. Es ist abscheulich, diabolisch ...«

»Still jetzt, ehe du deine Worte bereust!«, unterbrach sie Nekrasow. Seine Stimme raschelte wie froststarres Laub. »Es liegt in deiner Hand, ob der Weg zum Glück für die Menschheit steinig oder angenehm wird.«

»Glück?« Sarah lachte bitter. »Sie meinen wohl die Art Seligkeit, die man auf einem LSD-Trip spüren darf.«

»Ich kann dir versichern, Kind, dass die Klänge, die wir mithilfe der Purpurpartitur erschaffen werden, sehr viel sublimer wirken als jede Droge. Erdenweit werden Männer, Frauen und Kinder der Vernunft gehorchen, weil sie es *wollen*.«

Sie schnaubte verächtlich. »Wohl eher, weil Sie die Menschen mit Ihrer Art von ›Vernunft‹ infiziert haben. Und wenn ich bei lebendigem Leibe verfaulen müsste, ich möchte nichts mit Ihren Machenschaften zu tun haben.«

Nekrasows eisige Stimme wurde auf unheimliche Weise ruhig. »Ich rate dir dringend, mein Angebot noch einmal zu überdenken.«

»Das können Sie vergessen!«

»Lenke endlich ein, Sarah! Jetzt weißt du, wozu wir fähig sind und kannst dich unserer Sache nicht länger verweigern. Du allein besitzt die Macht, unsere Welt auf sanfte Weise zu heilen. Sonst ...«

Sarah schob trotzig das Kinn vor. »Sonst?«

»Wenn du dich weiter gegen deine Bestimmung sträubst, bleibt uns nur die Ultima Ratio: Das Menschengeschlecht durch Feuer zu läutern.«

Sie schnappte nach Luft, schüttelte empört den Kopf, suchte lange nach einer passablen Erwiderung und antwortete am Ende doch ziemlich ungehobelt: »Sie sind ein gemeingefährlicher Psychopath, Nekrasow, und wenn ich an Ihren Killer Tiomkin denke, dann scheinen Ihre sogenannten Brüder keinen Deut besser zu sein.«

»Walerij hatte lediglich den Auftrag, dich zu einem abgeschiedenen Ort zu bringen, damit wir dir ungestört unsere Mission hätten erklären können.«

»Als er im Russischen Hof in mein Zimmer eingedrungen ist und wie wild um sich geschossen hat, kam mir das aber nicht wie eine Einladung vor.«

»Alles nur Bühnenzauber, ein dramatischer Versuch, dich zum Mitkommen zu nötigen.«

»Nur interessehalber: Wie lautete sein Befehl für den Fall, dass ich Sie später zum Teufel gewünscht hätte?« Sarahs Stimme troff gallegrün vor Verachtung.

»Über das Nachher hatten wir uns noch nicht abgestimmt. Walerij Tiomkin sollte dich lediglich überreden, mit ihm zu gehen. Im Übrigen war es *dein* Partner, Sarah, der ihn ins Jenseits befördert hat.«

»Sie weichen mir aus, Nekrasow. Angenommen, ich würde mitspielen, Sie bekämen Ihre Purpurpartitur und die von Ihnen so heiß ersehnten neuen Klänge der Macht. Was geschähe danach mit mir? Heißt es dann: ›Der Mohr hat seine Schuldigkeit getan – der Mohr kann gehen!‹?«

»Du bist für uns eine Meisterin der Töne gleich Jubal. Wenn du dich uns anschließt, werde selbst ich vor dir das Haupt beugen.«

Die feierlichen Beteuerungen aus dem Telefon prallten wirkungslos an Sarah ab. »Darauf kann ich verzichten. Sie mögen vielleicht eine Massenpanik auslösen können, aber die Welt neu zu ordnen, dürfte selbst für Ihre Farbenlauscher eine Nummer zu groß sein.«

Einen ausgedehnten, nur von Nekrasows pfeifendem Atem untermalten Moment lang hoffte sie, den Meister der Harfe endlich von der Aussichtslosigkeit seines Ansinnens überzeugt zu haben. Dann aber meldete sich seine raschelnde Stimme mit kühler Entschlossenheit erneut zu Wort.

»Also gut. Ich will dir trotzdem einen letzten Beweis liefern, wozu wir schon heute fähig sind. In Kopenhagen, wo unser Bruder von der Hand deines Partners starb, hast du dich der Führung Hans Christian Andersens anvertraut. Wir werden diese Lichtgestalt zu einem Unheilspropheten machen. Bist du abergläubisch, Sarah?«

Sie schluckte. »Nein. Wieso?«

»Weil uns Franz Liszts sinfonische Dichtung Nr. 13 als Motto dienen soll. Sie heißt …«

»*Von der Wiege bis zum Grabe*«, flüsterte Sarah ahnungsvoll.

»Kluges Kind. Aber wage es nicht, mich noch einmal zu unterbrechen. Was ich jetzt sage, soll dir zur gegebenen Zeit die Augen öffnen: Der Schwanenbruder Andersen wurde am 2. April 1805 geboren. Vergiss dieses Datum nicht! Während man in zwei Monaten den kleinen Hans Christian in der Wiege feiert, soll sich für einen anderen das Grab öffnen. Sein Tod wird die Welt bewegen. Wie sie nachher aussieht, liegt allein in deiner Hand.«

Sarahs Hand presste das Handy wie eine Zitrone. Die gebetsmühlenartig wiederholte Behauptung, *sie* habe alle künftige Unbill der Menschheit zu verantworten, hatte sie zermürbt. Sie verlor die Beherrschung und schrie: »Was für ein irrer, völlig idiotischer Schwachsinn! Sie und Ihre Farbenlauscher gehören allesamt ins Gefängnis und der Schlüssel weggeworfen. Was immer Sie in mir sehen, ich bin es nicht und werde es niemals sein. Eher will ich tot sein, als mich in den Dienst Ihrer wahnsinnigen ›Mission‹ zu stellen.«

Eine kurze Stille kehrte ein. Dann fragte Nekrasow nur: »Ist das dein letztes Wort?«

Sarah lief es kalt den Rücken hinunter. Ohne etwas zu erwidern, nahm sie das Telefon vom Ohr und warf es mit Schwung aus dem Fenster.

> *Aeolusharfe, Windharfe. Diese Namen giebt man einem Saiteninstrumente, das dem Winde ausgesetzt für sich zu tönen anfängt. … die tiefsten Töne sind die des Einklanges, aber so, wie sich der Wind mehr hebt, entwickelt sich eine Mannigfaltigkeit entzückender Töne, die alle Beschreibung übertrift. Es ist schwer zu erklären, wie eine einzige Saite alle diese harmonischen Töne, sieben bis acht an der Zahl, durchlaufen, und zuweilen mehrere derselben zugleich hören lassen könne.*
> Johann Samuel Traugott Gehler, Physicalisches Wörterbuch, 1787

24. Kapitel

Les Baux de Provence, 27. Januar 2005, 8.48 Uhr

Das Restaurant des Bautezar wogte in Klängen. Sie entströmten einem braunen Piano, das manchen unreinen Ton in sich barg. Doch die Hände, welche es mal streichelten, dann wieder fordertem, verwandelten die kleinen Makel in Besonderheiten, die dem Stück eine noch zauberhaftere Note verliehen. Zwar hatten diese nahezu magischen Finger letzthin nur beiläufig auf einer Tischkante oder einem niedrigen Schrank tanzen dürfen, aber an diesem Donnerstagmorgen ließ sich hören, dass sie keineswegs aus der Übung gekommen waren. Sarah spielte Frédéric Chopins *Nocturne cis-Moll* mit jener Anmut und Melancholie, der sich kein Menschenherz verschließen konnte.

Wieder lag eine fast schlaflose Nacht hinter ihr. Weniger die letzten Worte von Sergej Nekrasow hatten sie bis ins Mark erschüttert, als vielmehr die kalte Entschlossenheit, mit der sie ausgesprochen worden waren. Für den beunruhigenden Kontext hatte sie ja selbst gesorgt. *Eher will ich tot sein, als mich in den Dienst Ihrer wahnsinnigen »Mission« zu stellen.* Vielleicht hätte sie ihren Widerwillen etwas diplomatischer zum Ausdruck bringen sollen.

Chopin half ihr dabei, ihre Mitte wiederzufinden. Janin war nicht wie vereinbart um halb neun zum Frühstück erschienen, deshalb hatte Sarah der Versuchung nachgegeben und sich ans Klavier gesetzt. Als jetzt die letzten Töne von Chopins »Nachtstück« in dem mittelalterlichen Speisesaal verklangen, brach hinter ihr stürmischer Applaus los. Sie wandte sich überrascht um.

Cornée und Janin hatten sich unbemerkt herangepirscht und ihrem Klavierspiel gelauscht. Nun wollten sie es würdigen. Janin klatschte auf eine sehr verhaltene Weise. Die Ovationen und Begeisterungsrufe des Hotelbesitzers dagegen waren gleich für ein ganzes Dutzend von Konzertbesuchern gut. »Bravo, Madame d'Albis!«, rief er zum wiederholten Mal. »Ich habe mich gestern die ganze Zeit gefragt, woher Sie mir so bekannt vorkommen. Jetzt weiß ich es. Ihr Spiel ist göttlich.«

Das überraschende Hineingestoßenwerden ins Profane machte sie befangen. Artig bedankte sie sich und bat um einen Tee. Cornées schlaksige Gestalt entschwand. Als Sarah mit dem Professor allein war, tischte sie ihm die Neuigkeiten des vergangenen Abends auf.

Janins Gesicht war wie versteinert. »Sie hätten mir gleich von dem Anruf berichten sollen«, warf er ihr vor.

»Wozu? Wären Sie etwa mit mir abgereist?«

»Zumindest hätte ich Ihnen den Vorschlag gemacht. Inzwischen sollte Ihnen klar sein, wie machtvoll und gefährlich die Farbenlauscher sind.« Den Namen der Bruderschaft sprach der Professor auffallend leise aus. Sarahs Erwiderung hallte umso kräftiger.

»Ach hören Sie auf, Oleg! Sie haben mir Kardinal Richelieus Namen verschwiegen, um mir gegenüber im Vorteil zu sein. Ihnen ist es doch nur recht, wenn wir weiter nach der Purpurpartitur suchen.«

»Aber nicht um jeden Preis, Sarah. Nekrasow hat vermutlich längst einen neuen Schergen auf uns angesetzt. Eigentlich dachte ich, Sie hätten gestern schon begriffen, dass ich Ihre Geschwätzigkeit gegenüber diesem Monsieur Cornée für reichlich unvorsichtig halte. Nehmen Sie sich etwas zurück, bis wir hier verschwunden sind.«

Eher aus Trotz denn aus Überzeugung antwortete sie: »Verschwinden? Keine Chance, bevor ich nicht Liszts Rätsel gelöst habe. Ich muss herausfinden, was genau er mit der Crux meinte, die uns die im Purpur angezettelte Kabale offenbaren und uns zum Finale tragen soll. Vielleicht kann uns Madame Le Mouel da weiterhelfen.«

»Und wenn sie zur ›Adlerrasse‹ gehört? Sie wissen, wen ich meine.«

Sarah wurde nicht schlau aus Janins plötzlichem Wankelmut. In Budapest hatte er sie noch zum Weitermachen angespornt, und jetzt gefiel er sich in der Rolle des Bedenkenträgers. Sie schüttelte energisch den Kopf. »Wenn wir der Harfenistin aus dem Weg gehen, werden wir nie erfahren, ob sie uns schaden oder weiterhelfen kann. Ich für meinen Teil habe mich entschieden. Ob Sie mich begleiten wollen, überlasse ich Ihnen.«

Das Haus von Florence Le Mouel klebe an der Felswand direkt unterhalb der Burgruine, hatte der Besitzer des Bautezar gesagt. Es zu finden sei im Grunde nicht schwer. Als Sarah mit Oleg Janin auf die Straße hinaustrat, kam sie sich vor wie die bewegliche Zielscheibe in einer Schießbude. Nekrasows dunkle Drohungen gingen ihr nicht aus dem Sinn. Ob er seine Häscher schon in Stellung gebracht hatte?

Auf dem Weg durch den malerischen Ort blickte sie sich ständig um. Im Kontrast zu ihrem düsteren Gemüt zeigte sich das Wetter von seiner besten Seite. Der trockene Nordwind hatte sämtliche Wolken vom Himmel geblasen. Bald öffnete sie ihre Jacke, weil die Sonne an geschützten Stellen für fast schon frühlingshafte Temperaturen sorgte.

Sich in Les Baux de Provence zu verlaufen, war so gut wie unmöglich. Gegenwart und Vergangenheit drängten sich auf einem Fels von sechshundert mal zweihundert Metern. Die Einwohnerschaft bestand aus knapp vierhundertfünfzig Menschen und einer Garnison von Straßenhunden, die überall im Ort patrouillierten, sich gegenseitig jagten oder die Touristen durch die Gassen begleiteten. Unbedachterweise hatte Sarah beim Verlassen des Hotels einen der vierbeinigen »Fremdenführer« mit einem Keks gefüttert. Von da an war der schwarz-weiß gescheckte Cicerone, sehr zu Janins Unwillen, nicht mehr von ihrer Seite gewichen und kläffte nun unentwegt, weil Konkurrenten ihm die Kundschaft abspenstig machen wollten.

Der Fußmarsch, den sie auf dem unebenen Kopfsteinpflaster zu bewältigen hatten, war eher ein Katzensprung. Und doch glich er einer Reise in die Vergangenheit. In der Grande Rue Frédéric Mistral, der Hauptstraße, durchschritten sie ein Spalier liebevoll renovierter Renaissancehäuser, einst Domizile reicher Adels- und Bürgerfamilien.

Als sich Sarah einmal mehr umdrehte, streifte ihr Blick einen untersetzten Mann mit schwarzem Mantel, Sonnenbrille und Hut. Er schien sie zu beobachten. Nach einer Weile wandte sie sich abermals nach ihm um. Der Unbekannte war verschwunden.

»Stimmt irgendwas nicht?«, fragte Janin.

»Ich weiß nicht«, murmelte sie. »Mir kam es so vor als ...« Sie schüttelte den Kopf. »Vermutlich sehe ich schon Gespenster.«

Er lachte. »Die gibt es in diesem verfluchten Nest vermutlich scharenweise. Wir müssen dort entlang.« Er deutete in eine Nebengasse.

Abermals suchte Sarah nach der dunklen Gestalt. Als sie nichts Verdächtiges entdecken konnte, verließ sie mit Janin und ihrem vierbeinigen Begleiter die Hauptstraße.

In der engen Passage ging es ein kurzes Stück hangaufwärts. Bald gelangten sie in die Rue de Lorme Cité Haute, wo sie wie angekündigt das Haus der Harfenspielerin fanden. Dicht gefolgt von Janin erklomm Sarah eine von Kiefern beschattete Treppe. Der Hund blieb zurück.

Links ragte eine Mauer aus grob behauenen Steinen auf, rechts appellierte ein rostiges Eisengeländer an den Gleichgewichtssinn der Besucher. Das Gebäude, in dem Madame Le Mouel wohnte, war wie eine Kolonie von Schwalbennestern eng mit dem Fels von Les Baux verwachsen. Sarah gab bald den Versuch auf, die wahren Dimensionen des Anwesens zu überblicken.

Durch einen Torbogen betrat sie den kleinen Innenhof, nicht viel mehr als ein Kamin, aus dem das Haus durch ein paar Sprossenfenster und die glaslosen Öffnungen einer Galerie sein Licht saugte. Die Zeitreise durch Les Baux fand ihren vorläufigen Abschluss vor einer Eichentür, die mit ihren eisernen Beschlagnägeln einen wehrhaften Eindruck machte. Neben dem Eingang hing an einer geschmiedeten Halterung eine Glocke.

Sarah zog mehrmals an dem Strick, der am Klöppel befestigt war. Das *Audition colorée* malte grüngelbe Kometenschweife in ihren Geist. Darauf folgte dunkle Stille. Nur der Mistral stürmte übermütig durch die Wipfel der Kiefern. Sie wechselte einen Blick mit Janin. Der zog das typische Vielleicht-ist-sie-nicht-zu-Hause-Gesicht. Sie streckte erneut die Linke nach dem Klöppelseil aus, doch bevor sie die Glocke abermals zum Klingen brachte, wurde über ihr eines der Bogenfenster aufgerissen.

Darin stand in dunkelblauem Kleid eine beleibte Frau, deren wogender Busen so eben über den Fenstersims reichte. Ihr aschgraues Haar war streng zurückgekämmt und mündete in einem Zopf, der an ihrem Hals vorbei den Körperrundungen abwärts folgte. Sie hatte wachsam blickende, dunkelbraune Augen, eine kurze Stupsnase und ein rundes Kinn. In ihrem ovalen, fast faltenlosen Gesicht spiegelten sich Würde, Entschlossenheit und ein unbeugsamer Wille. Sarah schätzte sie auf Mitte oder Ende sechzig.

»Guten Morgen. Sie wünschen bitte?«, fragte die Frau im Fenster. Ihre tiefe Stimme klang nicht unfreundlich, aber trotzdem überraschend autoritär.

Sarah fühlte sich von der spürbaren Stärke ihres Gegenüber in die Defensive gedrängt und legte unwillkürlich die Hand auf die Brust, so als könne der Kettenanhänger unter ihrem schiefergrauen Pullover ihr zusätzliche Kraft verleihen. »Guten Morgen ... Madame Le Mouel, nehme ich an. Der Herr neben mir ist Professor Oleg Janin, ein in Paris arbeitender Musikhistoriker. Und ich heiße ...«

»... Sarah d'Albis. Ich weiß«, ging Florence Le Mouel ungeduldig dazwischen. »Zwar trete ich nicht mehr öffentlich auf, aber eine so begnadete Kollegin nicht zu kennen, wäre ein Armutszeugnis, das ich mir keinesfalls ausstellen möchte. Warten Sie, ich komme zu Ihnen hinunter.«

Sie ließ ihren Blick über die Dächer wandern, als erwarte sie im Schlepptau der prominenten Pianistin ein Rudel Paparazzi. Oder rechnet sie mit anderen Verfolgern?, fragte sich Sarah. Vielleicht mit einem Mann im schwarzen Mantel, mit Sonnenbrille und Hut? Unwillkürlich wandte sie sich dem Eingang des Innenhofs zu. Als sie wieder zum Fenster hinaufsah, war dieses geschlossen und die Harfenistin verschwunden.

Wenig später öffnete Madame Le Mouel die Haustür. Jetzt trug sie an einer goldenen Kette eine schwarze, mit Glitzersteinen besetzte Brille um den Hals. Das vermutlich dazugehörige schwarze Etui hielt sie in der Hand. Nachdem sie die Besucher eingehend gemustert hatte, erkundigte sie sich nach deren Anliegen.

»Ihnen sind vielleicht auch schon die Gerüchte um meine Abstammung von Franz Liszt zu Ohren gekommen«, erklärte Sarah.

»*Ha!*«, lachte die Harfenistin auf eine Weise, die sich eher nach einem trockenen Husten anhörte. »Ich habe die Berichterstattung verfolgt. Allerdings hat mich kein einziger Beitrag überzeugt. War vermutlich ein PR-Gag, oder?«

»Wenn, dann von den Medien, die damit ihre Auflagen oder Einschaltquoten verbessern wollten. Ich habe immer wieder betont, dass mein Stammbaum alles andere als gesichert ist«, beteuerte Sarah überrascht. Ihr Gegenüber war seit langem der erste Mensch, der sich nicht von der Medienkampagne hatte hereinlegen lassen.

»Ich will nicht unhöflich sein, Madame d'Albis, aber worauf wollen Sie hinaus?«

»Mir geht es darum, endlich die Wahrheit über meinen angeblichen Ahnen herauszufinden. In jüngster Zeit bin ich auf einige ... Hinterlassenschaften von Franz Liszt gestoßen, die meine Abstammung von ihm zu beweisen scheinen. Allerdings hat er sich einen Spaß daraus gemacht, seine Erläuterungen in Rätsel zu fassen.«

»Das wundert mich überhaupt nicht. Künstler neigen zu exzentrischen Einfällen. Sie müssen sich immer und überall produzieren.«

Sarah besaß feine Antennen für die Körpersprache ihrer Mitmenschen, und obwohl Madame Le Mouel sich vordergründig unbeeindruckt gab, sandte sie Signale eines erwachenden Interesses aus. Seltsamerweise sah die Harfenistin ihr nicht offen ins Gesicht, sondern auf ihre ... Brust?

Überrascht bemerkte Sarah, dass ihre Finger schon wieder nach dem Kettenanhänger unter dem Pullover tasteten. Rasch ließ sie die Hand sinken und mahnte sich zur Besonnenheit. Sie brauchte endlich klare Antworten. Ein rascher Blickwechsel mit Janin verriet ihr, dass er ihren nächsten Schachzug vorhersah und missbilligte. Trotzdem sagte sie: »In einem seiner Rätsel erwähnt Liszt eine Windharfe und ihren Ersten Hüter.«

Florence Le Mouels Gesichtszüge versteinerten. Ihre schwarzen Augen indes schienen mit einem Mal Feuer zu versprühen. Was immer in ihr vorging, es war heftig. Und kurz. Im nächsten Moment zeugte nur noch der kühle Ton ihrer Stimme von dieser inneren Eruption. »Ich fürchte, Sie enttäuschen zu müssen, Madame d'Albis. Mein Instrument spielt, was *ich* ihm befehle. Eine Äolsharfe dagegen gehorcht nur dem Wind. Schauen Sie in die Gelben Seiten, wenn Sie einen Experten brauchen.«

Wenn das keine Abfuhr war! Sarah musste erst tief Atem schöpfen, ehe sie mit dem gebotenen Gleichmut erwidern konnte: »Bestimmt können Sie auch die Kraft des Rätsels spüren, wenn Sie die ersten zwei Verse als Ganzes auf sich wirken lassen. Liszt dichtete: ›Wandre durch der Hölle Tal, wo du den Schwarzen Prinzen siehst, und mit des Windes Harfe Zahl ihr Erster Hüter dich begrüßt.‹ In Les Baux de Provence gibt es das Val d'Enfer und etliche Bezüge auf den *Prince Noir* – fehlt nur noch ›des Windes Harfe Erster Hüter‹.« Sarah lächelte verbindlich. »Sie haben nicht etwa eine Idee, um wen es ich dabei handelt?«

Le Mouels Gesicht blieb ausdruckslos, nur in den dunklen Augen loderte wieder dieses Feuer, das von sicherlich aufschlussreichen Regungen und Gedanken entfacht sein mochte. Ob auch Janin es bemerkte?

Bedächtig in Gesten und Worten antwortete die Harfenistin: »Madame d'Albis, bitte sehen Sie es mir nach, wenn mich Ihre Ausführungen verwirren. Liszt ist seit hundertzwanzig Jahren tot. An welche Person er beim Verfassen seiner Verse auch immer dachte, sie müsste gleichfalls längst zu Staub zerfallen sein. Ich fürchte, ich kann Ihnen nicht weiterhelfen. Außerdem ... Oh!«

Während Le Mouel ihre Erklärung mit den Händen unterstrichen hatte, war ihr das Brillenetui entglitten und direkt vor die Füße der Besucherin gepoltert. Noch bevor Oleg Janin der Pflicht des Gentlemans genügen und das schwarze Lederkästchen aufheben konnte, hatten schon Sarahs Reflexe ihren Oberkörper nach vorne kippen lassen. Als sie die Hand nach dem verlorenen Gegenstand ausstreckte, geschah etwas, das sie zwei, drei Herzschläge lang völlig durcheinanderbrachte.

Der Kettenanhänger rutschte aus ihrem Halsausschnitt.

Rasch hob sie das Brillenetui vom Boden auf. Dabei bemerkte sie den starren Blick von Madame Le Mouel, der förmlich an dem glitzernden Kleinod klebte und sich erst davon löste, als es wieder unter dem Pullover verschwand. Hierauf fixierte die Hausherrin mit derselben Intensität die Augen ihrer jungen Besucherin. Sarah kam sich vor wie das sprichwörtliche Kaninchen, das von der Schlange hypnotisiert wird.

Das Etui wechselte zurück zur Besitzerin.

»Danke«, sagte die Harfenistin. »Das ist sehr freundlich von Ihnen, Madame d'Albis. Wollen Sie nicht näher treten? Darf ich Ihnen beiden einen Kaffee oder Tee anbieten?«

Sarah hörte, wie sich Janin hinter ihr zuerst verschluckte und dann gegen einen Hustenanfall ankämpfte. Vermutlich hatte er den Kettenanhänger nicht einmal bemerkt, weshalb der unerwartete Stimmungswechsel Madame Le Mouels ihn wohl noch mehr überraschte als seine Partnerin. Die Einladung wurde erfreut angenommen.

Die Gastgeberin und ihre beiden Besucher versanken in einem schwarzen Sitzensemble, das ebenso wuchtig wirkte wie wohl einst die Büffel, die ihre Haut dafür geopfert hatten und nun nicht länger auf grünen Auen, sondern einem blau-roten Perserteppich weideten. Die zu Möbeln mutierten Rindviecher tummelten sich in einem unglaublichen Salon.

Hinter der äußeren Erscheinung des Gebäudeensembles verbarg

sich weit mehr, als man auf den ersten Blick erahnen konnte. Über mehrere Etagen waren Räume in den Fels gehauen worden. Die zumeist nur grob geglätteten Innenwände verliehen der Wohnlandschaft in Verbindung mit etlichen verdeckt installierten Lampen ein unvergleichliches Ambiente, das wild und zugleich kultiviert anmutete. Saiteninstrumente verschiedenster Art schmückten die Wände, dazu hingen überall impressionistische oder abstrakte Gemälde, dem Augenschein nach vorwiegend Originale. Darüber hinaus konnte Sarah zahlreiche Skulpturen entdecken. Und mitten in der Büffelherde stand eine goldene Konzertharfe.

Obgleich die starke Persönlichkeit der Florence Le Mouel jederzeit spürbar war, wirkte auch sie nun erleuchtet vom Wesen einer überraschend liebenswürdigen Gastgeberin. Nachdem sie für ihre Gäste Tee und Mokka gebrüht hatte, sorgte sie einige Minuten lang mit zwangloser Plauderei für eine entspannte Atmosphäre. Freimütig erzählte sie von ihrer Karriere als Harfenistin und erwähnte einen Herzfehler, der sie frühzeitig in den Ruhestand gezwungen habe.

Irgendwann kam man auf Sarah und ihre Ahnenforschung zu sprechen. Hin und wieder machte sich Janin durch ein Räuspern bemerkbar und schickte durch regen Gebrauch der Gesichtsmuskulatur verschlüsselte Warnungen in Sarahs Richtung, aber sie achtete kaum darauf. Sie fühlte sich geborgen in Madame Le Mouels Schwalbennest, obwohl diese noch nicht einmal die Frage nach der Hüterin der Windharfe beantwortet hatte.

»Tatsächlich befindet sich unter den zahlreichen Chordophonen, die ich besitze, auch eine Äolsharfe«, gestand die Gastgeberin beiläufig.

»Oh?«, wunderte sich Sarah. »Eben hörte es sich noch so an, als empfänden Sie nur Verachtung für solche Instrumente.«

»Verachtung? Nein. Wie könnte ich etwas verachten, für das Goethe, Schiller, Jean Paul, E. T. A. Hoffmann und Mörike so bewundernde Worte gefunden haben? Ich wollte lediglich ausdrücken, was uns Solisten sicherlich gemein ist: der Wunsch, Musik selbst zu interpretieren. Äolsharfen spielen da nicht mit. Sie sind wie Katzen: eigenwillig und manchmal jaulen sie.« Le Mouel bedachte Sarahs Begleiter mit einem Lächeln. »Ihr Landsmann, Nikolai Leskow, hat vor einhundert Jahren über sie genörgelt, wenn der Wind durch die Saiten ›dieses eigenwilligen Instruments‹ fahre, gäben sie ›sonderbare Töne von sich, die von einem leisen, tiefen Gemurmel zu unruhigem und unharmonischem Gewimmer übergingen und häufig nichts anderes als ein unerträglicher Lärm‹ seien. Empfinden Sie genauso, Monsieur Janin?«

Dem Gefragten war von den beiden Frauen bis zu diesem Moment wenig Aufmerksamkeit zuteil geworden, weshalb er überrascht fragte: »Ich? Äh... Offen gestanden hatte ich bisher keine Gelegenheit, den Klang der Windharfe auf mich wirken zu lassen.«

Sarahs Blick sprang zwischen den beiden hin und her. Irrte sie, oder versuchte Madame Le Mouel da gerade den Grund von Janins Seele auszuleuchten? Die dunklen Augen der Harfenistin verfolgten lauernd jede Regung des Gastes, ihre Stimme dagegen blieb auf eine charmante Art unverbindlich, wenngleich nun ein bedauernder Unterton nicht zu überhören war.

»Wie schade! Versteht doch kaum ein Instrument die Gemüter so in Licht und Dunkelheit zu spalten wie die Windharfe. Von Hector Berlioz erzählt man sich, er habe sich, während er einer *harpe éolienne* lauschte, in ein anderes Leben geträumt und vermochte der Versuchung zum Selbstmord hierbei nur schwer zu widerstehen.«

»Vielleicht konnte er nur nicht ertragen, dass ihm die Anerkennung versagt blieb, nach der er sein Leben lang lechzte.« Janins Parade beseitigte Sarahs letzte Zweifel: Der Professor und die Harfenistin kreuzten die Klingen. Le Mouels Riposte ließ auch nicht lange auf sich warten.

»Täusche ich mich, oder mögen Sie Berlioz nicht besonders?«

»Er ist mir gleichgültig. Ich habe mich mit ihm nur im Rahmen eines Forschungsprojektes beschäftigt, ebenso wie mit seinem Förderer Franz Liszt, oder mit Rimskij-Korsakow, Alexander Nikolajewitsch Skrjabin, Wassily Kandinsky und vielen anderen mehr.«

»Interessant! Wenn ich mich nicht täusche, sind das alles Synästhetiker gewesen.«

»Erstaunlich, was Sie alles wissen, Madame.«

»Das gehört zur Allgemeinbildung einer ernsthaften Künstlerin, Monsieur Janin. Sind Sie ebenfalls Farbenhörer, oder besitzen Sie eine andere synästhetische Begabung?«

Sarah hielt den Atem am. Was ging da zwischen den beiden vor?

»Meiner Ansicht nach ist jeder Mensch mehr oder weniger synästhetisch veranlagt«, antwortete der Professor.

War das nun eine neuerliche Parade oder eine Finte gewesen?

Die Gastgeberin jedenfalls konterte mit einer *Fléche*, einem Sturzangriff. »Möchten Sie einmal dem Mistral lauschen, wenn er auf meiner Äolsharfe spielt, Monsieur Janin?«

Irritiert blickte Janin zu Sarah. »Und was ist mit Madame d'Albis? Sie brennt bestimmt auch darauf, Ihre Windharfe zu hören.«

Madame Le Mouel lächelte geheimnisvoll. »Auch Ihre junge Begleiterin wird eine Kostprobe erhalten. Aber – nennen Sie es einen Test Ihres natürlichen *Audition colorée* – ich möchte jeden für sich allein den Zauber des Instruments spüren lassen. Gehen wir hinauf auf die Dachterrasse. Dort kommt sein Klang am besten zur Geltung.« Die Harfenisten erhob sich aus dem Sessel.

Schon um der Höflichkeit willen, stand Janin ebenfalls auf. Seine Miene verriet Argwohn und Unwillen. Vermutlich war ihm klar, dass die Harfenisten seine Deckung durchbrochen hatte. Wollte er sich vor den beiden Frauen nicht blamieren, dann musste er sich der Prüfung stellen.

Angelehnt an die Efeuwand
Dieser alten Terrasse,
Du, einer luftgebornen Muse
Geheimnisvolles Saitenspiel,
Fang an,
Fange wieder an
Deine melodische Klage!
... Aber auf einmal,
Wie der Wind heftiger herstößt,
Ein holder Schrei der Harfe
Wiederholt, mir zu süßem Erschrecken,
Meiner Seele plötzliche Regung ...
Eduard Mörike, An eine Aeolusharfe, 1837

25. Kapitel

Les Baux de Provence, 27. Januar 2005, 10.24 Uhr

Seit einer kleinen Ewigkeit floss die Zeit für Sarah so zäh dahin wie provenzalischer Honig. Ihre Ungeduld war mittlerweile bis in die Zehenspitzen vorgedrungen – rastlos lief sie zwischen der Büffelherde aus Sitzmöbeln hin und her. Alles war so verwirrend. Warum hatte Madame Le Mouel sich gegenüber Janin so seltsam benommen? Wollte sie auf der Dachterrasse tatsächlich nur die synästhetische Begabung ihrer Gäste testen? Und wieso hatte der Anblick des FL-Signets ihre anfängliche Verschlossenheit ins Gegenteil verkehrt? Fast kam es Sarah vor, als habe die seltsame Bewohnerin dieses »Schwalbennestes« den Kettenanhänger wiedererkannt ...

Das Knarzen der Holztreppe am Rande der Wohnlandschaft ließ Sarah herumfahren. Ein Blick auf die Armbanduhr verriet ihr, dass die gefühlte Ewigkeit gerade zwanzig Minuten gedauert hatte. Janin kam allein die Stufen hinab. Seine düstere Miene sprach Bände. Irgendetwas musste da oben vorgefallen sein, etwas, das seine Laune restlos verhagelt hatte. Sarah lief ihm entgegen.

Aus der Nähe sah das Gesicht des Professors aschfahl aus. »Hat Ihnen der Klang der Harfe nicht gefallen, Oleg?«

»Nein«, brummte er.

»Und wieso nicht?«

Er deutete die Treppe hinauf. »Die Alte tickt nicht ganz richtig. Überzeugen Sie sich selbst. Madame Le Mouel erwartet Sie auf der Dachterrasse. Nehmen Sie die Glastür am Ende des Flurs.« Janin wandte sich ab und schlurfte zur Sitzgruppe.

Sarah schüttelte den Kopf. Das Schwalbennest schien für jede Art von Stimmungswechsel gut. Sie war gespannt, welche Metamorphose es ihr zugedacht hatte.

Mit großen Schritten erklomm sie die knarrenden Stufen. Die Treppe endete in einem schmalen Flur. Rechts führte eine andere Stiege noch höher hinauf. Sarahs Augen mussten sich erst an das Halbdunkel gewöhnen. Dann sah sie weißen Rauputz, weitere Gemälde und einen langen dunkelroten Läufer.

Sie folgte dem Licht, und nachdem sie einen Mauervorsprung umrundet hatte, entdeckte sie am Ende des kurzen Flurs eine hell strahlende Tür. Zum Schutz der Glasfüllung war ein schmiedeeisernes Gitter angebracht. Es wurde von sechs oder acht Lyren geziert, den vor allem in der Antike gebräuchlichen Verwandten der Harfe.

Die Tür schwang auf und Madame Le Mouel stanzte einen Scherenschnitt ins gleißende Sonnenlicht. Sie streckte einladend den Arm aus und rief: »Kommen Sie!«

Sarah durchquerte den Flur und trat an ihrer Gastgeberin vorbei auf die Dachterrasse. Diese war mit roten Tonplatten ausgelegt, auf denen eine Handvoll Bronzeplastiken dem Wetter trotzten. Hinter einer weiß verputzten Brüstung begann, so schien es, die Unendlichkeit.

»Was Sie in der Ferne sehen, ist das Val d'Enfer – das ›Höllental‹«, erklärte die Harfenspielerin. Sie deutete in eine windgeschützte Nische zu ihrer Rechten. »Und das da ist mein *Machinamentum*.«

Selbiges stand auf einem flachen Rollenwagen und glich einem schmalen Uhrenkasten mit einer zweigeteilten Tür. Die weit geöffneten Flügel waren allerdings viel zu groß, um sich beim Schließen nicht gegenseitig ins Gehege zu kommen. Tatsächlich handelte es sich um eine Vorrichtung zum Einfangen des Windes. Im Kasten selbst war eine Reihe von Saiten aufgespannt.

Sarah näherte sich, den Oberkörper vorgebeugt, die Hände auf dem Rücken verschränkt, mit kleinen Schritten dem augenscheinlich schon sehr alten Instrument. Ohne sich von der Äolsharfe abzuwenden, fragte sie: »Wieso nennen Sie es *Machi-* ... Wie war das noch gleich?«

»*Machinamentum No. 10.* So hat es sein Schöpfer, Athanasius Kircher, genannt«, antwortete Le Mouel.

Sarah blickte überrascht auf. »Etwa *der* Athanasius Kircher, der Erfinder der Laterna Magica?«

»Und vieler anderer Wunderwerke«, bestätigte die Harfenistin. »Er war ein Universalgenie. Und ein Zeitgenosse von Armand-Jean du Plessis de Richelieu, dem Hugenottenverfolger, der diese Burg hat schleifen lassen.« Ihre Hand öffnete sich nach oben, als spräche sie vom ganzen Himmel.

»Darf ich Ihre Windharfe hören?«

»Dazu sind wir ja hier. Ich hatte Ihren Begleiter nur gebeten, sie hierher zu schieben, damit Sie sich zunächst ein Bild von ihr machen können.«

»Hat Monsieur Janin Ihren Test nicht bestanden? Er kam mir ziemlich ... unwirsch vor.«

»Ich nehme an, die Harfe hat ihm nicht gezeigt, was er zu sehen erhoffte.«

Sarah spürte, wie ihre Kinnlade herabsank, aber sie konnte nichts dagegen tun.

»Sie sehen überrascht aus«, stellte Madame Le Mouel fest.

»Soll das heißen ... Oleg Janin ist ein ... *Farbenhörer?*«

Le Mouel nickte. »Ich dachte mir schon, dass er Ihnen nichts davon erzählt hat. – Aber lassen Sie uns später über Ihren Partner reden. Bitte helfen Sie mir, das Instrument wieder richtig zu postieren. Eben hat sie dort drüben wunderbar gespielt.« Sie deutete mit dem Kinn zu einer exponierten Stelle neben der Mauerbrüstung.

Gemeinsam schoben sie das *Machinamentum* über die Terrasse.

»Die Luft darf die Geisterharfe weder zu schwach noch zu heftig durchströmen«, erwähnte deren Besitzerin beiläufig.

»Geisterharfe?«, wiederholte Sarah benommen; die Nachricht von Janins synästhetischem Talent verursachte ihr Magendrücken.

»Es hat viele Namen. Diesen besitzt es wohl, weil man den Harfner nicht sieht, der die Saiten zum Klingen bringt. – So, das müsste genügen. Jetzt spitzen Sie die Ohren, oder was immer Sie zum Hören heranziehen, Madame d'Albis.« Le Mouel arretierte die Rollen des Untergestells mit den Fußspitzen und trat zur Seite, damit der Wind ungehindert gegen die ausgebreiteten »Flügel« des Harfenkastens blasen konnte.

Sarah schob die vielen Fragen, die sich gerade in ihrem Kopf auftürmten, zur Seite, um sich ganz auf das Instrument zu konzentrieren.

Es dauerte nicht lang und sie vernahm einen sphärischen Klang. Mal schwoll er an, dann wieder ab, ganz wie es dem Wind beliebte. Er glich dem auflebenden und wieder allmählich dahinsterbenden Gesang entfernter Chöre und überhaupt mehr einem harmonischen Gaukelspiel ätherischer Wesen als einem Werk menschlicher Handwerkskunst. Und während der Zauber der Äolsharfe Sarah umfing mit Schwingen blau wie ein Lapislazuli und weich wie frisches Moos, schälte sich ein Bild aus der scheinbaren Willkürlichkeit des Spiels. Wie von Nebelschwaden umfächelt, gab es seine Konturen nur zögernd preis. Eben hervorgetreten, tauchten sie gleich wieder in das blaue Wogen ab.

Sarah hatte ihre Augen geschlossen, um jede Ablenkung fernzuhalten. Die Umrisse zeigten ein Symbol. Sie musste spontan an ein Malteserkreuz denken, wegen der innen spitzen und nach außen breiter werdenden Arme. Weil diese aber rund ausliefen, ähnelte die Figur zugleich einem vierblättrigen Kleeblatt. Oder ...

»Wie viel können Sie erkennen?« Die Stimme von Madame Le Mouel verursachte eine Bildstörung in Sarahs Wahrnehmung.

Wie viel? Einen Moment war sie verwirrt und wollte nachfragen, was genau Le Mouel meinte, aber plötzlich erinnerte sie sich wieder an die Worte aus Liszts letzter Klangbotschaft.

Und mit des Windes Harfe Zahl ihr Erster Hüter dich begrüßt.

Sarah erschauderte. Nicht weil der Mistral zu heftig durch die Maschen ihres Pullovers blies, sondern da ihr mit einem Mal klar wurde, dass sie in ein altes Ritual eingetreten war. Florence Le

Mouel musste die Hüterin der Windharfe sein, und was sie von Sarah hören wollte, war eine Zahl.

»Acht und Acht«, antwortete sie spontan.

Le Mouel schwieg.

Sarah erzitterte abermals. Ihr inneres Auge erblickte die klangloseste aller Farben, ein schwarzes Nichts. War es die Stille enttäuschter Erwartung? Sie öffnete die Lider, sah in ein erstarrtes, fragendes Gesicht und wusste instinktiv, dass ihr nur wenige aufgeregte Herzschläge blieben, um die offenbar falsche Antwort zu korrigieren.

Eine heftige Bö brachte die Saiten der Äolsharfe zum Kreischen und ein blauer Funkenregen prasselte durch Sarahs Geist. Als der blendende Schauer verblasste, erschien dahinter eine Erinnerung. Über dem Eingang des Bautezar hatte sie eine Windrose gesehen – angeblich den Stern von Bethlehem – und diese besaß doppelt so viele Spitzen wie jene im Weimarer Stadtschloss.

»Sechzehn«, sagte Sarah und begegnete selbstbewusst dem prüfenden Blick in Florence Le Mouels strengem Gesicht.

Das *Machinamentum* begleitete beider Frauen stummes Ringen mit wogendem Saitenklang.

»Die Zahl der Äolsharfe«, sagte endlich deren Hüterin. Ihre Miene entspannte sich und sie streckte Sarah beide Hände entgegen. »Sei willkommen, Schwester, im Kreis der Farbenlauscher.«

Geheimnisvoller Klang,
Für Geister der Luft besaitet,
Von keines Menschen Gesang,
Von Stürmen nur begleitet!

In deinen Tiefen sind
Die Melodien der Sterne,
So ruft ein weinend Kind
Der Mutter in die Ferne

Laute der Trösterin der Einsamkeit!
So ziehn über Fluten Schwäne,
So wiegt in Träume die Seligkeit
Die schmerzenstillende Träne.

Hermann von Lingg, *Äolsharfe*

26. Kapitel

Les Baux de Provence, 27. Januar 2005, 20.45 Uhr

Sarah kam sich vor wie eine Flöte – der Mistral blies durch jedes Loch ihrer Kleidung. Mit der Nacht war die winterliche Kälte ins Dorf zurückgekehrt, die Sonne und die letzten Touristenbusse hatten sich vor drei Stunden verabschiedet. Les Baux de Provence gehörte wieder den Einheimischen. Und den Hunden.

Die kleine schwarz-weiß gescheckte Promenadenmischung tippelte erneut hinter Sarah her. Nicht von ungefähr. Wider besseres Wissen hatte sie einen Zipfel Wurst vom Abendbrot eingesteckt und ihn an den kurzbeinigen »Fremdenführer« verfüttert, der vor dem Bautezar auf sie wartete. Wenn sie sich nach ihm umdrehte, sah er sie jedes Mal erwartungsvoll an; sein rechtes Ohr ragte dabei wachsam in die Höhe, das linke aber hing permanent auf Halbmast. Weil sie seinen richtigen Namen nicht kannte, hatte Sarah ihn Capitaine Nemo genannt.

Wenigstens musste sie nun nicht allein den Weg gehen, der ihr mehr Herzklopfen bereitete als ein Solokonzert in der New Yorker Carnegie Hall. Immer wieder sah sie sich um, fürchtete, jeden Moment den Mann im schwarzen Mantel wiederzuentdecken, doch niemand ließ sich blicken. Die Gassen waren wie ausgestorben. Abgesehen von ihr und Nemo.

Auf Sarahs Schulter lastete das Gewicht der Notebooktasche; vielleicht würde sie die »wandernde Bibliothek« heute Abend noch brauchen. Sie hatte sich einen Schal um den Hals gewickelt, sämtliche Knöpfe der Jacke geschlossen und den Kragen hochgestellt, aber sie fror trotzdem. Vermutlich war es nicht der Wind, der sie frösteln ließ. Die Kälte stieg aus den Verliesen ihres Unterbewusstseins auf, wo sie die Erinnerung an Nekrasows letzte Worte eingeschlossen hatte. Hinzu kam die Ahnung, bald Wahrheiten ins Auge sehen zu müssen, die sie vielleicht gar nicht erfahren wollte.

Die Schwäne sind nicht tot, sie schlafen nur. Allein mit dieser Mitteilung hatte Florence Le Mouel am Vormittag Sarahs Weltbild nachhaltig erschüttert. Bis dahin war ihr die Geschichte von den Dunklen Farbenlauschern wie ein düsteres russisches Märchen vorgekommen. Sie hatte sich eingeredet, die Bruderschaft der Adler sei lediglich eine kleine Clique durchgeknallter Musikfreaks. Aber jetzt hatte sich die andere Seite zu Wort gemeldet. Die Schwäne. Dadurch bekam alles eine größere Dimension, wie eine einzelne Klavierstimme, der sich plötzlich ein ganzes Sinfonieorchester zugesellte.

Florence Le Mouel war tatsächlich die Erste Hüterin der Windharfe und es liege ihr, so hatte sie glaubhaft versichert, eine Menge daran, ihre neue Schwester in viele Geheimnisse einzuweihen. Obwohl Sarah sich durch das FL-Signet legitimiert habe, müsse ihr zuerst eine Versammlung der Bewahrer das Vertrauen aussprechen – als »Bewahrer« oder »Hüter der Windharfe« bezeichnete die Künstlerin den geheimen Zirkel von Auserwählten, in dem sie den Vorsitz führte.

»Dein Begleiter darf nichts davon erfahren«, hatte sie noch auf der Dachterrasse mit Nachdruck betont.

Daraufhin waren Sarah beinahe die Nerven durchgegangen. »Ich bin Oleg schon mehrmals auf die Schliche gekommen, als er mir wichtige Informationen vorenthielt. Aber die Sache mit seinem *Audition colorée* ist der Gipfel!«

Le Mouel hatte mit ernster Miene genickt. »Er spielt ein falsches

Spiel, so viel steht fest. Leider kann ich noch nicht sagen, was er mit seiner Unaufrichtigkeit bezweckt.«

»Er ist hinter der Purpurpartitur her wie der Teufel hinter der armen Seele.«

Die Erste Hüterin hatte sich erschrocken an Sarahs Arm geklammert. »Die Purpurpartitur? Er weiß davon?«

»Ja. In den Rätseln, mit denen uns Franz Liszt hierher geführt hat, geht es hauptsächlich um sie. Das Versteck...«

»*Pst!* Sprich nicht weiter! Les Baux hat tausend Ohren. Ich werde die anderen Bewahrer informieren, damit du uns heute Abend an einem sicheren Ort ausführlich berichten kannst. Vorerst musst du gegenüber Janin so tun, als sei dein Besuch bei mir ein Reinfall gewesen. Streift ein wenig durchs Dorf, so als suchtet ihr anderswo nach dem Hüter der Windharfe. Um neun treffen wir uns dann am Porté Mage.«

Ein lautstarkes Kläffen brachte Sarah in die Wirklichkeit zurück. Capitaine Nemo zwang gerade einen struppigen Rivalen zum Rückzug. Sie sah auf ihre Armbanduhr. Die Stunde der Wahrheit begann in wenigen Minuten.

Sie durchquerte soeben die Rue Porté Mage, welche in einer weiten Rechtskurve zum »Tor des Magiers« führte – der Schwarze Prinz war an diesem Ort allgegenwärtig. Hatte womöglich das große Schisma der Farbenlauscher hier, in Les Baux de Provence, seinen Ursprung genommen? Das Dorf quoll geradezu über von Spuren, in denen man die Namen und Symbole der zerbrochenen Bruderschaft wiederzuerkennen glaubte: die Adler des Frédéric Mistral, der Schwarze Prinz, die Weißen Büßer, der Stern von Bethlehem – sogar die Deckel der Kanalisation zeigen einen achtspitzigen Stern...

»Was haben Sie gesehen?«, hatte Janin am Vormittag nervös gefragt, nachdem Sarah mit der Hafenspielerin ins Innere des »Schwalbennestes« zurückgekehrt war.

»Eine blaue Unendlichkeit.« Ihre Antwort war vieldeutig gewesen.

Danach hatte sie, wie von Madame Le Mouel empfohlen, den Professor kreuz und quer durch Les Baux gescheucht, immer auf der Hut vor heimlichen Verfolgern. Sie staunten über die kitschigen Fresken in der Kapelle der Weißen Büßer, besuchten das über vierhundert Jahre alte Hôtel de Manville – inzwischen das Rathaus des Ortes –, besichtigten zwei Museen und durchstöberten in der Grande Rue Frédéric Mistral jenes Karee aus Ruinen, in dem über einem Renaissancefenster der Sinnspruch »Post Tenebras Lux« prangte.

Zuletzt streiften sie durch die Überreste der Zitadelle und Janin versuchte abermals seine Begleiterin über die Geschehnisse auf der Dachterrasse von Madame Le Mouel auszuhorchen. Sarah gab sich begriffsstutzig und speiste ihn mit Belanglosigkeiten ab. Schließlich kehrten sie am späten Nachmittag ins Bautezar zurück. Dem Anschein nach waren sie der Lösung von Liszts Rätsel ferner denn je. Daher schöpfte Sarah zunächst keinen Verdacht, als der Professor resignierend feststellte, sie seien wohl in eine Sackgasse geraten.

»Das Gefühl müssten Sie nach so vielen Jahren und Rückschlägen doch kennen«, antwortete sie leichthin, während sie die Stufen in den mittelalterlichen Speisesaal des Hotels hinabstieg.

»Gewiss«, erwiderte Janin. »Aber irgendwann kommt man an einen Punkt, wo man dem Verstand nicht länger das Wort verbieten kann. Ich wollte uns beiden noch eine Chance geben. Deshalb habe ich den heutigen Tag abgewartet, ehe ich Ihnen das hier gebe.« Er griff in die Brusttasche seines Mantels, zog einen schmalen weißen Umschlag hervor und streckte ihn Sarah entgegen.

Sie musterte das Kuvert argwöhnisch und fragte: »Was ist da drin?«

»Zeitungsausschnitte. Ich hatte zwei meiner Studenten mit einer Recherche beauftragt und sie gebeten, mir das Ergebnis ins Béke zu senden. Das Telefax ist mir erst gestern früh ausgehändigt worden, nach unserer Rückkehr aus der Matthiaskirche. Ich hielt den Zeitpunkt nicht für passend, es Ihnen sofort auszuhändigen, weil Sie sauer auf mich waren. So, wie ich Sie inzwischen einschätze, wären Sie schon aus Dickköpfigkeit trotzdem nach Les Baux de Provence gereist.«

»Ich? *Sie* waren es doch, der unbedingt hierherkommen wollte!«

»Mag sein. Aber inzwischen bin ich zu dem Schluss gelangt, es sei vernünftiger, die Schnitzeljagd aufzugeben und mich wieder der seriösen wissenschaftlichen Forschung zuzuwenden. Ich kann Ihnen nur dringend raten, sich ebenfalls um Ihre Karriere zu kümmern, Sarah. Betrachten Sie den Umschlag als mein Abschiedsgeschenk.«

Sarah konnte nicht glauben, was sie da hörte. War Janins »Abschiedsgeschenk« etwa ein neuer Winkelzug, um sie auszubooten? Sie nahm das Kuvert entgegen, öffnete es und zog mehrere Blätter heraus. Es handelte sich um einen vierteiligen Bericht der *Thüringischen Landeszeitung*. Die Serie hatte am 24. Dezember 1991 begonnen und war am 11. Januar 1992 abgeschlossen worden. In den Beiträgen ging es, wie Sarah beim schnellen Überfliegen feststellte, um Ilona Frieda Höhnel geborene Kovatsits (auch Kovacsics geschrieben), einer mutmaßlichen Tochter von Franz Liszt.

Janin nutzte Sarahs Sprachlosigkeit, um hinzuzufügen: »Sie wollten doch wissen, von welchem seiner Kinder Sie abstammen. Es würde mich nicht wundern, wenn Sie die Lücken Ihres Stammbaums mithilfe dieser Reportage schließen könnten. Was da steht, ist allemal konkreter als diese obskure Spur der Windrose.«

»I-ich ... habe nie von dieser Ilona Höhnel gehört«, stammelte Sarah konsterniert.

»Kein Wunder. Historiker haben sie ja bisher auch nicht wahrgenommen. Ihre Großmutter Marie war übrigens eine Schülerin des berühmten italienischen Harfners Antonio Zamara und hatte später in Weimar die Stelle einer Großherzoglichen Harfenistin innegehabt.«

»*Was?*« Sarah schüttelte fassungslos den Kopf.

»Seltsamer Zufall, nicht wahr? Wo Jubal doch Vater all derer ist, die Harfe und Pfeife spielen.« Der Professor deutete mit wissendem Lächeln auf die Blätter in Sarahs Hand. »Steht alles in den Artikeln. Kurz vor ihrem Tod im Jahr 1963 hat Ilona sogar von der Stadt eine Ehrenpension erhalten. Wenn Sie sich die Fotos von Ilona Höhnel ansehen, dann wissen Sie, warum. Sie ist Franz Liszt wie aus dem Gesicht geschnitten. Man konnte sie nicht einfach ignorieren.«

Gleich nach dem Studium der Zeitungsartikel hatte Sarah von ihrem Zimmer aus im Weimarer Goethe- und Schiller-Archiv angerufen. Vielleicht wusste man dort mehr über Liszts angebliche Tochter. Unglücklicherweise war der Nachmittag schon weit fortgeschritten und niemand ging mehr ans Telefon. Sie würde es am nächsten Morgen noch einmal versuchen müssen.

Janins überraschender Coup hatte sie verunsichert. Nach einem frühen und kurzen gemeinsamen Abendessen war sie wieder auf ihr Zimmer geflüchtet. Eine Zeit lang hatte sie frustriert im Dunkeln gesessen und mit sich gehadert. Sollte sie das nächtliche Treffen mit den Hütern der Windharfe – den »Bewahrern« – einfach sausen lassen? Eigentlich wollte sie nur wissen, wer sie wirklich war, wollte endlich mehr sein als ein Sprössling ohne Wurzeln. Der Krieg der Farbenlauscher interessierte sie im Grunde herzlich wenig.

Weil sie sich auf Janins plötzlichen Sinneswandel keinen Reim machen konnte, hatte sie in Gedanken die mit ihm geführten Gespräche rekapituliert. Wiederholt war von radikalen Maßnahmen der Dunklen Farbenlauscher die Rede gewesen. Durfte sie seine Verschwörungstheorien nach wie vor als Hirngespinste abtun, jetzt, nachdem sie der Ersten Hüterin der Windharfe begegnet war?

Letztlich hatte sie sich doch dazu entschlossen, die Verabredung am Porté Mage einzuhalten und nun stolperte sie über das Kopfsteinpflaster, begleitet von Unruhe und Zweifeln. Und von Capitaine Nemo.

Das »Tor des Zauberers« befinde sich mitten in einer Hausruine, hatte Monsieur Cornée auf ihre Bitte um eine Wegbeschreibung hin erklärt. Jetzt sah sie es vor sich auftauchen. Zu ihrer Rechten führte eine verfallene Treppe ins Nirgendwo, und aus der Mauer links wurde sie von dunklen Fensteröffnungen angestarrt wie aus den Augen eines Totenschädels. Die letzte Laterne hatte sie schon vor einer ganzen Weile hinter sich gelassen. Das Zwielicht reichte kaum, um auf dem unebenen Terrain nicht zu stürzen.

Plötzlich knurrte Sarahs vierbeiniger Begleiter.

Sie zuckte zusammen. Einmal mehr fragte sie sich, ob es eine so gute Idee gewesen war, sich an diesen Ort locken zu lassen. Was hatte der kleine Kläffer entdeckt? Bestimmt nur wieder einen lästigen Rivalen, beruhigte sie sich und schlich weiter.

Capitaine Nemo knurrte immer noch. Sein Blick war nach oben gewandt, aber Sarah vermochte in den Schatten nicht das Geringste auszumachen. Das Stadttor lag nun unmittelbar vor ihr. Sie konnte schemenhaft einen Rundbogen erkennen, der mit Schwärze gefüllt war. Darin befinde sich eine kleine Tür, hatte Monsieur Cornée gesagt.

Unvermittelt flammte rechts über Sarah ein Licht auf. Nur aus den Augenwinkeln hatte sie es bemerkt. Ihr geschecker Galan bellte aufgeregt. Als sie nach oben sah, gefror ihr das Blut in den Adern.

Am Ende der scheinbar ins Nichts führenden Treppe stand eine ganz in Schwarz gekleidete Gestalt mit einer Handlaterne.

Der Mann von heute früh!, schoss es Sarah durch den Kopf. Erschrocken taumelte sie an die Mauer zurück. Geblendet von Angst bemerkte sie die Unterschiede nicht sofort – der Schemen über ihr war längst nicht so gedrungen wie der Fremde vom Vormittag.

Das flackernde Licht verlieh dem Schatten etwas Unheimliches. Er war groß und in einen weiten Umhang gehüllt. Seinen Kopf bedeckte eine Phrygische Mütze, wie sie die Jakobiner während der Französischen Revolution getragen hatten, und sein Gesicht war hinter einer venezianisch anmutenden Maske verborgen, die aber ein Mohrengesicht zeigte …

Wandre durch der Hölle Tal, wo du den Schwarzen Prinzen siehst.

Sarah erschauerte. Sie fühlte sich einmal mehr in eine bizarre Theaterszene versetzt.

Der dunkle Torwächter schleuderte etwas die Straße hinauf in Richtung Dorf. Capitaine Nemos Gebell verstummte sofort und er jagte den Wurfgeschossen nach – offenbar handelte es sich um irgendwelche Leckerbissen. Zurück blieb eine enttäuschte junge Dame.

»Kleiner Verräter!«

»Sarah d'Albis?«, fragte der Schwarze Prinz. Der vollen, durchaus freundlichen Stimme nach handelte es sich eindeutig um einen Mann.

Sie fasste sich ein Herz, kehrte zur Mitte der Gasse zurück und erwiderte: »Ja. Und wer sind Sie? Was soll diese alberne Maskerade?«

»Die Erste Hüterin schickt mich. Ich soll dich hier abholen, Schwester.«

»Madame Le...?«

»*Pscht!* Keine Namen!«, unterbrach sie der Mittelsmann. Rasch eilte er die brüchigen Stufen hinunter. So leichtfüßig, wie er sich bewegte, musste er deutlich jünger als Madame Le Mouel sein.

»Mein Aufzug muss dir sonderbar erscheinen. Bitte entschuldige«, sagte der Fremde, nachdem er Sarah erreicht hatte.

»Sind Sie mir heute früh schon einmal hinterhergeschlichen?«

Zwei graublaue Augen funkelten sie aus der Maske fragend an.

»Nein. Bist du sicher, dass jemand dich verfolgt hat?«

Zögernd räumte sie ein: »Es war nur so ein Gefühl.«

»Empfindungen sind der Kompass unserer Seele. Besser, wir verschwinden hier.« Er streckte die Hand mit der Laterne zum Tor hin aus. »Komm. Ich bringe dich zum Wagen.«

Sarah warf einen wehmütigen Blick zurück zu dem kleinen Hund, der genüsslich auf seinem Bestechungsgeschenk kaute, dann folgte sie dem Licht.

»Sie haben mir noch nicht gesagt, wer Sie sind, Monsieur.« Das vertrauliche Du ging ihr nicht so leicht über die Lippen wie dem Schwarzen Prinzen.

»Kinnor«, antwortete der einsilbig.

»Ist *kinnór* nicht das hebräische Wort für ›Harfe‹?«

»Ja.«

»Es heißt, König David sei ein Meister auf diesem Instrument gewesen.«

»Und der jüdische Talmud berichtet, er habe die *kinnór* über sein Bett gehängt. Als dann um Mitternacht der Nordwind wehte, ließ sie harmonische Klänge hören.«

»Demnach war sie auch eine Windharfe«, staunte Sarah. »Aber wieso dieses Versteckspiel? Ist es wegen der Dunklen Farbenlauscher?«

Er nickte. »Unsere richtigen Namen und Gesichter sind nur der

Ersten Hüterin der Windharfe bekannt. Ihr Ordensname lautet übrigens Névél.«

Kinnor öffnete die Tür unter dem steinernen Torbogen und ließ Sarah den Vortritt. Wenige Schritte hinter dem Porté Mage stießen sie auf ebenjene asphaltierte Straße, über die am Tag zuvor ein Usbeke sein klappriges Taxi gehetzt hatte. In der Einmündung stand ein unbeleuchteter Van. Sarah erkannte auf dem Beifahrersitz die Silhouette von Madame Le Mouel.

»Bitte steige ein«, sagte Kinnor und wies mit der Laternenhand zum Fahrzeug.

Sie öffnete die hintere Tür. »Wohin fahren wir?«

»Das darf ich dir nicht sagen.«

»Ins Val d'Enfer?«

»Woher …?« Der Schwarze Prinz schnappte verblüfft nach Luft.

Aus dem Wagen drang Madame Le Mouels amüsierte Stimme. »Lass es gut sein, Kinnor. Unsere neue Schwester weiß mehr über die Bruderschaft als so mancher von uns.«

Also ließ Kinnor es gut sein. Ohne weiteren Kommentar setzte er sich ans Steuer. Sarah nahm hinter ihm Platz. Die Erste Hüterin drehte sich zu ihr um, hieß sie freundlich willkommen, deutete dann auf die schwarze Nylontasche und fragte: »Hast du ein Mobiltelefon dabei?«

»Ja.«

»Schalte bitte alles aus, womit du angepeilt werden könntest.«

Sarahs Unbehagen nahm zu. Im Stillen schalt sie sich eine Närrin, weil sie Sergej Nekrasows Handy von Ungarn nach Frankreich mitgeschleppt hatte. Wenn die Farbenlauscher tatsächlich in der Lage waren, die Funksignale solcher Geräte aufzuspüren, dann …

»Und jetzt setze bitte diese Larve auf«, sprach die Erste Hüterin mitten in Sarahs düstere Ahnungen hinein. Sie reichte ihr eine Maske mit zugeklebten Sehschlitzen.

»Wozu soll das nun wieder gut sein?«, fragte Sarah argwöhnisch.

»Zu unser aller Schutz. Du magst wissen, dass wir uns im Höllental versammeln, aber trotzdem sollte die genaue Lage unseres Allerheiligsten ein Geheimnis bleiben, bis die anderen Schwestern und Brüder dich in ihrer Mitte aufgenommen haben.«

Widerwillig setzte sich Sarah die Mohrenmaske auf. Von nun an konnte sie nur noch die Geräusche sehen. Ein schmutzig blauer Flokatiteppich entrollte sich in ihrem Geist, als Kinnor den Motor startete und die Fahrt begann.

Unterwegs erfuhr sie, dass allein Madame Le Mouels Gesicht den anderen Hütern der Windharfe bekannt sei. Trotzdem werde sie von allen mit ihrem Ordensnamen Névél angeredet. Die Identität der übrigen Bewahrer bleibe geheim, um einem Verrat vorzubeugen, wie einst Richelieu ihn angezettelt hatte.

Nach Sarahs Einschätzung waren kaum fünfzehn Minuten vergangen, als der Wagen die Straße verließ. Kurze Zeit ging es in langsamer Fahrt über unebenes Gelände. Aus ihrer blühenden Phantasie schossen einige erschreckende Szenarien wie giftige Pilze empor. Ein besonders unappetitliches Exemplar gaukelte ihr vor, sie sei den Dunklen in die Falle gegangen und werde in Kürze mit durchgeschnittener Kehle an einer abgelegenen Stelle verscharrt.

Der Van blieb stehen.

Sarahs Herz begann wild zu pochen. Starr wie ein Brett saß sie auf der Rückbank und beobachtete die Farben der Geräusche. Die Fahrertür wurde aufgestoßen – rotbraun –, Kinnor stieg aus – orange –, öffnete auch ihre Tür – wieder rotbraun – und packte sie am Kopf. Schwarz.

»Das kommt jetzt weg«, sagte er mit seiner warmen, vorwiegend ockergelben Stimme und mit einem Mal konnte Sarah wieder sehen, weil er die Klebestreifen von der Maske gezogen hatte.

»Es ist besser, wenn die anderen Schwestern und Brüder dein Gesicht nicht sehen«, erklärte Névél. »Wir haben auch einen Umhang für dich, der deine Gestalt verbirgt. Welchen Namen möchtest du dir erwählen?«

»Ich?... Äh...« Sarah war viel zu überrascht, um sich ein würdiges Pseudonym einfallen zu lassen.

»Entschuldige, Schwester. Das alles muss sehr verwirrend für dich sein. Was hältst du von *Kithára?* Es ist das griechische Wort für Harfe.«

»Von mir aus«, murmelte Sarah wie ein mürrisches Kind. Eigentlich gefiel ihr der Name sogar recht gut.

Név30l nickte zufrieden. »Dann komm.«

Die beiden Frauen stiegen aus. Kinnor holte aus dem Kofferraum zwei weitere Umhänge, die er ihnen über die Schultern legte. Florence Le Mouels Mantel unterschied sich lediglich durch eine goldene Leier über dem Herzen von denen ihrer Begleiter. Zuletzt musste Sarah die Mütze mit dem runden, nach vorne fallenden Zipfel aufsetzen. Im Gegensatz zu den beiden anderen war die ihre weiß.

»So erkennen dich alle als Neophytin«, erklärte die Erste Hüterin, während sie Sarah dabei half, das Haar unter der eigenwilligen Kopfbedeckung zu verstauen.

Inzwischen brannte auch Kinnors Laterne wieder. Er versteckte den Wagen, der in einer von Büschen überwucherten Mulde abgestellt war, unter einem Tarnnetz und setzte sich an die Spitze des Trios. Auf einem schmalen Trampelpfad marschierten sie etwa einen halben Kilometer weit zwischen Kalksteinfelsen an der steil aufragenden Flanke des Höllentals entlang.

Unterwegs fiel Sarah ein, dass sie vor lauter Aufregung ihre Notebooktasche auf dem Rücksitz des Wagens hatte liegen lassen. Am liebsten wäre sie umgekehrt, wagte aber nicht, die Erste Hüterin mit derlei Lappalien zu belästigen.

Das letzte Stück ging es querfeldein, bis sie auf einen Höhleneingang stießen. Er lag hinter immergrünen Bäumen und war für Sarah nur deshalb sichtbar, weil die Zweige mit einem Netz von dem niedrigen Spalt ferngehalten wurden. Zwei nachtfarbene Gestalten, die Kinnor zum Verwechseln ähnlich sahen, hielten davor Wache. Beide hatten Schnellfeuergewehre. Einer richtete seine Taschenlampe auf die Erste Hüterin.

Névels Hand tauchte aus den Falten des Umhangs auf und ihre Finger vollzogen einen flinken Tanz in der Luft. Sarah konnte der verwirrenden Choreografie nicht folgen, vermutete aber, dass es sich um ein geheimes Erkennungszeichen der Bewahrer handelte. Die zwei Posten jedenfalls waren mit der Darbietung zufrieden. Sie begrüßten die Erste Hüterin mit dem freundlichen Respekt, den man einer betagten Mutter erweist. Ihre Begleiter wurden ebenfalls willkommen geheißen.

Anschließend betrat Kinnor mit seiner Laterne die Höhle. Ihm folgte Sarah. Névely bildete die Nachhut. Der Eingang war so niedrig, dass man ihn nur in geduckter Haltung passieren konnte. Schweigend liefen die drei durch einen schmalen Tunnel, der den Felsen wie ein gezackter Riss durchzog. Weder die rauen Wände noch der unebene Boden ließen erkennen, dass er zu einem Versammlungsort führte.

Nach etwa zwanzig Metern wurde der Gang breiter. Obwohl er sich im Laternenlicht noch einige Schritte weit fortsetzte, bog Kinnor unvermittelt scharf nach links ab und verschwand in einem weiteren Spalt, der Sarahs Aufmerksamkeit entgangen war, weil er hinter einem vorspringenden Steinwulst verborgen lag. Sie musste sich beeilen, Kinnor nicht zu verlieren, weil das Licht in der engen Öffnung rasch dunkler wurde.

Der Durchlass konnte, wie Sarah nach dessen Durchquerung feststellte, mit einer mechanischen Vorrichtung verschlossen werden. Die »Tür« bildete ein stelenartiger Felsblock, der – zumindest dem Anschein nach – aus demselben hellen Gestein wie die umgebenden Wände bestand. Man hatte sichtlich viel Mühe darauf verwendet, sie so gut wie unsichtbar zu machen.

Sarah folgte Kinnor durch einen kleinen Vorraum. Ein Rundbogen auf der anderen Seite gewährte Einblick in eine von Fackeln beleuchtete große Halle. Leises Gemurmel plätscherte an ihr Ohr. Sie zögerte.

Hinter ihr meldete sich die samtene Stimme der Ersten Hüterin. »Nur zu, Kithára! Deine neuen Geschwister erwarten dich.«

Sarah schöpfte tief Atem – und schritt durch den Bogen.

Vor ihr erstreckte sich ein überraschend großer, rechteckiger Raum mit makellos geglätteten Wänden aus weißem Kalkstein. Er mochte neun oder zehn Meter hoch und ebenso breit sein, die Länge schätzte Sarah auf das Dreifache dieses Maßes. Sie musste spontan an die geheimen Versammlungsorte früher Christen denken, die römischen Katakomben oder die Felsenkirchen Kappadokiens. Allerdings fehlten hier jegliche Kreuze und auch sonst war die Symbolsprache des »Allerheiligsten« im Höllental anders, als sie es von christlichen Kirchen kannte.

Nur drei oder vier Schritte von ihr entfernt standen dicht hintereinander zwei Sitzmöbel mit niedriger Lehne, deren verschnörkelte Ornamentik auch gut in die Gästezimmer des Bautezar gepasst hätte. Entlang der beiden Längsseiten des Saals reihten sich weitere, jedoch mit hohen Lehnen versehene Stühle, auf denen etwa drei Dutzend schwarz vermummte Gestalten saßen. Etliche der Plätze waren leer.

Den freien Raum im Zentrum des Saales dominierten ein dunkelblauer Teppich und drei schwere, goldfarbene, mannshohe Kerzenständer, die in Form eines gleichschenkligen Dreiecks angeordnet waren. Die Spitze dieser »Pyramide« wies zur gegenüberliegenden Stirnseite der Halle. Hier zierte die Wand ein fahnengroßer, dunkelblauer Behang mit einer aufgestickten weißen Windharfe, deren kunstvoll geschwungene Hörner denen einer Leier glichen. Davor standen drei leere, barock anmutende Throne. Vor dem Linken befand sich ein Tisch mit Papier, Tintenfass und Feder – offenbar der Platz des Schriftführers. Zwischen seinem und dem mittleren Thron entdeckte Sarah zudem eine kleine Harfe, die wie eine irische Cláirseach aussah.

Kinnor führte Sarah zum Platz der Neophytin, dem vorderen der beiden einzelnen Stühle. Das Gemurmel im Felsensaal verebbte. Névél, die Erste Hüterin, setzte sich auf den mittleren Thron. Daneben nahm Kinnor Pult und Sessel des Sekretärs in Besitz. Währenddessen entzündete ein anderer Bewahrer die drei Kerzen und ließ sich sodann auf dem dritten Lehnstuhl nieder.

Sarah bemerkte in ihrem Rücken eine Bewegung. Als sie den Kopf leicht drehte, sah sie den Stuhl hinter sich ebenfalls von einem breitschultrigen maskierten Hüter besetzt – für sie eine nicht eben beruhigende Entdeckung. Sollte der Bursche ihrer Flucht vorbeugen?

Im Saal trat Stille ein.

Sarah schloss hinter der Maske die Augen. Das *Audition colorée* malte eine pechschwarze Grundierung in ihr Bewusstsein, auf der sie eine Perlenschnur pastellroter Tupfer sah: das Pochen eines erregten Herzens. Sie kam sich vor wie in einem Traum und kniff sich unter dem Mantel in den Handrücken. Nein, es war kein Traum.

Das Schweigen dauerte länger als erwartet. Aber dann erhob Nével die Stimme. »Seid willkommen, Schwestern und Brüder, Hüter der Windharfe, Bewahrer der Geschichte des Bundes der Farbenlauscher.«

Sarah fuhr unwillkürlich zusammen, als die anderen im Chor erwiderten: »Willkommen, Schwester Nével.«

»Viele Generationen sind vergangen«, fuhr die Erste Hüterin fort, »seit es einen Meister der Harfe, einen Meister der Töne gleich Jubal gegeben hat – unsere Bücher hüten seinen Namen.«

»Ja, wir bewahren ihn«, intonierte der Chor.

»Als Franz Liszt hier, an diesem Ort, von uns Abschied nahm, kündete er eine Zeit der Stille an, der wir eben symbolisch gedachten. Die Schwäne würden schweigen, während die Adler ihre Macht entfalten, sagte er. Musik würde in dieser dunklen Epoche nicht, wie er es noch gehofft hatte, zur inneren Läuterung der Menschen führen, sondern ein Mittel zum Zweck werden, um sie zu manipulieren oder sich zu bereichern. Seine Prophezeiung haben wir aufgeschrieben.«

»Ja, wir bewahren sie«, bekräftigte wiederum die Gemeinschaft.

»Doch der Meister der Harfe machte uns auch Mut. Er gab unserem Credo *Post tenebras lux* eine neue, erweiterte Bedeutung, indem er versprach, dass nach der Dunkelheit der Adler das Licht der Schwäne in die Musik zurückkehren werde. Und dann gemahnte er uns: ›Achtet auf das Zeichen‹«, Nével deutete feierlich auf den Teppich, »›damit ihr den erkennt, der nach mir kommt, um euch das Licht zurückzugeben.‹ So haben wir es aufgezeichnet.«

»Ja, so bewahren wir es«, bezeugte der Chor.

Und Sarah erstarrte. Vorher hatte sie dem blauen Läufer auf der Mittelachse des Raumes keine weitere Beachtung geschenkt, aber jetzt bemerkte sie darin ein Emblem, das sich aus ihrer Perspektive nur wenig von seiner Umgebung abhob.

Es war ein perfektes Abbild ihres Kettenanhängers.

»… zeige uns bitte das Kleinod, Kithára.«

Die Stimme der Ersten Hüterin sickerte nur tröpfchenweise in

Sarahs Bewusstsein – sie musste sich an ihren neuen Namen erst noch gewöhnen. Als sie bemerkte, dass alle »Mohrenköpfe« sich nun ihr zuwandten, überkam sie ein großes Zittern.

»Sie möchten dein Signet sehen, Schwester«, erklärte die Erste Hüterin sanft.

Sarah begann aufgeregt unter dem Mantel am Verschluss ihrer Halskette herumzunesteln. Als sie ihn endlich geöffnet hatte, präsentierte sie allen ihr funkelndes Erbstück.

Die wie Pech glänzenden Masken waren zu keiner Regung fähig, aber unter ihnen drangen etliche Rufe des Erstaunens hervor.

»Kithára, sei so lieb und lass es herumgehen«, bat Névél.

Sarah erhob sich und gab den Anhänger dem ersten Bewahrer zu ihrer Linken. Es war ein sonderbares Gefühl zu beobachten, wie das Schmuckstück, das sie so lange vor der Welt verborgen hatte, plötzlich von so zahlreichen Augen bestaunt und so vielen Fingern betastet wurde. Als das FL-Signet endlich von allen geprüft und Sarah zurückgegeben worden war, ergriff wieder Névél das Wort.

»Ist dir die Bedeutung des Kleinods bekannt, Schwester Kithára?«

Sarah runzelte unter der Maske die Stirn. »Bedeutung? Nun, es zeigt die Namensinitialen meines Vorfahren, Franz Liszt.«

Einige im Saal lachten leise. Die Erste Hüterin bedeutete ihnen zu schweigen, ehe sie an die Neophytin gewandt fortfuhr: »Natürlich ist das richtig. Aber es ist nur die vordergründige Bedeutung. Ist dir nie bewusst geworden, dass in der Muttersprache von Meister Liszt auch die Wortverbindung ›Farben-Lauscher‹ mit den Buchstaben F und L abgekürzt wird?«

Die Frage traf Sarah wie ein Vorschlaghammer. »N-nein«, stammelte sie.

Névél breitete die Hände aus. »Dabei ist es so einfach, nicht wahr? Einmal steht das Signet für ›Franz Liszt‹, aber wenn du es wendest, gewissermaßen des Meisters vor der Öffentlichkeit verborgene Rückseite betrachtest, offenbart er sich dir als Farbenlauscher. Ich denke, dies ist der rechte Moment, unseren Schwestern und Brüdern ein bisschen mehr von dir zu erzählen. Es ist nicht nötig, uns deinen Namen oder Beruf zu sagen, aber berichte uns bitte darüber, wie du in den Besitz des Kleinods gelangt bist und wie es dich zu uns geführt hat.«

Gehorsam, wenn auch anfangs eher verhalten, kam Sarah der Bitte nach. Sie erzählte von ihrer Kindheit, dem viel zu frühen Tod der Mutter, der Erbschaft, der Suche nach ihren Ahnen, dem Konzert in Weimar und der Odyssee auf der Spur der Windrose. Ab und zu stellte der »Mohr« an Névels rechter Seite kritische Zwischenfragen, die Sarah zunächst verwirrten. Als sie dadurch ins Stocken geriet, meldete sich plötzlich der Hüter hinter ihr und erinnerte den Nörgeler an eine vorangegangene Äußerung der Neophytin. Offenbar war der sprechende Kleiderschrank in ihrem Rücken kein Bewacher, sondern ihr Advocatus Dei, ein Fürsprecher, der ihre Aufnahme in die Bruderschaft unterstützte. Dementsprechend war dem Mäkler neben der Ersten Hüterin die Rolle des Advocatus Diaboli zugedacht: Er sollte das sprichwörtliche Haar in der Suppe finden, triftige Gründe gegen eine Initiation der Bewerberin ins Feld führen.

»Unser Ritus schreibt vor, das Für und Wider gründlich abzuwägen, bevor wir jemanden in unseren Kreis aufnehmen«, erklärte die Erste Hüterin freundlich; sie hatte wohl die Verunsicherung auf der anderen Seite des Raumes gespürt.

Und so fuhr Sarah fort. Allmählich wurde sie etwas lockerer, zumal sie der »Anwalt des Teufels« immer seltener unterbrach. Dafür reagierten die Farbenlauscher oft mit kleinen Lauten des Erstaunens, vor allem, wenn sie Liszts Klangbotschaften zitierte, die sie nur durch ihr *Audition colorée* hatte erblicken können.

»Ich denke, der Klang der Wahrheit ist im Zeugnis unserer Schwester deutlich zu vernehmen«, resümierte Névnel abschließend. »Außerdem trägt sie das Zeichen des letzten Großmeisters der Schwäne. Und drittens hat sie die Zahl der Windharfe richtig gedeutet. Daher plädiere ich dafür, Kithára in die Gemeinschaft der Farbenlauscher aufzunehmen. Wenn jemand von euch einen berechtigten Einwand vorbringen möchte, dann spreche er jetzt oder er versiegele seine Lippen für immer.«

Alle schwiegen. Kinnor notierte etwas in seinem Protokoll.

Die Erste Hüterin nickte und richtete das Wort wieder an Sarah.

»Jeder Bund wird von zwei Seiten geschlossen. Da du nun unser uneingeschränktes Vertrauen genießt, möchten wir auch das deine gewinnen. Lass mich dir eine Geschichte erzählen ...«

Wie in einer Sinfonie eine Pause den ersten Satz vom zweiten trennen mag, so verharrte auch Névfrom einen Augenblick in sinnendem Schweigen. Nur das Fauchen und Zischen der Fackeln an den Wänden war zu hören.

»Der Legende nach«, begann sie sodann, »sind wir Hüter der Windharfe vom Anbeginn der Zeit die Chronisten der Farbenlauscher.« Sie verkörperten einen Orden im Orden, fuhr sie fort, oder präziser ausgedrückt, einen speziellen Grad, der ausschließlich Farbenhörern mit besonderer Musikalität und Beobachtungsgabe offen stehe. Ihre Aufgaben seien eng umrissen, ihre Rolle immer passiv. *Niemals* dürfe ein Bewahrer ins Weltgeschehen eingreifen. Sie seien gleichsam wie die Windharfe, deren Klänge nicht der Wille bestimmt, sondern die von außen auf sie einwirkenden Kräfte. Dieser Metapher verdankten sie ihren Namen.

Über viele Jahrhunderte hinweg war die Gegend um Les Baux de Provence ihre Heimat gewesen. Hier pflegte der Erste Hüter oder die Hüterin zu residieren. Das Val d'Enfer war Refugium und Zentrum des Wissens zugleich. Bis heute erzählt man sich hier Sagen von Hexen, Geistern und Feen, die angeblich im »Höllental« in den Höhlen lebten. »Wir Farbenlauscher sind nicht ganz unbeteiligt an diesen Geschichten, die uns viele Generationen lang Störungen vom Hals gehalten haben«, erklärte Névfrom in fast heiterem Ton.

Dann kam sie auf die Ereignisse zu sprechen, die sich Sarah und Oleg Janin zum Teil bereits zusammengereimt hatten. Die Purpurpartitur verdanke ihren Namen Kardinal Richelieu. Dieser gehörte selbst einer Geheimgesellschaft an, die sich »Der Kreis der Dämmerung« nannte und in mancher Hinsicht ähnliche Ziele verfolgte wie die radikaleren Geister unter den Jubaljüngern. Durch Richelieus »Kabale« kam es um das Jahr 1632 zum Verstoß gegen den Kodex der Farbenlauscher.

Der Kardinal hatte die Bruderschaft enttarnt und wollte sich die Klänge der Macht zunutze machen. Es gelang ihm, den engsten Vertrauten des Meisters der Harfe zu korrumpieren. Richelieu versprach ihm Reichtum und Einfluss, wenn er für ihn die Klanglehre des Jubal in Notenschrift aufzeichne. Nachdem er diese erst besaß, erinnerte er sich nicht mehr an sein Wort. Er ließ die Burg belagern und durch die Bewohner der Stadt schleifen.

Infolge seiner Verschwörung brach der Krieg der Farbenlauscher aus, in dessen Verlauf der Großmeister wie auch die meisten seiner Vertrauten ermordet wurden. Zuletzt kam auch der Verräter ums Leben. Die Bruderschaft war in zwei Teile zerfallen: in Schwäne und Adler. Auch Richelieu scheiterte. Ohne das spezielle *Audition colorée* waren die Klänge der Macht für ihn wertlos. Nach seinem Tod geriet die von ihm entfachte Kabale in Vergessenheit.

Doch die Hüter der Windharfe schrieben alles auf, wie sie es immer getan hatten.

Ihre Bücher seien an einem geheimen Ort versteckt, dem »Hort«, berichtete Nével weiter. Als Chronisten sichern sie die Zukunft, indem sie die Vergangenheit in ihrer reinsten Form bewahren: einer unverfälschten Geschichtsschreibung. Der letzte Meister gleich Jubal – Franz Liszt – hatte den Orden darüber hinaus verpflichtet, das Geheimnis der Purpurpartitur zu schützen.

Letzteres war ungleich schwerer als die hergebrachte Pflicht des Ordnens und Notierens von Ereignissen, weil nicht einmal der Erste Hüter das Versteck der Klanglehre des Jubal kannte. Liszt hatte sein Wissen den Bewahrern nicht mehr anvertrauen können oder wollen. Während seiner drei letzten Lebensdekaden stand ihnen Zabbechá vor. Wenn dieser den Meister wegen der Purpurpartitur bedrängte, pflegte der ebenso freundlich wie vage zu entgegnen: »Sie soll bleiben, wo sie ist, ein Baum in einem Wald.«

Liszt sah sich von den Dunklen verfolgt und in die Enge getrieben. Der Sensenmann halte in seinem Umfeld reiche Ernte, hatte er Zabbechá einmal erklärt. Viele seiner engen Freunde waren tot. Im Dezember 1859 verschied sein Sohn Daniel, im September 1862 seine Tochter Blandine Ollivier und im Februar 1866 die eigene Mutter.

Im Jahr 1881 gingen die Adler dann zum Frontalangriff über, fuhr Nével mit dramatischer Stimme fort. Liszt stürzte schwer in der Weimarer Hofgärtnerei, so die offizielle Lesart der Biografen und

Historiker. Es heißt, er habe sich nie richtig von dem Unglück erholt, ja, damit habe ein Siechtum begonnen, das fünf Jahre später zu seinem Tod führte. Keines der Geschichtsbücher erwähne jedoch, wer den Meister gestoßen, noch wisse man, warum er die Königin der Klänge zur Gefangenen in einem vergessenen Kerker gemacht habe.

Névél berichtete all dies ohne den Unterton einer Anklage. Chronisten urteilen nicht. Sie beobachten und zeichnen auf – aus der Distanz. Sarah indes konnte nachvollziehen, dass ihr Vorfahr irgendwann mit der Resignation gerungen hatte oder misstrauisch geworden war. Er hatte den Mord an Zar Alexander II. nicht verhindern können und war nur wenige Wochen später beinahe selbst einem Anschlag zum Opfer gefallen. Eines jedoch verstand sie nicht.

»Wieso hat er sich nicht gewehrt?«, fragte sie unvermittelt. In den Reihen der Bewahrer entstand Unruhe. Das Protokoll sah derlei Unterbrechungen der Ersten Hüterin wohl nicht vor.

Névél indes schien die Wissbegier der Neophytin sogar zu gefallen. Freundlich antwortete sie:»Oh, er wusste seine Gabe durchaus einzusetzen, um sich und seine Gefährten zu schützen. Warum ist er wohl trotz aller Intrigen gegen ihn fast fünfundsiebzig Jahre alt geworden? Einmal – es war bei der Pariser Premiere seiner ›Graner Messe‹ in der Kirche Saint-Eustache – hat er eine ganze Abteilung Soldaten mit seinem Orgelspiel in Schach gehalten. Es war ein Akt der Notwehr. Grundsätzlich lehnte er Manipulation oder gar Gewalt in jeder Couleur ab.«

Sarah hatte noch nie von dem Vorfall gehört. »Wenn die Adler ihm und den Seinen so viel Leid zugefügt haben, warum gab er die Bürde seines Amtes nicht einfach ab?«

»Weil dies seinen Prinzipien von Pflicht und Verantwortung widersprochen hätte. Der Meister der Harfe – ebenso wie der Erste Hüter der Windharfe – ist immer auch ein Schutzschild für die Bruderschaft gewesen. Er wusste, so lange er die feurigen Geschosse des Feindes auf sich zog, würden andere in Stille ihren Aufgaben nachgehen können.«

»Hat er deshalb die Spur der Windrose erschaffen? Als Königsweg zum Erhalt der Purpurpartitur?«

»Davon sind wir überzeugt«, antwortete Névél.

»Ja, das sind wir«, stimmte der Chor ihr zu.

Die Erste Hüterin setzte hinzu: »Er musste davon ausgehen, die Königin der Klänge mit ins Grab zu nehmen, ehe ein neuer Meister gleich Jubal ihm nachfolgen konnte. Der Sehende, pflegte er zu sagen, werde zur Klanglehre finden und sie zu ihm. Du, Schwester Kithára, hast bewiesen, dass du die verheißene ›Sehende‹ bist.«

»Ja, das hast du«, bestätigten die Bewahrer wie aus einem Munde.

Sarah wünschte sich, ein Holzwurm zu sein und sich in den Stuhl bohren zu können, auf dem sie vor versammelter Menge kauerte.

Névél erhob sich, und nachdem alle anderen im Saal – unwillkürlich auch die Neophytin – ihrem Beispiel gefolgt waren, intonierte sie mit feierlicher Stimme: »So frage ich dich nun, willst du, Kithára die Sehende, von nun an bis zu deinem Tode dem Bund der Lichten Farbenlauscher angehören? Gelobst du die Geheimnisse der Weißen zu hüten und sie mit deinem eigenen Leben zu beschützen? Und schwörst du, die Ideale der Schwäne zu bewahren, indem du die Macht der Klänge allzeit zum Wohle und Gedeihen deiner Mitmenschen und zu nichts anderem gebrauchst? Antworte weise und antworte wahr.«

Sämtliche Mohrengesichter wandten sich Sarah zu.

Sie schluckte. Fühlte sich überrumpelt. Das Gelübde klang so gewichtig. So endgültig. Und was würde eigentlich geschehen, wenn sie die Aufnahme in die Gemeinschaft der Lichten Farbenlauscher ablehnte …?

Wollte sie das überhaupt? Seit sie sich in der Pubertät ihrer besonderen Gabe bewusst geworden war, kam sie sich unter Menschen oft fremd vor, fast wie ein Alien. Ein Synnie ist nicht wie die anderen. Einige vernagelte Zeitgenossen sahen in ihr ein Monstrum, dem man die Abartigkeit aus dem Kopf schneiden sollte. Doch das Martyrium hatte schon viel früher begonnen. Ihre Mutter war unfähig gewesen, dem Mädchen, das sich mutwillig selbst verletzte, Geborgenheit zu geben. Kein Kind verkraftet es besonders gut, im eigenen Heim eine Ausgestoßene zu sein.

Aber hier war eine Gemeinschaft, die Sarah verstand, die selbst aus Farbenhörern bestand, die ihr helfen konnte, zu ihren Wurzeln zu finden ...

»Antworte weise und antworte wahr«, wiederholte Nével, nicht unbedingt zwingend, aber trotzdem mit dem sanften Nachdruck einer besorgten Mutter.

Sarah holte tief Luft und sagte: »Ja!«

»So sei es«, hallte es vielstimmig durch den Felsensaal. Dann applaudierten die Hüter der Windharfe, bis Nével sich mit ausgebreiteten Armen wieder Gehör verschaffte.

»Offensichtlich freuen sich die Bewahrer über deine Aufnahme im Bund. Abgesehen von der Beurkundung der Initiation, die Bruder Kinnor gleich vornehmen wird, fehlt dir noch eines, liebe Schwester Kithára, um ein vollwertiges Mitglied unserer Gemeinschaft zu sein: das Erkennungszeichen. Du darfst jetzt die Pyramide des Lichts durchschreiten, um zu mir zu kommen.«

Der erste Schritt fiel Sarah nicht leicht. Sie gab sich Mühe, würdevoll auszusehen, während sie durch das Spalier aus Farbenlauschern lief, indem sie den langen Teppich mit dem FL-Signet überquerte und dabei zwischen den Stehleuchtern hindurchging. An der Spitze dieser symbolischen »Pyramide des Lichts« musste sie sich entscheiden, auf welcher Seite sie die dritte Kerze passieren wollte. Ihrer Händigkeit entsprechend wanderte sie links entlang und hatte damit unbewusst die bessere Wahl getroffen, denn aus Sicht der Ersten Hüterin gab sie damit dem Recht den Vorzug.

»Achte jetzt genau auf meine Hand«, forderte Nével ihre neue Schwester auf, nachdem diese vor ihr stehen geblieben war, und setzte noch hinzu: »Damit du dir das Zeichen besser einprägen kannst, wird Kinnor es mit Tönen untermalen. Normalerweise ist es stumm.«

Sarah spürte ein Jucken unter der Maske. Die Sehschlitze engten ihre Wahrnehmung ein. Am liebsten hätte sie sich das Ding vom Gesicht gerissen. Ehe jedoch das Bedürfnis übermächtig werden konnte, schob sich Névels Unterarm aus dem Umhang, und ihre Hand vollzog eine rasche Folge von Bewegungen.

Augenscheinlich handelte es sich um die gleiche Choreografie, nach der Névels Finger am Eingang der Höhle getanzt waren. Es sah aus, als klimpere sie auf einer senkrecht in der Luft hängenden Klaviatur. Einige Finger schlugen die unsichtbaren Tasten weiter oben an, andere spielten etwas tiefer. Gleichzeitig zupfte Kinnor auf der Harfe ein Stakkato von Tönen. Einige waren lauter, andere sehr leise, womit er unterschiedlich große Kleckse auf die gläserne Leinwand der neuen Farbenlauscherin malte.

Was so willkürlich anmutete, folgte einem genau festgelegten Muster, und Sarah – ihr stockte der Atem – kannte dieses Bild, das von ihrem *Audition colorée* noch verstärkt wurde. Erdrutschartig löste es in ihr eine Folge von Assoziationen aus: Im Geiste sah sie die schmiedeeiserne Tür zur Dachterrasse von Madame Le Mouels Schwalbennest, die Musen auf dem Königlichen Theater von Kopenhagen, Tycho Brahes Himmelskarte in der Allerheiligenkirche der Insel Ven. Das letzte Glied in der Gedankenkette war eine zwei Wochen alte Erinnerung.

Sarah zitterte am ganzen Leib. Eine dunkle Ahnung stieg in ihr auf. Sie kniff die Augen zusammen, aber dadurch wurde das Echo der verschiedenen und einander doch so ähnlichen Wahrnehmungen nur noch lauter. Abwechselnd sah sie im Geiste die verschmolzenen Erinnerungen und das ursprüngliche Bild, das sie in Weimar beim Wählen von Oleg Janins Handynummer erblickt hatte:

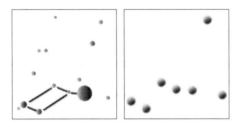

»Geht es dir gut?«, fragte die Erste Hüterin besorgt.

Sarah riss die Augen auf. »Ich kenne das Zeichen. Es ist die Lyra, das Sternbild der Leier.«

Névél nickte beifällig. »Dir gelingt es immer wieder, mich zu überraschen, Kithára. Du hast uns zwar gesagt, dass dein Vater Astrophysiker war und dir die Sterne näher brachte, aber damit habe ich nicht...«

»Nein, du verstehst mich falsch«, unterbrach Sarah aufgeregt die Erste Hüterin. »Die letzten sieben Wähltöne von Oleg Janins Handyrufnummer ergeben ziemlich genau dasselbe Grundmuster. Schon in Weimar kam es mir bekannt vor, aber ich bin nicht drauf gekommen, dass es sich dabei um das alte Sternbild Lyrae handelte. Mein Telefon hat alle Töne im gleichen Abstand gespielt, wodurch die Konstellation leicht verzerrt wurde. Außerdem war sie unvollständig.«

»Aber die Verbindungspunkte des Zeichens sind alle vorhanden gewesen?«, fragte Nével besorgt.

»Aber ja! Auch Wega, der Hauptstern«, beteuerte Sarah.

»Mein Gott!« Die Erste Hüterin fuhr sich mit der Hand an den Hals und wankte. Ein Raunen ging durch den Saal. Sofort war Kinnor zur Stelle, um sie zu stützen. Sie schüttelte fassungslos den Kopf. »Die Leier ist das geheimste und älteste Erkennungszeichen der Farbenlauscher, Kithára. Selbst Richelieu hatte nichts davon gewusst, was damals einigen von uns das Leben rettete. Unmöglich, dass ein Musikprofessor davon erfahren konnte.«

»Willst du damit sagen, Janin ist...?« Die Vorstellung an einen so ungeheuerlichen Verrat schnürte Sarah die Kehle zu.

Nével nickte. Ihre Stimme klang angestrengt. »Ist dir bekannt, woher der Name Wega stammt? Er ist arabischen Ursprungs und bedeutet so viel wie ›herabstoßender *Adler*‹...«

»Nein!«, hauchte Sarah entsetzt.

»O doch! Ich fürchte, du hast, ohne es zu wollen, unseren ärgsten Feind zu uns geführt. Wir sind alle in großer Gefahr.« Nével wandte sich dem Sekretär zu, wollte irgendetwas sagen, aber plötzlich griff sie sich an die Brust.

»Wo hast du deine Medizin?«, stieß Kinnor hervor. Seine Stimme verriet, wie ernst er Névels Schwächeanfall einschätzte.

Sie schüttelte den Kopf. »In meiner Handtasche. Und die ist im Auto.« Sie lachte rau. »Du musst die Höhle sofort evakuieren, Kinnor! Vielleicht sind die Dunklen uns gefolgt. Benutzt den zweiten

Ausgang und ...« Ein unterdrückter Schmerzenslaut hinderte sie am Weitersprechen.

Kinnor rief einige Namen und Anweisungen in den Saal.

Die Farbenlauscher reagierten prompt und besonnen. Fast so, als gebe es für solche Fälle einen Katastrophenplan, der nun minutiös umgesetzt wurde. Sarah war vor Schreck wie gelähmt. Reglos verfolgte sie die Fluchtmaßnahmen. Einige Vermummte rissen die Tapisserie hinter den Thronen von der Wand. Jemand betätigte einen verborgenen Mechanismus, und im Fels öffnete sich eine Tür ähnlich der schwenkbaren Stele am Haupteingang, aber deutlich schmaler.

Sarah war viel zu benommen, um sich nützlich zu machen. Erst als Névels Beine einknickten, schüttelte sie die Starre ab, packte rasch zu und half Kinnor, die Hüterin auf den Boden zu legen.

»Wir müssen dich zuerst herausbringen«, sagte Kinnor.

»Unsinn!«, presste Nével zwischen zusammengebissenen Zähnen hervor. »Ich würde nur den Geheimweg verstopfen. Die Erste Hüterin geht zuletzt.«

Offenbar kannte der Schriftführer ihre Sturköpfigkeit, denn er richtete den Oberkörper auf und rief: »Alix, du überwachst die Evakuierung. Ich muss mich um Névels kümmern.«

»Mach ich, Bruderherz«, antwortete aus dem Hintergrund eine weibliche Stimme.

Durch energische Gesten bedeutete Kinnor seinen anderen Gefährten, den Saal sofort zu verlassen. Als die ersten Bewahrer im engen Durchlass verschwanden, wandte er sich wieder an die Hüterin.

»Das hier ist kein Schiff und du bist nicht der Kapitän, der es nur als Letzter verlassen darf. Jetzt sei bitte vernünftig, Florence ...!«

»Keine Namen!«, krächzte Névels.

»Bitte höre auf mich, Schwester. Wir wissen ja nicht einmal, ob die Dunklen uns tatsächlich entdeckt haben ...« Er verstummte. Wie um ihn Lügen zu strafen, hallte plötzlich ein fernes Knattern durch den Saal. Und erstarb sofort wieder.

Obwohl das Geräusch im aufgeregten Murmeln der Farbenlauscher fast untergegangen war, versetzte es Sarah einen kalten Schrecken. Hatte da jemand *geschossen*?

»Kannst du sie hören? Die Adler sind gerade gelandet«, ächzte Névlé.

Kinnor schüttelte verzweifelt den Kopf. »Umso schneller müssen wir dich hier herausbringen. Du brauchst dringend einen Arzt.«

Wie zum Trotz bäumte sich Névlé auf und zischte: »Dann fang gefälligst mit der Arbeit an, Kinnor! Du bist nämlich der beste, den ich kenne.« Sie sank kraftlos zurück, rang nach Atem und sagte erstaunlich sanft zu ihrer jüngsten Schwester: »Und du, Kithára, *geh* bitte! Ich bin nur die Vergangenheit, du aber verkörperst unsere Zukunft.«

Obwohl Sarah die gestrenge Madame Le Mouel erst vor ein paar Stunden kennen gelernt hatte, kam es ihr so vor, als solle sie ein zweites Mal ihre sterbende Mutter im Stich lassen. Störrisch schüttelte sie den Kopf. »Ich bleibe bei dir.«

»Mein Gott! Du bist ja schon genauso schlimm wie ich«, grunzte Névlé. Im nächsten Moment griff sie sich wieder an die Brust.

Kinnor lockerte den Umhang am Hals der Hüterin und raunte in Sarahs Richtung: »Das sieht nicht gut aus. Wir müssen sie so schnell wie möglich hier herausschaffen. Bleibe bei ihr. Ich komme gleich zurück.«

Er lief zur Wand und raffte den Behang zusammen. Immer noch drängten sich die Hüter einer nach dem anderen durch die enge Fluchttür. Mehr als die Hälfte war noch im Saal. Während Kinnor die Tapisserie zu den Thronen schleifte, hörte Sarah eine neue Garbe von Schüssen, die blutrote Striemen in ihren Geist peitschten. Sie klangen näher als zuvor. Vermutlich wurde im Haupttunnel gekämpft.

»Sie müssen jeden Moment hier sein«, sagte Kinnor. Schnell breitete er neben der Ersten Hüterin den Wandteppich auf dem Boden aus. Névlé hatte aufgehört zu widersprechen. Sie war wohl nicht einmal mehr bei Bewusstsein.

Sarahs banger Blick huschte zum Torbogen am anderen Ende des Saals. Ihr feines Gehör hatte schlurfende Schritte vernommen.

Und tatsächlich! Eine schwarze Gestalt mit Mohrenmaske taumelte in den Vorraum. Aus mehreren Löchern ihres Umhangs sickerte Blut. Sie wankte bis zum Durchgang, schrie »Verrat!« und brach zusammen.

»Hilf mir, sie auf den Teppich zu hieven«, hörte Sarah die Stimme des Schriftführers neben sich. Es fiel ihr nicht leicht, sich vom Anblick des von Kugeln durchsiebten Wächters loszureißen. Sie fasste die besinnungslose Hüterin an den Füßen, Kinnor schob seine Hände unter ihre Achseln. Auf sein Nicken hin brachten sie Név12 mit einem Ruck auf die Unterlage.

Da ertönte eine gewaltige Explosion.

Gleich darauf jagte ein alles zermalmender Lindwurm durch die Tunnel. Als er in den Saal der Hüter schoss, schien sich die Hölle aufzutun. Eine Flammenzunge fauchte etwa bis zur Mitte des Raumes, leckte mit heißer Glut über den gefallenen Wächter, die Stühle, den Teppich und die Kerzen hinweg. Der heiße Atem des Drachen genügte, um Sarahs Haar zu versengen. Hiernach erreichte die Druckwelle den Raum. Geröll, Felssplitter, Staub und Mobiliar wirbelten durcheinander. Im Nu war nichts mehr zu sehen.

»Wir müssen zur Fluchttür!«, brüllte Kinnor.

Sarah leckte sich mit der Zunge über die Lippen, schmeckte den salzigen Geschmack von Blut und Tränen. Obwohl sie verletzt war, die Furcht ihre Knie zittern ließ und sie jede Orientierung verloren hatte, behielt sie die Nerven. Nie mehr die Kontrolle verlieren! Der einmal gefasste Vorsatz galt. Sie raffte den Stoff am Fußende der Ersten Hüterin zusammen, hob an und folgte, blind wie sie war, einfach dem Zug, den Kinnor an seinem Ende der Behelfstrage ausübte.

Nach wenigen kurzen Schritten peitschte eine Salve von Schüssen durch das Allerheiligste. Sarah biss die Zähne zusammen, um ihre Last noch schneller zur rettenden Geheimtür zu schleppen. Doch plötzlich blieb Kinnor stehen; fast wäre Sarah über die bewusstlose Hüterin gestolpert. Entsetzt blickte sie zu dem Farbenlauscher auf. War er von einer Kugel getroffen worden?

Im sich nur langsam setzenden Staubnebel sah sie ihn hoch aufgerichtet. Sie konnte keine Verletzungen entdecken. Trotzdem bewegte er sich nicht, blickte nur starr über die Erste Hüterin hinweg.

»Zeit, den Schwanengesang anzustimmen«, sagte überraschend eine tiefe Stimme aus dem Hintergrund.

Sarah warf den Kopf herum und erstarrte. Da stand eine gedrungene Gestalt im dunklen Kampfanzug. In den Händen hielt sie eine kurze Maschinenpistole, deren Mündung auf Kinnor zielte. Statt der Mohrenmaske trug sie einen Helm mit verspiegeltem Visier. Ihre untersetzte Statur erinnerte Sarah fatal an den Mann im schwarzen Mantel, der ihr am Vormittag in Les Baux aufgefallen war.

»Willst du einen Bruder töten?«, fragte Kinnor den Fremden erstaunlich ruhig.

Der grunzte. »Schwäne sind höchstens die Beute der Adler, aber niemals ihre Brüder. Ich werde dich zum Frühstück verspeisen.« Der Dunkle Farbenlauscher hob seine Waffe.

Sarah stockte der Atem. Sie rechnete jeden Moment mit der tödlichen Salve.

Plötzlich tauchte aus dem Staubnebel hinter dem Dunklen ein Schemen auf. Er trug eine Mohrenmaske und wirbelte herum, wie im Tanz. In seinen Händen hielt er ein stabartiges Etwas, das im flackernden Feuerschein metallisch aufblitzte. Unvermittelt knirschte ein Steinchen am Boden.

Der Adlermann reagierte mit den Instinkten eines Raubtiers. Blitzschnell fuhr er herum und betätigte zugleich den Abzug seiner Waffe. Eine kurze Stafette von Kugeln ratterte aus der Uzi. Dann traf ihn der schwere Kerzenleuchter unterhalb des Helms. Sarah glaubte ein Knacken zu hören. Der Mann brach stumm zusammen.

»Er ist nur die Vorhut. Gleich wird es hier von Dunklen nur so wimmeln«, sagte überraschend eine weibliche Stimme hinter der Mohrenmaske.

»Alix?«, stieß Kinnor überrascht hervor. »Ich dachte, du seist längst draußen.«

Sie lachte. »Wie denn? Du hast mir doch befohlen, unseren Abzug zu ...«

»Schon gut«, unterbrach er sie. »Hilf Kithára dabei, Nével hinauszuschaffen. Ich halte solange die Dunklen in Schach.«
»Du bist wohl nicht bei Trost, ganz allein gegen ...«
»Keine Widerrede, Schwester! Mächtige Farbenlauscher kämpfen nicht mit Feuerwaffen. Vermutlich haben wir es nur mit Nekrasows Fußtruppen zu tun. Das schaff ich schon. Geht jetzt!«
Alix löste Kinnor am Kopfende der Behelfstrage ab.
»Du hast keine Waffe. Wie willst du sie aufhalten?«, fragte Sarah besorgt.
»Mit etwas, das stärker ist als Sprengstoff und Blei. Wie hat es der Dunkle genannt? Den *Schwanengesang*.«
Sie merkte, wie Alix am anderen Ende des Teppichs zerrte und stemmte nun ihrerseits die Füße der Bewusstlosen in die Höhe. Nével war schwer. Sie kamen nur mit kleinen Schritten voran.
Alsbald hallte eine warme, volltönende Männerstimme durch den Staubnebel. Sie besaß ein Timbre, das in Sarahs Wahrnehmungswelt die Farbe und Struktur gelben Sandsteins besaß. Trotzdem war die Melodie für sie so fremd und beschwörend wie die Tonfolgen aus Tiomkins Box im Kopenhagener Tivoli. Verblüfft blickte sie sich zu Kinnor um. Er stand breitbeinig zwischen den lodernden Feuern und erfüllte den Saal mit den Klängen der Macht.
Mit einem Mal tauchten aus dem Dunst andere Gestalten auf. Sie trugen Kampfanzüge und Maschinenpistolen wie ihr gefallener Bruder. Sarah erbebte. Es war eine gespenstische Szenerie: die Feuer, die heranschleichenden Schemen und der singende »Mohr«. Einen schrecklichen Moment lang rechnete sie mit einem tödlichen Kreuzfeuer, das dem Schwanengesang ein jähes Ende bereiten würde, begriff aber dann, dass Kinnor bereits Gewalt über den Willen der Adler ausübte. Er lockte sie herbei, wie der Rattenfänger die Kinder von Hameln.
»Da kriegen wir Nével nicht drübergehievt. Wir müssen sie drum herum tragen«, ächzte Alix unvermittelt. Sie war offenbar gegen die Klänge der Macht immun.
Sarah wandte sich um und blickte in ein Paar grüner Augen. Hierauf gewahrte sie das Hindernis, einen erschreckend hohen

Geröllhaufen; vermutlich war bei der Explosion ein großes Stück aus der Decke gebrochen. Das bedeutete einen zeitraubenden Umweg. Ihr brach der Schweiß aus, als Alix sie wieder weiter in den Raum hinein lotste.

Unversehens wurde Kinnors Stimme lauter, fordernder. Sarah riss entsetzt die Augen auf, als sie seinen Befehl zu erkennen begann...

Die Dunklen Farbenlauscher bewegten sich wieder. Und Kinnor schmetterte sein Lied. Sie brachten ihre Waffen in Anschlag. Aber Névels Gefährte sang weiter ...

Dann wandten sich die Adler einander zu und begannen zu feuern.

Vor Schreck rutschte Sarah das Ende der Stoffbahn aus den Händen. Fassungslos starrte sie die Kämpfer an, die sich gegenseitig niedermähten. Der Schusswechsel endete nach wenigen Sekunden. Nun verstummte auch Kinnor.

Eine gespenstische Ruhe trat ein.

»Hilf mir, Kithára!«, stieg aus dem Dunkel des Schweigens Alix' Stimme auf.

Sarah blinzelte benommen und bückte sich nach dem entglittenen Zipfel. Zwei, drei schlurfende Schritte später war Kinnor bei ihr und packte mit an.

»Das hast du gut gemacht, Bruderherz«, lobte ihn Alix.

»Es ist nicht mehr als eine Atempause. Wer immer dieses Unternehmen leitet, er wird seine Taktik schnell umstellen«, antwortete Kinnor. Er sollte Recht behalten.

Kurz bevor die vier den rettenden Fluchttunnel erreichten, detonierten zwei weitere Sprengsätze.

Diesmal schien das ganze Felsmassiv zu erbeben. Wieder fauchte eine Lohe in den Raum und gleich darauf ein Hagel von Geschossen. Névels Träger wurden von der Druckwelle wie Strohpuppen umhergewirbelt. Dem Poltern nach brachen weitere schwere Brocken aus der Decke. Ja, der Berg selbst grollte, als wolle er jeden Moment zerbersten.

Sarah hustete, spuckte und bekam kaum noch Luft. Mühsam kämpfte sie sich wieder auf die Beine. Wohin? Sie drohte in dem

Inferno die Orientierung zu verlieren. Doch mit einem Mal vernahm sie etwas. Kinnors Stimme.

»Kithára? Hier geht's zum Tunnel. Komm!«

Sie stolperte voran. War da ein Licht? Neue Hoffnung durchströmte sie. Ja, ein Licht! Sie musste nur noch …

Unvermittelt hörte sie über sich ein grauenvolles Knacken und riss instinktiv die Arme hoch, um sich zu schützen. Doch zu spät. Sie spürte einen harten Schlag am Hinterkopf. Eine Woge dunkler Übelkeit wollte ihr Bewusstsein fortspülen. Ihre Knie knickten ein. Verzweifelt kämpfte sie gegen die Ohnmacht an, versuchte wieder aufzustehen. Aber schon hagelten weitere Gesteinsbrocken auf sie herab, trafen die rechte Schulter und den Arm. Sie schrie vor Schmerz und Todesangst.

Plötzlich schien ihr Schädel zu explodieren und sie brach endgültig zusammen. Mit dem Gesicht voraus landete sie im Geröll. In ihr schien ein Gefäß zerborsten zu sein und eine heiße, giftige, ätzende Brühe ergoss sich bis in die letzten Winkel ihres geschundenen Körpers. Einen gequälten Atemzug lang glaubte sie zu spüren, wie sie sich innerlich auflöste. Dann fühlte sie gar nichts mehr.

> ... *nichts kann man lieben oder hassen,*
> *was man nicht vorher erkannt hat.*
> Leonardo da Vinci

27. Kapitel

Les Baux de Provence, 30. Januar 2005, 8.14 Uhr

Eine leise Stimme gleich der eines Engels schwebte im Raum. Sie sang ein Lied in gänzlich fremden Worten. Wer kannte sich schon mit der Sprache himmlischer Wesen aus? Allenfalls Propheten und Heilige, aber nicht sie, die Lauscherin im Bett, nicht ...

Die junge Frau schlug jäh die Augen auf.

Sie starrte auf eine weiß getünchte Decke, die von schwarzbraunen, krummen Holzbalken in Streifen zerteilt wurde. Aus den Augenwinkeln gewahrte sie einen chromblitzenden Ständer, an dem ein transparenter Kunststoffbeutel hing. Daraus tropfte eine klare Flüssigkeit in einen Schlauch, der sich nach unten aus ihrem Blickfeld schlängelte. Mehr war vorerst nicht zu sehen.

Der ambrosische Gesang umschmeichelte weiterhin ihr Ohr. Allerdings klang die Begleitmusik seltsam hohl und körperlos, fast so, als spiele das Orchester in einer Blechdose.

Mit einem Mal verschaffte sich in ebenjener Büchse eine männliche Stimme Gehör. Förmlich und teilnahmslos – aber durchaus verständlich – berichtete sie von einem Land, das offenbar zwischen Himmel und Hölle stand. Gestern, sagte die emotionsfreie Stimme, seien bei mehreren Anschlägen elf Menschen getötet und vier verletzt worden. Da heute die ersten freien Parlamentswahlen im Irak durchgeführt würden, erwarte man bis zum Ende des Tages eine noch viel blutigere Bilanz ...

Dem Herold wurde abrupt das Wort abgeschnitten, als habe jemand den Deckel der Blechdose zugeklappt. Ohne Begleitmusik fing der Engel wieder an zu singen.

Für die eben erwachte Zuhörerin waren diese akustischen Eindrücke fremd und ziemlich verwirrend. Dem Augenschein nach zu urteilen lag sie in einem provenzalischen Landhaus, aber seit wann wurden die von Engeln bewohnt? Sie versuchte den Kopf zu heben, um dem Belcanto auf die Spur zu kommen, doch schon beim ersten Anspannen der Nackenmuskulatur durchfuhr sie ein infernalischer Schmerz und sie schrie.

Obwohl nun wirklich jeder weiß, dass die bevorzugte Fortbewegungsmethode von Engeln das Schweben ist, in dringenden Fällen vielleicht noch der Sturzflug, vernahm die junge Frau plötzlich leichte Schritte, die sich rasch näherten. Etwas quietschte zweimal, und alsbald erschien über ihr ein Antlitz, das nicht unbedingt dem Engelbild entsprach, welches sie in den Tiefen ihrer Vorstellungswelt bewahrte. Es sah aber auf eine durchaus liebreizende Weise weiblich aus, hatte Sommersprossen, eine Stupsnase, grüne Augen und war von rotblonden Locken umringt. Die Götterbotin konnte nicht älter als fünfundzwanzig sein.

»Dem Himmel sei Dank! Sie ist wach!«, jubilierte sie, wobei sie im Unterkiefer einen schiefen Schneidezahn entblößte. Der Ausruf ließ darauf schließen, dass ihr eine übergeordnete Dienststelle Amtshilfe geleistet hatte.

Abermals waren Schritte zu vernehmen, etwas schwerer als die des sommersprossigen Engels, und ein zweites Gesicht schob sich vor die getünchte Decke und die Holzbalken. Die junge Frau, die ihren Kopf nicht bewegen konnte, ordnete es sofort in die Kategorie »männlich« ein. Gehörte es ebenfalls einem Engel, musste sie wohl mit einem weiteren Klischee brechen, das Engeln Jugendlichkeit abverlangt. Dieser hier war nicht wirklich alt, sah aber doch schon nach Ende dreißig aus. Kleine Vorboten des Alters – Furchen auf der Stirn und Augenfältchen – hätten einen lupenreinen Engel nicht in einer Million Jahren belästigt. Außerdem sah er niedergeschlagen und müde aus. Deshalb handelte es sich vermutlich um einen ganz gewöhnlichen Mann.

Für einen solchen sah er dann wieder ganz passabel aus. Das Gesicht störten, abgesehen von einem kleinen Höcker auf der Nase, keine größeren Mängel. Die aschblonden Haare wuchsen dicht, doch ein wenig zu kurz, um sie lang zu nennen. Seine graublauen Augen verströmten Energie, verrieten aber auch Besorgnis. Und der große Mund konnte verständlich sprechen.

»Schnell, hol etwas zu trinken, Marya!«

Das weibliche Gesicht entschwand den Blicken der jungen Frau.

Der Mann legte die Außenseite seiner Finger an ihre Wange, dann auf ihre Stirn und sagte: »Das Fieber scheinst du ausgestanden zu haben. Wie geht es dir?«

Die junge Frau dachte gründlich über die Frage nach, weil selbige in ihr ein Gefühl der Unsicherheit heraufbeschwor. Wie hieß dieser Mann, der sie so vertraulich anredete? Wo war sie? ... *Wer war sie?*

Marya kehrte mit einer seltsamen Tasse zurück, die eher wie eine kleine Kanne aussah. Der Mann mit den graublauen Augen legte der jungen Frau die Tülle an die Lippen und flößte ihr tropfenweise Wasser ein. »Besser?«, fragte er, nachdem sie das Gefäß zur Hälfte geleert hatte.

Sie nickte. Aber nur einmal. Der infernalische Schmerz ließ sie sofort wieder aufschreien.

»Du hast mehrere, teils ziemlich tiefe Wunden. Außerdem etliche Prellungen. Rechts hat es dich am schlimmsten erwischt: Zwei Rippen sind gebrochen, ebenso dein Schlüsselbein und beide Unterarmknochen. Hinzu kommt ein Schädel-Hirn-Trauma. Bevor ich dich hierher gebracht habe, bist du im Krankenhaus gründlich durchgecheckt worden. Deine Verletzungen sind zwar ernst, aber wenn du den Anweisungen deines Leibarztes Folge leistest, solltest du wieder ganz gesund werden.«

»W-wer ... wer bist du?«, stotterte die junge Frau. Selbst das Bewegen des Kiefers bereitete ihr fast unerträgliche Qual.

»Erkennst du nicht meine Stimme?«, antwortete er.

»N-nein.«

»Ich bin der Arzt.«

Irgendwie hatte sie das Gefühl, er wolle ihr damit mehr verraten als seinen Beruf. Weil ihr aber beim besten Willen nicht einfallen wollte, worauf die Andeutung abzielte, ächzte sie: »Und?«

Er beugte sich zu ihr herab und flüsterte: »Ich bin Kinnor.«

Jetzt war sie noch verwirrter. »I-ist das ... ein Spitzname?«

Sein Gesicht verdüsterte sich. »Erinnerst du dich, was mit dir passiert ist?«

Sie dachte angestrengt darüber nach, obwohl sich ihre Kopfschmerzen dadurch weiter verschlimmerten. Nach einer Weile erwiderte sie: »Nein.«

Er nickte. Es war ein ernstes, verstehendes Nicken. Nachdem er etwas von einer schweren Gehirnerschütterung und retrograder Amnesie gemurmelt hatte, straffte er die Schultern und richtete wieder das Wort an seine Patientin.

»Du hast Recht. In Wirklichkeit heiße ich Krystian Jurek, ein polnischer Name – ich stamme aus Warschau. Ein lieber Freund, der Jude war, hat mich dazu bewogen, den Namen Kinnor anzunehmen. Aber genug von mir geredet. Du bist weit wichtiger als ich. Kannst du mir *deinen* Namen nennen?«

Sie starrte ihn erschrocken an. Das Gefühl der Unsicherheit wurde unerträglich. Ihren Namen? Mit einem Mal verspürte sie das heftige Bedürfnis, sich zu übergeben. Das Zimmer schien zu rotieren, erst langsam, bald jedoch in einem irrsinnigen Tempo. Der Arzt, der sich Kinnor genannt hatte, wurde zu einer Karussellfigur, die sich mit ihr drehte und von der sie sich rasch entfernte, als würde sie in einen dunklen Tunnel gesaugt. Und je weiter der Mann vor ihr zurückwich, desto überwältigender wurde die umgebende Finsternis.

Schließlich war nur noch Schwärze da und eine große Ruhe.

*Männer widerstehen oft den besten Argumenten
und erliegen einem Augenaufschlag.*
Honoré de Balzac

28. Kapitel

Paris, 13. März 2005, 21.04 Uhr

Den Konferenzraum in der Vorstandsetage des Pariser Hauptquartiers von Musilizer schlicht als abhörsicher zu bezeichnen, wäre eine maßlose Untertreibung gewesen. Er verfügte über eine Reihe technischer Finessen, die über das übliche Repertoire von Sicherheitsmaßnahmen zur Abwehr von Industriespionen und ihrer Gerätschaften weit hinausreichte. Natürlich gab es keinerlei Fenster, die vom Schall der darin befindlichen Personen in Schwingung versetzt und mit Laserstrahlen abgetastet werden konnten – das Zimmer lag tief im Gebäudekern. Zudem verwandelte ein engmaschiges Netz aus Kupfer es in einen Faraday-Käfig, auf dessen Außenhülle die Energie elektromagnetischer Felder wirkungslos verpuffte. Der Boden, die Decke und sämtliche Wände besaßen eine Bleiummantelung, die selbst für Röntgenstrahlen undurchdringlich war. Und ein starker Störsender verstümmelte jegliche Funksignale, die sich auch nur in die Nähe des Raumes wagten. Der ganze Aufwand diente einem einzigen Zweck: die Geheimnisse der Dunklen Farbenlauscher zu schützen.

Am ovalen Tisch saßen acht Männer. Keiner war jünger als fünfzig, und der älteste lag schon seit einer Ewigkeit jenseits einer normalen Lebensspanne. Sergej Nekrasow war es auch, der nach der Begrüßung seiner Mitbrüder den ersten Punkt der Tagesordnung ansprach.

»Immer noch keine Spur von ihr?«

Zu seiner Rechten saß Oleg Janin. Dessen Miene ließ keinerlei Regung erkennen, als er antwortete: »Niemand von unseren Brüdern hat seit der Operation ›Schwanengesang‹ etwas von Sarah d'Albis gesehen oder gehört. Sie bleibt wie vom Erdboden verschluckt.«

»Ich nehme an, wenn Sie den Schutt aus der Höhle der Windharfenhüter räumen, werden Sie ihre Knochen schon finden.«

Janin schüttelte den Kopf. »Die Explosion hat zu viel Staub aufgewirbelt, bildlich gesprochen, meine ich. Es lungern immer noch Reporter und Schatzsucher in der Gegend herum. Neuerdings interessieren sich sogar Archäologen für den Versammlungsraum der Geschichtsschreiber. Und die Polizei patrouilliert regelmäßig in der Gegend, um den Tatort bis zum Abschluss der Ermittlungen von Unbefugten frei zu halten. Sollte irgendwer jemals die Loge freilegen, dann werden wir erfahren, was oder vielmehr *wer* sich noch darin befindet – abgesehen von unseren gefallenen Brüdern, meine ich. Bis dahin herrscht höchster Alarmzustand, denn sollte Sarah d'Albis den ›Schwanengesang‹ überlebt haben, könnte sie unseren großen Plan immer noch vereiteln.«

»Meinen Sie wirklich? Sie ist doch nur eine ahnungslose Frau«, gab ein anderer am Tisch zu bedenken. Der Mann mit den asiatischen Gesichtszügen hieß Chen Wang und vertrat offiziell die Interessen von Musilizer in Hongkong und ganz Fernost.

»Eine Frau, die zu viel über die Adler weiß«, präzisierte Nekrasow mit einem vorwurfsvollen Blick auf ihn.

»Unsere Absicht war, die Erbin von Liszts Vermächtnis zu rekrutieren sowie die Klanglehre des Jubal in unseren Besitz zu bringen. Um Sarahs Vertrauen zu gewinnen, musste ich einiges über unsere Bruderschaft preisgeben. Jeder hier im Raum hat dieser Vorgehensweise zugestimmt«, erinnerte Janin die anderen am Tisch.

Nekrasow schüttelte das schlohweiße Haupt. »Ich will Ihnen nicht zu nahe treten, Oleg, aber wir sollten das Mädchen vergessen. Sicher, es wäre für uns von Vorteil gewesen, wenn das Kind Sie zur Purpurpartitur geführt hätte, aber seien Sie einmal ehrlich: Sarah d'Albis hat Ihnen nie wirklich vertraut und darüber hinaus trotz unmissverständlicher Drohungen unsere sämtlichen Angebote in den Wind geschlagen. Und dann schafft sie auch noch, was uns seit dem großen Schisma nicht gelungen ist: Sie findet die Hüter der Windharfe. Ich erinnere Sie an Ihre eigenen Worte, Oleg: Diese Florence Le Mouel habe Sie durchschaut, sagten Sie. So war es doch, oder?«

»Wir standen kurz davor aufzufliegen«, räumte Janin widerstrebend ein.

»Ich bin froh, dass Sie gerade noch rechtzeitig die Notbremse gezogen haben. Um nicht Verrat an uns selbst und unseren Zielen zu üben, *mussten* wir einfach zuschlagen, sofort und gnadenlos. Wegen mir kann das Mädchen zusammen mit den Schreiberlingen in der Hölle vermodern.« Der Greis gönnte sich ein Lächeln, weil ihm die Doppeldeutigkeit seiner Bemerkung über das Val d'Enfer so gut gefiel.

»Sprechen Sie gefälligst mit etwas mehr Respekt über Sarah. Sie war immerhin eine Meisterin der Töne«, zischte Janin mit hochrotem Gesicht.

Nekrasow kicherte. »Als wenn das der Grund für Ihre Erregung wäre! Beruhigen Sie sich, Bruder. Wir alle hier verstehen Ihren inneren Zwiespalt. Aber mit erhitzten Gemütern kommen wir nicht weiter. Plan B erfordert unseren ganzen Einsatz. Immerhin geht es darum, die Welt aus den Angeln zu heben. Da dürfen gerade *Sie* sich am allerwenigsten eine Schwäche leisten.«

Janin funkelte den Greis zornig an. Dann aber entspannte er sich unversehens und antwortete aufgeräumt: »Sie haben Recht. Lassen Sie uns zum nächsten Tagesordnungspunkt übergehen.«

Nekrasow nickte. »Ja, reden wir über unseren unverwüstlichen ›Freund‹. Er atmet immer noch. Von der Kehlkopfentzündung und dem Luftröhrenschnitt hat er sich offenbar erholt. Jedenfalls berichten unser Informant und die offiziellen Nachrichten einhellig, es ginge ihm wieder besser. Er ist heute aus der Gemelli-Klinik entlassen worden. Die ärztlichen Bulletins verströmen verhaltene Zuversicht über seinen Gesundheitszustand.«

»Das tun sie immer«, brummte Janin. »Er wird schon sterben.«

Auf Nekrasows faltigem Gesicht erschien ein Lächeln, und er antwortete mit seiner leisen, stets ein wenig nach raschelndem Pergament klingenden Stimme: »Aber gewiss wird er das. Während Sie mit Ihrem hübschen Mädchen durch die Weltgeschichte gereist sind, habe ich alles Nötige in die Wege geleitet. Ich gebe dem alten Tattergreis noch zwanzig Tage. Und dann lassen wir die Welt nach unserer Pfeife tanzen.«

> *Unter allen Künsten*
> *ist die Musik die einzig geeignete,*
> *die Gefühle gewissermaßen*
> *durch ihr blendendes Sieb zu treiben,*
> *um sie, abgespült von allen Exzessen des Geistes und Herzens,*
> *als Perlen in ihrer ursprünglichen Reinheit leuchten zu lassen.*
> Franz Liszt

29. Kapitel

Irgendwo bei Les Baux de Provence, 16. März 2005, 6.50 Uhr

Wird der Mensch nach einer geruhsamen Nacht über die Qualitäten seines Schlafs befragt, neigt er zu der Antwort, er fühle sich wie neugeboren. An diesem Morgen durchströmte Sarah dieses Empfinden intensiver als je zuvor. Sie erwachte als ein anderer Mensch.

Es begann wie schon des Öfteren in den letzten Tagen: Krystian hieß den neuen Tag mit einem Klavierstück willkommen, pünktlich zum Sonnenaufgang erklang der erste Akkord. Die Tür zum Gästezimmer, das ihr als Krankenquartier diente, war nur angelehnt. So fanden die Töne den Weg an ihr Ohr. Sie schlug die Augen auf.

Einige Takte lang lauschte sie mit wachsendem Erstaunen. Sie kannte diese Melodie. Es war mehr als das vage Empfinden, sie schon einmal irgendwo, irgendwann gehört zu haben. Nein, sie *selbst* hatte diese Noten sogar schon oft gespielt. Sie waren eine leise Einladung ins Reich der Träume, ein sogenanntes »Nachtstück«. Dieses spezielle, das *Nocturne cis-Moll*, das Krystian mit so viel Leidenschaft intonierte, stammte aus der Feder von Frédéric Chopin. Er liebte Chopin, und Sarah wusste mit einem Mal, dass auch sie diesen Komponisten mehr als die meisten anderen schätzte. Sie hatte die gleichen Noten im Hotel Bautezar gespielt, am Tag, als sie ihr Gedächtnis verlor ...

Nun begann alles zurückzukehren, ein Wasserfall von Erinnerungen stürzte auf sie herab. Und endlich wurden die vielen neuen

Bilder der vergangenen Wochen in ein großes Ganzes eingefügt und ergaben einen Sinn.

Als sei sie ein Küken, das eben aus dem Ei schlüpfte, ließ sie ihren Blick durch das Zimmer mit der Balkendecke schweifen. Hier war sie als Tabula-rasa-Wesen erwacht, als leergeschabte Seelentafel. Und weil sie den Raum in den ersten sieben Tagen nicht verlassen konnte und sich kaum an Einzelheiten ihres früheren Lebens zu erinnern vermochte, war er zu ihrem kleinem Universum geworden. Ein Universum mit weiß getünchten Wänden, einem Fußboden aus Backsteinen, der Dekoration aus bunten Trockenblumen, einem Regal mit vier Böden und exakt vierundachtzig Büchern, dem Schaukelstuhl aus honigfarbenem Kiefernholz, den Vorhängen mit Sonnenblumenmuster, dem Schaukelstuhl am Fenster und dem rustikalen hölzernen Bett.

Aus dem Nachbarzimmer drang eine virtuose Tonfolge an Sarahs Ohr. Sie lächelte selig, wie so oft, wenn sie Krystians Klavierspiel lauschte. Manchmal schienen seine sanften Hände die Tasten mehr zu liebkosen als anzuschlagen, dann wieder konnten sie mit unbändiger Kraft darauf einhämmern, so als wolle er das schwarze Pianoforte zertrümmern.

Als Sarah ihn anderthalb Wochen nach ihrem Erwachen zum ersten Mal spielen gehört hatte, waren ihr die Tränen übers Gesicht gelaufen. Das Blechdosenorchester im Radio konnte mit dieser Musik nicht konkurrieren. Die schnellen, an- und abschwellenden Läufe erzeugten in ihr meerblaue Wellen, die sich bis in die Extremitäten ihres Körpers hinein fortpflanzten. Überrascht hatte sie festgestellt, dass sogar ihre Finger zuckten, als wollten sie Krystian am Klavier begleiten. Jetzt wusste sie, woher dieser Reflex stammte. Sie war selbst eine Pianistin. Eine ziemlich gute sogar.

Unwillkürlich musste sie schmunzeln, als ihr wieder einfiel, dass Krystians Privatkonzert nicht die einzige Überraschung an jenem bewussten Tag zehn ihres neuen Lebens gewesen war. Er hatte die Haustür geöffnet und etwas hinausgerufen, das sie nicht verstand. Plötzlich war ein kleiner Hund ins Zimmer geflitzt. Er hatte ein schwarz-weiß geflecktes Fell, krumme Beine und war nicht viel größer als ein gut im Futter stehender Kater. Seine zernarbte, feucht glänzende Nase zielte direkt auf Sarah, während er sich ihr mit wedelndem Schwanz aufgeregt näherte. Und als sie seine beiden Ohren sah – das schwarze war hochgereckt, das weiße abgeknickt –, flüsterte sie den Namen des kleinen Streuners, der ihren Geruch ganz offensichtlich nicht vergessen hatte.

Sarahs Blick kehrte zum Bett zurück und sie lächelte. Behutsam zog sie die Füße unter Capitaine Nemo hervor, der es neuerdings zu seinen vordringlichen Aufgaben zählte, über ihren Schlaf zu wachen. Sein Kopf fuhr nach oben, mit gespitztem Ohr sah er sie erwartungsvoll an. Sarah hielt sich den ausgestreckten Zeigefinger vor den Mund. Als wisse er genau, was sie ihm damit sagen wolle, verzichtete er auf das sonst übliche Guten-Morgen-Gebell. Stattdessen beobachtete er wachsam, wie sie aus dem Bett glitt und zur Tür schlich. Die alten Angeln quietschten, als sie den Spalt gerade genug weitete, um hindurchzuschlüpfen. Krystian spielte weiter, er schien ganz in die zauberhaften Harmonien versunken.

Der angrenzende Raum war eine rustikale Wohnküche mit Kamin, weiteren Backsteinen am Boden und Balken an der Decke, einem bunten Sammelsurium von alten Musikinstrumenten und bäuerlichen Gerätschaften an den Wänden sowie manch anderem liebevollen Accessoire, in dem sich die geschmackvolle Handschrift der Besitzerin widerspiegelte – Marya war freischaffende Künstlerin und lebte ganz gut vom Verkauf ihrer Bilder.

Das Wohn-Koch-Ess-Ensemble verfügte zudem über einen altersschwachen Fernseher, doch Sarah hatte dessen Geflimmer in den letzten Wochen nur selten gesehen, meist während der Tagesnachrichten. Umso häufiger plärrte das kleine Radio, dessen Blechdosensound Marya des Öfteren zur Pflege polnischen Liedguts animierte.

Obwohl ihr glockenhelles Tirilieren in Sarahs bunter Wahrnehmungswelt nach wie vor von engelhafter Reinheit war, gab es doch etwas, das sie noch wunderbarer fand: Krystians warme, sandgelbe Stimme. Er brauchte nicht einmal zu singen. Ein Wort von ihm genügte, um ihren Puls zu einem wilden Stakkato anzutreiben.

Auf nackten Sohlen huschte Sarah zu ihrem Stammplatz, einem mit dicken Kissen ausgepolsterten Korbsessel, von dem aus man über die Terrasse in den Garten sehen konnte. Sie ließ sich hineinsinken, schloss die Augen und saugte die Klänge, Farben und Formen des Nocturne in sich auf. Und jeder Ton wusch ein weiteres Stück Vergessen von ihrer verschütteten Erinnerung.

Später hatte sie den Brückenschlag in ihr früheres Leben immer so und nicht anders beschrieben, wenngleich Neurologen, Psychologen oder sonstige Gehirnologen ihren Eindruck wohl belächelt hätten. Jedenfalls hatte Krystian, als seine Hände sich langsam von den Tasten lösten, ihr endlich gegeben, was sie seit Wochen am meisten begehrte. Und von dieser Minute an fielen alle Selbstzweifel von ihr ab.

Sie wusste, ihre Liebe zu ihm war rein und echt.

Am Anfang war es ihr kaum bewusst geworden. Sie hatte irgendwann festgestellt, wie gerne sie sich von ihm bei den allmorgendlichen Untersuchungen berühren ließ. Dabei spielte es keine Rolle, wie profan die äußeren Umstände waren. Als er einmal ihre Kompressionsstrümpfe zur Thrombosevorbeugung gewechselt hatte, war ihr ein wohliger Schauer über den Rücken gelaufen. Auch wenn er sie bat, sich oben herum frei zu machen, empfand sie keine Scham. Sie hatte nicht gewagt, diesen verwirrenden Zustand »Liebe« zu nennen. Bis zu dem Tag, als Capitaine Nemo aufgetaucht war.

Sarah hatte sich wie ein kleines Mädchen gefreut, war völlig erfüllt von diesem Glücksgefühl, das wie alles in dieser Zeit den frischen Geschmack des Neuen besaß. Ohne an ihre gebrochenen Rippen zu denken, war sie förmlich vom Boden aufgesprungen, hatte Krystian den vergipsten und den heilen Arm um den Hals geschlungen und ihn auf den Mund geküsst. Und während ihre Lippen auf seinem warmen, sinnlich großen Mund lagen, spuckte die Asservatenkammer ihrer Erinnerungen unverlangt ein Beweisstück aus, das sie an die Hintertriebenheit von Männern gemahnte. War da nicht ein anderer gewesen, auch ein Musiker, der einem geliebten Menschen das Herz gebrochen hatte?

Verlegen hatte sie sich von Krystian zurückziehen wollen, doch er ließ es nicht zu. Er hielt sie fest und erwiderte den Kuss, eine kleine Unendlichkeit lang, in der für Sarah weder Zeit noch Raum existierten. Alle ihre Zweifel zerfielen zu Staub, wurden fortgeweht vom Sturm ihrer Gefühle. Sie wollte auf ewig so von Krystian geküsst und gestreichelt werden, wollte sich in seinen Armen geborgen fühlen, wollte nie mehr aufhören, seine Wärme zu spüren und seinen Duft zu atmen ...

Aber dann hatte Capitaine Nemo zu bellen begonnen und wenig später räusperte sich jemand vernehmlich: Krystians Schwester. Die scheinbar ineinander verwachsenen Körper lösten sich. Schamhafte Blicke suchten nach Mauselöchern im Backsteinboden.

»Ich habe wohl den falschen Moment erwischt«, stellte Marya fest.

Oder genau den richtigen, dachte Sarah. Sie wusste nicht, was über sie gekommen war.

»Sie wollte sich nur für Capitaine Nemo bedanken«, erklärte Krystian kleinlaut, wobei er auf den Hund deutete, als sei er an allem schuld.

»Genau so hat's ausgesehen«, versetzte Marya. Mit einem Mal erschien ein mimisches Fragezeichen auf ihrem Gesicht. »Nemo? Wie der Bootkommandant bei Jules Verne? Ist das dein Einfall gewesen, Krystian?«

Die braunen Augen des kleinen Streuners wanderten von Sprecher zu Sprecher, so als verstehe er jedes Wort.

»Nein. *Ich* habe ihn so genannt. Der Name bedeutet ›Niemand‹«, antwortete Sarah. Ihr Blick war auf Krystian gerichtet. »Es war in der Nacht, als ich zum ersten Mal dem Schwarzen Prinzen Kinnor begegnet bin.«

Später hatte die Hausherrin Sarah auf die Seite genommen und gesagt: »Es tut mir leid, dass ich euch zwei Turteltäubchen vorhin gestört habe. Doch ich muss dich um etwas bitten, Sarah: Spiele nicht mit Krystians Gefühlen. Er wäre an Evas Tod fast zerbrochen. Noch einmal könnte er solchen Schmerz nicht ertragen. Wenn du meinem großen Bruder wehtust, dann bringe ich dich um.«

Zu diesem Zeitpunkt hatte Sarah bereits von Krystians Frau gewusst. Ihretwegen hatte er Medizin studiert, sich später wie ein Besessener auf die Onkologie gestürzt und einige schlaflose Jahre in der pharmazeutischen Forschung gearbeitet. Eva war trotzdem gestorben. An Blutkrebs.

Maryas feurige Morddrohung, obwohl nur als dramatisches Bild gemeint, hatte Sarah verunsichert. Nicht, dass sie ernsthaft um ihr Leben fürchtete, durchaus aber um ihre Identität. Immer, wenn Krystians graublaue Augen sie sehnsuchtsvoll ansahen, trieb sie die Frage um, ob er sich mit dem Wesen, das er Kithára zu nennen pflegte, nicht in Wirklichkeit eine neue Eva erschaffen wollte.

Doch von Stund an würde ihr Name nicht länger eine leere Hülle sein. Seltsamerweise fühlte sie sich nun erst um ihrer selbst willen geliebt, erst jetzt, da sie sich wieder als ganzen Menschen und nicht nur als Mantel ohne Inhalt empfand. Sie war keine Reinkarnation Evas, sie war ...

»Sarah d'Albis.«

Erst als Krystian ihre Stimme vernahm, schaute er von der Klaviatur auf und wandte sich zu ihr um. Er lächelte. Nicht überrascht, sondern auf eine tiefe, wissende Weise. »Und? Bist du nun zufrieden?«

Zufrieden? Nein, das war nicht das richtige Wort. Sie hatte mit Krystian in den letzten Wochen zu viele Bruchstücke ihrer Erinnerungen aufgelesen, um ihre jetzigen Empfindungen mit diesem unschuldigen Wort zu umschreiben. Sie wusste, dass er um Névél trauerte – die Erste Hüterin der Windharfe war nach dem Bombenanschlag der Adler noch im Val d'Enfer einem Herzanfall erlegen –, wusste von den zwei Wächtern, die man erschossen aufgefunden hatte, und den fünf anderen Lichten Farbenlauschern, die im Tode vereint mit ihren dunklen Brüdern unter dem Geröll der eingestürzten Höhlendecke begraben lagen. Angesichts so vieler Verluste konnte man nicht zufrieden sein. Aber weil Sarah inzwischen viel von ihrem geduldigen Lehrer Krystian gelernt hatte, erkannte sie jetzt auch ihre wahre Bestimmung. Es war keine Nebenrolle, die ihr das Schicksal zugedacht hatte, so viel stand fest.

Sie schüttelte den Kopf. »Ich bin traurig.«

Krystian erhob sich vom Klavierschemel und umarmte sie. Er brauchte keine besondere Rücksicht mehr zu nehmen auf gebrochene Rippen oder einen Gips. Sie waren für Sarah nur mehr drückende oder zwickende Schatten der Vergangenheit. Also hielt er sie so fest, wie er sie noch nie gehalten hatte und sprach dabei leise in ihr Ohr.

»Du wirst mich verlassen, nicht wahr?«

Sarah kämpfte gegen die Tränen an. Vergeblich. Sie war viel zu aufgewühlt, um sich dem Unvermeidlichen gefasst zu stellen. Zu plötzlich waren die Erinnerungen über sie gekommen, zu drückend die Last ihrer Bestimmung, zu groß der Schmerz, die gerade erst erhaschte Liebe schon wieder loslassen zu müssen. Trotzdem flüsterte sie: »Ich kann nicht bleiben und so tun, als wäre nichts geschehen. Wenn es nur um meine eigenen Wurzeln ginge ...« Sie schüttelte verzweifelt den Kopf. »Ich muss die Purpurpartitur finden. Kannst du nicht mit mir kommen?«

Er zog den rechten Mundwinkel in die Höhe, eine Geste, die Sarah inzwischen als Ausdruck von Verlegenheit zu deuten wusste. »Muss ich darauf wirklich antworten?«

Nein. Das brauchte er nicht. Geduldig hatte er ihr während der letzten Wochen eine neue Sicht auf die Welt und die Rolle der Farbenlauscher darin vermittelt und dabei auch den Kodex der Windharfenhüter erklärt. Wie eine gelehrige Neophytin deklamierte sie: »Chronisten urteilen nicht und greifen niemals aktiv ins Geschehen ein. Sie beobachten und zeichnen auf – aus der Distanz.«

Er nickte. »So ist es immer gewesen und so wird es immer sein.«

Florence Le Mouel hatte rechtzeitig einen Nachfolger bestimmt und über viele Jahre hinweg ausgebildet. Es war Krystian Jurek oder besser gesagt, Kinnor. Nach dem brutalen Angriff der Dunklen gehörte er hierher, wo die anderen Brüder und Schwestern ihn brauchten. Seine erste Pflicht war das Hüten des jahrtausendealten Wissens der Farbenlauscher. Von persönlichen Gefühlen durfte er sich nicht ablenken lassen ...

»Fast wünschte ich, Monsieur Cornée nicht gefragt zu haben«, sagte Krystian. Er hatte Sarahs Schweigen wohl nicht länger ertragen können.

Sie legte den Kopf in den Nacken und sah ihn fragend an.

»Wegen dem *Nocturne cis-Moll*«, fügte er hinzu. »Nachdem Capitaine Nemo dir einen Teil deiner Erinnerungen zurückgegeben hatte, war ich ständig auf der Suche nach anderen Schlüsselerlebnissen, die möglichst nahe an dem Unglück lagen. Gestern war ich wieder einmal im Bautezar, und mit einem Mal rückte der Hotelier mit etwas Neuem heraus. Er meinte, du habest am Morgen vor deinem Verschwinden im Restaurant ein unbeschreiblich schönes Stück auf dem Klavier gespielt. Den Namen konnte er mir aber nicht sagen. Ich habe wohl eine geschlagene Stunde lang auf dem verstimmten Instrument mein ganzes Repertoire vor ihm ausgebreitet, ehe er sicher war, von dir genau diese, die farbenlauscherischste aller Kompositionen Chopins, gehört zu haben.«

»Warum ist das Nocturne *farbenlauscherisch?*«, wunderte sich Sarah.

»Weil machtvolle Klänge hineingewoben sind. Meinem Mentor hat es sogar einmal das Leben gerettet.«

»Davon hast du mir nie erzählt.«

»Wäre mir bewusst gewesen, was Chopins Komposition bei dir auslösen kann, dann hätte ich es ganz sicher getan. Hast du je von Wladyslaw Szpilman gehört?«

»Sicher. Er war Mitglied des legendären Warschauer Klavierquintetts. Roman Polanski hat einen Film über ihn gemacht: *Der Pianist.*« Sarahs Augen wurden groß. »Sag bloß …?«

Krystian nickte. »Schon als Junge schwärmte ich für Wladek – er war für uns Polen so eine Art Cole Porter, George Gershwin und Paul McCartney in einem.«

»Ich kenne ihn nur als Interpreten klassischer Musik.«

»Er war einer der vielseitigsten Pianisten, die es je gegeben hat. Die Wenigsten wissen allerdings, dass er ein musikalischer Enkel von Franz Liszt gewesen ist. Szpilman ging bei dessen Schülern in die Lehre. Und ich habe viel von ihm gelernt. Wir sind uns zum ersten Mal in der Frédéric-Chopin-Musikakademie begegnet, an der er lange vor mir studiert hatte.«

»Dann stimmt die Geschichte also? Er hat, indem er Chopins *Nocturne cis-Moll* spielte, einen deutschen Wehrmachtsoffizier dazu bewegt, ihm zu helfen, anstatt ihn zu verraten?«

»Genau so hat er es mir erzählt.«

Sarah legte ihre Wange an Krystians Brust. Tausend Fragen

spukten ihr im Kopf herum. Die erste, die ihr leise, fast andächtig über die Lippen kam, lautete: »Ist Wladyslaw Szpilman der jüdische Freund gewesen, dem du deinen Ordensnamen Kinnor verdankst?«

»Ja.«

»Dann war er ein Lichter Farbenlauscher?«

Krystian streichelte sanft ihr Haar und antwortete geheimnisvoll: »Was glaubst du wohl?«

»Ich habe dich spielen gehört. Und was vielleicht noch wichtiger ist: Ich konnte *sehen*, wie du die ›farbenlauscherischen‹ Stücke interpretierst. Wenn diese Kunst auf seinen Einfluss zurückgeht, dann hat er von seinem Klavierlehrer-Großvater nicht nur viel empfangen, sondern Liszts Vermächtnis auch weitergegeben. Gibt es eine bessere Definition für einen Lichten Farbenlauscher?«

»Du hast Recht. Die gibt es nicht. Liszt hat in der Musik stets ›die universelle Sprache der Menschheit‹ gesehen, und wir Hüter der Windharfe haben viel dafür getan, dieses Verständnis in kommende Generationen hineinzutragen. Wir fördern Institutionen wie die Weimarer Hochschule für Musik *Franz Liszt* oder das Europäische Liszt-Zentrum in London oder auch viel versprechende Nachwuchskünstler. An den notwendigen finanziellen Mitteln dafür mangelt es nicht. Das Vermögen der Bruderschaft ist alt und trotz des Schismas nach wie vor groß.«

»Dann sind die Hüter also doch nicht völlig passiv.«

»Aus Lügen kann man keinen Tempel der Wahrheit errichten. Deshalb haben wir uns immer dafür eingesetzt, die Erinnerung an das wirklich Geschehene wach zu halten. Insofern gebe ich dir Recht: Geschichte an die Nachwelt zu überliefern, bedeutet, die Zukunft zu gestalten. Doch es zu unterlassen, hieße, sie zu zerstören.«

»Das klingt fast wie ein Lehrsatz aus der Fibel für angehende Windharfenhüter. Er stammt nicht zufällig von Nével?«

»Doch. Und sie lernte ihn von ihrem Vorgänger.«

Sarah seufzte. »Leider hatte ich in letzter Zeit weniger Glück mit meinen Weggefährten.«

»Du denkst an Oleg Janin?«

»Allerdings. Ich muss blind gewesen sein!« Sie schnaubte voller Verachtung. Im Nachhinein kam ihr Janins Doppelspiel wie eine ausgeklügelte Theaterinszenierung vor, mit dem alleinigen Zweck, sie in seine Arme zu treiben: Er hatte den Solopauker der Weimarer Staatskapelle ermorden lassen, um Walerij Tiomkin vor ihr als Bedrohung in Szene zu setzen, verstärkte diese Täuschung noch durch den operettenhaften Entführungsversuch im nächtlichen Weimar und spielte die Gefahr dann jedes Mal weiter hoch, wenn sie Zweifel an ihm äußerte: durch den Einbruch im Russischen Hof, mit der Schmierenkomödie im Weimarer Hauptbahnhof und – Gipfel der Infamie – durch den Mord am eigenen Logenbruder im Kopenhagener Tivoli.

»*Poqemu?*«, hatte Tiomkin verwundert gefragt, bevor er starb. Weil Krystian des Russischen mächtig war, wusste Sarah inzwischen, dass der Paukist nicht von Pokémons, den hässlichen kleinen Taschenmonstern, geredet hatte. Tiomkins letzter Ausspruch bedeutete schlicht: »Warum?«

Das fragte sich Sarah mittlerweile auch. Es gab wenig, das sie zur eigenen Entlastung vorbringen konnte, außer vielleicht die auch ihr innewohnende menschliche Eigenart, bizarrste Erlebnisse für wahrhaftig zu halten, sobald sie einem selbst widerfuhren. Warnzeichen hatte es ja genug gegeben: Die kaltblütige Art, wie Janin seine Klinge am Hosenbein des toten Paukisten abgewischt hatte; seine mal barschen, mal verteidigenden Reaktionen auf ihre verächtlichen Äußerungen über die Dunklen Farbenlauscher; sein Erschrecken, als sie im Budapester Café Farger den Ersten Hüter der Windharfe erwähnte, und nicht zuletzt der überraschende Sinneswandel nach dem Besuch der Harfenistin Florence Le Mouel.

»Warum wollte er mich unbedingt aus Les Baux de Provence fortschicken?«, grübelte sie.

Krystian runzelte die Stirn. »Ich kann dir nicht folgen.«

Sie zog ihn zu dem gemütlichen Sofa vor dem Kamin, drückte ihn hinein, schmiegte sich an ihn und erzählte einmal mehr von ihrer abenteuerlichen Reise. Diesmal ließ sie sich Zeit und erwähnte auch solche Einzelheiten, die sie in der Höhle der Windharfenhüter übergangen hatte. Ihr Bericht endete mit dem Telefax, das Janin ihr am Abend des Anschlags gegeben hatte, um sie zurück nach Weimar zu locken.

»Und ein paar Stunden später versucht er, mich umzubringen«, brachte Sarah ihr Unverständnis auf den Punkt. Sie lehnte mit dem Rücken an Krystians Brust. Dadurch merkte sie, wie er mit den Schultern zuckte.

»Oft zeigen auch Ungeheuer menschliche Züge. Das macht es uns so schwer, sie zu erkennen. Du bist wunderschön, Kithára, besitzt ein liebreizendes Wesen, kannst jeden am Klavier bezaubern und warst lange genug mit ihm zusammen, um vielleicht so etwas wie Zuneigung oder zumindest Mitleid in ihm zu wecken.«

»Ist das dein Ernst?«

»Sicher.«

»Nein. Ich meine, dass ich dir gefalle und ... ›liebreizend‹ bin.«

»Nun ...« Er räusperte sich und obwohl sie sein Gesicht nicht sah, glaubte sie förmlich zu hören, wie sich gerade sein rechter Mundwinkel in Richtung Ohrläppchen bewegte. »Ich will's mal so ausdrücken: Die wahre Schönheit des Menschen liegt ja wohl in seinen *inneren* Werten.«

Sarah riss die Augen auf, schnappte empört nach Luft und schimpfte: »Du Schuft! Wie kannst du es wagen, deinem Mädchen so etwas zu sagen?« Es gelang ihr nicht ganz, sich ein Schmunzeln zu verkneifen, während sie sich umdrehte, sich über ihn kniete und ihn mit den Fäusten bearbeitete.

Capitaine Nemo bellte, wenngleich es ein eher halbherziges Bellen war. Vermutlich konnte er den Ernst der Situation nicht recht abschätzen, erinnerte sich womöglich an die eigenen harmlosen Balgereien als Welpe. Sein Protest ging in ein helles Fiepen über, als die beiden Raufbolde unversehens aneinanderklebten, ganz ruhig wurden und – so sah es jedenfalls für ihn aus – sich gegenseitig Nahrung in den Mund schoben. Er legte die Schnauze auf die Pfoten, um das Ende der Fütterungszeit abzuwarten.

Selbiges kam schneller als erwartet, den plötzlich platzte Marya ins Zimmer, die Arme angewinkelt nach oben haltend, die Hände hübsch mit bunter Farbe bekleckst und rief: »O Gott!«

Was immer sie damit meinte, es verursachte auf dem Sofa ein

sofortiges Ende des Nahrungsaustauschs. Das Pärchen nahm hastig eine ähnliche Stellung ein, die Menschen von Hunden erwarten, wenn sie ihnen das Wort »Platz!« zurufen.

Marya verdrehte die Augen zur Decke, machte mit dem Kopf komische Dehnübungen und stöhnte: »Habt ihr noch ein paar Fettnäpfchen für mich aufgestellt? Es wäre *ein* Aufwasch, wenn ich da auch gleich reintrete.«

In des Turms zerfall'ner Mauer
Tönet bei der Lüfte Gleiten
Mit bald halb zerriss'nen Saiten
Eine Harfe noch voll Trauer ...

In zerfall'ner Körperhülle
Sitzt ein Herz, noch halb besaitet,
Oft ihm noch ein Lied entgleitet
Schmerzreich in der Nächte Stille.

Justinus Kerner,
Die Äolsharfe in der Ruine, 1839

30. Kapitel

Les Baux de Provence, 16. März 2005, 23.55 Uhr

Es war dunkel, als Sarah Les Baux de Provence verlassen hatte, und es war dunkel, als sie in das Dorf zurückkehrte. Wie in der kalten Januarnacht durchquerte sie das Porté Mage mit Kinnor an ihrer Seite und wie damals wehte der Mistral durch die engen Gassen des Ortes – inzwischen nur weniger eisig. Ach ja, auch Capitaine Nemo war wieder mit von der Partie; er hatte es sich nicht nehmen lassen, seinem alten Revier einen Besuch abzustatten.

Der kleine Streuner tippelte mit erhobener Nase voraus und knurrte allzu neugierigen Straßenkötern unmissverständliche Warnungen zu. Der zweibeinige Rest seines Rudels folgte mit einem Handkarren, der dank seiner weichen Luftbereifung fast geräuschlos über das raue Pflaster holperte.

Anders als vor sechseinhalb Wochen trugen Krystian und Sarah diesmal weder Masken noch schwarze Gewänder. Fast hätte man sie für gewöhnliche Nachtschwärmer oder für ein normales Liebespaar halten können, wäre da nicht das sperrige Instrument auf ihrem Wagen gewesen. Mit seinen zwei Hörnern und den dazwischen gespannten Saiten erinnerte es an eine Leier, verfügte aber zusätzlich über einen schweren Stellfuß.

»Deine Windharfe sieht ganz anders aus«, raunte Sarah, während sie die Rue Porté Mage hinaufliefen.

»Anders als was?«, entgegnete Krystian leise.

»Als Névels Kasten.«

»Ah! Lass dich von ihrem Aussehen nicht täuschen. Hast du je *Musiques Éoliennes* von Christine Armengaud gelesen? Ein kluges Buch über die Musik der Windharfen.«

»Nein. Bevor ich nach Les Baux kam, galt mein Interesse eher anderen Instrumenten. Wieso?«

»Weil sie schreibt: ›Beim »großen Ball der Winde« erscheint die Äolsharfe mit maskiertem Gesicht.‹«

»Spukt Madame Armengaud etwa zuweilen als Schwarze Prinzessin verkleidet durchs Val d'Enfer?«

»Man könnte es fast meinen, nicht wahr? Ihre poetische Beschreibung dürfte sich wohl eher darauf beziehen, dass die Instrumente außer dem Namen nur wenig von einer Harfe haben. Die meisten sehen aus wie eine Zither, diese hier gleicht einer Leier. Außerdem wird ihr Ton weniger durch die Länge der Saiten als vielmehr durch deren Spannung bestimmt. Sie weist noch ein paar andere Besonderheiten auf, die man sich erst staunend erhören muss. Du wirst es hoffentlich bald erleben.«

»Wie viele solcher speziellen Windharfen besitzt die Bruderschaft?«

»Nicht mehr als ein halbes Dutzend. Abgesehen von dem Exemplar in Névels Haus bewahren wir sie bei unseren Büchern in einer anderen Höhle auf. Die Äolsharfe der Ersten Hüterin diente ausschließlich dem Zweck, dich zu finden. Diese hier hat Franz Liszt anfertigen lassen, um den Auserwählten – das bist wiederum du – ein weiteres Stück näher an die Purpurpartitur heranzuführen.«

»Und warum müssen wir damit zur Geisterstunde durch Les Baux zuckeln?«

»Na, warum wohl?« Krystian senkte die Stimme in dramatische Tiefe. »›Stärker sauste der Nachtwind … und dazwischen schlugen einzelne Töne der Wetterharfe an wie ferne Orgelklänge, aufgescheucht erhob sich das Geflügel der Nacht und schweifte kreischend durch das Dickicht.‹«

Capitaine Nemo jaulte verschüchtert.

»Willst du mit mir Hühner jagen?«

»Unsinn. Das war E. T. A. Hoffmann, und du verstehst die Metapher nicht.«

»Sag mir einfach, wieso wir um Mitternacht die Leute aus dem Bett orgeln müssen.«

»Weil der Aberglaube um diese Zeit am stärksten ist.«

Sarah blinzelte verwirrt. »Wie bitte?«

Er grinste. »Sicher erinnerst du dich wieder an Névels Äußerung über die Legenden, mit denen sich die Hüter der Windharfe vor der Neugierde der Leute geschützt haben. Es gibt auch eine vom Gesang des Mistrals um Mitternacht. Der Volksmund sagt: ›Wenn der Nordwind sein Lied anstimmt, er bald sein Opfer mit sich nimmt.‹ Es versteht sich von selbst, dass er ausschließlich Menschenopfer davonträgt, vorzugsweise Jungfrauen. Und natürlich gibt er, was er einmal bekommen hat, nie wieder zurück.«

»Das ist pervers.«

Capitaine Nemo bellte, scheinbar zustimmend, doch in Wahrheit nur, um eine spinnenbeinige Promenadenmischung zu verscheuchen.

Krystian lachte leise. »Ich habe mir diese Geschichten nicht ausgedacht.«

»Wir leben im 21. Jahrhundert. Wer glaubt denn noch an solchen Hokuspokus?«

»Gegenfrage: Welcher Herausgeber einer Tageszeitung würde es in unserem ach so modernen und rationalen Zeitalter wagen, auf ein Horoskop zu verzichten?«

»Touché. Trotzdem ist mir noch nicht klar, warum wir die Windharfe nicht an einem abgelegeneren Ort aufstellen können.«

»Ganz einfach. Weil dein Urururgroßvater sich ein ganz bestimmtes Plätzchen ausgesucht hat. Sein *Audition colorée* war wie das deine mehr auf den Klang als den Ton geeicht.«

»Und wo soll sich dieser entfalten?«

»Denk an das letzte Rätsel: ›Im Purpur angezettelte Kabale soll offenbaren dir die *Crux*.‹«

»Crux? Du meinst, er hat nicht das symbolische Kreuz des Leidens gemeint, sondern ein buchstäbliches? Jetzt sag bitte nicht, wir müssen aufs Dach der Kapelle der Weißen Büßer klettern.«

»Woher weißt du ...?«

»*Nein*, das kann nicht dein Ernst ...!«

»War nur Spaß«, unterbrach er sie schmunzelnd. »Die Lösung ist viel einfacher, als du denkst. Wart's ab.«

Inzwischen hatten sie die Grande Rue Frédéric Mistral erreicht und steuerten auf das Ruinenkaree zu. Sarah begann zu ahnen, wo die Harfe erklingen sollte, und ihre Vermutung sollte sich bestätigen.

Während sie Krystian mit einer Hallogentaschenlampe leuchtete, steuerte er seinen Handkarren zwischen verfallenen Häusern hindurch direkt zu dem Renaissancefenster, das – abgesehen von einem umgebenden Mauerrest – als letzter Zeuge eines Gebäudes stehen geblieben war, in dem vermutlich einmal Hugenotten gewohnt hatten. Das Architekturrelikt war ein kleines Kunstwerk für sich: von Pilastern flankiert, mit einem Gebälk überspannt und im glaslosen Rahmen mit einem unübersehbaren Fensterkreuz ausgestattet.

Sarah stöhnte. »Ich habe mit Oleg Janin davorgestanden und hundertmal den Schriftzug gelesen: *Post Tenebras Lux, Post Tenebras Lux*... Eigentlich hätte ich, wenn man sich schon die Mühe macht, die Bedeutung des lateinischen Mottos herauszufinden, auch das Wörtchen *crux* übersetzen sollen. Wo das ›Kreuz‹ doch direkt unter dem Spruch steht.«

Krystian musste offenkundig an sich halten, nicht laut zu lachen. »Alle Welt erzittert immer vor Ehrfurcht, wenn der Name Liszt fällt, dabei konnte er ein richtiger Schelm sein. Einmal bestritt er zusammen mit Chopin einen Klavierabend. Er bestand darauf, bei völliger Finsternis zu spielen. Als das Stück zu Ende war, applaudierte ihm das begeisterte Publikum. Dann ging das Licht an und nicht er, sondern sein Freund saß am Flügel – Liszt hatte mit Chopin still und heimlich die Plätze getauscht.«

»Ich kann's mir lebhaft vorstellen«, grummelte Sarah. Ihr stand nicht der Sinn nach Anekdoten. Sie war viel zu nervös.

Der Erste Hüter besaß genügend Feingefühl, sie nicht länger auf die Folter zu spannen. Gemeinsam hievten sie die Windharfe vom Wagen und stellten sie auf den Fenstersims, wo Krystian sie zusätzlich mit einer Leine sicherte. Sodann raunte er: »Lass uns ein Stück zur Seite treten, damit der Wind ungehindert durch die Harfe streichen kann«, nahm ihre Hand und zog sie vom Fenster weg.

Bald gerieten die Saiten in Schwingung und der typische an- und abschwellende Äolsharfengesang strich durch die Ruinen. Sarah schloss die Augen. Lauschte. Und dann sah sie es zum ersten Mal. Es war ein Bild, zu flüchtig, es im Geiste festzuhalten. Sie presste vor Aufregung Krystians Finger zusammen.

»Kannst du etwas erkennen?«, flüsterte er.

»Warte …!«, gab sie zurück und versank gleich wieder ins Reich der klingenden Farben.

Jedes Mal wenn der Mistral etwas stärker durchs Fenster blies, gewann die Erscheinung an Substanz, doch sobald er wieder nachließ, wurde sie durchsichtig, um gleich darauf in völliger Unsichtbarkeit zu vergehen. Es war, als würde das Bild atmen, und es dauerte lange, bis der Nordwind mit der richtigen verhaltenen Stärke und anhaltend genug die Saiten der Äolsharfe spielte.

»Ich sehe einen Baum«, wisperte Sarah. »Er ist grün und … ja, darunter befindet sich ein blauer Winkel … Es könnte auch ein Dach sein.«

Der Wind schwoll wieder ab, und das Bild verschwand.

Sie ließ es sich vom Mistral noch ein paarmal ins Bewusstsein malen, hoffte auf irgendein zusätzliches Element, aber es blieb bei dem Baum und dem mit der Spitze nach oben weisenden Winkel.

»Wir sollten den Aberglauben der Dorfbewohner nicht überstrapazieren«, meldete sich irgendwann Krystians angespannte Stimme.

Sarah öffnete die Augen und seufzte. »Es gibt sowieso nichts mehr zu sehen. Das Symbol ist so deprimierend simpel. Ein Baum und ein Winkel – was für ein Hinweis soll das sein? Es ist so … beliebig.«

Er schüttelte ernst den Kopf. »Nicht, wenn man die Geschichte von Franz Liszt und den Lichten Farbenlauschern kennt.«

Krystian hatte Sarah um Geduld gebeten, als sie eine Erklärung von ihm verlangte. Er wolle erst ins Versteck zurückkehren, wo sie in Ruhe über alles reden könnten. Auf dem Weg dorthin hatten sie dann kaum noch ein Wort gewechselt. Auf beiden lastete das Bewusstsein, sich bald Lebewohl sagen zu müssen. Mit einem Teil ihrer Seele wünschte sich Sarah, das Rätsel der neuen Klangbotschaft nie zu lösen. So könnte sie hierbleiben, bei Krystian ...

Das von Marya bewohnte Landhaus lag vor dem Eingang eines ehemaligen Bergwerkes, von denen es eine ganze Reihe im Umkreis von Les Baux de Provence gab. Früher war in dieser Gegend der nach dem Ort benannte Bauxit abgebaut worden, der wichtigste Rohstoff für die Aluminiumgewinnung. Längst wurde das mineralische Gemenge anderswo billiger gefördert und die Natur hatte die verlassenen Minen zurückerobert. Viele waren als solche kaum mehr zu erkennen. Und einige befanden sich im Besitz der Windharfenhüter.

Marya war noch wach, als ihr Bruder und Sarah vom nächtlichen Ausflug zu den Post-Tenebras-Lux-Ruinen heimkehrten. Krystian stellte den Van in einem Schuppen ab, und sie schafften die Windharfe zu dritt, eskortiert von Capitaine Nemo, in den hinter Bäumen versteckten Stollen. Die Mine war nur ein Zwischenlager, denn der eigentliche »Hort«, die kostbarsten Schätze der Lichten Farbenlauscher, lag in einer anderen Höhle, tief im Herzen der Erde.

Einige Zeit später saßen die drei im Landhaus, um die neueste Klangbotschaft zu erörtern. Obwohl es mittlerweile auf zwei Uhr zuging, waren alle viel zu aufgekratzt, um an Schlaf zu denken. Da Marya ebenfalls zu den Hütern der Windharfe gehörte – ihr Ordensname lautete Alix –, hatte Krystian ausdrücklich auf ihre Anwesenheit bestanden. Sie saß im Korbsessel, die zwei anderen ihr gegenüber auf dem Sofa. Außerdem hatte sich der kleine Streuner zu ihnen gesellt – Capitaine Nemo gefiel sich neuerdings als Anstandswauwau.

Nachdem Sarah noch einmal en détail ihre visuellen Eindrücke beim »Gesang des Nordwindes« geschildert hatte, lehnte sie sich an Krystians Brust zurück und sagte: »Jetzt seid ihr an der Reihe. Ich kann mit dem Baum und dem Winkel nicht viel anfangen.«

»Aber ich«, versetzte Marya und überraschte damit sogar ihren Bruder. »Der Baum mit dem blauen Winkel darunter ist das Wappen von Saint-Cricq. Der Ort liegt am Fuß der Pyrenäen, ungefähr dreihundertachtzig Kilometer westlich von hier. Ich hatte da mal eine Ausstellung.«

»Saint-Cricq«, flüsterte Sarah. Der Klang dieses Namens hatte in ihr eine Saite angeschlagen, die nicht mehr aufhören wollte zu schwingen.

»Was hältst du von Maryas Vorschlag, Kithára?«, hörte sie hinter sich Krystian fragen. Er klang wie ein Lehrer, der das Wissen seiner Schülerinnen abklopfte.

»Ich habe das Gefühl, Liszt will uns mit einer List auf die Probe stellen.«

»Sehr gut. Mir geht es nämlich genauso. Und warum empfindest du so?«

»Weil der Name Saint-Cricq im Zusammenhang mit Franz Liszt noch eine andere Bedeutung hat. Seine erste große Liebe hieß Caroline de *Saint-Cricq*. Er hatte sie ... Wann war das doch gleich?«

»Laut unseren Aufzeichnungen um das Jahr 1828.«

»Genau! Da lernte er sie in Paris kennen, als ihr Klavierlehrer. Beide waren erst siebzehn und unsterblich ineinander verliebt. Carolines Vater gefiel die Tändelei seiner Tochter mit dem bürgerlichen Musikus überhaupt nicht. Deshalb verschaffte er ihr eine bessere Partie, was Franz in tiefe Depressionen stürzte.«

»Sehr gut, Kithára! Du hast, seit du hier bist, viel dazugelernt. Und? War das Feuer der beiden nur eine jugendliche Schwärmerei?«

Sie schüttelte den Kopf. »Sogar als sie längst verheiratet war, hat er sie noch besucht.«

»So ist es. Laut unseren Aufzeichnungen reiste er hierzu einmal sogar in die französischen Pyrenäen; sie trafen sich am 8. Oktober 1844 in Pau.«

Sarah richtete den Oberkörper auf und drehte sich überrascht zu ihm um. »Bist du sicher, dass es nicht der 9. November war?«

»Mein Bruder kann dir sagen, was Liszt an jedem Tag seines Lebens *gegessen* hat«, sagte Marya mit einer wegwerfenden Geste.

»Sie übertreibt«, widersprach Krystian. »Wäre es so, wüsste ich auch, wann und wo er die Purpurpartitur versteckt hat. Dem ist aber nicht so. Leider.«

Sarah ließ sich wieder an seine Brust sinken. Dieses Leider klang wie die Kurzform von »Leider muss ich dich deshalb ziehen lassen, damit *du* die Klanglehre des Jubal finden kannst«. War es möglich, dass sie nach weniger als sieben Wochen schon genauso tief für diesen Mann empfand wie einst Liszt für Caroline de Saint-Cricq?

»Was geht dir durch den Kopf?«, fragte er. Sein Atem kitzelte ihr Ohr.

»Großvater... Ich wollte sagen, Liszt hat Caroline ein Leben lang geliebt. Soweit ich mich erinnere, steht ihr Name sogar in seinem Testament...« Sarah stockte.

»Ich wette, du fragst dich gerade, wie so etwas sein kann, wenn die offiziellen Geschichtsbücher doch nur von einer kurzen Liebelei sprechen, nicht wahr?«, riet Krystian.

»Allerdings! Du kennst nicht zufällig den Wortlaut seines letzten Willens auswendig?«

»Willst du mich blamieren?«

»Dachte ich mir.« Sie gab ihm einen Klaps auf den Oberschenkel und drückte sich aus der halb liegenden, halb sitzenden Position hoch, um in ihr Krankenquartier zu eilen.

»Wohin so eilig?«, rief er ihr nach.

»Meine wandernde Bibliothek holen.« Der Computer gehörte nach dem Anschlag der Dunklen zu ihren wenigen noch verbliebenen Habseligkeiten – sie hatte ihn ja in Krystians Wagen liegen lassen. Der im Hotel verbliebene Koffer war von Monsieur Cornée der Polizei übergeben worden. Offiziell galt die weltberühmte Pianistin Sarah d'Albis als vermisst. Sogar die persönlichen Kleidungsstücke, die sie im Allerheiligsten der Hüter am Leibe getragen hatte, waren von Krystian verbrannt worden, nachdem er darin Peilsender und Wanzen entdeckt hatte, elektronische Leuchtfeuer, denen die Adler vermutlich bis zur Höhle der Schwäne gefolgt waren.

Als Sarah mit dem Notebook ins Wohnzimmer zurückkehrte, überfiel sie jäh ein heftiger Schwindel. Sie wankte wie eine Betrunkene, weil sich alles um sie herum drehte. Krystian und Marya sprangen sofort auf und eilten zu ihr, um sie zu stützen. Capitaine Nemo winselte.

»Was war *das* denn?«, murmelte Sarah kopfschüttelnd, während sie sich zum Sofa führen ließ.

»Vielleicht bist du zu schnell aufgestanden und das Blut ist dir in die Beine geschossen«, sagte Marya.

»Nein«, widersprach Krystian, wieder ganz der Arzt, »dazu hätte der Schwindel früher kommen müssen. Sieht mir eher nach einem Schwächeanfall aus.«

»Du hast recht. Wir haben zwar in den letzten Wochen ihre Beweglichkeit weitgehend wiederhergestellt, aber es mangelt ihr noch an Ausdauer.«

»Ganz abgesehen von den nie restlos abzuschätzenden Folgen einer schweren Commotio cerebri ...«

»He, ihr beiden Spezialisten, ich bin auch noch da!«, fiel Sarah ihm mürrisch ins Wort. Sie ärgerte sich mehr über die eigene Verwundbarkeit als über sein Fachchinesisch.

»Er wollte sagen, dass deine Gehirnerschütterung ziemlich ernst war«, erklärte Marya beschwichtigend.

»Ja, ja, schon gut. Können wir jetzt weitermachen?«

»Es ist spät und du brauchst dringend Ruhe«, sagte Krystian besorgt.

»Aber zuerst muss ich etwas nachprüfen.«

»Das hat Zeit, Sarah. Selbst wenn du heute das Rätsel löst, lasse ich dich frühestens in zwei Wochen gehen.«

Am liebsten wäre sie ihm für diese ärztliche Anordnung um den Hals gefallen. Zwei Wochen! Vierzehn weitere Tage zum Ausloten ihrer Liebe ...!

Nein!, rief sie sich zur Ordnung und schüttelte missmutig den Kopf. Es gab Wichtigeres als ihr persönliches Glück. Dafür war später immer noch Zeit. Hoffentlich.

Trotzig nahm sie auf ihren Oberschenkeln das Notebook in Betrieb. Krystian ließ sich seufzend zu ihrer Rechten nieder, Capitaine Nemo bezog Posten auf der anderen Seite und Marya kniete sich zu ihren Füßen auf den Teppich.

Einige Minuten später hatte Sarah in der lisztschen Korrespondenz gefunden, wonach sie suchte. Im Jahr 1860, zweiunddreißig Jahre nach dem Techtelmechtel in Paris, hatte der Musiker seiner neuen Lebensgefährtin, der Prinzessin Carolyne von Sayn-Wittgenstein, einige bemerkenswerte Zeilen geschrieben:

Eines meiner als Ring umgearbeiteten Schmuckstücke wurde Madame Caroline d'Artigaux, geborene Countess de St. Cricq, geschickt (nach Pau, Frankreich).

Sarah fuhr sich mit der Hand an die Brust, nicht um das wild pochende Herz zur Räson zu bringen, sondern weil sie den Kettenanhänger spüren musste. Das FL-Signet war da, wo es sich in den letzten zehn Jahren immer befunden hatte. Sie zeigte Krystian den Brief. Er las die Passage für Marya laut vor.

Für Sarah hatte sich gerade ein weiteres Teil ins große Puzzle eingefügt. Sie murmelte: »Der Anhänger hat auf der Rückseite eine ausgebesserte Lötstelle. Ich vermutete immer schon, er sei von einem Ring heruntergebrochen worden.«

Krystian deutete auf den Computer. »Hast du auch Listzs letzten Willen in dem Ding gespeichert?«

Sie nickte.

»Öffne das Dokument bitte für mich. Ich möchte dir etwas zeigen.«

Binnen Sekunden hatte sie es auf den Bildschirm gerufen.

Er nahm das Notebook, scrollte kurz durch den Text und setzte es wieder auf ihren Schoß. »Ganz oben am Bildschirm. Bei der ersten Carolyne handelt es sich um die Prinzessin von Sayn-Wittgenstein und wer die zweite ist, erklärt er ja unmissverständlich.«

Atemlos las Sarah die markierte Passage des Testaments:

Endlich bitte ich noch Carolyne, in meinem Namen Frau Caroline d'Artigaux, geborende Comtess St. Cricq (zu Pau in Frankreich), einen meiner Talismane, in einen Ring gefasst, zu senden…

Sie schnappte nach Luft wie eine Ertrinkende. Zwar hatte sie sich noch an die Erwähnung der Gräfin St. Cricq in Liszts Testament erinnern können, aber der Gegenstand des Erbes war ihr entfallen. In Sarahs Kopf braute sich etwas zusammen, das sie schwindeln machte. Wieso lädt Franz Liszt diese Pflicht ausgerechnet auf die Schultern der Fürstin Carolyne von Sayn-Wittgenstein? Bis zu seinem fünfzigsten Lebensjahr hatte er mit allen Mächten der Welt – sogar mit dem »Stellvertreter Gottes auf Erden« – gerungen, um sie zu ehelichen. Trotz mancher amouröser Abenteuer bis ins hohe Alter gab es zwischen den beiden nie einen Bruch so wie mit Marie d'Agoult, der Mutter seiner drei Kinder. Hätte er nicht mit der Eifersucht seiner Lebensgefährtin rechnen müssen? Wieso schrieb er ihr von dem Schmuckstück, bat sie sogar persönlich, es seiner Jugendliebe zukommen zu lassen?

Sarah sah Krystian an. »War Carolyne von Sayn-Wittgenstein eine Eingeweihte? Eine Farbenlauscherin?«

»Er hat es den Hütern gegenüber nie offen zugegeben. Aber Lina Raman, der er manche Episode seines Lebens in die Feder diktiert hat, schrieb über die Fürstin, sie sei der einzige Mensch auf Erden, der bezüglich des Meisters alles wisse, alle unsichtbaren Fäden kenne und den Schlüssel zu vielen unverständlichen Dingen seines Lebens besitze. Beantwortet das deine Frage?«

»Ich glaube, ja«, flüsterte Sarah. Sie hatte die eiskalt gewordenen Hände unter ihren Oberschenkeln vergraben. Für sie, die rechtmäßige Erbin des besagten Schmuckstücks, ließen sich die vorliegenden Fakten nur durch *eine* Klammer plausibel zusammenfassen: »Die Liebschaft zwischen dem siebzehnjährigen Klavierlehrer und seiner Schülerin hatte Folgen. Unübersehbare Folgen. Deshalb hatte Carolines Vater ihn so schnell aus ihrer Nähe entfernt und sie umgehend standesgemäß verheiratet. Trotzdem blieb das Paar ein Leben lang verbunden. Was mehr als ein gemeinsames Kind kann zwei Menschen so fest zusammenschweißen? Und die Fürstin von Sayn-Wittgenstein hat davon gewusst.«

»Whow!«, sagte Marya.

Capitaine Nemo bellte zustimmend.

Krystian klatschte bedächtig in die Hände.

»Wusstest du davon?«, fragte Sarah.

Er schüttelte den Kopf. »Liszt sagte uns zwar, er habe seine Anlagen zum Farbenhören an die nächste Generation weitergegeben, nannte aber keine Namen. Er meinte nur, die Fähigkeiten seien bei dem Kind schwächer ausgeprägt als bei ihm. Gleichwohl fürchte er wegen der Dunklen um dessen Leben und hoffe, die Gabe möge in einer späteren Generation wieder stärker hervortreten.«

Sarah entsann sich des Faxes, mit dem Janin sie aus Les Baux hatte fortlocken wollen. »Waren die Hüter der Windharfe über Ilona Höhnel im Bilde?«

»Ja. Sie ist tatsächlich eine Tochter Liszts. Aber sie wurde am 6. August 1882 geboren, also erst *nachdem* er die Windrose geschaffen und unserem damaligen Ersten Hüter Zabbechá von seinem begabten Kind berichtet hatte. Vergiss Ilona Höhnel, wenn du deinem Stammbaum bis zur Wurzel folgen willst.«

»Stamm-?« Sarah blickte Krystian mit großen Augen an. »Meinst du das Bild, das die Windharfe mir gezeigt hat, will darauf anspielen?«

»Ich vermute es.«

»Aber das Wappen von Saint-Cricq hat uns erst auf die richtige Spur gebracht«, warf Marya ein.

»Sicher. Man muss sich nur Liszts Leben anschauen, um zu erkennen, dass er ein Meister der Vieldeutigkeit war.«

Sarah knabberte auf ihrer Unterlippe. »Was ist mit dem blauen Winkel? Steckt dahinter vielleicht auch ein verborgener Hinweis?«

Die beiden Geschwister wechselten einen beredten Blick und nickten dann, als seien ihre Köpfe durch ein unsichtbares Gestänge verbunden.

Sarah stöhnte. »Könntet ihr mich in eure Geheimsprache einweihen?«

»Erinnerst du dich noch, was Nével dir über den Kettenanhänger erzählt hat?«, half ihr Krystian auf die Sprünge. »Das FL sei nicht nur das Monogramm des Namens Franz Liszt, sondern auch eine treffende Abkürzung des deutschen Begriffes ›Farben-Lauscher‹. Man kann es in Liszts Muttersprache aber auch als Anspielung auf eine ›Freimaurer-Loge‹ ansehen.«

»Freimaurer …?«, flüsterte Sarah mit starrem Blick.

Krystian nickte. »Ich nehme an, Oleg Janin hat dir von Liszts Mitgliedschaft bei den Freimaurern erzählt.«

»Allerdings. Meist auf ziemlich abträgliche Art.«

»Vermutlich, um deinen Vorfahren als vergeistigten Mystiker oder gemeingefährlichen Geheimbündler darzustellen.«

»So etwas Ähnliches, ja. Ehrlich gesagt, so ganz entfernt davon war meine bisherige Ansicht über die Freimaurerei auch nicht.«

»Es sind weit verbreitete Vorurteile«, gestand Krystian ihr mit einem nachsichtigen Lächeln zu und erklärte, dass den Freimaurern im Laufe der Geschichte immer wieder Weltverschwörungen unterstellt worden seien, bis hin in die Neuzeit, als die Nationalsozialisten sie auf eine Stufe mit dem ach so verruchten »Weltjudentum« stellten. In Wahrheit widersprächen gewaltsamer Umsturz und demagogisches Ränkespiel jedoch den masonischen Prinzipien.

»Außerdem gibt es gar nicht *die* Freimaurerei. Dazu sind die einzelnen Systeme und Logen viel zu unterschiedlich«, warf Marya ein.

Krystian pflichtete ihr bei, führte aber weiter aus, dass die Geheimhaltung des Ritus in den Tempeln – den »Logen« oder »Bauhütten« – vor allem totalitären Regimen von jeher suspekt war. Zudem gingen viele masonische Symbole und Riten auf kabbalistische, hermetische und alchemistische Traditionen zurück, für die katholische Kirche Anlass genug, die Freimaurer Teufelsanbetern, Hexen und Magiern beizugesellen.

Inzwischen wisse man, merkte Krystian an, dass ein Großteil des masonischen Brauchtums mittelalterlichen Dombauhütten entstamme. Daher auch die handwerkliche Symbolik wie etwa die »Arbeit am rauen Stein« als Sinnbild für die humanitäre Vervollkommnung des Menschen.

Sowenig die Freimaurer etwas mit Weltverschwörung zu tun hätten, sowenig seien die Farbenlauscher Freimaurer. Sie – Liszt eingeschlossen – hätten sich immer nur der geheimen, gut vernetzten Strukturen dieser Gesellschaften wie auch zuvor der Ritterorden bedient. So floss manches ineinander.

»Achtspitzige Kreuze, Windrosen …«, murmelte Sarah.

Krystian nickte. »Franz Liszt hat sich für diese Dinge wohl nur am Rande interessiert. Ihn sprach mehr die im masonischen Leben angestrebte Freiheit, Gleichheit und Brüderlichkeit an, Ideale, die ja auch manchen Aufklärer vor und nach der Französischen Revolution in die Logen gezogen hatten. Er dürfte sich der Freimaurerei auch verbunden gefühlt haben, weil sie der gemeinnützigen Arbeit eine große Bedeutung beimisst – seine zahlreichen Benefizkonzerte zeigen ja, wie viel ihm an der Unterstützung hilfsbedürftiger Menschen lag. Und nicht zuletzt waren Logenhäuser seinerzeit oft auch kulturelle Zentren. Wenn er darin also Konzerte gab, dann nicht nur aus ideellen, sondern auch schlicht aus praktischen Gründen.«

»Oleg Janin hat das ganz anders dargestellt.«

»Das denke ich mir und deshalb erzähle ich dir das alles. Vermutlich hat er Liszt als Wolf im Schafspelz beschrieben, wobei das streichelweiche Fell katholisch und das raubgierige Gebiss masonisch war.«

»Na ja, etwas subtiler ist er schon vorgegangen.«

Krystian seufzte. »Ich bin Chronist, Kithára, und werde mich hüten, die Freimaurerei zu verurteilen oder zu glorifizieren. Freimaurer haben viel zur Verbreitung der Toleranz in der Gesellschaft beigetragen. Allein ihre Komponisten – Liszt, Mozart, Meyerbeer, Lortzing, Hummel, Haydn, Puccini und viele große Namen mehr –, das waren keine Verschwörer, sondern Menschen, die anderen durch Musik Freude schenkten.«

»Klingt fast, als seien alle Engel gewesen.«

Er schüttelte den Kopf. »Jede Münze hat zwei Seiten. Natürlich gibt es auch dunkle Flecken in der masonischen Geschichte, etwa als die Idee vom Weltbürgertum freier und gleicher Menschen während der Weimarer Republik nationalistischen Idealen geopfert wurde oder sich gar einige Logen bei den Nationalsozialisten anbiederten, um Verbot und Verfolgung zu entgehen.«

»Wer da ohne Schuld ist, der möge den ersten Stein werfen.«

»Du sagst es. Ich finde es erschreckend, wenn Romanautoren, Filmemacher oder selbsternannte Fachleute, die jeden Vorwurf der

Intoleranz brüsk von sich weisen würden, die Freimaurer weiterhin dämonisieren. Im besten Fall kann man solches Verhalten als dumm bezeichnen, weil die Betreffenden die infamsten Lügen einer archaischen Unterdrückungsideologie wieder aufleben lassen.«

»Danke für die Lektion, Meister Yoda.«

»Keine Ursache, junger Padawan.«

Marya verdrehte die Augen und Capitaine Nemo gähnte.

»Eigentlich«, hob Krystian von Neuem an, »wollte ich dich mit meinem kleinen Diskurs nur den Hinweisen näherbringen, die sich aus Liszts Windharfenbotschaft, insbesondere aus dem blauen Winkel, ergeben.«

»Den …? Richtig! Zusammen mit dem Zirkel ist er ja so ziemlich das bekannteste Freimaurersymbol.«

»Du sagst es. Aus dem rechten Winkel wird bei ihnen der ›Winkel des Rechts‹. Mir ist da allerdings eine kleine Merkwürdigkeit aufgefallen, eine Abweichung von der Norm sozusagen. Geht es jemand hier im Raum genauso?« Krystian sah die beiden Frauen erwartungsvoll an.

»Ich hasse es, wenn er das tut!«, stöhnte Marya.

Sarah nickte mitfühlend. »Kann ich verstehen.«

Krystian zog den Mund schief. »Dabei ist es so einfach. Der Winkel in der Windharfenbotschaft steht verkehrt herum. Im maurerischen Zirkel-Winkel-Symbol zeigt die Spitze nach unten, hier aber nach oben. Du hast ausdrücklich betont, er sehe wie ein Dach aus.«

Sarah kraulte nervös Capitaine Nemos Schlappohr. »Und das bedeutet?«

»Ein Dach schützt vor den Unbilden des Wetters. Es *behütet*. Ich sollte mich schon schwer täuschen, wenn Meister Liszt hier nicht wieder eine seiner Vieldeutigkeiten benutzt, um dir, Kithára, eine Botschaft zu schicken. Findet ihr es nicht merkwürdig, dass weder Historiker noch Biografen ein gemeinsames Kind von Liszt und Caroline de Saint-Cricq erwähnen?«

»Vielleicht, weil sie nie eins hatten«, mäkelte Marya.

»Oder weil es der Mutter kurz nach der Geburt weggenommen wurde«, sagte Sarah. Ihr Herz schlug wieder schneller. Endlich ahnte sie, worauf Krystian hinauswollte.

Er nickte. »Vermutlich wurde der kleine Bastard in die Obhut von Pflegeeltern gegeben, und ihr neuer Ziehvater dürfte ein Freimaurer gewesen sein. So wird der Winkel zu einem masonischen Dach, das die Wurzeln eines neuen Geschlechts zukünftiger Farbenlauscher schützt.«

Sarah griff nach Krystians Hand. Mit einem Mal war ihr wieder schwindelig geworden, was aber mehr am Gewicht der neuen Erkenntnisse lag als an den Nachbeben ihrer Gehirnerschütterung.

»Klingt plausibel«, sagte Marya. »Heißt das, Kithára wird, sobald sie sich erholt hat, durch die Pyrenäen streifen, auf den Spuren von Oma Caroline und ihrem Kind?«

»Nein«, widersprach Sarah ohne Zögern. »Die Gegend liegt zu weit südlich. Zephyrus weht aus Westen.«

»Wer?«

»Das sechste Zeichen im Akronym N+BALZAC steht für den Ort, an dem sich Franz und Caroline verliebt haben. Wo ihr Kind gezeugt wurde. An dem es vermutlich auch aufgewachsen ist… Und wo sich die Höhle des Löwen befindet – oder vielmehr der Adlerhorst.« Sarah blickte lange in Krystians traurige Augen, bis sie hinzufügte: »Ich muss so schnell wie möglich nach Paris.«

> *Glücklich,*
> *wer mit den Verhältnissen zu brechen versteht,*
> *ehe sie ihn gebrochen haben.*
> Franz Liszt

31. Kapitel

Irgendwo bei Les Baux de Provence, 27. März 2005, 10.48 Uhr

Die Christenheit feierte die Auferstehung ihres Gottes, während dessen Stellvertreter mit dem Tod um eine Verlängerung seines Lebens rang. Es war Ostersonntag. Sarah saß in Maryas Landhaus im Korbsessel vor dem kleinen Fernsehapparat, kraulte Capitaine Nemos schläfriges Ohr und verfolgte gebannt die Liveberichterstattung aus Rom. Äußerlich gab sie recht passabel das Bild einer frommen Katholikin ab, doch in ihrem tiefen Innern war sie grenzenlos erschrocken.

Erschrocken über Papst Johannes Paul II., der im Fenster seines Arbeitszimmers nur noch ein hübsch umrahmtes, zitterndes Häuflein Elend war und erstmals in seinem Pontifikat den traditionellen Segen *urbi et orbi* – der Stadt Rom und dem Erdkreis – stumm spenden musste.

Erschrocken auch über die eigene Erschrockenheit, weil Krystians Landsmann Karol Wojtyla eigentlich ihre Bewunderung verdiente für den unbeugsamen Willen, mit dem er der Parkinsonkrankheit und diversen anderen Leiden jetzt schon so lange trotzte.

Doch sie erschrak am meisten, als sie eine Totale vom Petersplatz sah, weil sie der dort versammelten riesigen Menschenmenge ihre pure Frömmigkeit nicht abnahm – wie viele hatten sich wohl aus Sensationslust ins Getümmel gestürzt, um sich an der Hinfälligkeit dieses alten Starrkopfs zu weiden?

Und wie viele folgten einem äußeren Zwang?

Ja, am betroffensten machte Sarah tatsächlich die Musik. Während der Berichterstattung wurde vom Vatikan – den Blättern der Windrose folgend – in alle Welt geschaltet, und immer wieder vernahm sie die Klänge der Macht. *Kommt herbei!*, lockte es vom Petersplatz. *Kommt herbei!*, tönte es in Amerika. *Kommt herbei!*, auch aus Australien, Asien, Afrika ...

»Krystian, Marya, kommt schnell!«, rief Sarah aufgeregt.

Die zwei liefen aus unterschiedlichen Winkeln des Landhauses zusammen, um sich zu ihr vor den Fernseher zu setzen.

»Hört ihr es?«, fragte sie nach einer Weile andächtigen Lauschens.

Marya bedachte sie mit einem argwöhnischen Blick.

Krystian hingegen nickte. Nach einigen Auf- und Abwärtsbewegungen des Kopfes murmelte er: »Du hast Recht. Da ist irgendwas, aber ich kann es nicht verstehen.«

Die Geschwister Jurek waren beide Farbenhörer. Jedoch reichte die Empfindlichkeit ihres *Audition colorée* bei weitem nicht an Sarahs Fähigkeiten heran. »In die Musik ist ein Lockruf eingewoben«, erklärte sie daher. »*Kommt herbei!* Die Botschaft wird erdenweit ausgestrahlt und überall, wo Messen stattfinden, wiederholt.«

»Aber wozu? Morgen ist Ostern vorbei«, wunderte sich Marya.

»Es könnte sich um eine Prägung handeln«, sagte Krystian.

»Prägung?«, wiederholte Sarah irritiert.

»So nennen wir es, wenn eine Klangbotschaft sich in zwei Phasen entfaltet: Phase eins bereitet den Empfänger erst auf eine bestimmte Aktion vor – in diesem Fall wohl die Reise nach Rom. In Phase zwei wird dann der Befehl erteilt, das eingeprägte Verhalten in Handlung umzusetzen.«

Sarah spürte, wie sich sämtliche Härchen auf ihrer Haut in Habt-Acht-Stellung begaben. »Das kenne ich«, flüsterte sie. »Als Tiomkin im Weimarer Bahnhof Mario Palme, meinen Leibwächter, mit seiner Klangbox manipulierte, konnte ich eine ähnliche Botschaft wahrnehmen: *Lausche und warte. Sobald ich dich rufe, befolgst du meinen Befehl.* Mir läuft's jetzt noch kalt den Rücken hinunter, wenn ich daran denke.«

»Diese Tonfolge gehört zu den ältesten im Repertoire der Farbenlauscher«, bestätigte Krystian. »Ihr Vorteil ist die universelle Einsetzbarkeit: Die Vorgeprägten sind unbemerkt bereits außer

Gefecht und setzen die eigentliche Anweisung, die später in fast beliebiger Form erfolgen kann, schnell in die Tat um.«

»Im Tivoli hat Tiomkin, der Paukist, dieselben Klänge der Macht benutzt, aber Janin war dagegen immun gewesen.«

»Je machtvoller der Farbenlauscher, desto unempfindlicher ist er gegen die Manipulation der Melodien. Ich fürchte, dieser angebliche Musikprofessor steht irgendwo ganz oben in der Hierarchie der Adler.«

Sarah schlug die Augen nieder und flüsterte: »Hätte ich ihn nur nicht zu euch geführt. Nével wäre noch am Leben, wenn ich ...«

Krystian griff nach ihrer Hand. »Dich trifft keine Schuld, Kithára. Du warst völlig ahnungslos. Die Sprengsätze haben andere gelegt, Farbenlauscher, die wussten und wollten, dass damit Leben ausgelöscht wird.«

Sarahs Verstand pflichtete ihm durchaus bei, aber ihr Herz sperrte sich gegen alle Vernunft. Seit sie die näheren Umstände von Névels tragischem Ende kannte, fühlte sie sich schuldig ...

»Kithára«, sagte Krystian mit leiser und doch drängender Stimme.

Sie kniff die Augen zusammen, als könne sie damit ihre Selbstvorwürfe ersticken. Als sie ihn wieder ansah, fragte sie müde: »Was ist?«

»Ich fürchte, du hast keine Zeit mehr, deine Verletzungen ganz auszukurieren. Der von dir entdeckte Aufruf kann nur von den Adlern stammen. Sie planen etwas. Etwas Großes.« Er zeigte auf den Fernseher. »Du siehst ja, wie viele Menschen sich schon jetzt auf dem Petersplatz versammelt haben. Stell dir vor, was geschähe, wenn der Papst stirbt und die Dunklen zugleich Phase zwei der Prägung, den Befehl, auslösen. Musilizer versorgt die halbe Welt mit Musik: Flughäfen, Bahnhöfe, Fabrikhallen, Arztpraxen, Abertausende von Fahrstühlen und Supermärkte. Sogar Kirchen.«

»Aber was wollen sie damit erreichen? Einen Massenauflauf in Rom?«

Krystian schüttelte den Kopf. »Wer sagt denn, dass der Ruf nach Rom, den du eben zufällig bemerkt hast, der einzige ist, mit dem sie die Menschen geprägt haben. Es könnten längst andere Klänge der

Macht in Umlauf gebracht worden sein, Befehle mit verheerender ...«

»O mein Gott!«, entfuhr es Sarah. Eine Erinnerung war in ihrem Geist aufgeblitzt.

»Was ist?«, fragten Krystian und Marya wie aus einem Munde.

Sie sah die beiden mit weit aufgerissenen Augen an. »Im Russischen Hof in Weimar hat Janin gesagt, zur Heilung der Welt bedürfe es wohl mehr als nur ein paar Sinfonien. Er hat mir immer wieder die Gedankenwelt der dunklen Farbenlauscher schmackhaft machen wollen, meinte, dass manchmal allein ein Weltenbrand, eine Läuterung apokalyptischen Ausmaßes, die Menschheit vor dem Untergang retten könne. Die Dunklen bräuchten nur eine ›kritische Masse‹ von Personen zu manipulieren und es würde eine Kettenreaktion von unvorstellbaren Dimensionen ausgelöst.« Sie schüttelte den Kopf. »Ich fass es nicht. Sie wollen es tatsächlich tun.«

»Und sie haben die Macht dazu«, fügte Marya ernst hinzu.

»Im Gegensatz zu uns Hütern der Windharfe«, sagte Krystian.

Sarah blinzelte irritiert. »Aber hast du Nekrasows Schergen in der Höhle nicht dazu gebracht, sich gegenseitig umzubringen?«

»Ja. Weil sie Söldner waren oder Farbenlauscher niederen Grades. Gegen den Meister der Harfe und seine Adepten hätte ich keine Chance gehabt. Sehen wir den Tatsachen ins Auge: Selbst wenn wir Hüter unseren Kodex brächen, könnten wir die Dunklen nicht aufhalten.«

»Mit der Purpurpartitur wäre es möglich«, widersprach Marya.

»Sicher, aber die muss erst gefunden werden.« Überraschend ging Krystian vor Sarah auf die Knie und ergriff ihre Hände. »Ich kenne nur einen Menschen, der dazu fähig ist und die neue Kabale zu durchkreuzen vermag – und das bist du, Kithára.«

Sarah schluckte. Sie kam sich so klein vor, so unbedeutend.

Er drückte sanft ihre Hände. »Wenn die Dunklen tatsächlich das Medienspektakel nutzen wollen, das der Tod des Papstes auslösen würde, dann schwebt ein Damoklesschwert über uns. Der Gesundheitszustand von Johannes Paul hat sich in letzter Zeit dramatisch verschlechtert. Niemand weiß, wie lange er noch lebt.«

»Er ist zäh und Polen sind leidensfähig.« Ihr Einwand war nicht mehr als ein letztes Aufbäumen. Sie versuchte zu lächeln, obwohl ihr die Tränen kamen.

Er schüttelte nur mit schmerzvoller Miene den Kopf. Streng, wie es in ernsten Situationen vom Ersten Hüter der Windharfe verlangt wurde, entgegnete er: »Mir sind die Hände gebunden. Unsere letzte Hoffnung bist jetzt du, Kithára. Wir dürfen keinen einzigen Tag mehr verlieren.«

Zephyrus
(Westen)

—

Paris

——— ❋ ———

Franz Liszt … gibt Konzerte, die einen Zauber üben, der an's Fabelhafte grenzt. … bei Liszt … denkt man nicht mehr an überwundene Schwierigkeit, das Klavier verschwindet und es offenbart sich die Musik. … Trotz seiner Genialität begegnet Liszt einer Opposition hier in Paris, die vielleicht eben doch durch seine Genialität hervorgerufen wird. Diese Eigenschaft ist in gewissen Augen ein ungeheures Verbrechen, das man nicht genug bestrafen kann. »Dem Talent wird schon nachgerade verziehen, aber gegen das Genie ist man unerbittlich!« – so äußerte sich einst der selige Lord Byron, mit welchem unser Liszt viele Ähnlichkeit bietet.

Heinrich Heine, 1841

> *Ganz entschieden könnte meine*
> *Musiklaufbahn noch bezaubernd werden,*
> *wenn ich nur noch hundertvierzig Jahre lebte.*
> Hector Berlioz

32. Kapitel

Paris, 29. März 2005, 10.32 Uhr

Sarah kam sich vor, als habe sie die ganzen vergangenen achtundvierzig Stunden in einem *Train à grande vitesse* verbracht, einem »Zug mit hoher Geschwindigkeit«. Sie hatte bereits die Reisevorbereitungen im Expresstempo absolviert. Und ein TGV war es auch, der sie zwei Tage nach den erschreckenden Entdeckungen des Ostersonntags nach Paris katapultierte.

Die Fahrt von Marseille hatte nur gut drei Stunden gedauert. Als der Zug in den Gare de Lyon einfuhr, merkte sie es nicht einmal. In Gedanken weilte sie bei Krystian. Was er wohl gerade tat? Was er fühlte? Ob er an sie dachte? Sie jedenfalls vermisste ihn schon jetzt, kaum dass sie von ihm Abschied genommen hatte. Würde sie ihn jemals wiedersehen …?

Sie wischte ihre Zweifel ärgerlich beiseite. Sicher, ihre Mission war alles andere als ungefährlich. Fanden die Adler heraus, dass sie noch lebte, würden sie ausschwärmen und gnadenlos Jagd auf sie machen. Aber vielleicht musste sie sich in ein paar Tagen sowieso nicht mehr den Kopf über die Zukunft zerbrechen.

In der letzten Nacht war es ihr wieder eingefallen, jenes schicksalhafte Telefonat, das sie in Les Baux de Provence mit Sergej Nekrasow geführt hatte. Ausgerechnet eine Komposition von Franz Liszt sollte den Dunklen das Motto für ihre Verschwörung liefern: *Von der Wiege bis zum Grabe*. Bezug nehmend auf die Geburt Hans Christian Andersens am 2. April 1805 hatte der Harfenmeister gemahnt: »Vergiss dieses Datum nicht! Während man in zwei Monaten den kleinen Hans Christian in der Wiege feiert, soll sich für einen anderen das Grab öffnen. Sein Tod wird die Welt bewegen.«

Die Erinnerung an das Gespräch ließ Sarah erschauern. Ginge es nach Nekrasow, dann hätte Papst Johannes Paul II. nur noch *vier* Tage zu leben.

Und dann? Vermutlich würden Hunderttausende nach Rom strömen, in der aufrichtigen Absicht, dem Verstorbenen die letzte Ehre zu erweisen. Aber wie viele würden in Wahrheit dem *Kommt herbei!* der Farbenlauscher folgen? Was ließ sich überhaupt noch gegen die Verschwörung der Dunklen tun? Einfach zum Hörer zu greifen, die Nummer des Vatikans zu wählen und die Schweizergarde vor einem Anschlag auf den Heiligen Vater zu warnen, wäre wohl sinnlos. Krystian hatte gemeint, die Telefonzentrale des Heiligen Stuhls wimmele täglich Dutzende solcher Anrufer ab.

Vier Tage! Sarah unterdrückte ein Zittern. Wie sollte sie in dieser knappen Zeit die Purpurpartitur finden? Wie konnte sie die Kabale der Dunklen Farbenlauscher vereiteln, ohne von diesen entdeckt und eliminiert zu werden? Vor sieben Wochen hätte sie schon der Gedanke an diese herkulische Aufgabe gelähmt. Inzwischen war sie nicht mehr so naiv wie damals, als sie auf Oleg Janins Camouflage hereingefallen war. Krystian hatte ihr in den letzten drei Wochen gezeigt, wie sie sich unsichtbar machen konnte:

Zahle nie mit einer Kreditkarte. Benutze verschiedene Namen und gib diese nicht leichtfertig her – Computer sind geschwätzig. Verändere häufig dein Aussehen. Rede in unterschiedlichen Dialekten und Sprachen. Wechsle dein Quartier, am besten täglich. Durchsuche deine persönliche Habe regelmäßig nach Wanzen und Peilsendern. Solltest du etwas einkaufen, entferne die RFIDs, diese Etiketten mit den Leiterbahnen – sie funken jedem Schnüffler ihre Identifikation zu, fast so, als würdest du eine Geruchsspur hinterlassen, der Nekrasows Bluthunde mit Leichtigkeit folgen können. Meide Telefone! Wenn du unbedingt eines benutzen musst, dann nimm das Handy mit einer neuen Prepaidkarte und Seriennummer. Behalte immer deine Umgebung im Auge. Immer! Sollte dir etwas merkwürdig vorkommen, verschwinde sofort. Blicke möglichst geradeaus oder nach unten – Überwachungskameras hängen meistens *über* dir. Traue niemandem! Auch Dunkle Farbenlauscher können freundlich lächeln...

Die Liste der Verhaltensregeln könnte fast endlos fortgesetzt werden. Sarah kam sich vor wie Jamie Bond, die weibliche 007. Sie besaß Pässe über drei verschiedene Namen, bündelweise Bargeld, verschiedene Chipkarten für ihr neues Mobiltelefon und diverse andere »Unsichtbarmacher«.

Im Moment war sie aber nur eine verschüchtert in ihrem Abteil sitzende junge Frau mit kurzen blonden Haaren, Sonnenbrille, Bluejeans, orangefarbenem Sweatshirt, dunkelblauer Regenjacke und Sportschuhen. Mit ihrem großen Rucksack hätte man sie für eine Studentin halten können, die vom Osterurlaub wieder an die Sorbonne zurückkehrte. Und in gewisser Hinsicht kam sie ja tatsächlich nach Hause, besaß sie doch in Paris eine wunderschöne Altbauwohnung am Quai d'Orléans auf der Ile de la Cité, der Seine-Insel im Herzen der Stadt.

Sarahs erster Weg führte in die Rue Cadet Nummer 16. Hier, im 9. Arrondissement, nördlich des Louvre, residierte der *Grand Orient de France,* die mitgliederstärkste Großloge der französischen Freimaurer. In der Notebooktasche führte Sarah das Empfehlungsschreiben eines gewissen Doktor Krystian Jurek mit sich. Es war an den hier wirkenden Großmeister, Professor Henri Perrot, gerichtet.

Aus Sicherheitsgründen benutzte sie die öffentlichen Verkehrsmittel, um vom Bahnhof zum Logenhaus zu gelangen. Das letzte Stück von der verkehrsreichen Rue du Faubourg Montmartre legte sie zu Fuß zurück. Die Rue Cadet selbst war vergleichsweise ruhig, eines jener netten Sträßchen mit hübsch restaurierten Häusern aus der Belle Époque, von denen es in den zentral gelegenen Stadtbezirken der pulsierenden Metropole viele gab. Ungefähr auf halber Strecke zur Rue la Fayette fand Sarah die Nummer 16, ein schmuckes Gebäude mit bunten Bleiglasfenstern und Jugendstilelementen, dessen Alter sie auf ungefähr hundert Jahre schätzte. Als sie den Knopf der schweren Messingklingel drückte, zitterte ihre Hand.

Über der Klingel befand sich ein blank poliertes Gitter, in dem es wenig später knackte, um hiernach einer hohen, aber unverkennbar männlichen Stimme Durchlass zu gewähren. »Sie wünschen bitte?«

»Guten Morgen. Mein Name ist Kithára Vitez. Ich habe eine Verabredung mit Professor Perrot.«

Sie hörte ein Rascheln, dann ein »Warten Sie bitte!« und schließlich wieder ein Knacken.

Etwa drei Minuten später folgte ein Summen. Sarah warf sich gegen die Tür, die auf ihre Attacke mit wenig Gegenwehr reagierte. Vom Schwung vorangetrieben stolperte sie in ein Treppenhaus mit schwarzweißem Terrazzoboden und einem roten Läufer, der ihr wie eine lange Zunge vorkam. Selbige floss eine fünf- oder sechsstufige Treppe hinauf und verschwand in einem dunklen Maul, aus dem ein einzelner Zahn steil aufragte. In Wirklichkeit handelte es sich um einen blassen Menschen fortgeschrittenen Alters mit Schnurrbart, Brille und strengem Blick.

»Kommen Sie bitte!«, rief er die Treppe hinab, und es klang wie ein Befehl, dem man sich besser nicht widersetzte.

Dank Krystian war sich Sarah bewusst, dass sie nun eine Männerwelt betrat. Unter den Freimaurern nehmen Frauen im Regelfall die Funktion der Mauerblümchen ein, soll heißen, sie führen ein Nischendasein in eigens für sie geschaffenen Biotopen. Diese Reservate gelten für die Londoner Großloge, welche in der Freimaurerei die Funktion einer Normierungsstelle wahrnimmt, per se als »irregulär«. Auch eine Vermischung der Geschlechter innerhalb ein und derselben »Bauhütte« wird, obwohl gelegentlich praktiziert, als Regelverstoß angesehen. Frauen seien einfach zu geschwätzig, um das Arkanum – das Geheimnis von Arbeit und Wort im Innern der Loge – zu bewahren, und außerdem lenkten sie die Männer nur ab, so die traditionelle, sicher nicht mehr zeitgemäße Ansicht von einem geordneten Logenleben.

Eingedenk dessen hatte Sarah die fünf oder sechs Stufen zu dem streng blickenden Herrn in einer zwar nicht unterwürfigen, aber auch keinesfalls provozierenden Haltung zurückgelegt. Damit ihr Lächeln nicht fälschlicherweise als erotisches Signal und damit als »ablenkend« gedeutet werden konnte, reduzierte sie es auf ein Minimum, als sie ihre Vorstellung wiederholte.

»Professor Perrot erwartet Sie bereits. Ihre Campingausrüstung können Sie bei der Tür stehen lassen«, erwiderte der Namenlose mit unbewegter Miene und deutete in das dunkle Maul.

Sarah stellte den Rucksack in der Diele ab, entnahm ihm die

Notebooktasche und folgte dem humorlosen Burschen durch einen dunklen Flur ins Innere des Logenhauses. An der dritten Tür klopfte der Mann, wartete mit vorgerecktem Kinn irgendein akustisches Morsesignal ab, das Sarah mehr erahnte als hörte, und führte sie sodann in des Großmeisters lichtdurchflutetes Büro.

Auch hier prägten die verspielten Formen des Jugendstils das Interieur. Lampen, Möbel, Bilderrahmen, Stuckornamente – alles wogte in üppigen Bögen und Farben. Die Frühlingssonne schwappte durch drei schmale hohe Fenster herein, als wolle sie jeden Eindruck von Muffigkeit schon im Keime ersticken. Sogar der schwere Schreibtisch aus Mahagoni, Messing und grünem Leder, hinter dem Perrot den Gast erwartete, wirkte mit seinen schräg angestellten Flanken und den geschwungenen Beinen irgendwie organisch, fast so, als könne er jeden Moment davonlaufen.

Tat er aber nicht. Stattdessen kam der Großmeister hinter dem Möbel hervor und streckte der Besucherin eine große Hand entgegen, an der ein schwerer Goldring prangte. Sarah schätzte den korpulenten Freimaurer auf Anfang sechzig. Als wolle er den äußeren Schein Lügen strafen, bewegte er sich jedoch so dynamisch wie ein Dreißigjähriger. Er trug einen hellgrauen Anzug, ein weißes Hemd und ein Halstuch in der Farbe eines edlen Bordeaux, das von dunkelblauen Paisleymotiven belebt wurde. Am linken Revers steckte eine goldene Nadel mit Zirkel und Winkel. Sein breites Gesicht strahlte innere Gelassenheit aus. Einzig die überdimensionale Brille mit dem schwarzen Rahmen, die vermutlich noch aus den Sechzigern des vorigen Jahrhunderts stammte, wirkte darin etwas deplaziert.

»Willkommen, willkommen, Madame Vitez«, begrüßte er den Gast.

Sarah fühlte sich von seiner Hand regelrecht verschlungen, von seiner Herzlichkeit allerdings ebenso. Der Mann war das genaue Gegenteil seines vertrockneten Logenbruders. Letzterer wurde auch alsbald fortgeschickt, nachdem er den Getränkewunsch der Besucherin memoriert und ihr die Jacke abgenommen hatte. Perrot komplimentierte Sarah in einen Sessel, der fatale Ähnlichkeit mit einer Fleisch fressenden Pflanze besaß. Er selbst nahm ihr gegenüber in einem Klon der Venusfalle Platz. Zwischen ihnen stand ein am ehesten noch als rund zu definierender Tisch mit gläserner Platte, dessen metallische Anteile noch nicht ganz erstarrt zu sein schienen.

»Sie haben eine interessante Einrichtung«, sagte Sarah, weil sie das Gefühl hatte, sich als ungefährlich präsentieren zu müssen.

Perrot nahm seine Brille ab, begann sie heftig mit einem Stofftaschentuch zu putzen und strahlte. »Gefällt sie Ihnen? Alles original Jugendstil.«

»Ach was! Es wirkt so ... *lebendig.*«

»Nicht wahr? Was kann ich für Sie tun, Madame Vitez...? Spricht man das eigentlich spanisch oder französisch aus? Wegen dem ungewöhnlichen Vornamen meine ich.«

»Das überlasse ich ganz Ihnen, Professor Perrot.«

»Ach, bitte sagen Sie doch Henri zu mir. Wer ein Freund Krystians ist, der ist auch der meine!«

»Dann möchte ich aber bitte auch Kithára genannt werden. Sie kennen Doktor Jurek näher?«

»Eigentlich bin ich gelernter Mediziner. Seit ich im GOdF mehr Verantwortung übernommen habe... Verzeihung, ich wollte natürlich sagen, in der Großloge *Grand Orient de France*... Wo war ich gerade stehen geblieben?«

»Vermutlich wollten Sie mir berichten, wie Sie Doktor Jurek kennen gelernt haben.«

»Ach ja! Sicher. Nun, wir begegneten uns erstmals auf einem Ärztekongress in Lyon und kamen über die Freimaurerei ins Gespräch. Krystian überraschte mich, obwohl er selbst kein Bruder ist, mit seinem exorbitanten masonischen Wissen, insbesondere was die Musiker unter den Freimaurern betrifft. Ich habe auf dem Gebiet in den letzten Jahren viel geforscht, und er ist mir in dieser Zeit ein zunehmend munterer sprudelnder Quell geworden, aus dem ich manch wertvolle Information schöpfen durfte.«

»Ja«, bestätigte Sarah mit einem wohl dosierten Quantum ihres bestrickenden Lächelns, »Krystian ist wirklich eine wandelnde Enzyklopädie.«

»Und misstrauisch gegenüber jeder Errungenschaft der modernen Welt. Stellen Sie sich vor, sämtliche E-Mails, die er mir schickt, sind chiffriert, anonymisiert und zertifiziert. Die amerikanische NSA hört alles ab, meinte er mal. Deshalb unterschreibt er auch nie mit seinem richtigen Namen, sondern immer nur mit ›Aeolus‹. Komisch, was?«

Sarah nickte aufgeräumt. »Tja, das ist unser Krystian!«
»Wie haben Sie beide sich kennen gelernt?«
»Ich bin verschüttet worden und er hat mich gerettet.«
»Klingt dramatisch.«
»War es auch. Henri, ich habe hier ein Empfehlungsschreiben von Krystian an Sie. Gewissermaßen, um mich zu legitimieren.« Sie zog den Umschlag aus ihrer Notebooktasche und reichte ihn dem Großmeister.

Perrot warf nur einen flüchtigen Blick auf den Brief, fast so, als sei es ihm peinlich, durch gründlicheres Lesen den Eindruck von Misstrauen zu erwecken. Anschließend sagte er: »Krystian war so nett, mich vorzuwarnen. Er meinte, Sie wollten mich mit extraordinären Fragen über Franz Liszt löchern. Deshalb habe ich mich gestern Abend ein wenig für unser heutiges Treffen präpariert. Was genau möchten Sie wissen?«

»Ich recherchiere über Liszts Nachkommen. Weil er lange in Paris ansässig und außerdem Freimaurer war, komme ich zu Ihnen. Existieren im Archiv der Großloge irgendwelche Unterlagen über Kinder, die ihm von anderen Frauen als der Gräfin d'Agoult geboren worden sind? Oder hat er vielleicht irgendwann bei einer Pariser ›Bauhütte‹ ein Dokument, ein Musikinstrument oder einen sonstigen Gegenstand hinterlegt, der heute noch in Ihrem Besitz ist?«

Perrot sah mit einem Mal aus, als habe er einen Gehstock verschluckt: vom Hinterkopf bis zum Steißbein bildete sein Rückgrat eine lotrechte Linie. Seine Augen waren starr auf Sarah gerichtet. Er blähte die Backen, hielt einen Moment den Atem, um die Luft hiernach wieder explosionsartig entweichen zu lassen. »Oh, là, là«, entfuhr es ihm sodann, »das nenne ich aber einen Frontalangriff.«
»Darf ich Ihre Antwort als ein Ja interpretieren?«

»Das lässt sich nicht so einfach beantworten. Nehmen wir einmal an, es wäre so. Womit könnten Sie mir beweisen, dass Sie ein Recht auf diese Information haben?«

Jetzt war Sarah überrascht. Beweisen? »Genügt Ihnen denn das Schreiben Krystians nicht?«

»Leider nein, Kithára. In diesem Fall geht es nicht mehr um einen Freundschaftsdienst, sondern um eine Handlung in meiner Funktion als Großmeister des *Grand Orient de France*.«

Indirekt hatte er mit seiner ausweichenden Antwort ihre Frage schon bejaht. Aber was erwartete er von ihr? Mit einem Mal wurde Sarah bewusst, dass ihre Linke mechanisch mit dem Kettenanhänger spielte, und von da an glaubte sie den Schlüssel zum Öffnen der Schatztruhe des *Grand Orient* zu kennen. Sie förderte das FL-Signet unter dem Sweatshirt hervor und hielt es Monsieur Perrot so weit entgegen, wie es die Länge der goldenen Halskette erlaubte.

»Genügt Ihnen *das* als Beweis?«

Perrot wurde blass und schüttelte ungläubig den Kopf. »Ich hätte nie geglaubt …!« Plötzlich verstummte er.

»Jaaa?«, fragte Sarah gedehnt.

»Leider reicht das noch nicht«, druckste er verlegen. »Das Ambigramm ist erst der Anfang.«

Sarah stöhnte innerlich. »Der Anfang? Was denn noch?«

»Ich brauche die Generallegitimation. Sozusagen das Meisterwort.«

»Keine Ahnung, was Sie meinen.«

»Ja, natürlich.« Er winkte ab. »Bitte entschuldigen Sie die masonische Terminologie. Das ›Meisterwort Hirams‹ ist nach unserer Vorstellung das geheimste aller Worte. In ihm sind gewissermaßen das ganze Wissen und die ganze Macht komprimiert, auf denen unser legendärer Großmeister Hiram die Tradition der Freimaurer gegründet hat.«

»Hiram?«

»Er hat König Salomos Tempel gebaut.«

»Verstehe.«

»Und wurde dann später ermordet.«

»Das ist tragisch!«

»Nicht so folgenschwer wie der dadurch entstandene Verlust des Meisterwortes. Anstelle dessen benutzen wir Freimaurer den von ihm und Salomo gebrauchten Gottesnamen, Jehova.«

»Verraten Sie das jedem Besucher?«

Perrot hob die schweren Schultern. »Wenn er danach fragt. Heute ist das alles kein Geheimnis mehr. Doch versetzen wir uns kurz in die Vergangenheit zurück: Mit Ihrem Kettenanhänger haben Sie mir gleichsam den *Stellvertreter* des Meisterwortes genannt und sich damit als Mitverbundene zu erkennen gegeben. Aber nun brauche ich den Beweis Ihrer *inneren* Zugehörigkeit.«

»Innere ...?« Sarah war ziemlich durcheinander von dem wirren Gerede über Meisterworte und Stellvertreter und ... »Moment!«, stieß sie plötzlich hervor. »Haben Sie einen Stift und ein Blatt?«

Damit konnte der Großmeister umgehend dienen.

Sarah warf in flinken Strichen die Windharfenbotschaft aufs Papier – einen Baum und darunter einen Winkel mit nach oben deutender Spitze – und zeigte es Perrot.

Als er das kombinierte Symbol betrachtete, erschien ein erstaunter Ausdruck auf seinem Gesicht. Man hätte glauben können, er entdecke soeben Hirams verschollenes Meisterwort.

»Prüfung bestanden?«, fragte Sarah.

Perrot nickte. »Prüfung bestanden. Bitte warten Sie einen Augenblick.« Er befreite sich aus der Fleisch fressenden Pflanze und verließ das Büro.

Wenig später kehrte er mit einem Tablett zurück, auf dem die bestellten Getränke standen, und bat: »Sie müssen sich ein wenig gedulden. Dieses spezielle ... Depot befindet sich bei einem Notar außerhalb des Logenhauses. In den beigefügten Anweisungen stand eine Warnung, jemand könne versuchen, es uns mit Gewalt zu entreißen. Bruder Yannick wird sich beeilen.«

Unterdessen kam der Großmeister seinen Pflichten als Gastgeber nach und schenkte der Besucherin Tee ein. Seine Redseligkeit war im Treibsand der imponderablen Ereignisse versickert. Vergeblich versuchte er, seine Nervosität vor Sarah zu verbergen.

Krystians Warnung hallte durch ihren Sinn: *Traue niemandem!*

Auch Dunkle Farbenlauscher können freundlich lächeln... Was, wenn dieser liebenswürdige Bonvivant ein Komplize Nekrasows war und sie jetzt nur hinhalten wollte, bis dessen Häscher einträfen...? Blödsinn!, schalt sie sich. Wahrscheinlich hatte es Perrot nur die Sprache verschlagen, weil er etwas erlebte, mit dem er im Leben nie gerechnet hätte.

Nach etlichen Minuten gegenseitigen Lauerns, in denen kein rechtes Gespräch hatte in Gang kommen wollen, verfiel der Großmeister in eine zwanglose Plauderei über den ihm anvertrauten philosophisch-philantropisch-progressiven, politisch liberal engagierten Verein mit Namen *Grand Orient de France,* der zu Sarahs Erstaunen für die Londoner Großloge ebenso irregulär war wie Frauenlogen.

Endlich pochte es an der Tür. Perrot klopfte seinerseits in einem verwirrenden Rhythmus auf die Glasplatte des annähernd runden Tisches.

Sarah klammerte sich nervös an den Lippen der Venusfalle fest.

Hierauf betrat der Humorlose den Raum, in der Hand einen versiegelten Aktendeckel, den er seinem Großmeister überreichte, um sogleich wieder zu entschwinden.

Sie atmete auf.

»Bitte entschuldigen Sie die Umstände«, sagte Perrot. »Dergleichen ist zwar kein Einzelfall, aber doch nicht alltäglich. Üblicherweise stehen Logen ihren Brüdern dieserart nicht zu Diensten, sondern führen nur Gleichgesinnte zusammen, die ihre privaten Angelegenheiten dann direkt aushandeln. Als ich zum ersten Mal von den sonderbaren Bedingungen erfuhr, die der Hinterlegende an die Herausgabe dieser Dokumente geknüpft hatte, dachte ich, sie würden auf ewig in unserer Obhut bleiben. Nun, wie auch immer, jetzt ist der Dornröschenschlaf vorüber.« Sichtlich innerlich bewegt, reichte er Sarah die Akte.

Sie betrachtete diese zunächst von allen Seiten. Was würde sich wohl darin befinden? Vielleicht der Name des Kindes von Liszt und seiner Jugendliebe Caroline? Der erkennbar alte, rundum geschlossene Aktendeckel bestand aus schwarzem Karton. Zusammengehalten wurde er von einer roten Schnur. Dort, wo sich die beiden

Fäden kreuzten und miteinander verknotet waren, prangte das rote Siegel. Sarah überlief ein Schauer der Erregung, als sie das bekannte FL-Monogramm in dem erstarrten Wachs entdeckte.

Perrot hatte unterdessen vom Schreibtisch eine Schere besorgt, die er seinem Gast reichte. Neugierig blieb er hinter Sarah stehen und lugte über ihre Schulter. Sie sah ihm seinen Mangel an Diskretion nach, sammelte sich wie ein Gewichtheber vor dem alles entscheidenden Reißen, schnitt entschlossen die Schnur durch und klappte den Umschlag auseinander.

Zunächst löste der Anblick nur Verwunderung aus, dann ein sonderbares Gefühl der Vertrautheit ...

»Ein Musikstück von Hector Berlioz?«, erklang hinter ihr Perrots überraschte Stimme.

Sie schüttelte, die Augen gebannt auf die wild hingeworfenen Noten gerichtet, langsam den Kopf. »Das hat mit Sicherheit nicht Berlioz geschrieben.«

»Aber ... so steht es doch da.« Perrot fuchtelte mit der Hand neben Sarahs Ohr herum. »*Le Chant Sacré* von Hector Berlioz.«

Insofern hatte er Recht. Dem Augenschein nach war »Der Heilige Gesang« tatsächlich aus Berlioz' Feder auf das, inzwischen vergilbte, Notenpapier geflossen. Der Datierung zufolge stammte das einer gewissen Sophie Sax gewidmete Manuskript aus dem Jahr 1844. Aber von diesen lexikalischen Irrlichtern ließ sich Sarah nicht täuschen.

»War Berlioz eigentlich Freimaurer?«

»Nein.«

»Dachte ich mir.«

»Ich fürchte, ich kann Ihnen nicht folgen.«

Liszt hatte sein Kind in die Obhut von Freimaurern gegeben – so jedenfalls lautete die Theorie, die Sarah mit Krystian und Marya entwickelt hatte. Davon sagte sie Perrot aber nichts, sondern strich sanft mit den Fingern über die Noten und erklärte: »Ich kenne diese Handschrift. Im Weimarer Goethe-und-Schiller-Archiv habe ich unzählige solcher Autographe studiert. Liszt bereitete es immer wieder größtes Vergnügen, die Kompositionen seiner Kollegenschaft von Alabieff bis Zichy umzuschreiben. Ob Beethoven oder

Wagner, ob Mozart oder Verdi – kein Name war für ihn unantastbar.«

»Liszt? Sie meinen, das da stammt aus seiner Feder?«

»Davon bin ich überzeugt. Seltsam...« Sarah entnahm das oberste Blatt dem Aktendeckel, um die Partitur eingehender zu betrachten.

»Ja, allerdings«, bestätigte Perrot in Verkennung ihrer Gedanken.

Sie deutete auf die Angabe zur Instrumentierung vor dem ersten Liniensystem. »Nein, ich meine das da. Das Stück ist für Saxophon komponiert. Liszt hat für Klavier geschrieben, Chorwerke, für Orgel, Harmonium, Kammerorchester und ganz große Besetzungen, aber nie ausschließlich für Saxophon.«

»Adolphe Sax war aber eng mit *Berlioz* befreundet und es ist schließlich dessen Name, der obendrüber steht.«

Sarahs Kopf fuhr herum. »Adolphe?«

Perrot nickte. »Der Erfinder des Saxophons. Belgier. Begnadeter Blasinstrumentenbauer und späterer Direktor des Bühnenorchesters der Pariser Oper. Eigentlich hieß er Antoine Joseph Sax, aber ganz Paris hat ihn nur Adolphe genannt. Er gehörte der Loge *Les Vrais Amis de l'Union* an.«

Sarahs Blick sprang wie magnetisiert zu der Widmung am Kopf des Blattes.

Dédiées à Madame Sophie Sax

»Sax war also Freimaurer...«, murmelte sie.

»Aber gewiss. Wir sind besonders stolz darauf, diesen Bruder in unserer geistigen Ahnengalerie zu haben.«

Sarah hörte dem Großmeister gar nicht mehr richtig zu. In ihrem Gehirn wuchsen Gedankenverbindungen: Mit zweitem Vornamen hatte Sax Joseph geheißen und der erste ihrer Mutter war Joséphine. Der Rufname von Sarahs Großvater lautete Adolphe und der ihres Urgroßvaters Antoine – in allem spiegelte sich *eine* Person: Antoine Joseph Sax, genannt Adolphe.

»War Madame Sophie Sax seine Ehefrau oder... *Tochter*?« Sarah hielt den Atem an. *Nur so führt dich des Meisters Instrument von AS zu N + BALZAC und bis zum End.* In diesem Moment erstrahlte die Weimarer Klangbotschaft für sie in einem ganz neuen Licht. Standen die Initialen »A. S.« etwa für Adolphe Sax? Hatte die Spur der Windrose bei dem ihm anvertrauten Kind ihren eigentlichen Anfang genommen?

Perrot rieb sich das Kinn. »So aus dem Stegreif fällt mir dazu keine Antwort ein.«

Sarah atmete enttäuscht aus. »Bedeutet das, Sie könnten es herausfinden?«

»Ich will nichts versprechen. In den Mitgliederverzeichnissen sind allerdings früher häufig Daten über den Familienstand der Brüder festgehalten worden. Außerdem bewahrt eine Loge Protokolle, Briefe, Verträge, Kassenbücher und viele andere Dokumente auf. Obwohl für uns betrüblich, ist es in Ihrem Fall doch vorteilhaft, dass Bruder Adolphes einstige Bauhütte nicht mehr existiert. Im Regelfall werden bei der Auflösung einer solchen nämlich die schriftlichen Unterlagen von der Großloge übernommen. Wir brauchen also nur im Archiv nachzusehen.«

»Sie würden mich tatsächlich an Ihre Aufzeichnungen heranlassen?«

Perrot lachte leise in seinen Wams hinein. »Kithára, Sie machen sich vermutlich ein völlig falsches Bild von den Freimaurern. Wir werden immer als ›Geheimgesellschaft‹ dargestellt, aber der Großteil unseres Wirkens ist alles andere als esoterisch. Lediglich die ›Arbeit‹ – Sie würden vielleicht sagen, die rituellen Handlungen während unserer geschlossenen Zusammenkünfte – ist für Außenstehende tabu. Das trifft natürlich auch auf die darüber geführten Protokolle zu. Was aber außerhalb des Arkanums geschieht, ist der wissenschaftlichen Forschung oder der interessierten Öffentlichkeit weitgehend zugänglich. Unsere Bibliothek wird von über dreitausend Besuchern im Jahr genutzt. Kommen Sie, ich stelle Sie Bruder Philippe Ariot vor, unserem Archivar.«

Das Haus der Großloge *Grand Orient de France* war nach einer alten Faustregel aufgeteilt, die man auch aus der Archäologie und

Geologie kennt – je älter die Zeugnisse, desto tiefer ihre Lagerstätte –: Ganz unten, im Keller, befand sich das Archiv. Sein Hüter war ein hagerer Mann fortgeschrittenen Alters mit dickglasiger Brille und grauer Strickjacke, der in Sarahs Phantasie das Bild eines in der Dunkelheit gedeihenden Pilzes heraufbeschwor. Er stand leicht vornübergebeugt, hatte eine Glatze, war blass und verströmte ein würziges Aroma von Pfeifentabak, Knoblauch und anderen, weniger leicht zu identifizierenden Ingredienzen. Über den Damenbesuch in seiner unterirdischen Männerdomäne war er durchaus angetan.

»Sie können Madame Vitez alles zeigen, was Sie auch einem ehrwürdigen Literaturprofessor der Académie française vorlegen würden«, instruierte Perrot seinen Bruder.

Der grinste von einem Ohrläppchen zum anderen. »Sie ist viel zu hübsch für einen Bücherwurm. Dass ein alter Maulwurf wie ich so was noch erleben darf!« Ariot schüttelte selig den Kopf.

Perrot räusperte sich und raunte in Sarahs Richtung: »Bruder Philippe arbeitet schon ziemlich lange hier unten.«

Sie musste schmunzeln. »Verzeihen Sie meine Offenheit, aber er gefällt mir besser als Ihr verknöcherter Bruder Yannick.«

Ariot klatschte in die Hände. »Ha! Das habe ich gehört. Und es gefällt mir. Ich bin ganz Ihrer Meinung, liebreizende Maid.«

Perrot stöhnte leise.

Sarah legte ihm die Hand auf den Unterarm. »Monsieur Ariot und ich kommen schon miteinander klar. Danke vorerst, Henri.«

Der Archivar hob ostentativ die Augenbrauen, als frage er sich, wie die Besucherin sich erkühnen durfte, den Großmeister mit Vornamen anzusprechen. Plötzlich klingelte das Telefon auf dem Schreibtisch.

Sichtlich indigniert über die Störung hob Ariot ab und brummte: »Ja?« Er lauschte einen Moment, dann legte er die Hand auf die Sprechmuschel, streckte Perrot den Hörer hin und flüsterte: »Es ist Bruder Yannick. Er klingt ziemlich aufgeregt.«

Nun sprach der Großmeister mit dem »Verknöcherten«. Im Verlauf des Telefonats schien sein Gesicht grau und hart zu werden, als verwandele es sich in Stein. Schließlich legte er auf.

»Alles in Ordnung?«, fragte Sarah.

»Ich weiß nicht. Seltsamer Zufall«, murmelte Perrot. »Eben hat mein Assistent den Anruf eines Bruders entgegengenommen, der früher oft unser Logenhaus besuchte. Er hat dasselbe Interessengebiet wie Sie.«

Sarahs Mund wurde schlagartig trocken. »Sie meinen ... Franz Liszt?«

Perrot nickte. »Ja. Bruder Sergej widmete einen beträchtlichen Teil seiner Logenarbeit diesem Komponisten. Er hat bei unseren Zusammenkünften in der Vergangenheit etliche Vorträge über Liszt gehalten ...«

»Sie sprechen doch nicht etwa von *Sergej Nekrasow*, dem Chef von Musilizer und Mitglied mehrerer Geheimgesellschaften?«, unterbrach Sarah den Großmeister entsetzt.

»Er gehört seit Jahrzehnten einer örtlichen Loge an. Von anderen Sozietäten oder Bruderschaften weiß ich nichts«, erwiderte Perrot sichtlich irritiert.

»Aber ich. Offenbar lässt er keine Gelegenheit aus, seinen Einfluss in alle möglichen Richtungen auszudehnen. Was wollte er?«

Henri Perrot zögerte, antwortete dann aber doch: »Bruder Sergej möchte wissen, ob im Archiv inzwischen Neues über Liszt ausgegraben worden sei.«

»Das ist nicht Ihr Ernst!«

»Früher soll er wöchentlich angerufen haben.«

»Wöchentlich?«, warf Ariot ein und verdrehte die Augen. »Fast *täglich!* Ich kann mich noch gut daran erinnern. Er ist eine alte Nervensäge.«

»Was mich allerdings beunruhigt«, fügte Perrot nachdenklich hinzu, »ist das, was er meinem Sekretär eben weismachen wollte: Zufällig sei ihm zu Ohren gekommen, Bruder Yannick habe heute bei Notar Valois ein Depot aufgelöst und dass es sich dabei um Dokumente der Bauhütte von Adolphe Sax handele. Nun sei dessen Förderer ja Hector Berlioz gewesen, den wiederum eine enge Freundschaft mit Franz Liszt verband. Da habe seine alte Forscherseele ihm keine Ruhe mehr gelassen, und jetzt seien zwei Freunde auf dem Weg ins Logenhaus, um die Schriftstücke für ihn zu sichten.«

Sarah spürte, wie ihr das Blut aus dem Gesicht sackte. »Zufällig?«

Die Miene des Großmeisters verriet, wie sehr auch ihn diese Entwicklung beunruhigte. »Ich kann Ihre Skepsis nachfühlen. Das alles hört sich an, als habe Sergej Nekrasow einen Spitzel im Büro des Notars.«

»Ich würde eher sagen, das ist offensichtlich. Ihnen ist doch klar, dass wir es genau mit dem Fall zu tun haben, vor dem Franz Liszt gewarnt hat. Sie müssen Nekrasows Spießgesellen unbedingt abwimmeln.«

»Ich fürchte, das kann ich mir nicht leisten, Kithára. Bruder Sergej ist sehr einflussreich, um nicht zu sagen, mächtig. Überdies spendet er regelmäßig große Beträge für unsere sozialen Projekte. So einen Mann weist man nicht einfach zurück. Es würde auch sein Misstrauen wecken. Außerdem verstehe ich die ganze Aufregung nicht. Sie haben doch die Akte. Gehen Sie einfach und kommen ein andermal wieder.«

»Und was ist, wenn Nekrasows ›zwei Freunde‹ genau die Dokumente aus Ihrem Archiv entwenden, nach denen ich suche?«

»Wir sind keine Leihbibliothek. Selbst Bruder Sergej darf unsere Archivalien nicht so einfach mitnehmen. Es ist streng verboten.«

Sarah lachte bitter. »Es ist noch viel strenger verboten, Menschen umzubringen. Trotzdem hat Ihr geschätzter ›Bruder‹ genau das getan. In meinem Fall ist es ihm bisher allerdings missglückt. Wann werden seine Männer eintreffen?«

Die Selbstsicherheit des Großmeisters war einer fahrigen Nervosität gewichen. »Ich weiß nicht. Möglicherweise in einer halben Stunde. Vielleicht sind sie auch schneller hier.« Er zuckte zusammen, als Sarah ihre Hand auf seinen Arm legte.

Mit all ihrer Überzeugungskraft sagte sie: »Henri, Sie müssen mir helfen. Nekrasow mag Freimaurer sein, aber in Ihrer weltweiten Brudergemeinschaft ist er ein gefährlicher Parasit. Krystian Jurek kann Ihnen Beweise liefern, dass Nekrasow ein vielfacher

Mörder ist. Er würde auch nicht davor zurückschrecken, Ihnen etwas anzutun.«

Perrot schluckte. »Und was soll ich jetzt Ihrer Meinung nach tun?«

»Halten Sie Nekrasows Männer hin, so lange es geht. Und erzählen Sie ihnen auf keinen Fall etwas von mir und den Noten, die Sie mir ausgehändigt haben. Kann ich mich notfalls hier irgendwo verstecken?«

»Das lassen Sie nur meine Sorge sein«, antwortete Ariot anstelle seines sichtlich konsternierten Großmeisters.

Perrot erlangte seine Fassung zurück und nickte. »Ich wünsche Ihnen viel Glück, Kithára.« Dann drehte er sich um und entschwand aus der Unterwelt.

Ariot räumte hastig einen mit Büchern und Papierstapeln überschwemmten grauen Tisch frei und fragte: »Wie kann ich Ihnen dienlich sein, Madame?«

Sarah wiederholte in knappen Worten ihr Anliegen. Unterdessen schob der Archivar einen quietschenden Rollenstuhl in Position und bedeutete ihr, darauf Platz zu nehmen. Sie schloss mit dem Hinweis: »In diesem Zusammenhang interessiere ich mich auch für Adolphe Sax.«

»Die Unterlagen seiner Bauhütte dürften ziemlich umfangreich sein. An welchen Zeitraum haben Sie gedacht?«

Sarah musste an die Affäre des Klavierlehrers mit der jungfräulichen Gräfin Caroline de Saint-Cricq denken und antwortete: »1828 und '29 müsste genügen.«

»Das bezweifle ich.«

Ihre Augenbrauen rutschten zusammen. »Wieso?«

»Weil unser großer Musikus zu dieser Zeit erst vierzehn, fünfzehn Jahre alt war und noch bei seinen Eltern im belgischen Dinant gewohnt haben dürfte. Er zog erst 1842 nach Paris und wird seitdem im Mitgliederverzeichnis seiner hiesigen Loge geführt.«

»Sie erstaunen mich, Monsieur Ariot.«

Er winkte ab. »Ach was! Wer so lange unter Tage arbeitet wie ich, der fördert manchen Schatz ans Licht. Bruder Adolphe ist gewiss ein leuchtend funkelnder Juwel in diesem Bergwerk. Deshalb bin ich leidlich mit ihm und den Unterlagen seiner Loge vertraut.«

Sarah spitzte die Lippen. Von Krystian wusste sie, dass Franz Liszt 1840 in die Bruderschaft der Lichten Farbenlauscher und im Jahr darauf in die Frankfurter Freimaurerloge *Zur Einigkeit* aufgenommen worden war. Das bedeutete, wenn Sophie seine Tochter war und Adolphe Sax sie adoptiert hatte, musste jemand anders sie großgezogen haben. Und der war vermutlich kein Freimaurer gewesen.

Die Vorstellung eines Killerduos, das sich im Anmarsch auf das Logenhaus befand, machte ihr das Nachdenken nicht eben leichter. Am liebsten wäre sie aufgesprungen und davongelaufen. Um sich zu sammeln, legte sie ihre Hand auf die schwarze Mappe, in der sich das Manuskript von *Le Chant Sacré* befand, und versuchte sich in Liszts Empfindungswelt zu versetzen. Für einen Vater wie ihn gab es wohl wenig »Heiligeres« als die unschuldig fröhlichen Stimmen der eigenen Kinder, in denen er fortzuleben wünschte. In welchem Jahrgang sollte sie suchen? Ihr blieben nur wenige Minuten.

Sie atmete tief durch und sagte: »1844.«

Ariot sah sie mit gerunzelter Stirn an, lächelte dann und verbeugte sich. »Ihr untertänigster Diener.« Alsdann entschwand er zwischen den Regalen.

Kurz darauf kehrte er mit zwei Kartons zurück, setzte sie geräuschvoll vor Sarah auf dem Tisch ab und sagte: »Wohl bekomm's.«

»Könnten Sie mir bitte helfen, Philippe?«, bettelte sie mit einem Augenaufschlag, der die Frauengegner in den Logen in ihrer Ablehnung des weiblichen Geschlechts zweifellos bestärkt hätte. Der alte Maulwurf grinste nur, und nachdem sie ihm erklärt hatte, wonach sie suchte, machten sich die beiden gemeinsam an die Sichtung des Materials.

Schon nach wenigen Minuten war Sarahs Zuversicht in Verwirrung umgeschlagen, weil sie, abgesehen vom Mitgliederverzeichnis, keinen einzigen brauchbaren Hinweis auf Adolphe Sax fand. Unaufhaltsam verrann die Zeit. Ariot erbot sich, einen anderen Jahrgang herauszusuchen, aber Sarahs Gefühl plädierte dagegen.

Plötzlich entsann sie sich einer Eigenart, die Liszt in seiner persönlichen Korrespondenz gepflegt hatte: Er kürzte Namen ab, benutzte lediglich Anfangsbuchstaben.

Abermals durchforsteten die zwei den Inhalt der Kartons, ließen vergilbte Blätter zwischen ihren Fingern rascheln, lasen in rasendem Tempo quer – und mit einem Mal tauchten die Protagonisten des Dramas aus der Anonymität empor.

Tatsächlich wurden alle Schlüsselpersonen in den Schriftstücken nur durch ihre Initialen repräsentiert: »F.L.« für Franz Liszt etwa oder »A.S.« für Alphonse Sax und »S.S.« sowohl für Sophie Saint-Cricq als auch für Sophie Sax. Nur in wenigen Fällen waren vollständige Namen zu finden, deren Bedeutung sich den Lesern ohne Blick auf das große Ganze aber nicht erschloss.

Nach gut zwanzig Minuten hatten Sarah und der Archivar auf dem Tisch eine Reihe von Fotokopien aufgereiht, gleichsam Scherben, die sie hastig aus den Trümmern der untergegangenen Loge herausgeklaubt hatten, um daraus das kostbare Gefäß zusammenzusetzen, von dem Sarah fast ein Leben lang geträumt hatte. Endlich wusste sie, wer sie wirklich war: Die Urururenkelin von Sophie Sax, der unehelich geborenen Tochter von Franz Liszt und Caroline Saint-Cricq.

Offenbar war die Loge für die prominenten Freimaurer Liszt und Sax als Vermittlerin tätig geworden: Sie hatte ein vierzehnjähriges Mädchen namens Sophie Saint-Cricq unter ihre Obhut genommen und nur Stunden später als Sophie Sax ihrem neuen Adoptivvater an die Hand gegeben. Um das Mädchen für die Dunklen Farbenlauscher verschwinden zu lassen, hatten viele Zahnrädchen ineinander greifen müssen. Sarah und Ariot rekonstruierten folgenden Ablauf der Geschehnisse:

Zum Gelingen des Plans hatte maßgeblich ein hoher Beamter – ebenfalls Freimaurer – beigetragen. Er überschrieb Sophie dem Böttcher Émile Mallard und seiner Gemahlin Constance. Diese Familie bestieg kurz darauf ein Schiff, um im frankokanadischen Québec ein neues Leben zu beginnen. Daraus wurde aber nichts. Der Dampfer versank im Atlantik. Samt Sophie.

In Wirklichkeit war Liszts Tochter nie den Mallards übergeben, sondern die falschen Adoptionspapiere zurückdatiert worden: Émile und Constance ertranken kinderlos.

In einem Brief an den damaligen Meister vom Stuhl, dem Vorsitzenden der Loge, hatte Liszt zum Ausdruck gebracht, was er für Antoine Joseph Sax empfand:

> ... *Die vielen lieben Brüder waren mir wahre Freunde. Nie werde ich die Schuld abtragen können, die ich im Besonderen gegenüber A. S. empfinde, diesem mir ach so teuren Gefährten. Ihm und Ihnen allen danke ich, dass dem Kinde, dessen Wohl mir mehr als alles andere am Herzen liegt, nun jene Fürsorge zuteil werden kann, die ich ihm nie zu geben vermochte.*

FL

Erstaunlich, dachte Sarah, alle Welt wusste von der Freundschaft zwischen Hector Berlioz und Liszt. Auch die Verbundenheit von Sax mit dem französischen Komponisten und Musikkritiker war weithin bekannt. Aber niemand vor ihr hatte offenbar daran gedacht, das Dreieck zu schließen: Über Berlioz musste Liszt den zukünftigen Vater seines Kindes kennengelernt haben.

Nein, das stimmte nicht ganz. Jetzt waren auch die Dunklen auf den Triangel Liszt-Sax-Berlioz aufmerksam geworden. Vielleicht hatte Sergej Nekrasow schon lange in das Beziehungsgeflecht der drei Musiker eindringen wollen und deshalb bei den alteingesessenen Notaren der Stadt seine Spitzel eingeschleust. Hinter das Geheimnis um Liszts Tochter war er aber bislang wohl nicht gekommen. In keinem der Dokumente stand klar und deutlich, wo Sophie ihre frühe Kindheit verbracht hatte ...

Sarahs Gedanken gerieten jäh ins Stocken, als sie unvermittelt dumpfe Stimmen vernahm. Es hörte sich an, als tobe am Ende der Kellertreppe ein heftiges Wortgefecht. Fragend blickte sie in Ariots Gesicht. Im nächsten Moment klingelte das Telefon.

Der Archivar hob ab, lauschte, brummte etwas, legte wieder auf und sagte mit ernster Miene: »Sie sind da.«

»Nekrasows Schergen?«

Er nickte.

»O mein Gott!«, hauchte Sarah. Sie hatte zuletzt ganz die Zeit aus den Augen verloren. Erinnerungsbilder aus dem Val d'Enfer flackerten schlaglichtartig durch ihren Geist: die Höhle, die Explosionen, die Schreie, die Erste Hüterin der Windharfe im Todeskampf...

»Madame!« Ariot schüttelte Sarah am Ärmel.

Sie blinzelte den Archivar benommen an.

»Kommen Sie, schnell!«, stieß Ariot hervor.

Rasch raffte sie die auf dem Tisch geordneten Fotokopien zu einem Stapel zusammen, stopfte diesen in ihre Notebooktasche und ließ sich von Ariot ins Halbdunkel zwischen den Regalen zerren.

Keine Sekunde zu früh, denn während er sie noch durch sein »Bergwerk« führte, wurde die Tür zum Archiv geöffnet.

»Ich werde mich bei Bruder Sergej über Sie beschweren. Dies ist ein Überfall und kein ordnungsgemäß angemeldeter Besuch«, drang die Stimme von Henri Perrot durch den Raum. In Sarahs Ohren klang es wie eine an *sie* gerichtete Warnung.

Jemand lachte. »Wenn Sie es so sehen wollen. Wir möchten nur einen Blick in die Dokumente werfen, die Ihr Sekretär vorhin vom Notar abgeholt hat.«

»Sind Sie Freimaurer?«

»Na klar doch.« Wieder hallte das Lachen durchs Archiv.

»Und das Erkennungszeichen? Wieso zeigen Sie es mir nicht?«

Einen Moment lang herrschte Stille. Ariot zog Sarah zu sich heran und flüsterte in ihr Ohr: »Folgen Sie diesem Gang. Am Ende stoßen Sie auf eine Tür. Hinter dem roten Buch liegt ein Schlüssel. Über eine Treppe gelangen Sie ins Freie. Und jetzt schnell, laufen Sie!«

»Danke«, erwiderte Sarah, drückte noch einmal die Hand des alten Mannes und lief in die bezeigte Richtung.

»Dachte ich mir, dass Sie keine Brüder sind«, hörte sie leise Perrots Stimme. »Möglicherweise ist Ihnen das Wort ›Arkanum‹ ein Begriff. Nichts, was in diesem geschützten Bereich unseres Logenlebens besprochen oder getan wird, ist für die Öffentlichkeit bestimmt. Da wir selbst noch nicht wissen, ob in den fraglichen Dokumenten solche Geheimnisse enthalten sind, kann ich sie Ihnen leider nicht zeigen.«

»Das sind doch nur Ausflüchte. Wo ist eigentlich Ihr Archivar? Monsieur Nekrasow sagte uns …«

Als Sarah endlich die von Ariot beschriebene Tür erreichte, waren die Stimmen aus dem vorderen Bereich des Gewölbes nicht mehr zu verstehen. Fahrig suchte sie nach dem roten Buch. Im Zwielicht sahen sämtliche Einbände grau aus. Sie zerrte einige Folianten aus dem Regal, aber hinter keinem befand sich ein Schlüssel. Plötzlich rutschte ihr ein Buch aus der Hand und fiel klatschend zu Boden. Sie erstarrte.

»Wer war das?«, fragte Nekrasows Spürhund laut.

»Na, wer wohl? Ich natürlich. Der Archivar.« Ariots Stimme hallte irgendwo zwischen den Regalen. Der alte Maulwurf hatte für seinen Auftritt den passenden Zeitpunkt abgepasst.

»Warten Sie, ich komme zu Ihnen«, rief der Farbenlauscher.

»Nicht der Mühe wert«, antwortete Ariot.

»Sie bleiben, wo Sie sind!«, befahl jetzt der Fremde.

Sarah geriet in Panik. In ihrer Verzweiflung rüttelte sie an der Klinke, um den Hinterausgang ohne Schlüssel zu öffnen und – siehe da! – die Tür war unverschlossen. Mit einem metallischen Kreischen, das sich als orangerote, ausgefranste Linie in Sarahs Sinn malte, schwang sie auf.

Aus dem Archiv scholl ein Gewirr aufgeregter Stimmen. Sarah stürzte durch die Tür, betätigte einen altersschwachen Lichtschalter und lief eine schmutzige, steile Steintreppe hinauf. Sie hörte Schritte, die rasch näher kamen. Die Stiege endete vor einer verschlossenen Tür.

Sarahs Blick sprang verzweifelt im Zwielicht umher.

»Warten Sie!«, rief unter ihr der Farbenlauscher. Er kam die Treppe herauf, zögernd, so als fürchte er eine Schießerei.

Obwohl Sarah vor Angst die Knie weich wurden, suchte sie weiter. Und mit einem Mal entdeckte sie im Dunkel über der Tür einen Haken, an dem ein großer Schlüssel hing.

*Franz Liszt war ein geborener Revolutionär, und wäre es vereinbar
mit dem Respekt vor seiner großartigen Persönlichkeit, so möchte man
sagen, er war ein geborener Libertin, ein geborener Bohemien.
Seine seltsame Laufbahn und geistige Entwicklung haben es mit sich
gebracht, dass unter allen romantischen Musikern er der
unabhängigste und ungebundenste gewesen ist.*
Alfred Einstein

33. Kapitel

Paris, 29. März 2005, 15.48 Uhr

Sarah zitterte immer noch. Du bist vorerst außer Gefahr, sagte ihr Verstand, aber die Gefühle spielten nach wie vor verrückt. Mit knapper Not war sie in den Garten des Logenhauses entkommen und hatte die Hintertür gerade noch absperren können, bevor ihr Verfolger sie erreichte. Hoffentlich war Perrot, Ariot und den anderen Freimaurern nichts geschehen. Und hoffentlich bewahrten sie ihr Schweigen. Sollte Nekrasow je erfahren, dass Sarah d'Albis noch lebte, dann würde er gnadenlos Jagd auf sie machen.

Auf der weiteren Flucht hatte sie sich für einige Stunden in einem Kaffeehaus verkrochen, bevor sie sich wieder auf die Straße traute. Unter freiem Himmel war die Angst vor Nekrasows Häschern sofort wiedergekommen. Deshalb hatte sie sich in der Rue Geoffroy Marie, nur wenige Gehminuten vom Sitz des *Grand Orient de France* entfernt, ein bescheidenes Hotel gesucht und lag nun in einem noch bescheideneren Zimmer – mangels geeigneter Alternativen – auf dem Bett, vor sich das aufgeklappte Notebook und die aus dem Freimaurerarchiv geretteten Dokumente.

Das Studium der fotokopierten Schriftstücke lenkte sie ab und das furchtvolle Zittern wich allmählich einem freudigen Erbeben. Sie glaubte zu spüren, wie nah sie der Wahrheit über Sophie Sax war.

Wo hatte Liszts Tochter ihre frühe Kindheit verbracht? Offenbar war die eigentliche Übergabe des Mädchens in einer Nacht-und-Nebel-Aktion erfolgt. Sax bat den Stuhlmeister seiner Loge in einem Brief, »das Tagebuch der kleinen S. aus der Rue Saint-Guillaume Nummer 29 abholen zu lassen«. Beim Lesen des Straßennamens wurde Sarah hellhörig. Sie startete in ihrer »wandernden Bibliothek« einen Suchlauf und voilà: An dieser Pariser Adresse hatte keine andere gewohnt als Anna Liszt, die Mutter des Komponisten.

Sarah fiel es wie Schuppen von den Augen. Sophies sechs Jahre jüngere Halbschwester Blandine wie auch Cosima Francesca und Daniel Heinrich – alles Kinder von Marie d'Agoult, Liszts erster Lebensgefährtin – hatten ebenfalls zeitweilig bei ihrer Großmutter gelebt. Ein merkwürdiges Gefühl der Schwerelosigkeit ergriff von Sarah Besitz. Ihr war, als habe sie bis zu diesem Moment ein Dasein als Raupe geführt, die sich während der letzten zehn Jahre verpuppt hatte und nun endlich dem Kokon als wunderschöner Schmetterling entstieg. Doch am Rande ihres mentalen Blickfeldes nahm sie einen Schatten wahr, die dunkle Ungewissheit dessen, was sie als Nächstes erwarten würde.

Bis vor Kurzem hätte sie sich an dieser Stelle vermutlich wieder ihrer Karriere zugewandt, aber die Seifenblase ihres früheren Lebens war spätestens in den Höhlen des Val d'Enfer zerplatzt. Und der Vorfall im Haus der Großloge zeigte ebenfalls klar: Die unbeschwerte Zeit der Sarah d'Albis war vorüber. Sollte sie es wagen, einfach von den Toten aufzuerstehen, würden die Dunklen den Makel ihrer bisherigen Niederlagen mit Blut abwaschen.

Einmal mehr legte sich Sarahs Hand auf den schwarzen Aktendeckel, den sie von Henri Perrot erhalten hatte. Sie hegte keinerlei Zweifel, dass »Der heilige Gesang« wieder eine von Liszts Klangbotschaften enthielt. Um das nächste Rätsel auf der Spur der Windrose zu lösen, musste sie die Noten von einem guten Saxophonisten spielen lassen – ihr fiel auch gleich der Name eines Kollegen ein.

Sie klappte den Deckel auf und ihr Blick wanderte über *Le Chant Sacré*. Das Stück kam ihr irgendwie bekannt vor. Sie hätte aber schwören können, nie eine Saxophonkomposition von Hector Berlioz studiert zu haben. Woher also dieses Gefühl der Vertrautheit?

Während sie die Noten nun intensiver las, erwachte die Musik in ihrem Kopf zum Leben. Ihren Hörgewohnheiten entsprechend klang das mentale Solo mehr nach einem Klavier als einem Saxophon. Zugleich erschienen vor ihrem inneren Auge die vertrauten Farben und Formen. Und dadurch machte Sarah eine überraschende Entdeckung.

Einzelne Passagen des Stücks glichen fast auf die Note genau der *Grande fantaisie symphonique sur »Devoirs de la vie« de Louis Henri Christian Hoelty,* der lisztschen Fantasie, die am 13. Januar in Weimar uraufgeführt worden war. Bei dem vorliegenden Stück handelte es sich um Auszüge, offenbar frühe Vorläufer jener wesentlich umfangreicheren Komposition, die man in der Herzogin-Anna-Amalia-Bibliothek gefunden hatte. Doch unterschwellig verspürte Sarah die Sorge, etwas Wichtiges übersehen zu haben.

Bisher hatte Liszt in der Weitergabe seiner Klangbotschaften eine besondere Vorliebe für extravagante Musikinstrumente bewiesen. Den Weg zur *Revolution,* des Porträtkopfs seiner Tochter Sophie im Garten des Jenaer Hase-Hauses, hatte eine *flûte d'amour* gewiesen, eine »Flöte der Liebe«. Wie sinnfällig! Aus einem Impuls heraus drehte Sarah das letzte Notenblatt um. Ihr Herz schlug ein Tremolo. Da stand es! Von Liszts eigener Hand geschrieben.

Zur vollen Entfaltung seiner inneren Werte spiele man dieses Stück auf dem Revolutions-Saxophon (Alto) in der Kirche der Windrose.

Revolution! Das Wort zog sich wie ein roter Faden durch Sarahs Suche nach der Purpurpartitur, fast so, als habe Liszt in Wirklichkeit mit der Spur der Windrose seine innere Auflehnung gegen die in den erstarrten Strukturen des Ancien Régime eingegossene Unfreiheit, Ungleichheit und Unbrüderlichkeit zum Ausdruck bringen wollen. Sie war überzeugt, dass sein Hinweis auf das »Revolutions-Saxophon« auf das Jahr 1848 zielte.

Alles passte. Dank einflussreicher Förderer wie Hector Berlioz dürfte Adolphe Sax mittlerweile in Paris Fuß gefasst haben. Im selben Jahr, als Berlioz' Original von *Le Chant Sacré* entsteht, also

1844, wird die »Stimme von Sax« – das Saxophon – der Öffentlichkeit zum ersten Mal präsentiert. Noch einmal zwei Jahre später meldet Adolphe sein »Basssaxophon in C« zum Patent an.

An dieser Stelle erschöpften sich die Quellen von Sarahs »wandernder Bibliothek«. Sie musste ihr Versteck verlassen, wenn auch nur als virtuelles Wesen im Cyberspace. Den Zugang zum Internet erledigte eine Funkverbindung ins Nachbarhaus. Auch dieser Tipp stammte von Krystian: Die meisten Leute sind zu unfähig oder zu faul, ihr drahtloses Netzwerk gegen Schmarotzer abzuschotten; in Ballungsräumen findest du an fast jeder Straßenecke ein WLAN, über das du dich ins Web einklinken kannst. Er hatte Recht. Für Schwarzsurfer war Paris ein Paradies.

Sarah suchte nach Instrumenten, die im Jahr der sogenannten »Februarrevolution« gebaut worden waren, die am 24. Februar 1848 ausbrach. Zu ihrer Überraschung stieß sie binnen Sekunden auf eine heiße Spur, genauer gesagt auf die einzige, die sich ihr in dem fraglichen Jahrgang anbot.

Auf einer Website, die sich auf Aerophone spezialisiert hatte, wurde ein 1848 von Sax gebautes Instrument beschrieben. Es handelte sich um ein Altsaxophon in Es, also genau in der passenden Tonlage. Sarahs Puls beschleunigte sich vor freudiger Erregung. Von dem Meisterstück gab es sogar ein sepiagefärbtes Schwarzweißfoto. Atemlos las sie den Begleittext.

Das Instrument habe ehemals einem Nachkommen des berühmten Bankiers Mayer Amschel Rothschild gehört, stand da, und sei im Zweiten Weltkrieg verschollen. Im von Deutschland besetzten Frankreich habe sich ein Deutscher namens Boetticher, ein ausgewiesener Schubert-Experte, als Mitarbeiter des Sonderstabs Musik maßgeblich an der Plünderung jüdischer Instrumentensammlungen beteiligt. Dabei fiel ihm auch das besagte Saxophon in die Hände. Hier riss der Faden ab.

Etwa eine Stunde lang durchforstete Sarah alle einschlägigen Onlinedatenbanken, um vielleicht doch noch ein anderes »Revolutions-Saxophon« ausfindig zu machen, doch vergeblich. Ihr fiel nur noch ein Ausweg ein, einer, der ihr nur als allerletzte Möglichkeit angeboten worden war. Sie stöpselte ihre Kopfhörer und das

Mikrofon an den Computer an und rief ein Telefonieprogramm auf, das Krystian ihr aufs Notebook gespielt hatte.

Was nun passierte, sei, so der neue Erste Hüter der Windharfe, der Albtraum aller Gesetzeshüter und Segen der Heimlichtuer. Sie hatte es nur zur Hälfte verstanden. Ihr Notebook baute wohl eine Verbindung zu einem Server auf, der ihre ankommende Internetidentifikation ummodelte und mit der neuen, der »anonymisierten IP-Adresse«, anschließend einen weiteren Computer im Web anwählte, der den Vorgang wiederholte. Irgendwann wählte einer dieser Rechner Krystians PC an und auf der so zustande gekommenen Verbindung wurde Sprache transportiert, und zwar so stark verschlüsselt, dass selbst den aktuellen Supercomputern der NSA bei der Dechiffrierung einige Millionen Jahre lang die Chips durchbrennen würden.

Sarah erreichte Krystian in Maryas Landhaus, wo er sich immer noch versteckt hielt. Als er sich meldete, klang seine besorgte Stimme so klar aus den Kopfhörern, als stehe er direkt neben ihr. Dabei benutzten sie – auch das eine seiner Geheimhaltungsmaßnahmen – »Wegwerfnamen«, die Sarah gleich darauf aus der von ihm erhaltenen Liste ausstrich.

»Hallo, Leierkastenmann, hier ist deine Muse. Wie geht es dir?«

»Ich vermisse dich.«

»Und ich erst dich! Wie geht es deiner Schwester und Capitaine Nemo?«

»Gut. Der kleine Racker jagt gerade Mäuse im Garten. – Bitte verstehe mich nicht falsch, Muse, aber was ist passiert, dass du dich so schnell melden musst?«

Sie erklärte es ihm und schloss mit der Frage: »Kannst du mir mit dem Saxophon weiterhelfen? Du hast doch mal gesagt, die … Vereinigung der Leierkastenmänner habe ein Auge auf bestimmte Orte und Gegenstände wie eine gewisse Orgel mit dem Engel im Prospekt, der einem Oberleierkastenmann so ähnlich sieht.«

Kurzzeitig herrschte Stille in der Verbindung. Dann dröhnte Krystians Lachen aus dem Kopfhörer.

»Habe ich was Falsches gesagt?«, erkundigte sich Sarah verschnupft.

»Nein, nein, schon gut. Du trägst ein bisschen dick auf, aber ich habe dich verstanden. Ruf mich in einer Stunde noch mal an. Bis dahin wird der Leierkastenmann ordentlich seine Kurbel drehen.«

Sechzig Minuten später baute Sarah eine neue Verbindung auf.

»Hier ist wieder Polyhymnia. Hast du etwas herausgefunden, Apollon?« Sie strich zwei weitere Wegwerfnamen aus ihrer Liste.

»Ja«, antwortete Krystian. »Gevatter Zeus hatte uns seinerzeit tatsächlich beauftragt, über das von dir genannte Instrument zu wachen. Trotzdem hatten wir es aus den Augen verloren, als die Nazis es ihrem Besitzer stahlen ...«

»O nein! Dann ist es für immer verloren?«

»Du hast mich nicht ausreden lassen ... Polyhymnia. Wir haben das Alto wiedergefunden. Hast du was zum Schreiben?«

»Ja, Apollon.«

»Du musst es auswendig lernen, den Zettel verbrennen und die Asche ...«

»Jaaa!«, stöhnte Sarah. Sie war eine gelehrige Spionin.

»Also«, sagte Krystian, »jetziger Besitzer ist ein Mann namens François Galpin ...«

Kurz nach achtzehn Uhr änderte Sarah mit einem Computerprogramm die IMEI – die International Mobile Equipment Identification – ihres Handys, legte eine neue Chipkarte ein und wählte die von Krystian erhaltene Telefonnummer.

»Bei Galpin?«, meldete sich, heiser und müde, die Stimme einer Frau. Sarah siedelte sie jenseits der Fünfzigermarke an.

»Hier ist Kithára Vitez. Kann ich bitte Monsieur François Galpin sprechen?«

»In welcher Angelegenheit?«

»Es geht um ein Musikinstrument, eine Arbeit von Adolphe Sax.«

»Ah, das Saxophon. Was ist damit?«

»Das wollte ich eigentlich Monsieur Galpin fragen.«

»Da müssen Sie wohl mit mir vorliebnehmen. Mein Name ist Leslie Mason. Ich bin die Tochter. Mein Vater ist letzten Monat verstorben, und das Instrument finden Sie im aktuellen Katalog von Christie's. Es wird am 13. April in der Avenue Mâtignon versteigert.«

Sarah kippte rückwärts aufs Bett und hielt sich die Stirn. Sie hatte das Gefühl, in eine Abrissglocke gerannt zu sein. Musste sie jetzt etwa zwei Wochen lang warten und mit Millionen um sich werfen, um andere Bieter aus dem Feld zu schlagen? Undenkbar! Die Frist bis zum 2. April schrumpfte mit jeder Minute ...

»Hallo? Sind Sie noch da?«, fragte Madame Mason.

»Ja. Ich bin ein wenig ... enttäuscht.«

»Ich weiß ja nicht, ob es Ihnen aufgefallen ist, junges Fräulein, aber Sie haben mir noch nicht verraten, was Sie eigentlich mit Ihrem Anruf bezwecken.« Die Frau am Telefon klang plötzlich sehr energisch.

Sarah überhörte diese ihrer fast noch jugendlich klingenden Stimme geschuldete Einstufung als junges, unverheiratetes Ding und antwortete förmlich: »Wir führen eine Untersuchung durch, die mit Synästhesie zu tun hat. Sagt Ihnen das etwas?«

»Mit Spiritismus möchte ich nichts zu tun haben.«

Sie atmete tief durch und erzählte dann eine Geschichte, die stark nach einem neuropsycholgischen Experiment klang, das die Welt der Wissenschaft einen Quantensprung voranbringen würde, ließe man nur zu, dieses besondere Instrument, das besagte Alto von Adolphe Sax, für ein oder zwei Stunden in fachlich hoch qualifizierte Hände zu geben.

Madame Mason reagierte hierauf mit der überraschenden Antwort: »Nun, ich möchte die Forschung natürlich nicht behindern. Unter diesen Umständen könnte ich eventuell eine Ausnahme machen.«

»Wie bitte?«, stutzte Sarah.

»Ich kenne Sie zu wenig, um Ihnen das Saxophon einfach zu überlassen, aber mein verstorbener Mann war dem wissenschaftlichen Fortschritt gegenüber immer sehr aufgeschlossen. Sofern also alles mit rechten Dingen zugeht, will ich mich nicht gegen Ihr Anliegen sperren. Vorausgesetzt, Sie lassen mich bei den Versuchen als Beobachterin zu.«

Sarah war perplex. »Aber Sie meinten doch, das Instrument sei schon bei Christie's.«

Madame Mason lachte. »Ach, diese jungen Leute von heute hören nie richtig zu. Ich sagte, das Saxophon stehe im *Katalog*. Aber noch habe ich es nicht herausgerückt. Erzählen Sie mir mehr über Ihre Forschungsarbeit. Dann werden wir ja sehen. Wo soll denn dieses – wie nannten Sie es? – ›Experimentalkonzert‹ stattfinden?«

»Das weiß ich selbst noch nicht.«

»Mit solchen Antworten kommen Sie bei mir aber nicht weit«, versetzte Madame Mason.

Sarah biss sich auf die Unterlippe. *Wo?* Darüber hatte sie überhaupt noch nicht nachgedacht. »Ich bin nicht allein an den Versuchen beteiligt«, improvisierte sie. »Den musikalischen Part wird ein Saxophonist des Französichen Nationalorchesters bestreiten.« Jedenfalls hoffte sie das.

»Das klingt ja zumindest schon mal seriös. Und wo?«

Sarah stöhnte innerlich. »Man teilte mir mit, der Ort heiße ›Kirche der Windrose‹. Sagt Ihnen das zufällig etwas?«

»Natürlich tut es das«, antwortete Madame Mason postwendend. »Ich lebe seit dreißig Jahren in Paris, und ebenso lange besuche ich die Gottesdienste von Saint-Eustache.«

»Saint-Eustache?«, hallte es aus Sarah wider. Tausend zarte Fäden fanden plötzlich ihre Verbindungknötchen. Natürlich kannte sie die Kirche, hatte sie sogar schon besucht. Sie lag im Hallenviertel, gar nicht weit von ihrer jetzigen Hotelunterkunft. Während ihrer Recherchen war sie mehrmals auf den Namen gestoßen. Zuletzt hatte Florence Le Mouel alias Névél, Erste Hüterin der Windharfe, von einigen seltsamen Vorgängen während der Uraufführung der »Graner Messe« in diesem Gotteshaus berichtet ...

Madame Mason zog mit tadelndem Unterton ihre eigenen Schlüsse aus Sarahs verblüfftem Staunen. »Sie müssen von außerhalb sein, wenn Sie diese bedeutende Kirche nicht kennen.«

»Doch, ich kenne sie«, beeilte sich Sarah zu retten, was noch zu retten war, »aber die Bezeichnung ›Kirche der Windrose‹ war mir bisher fremd.«

»Ich nehme mal an, Sie gehören auch zu diesen jungen Leuten, deren Leben sich ausschließlich im Cyberspace abspielt? Natürlich nennt niemand Saint-Eustache so, aber ich wette, im Internet finden Sie heraus, weshalb ich Ihnen auf der Stelle sagen konnte, welche Kirche Sie meinten.«

»Ich werde nachschauen«, versprach Sarah reumütig.

Die Stimme am anderen Ende der Leitung schlug unversehens leisere Töne an. »Wenn Sie Ihr Experiment in einem Tempel des Herrn mit einem Musiker der Nationaloper durchführen wollen, dann ist das wohl mehr als achtbar. Sie bekommen das Instrument. Für *eine* Stunde. Am besten, ich bringe es gleich mit, dann können wir uns dort treffen.«

Obwohl Sarah die Zeit auf den Nägeln brannte, hatte sie mindestens noch dreißig Minuten mit Madame Mason telefoniert, weil diese für nötig erachtete, Mademoiselle ihre Lebensgeschichte zu erzählen. Immerhin war dadurch etwas mehr Licht ins Schicksal des verschollenen Saxophons gebracht worden.

Sie, hatte Madame Leslie L. Mason erzählt, sei als Babette Laurène Galpin geboren und habe sich während ihres Studiums in den Vereinigten Staaten in Mister Henry L. Mason verliebt, um ihn wenig später zu ehelichen. Später sei sie mit ihrem Mann wieder nach Paris gezogen, wo er die Leitung der Banque Rothschild übernahm. Nicht von ungefähr, hatte zuvor doch ihr Vater diesem ehrwürdigen Institut vorgestanden. Jahre später sei Henrys Herz entzweigebrochen, als ihn die Nachricht von der Verstaatlichung des renommierten Bankhauses ereilte. Seitdem lebe sie als Witwe. Nun sei auch ihr lieber Vater hoch betagt verstorben und sie Alleinerbin seines nicht unbeträchtlichen Vermögens. Weil Henry – Gott hab ihn selig – ihr jedoch ökonomisches Denken beigebracht habe, wolle sie die exorbitante Stadtwohnung ihres Vaters – der Herr möge sich seiner armen Seele erbarmen – einschließlich der enormen Musikinstrumentensammlung liquidieren und den Erlös in Rentenpapiere anlegen.

In gewisser Hinsicht war das »Revolutions-Saxophon«, nachdem man es den Kriegsverlierern entrissen hatte, also wieder an die

Rothschilds zurückgegeben worden. Weil der ursprüngliche Eigentümer nicht mehr lebte, hatte es der in die Bankiersfamilie eingeheiratete François Galpin – Madame Masons Vater – übernommen. Verständlich, dachte Sarah, dass den Hütern der Windharfe da kurzzeitig der Überblick verloren gegangen war.

Madame Masons Einsamkeit lastete gewiss ein bisschen weniger drückend auf ihrer Seele, nachdem sich die junge Anruferin von ihr verabschiedet hatte, Sarah hingegen zitterten die Hände vor Aufregung. Kaum war das Gespräch beendet, hatte sie sich auch schon ins Internet eingeklinkt. Die Homepage der Gemeinde Saint-Eustache war schnell gefunden, und auf ihr prangte ein Logo, das Sarah förmlich in die Vergangenheit zurückkatapultierte.

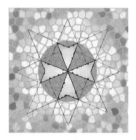

Es bestand aus dem gleichen Liniensystem, das Oleg Janin im Weimarer Restaurant Anno 1900 vor ihren Augen hatte entstehen lassen, um ein Johanniter- oder Malteserkreuz in einen achtspitzigen Stern zu verwandeln. Jetzt zweifelte auch Sarah nicht mehr daran, dass sie die »Kirche der Windrose« gefunden hatte.

Mittlerweile war es kurz nach sieben, das Licht der Abendsonne strahlte warm ins Hotelzimmer. Der Website der Gemeinde hatte Sarah entnommen, dass um 18.00 Uhr noch eine Messe gehalten und die Pforten des Gotteshauses eben erst für die Öffentlichkeit geschlossen worden waren. Sie nahm wieder ihr Mobiltelefon zur Hand und wählte die Nummer von Saint-Eustache.

Ein Vikar namens Yves Tabaries meldete sich. Sarah erzählte ihm von dem ungewöhnlichen Experiment, die Kirche als Resonanzkörper für ein Saxophonsolo zu gebrauchen. Der Priester war

im Hinblick auf nicht-sakrale Nutzung des Gotteshauses offenbar einiges gewohnt. Er äußerte sich grundsätzlich wohlwollend zu dem Vorhaben und fragte alsdann: »Wann wollen Sie kommen?«
»So bald wie möglich.«
»Wir öffnen wochentags um neun. Die Mittagsmesse ist um 12.30 Uhr. Ich nehme an, Sie brauchen Ruhe für Ihr Experiment?«
»Ja, bitte.«
»Dann kommen Sie um acht.«

Es hatte einige Überredungskunst gekostet, Madame Mason zwei Stunden ihres Schönheitsschlafs abzuringen – sie führte ein sehr geordnetes Leben. Mit erheblich größeren Schwierigkeiten rechnete Sarah jedoch bei Noël Pétain, ebenjenen Saxophonisten, den sie für ihr »Experiment« ins Auge gefasst hatte. Zwar wäre Noëls Äußeres auch durch einen mehrjährigen Tiefschlaf kaum in den Grenzbereich der Kategorie »schön« befördert worden – er war ein ebenholzschwarzer, pummeliger Enddreißiger mit Halbglatze, einem geburtsbedingten Dauergrinsen und einer eklatanten Sehschwäche, die ihn zum Tragen enormer Vergrößerungsgläser zwang –, aber er litt unter der Berufskrankheit von Musikern, die oft bis spät in die Nacht hinein arbeiteten: Er war notorischer Langschläfer.

Sarah hatte also einigen Anlass, besorgt zu sein, am Mittwochmorgen vergeblich vor der Kirche Saint-Eustache auf ihren Kollegen warten zu müssen. Die Wahrscheinlichkeit war groß, dass er verschlief. Mehr beunruhigten sie allerdings andere Dinge.

Sie musste gegen Krystians Verschwiegenheitsregel verstoßen. Natürlich hätte sie einen x-beliebigen Saxophonisten aus einem Jazzlokal für ein Frühkonzert in Saint-Eustache engagieren können, aber das Risiko erschien ihr noch unwägbarer, als Noël ins Vertrauen zu ziehen. Sie konnte ihn sich einfach nicht als Dunklen Farbenlauscher vorstellen. Er *durfte* kein Adler sein.

Die beiden Musiker kannten sich seit sechs Jahren. Das Prädikat »Freund« vergab sie sehr selten, aber Noël war ein liebenswürdiger Bursche, der um ihr *Audition colorée* wusste und in dessen Gesellschaft sie sich stets ungezwungen und nie bedrängt fühlte. Einige

Male hatte er sie und Hélène ausgeführt, was sich generell als sehr praktisch erwies, weil er Casanovas zuverlässig auf Distanz hielt, ohne sich je in einen solchen zu verwandeln (Noël war schwul).

Sie blickte auf die Armbanduhr und musste unwillkürlich schmunzeln. In einer Minute begann die Geisterstunde. Dies war die Zeit, zu der man den Saxophonisten wochentags am besten erreichte. Sie wählte seine Nummer. Eine tiefe Stimme meldete sich, die alles andere als tuntig war.

»Pétain?«

»Hier Sarah«, antwortete sie.

Dann hörte sie etwas klirren. Es folgte ein Fluch. Ein »Au!«, noch ein Fluch und dann – abgesehen von raschelnden, kratzenden und sonstigen Geräuschen – eine ganze Weile nichts. Endlich dann wieder Noëls Bass.

»Ich habe nie an Anrufe aus dem Jenseits geglaubt.«

»Jetzt erzähle keinen Stuss, Noël, ich bin quicklebendig.«

»In den Zeitungen liest sich das aber anders.«

»Das sind alles Enten.«

»Ich habe mir vor Schreck den Fuß aufgeschnitten.«

»Das wäre aber nicht nötig gewesen, mein Lieber.«

»Mir ist in der Küche das Cognacglas runtergefallen. Warum glaubt alle Welt, dass du tot bist, Sarah?«

Sie erzählte ihm eine Geschichte, die sich an die Wahrheit anlehnte, aber durch selektive Unterdrückung bestimmter Fakten nach einem allzu bekannten Bedrohungsszenario klang.

»Dieser verdammte Stalker«, fluchte Noël. »Und ich dachte, du hättest endlich Ruhe vor ihm, Kleines.«

»Um genau *das* zu erreichen, möchte ich vorerst in der Versenkung bleiben. Versprich mir, dass du niemandem etwas von meiner ›Auferstehung‹ verrätst.«

Nachdem er einen feierlichen Eid abgelegt hatte, tat Sarah etwas, wofür sie sich hasste: Sie machte aus dem vertrauensseligen Noël ein Versuchskaninchen.

Dazu benutzte sie die gleichen Klänge der Macht, die sie am Ostersonntag erstmals im Fernsehen bemerkt hatte. Es war ihr überraschend leichtgefallen, den subtilen Befehl aus den gehörten

Stücken herauszufiltern und in einen Loopgenerator einzugeben, ein Musikprogramm, mit dem sie für ein synthetisches Orchester mit auswählbarer Besetzung frei komponieren und dabei selbst aufgenommene Klangschnipsel einbringen konnte. Über dieses sublime *Kommt herbei!* hatte sie eine Hörprobe von *Le Chant Sacré* gelegt. Das Ergebnis spielte sie Noël nach einer kurzen Erklärung nun auf dem Computer vor und fragte dann scheinheilig: »Traust du dir zu, das für mich in Saint-Eustache zu spielen? Ich würde dich morgen früh vor der Kirche erwarten.«

»Wann?«, kam die eilfertige Antwort aus dem Handy.

»Um acht Uhr. Ich weiß, das ist ziemlich früh für dich...«

»Kein Problem«, unterbrach er sie.

> Das Unzulängliche
> Hier wird's Ereignis;
> Das Unbeschreibliche
> Hier ist's getan
> Johann Wolfgang von Goethe,
> Faust II, 5. Akt

34. Kapitel

Rom, 29. März 2005, 21.30 Uhr

Die dunkle Stille unter der Kirchenkuppel von Santa Maria del Rosario war trügerisch. Keine Besucher störten sie. Kein Nonnenchor aus dem benachbarten Kloster erhellte sie. Und trotzdem war es nicht die friedliche Ruhe, die man an einem solchen Ort noch erwarten durfte, sondern ein eher lautloses Harren, wie es manchen Tieren eigen ist, die unsichtbar auf Beute lauern. Die unheilschwangere Stimmung war nicht etwa eine jener kuriosen Eigenarten, wie sie in Rom in mancherlei Gemäuern zu beschauern sind, sondern sie existierte lediglich im Bewusstsein des einen Mannes, der da vor dem Altar kniete und betete. Das ansonsten menschenleere Gotteshaus war nur der Resonanzkörper, in dem die Passion des Kardinals lautlos widerhallte.

Clemens Benedikt Sibelius befand sich in einer echten Glaubenskrise. Er blickte zum Kreuz auf und hegte Zweifel, ob dieser so gequält dreinblickende Gott ihm überhaupt zuhörte. Beklagte denn nicht auch er, was sich da unter seinen Augen abspielte, diese vermeintlich wachsende Religiosität in seinem Namen, die in Wahrheit immer mehr zu einem kollektiven Schwelgen in sakralen Events verkam, zu einem Happeningglauben, der im Alltag den lieben Gott einen guten Mann sein ließ? Hatte der Herr Verständnis für das Begehren seines Dieners, die Heilige Mutter Kirche zu reformieren? Billigte der dessen *Methoden*?

Sibelius hatte in den achtundsechzig Jahren seines Lebens größtenteils einen, wie er glaubte, vorbildlichen Diener Gottes abgegeben. Geboren im hessischen Fulda, von seinen frommen Eltern mit den Namen zweier Päpste dekoriert, in der Klosterschule erzogen, war er prädestiniert für eine Laufbahn in der Kurie. Er besaß den Mut, den Elan und den Willen, die notwendigen Änderungen auf den Weg zu bringen. Und er würde die Macht besitzen. Dank den Dunklen Farbenlauschern.

Im Grundsatz stimmte Kardinal Sibelius durchaus mit Oleg Janin überein: Die Welt musste neu geordnet werden, denn längst herrschte das Chaos des Liberalismus, alles war erlaubt, alles wurde geduldet. In Wahrheit regierte nicht die Freiheit, sondern Geldgier, Unmoral und jede Form von Gottlosigkeit. Wenn erst er, Kardinal Clemens Benedikt Sibelius, den Titel des Pontifex Maximus trug, dann sollte die Heilige Mutter Kirche wieder der Baum werden, unter dessen Krone sich die Menschheit zu einem friedlichen, dem Herrn wohlgefälligen Miteinander versammelte.

Die Tage von Johannes Paul II. waren gezählt. Dieser gute Hirte würde bald abtreten, in einer Woche, einem Monat, bestimmt nicht erst in einem Jahr. Der Pilger Gottes hatte – unbewusst – den Weg für den Neuanfang geebnet, die katholische Kirche zum *Must-have* der Medienwelt gemacht – wenn der Papst hüstelte, dann spitzte die Welt die Ohren, sein letzter Atemzug würde vermutlich auf CD gepresst.

Und danach das Konklave, jene geschlossene Gesellschaft aus Kardinälen, die, eingemauert in der Sixtinischen Kapelle, ihr neues Oberhaupt wählten. Ungestört von der Welt. Nur Gott und ihrem eigenen Gewissen verpflichtet. Niemand werde die Klänge der Macht bemerken, hatte Oleg Janin versprochen. Und doch werden alle den sublimen Befehl verstehen, den du ihnen gibst, Clemens Benedikt Sibelius: *Macht mich zu eurem König!*

Sibelius glaubte mit einem Mal, die Erhabenheit des Ortes zu spüren. Hier, über den Monte Mario, waren in früheren Zeiten die siegreichen Feldherren geritten, um sich im Triumphzug von der Bevölkerung Roms bejubeln zu lassen. Mancher von ihnen wurde später Kaiser und oberster Priester des Imperiums – Pontifex Maximus!

Der Plan stand fest, alle Vorbereitungen waren getroffen. Insofern verstand Kardinal Sibelius nicht ganz, warum Janin ihn zu einer Unterredung in diese Kirche zitiert hatte; sie lag gut anderthalb Kilometer nördlich des Vatikans. Vermutlich wollte er nur wissen, ob im angrenzenden Kloster die Suche nach der vermaledeiten »Purpurpartitur« von Franz Liszt neue Erkenntnisse gebracht hatte. Als wenn er, Clemens, die Nonnen nicht schon bis zum Erbrechen damit belästigt hätte! Jedes Mal ohne Ergebnis, abgesehen von den Schimpftiraden der Mutter Oberin ...

Sibelius schrak zusammen, als er aus den Augenwinkeln neben sich eine dunkle Gestalt wahrnahm. Sein Kopf fuhr herum.

»Janin!«, keuchte er. »Ich habe Sie gar nicht kommen hören.«

Oleg Janin trug die Soutane eines einfachen Priesters, eine Maskerade, die Sibelius immer missbilligt hatte. Nur das Licht einiger Votivkerzen erleuchtete das bärtige Gesicht des Russen. Er pfiff eine unharmonische Melodie. Der Kardinal erschauerte, weil er zuvor weder das Lied noch den Farbenlauscher bemerkt hatte.

»Nur ein kleines Ablenkungsmanöver, um Sie an die Wirksamkeit unserer Methoden zu erinnern«, sagte Janin lächelnd. Sein Deutsch klang, als würde ein Fuder Holzscheite in sich zusammenfallen.

»Das wäre nicht nötig gewesen. Sie haben mich erschreckt. Warum das außerplanmäßige Treffen?«

»Ist das Kloster noch einmal durchsucht worden?«

»Ja. Und es bleibt alles beim Alten. Sie ist unauffindbar.«

»Ich fürchte, das ist nicht gut für Sie, Eminenz.«

Sibelius spürte, wie ihm das Blut aus dem Kopf sackte. »Warum für *mich*? Machen Sie sich bitte klar, dass Santa Maria del Rosario längst kein Oratorianerkloster mehr ist. Als hier ein Frauenkonvent einzog, wurde alles umgekrempelt. Sollte diese Purpurpartitur jemals ...«

»Beruhigen Sie sich«, unterbrach Janin den aufgeregten Kardinal in jenem großväterlichen Ton, der so trügerisch war. »Meine Bemerkung bezog sich auf unseren Plan. Im Rat der Adler wurde beschlossen, nun zur Tat zu schreiten. Das Warten hat ein Ende. Wenn das Oberhaupt der katholischen Kirche stirbt, wird alle Welt nach Rom schauen. Es wäre eine Todsünde, das damit verbundene Medienspektakel nicht für uns zu nutzen. Wir können binnen weniger Stunden die erforderliche kritische Masse von Menschen erreichen, um die Entfesselung der Völker auszulösen.«

»Die Entfesselung?« Sibelius fröstelte. »War nicht vorgesehen, dass ich im Konklave ...«

»Daran ändert sich nichts. Die Planung wurde lediglich erweitert: Wir werden den Acker pflügen, auf dem Sie später Ihren Samen ausbringen. Wenn man Wojtyla zu Grabe trägt, wird dazu unsere Musik spielen und die ganze Welt hört zu.«

Der Kardinal schüttelte den Kopf. »So geht das nicht. Die Trauerzeremonie ist in allen Einzelheiten festgelegt.«

»Aber Sie sind im Vatikan doch Minister ohne Portefeuille oder wie sich das in Ihrer geschraubten Klerikersprache nennt. Deshalb haben wir Sie ausgesucht; weil Sie die graue Eminenz sind.« Er lächelte, als gefiele ihm die Doppelsinnigkeit seiner Worte.

Sibelius hatte keinen Nerv für derart humoristische Spitzfindigkeiten, fühlte er sich doch in seinen Selbstzweifeln bestätigt. Hatte er etwa aufs falsche Pferd gesetzt? Energisch setzte er sich zur Wehr. »Die Trauerzeremonie gehört zur Tradition der Heiligen Mutter Kirche. Man kann nicht einfach ein Detail ändern, ohne in der Kurie einen Aufschrei der Empörung heraufzubeschwören.«

Janin grinste. »Wer sagt denn, dass Sie ein *Detail* ändern sollen? Sie werfen einfach die ganze Zeremonie über den Haufen und führen eine neue ein.«

»Unmöglich«, keuchte Sibelius.

»›Unmöglich‹ gibt es im Wortschatz der Adler nicht. Wenn es der ausdrückliche Wille des Vestorbenen ist, dann wird die Kurie sich fügen.«

Dem Kardinal wurde schwindelig. »Der Wille des Heiligen Vaters?«, flüsterte er.

Janins Großväterlichkeit war dahingeschmolzen und seine unduldsame Seite kam zum Vorschein. »Ist denn das so schwer zu verstehen? Sie sind dem Papst ganz nahe, kleben an ihm wie eine Zecke in der Kniekehle. Verfassen Sie in seinem Namen einen ›Letzten Willen‹ und tauschen Sie ihn gegen das alte Testament aus. Schreiben Sie, Johannes Paul II. wünsche sich kein Brimborium, sondern ein schlichtes Requiem zu seiner Trauerfeier.«

»Aber er ist ein Papst der Medien. Er hat sich immer zu inszenieren gewusst. Diese plötzliche Einfachheit könnte Argwohn wecken.«

In Janins dunklen Augen loderte ein gefährliches Feuer, das Sibelius erschauern ließ. »Stehen Sie immer noch auf der Seite der Dunklen, Eminenz, oder muss ich Ihnen einige Fakten ins Gedächtnis rufen? Als Sie sich mit unserer Bruderschaft verbanden, traten Sie ein Erbe an, das seit den Tagen Richelieus besteht. Diese Allianz kündigt man nicht so einfach auf.«

Sibelius begriff, in welch prekärer Lage er sich befand. Beschwichtigend antwortete er: »Ich kann Ihnen versichern, dass ich nach wie vor von der Notwendigkeit einer Neuordnung der Welt überzeugt bin. Wir verfolgen dasselbe Ziel. Mir behagt nur nicht die plötzliche Zuspitzung und die Wahl der Mittel.«

»Meinen Sie, *ich* bin glücklich darüber? Unbehagen ist wohl recht und billig, wenn man derart Großes vollbringen will. Wir müssen beide damit leben. Der sanfte Weg hat sich als Sackgasse erwiesen – außer Sie überraschen mich doch noch und bringen mir die Purpurpartitur.«

Der Kardinal grunzte. »Ich bin nicht Ihr Kammerdiener, Herr Janin. Wenn Sie in Ihren eigenen Reihen nicht für Ordnung sorgen können, wie wollen Sie da der Welt ein neues Haus bauen? Haben Sie denn diese Person endlich gefunden, von der Sie sich so viel erhofften?«

»Sie ist tot. Oder zumindest unauffindbar.«

»Tja, das ist dann aber nicht mein Problem.« Sibelius glaubte, den Spieß umgedreht und das leidige Thema vom Tisch gewischt zu haben, aber Janin blieb hartnäckig.

»Was ist nun, Eminenz? Bekennen Sie endlich Farbe. Werden Sie tun, worum ich Sie jetzt noch einmal in aller Freundschaft bitte?«

Die Unerbittlichkeit des Russen ließ den Deutschen abermals erzittern. Trotzdem schüttelte er den Kopf. »Ich will meine Kirche nicht verraten, sondern heilen. Was Sie verlangen, ist völlig indiskutabel.«

Drei oder vier Herzschläge lang fochten die beiden Männer ein stilles Ringen mit Blicken aus. Plötzlich begann Janin eine Melodie zu summen, die ebenso seltsam und fremd klang wie sein vorheriges Gepfeife.

Der Kardinal runzelte die Stirn. Was sollte *das* jetzt? Wollte sich dieser verfluchte Russe über ihn lustig machen? Oder zog der Hund etwa den Schwanz ein und trollte sich? Vermutlich versuchte Janin sich wieder unsichtbar zu machen und genauso zu verschwinden, wie er gekommen war. Sibelius fühlte, wie sich sein Puls beschleunigte. Er bekam Oberwasser. Jetzt nur nicht im stummen Kampf der Blicke nachgeben...

Die Gedanken des Kardinals erstarrten jäh, als sich Oleg Janin vor seinen Augen zu verwandeln begann. Während er unbeirrt weitersummte, wurde seine Haut pechschwarz. Die Haare wuchsen mit schier unglaublicher Geschwindigkeit und führten dabei einen Hexentanz auf, als seien sie von eigenem, sich windendem Leben erfüllt. Ja, die ganze Gestalt strebte nach allen Richtungen auseinander, als hätte sich ein monströses Insekt vom Körper des Russen genährt und sprenge nun den zu engen Panzer. Sibelius sah ein Gewusel aus Krallen, Gliedmaßen, Geifer – und rot glühenden Augen...

Er schrie, wie er noch nie in seinem Leben geschrien hatte. Er brüllte, als sei ihm der Leibhaftige erschienen.

»Was ist nun?«, dröhnte eine mächtige Stimme in seinen Ohren, die nur noch am harten Akzent als diejenige Oleg Janins zu erkennen war. »Können wir weiterhin auf dich zählen?«

»Ja«, wimmerte der Kardinal, die ineinander verschränkten Hände flehend von sich gestreckt. »Ja, ja, ja, ja. Aber bitte, weiche von mir, Fürst der Finsternis!«

Ein Lachen hallte durch die Kirche. »Zu viel der Ehre, Bruder. Wir beide sind nur Diener eines größeren Plans. Höre mir jetzt gut zu. Es gibt viel für dich zu tun, und dir bleiben nur wenige Stunden...«

*Musiker sind nicht eitel
– sie bestehen aus Eitelkeit.*
Kurt Tucholsky

35. Kapitel

Paris, 30. März 2005, 7.51 Uhr

Erwartungsgemäß traf zuerst die ordnungsliebende Madame Mason ein. Sie kam durch die Rue Rambuteau, aus Richtung der Metro-Station Les Halles, natürlich nicht zu Fuß, sondern standesgemäß in einer schwarzen Equipage, genauer gesagt, einer großen amerikanischen Limousine. Weil man nicht direkt bis zum vereinbarten Treffpunkt vor der Kirche fahren konnte, ohne mit dem Gesetz in Konflikt zu geraten, blieb der Wagen an der Einmündung zur Rue de Turbigo stehen. Sarah beobachtete das Schauspiel vom Place René Cassin aus, sie stand direkt vor einem der vier Portale von Saint-Eustache, das von einer eigenwilligen Plastik bewacht wurde, einem riesigen, zur Seite geneigten, kahlen Steinkopf, der sich in eine Hand schmiegte.

Ein Chauffeur in dunkler Uniform öffnete den hinteren Schlag des Nobelschlittens und half der Bankierswitwe beim Aussteigen. Danach umrundete er das Fahrzeug und lud sich vom benachbarten Rücksitz einen schwarzen Koffer auf die Arme. Kein Zweifel, darin musste sich das kostbare Blasinstrument aus der Werkstatt von Meister Adolphe Sax befinden. Madame Mason hatte derweil schon den Weg zur Kirchenpforte angetreten.

Sie bewegte sich mit jener Bedächtigkeit, die man von Leuten ihres Alters erwartete. Als Gehhilfe benutzte sie einen auf Hochglanz polierten Stock aus rotem Holz – vermutlich Zeder. Auf dieses Accessoire schien sie aber nicht wirklich angewiesen zu sein. Vermutlich sollte es ihr nur mehr Würde verleihen.

Und davon besaß Madame Mason eine ganze Menge, nicht allein wegen ihrer einundsiebzig Lebensjahre, sondern weil ihre ganze Erscheinung Seelengröße und Eleganz ausstrahlte. Sarah hatte sich die am Telefon zwischen Strenge und Verletzlichkeit wankende alte

Dame wie einen weiblichen Dragoner vorgestellt: stattlicher, Ehrfurcht einflößender und im ganzen Auftreten rigoroser. Stattdessen war sie ziemlich klein und besaß eine verblüffende Ähnlichkeit mit der englischen Königin.

Das fing schon bei der Kleidung an – sie trug ein mintfarbenes Kostüm; farblich darauf abgestimmt waren der Hut und die quaderförmige Bügeltasche; auch die von der Queen hinlänglich bekannten Handschuhe fehlten nicht. Die Mimikry erstreckte sich bis in die Frisur, das Gesicht, und sogar das verbindliche Lächeln hätte aus dem Hause Windsor stammen können.

Sarah lief der alten Dame entgegen und begrüßte sie mit einem freundlichen: »Guten Morgen. Sie müssen Madame Mason sein.« *Euer Majestät,* fügte sie lediglich im Geiste hinzu.

»Und Sie Mademoiselle Vitez. Auch Ihnen ein herzliches Guten Morgen«, entgegnete die Witwe.

Sarah nahm dem Chauffeur das Saxophon ab, worauf dieser sich zurückzog, um die Equipage vorschriftsmäßig zu parken und auf die Rückkehr von Madame zu warten. Die nächsten Minuten wurde Smalltalk gepflegt, eine Disziplin, in der Sarah hinlänglich Übung besaß.

Um Punkt acht erschien Yves Tabaries auf der Bildfläche, der Vikar, mit dem Sarah am Abend zuvor telefoniert hatte. Er trug eine schwarze Soutane, war Anfang dreißig, blond, leicht übergewichtig, hatte ein Allerweltsgesicht, eine leise Stimme und überhaupt ein auffallend sanftes Wesen. Ein Hirte eben. Trotzdem wollte Sarah das *Père* – »Vater« – nicht über die Lippen gehen; sie hatte sich längst von der katholischen Kirche abgenabelt.

»Kann es sein, dass ich Sie schon einmal irgendwo gesehen habe?«, fragte Tabaries.

Sie erstarrte innerlich, erwiderte aber nonchalant: »Wer weiß. Vielleicht bin ich Ihnen schon im Traum begegnet.«

Tabaries wagte nicht, das Thema weiter zu vertiefen.

Madame Mason sah auf ihre brillantbesetzte Armbanduhr. »Es ist eine Minute nach acht. Wo bleibt der Musiker? Hat er sich etwa bei der Morgentoilette in sein Spiegelbild verliebt?«

Sarah musste ein Grinsen unterdrücken, weil dergleichen bei

Noël Pétain nie ausgeschlossen war – obwohl man es ihm nicht ansah. »Ganz so eitel wie Narziss ist er nicht«, verteidigte sie den Kollegen.

Die alte Dame schüttelte den Kopf. »Erzählen Sie mir nichts, Mademoiselle Vitez. Musiker sind nicht eitel – sie *bestehen* aus Eitelkeit.«

»Warten Sie, bis Sie Monsieur Pétain kennen gelernt haben. Übrigens hatte er gestern im Theater am Champs-Élysées ein Konzert, das ziemlich spät endete.«

»Um neun ist aber Ultimo«, erinnerte Madame.

»Dessen bin ich mir bewusst«, antwortete Sarah. Auf unangenehme Weise fühlte sie sich nach Budapest zurückversetzt. In der Liebfrauenkirche hatte sie genauso unter Zeitdruck gestanden. Wo blieb Noël nur? Hatte die Melodie der Macht bei ihm etwa versagt? Das hieße ja …

Urplötzlich rollte ein tiefes Geblubber über den Platz. Alle Köpfe drehten sich nach Osten. Sarahs Herz hüpfte vor Erleichterung. Sie kannte diesen unverkennbaren Sound, diese fetten Tropfen aus satten Farben, die allein eine Harley Davidson in ihren Geist sprenkeln konnte. Rasch lief sie einige Schritte in Richtung der Steinplastik und richtig: Noël kam die Rue de Turbigo herauf, breitbeinig, weit im Sattel zurückgelehnt, in schwarzer Montur. Er machte sich nicht die Mühe, die Verkehrsvorschriften allzu eng auszulegen, sondern rollte Madame Mason direkt bis vor die Füße.

Sarah beobachtete die so auf Seriosität bedachte alte Dame aus den Augenwinkeln. Madame Mason war sichtlich konsterniert. Ein Mitglied des *Orchestre National de France* hatte sie sich offenbar anders vorgestellt. Nicht so ledern. Nicht mit so vielen Nieten am Körper. Wohl auch nicht so schwarz. Und nicht so galant.

Kaum hatte nämlich Noël Pétain seinen Helm und die dunkle Brille abgenommen, präsentierte er sogleich sein geburtsbedingtes Dauerlächeln in einer verschärften Version, ließ die gesandstrahlten Zähne ebenso aufleuchten wie seine auf Frauen so wohltuend wirkende Liebenswürdigkeit.

Er ging geradewegs auf die Witwe zu, bemächtigte sich schwungvoll ihrer Hand, deutete einen Handkuss an und sagte: »Gerade ist die Sonne aufgegangen. Sie müssen Madame Mason sein. Diese Grazie, Anmut und Eleganz – keine andere vermag so zu erstrahlen.«

Sarah konnte sich ein Schmunzeln nun doch nicht länger verkneifen.

Die Bankierswitwe dagegen hatte ihren Ärger über die Verspätung des eigenwilligen Künstlers vergessen. Sie lachte wie ein junges Mädchen, kokettierte ein ganz klein wenig mit ihrem Alter, streute beiläufig etwas von der verjüngenden Wirkung regelmäßigen Sports und guter Ernährung ein und ließ nicht unerwähnt, dass die Pariser Couturiers es trefflich verständen, die kleinen Problemzonen einer Frau auf geradezu magische Weise zu kaschieren. In der Zwischenzeit hatte der Vikar die Kirche aufgeschlossen.

Im Anschluss an die etwas weniger überschwängliche Begrüßung der restlichen Anwesenden führte Père Tabaries die Besucher in das dem Märtyrer Eustachius gewidmete Gotteshaus.

Sarah zog derweil die Noten der lisztschen Fassung des »Heiligen Gesangs« aus ihrer Computertasche und reichte sie ihrem Kollegen.

»Geh bitte vorsichtig damit um, Noël. Es ist ein Original.«

»Keine Sorge. Ich werd schon nicht draufsabbern. Wo soll ich mich aufbauen? Im Chor?«

Sarah ließ ihren Blick durch die Kirche schweifen, nach Notre-Dame immerhin die zweitgrößte von Paris. Saint-Eustache war nicht nur für ihre gewaltige Orgel, sondern auch für die herrliche Akustik bekannt. Wie schon in Liszts Tagen fanden hier immer noch regelmäßig Konzerte statt. Wo also sollte Noël das »Revolutions-Saxophon« erklingen lassen? Der Chor bot sich natürlich an. Wieder musste sie an die Matthiaskirche in Budapest denken.

»Lass uns mal die Orgel anschauen.«

Weil sie die Kathedrale schräg hinter dem Altar betreten hatten, folgten sie zunächst dem Umgangschor in Richtung Westen, um vom südlichen der beiden Querhäuser ins Hauptschiff zu gelangen. Für die bunten Glasfenster und andere Schönheiten der Basilika hatte Sarah nur insofern ein Auge, als sie nach auffälligen Hinweisen Ausschau hielt: Adlern, Schwänen, einer Windrose oder einer Leier ... Aber nichts dergleichen. Bis sie am Westeingang des Chors stand, dort, wo die Querhäuser und das Hauptschiff sich im rechten Winkel kreuzten.

Sarahs Blick war als Erstes zum hoch aufragenden Orgelprospekt hinaufgewandert, über dem – wieder einmal – ein Engel thronte. Dieser hier hatte aber nicht die geringste Ähnlichkeit mit Franz Liszt.

Dafür hielt er eine Harfe.

»Der Meister der Harfe hat hier gespielt«, murmelte Sarah. Ihr Blick wanderte zum Orgeltisch, der – recht ungewöhnlich – auf keiner Empore eingebaut war, sondern am Boden stand, wodurch der Organist mit den übrigen Musikern auf gleicher Höhe spielen konnte.

»Entschuldige, ich habe dich nicht verstanden«, sagte Noël.

Sie deutete zum Orgeltisch. »Stell dich daneben. Ich denke, diese Stelle ist genau die richtige.«

Madame Mason machte ein zufriedenes Gesicht. Die ganze Situation kam ihr mit Sicherheit ungemein experimentell vor. Sie wandte sich dem Vikar zu. »Gibt es hier irgendwo einen Stuhl für mich, Père Tabaries?«

Der Geistliche blickte irritiert zu den Sitzreihen, in denen etliche Hundert davon standen.

»Sie könnten mir auch gleich zwei mitbringen«, bat Sarah.

Während Tabaries sich um die Sitzgelegenheiten kümmerte, organisierte Noël einen Notenständer und bereitete sich und das Instrument auf das Konzert vor. Monsieur Galpin hatte sein Sammlerstück gut gepflegt. Es bestand aus Messing, glänzte aber wie reines Gold. Sarah schaltete den Computer an, stöpselte ihr Mikrofon ein und verströmte Professionalität.

Als Noël zum ersten Mal das Saxophon anblies, lief ihr ein wohliger Schauer über den Rücken. Ihre Vorstellung von dem Instrument beruhte auf einem Schwarzweißfoto und einer Sammlung steriler Zahlen, die sie aus dem Internet entnommen hatte – »Klappen: 13, Luftsäule: 105 cm ...« –, es aber zu *hören* war etwas völlig anderes. In tiefen Lagen schnarrte es in einem gelbstichigen Rot wie ein kleiner zufriedener Drache, in hohen dagegen quietschte es hellgrün, als habe man dem armen Schuppentier den Schwanz eingeklemmt.

Nachdem Noël einige schnelle Läufe gespielt hatte, nickte er. »Bin so weit.«

»Ach, ist das spannend!«, juchzte Madame Mason und griff nach der Hand des neben ihr sitzenden, etwas überraschten Père Tabaries.

In Ermangelung einer roten Lampe oder eines »Achtung, Aufnahme!«-Zeichens legte Sarah ihren Zeigefinger auf die Lippen. Die Witwe zog den Kopf zwischen die Schultern, grinste verschmitzt und schwieg. Dann begann Noël zu spielen.

Sarah schloss die Augen. Die Melodie hatte sie beim Lesen der Noten schon im Geiste gehört. Sie wusste also von der Ähnlichkeit einiger Passagen mit der in Weimar uraufgeführten Fantasie von Franz Liszt. Trotzdem war sie verblüfft, als das »Revolutions-Saxophon« ihr nun die Klangbotschaft zeigte.

Sie bestand nur aus zwei miteinander verschmolzenen Buchstaben: F und L.

Es war das gleiche wirbelnde Signet, das sie im Deutschen Nationaltheater Weimar gesehen hatte. Satt und klar, in einem Spektrum zwischen Grasgrün und Sonnenuntergangsorange, an den Rändern leicht gewellt, malte es das Saxophon auf die gläserne Leinwand in ihrem Geist. Da war nichts anderes, kein Flackern, nicht die geringste Andeutung einer versteckten Mitteilung, die vielleicht noch durch Veränderung des Klangs aus *Le Chant Sacré* hervorzulocken gewesen wäre. Sarah fiel aus allen Wolken.

»Alles in Ordnung, Kleines?« Es war Noël, der sie wieder nach Saint-Eustache zurückholte. Sie hatte ihm letzte Nacht von einem besonderen synästhetischen Erlebnis erzählt, das sie sich von seinem Spiel erwarte.

Sarah blinzelte. »Nun ja ... Ich habe etwas gesehen.«

Père Tabaries schlug ein Kreuz.

Madame Mason stampfte mit ihrem Stock auf den Boden und rief: »Wunderbar! Es lebe die Wissenschaft!«

»Und was?«, erkundigte sich Noël.

Sarah wankte zwischen Reden und Schweigen. Sie konnte sich zwar nicht vorstellen, dass Madame Mason oder der sanfte Vikar Tabaries Dunkle Farbenlauscher seien, aber sie hatte selbst erlebt, mit welchen Methoden die Bruderschaft Menschen zu manipulieren wusste. Deshalb antwortete sie zunächst vage.

»Ein Muster.«

»War es rund oder eckig?«, fragte Madame Mason in dem offenkundigen Bestreben, einen Beitrag zum wissenschaftlichen Fortschritt zu leisten.

»Beides«, antwortete Sarah. Die Zeit arbeitete einfach zu stark gegen sie; sie musste das Risiko eingehen. »In dem Zusammenhang würde mich interessieren, ob jemand von Ihnen etwas mit der Abkürzung ›FL‹ anfangen kann.«

Im Chor wurden irritierte Blicke getauscht.

»Gehört das zum Experiment?«, wollte die Witwe wissen.

»Unbedingt. Die Synästhesie ist ein noch wenig erforschtes Phänomen und Ihre Antwort ist maßgeblich für das Ergebnis.«

Noëls Ebenholzstirn legte sich in Falten.

»Die Abkürzung ›fl‹ hat viele Bedeutungen«, sagte mit einem Mal Père Tabaries. Er klang abgeklärt. Der erste Schrecken war wohl von ihm abgefallen, weil es für Sarahs Vision eine natürliche Erklärung gab.

»Florin«, sagte die Bankierswitwe, und ihrem Tonfall war anzuhören, wie sehr sie die Präsentation ihre pekuniären Wissens genoss. »Auch als Gulden bekannt. Früher ein weit verbreitetes Zahlungsmittel. In den Niederlanden wurde der Gulden erst durch den Euro abgelöst.«

»Niederlande«, wiederholte Sarah grübelnd und dachte an die nächste Station auf der Spur der Windrose. Die Himmelsrichtung würde stimmen.

»Passt aber auch zu den Flamen, den Niederfranken«, merkte Noël an, nur, um nicht wie ein reiner Fachidiot dazustehen.

»Vielleicht steht die Abkürzung aber auch für Flandern, für das von den Flamen bewohnte Gebiet zwischen der Schelde und der Nordsee«, konterte die alte Dame.

»Sie sind ein Ausbund der Gelehrsamkeit, Madame Mason«,

antwortete Noël und Sarah wusste, dass er damit die Segel gestrichen hatte. Sein intellektueller Horizont war durchaus begrenzt.

»Es gibt aber noch eine andere Bedeutung«, sagte hierauf Père Tabaries mit einer Bestimmtheit, als wolle er das heilige Geheimnis der Dreifaltigkeit entschleiern. Augenblicklich gehörte die ungeteilte Aufmerksamkeit aller Anwesenden ihm. »Im Lateinischen bedeutet das Wort *flamen* ›Anbläser‹. So wurden Priester bezeichnet, die ihren Göttern opferten.«

Noël stieß einen gicksenden Laut der Verzückung aus. Als Saxophonist gefiel ihm *diese* Erklärung natürlich am besten.

Inzwischen war sich Sarah fast sicher, dass ihre nächste Station in Holland lag. Aber was hieß das schon? Vielleicht sollte sie dem Hinweis des Geistlichen auf die antike Bedeutung des Wortes *flamen* nachgehen. Möglicherweise stand der nächste Ort auf der »Spur der Windrose« auch in religionsgeschichtlichem Kontext. Die Verehrung der alten römischen Götter hatte sich ja teilweise ins Brauchtum, in den Ritus und sogar die Lehren der römisch-katholischen Kirche hinübergerettet.

»Sagen Sie«, wandte sie sich an den Vikar, »gibt es eigentlich in Saint-Eustache noch alte Aufzeichnungen aus dem Jahr 1844?«

Er verließ den Platz an Madame Masons Seite, kam auf sie zu und musterte sie durchdringend. »Ich könnte schwören, Sie schon einmal irgendwo gesehen zu haben.«

Sie fühlte sich wie ein Reh im Zielfernrohr des Jägers. Irgendwie musste sie den Geistlichen mental auf Trab halten. »*Bitte*, Monsieur Tabaries, die Frage ist wichtig!«

»Ich verstehe nicht, was unsere Kirchenmatrikel mit Ihrem Experiment zu tun haben.«

»Matrikel?«

»Verzeichnisse über Taufen, Hochzeiten, Todesfälle ... Sie wissen schon – all die Dinge, die in Gemeinden verzeichnet werden.«

»Darf ich mal einen Blick in das Buch für 1844 werfen?«

»Wir haben verschiedene Matrikel: Eheregister, Taufbücher, Firmmatrikel ...«

»Dann eben in alle Verzeichnisse des Jahrgangs.«

»Wozu?«

»Mein Anliegen hängt mit der Entstehungsgeschichte des Stücks zusammen, das Monsieur Pétain eben gespielt hat. Es ist, in der Sprache der Musiker ausgedrückt, ein *Triangel*, dessen drei Ecken Berlioz, Sax und Liszt geschmiedet haben. Ich vermute, das war so um 1844 herum.« Und am 8. Oktober desselben Jahres, fügte sie in Gedanken hinzu, ist Franz Liszt dann in die Pyrenäen nach Pau gereist, um Caroline de Saint-Cricq zu besuchen. Vielleicht war *Le Chant Sacré* ursprünglich nicht als Meilenstein der Windrose komponiert worden, sondern als klingendes Gegenstück zum FL-Ring. Den »Talisman« hatte Liszt testamentarisch Caroline de Saint-Cricq vermacht, wohl um sein Kind aus der Schusslinie der Dunklen Farbenlauscher herauszuhalten. Aber die Komposition konnte er mit dem Namen seines Freundes Hector Berlioz tarnen und gefahrlos Sophie widmen, der vermeintlichen Tochter von Adolphe Sax.

Père Tabaries war untröstlich. »Ich würde Ihnen die Kirchenbücher ja gerne zeigen, aber ich kann nicht.«

Sarah überlegte, ob es einen Zweck hatte, dem Vikar etwas von der globalen Gefahr beim Ableben seines Oberhauptes zu erzählen. Mittlerweile hätte sie selbst vor einem Einbruch in die Kirche nicht zurückgeschreckt, wäre sie dadurch der Purpurpartitur nur näher gekommen … Ihre Gedanken gerieten ins Stocken. Hatte sie nicht vor Kurzem noch genau diese Der-Zweck-heiligt-die-Mittel-Mentalität bei Oleg Janin aufs Schärfste verurteilt?

Sie seufzte und sagte mit einem wohl bemessenen Augenaufschlag: »Können Sie nicht für mich eine Ausnahme machen, *Père* Tabaries?«

Der Vikar räusperte sich verlegen. »Es geht nicht darum, was ich *möchte*, Madame Vitez. Die Kirchenmatrikel werden schon seit Langem nicht mehr in den Gotteshäusern, sondern im Archiv des Erzbistums aufbewahrt. Ich kann aber wohl auch ohne Rücksprache mit Père Forestier verantworten, dort anzurufen, damit man Ihnen vielleicht heute noch Zugang gewährt.«

»Ich bin gerettet, dank Ihnen, Yves!«, brach es überschwänglich aus Sarah hervor – ihr war tatsächlich ein Stein vom Herzen gekollert.

Der Vikar lief rot an und seufzte: »Ich wünschte, es wäre so.«

Alsbald bedankte sich Sarah bei Madame Mason für die spontane Mithilfe, versicherte ihr, dass sie der Menschheit einen zukunftsweisenden Dienst erwiesen habe und befahl sie dem galanten Saxophonisten an.

Noël hatte inzwischen das historische Instrument gereinigt und wieder im Koffer verstaut. Als er Sarah in die Arme nahm, um sie zum Abschied zu küssen, flüsterte sie ihm ins Ohr: »Kann ich heute Nacht bei dir schlafen?«

Er sah sie überrascht an. »Ist es so schlimm mit dem Stalker?«

»Geradezu grauenhaft.«

Noël lächelte. »Kein Problem, Kleines. Wenn ich nicht zu Hause bin, klingle bei der Concierge. Ich sage Madame Triberis Bescheid, damit sie dich in die Wohnung lässt. Bis später.« Er küsste sie auf beide Wangen. Hiernach schnappte er sich den Koffer, reichte der Bankierswitwe den schwarz umlederten Arm zum Unterhaken, und während sie sich in Bewegung setzten, sagte er: »Nun endlich zu uns, meine Rose von Paris. Sie haben mir heute eine große Freude gemacht, indem Sie mich auf Ihrem Instrument spielen ließen. Ihr Saxophon ist eine *Göttin*. Darf ich Sie zu einem Frühstück einladen?«

Die alte Dame kicherte. »Sie sind ein Charmeur, Monsieur Pétain. Wenn ich mich nicht auf Ihre Höllenmaschine setzen muss, hätte ich gegen eine Tasse heißer Schokolade nichts einzuwenden.«

»Wunderbar! Ich kenne da ein hübsches Café in der Rue ...«

Die beiden waren außer Hörweite geschlendert und bald darauf in den Tiefen der Basilika verschwunden. Sarah räumte eilig ihre technische Ausrüstung zusammen. Anschließend führte Père Tabaries sie in ein Büro, von wo aus er mit seiner übergeordneten Dienststelle, dem *Archidioecesis Parisiensis,* telefonierte, der Erzdiözese von Paris.

Bei dem Gesprächspartner am anderen Ende der Leitung handelte es sich anscheinend um einen Freund oder Bekannten, sonst wäre der sanfte Vikar wohl nicht so bestimmend aufgetreten und hätte sein Gegenüber kaum mit Vornamen angesprochen. Zwischenzeitlich wurde seine Stimme sogar ungewohnt drängend, als er jenem gewissen Lambert klarmachte, dass die »Forscherin, Madame Vitez« nicht bis zum Jüngsten Gericht warten könne. Ihr brenne die Zeit unter den Nägeln. Lambert schien aber seine eigenen Vorstellungen von Dringlichkeit zu haben, und das Ende der Diskussion war nicht absehbar.

Sarah ließ sich seufzend am Schreibtisch gegenüber auf einen Bürostuhl sinken und begann in einer dort liegenden Tageszeitung, der aktuellen Ausgabe von *Le Monde,* zu blättern ...

Der Pater lauschte unterdessen in den Hörer, schickte ein paar Jas durch die Leitung, bedankte sich.

... und dann erstarrte sie, denn mitten aus dem bedeutendsten Blatt Frankreichs blickte ihr das eigene Gesicht entgegen. Es war eine ganzseitige Anzeige von Musilizer. Sarahs Porträt beanspruchte den größten Teil davon. Darüber prangte in großen Lettern die Frage:

WER HAT DIESE FRAU GESEHEN?

Unter dem Bild – einem Pressefoto ihrer PR-Agentur – stand ein kurzer Text:

Die bekannte und beliebte Pianistin Sarah d'Albis wurde am 27. Januar 2005 in der Gegend von Les Baux de Provence zum letzten Mal gesehen. Sie gilt seither als vermisst. Jüngste Ermittlungsergebnisse der Polizei berechtigen jedoch zu der Hoffnung, dass sie noch lebt. Deshalb setzt die Musilizer SARL eine Belohnung von

1 000 000 Euro

demjenigen aus, der sachdienliche Hinweise zu ihrem Verbleib geben kann. Dieser Betrag wird auch dann ausgezahlt, wenn der eindeutige Beweis ihres Todes erbracht wird, wovor Gott uns bewahren möge.

Das Inserat war ein regelrechter Steckbrief. Oder eine Einladung zur Parforcejagd, die dem Schnellsten für das Wild Sarah d'Albis – tot oder lebendig – eine Million versprach. Erst das geräuschvolle Auflegen eines Telefonhörers schreckte sie aus ihrer betäubenden Fassungslosigkeit auf. Flugs zog sie ein Zeitungsblatt über den »Steckbrief« und warf Père Tabaries ein ertapptes Grinsen entgegen. Du hast eine andere Frisur, eine andere Haarfarbe, beschwor sie sich, damit sie nicht aufsprang und aus dem Raum rannte.

»Alles in Ordnung?«, fragte er sie.

»Ja«, erwiderte sie tonlos. Fahrig legte sie die Zeitung zusammen, strich sie glatt, faltete sie sodann zu einem handlichen Paket und warf selbiges in den Papierkorb. »Alles bestens. Was haben Sie erreicht?«

Der Blick des Vikars verweilte einen Moment auf dem Abfalleimer, dann sah er auf seine Armbanduhr. »Ich schaffe es gerade noch, Sie in die Rue Saint-Vincent rüberzufahren. Oder möchten Sie lieber laufen?«

»Nein!«, japste Sarah, fing sich aber sofort wieder und fügte etwas ruhiger hinzu: »Nein. Ich würde sehr gerne in Ihrem Auto fahren.«

Fünfzehn Minuten nach neun saß Sarah in einem Leseraum des Erzbistums Paris. Père Tabaries hatte es sich nicht nehmen lassen, sie persönlich an einen befreundeten Mitbruder namens Lambert Taine weiterzureichen, der im Archiv der Diözese arbeitete. Ein letztes Mal fragte er Sarah, ob sie sich nicht doch schon einmal begegnet seien. Sie verneinte aufs Entschiedenste, man verabschiedete sich, und er entschwand mit wehendem Gewand.

Einige Minuten lang arbeitete sie ganz ungestört in dem von großen Fenstern erhellten Raum. Die anderen sieben Leseplätze waren noch frei. Pater Taine hatte ihr einige große Folianten herausgesucht, die sich jeweils der Registrierung bestimmter Ereignisse im Leben der Gemeindemitglieder von Saint-Eustache widmeten. Sie waren chronologisch geordnet, wobei jedes Buch fünf oder mehr Jahre umfasste. Von der Wiege bis zur Bahre fand man dort eine ganze Menge Lebensdaten: Angaben zum Beruf, zum Vermögen, zu Titeln und besonderen Ehrungen. Offenbar hatten die jeweiligen Priester einen großen Spielraum bei dem gehabt, was sie ihren Kirchenbüchern einverleibten.

Dummerweise waren alle Aufzeichnungen in lateinischer Sprache verfasst. Deshalb konzentrierte sich Sarah zunächst auf Namen: Sax, Liszt, Berlioz. Wenn sie auf Vornamen wie »Sophie« oder »Adolphe« stieß, versuchte sie die Eintragungen mit ihren leidlichen Italienischkenntnissen zu entziffern. Doch nichts war viel versprechend genug, um den Archivar um Hilfe bei der Übersetzung zu bitten.

Vielleicht sind die Kirchenbücher doch kein so guter Einfall, überlegte sie. Sollte sie noch einmal nach Saint-Eustache zurückkehren, wo Liszt so glanzvolle Triumphe gefeiert und so schmachvolle Niederlagen erlitten hatte ...?

»Die *Missa solemnis*!«, flüsterte sie. Mit einem Mal war ihr wieder eingefallen, was Névél in der Höhle der Windharfenhüter erwähnt und sich später bei Recherchen im Internet bestätigt hatte. Als die »Graner Messe« am 15. März 1866 zum ersten Mal in Paris aufgeführt worden war, hatten sich merkwürdige Dinge abgespielt.

Viertausend Besucher waren zu dem Benefizkonzert in die Kirche Saint-Eustache geströmt. Während der Aufführung wurde geschwatzt wie im Theater, die Kirchenpatrone und ihre Frauen liefen mit klappernden Kollektenkisten herum. Eine Abteilung Soldaten hatte Teile des Kirchenraums in einen Paradeplatz verwandelt, exerzierte mitten im Konzert und durchsiebte die sakralen Klänge mit Trommelwirbeln. Angeblich habe Liszt vor Konzertbeginn persönlich auf der Orgel Felix Mendelssohn Bartholdys *Hochzeitsmarsch* zu Shakespeares *Sommernachtstraum* gespielt, schrieb ein Biograf. Es sei in Saint-Eustache zugegangen wie im Tollhaus. Und hinterher gab die Presse dem Werk die Schuld. Franz Liszts *Missa solemnis* wurde gnadenlos verrissen. Am 20. März 1886 – fast auf den Tag genau zwanzig Jahre später – kam die Messe am selben Ort erneut zur Aufführung und erzielte einen glänzenden Erfolg ...

»Schon irgendwas gefunden?«, kappte eine leicht näselnde Stimme Sarahs Draht in die Vergangenheit. Es war Monsieur

Taine, der Archivar. Er stellte neben ihr ein Tablett ab. »Ihr Tee, Madame Vitez.«

»Vielen Dank, sehr freundlich von Ihnen. Sagen Sie, könnte ich einen Blick in den Jahrgang 1866 werfen?«

»Das ist aber ein Zeitsprung von mehr als zwanzig Jahren.«

»Ich weiß.« Sie lächelte.

Er sammelte die Matrikeln ein und seufzte. »Bin gleich wieder da.«

Mittlerweile waren alle Plätze des Lesesaals besetzt. Sarah musste immer wieder an den »Steckbrief« in der *Le Monde* denken. Sie kam sich vor, als stehe auf ihrem Kopf ein trommelnder Aufziehaffe, und alle Welt müsste sie anstarren. Vorsichtig schielte sie zu den benachbarten Tischen. Niemand beachtete sie.

Dann kam der Archivar mit den erbetenen Büchern, und die Suche begann von vorn. Sarah kämpfte sich durch sämtliche Verzeichnisse. Das Sterberegister bestand aus zwei Teilen. Der neuere war wie die anderen Matrikeln ein in braunes Leder gebundener Foliant. Band eins hingegen lag nur als Faksimile vor. Der letzte Eintrag darin stammte vom 12. Januar 1866, was ungewöhnlich war, hatte der Registrator sich in den anderen Büchern doch stets bemüht, sie genau zum Jahresschluss enden zu lassen. Auch umfasste das Verzeichnis weniger Seiten als die anderen. Teil zwei begann am 19. März mit dem Namen eines Vincent Blanc, von Beruf Hutmacher, der im Alter von vierundvierzig Jahren das Zeitliche gesegnet hatte.

Im ersten Moment spielte sie mit dem an sich lächerlichen Gedanken, in den zwei Monaten, die zwischen dem Ende der ersten und dem Anfang der zweiten Matrikel klafften, könnte die Gemeinde von Todesfällen verschont geblieben sein. Doch dann entdeckte sie auf dem Vorsatzpapier des Originalbandes eine Notiz, die ihr zuvor nicht aufgefallen war.

Paris, 18. März 1866

Heute, drei Tage nach einem empörend tumultuösen Konzert, entdeckte ich den Verlust des Sterbematrikels für die Todesfälle ab 1. Januar 1860. Saint-Eustache wimmelte von Menschen aller Schichten, und die Stimmung war so exaltiert, wie ich es nie zuvor bei einer Messe erlebt habe. Es steht zu befürchten, dass irgendein Satansbraten durchs Haus geschlichen ist und uns bestohlen hat. Und die Polizei interessiert sich nicht dafür. Ein Skandal sondergleichen! Der vorliegende Foliant setzt die Aufzeichnungen nach diesem Sakrileg fort. Für Auskünfte zu dem lückenhaften Zeitraum müssen andere Quellen zu Rate gezogen werden.

Curé Père Auguste Lacroix

Sarah klappte den Folianten zu, ging zum Telefon, rief Monsieur Taine an und schilderte ihm ihr Problem. Er bat sie um eine Minute Geduld.

Daraus wurden fast fünfzehn. Hierauf öffnete der Archivar die Tür zum Lesesaal, winkte Sarah zu sich und bat sie in sein Büro.

»Bitte entschuldigen Sie die Wartezeit, Madame, aber offenbar sind Sie da auf einen komplizierten Fall gestoßen. Ich musste erst die Akten konsultieren und einen im Ruhestand befindlichen Bruder anrufen.«

»Klingt dramatisch.«

Taine lächelte verlegen. »Nun ja, es hält sich in Grenzen. Das gestohlene Sterbematrikel ist kurz nach dem Zweiten Weltkrieg wieder aufgetaucht und wurde in London von einem französischen Staatsbürger ersteigert. Das Bistum Paris hat sich um Rückgabe bemüht. Leider vergeblich. Aber es konnte sich wenigstens per Gerichtsbeschluss das von Ihnen eingesehene Faksimile verschaffen.«

»In dem mindestens ein Blatt fehlt.«

»Ebenso wie im Original, behauptet der Käufer. Laut unseren Unterlagen hat ihn das Erzbistum Paris in den letzten fünfzig Jahren viermal um eine Kopie des fehlenden Folios gebeten und jedes Mal wurde uns mitgeteilt, es sei verschollen.«

»Ich würde mich trotzdem gerne persönlich davon überzeugen. Wie komme ich an den Besitzer heran?«

»Wenden Sie sich an seine Firma. Der Mann ist ein Phänomen. Er muss inzwischen uralt sein. Wahrscheinlich wollte er nicht von dieser Welt abtreten, ohne vorher seine Vermögensverhältnisse geordnet zu haben, jedenfalls hat er das Sterbematrikel dem Unternehmen überschrieben, das er schon seit einer Ewigkeit leitet. Sein Name ist Sergej Nekrasow. Die Firma heißt Musilizer.«

> *Diese Kraft, ein Publikum sich zu unterjochen, es zu heben, tragen und fallen zu lassen, mag wohl bei keinem Künstler, Paganini ausgenommen, in so hohem Grad anzutreffen sein. … Es ist nicht mehr Klavierspiel dieser oder jener Art, sondern Aussprache eines kühnen Charakters überhaupt, dem, zu herrschen, zu siegen, das Geschick einmal statt gefährlichen Werkzeugs das friedliche der Kunst zugeteilt.*
> Robert Schumann über Franz Liszt

36. Kapitel

Paris, 31. März 2005, 16.21 Uhr

Franz Liszt hatte nach dem Verlust des Kirchenbuches noch zwanzig Jahre gelebt. Wenn es einen Hinweis auf die Spur der Windrose enthielt, wieso hatte er dann nicht für Ersatz gesorgt? War dem Meister der Harfe etwa ein Fehler unterlaufen? Oder hatten die Dunklen Farbenlauscher den Diebstahl des Matrikels geheim gehalten? Die Polizei habe sich nicht dafür interessiert, hatte der Priester Auguste Lacroix erbost notiert. Waren die Gesetzeshüter mit Klängen der Macht manipuliert worden?

Sarah fühlte sich hin- und hergerissen. Jagte sie einem Hirngespinst nach? Andererseits, wieso lässt jemand ein kirchliches Dokument verschwinden, wenn es für ihn wertlos ist und ihn in keiner Weise belastet? Vielleicht hatten die Adler darin einen Hinweis auf das Versteck der Purpurpartitur vermutet oder sogar entdeckt, ihn aber nicht deuten können. Ja, so musste es sein.

Blieb nur die Frage, ob das Folio tatsächlich verschollen war. Vielleicht lag es ja in einem Tresor von Musilizer. Man müsste der Firma nur einen Besuch abstatten und nachschauen.

Sarah hatte sich alles genau überlegt. Es blieb ihr gar keine andere Möglichkeit, als es zu versuchen. Einfach nach Holland zu reisen und auf gut Glück nach einer Spur der Purpurpartitur zu suchen, wäre ein unsinniges und wohl auch aussichtsloses Unterfangen. Nach dem Besuch im Archiv des Erzbistums Paris hatte sie mit Krystian gesprochen, zwei weitere Wegwerfnamen aus ihrer Liste gestrichen und sich von ihm sagen lassen müssen, dass sie verrückt sei. Er mache sich Sorgen um sie. Verständlich. Aber eine bessere Idee hatte er auch nicht gehabt.

Den Rest des vergangenen Tages hatte sie der Vorbereitung des Coups gewidmet.

Als Erstes war sie ins Lafayette gegangen und hatte sich einen iPod, einen winzigen milchweißen MP3-Spieler, gekauft und dazu einen noch winzigeren Aufstecklautsprecher. Eine handliche Digitalkamera kam auch noch in den Einkaufskorb. Als sie an der Kaufhauskasse einen Stapel Bares hinblätterte, sah die Verkäuferin sie an, als habe sie ihr Monopolygeld andrehen wollen.

In der Kosmetikabteilung erstand sie anschließend für eine horrende Summe eine lange Schwarzhaarperücke und in der Damenoberbekleidung einen grauen Mantel sowie eine Mütze, die einem schlaffen Fesselballon ähnelte. Weitere Accessoires komplettierten die Ausrüstung.

Den späteren Nachmittag verbrachte Sarah damit, im Banken- und Geschäftsviertel La Défense das Verwaltungsgebäude von Musilizer zu beobachten. Sie wollte ein Gefühl für den Arbeitsrhythmus der Angestellten bekommen: Wann war man im Foyer weitgehend ungestört? Wann strömten die meisten Mitarbeiter aus dem Haus? Wann begann die Nachtschicht des Sicherheitspersonals?

Erst nach Einbruch der Dunkelheit fuhr sie dann in Noëls Wohnung, einem flippigen Loft im 16. Arrondissement. Der Saxophonist war noch nicht zu Hause. So konnte sie ungestört an einem neuen Musikstück arbeiten, das sie in ihrem Loopgenerator auf dem Notebook erstellte und anschließend als MP3-Datei auf den Player lud. Später am Abend probierte sie dann verschiedene Verkleidungen aus. Ihr ging es darum, sich ein biederes, möglichst unauffälliges Outfit zu geben, denn wenn sie schon in die Höhle des Löwen eindrang, dann am besten als graue Maus.

Als Noël kurz vor Mitternacht heimkehrte und sie ihm in voller Verkleidung aus dem Bad entgegenkam, hielt er sie im ersten Moment für eine Einbrecherin und wollte mit seinem Instrumentenkoffer nach ihr werfen. Zum Glück konnte sie ihn noch rechtzeitig davon abhalten. Ihm den Grund für ihren sonderbaren Aufzug zu erklären, hatte dann etwas länger gedauert – wieder musste der russische Stalker als Sündenbock herhalten.

Jetzt, etwa sechzehn Stunden später, durchquerte Sarah in ihrem langen, viel zu warmen »Mäusefell« die Avenue Pablo Picasso. Noël hatte sie auf seiner Harley nach La Défense gefahren und in sicherer Entfernung zur Musilizer-Zentrale abgesetzt. Sie wollte wenigstens ihn vor den wachsamen Augen der Adler schützen.

Mit gesenktem Blick lief sie unter Bäumen entlang, die erstes Frühjahrsgrün zeigten, direkt auf den dreiflügeligen Büroturm zu. Ihren Kopf hatte sie großflächig kaschiert: oben mit der zum Zopf geflochtenen Perücke und der Ballonmütze, das Gesicht mit einer schwarzen Sonnenbrille, den Rest blass geschminkt. Der Zeitpunkt für ihren Auftritt war mit Bedacht gewählt. Bald würden sich die Büros leeren, was das Risiko einer Entdeckung verringerte. Vor ihr öffnete sich zischend eine Glastür. Und dann war sie im Gebäude.

Während Sarah gemessenen Schritts die Eingangshalle durchquerte, rief sie sich Krystians Lektionen in den Sinn. Sie behielt den Kopf unten, damit man bei späterer Auswertung der Überwachungsvideos nicht ihr Gesicht erkennen konnte. Aus den Augenwinkeln checkte sie die Umgebung.

Das Foyer von Musilizer war eine spiegelnde Fläche aus braunem Granit, die in Sarah unwillkürlich die Vorstellung an einen Sumpf weckte, aus dessen trübem Wasser hier und da einzelne Pflanzenstauden wucherten. Im Hintergrund befanden sich sechs Fahrstühle. Davor ragte ein rundes Eiland auf. Einer der beiden männlichen Bewohner lächelte der herantreibenden Besucherin zu. Als Sarah am Gestade der Insel gestrandet war, hieß er sie im Namen von Musilizer willkommen und fragte: »Was kann ich für Sie tun, Madame?«

Sarah öffnete den Mund und deutete mit dem Zeigefinger hinein, fuhr sich dann mit der äußeren Handkante über die Kehle und wies sodann auf ihren milchweißen MP3-Player. Sie hoffte, sich auf diese Weise als des Sprechens unfähig ausgewiesen zu haben. Hiernach drückte sie mit dem Daumen das Sensorfeld zum Abspielen der vorbereiteten »Mitteilung«.

Der Klang einer Hirtenflöte drang aus dem Minilautsprecher, betörend wie das Spiel eines Schlangenbeschwörers.

Atemlos beobachtete Sarah durch das dunkle Brillenglas die Reaktion der Sicherheitsleute. Wenn auch nur einer der beiden ein leidlich begabter Farbenlauscher war, würde er ihr Täuschungsmanöver durchschauen, und sie hätte auf ganzer Linie versagt.

Zunächst löste sie bei den Männern wohl nur Verwirrung aus. Sie wechselten betretene Blicke, lauschten aber weiter dem Gedudel. Sarah hatte gehofft, das auf Höflichkeit getrimmte Empfangs- und Wachpersonal würde einer behinderten Person mehr Geduld als einem gesunden Menschen entgegenbringen, und die Rechnung schien aufzugehen.

Lausche und warte. Sobald ich dich rufe, befolgst du meinen Befehl.

Es war die gleiche unterschwellige Botschaft, die Walerij Tiomkin in Weimar und Kopenhagen seiner schwarzen Klangbox entlockt hatte. Aber würde das tönende Mixtum compositum auch die gleiche Wirkung zeigen? Sarahs Hand mit dem MP3-Player zitterte. Wie leicht konnte in diesem Moment jemand auf der Bildfläche erscheinen und Verdacht schöpfen oder gar die Klänge der Macht bemerken. Sie blickte nervös zu den Fahrstühlen, sechs Mäuler, die in wenigen Minuten Hunderte von Menschen ausspeien würden. Warum tat sich bei den Sicherheitsleuten nichts?

Mit einem Mal wurde ihr klar, dass *sie* etwas tun musste. Auf die Prägung durch den ersten unterschwelligen Befehl musste die aktive Umsetzung mittels einer Anweisung »in fast beliebiger Form« erfolgen – so hatte Krystian es ihr erklärt. Waren die Augen der beiden mit versteinerter Miene lauschenden Wachmänner nicht viel glasiger als zuvor?

»Hört ihr mich?«, fragte Sarah und kam sich vor wie eine Hypnotiseurin im Varieté.

»Ja, wir hören dich«, antworteten die Wachen im Chor.

Unglaublich! Sie hatte es wirklich geschafft, die Klänge der Macht aus ihrem Gedächtnis zu rekonstruieren, obwohl diese sublime Botschaft um einiges komplexer war als das simple *Kommt herbei!*, mit dem sie den armen Noël in einen Frühaufsteher verwandelt hatte.

»Ich suche ein Buch oder historisches Dokument von großem Wert und streng geheim. Monsieur Nekrasow hat es vor einem halben Jahrhundert für Musilizer gekauft. Du« – Sarah deutete gebieterisch auf den Mann, der ihr am Tresen direkt gegenüberstand – »wirst mir gleich sagen, wo er solche Schätze verwahrt und wer sie mir zeigen kann. Und wenn ich es dir befehle, dann wirst du mich zu dieser Person führen. Nach deiner Rückkehr wird dir kotzübel werden. Und du« – ihr Zeigefinger wechselte zum zweiten Wachmann – »bleibst so lange hier. Sollte dich jemand nach deinem Kollegen fragen, sagst du, er habe eine Magenverstimmung und käme gleich wieder. Wenn ich später das Haus verlasse, werdet ihr euch beide nicht mehr an mich erinnern. Und jetzt *erwacht!*«

Die Männer blinzelten und sahen erst einander, dann Sarah verwundert an.

Sie lächelte honigsüß. »Guten Tag, Messieurs. Mein Name ist Siréné. Ich suche ein Buch oder historisches Dokument von großem Wert und streng geheim, das Ihr Boss, Monsieur Nekrasow, vor einem halben Jahrhundert für Musilizer gekauft hat. Wer kann mir dieses Dokument wohl zeigen?«

»Für solche Sachen haben wir einen speziellen Safe im zweiten Kellergeschoss, Madame Siréné. Unser Chefarchivar, Monsieur Clément Beauharnais, wird Ihnen gerne behilflich sein.«

»Dann bringen Sie mich bitte zu ihm.«

»Gerne. Bitte folgen Sie mir, Madame Siréné.«

Der Wachmann öffnete eine Pforte in dem ringförmigen Tresen, um voranzugehen. Er führte die Besucherin zu den Aufzügen und drückte die Abwärtstaste.

Sarah starb fast vor Angst. Was hatte sie sich nur dabei gedacht, einfach so in Nekrasows Hauptquartier zu spazieren und …?

Direkt vor ihrer Nase öffnete sich ein Fahrstuhl und sie blickte in das gelangweilte Gesicht eines Mannes. Fast hätte sie vor Schreck geschrien. Sie kannte ihn, hatte sogar schon mit ihm konzertiert. Er war Violinist, ein Ensemblemitglied des *Orchestre National de France*. Ein Kollege von Noël Pétain.

»Bitte entschuldigen Sie«, sagte der Musiker, ohne sie richtig anzusehen, und drängte sich an ihr vorbei.

Er hatte die graue Maus überhaupt nicht beachtet. Fassungslos starrte sie ihm hinterher, während er zum Empfangstresen ging, sich aus einer Liste austrug und ...

»Bitte nach Ihnen«, sagte der Wachmann und wies mit ausgestrecktem Arm in den wartenden Fahrstuhl.

Sarah erlangte ihre Fassung zurück und betrat rasch den Lift.

Ihr Begleiter steckte einen seiner zahlreichen Schlüssel in das Schaltpaneel, drückte die mit »–2« beschriftete Taste und der Aufzug glitt nach unten.

Zwei Stockwerke tiefer betraten sie einen kahlen Vorraum mit zwei Stahltüren. Eine führte der Aufschrift zufolge in die Garage, die zweite ins Archiv. Dorthin geleitete der Sicherheitsmann den Gast, um ihn dem Abteilungsleiter zu überantworten. Dessen karges Büro lag am Anfang eines langen, schleimgelb gestrichenen Gangs, gleich neben einer Stechuhr und dem Bord mit den dazugehörigen Karten. Sarah und ihr Begleiter liefen dem Chefarchivar direkt in die Arme, der eben sein Zimmer verlassen wollte.

Er war ein Mann von hagerer Statur mit welligem grau meliertem Haar, auffällig schmalem Kopf, einer messerscharfen Nase und einem lässig weiten, maulwurfsfarbenen Anzug. Am linken Revers stak ein silbernes Namensschild mit der Aufschrift »C. Beauharnais«. Als ebendieser die fremde Person in seinem Reich gewahrte, braute sich auf seinem Gesicht ein Gewitter zusammen.

»Was soll der Unsinn, Armand? Sie wissen doch, dass firmenfremde Personen hier unten nichts zu suchen haben.«

Der Wachmann deutete auf die Frau an seiner Seite und erklärte: »Das ist Madame Siréné. Sie sucht ein Buch oder historisches Dokument von großem Wert, das streng geheim ist und das unser Boss, Monsieur Nekrasow, vor einem halben Jahrhundert für Musilizer gekauft hat. Sie werden ihr dieses Dokument zeigen.«

Der Archivar lief knallrot an und kreischte: »Sind Sie übergeschnappt?«

Sarah drückte den Wiedergabesensor an ihrem MP3-Spieler, und das Gerät wiederholte die sublime Beschwörungsformel.

Beauharnais' Kopf ruckte herum. »Was tun Sie da? Stellen Sie sofort das Ding ab.«

»Ich möchte Ihnen die Flötentöne beibringen«, antwortete Sarah freundlich und ließ es weiterspielen.

»Sie ist nämlich stumm«, fügte Wachmann Armand beflissen hinzu.

Beauharnais durchbohrte ihn mit Blicken. »Selbst wenn dieser Besuch von irgendjemand da oben abgesegnet ist, hätten Sie mich anrufen müssen, damit ich Madame Sirené am Empfang abhole. Das wird ein Nachspiel für Sie haben, Armand. Sie gehören nach oben, hinter Ihre Überwachungsmonitore.«

»Dahin kehre ich jetzt auch wieder zurück. Und dann kotze ich.«

Der Archivar fuhr sich mit den Fingern durch das stahlwollartige Haar, schüttelte ungläubig den Kopf und keuchte: »Sie sind durchgedreht, alle durchgedreht ...«

Mit einem Mal klappte er den Mund zu und blickte nur noch stumpf vor sich hin.

Sarah hatte mittlerweile gehörig kalte Füße bekommen. Ein Mann in Beauharnais' Position hätte leicht Farbenlauscher oder sonst wie gegen die unterschwellige Beeinflussung gefeit sein können.

»Hörst du mich, Clément Beauharnais?«, vergewisserte sie sich.

»Ja, ich höre«, bestätigte er.

Sie wandte sich dem Wachmann zu. »Ich brauche Sie nicht mehr.«

Armand machte kehrt und lief den Gang zurück, um sich im Foyer zu übergeben.

Sarah erteilte nun dem Archivar ihre Befehle. Im Wesentlichen wiederholte sie die schon zuvor den Sicherheitsleuten gegebenen Instruktionen, fügte ein eher allgemein gehaltenes Loyalitätsgebot hinzu, spezifizierte dafür sehr genau das Objekt ihrer Begierde – »das Sterbematrikel der Kirchengemeinde Saint-Eustache oder einzelne Blätter daraus mit den Eintragungen von Anfang 1866« – und gestattete hiernach Beauharnais zu erwachen.

Blinzelnd kam er zu sich und rieb sich die Augen.

Sie strahlte ihn an. »Wie geht es Ihnen, Monsieur Beauharnais?«

Er lächelte zurück. »Ausgezeichnet, Madame Sirené. Womit kann ich Ihnen dienen?«

Sie leierte den ganzen Salm noch einmal herunter und fragte: »Kennen Sie das Kirchenbuch?«

»Ja. Ich durfte zugegen sein, als Monsieur Nekrasow es im neuen Safe deponiert hat.«

»Neuer ... *Safe*?« Sarah schwante Schlimmes. »Bitte öffnen Sie den Tresor für mich und zeigen Sie mir das Buch.«

»Ich bin untröstlich, Sie enttäuschen zu müssen, Madame Sirené, aber die Kombination kennen nur die Messieurs Janin und Nekrasow.«

Sarah glaubte zerfließen zu müssen. Ihre Knie gaben nach wie Kerzen im Backofen. Auf der Suche nach Halt fegte sie ein halbes Dutzend Zeiterfassungskarten aus dem Wandbord.

»Fehlt Ihnen etwas?«, erkundigte sich Beauharnais.

Sie schüttelte den Kopf, antwortete aber: »Ja. Das Kirchenbuch. Zeigen Sie mir bitte den Tresor.«

»Gerne. Bitte kommen Sie.«

Beauharnais führte sie den Flur entlang. Hier und da drangen Stimmen oder ein Lachen aus benachbarten Räumen. Einige Türen waren nur angelehnt. Sarah schwitzte in ihrem Mäusefell. Wenn jetzt jemand in den Gang platzte, konnte er sie nicht übersehen und würde sich fragen, wieso der Chef gegen alle Vorschriften verstieß und eine wildfremde Person in diesen sensiblen Bereich schleppte. Ihre Hand schloss sich um den MP3-Player.

Der Archivar bog in einen ruhigen Quergang ein und blieb schließlich vor der letzten Tür stehen. Sie war mit einem Zahlenschloss gesichert. Um sie zu öffnen, zog er zunächst eine Magnetkarte durch einen Schlitz und tippte anschließend eine Ziffernkombination ein.

Alsbald stand Sarah in einem schmucklosen Raum von etwa drei mal vier Metern, in dem Blechregale voller Aktenordner und Kisten sowie vier Tresore standen. Der Archivar deutete auf das Exemplar ganz links an der Wand, ein wie Klavierlack glänzender schwarzer Schrank, allerdings ohne erkennbaren technischen Schnickschnack. Offenbar bevorzugte der betagte Großmeister der Adler das klassische Design.

»Wann hat Monsieur Nekrasow das Kirchenbuch in diesen Tresor gelegt?«, fragte Sarah.

»Vor etwa einem Jahr.«

Zu der Zeit, als Oleg Janin damit angefangen hatte, ihr nachzustellen. »Ich sehe kein Schlüsselloch. Braucht man nur das Wählrad, um den Schrank zu öffnen oder gibt es noch andere Sicherungsmechanismen?«

»Nein. Lediglich die siebenstellige Kombination.«

»Sagten Sie *sieben* Stellen?«

»Ganz recht, Madame Sirené. Das Innenleben dieses Panzerschranks ist moderner, als seine Außenhülle anmutet. Er besitzt ein elektronisches Zahlenkombinationsschloss, das nur wie ein simpler Mechanismus aussieht. Mit jeder falschen Kombination wird eine längere Wartezeit bis zur nächsten Eingabe provoziert. Nach drei Fehlversuchen muss man eine Stunde warten, beim vierten einen ganzen Tag.«

Sarah sah schon ihre sämtlichen Felle wegschwimmen. Sie mochte sich lieber erst gar nicht vorstellen, wie viele Milliarden und Abermilliarden Kombinationen man aus *sieben* Stellen bilden konnte …

Die Leier ist das geheimste und älteste Erkennungszeichen der Farbenlauscher.

Die Worte Névels, der Ersten Hüterin der Windharfe, waren so plötzlich in Sarahs Geist erschienen, dass sie regelrecht erschrak. Und sofort schlug ihr Geist eine Gedankenbrücke: *Wie oben, so unten* – von dieser alchemistischen Grundregel des Hermes Trismegistos hatten sich Generationen von Mystikern fast zwanghaft leiten lassen. Offenkundig auch Farbenlauscher wie Oleg Janin, sonst hätte er sich nicht ausgerechnet eine Handynummer ausgesucht, deren Wähltöne ein synästhetisches Pendant zum Sternbild der Leier bildeten.

Mit einem Mal wurde Sarah ganz aufgeregt. »Wie bedient man das Schloss, Monsieur Beauharnais?«

»Stellen Sie das Wählrad auf Null, drehen Sie es für die erste Zahl in Richtung der Scharniere, dann nach links, für die nächste wieder rechtsherum und immer so weiter bis zur siebten. Zum Schluss drücken Sie den Schlossriegel nach rechts und ziehen die Tür auf.«

Sarah stellte das Rad in die Grundposition und wählte anschließend die letzten sieben Ziffern von Janins Mobilrufnummer. Dann legte sie sich mit dem Hebel an, der ihrem Ziehen und Schieben stur widerstand.

»Er klemmt«, keuchte sie angestrengt.

»Nein. Ihre Kombination ist falsch«, erklärte Beauharnais.

Sie ließ das störrische Ding los. Die Striche auf dem Wählrad waren so eng wie auf einem Zentimetermaß. Vielleicht hatte sie sich verwählt. Sie versuchte es noch einmal – und scheiterte abermals.

»Mist!«, zischte sie. »Wäre ja auch zu einfach gewesen.«

»Was sagten Sie, Madame Sirené?«

Sie funkelte den Chefarchivar wütend an, obwohl ihn nun wirklich keine Schuld an ihrem Scheitern traf. Plötzlich hatte sie eine Idee.

»Gibt es hier unten einen Zugang zum Internet.«

»Ja. In meinem Büro ...«

»Kommen Sie«, fiel Sarah ihm ins Wort und eilte schon zur Tür.

Sekunden später saß sie in einem trostlosen Arbeitszimmer, dessen einziger Farbtupfer ein Foto von Monsieur Beauharnais' pausbäckiger Frau und seinen beiden ebenso pausbäckigen Töchtern war.

Flink wie ein Hacker klinkte sie sich ins Web ein und startete einen Suchlauf zum Sternbild Leier, auch Lyra oder Lyrae genannt. Darin gab es drei stellare Objekte, deren klassische Namen – Wega, Sheliak und Sulafat – ihr noch geläufig waren und ebenfalls eingetippt wurden. Damit erschöpfte sich ihr Wissen über Orpheus' Instrument, doch mehr war auch nicht nötig. Schon auf der ersten Bildschirmseite fand sie, wonach sie gesucht hatte: die astronomischen Bezeichnungen der Sterne.

Üblicherweise werden die Himmelskörper nach dem griechischen Alphabet geordnet, der erste Stern – hier Wega, der »Adler« – steht also an der Alpha-Position, der zweite bekommt das Beta zugewiesen, der dritte das Gamma und so weiter. Andere Kürzel können den prosaischen Namen ergänzen. Bei Lyra hatten die Astronomen den Sternen von Alpha bis Eta Nummern zugeteilt: *3 α Lyr (Wega), 10 β Lyr (Sheliak), 14 γ Lyr (Sulafat)* bis zum achten Objekt *20 η Lyr (Aladfar)*.

Zufrieden betrachtete Sarah die von ihr auf einem Zettel notierte Nummernfolge.

$$3 - 10 - 14 - 12 - 45 - 67 - 20$$

»Sieht das wie eine Safekombination aus?«, fragte sie Beauharnais, der ihr Treiben mit gleichgültiger Miene verfolgt hatte.

»Absolut«, bestätigte er.

Sarah leerte im Web-Browser den Cache, einen Zwischenspeicher, in dem die Daten der zuletzt besuchten Seiten aufbewahrt wurden, und löschte zudem das Verlaufsprotokoll mit den dazugehörigen Internet-Adressen. Plötzlich hörte sie Stimmen vor dem Büro.

»Kommt da jemand?«, fragte sie.

»Meine Mitarbeiterinnen gehen nach Hause«, sagte Beauharnais mechanisch.

Sie lief zur Tür und lauschte, bis wieder Ruhe eingekehrt war. Anschließend scheuchte sie den Archivar in den Tresorraum zurück.

Wieder machte sie sich am Zahlenschloss zu schaffen, stellte es auf Null und ließ es sodann hin- und herkreisen. Nachdem sie die ganze Nummernfolge abgespult hatte, drückte sie den Schlossriegel nach rechts. Diesmal fügte er sich ohne Zicken.

»Gratuliere«, sagte Beauharnais mit ausdrucksloser Miene.

Sie öffnete die Tür. Der Tresor war in mehrere Fächer unterteilt, auf denen vergilbte Aktendeckel, Ordner, mehrere Schatullen und ein Stapel erkennbar alter Bücher lagen. Wie gerne hätte Sarah den gesamten Inhalt einfach mitgehen lassen, aber ihr wahnwitziges Unternehmen war ohnehin ein Vabanquespiel. Mit jeder Sekunde wuchs das Risiko einer Entdeckung. Niemand durfte je erfahren, dass eine graue Maus namens Sarah d'Albis den Horst der Adler besucht und ihnen etwas stibitzt hatte ... Zielstrebig griff sie nach einem braunledernen Folianten, dessen Größe und Beschaffenheit ihr mittlerweile hinlänglich vertraut war.

»Volltreffer!«, flüsterte sie. Es war tatsächlich das 1866 gestohlene Sterbematrikel aus der Kirche Saint-Eustache. Aufgeregt blätterte sie zum Ende der Eintragungen und stieß ein triumphierendes »Ja!« aus. Die Todesfälle nach dem 12. Januar des fraglichen Jahres fehlten *nicht,* wie Nekrasow behauptet hatte. Das Kirchenbuch war unversehrt.

Rasch trug Sarah es – alles unter den unbeteiligten Blicken des Archivars – zu einem gut ausgeleuchteten Tisch. Anstatt flugs die Vorder- und Rückseite des Blattes abzufotografieren und sich aus dem Staub zu machen, überflog sie neugierig die mit Sorgfalt notierten Registrierungen. Plötzlich verharrte ihr suchender Finger.

»Anna Maria Liszt, geborene Lager?«, flüsterte sie verblüfft.

Warum hatte sie das nicht schon früher nachgeprüft?! Franz Liszts Mutter war am 6. Februar 1866 gestorben. Bereits zwei Tage später – genau fünf Wochen vor dem bizarren Konzert in Saint-Eustache – fand auf dem Cimetière du Montparnasse die Beisetzung statt. Da stand es deutlich geschrieben, in braunschwarzer Tinte auf dem vergilbten Papier. Anna war zu Hause verschieden, in der Rue Saint-Guillaume Nummer 29. Diese lag, ebenso wie die letzte Ruhestätte der Dahingeschiedenen, *südlich* der Seine, die Gemeinde von Saint-Eustache dagegen nördlich des Flusses. So ungewöhnlich Sarah schon die Registrierung von Annas Tod in einer fremden Pfarrgemeinde erschien, so deplaziert fand sie auch den Zusatz im Matrikel:

Und Psalm 68:10 (VUL) ließ alle Glocken läuten.

Monsieur Beauharnais räusperte sich. »Kann ich Ihnen sonst noch irgendwie dienlich sein, Madame Sirené?«

Sie musste sich erst sammeln, bevor sie antworten konnte: »Einen Moment noch, ich bin gleich fertig.«

Eilig zog sie ihre Digitalkamera aus der Tasche und schoss von beiden Seiten des Blattes mehrere Fotos, einige mit, andere ohne

Blitz. Von dem Eintrag über Anna Liszt machte sie sicherheitshalber noch eine Nahaufnahme. Dann klappte sie das Kirchenbuch zu, legte es in den Safe zurück, genau so, wie sie es vorgefunden hatte, und wandte sich wieder an den Archivar.

»Bitte sichern Sie den Tresor, wie es sich gehört, Monsieur Beauharnais.«

Er schloss die Tür, schob den Riegel in seine Ursprungsposition, drehte das Wählrad linksherum, bis es vier komplette Umdrehungen vollzogen hatte, und erklärte: »Jetzt ist die Kombination verworfen.«

»Wunderbar«, lobte Sarah. »Und nun wollen wir uns schön vorschriftsmäßig verhalten: Sie bringen mich zum Empfang ins Foyer zurück. Und nicht vergessen: Ich bin nicht hier, war nicht hier und werde niemals hier sein. Sie sind den ganzen Nachmittag mit sich und Ihrem Familienfoto allein gewesen.«

»Ja, Madame Siréné.«

Beauharnais führte sie durch den Flur zu den Aufzügen. Jemand hatte im Vorraum drei große Aluminiumkisten aufeinander gestapelt. Die oberste war aufgeklappt, vermutlich wurde sie gerade befüllt. Auf dem Boden lagen einige Kabelrollen. Außerdem stand jetzt die Tür zur Tiefgarage offen. Sarah spähte hindurch und bemerkte einen livrierten Hünen. Der Riese schob einen Rollstuhl, in dem ein verhutzelter Mann mit schlohweißem Haar saß. Sie steuerten einen silberfarbenen Rolls-Royce an.

Sarah drückte sich in die Nische der Fahrstuhltür und flüsterte: »Wer ist der Alte?«

»Monsieur Nekrasow«, antwortete Beauharnais vernehmlich.

Sie erzitterte.

»Ist da wer?«, tönte es aus der Tiefgarage. Die kräftige Stimme gehörte mit Sicherheit dem noch recht jungen Fahrer und/oder Leibwächter des Firmenchefs.

Sarah machte sich zur Flunder: Sie drückte sich so flach an die Aufzugtür, dass sie förmlich mit dieser verschmolz.

Im Gegensatz zu Beauharnais. Der trat sogar einen Schritt vor, um dem Chauffeur zuzurufen: »Ich bin es, Clément.«

»Ah!«, antwortete der andere. »Sie machen Überstunden?«

»Ich bin den ganzen Nachmittag mit mir und meinem Familienfoto allein gewesen.«

Sarah wäre am liebsten im Boden versunken.

Aus der Tiefgarage kam zunächst keine Antwort. Dann hörte sie eine ihr nur allzu vertraute, raschelnde Stimme.

»Er klingt merkwürdig. Man könnte glauben ... Schieb mich rasch zu dieser Säule, André, und sieh dann nach, ob alles in Ordnung ist.«

Für Sarah schien sich die Hölle unter ihren Füßen aufzutun. Was konnte sie tun? Der Leibwächter des Großmeisters war für ihre Klänge der Macht bestimmt nicht empfänglich.

»Warten Sie einen Moment, Clément«, rief der Hüne.

»Gerne«, antwortete Beauharnais.

Sarah schloss die Augen. Eine Stimme in ihrem Kopf sagte: *Netter Versuch. Aber ein bisschen einfältig war's schon.* Hektisch sah sie sich um. Wäre sie nur die graue Maus, für die sie sich ausgab, dann könnte sie sich in irgendein Loch verkriechen! Jäh blieb ihr umherspringender Blick stehen. *Ja! Das könnte klappen.*

Sie drückte dem Archivar ihre Ballonmütze in die Hände und raunte ihm ins Ohr: »Erzählen Sie dem Burschen, Sie hätten gerade eine Besucherin verabschiedet, die in diesem Moment auf dem Weg in Sergej Nekrasows Büro sei. Jetzt führen Sie ihr hinterher, weil sie dieses Ding hier bei Ihnen im Büro vergessen habe. Und ich bin ab sofort für Sie unsichtbar.«

Beauharnais sah sie ausdruckslos an. »Wo sind Sie mit einem Mal? Ich kann Sie nicht mehr sehen.«

Sarah wusste nicht, ob er nur einen besonders bizarren Humor besaß oder ihn die Klänge der Macht tatsächlich mit selektiver Blindheit geschlagen hatten.

Schritte näherten sich.

Behände glitt sie zu den Aluminiumkisten, schwang sich in den oberen Container, rollte sich auf den Kabeln zusammen und schloss leise den Deckel. Keinen Moment zu früh, denn schon hörte sie dumpf die Stimme des Leibwächters.

»Alles in Ordnung mit Ihnen, Clément? Sie wirken auf mich etwas verwirrt.«

»Mir geht es bestens, André.«

Stille trat ein. Sarah konnte sich lebhaft vorstellen, wie Nekrasows Chauffeur gerade den Archivar musterte. Sie widerstand der Versuchung, den Deckel des engen Behältnisses anzuheben und hinauszuspähen.

»Was halten Sie da in der Hand?«, fragte der Leibwächter unvermittelt.

»Das ist eine Ballonmütze. Madame Siréne hat sie bei mir liegen lassen. In diesem Moment ist sie auf dem Weg in Sergej Nekrasows Büro. Jetzt fahre ich ihr hinterher.«

»Sagten Sie nicht, Sie seien den ganzen Nachmittag mit sich und Ihrem Familienfoto allein gewesen?«

»Das ist völlig richtig, André.«

»Halt mal! Die Dame hieß Sirène?«

»Sie hat den Namen anders ausgesprochen, aber mir geht es wohl wie Ihnen, André: Ich musste gleich an die Seejungfrau denken.«

»Eher an singende Vogelwesen mit Mädchenköpfen, die Seefahrer in den Tod locken. Hatte die Besucherin einen Termin?«

»Nein. Sie war auch nicht hier und wird niemals hier sein.«

Sarah verzog in ihrem dunklen Versteck das Gesicht. Da draußen lief einiges schief. Sie hatte die Klänge der Macht und ihre Tücken gründlich unterschätzt. Als wolle das entschwundene Glück ihr einen letzten hämischen Gruß senden, ertönte jetzt auch noch die Glocke des Fahrstuhles. Die Türen glitten auf. Wäre der Lift nur ein paar Sekunden früher gekommen …!

»Dann ist Madame Siréne jetzt also auf dem Weg in die Vorstandsetage?«, vergewisserte sich der Leibwächter. Den Schreck hatte er abgeschüttelt, aber der Argwohn klebte ihm noch unüberhörbar in der Stimme.

»Ja.« Beauharnais' Antwort wurde vom Rumpeln der sich wieder schließenden Aufzugtüren untermalt.

»Hat sie Ihnen befohlen, das zu sagen?«, fragte André.

»Wie denn? Sie war ja nicht hier und wird niemals hier sein.«

»Verflucht!«, stieß der Bodyguard hervor.

Eine beklemmende Stille trat ein. Sarah glaubte zu spüren, wie der argwöhnische Blick des livrierten Hünen durch den Vorraum schweifte. Dann vernahm sie Schritte. Sie kniff die Augen zu. Jetzt ist ihm aufgefallen, dass jemand die Kiste geschlossen hat, schoss es ihr durch den Kopf. Gleich geht der Deckel auf und ...

Er öffnete sich tatsächlich.

Sarah riss den Mund auf. Sie wollte schreien, aber die Furcht schnürte ihr die Kehle zu. Schon sah sie im hellen Schlitz über sich einen Daumen, dann eine Hand, einen ganzen Arm ...

»André?«, schnarrte unvermittelt Nekrasows ungeduldige Stimme.

»Ich bin hier«, antwortete der Gerufene. Der Deckel fiel zu, und es wurde dunkel in der Kiste. Wieder hörte Sarah die schweren Schritte, doch diesmal entfernten sie sich.

»Können wir jetzt fahren oder gibt es ein Problem?«, wollte der Großmeister wissen. Er musste seinen Rollstuhl alleine wieder in Richtung Vorraum gelenkt haben.

»Eher Letzteres, Monsieur Nekrasow. Wie es aussieht, haben wir eine Spionin im Haus, die auf dem Weg in Ihr Büro ist. Sie hat Clément manipuliert.« Dem Hall seiner Stimme nach zu urteilen, stand der Leibwächter jetzt in der Tür zur Tiefgarage.

Der Großmeister antwortete postwendend. »Dann nichts wie hinauf, André! Die Frau darf uns auf keinen Fall entkommen.«

»Bin schon unterwegs.« Beauharnais befahl der Hüne: »Sie rühren sich nicht von der Stelle.«

Sarah hörte ihn mit dem Fahrstuhl verschwinden.

Sie wartete noch einen Moment, dann lüpfte sie vorsichtig den Deckel und blickte durch den schmalen Schlitz. Der Archivar war allein. Teilnahmslos starrte er ins Leere. So leise wie möglich schlüpfte sie aus der Kiste. Beauharnais wandte sich ihr zu. Seine Augen waren glasig, wie bei einem Blinden.

Unvermittelt hallte Nekrasows verdorrte Stimme aus der Garage. »Clément, komm doch bitte mal her, mein Junge. Ich möchte dich etwas fragen.«

Der Blick des Archivars lag noch auf Sarah. Sie erschauerte. War das ihr Ende? Wessen Macht war stärker – die ihrer zusammengestoppelten Farbenlauscherklänge oder das Wort eines Meisters der Harfe?

Mit einem Mal wandte sich Beauharnais von ihr ab und verließ wortlos den Vorraum.

Sie atmete erleichtert auf, huschte zu den Fahrstühlen und drückte die Aufwärtstaste. Obwohl sie Nekrasow und Beauharnais durch die offene Tiefgaragentür nicht sehen konnte, klangen ihre Stimmen ganz nah.

»Hör mir gut zu«, befahl der Harfenmeister und begann, eine wilde Melodie zu pfeifen.

Sarah erschrak. Nekrasow benutzte Klänge der Macht, um das Siegel zu brechen, mit dem sie den Geist des Archivars verschlossen hatte. Von Neuem presste sie sich in eine der Türnischen. Sie glaubte innerlich zu brennen. »Komm schon!«, flehte sie leise. »Geh endlich auf!«

Plötzlich verstummte das Lied des Harfenmeisters und seine pergamentene Stimme fragte: »Hörst du mich, Clément?«

»Ja, ich höre«, antwortete der Archivar.

»Hat die Spionin so wie ich eben ein Lied gepfiffen oder dir etwas vorgesungen?«

»Nein, Monsieur Nekrasow.«

Sarahs Knie wurden weich.

»Oder spielte sie dir etwas auf einem Musikinstrument vor?«

»Nein.«

»Benutzte sie vielleicht ...«

Plötzlich erklang die Fahrstuhlglocke und die Türen glitten auseinander. Sarah hatte sich so fest dagegengestemmt, dass sie fast der Länge nach in die Liftkabine fiel.

»Ist da noch jemand bei den Aufzügen?«, fragte Nekrasow scharf.

»Sie ist nicht hier, war nicht hier und wird niemals hier sein.«

»Schnell, bringe mich zum Lift!«

»Gerne, Monsieur Nekrasow.«

Sarah hatte inzwischen die Taste zum Erdgeschoss gedrückt und hieb jetzt auf eine andere, um ihre Rettungskapsel zu versiegeln. Zitternd presste sie sich an die Fahrstuhlwand und spähte zur Tiefgarage. In der Tür erschien Nekrasows Rollstuhl. Vom Meister der

Harfe sah sie nur die Beine bis hinauf zu den Knien und zwei altersfleckige, verschrumpelte Hände auf den Armlehnen, an seiner Rechten prangte ein schwerer goldener Siegelring. Dann wurde das Schott dichtgemacht, und der Aufzug entschwebte der Unterwelt.

Sarah schloss die Augen und atmete tief durch.

Den nächsten Schock bekam sie, als sich im Parterre die Türen wieder öffneten. Ein graues Gemurmel schwappte ihr entgegen. Dutzende Menschen strömten aus den Fahrstühlen. Einige rasende Herzschläge lang verharrte sie in atemloser Starre. Jetzt ist alles aus, dachte sie.

Aber niemand nahm von der Frau im langweiligen Regenmantel Notiz, zog doch ein anderer Akteur das allgemeine Interesse wie magisch an: An der Empfangsinsel lehnte Armand, der Wachmann, kreidebleich, schwer atmend, gestützt von seinem Kollegen. Sie standen in einer grünlich gelben Lache von Erbrochenem.

Die zum Feierabend drängenden Mitarbeiter von Musilizer veranstalteten ein Defilee des Abscheus: Angeekelt drängten sie an der stinkenden Pfütze vorbei, wollten sich aber gleichzeitig keinen röchelnden Atemzug des leidenden Kollegen entgehen lassen.

Plötzlich schrillte eine Feuerglocke.

Sarah zuckte zusammen. Vermutlich hatte der Leibwächter in der Vorstandsetage Alarm geschlagen. Das Murmeln im Foyer wurde lauter. Ansonsten reagierten die Gaffer eher träge auf die Eskalation. Sarah schob sich hinter der faustischen Menge entlang zum Ausgang. Keiner beachtete die graue Maus. Keiner, außer den Überwachungskameras.

*Der Fehler, den ich machte, war, eine Aufführung
unter solch beklagenswerten Umständen
nicht verboten zu haben.*
Franz Liszt

37. Kapitel

Paris, 31. März 2005, 18.34 Uhr

Erst als Sarah die Wohnungstür von Noël Pétains Loft hinter sich schloss, fühlte sie sich einigermaßen sicher. Auf dem Weg in ihr Refugium war sie tausend Tode gestorben. Sollte sie überhaupt noch eine Nacht hierbleiben und damit ihren Wohltäter in Gefahr bringen? Mangels hinreichend sicherer Alternativen entschloss sie sich dazu, es zu wagen.

Nachdem sie den grauen Mantel fallen gelassen und sich die schwarze Perücke vom Kopf gerissen hatte, ließ sie sich auf ein großes Ledersofa sinken und lag minutenlang wie tot da. Es hätte nicht viel gefehlt, und sie wäre den Mördern von Florence Le Mouel und so vielen anderen in die Hände gefallen. Tiomkin hatte gerne mit »schmerzhaften Dingen« gedroht. Sich diese *nicht* auszumalen, kostete Sarah einiges an Überwindung. Sie hatte sich in der Aluminiumkiste wie in einem Sarg gefühlt. Im Rückblick erschien ihr das Abenteuer aberwitzig. Das irre Gestammel des Archivars – sein Gehirn war von den verschiedenen Manipulationen wie aufgequirlt gewesen ... Wann würde Nekrasow wohl dahinterkommen, wer ihm den dreisten Streich gespielt hatte?

Als sie endlich zur Ruhe gekommen war, lud sie die Digitalfotos auf ihr Notebook. Die meisten waren von bestechender Qualität. Sorgfältig ging sie noch einmal beide Seiten des Folios durch, stieß aber auf keine anderen Auffälligkeiten als den bereits entdeckten Vermerk über das Ableben und die Beisetzung von Anna Liszt. Sarah beschlich das Gefühl, einen Wegweiser entdeckt zu haben, den sie nicht lesen konnte.

Sie holte sich die Vergrößerung des Eintrags auf den Bildschirm. Plötzlich spürte sie ein Prickeln im Nacken. War der Verweis auf den Bibeltext erst nachträglich hinzugefügt worden? Aufgeregt zog sie ihre anderen Quellen zu Rate, um die im Matrikel so knapp dokumentierten Ereignisse noch einmal im Kontext zu rekapitulieren:

Anfang Februar 1866 erreicht Franz Liszt in Rom eine Nachricht seines Schwiegersohns Emile Ollivier. (Dessen Frau, Liszts Tochter Blandine, war schon 1862 verstorben.) Der junge Witwer berichtet, Anna sei ernstlich an einer Lungenentzündung erkrankt. Mitte Januar hatte er noch geschrieben, sie erfreue sich »perfekter Gesundheit«. Liszt will umgehend nach Paris reisen, doch ehe es dazu kommt, erhält er ein Telegramm. Seine Mutter sei verstorben, die Beisetzung werde am 8. Februar stattfinden. Weil er nicht rechtzeitig in der französischen Hauptstadt eintreffen kann, beschließt er schweren Herzens, erst zu der geplanten Parispremiere der *Missa solemnis* anzureisen. Nur eine kleine Schar Trauernder wohnt der kurzen Messe bei, die in der Kirche St. Thomas Aquinas für die Verstorbene gelesen wird, und noch kleiner ist die Zahl derer, die mit Emile Ollivier auf dem Cimetière du Montparnasse von Anna Liszt Abschied nehmen.

Hatten die Dunklen sie umgebracht? Sarah schüttelte den Kopf. Vor einhundertvierzig Jahren war man vermutlich leichter an einer Pneumonie gestorben als in der Gegenwart. Aber auch so schnell?

Sie schob den lähmenden Gedanken beiseite und zwang sich, zunächst dem anderen Hinweis nachzugehen: »Und Psalm 68:10 (VUL) ließ alle Glocken läuten.« Seltsame Formulierung, dachte sie. Psalmen waren Lieder mit Musikbegleitung zum Lobpreis Gottes. Hätte der Priester nicht schreiben müssen, die Glocken hätten *zum* Psalm geläutet anstatt umgekehrt?

Sarah ging zu Noëls Bücherregal. Zwischen diversen Romanen, Bildbänden, Partituren und Büchern über Jazzmusiker fand sie eine Louis-Segond-Übersetzung der Heiligen Schrift. Sie zog die Bibel heraus und schlug den 68. Psalm auf. Was ihr der Vers 10 sagte, verwirrte sie jedoch:

Tu as répandu, ô Dieu, la pluie de ta bienveillance pour fortifier le peuple qui t'appartient quand il était épuisé.

»›Du hast verbreitet, o Gott, den Regen deiner Güte, um dein erschöpftes Volk zu stärken‹?«, murmelte Sarah verständnislos. Sie wandte sich wieder der Fotografie aus dem Kirchenbuch zu.

Stirnrunzelnd betrachtete sie den seltsamen Zusatz hinter dem Bibelverweis. »VUL?« Was bedeuteten die Buchstaben? Nach einigem fruchtlosen Herumstochern in ihrer »wandernden Bibliothek« beschloss sie, ein Wagnis einzugehen, von dem Krystian ihr vermutlich abgeraten hätte. Sie legte eine neue Chipkarte in ihr Handy, änderte abermals dessen Seriennummer und rief Yves Tabaries an, den Vikar von Saint-Eustache. Wie vor zwei Tagen hatte sie Glück. Wieder meldete sich seine sanfte Stimme.

»Hier Kithára Vitez.«

»Was für eine Überraschung! Guten Abend, Madame d'Albis«, antwortete Tabaries mit ironischem Unterton.

Nie zuvor hatte der Klang des eigenen Namens Sarah einen solchen Schrecken eingejagt. Sie fühlte sich, als würde sie jeden Moment zu einer Salzsäule auskristallisieren. »Äh … es tut mir leid«, war alles, was sie stammeln konnte.

»Was? Dass Sie mich belogen haben oder dass mir eine Million Euro durch die Lappen gehen werden?«

»Sie haben mich noch nicht verraten?« Sarah schöpfte Hoffnung.

»Nein. Musilizer verdient sein Geld damit, Menschen zu manipulieren. Das gefällt mir nicht. Ich konnte mir nicht vorstellen, dass diese Leute Ihnen aus reiner Menschenfreundlichkeit nachspüren. Die ganze Anzeigenkampagne ist mir ein Rätsel.«

»Kampagne?«

»Ich hab Ihr Bild in noch zwei anderen Zeitungen gesehen. Kein Wunder, dass Sie mir so bekannt vorkamen.«

Sarah beschloss, dem Vikar reinen Wein einzuschenken, wenn auch nur ein Quäntchen. »Man hat versucht, mich umzubringen, Monsieur Tabaries, und Leute von Musilizer waren darin verwickelt. Deshalb bin ich untergetaucht.«

»Ist das schon wieder eine Lüge?«

»Nein. Dazu ist die Sache viel zu ernst.«

Einige Sekunden lang war nur Tabaries' Atem zu hören. Dann sagte er: »Warum rufen Sie mich an, Madame … Vitez?«

Sarah atmete auf, hieß den Vikar einen Schatz und erklärte ihm ihr Problem.

Sie war kaum fertig damit, da antwortete Tabaries auch schon: »VUL ist die gängige Abkürzung für die lateinische *Vulgata*-Übersetzung. In den meisten heutigen Bibeln finden Sie den angegebenen Vers im 69. Psalm, nicht im 68.« Aus dem Handy drang ein Rascheln, so als habe der Priester sich mit seinem Telefon irgendwohin auf den Weg gemacht.

»Hat da jemand einfach einen Psalm hinzugedichtet?«, wunderte sich Sarah.

»Nein.« Tabaries ächzte, als müsse er eine schwere Last absetzen. »Wir verdanken die *Vulgata* dem Kirchenvater Hieronymus. Er hat sich bei der Nummerierung der Psalmen an der griechischen *Septuaginta*-Übersetzung orientiert. Gegenüber den meisten heutigen Bibeln sind dort die Psalmen 9 und 10 sowie 114 und 115 jeweils zu einem Gesang zusammengefasst und der 116. und 147. geteilt. So bleibt die Gesamtzahl von 150 Psalmen zwar erhalten, aber in der *Vulgata* sind die Nummern zwischen dem 10. und 146. jeweils um eins niedriger. Sie müssten in Ihrer Louis-Segond-Bibel also Psalm 69, 10 aufschlagen. Warten Sie ... Hier hab ich's. In der *Vulgata* lautet der Text: ›*Quoniam zelus domus tuae comedit me ...*‹«

»Moment, Moment, Moment«, unterbrach Sarah den Geistlichen. »Der lateinische Text sagt mir nichts. Können Sie den Vers für mich übersetzen?«

»Kein Problem, aber dazu genügt ein Blick in Ihre Louis-Segond-Ausgabe. Als Nachruf für eine Verstorbene dürfte ohnehin nur der erste Teil des Verses in Betracht kommen: ›Eifer um dein Haus hat mich verzehrt ...‹«

»›*Car le zèle de ta maison me dévore ...*‹«, las sie leise den ganzen Vers – »Denn der Eifer für dein Haus verzehrt mich, und die Schmähungen derer, die dich schmähen, fallen auf mich.«

Hatte Liszt mit diesem Hinweis etwa die Dunklen Farbenlauscher gemeint? Das ließ sich wohl nicht mehr feststellen, vielleicht sollte sie sich auf die Bemerkung des Vikars konzentrieren. »*Zèle, zelus ...* «, grübelte sie.

»Unser französisches Wort für Eifer oder Fleiß geht auf das lateinische *zelus* zurück«, bemerkte Tabaries. »Sie haben vermutlich schon einmal von den *Zeloten* gehört, den radikalen ›Eiferern‹, die im Palästina des ersten Jahrhunderts dem Establishment – Römern wie auch Landsleuten, denen sie antijüdisches Verhalten vorwarfen – die Hölle heiß gemacht haben. Die Zeloten sahen sich als die alleinigen Wahrer des göttlichen Rechts.«

»Eiferer, die gegen die etablierten Mächte revoltieren...«, sinnierte Sarah.

»Wollen Sie mir nicht einfach sagen, wonach Sie suchen? Dann kann ich vielleicht helfen«, schlug Tabaries vor.

Traue niemandem!, klang Krystians Stimme in ihrem Kopf. Und eine andere – wohl ihre eigene – sagte: *Man kann am Argwohn auch ersticken.* Sie seufzte. »Ich suche einen Zusammenhang zwischen diesem Bibelwort und der Musik.«

»Musik?«, wiederholte der Vikar nachdenklich und fügte aufgeregt hinzu: »Warten Sie, da fällt mir gerade etwas ein! Sie wissen vermutlich, dass wir ständig Konzerte in Saint-Eustache haben.«

Sarah erhob sich von ihrem Stuhl und lauschte ins Telefon. »Ja. Und?«

»Neulich habe ich mich mit einem Musiker unterhalten, der mir seine fotokopierte Partitur gezeigt hatte. Ein Stück von Mozart. Auf den Notenblättern war ein Stempel abgebildet, der eine Leier zeigte...«

»Eine *Leier*?«, platzte Sarah dazwischen.

»Ja. Was ist so Besonderes daran?«

»Nichts. Erzählen Sie weiter.«

»Na, jedenfalls war rings um dieses Instrument ein lateinischer Schriftzug zu sehen. Er lautete: ›Zelus pro Domo Dei‹.«

»Schätze mal, das bedeutet ›Eifer für Gottes Haus‹.«

»Ganz genau. Vermutlich eine Anspielung auf den von Ihnen gefundenen Bibeltext. Soll sich um den Namen eines katholischen Musikkollegs handeln.«

»Und wo finde ich diese Studienanstalt?«

»Warten Sie... Ja, jetzt weiß ich's wieder. Es war in Amsterdam.«

Aparctias
(Nordwesten)

—

Amsterdam

»*Die katholische Kirche, einzig beschäftigt, ihre toten Buchstaben zu murmeln und ihre Hinfälligkeit im Wohlleben zu fristen, nur Bann und Fluch kennend, wo sie segnen und aufrichten sollte, bar jeden Mitgefühls für das tiefe Sehnen, das die jungen Geschlechter verzehrt, weder Kunst noch Wissenschaft verstehend, zur Stillung dieses qualvollen Durstes, dieses Hungers nach Gerechtigkeit, nach Freiheit, nach Liebe nichts vermögend, nichts besitzend – die katholische Kirche, ... sie hat sich der Achtung und Liebe der Gegenwart völlig entfremdet.*«

Franz Liszt, *Zur Stellung der Künstler*, 1835

Wie Sie wissen, trage ich tiefe Trauer im Herzen;
sie muss hie und da in Noten ertönend ausbrechen.
Franz Liszt

38. Kapitel

Paris, 1. April 2005, 11.30 Uhr

Die Liste der gebrochenen Regeln wurde immer länger. Bei der Prüfung zur staatlich diplomierten Spionin wäre sie vermutlich mit Pauken und Trompeten durchgerasselt. Sarah versteckte sich immer noch in Noël Pétains Wohnung. Der Saxophonist hatte zu, wie er nicht oft genug betonen konnte, »unchristlicher Stunde« das Haus verlassen, um nach Straßburg zu reisen. Ein Gastspiel, merkte er an und meinte, er käme erst übermorgen zurück. Sarah könne so lange bleiben, wie sie wolle.

Doch sie hatte seine Gutmütigkeit schon weidlich ausgenutzt. *Wechsle dein Quartier, am besten täglich.* Krystians Worte hörte sie im Geiste wohl, allein ihr fehlte die Courage, sich hinauszuwagen, wo die Adler jagend kreisten. Deshalb saß sie nach wie vor hier. Und starrte auf ihr Handy.

Sie erwartete einen Anruf von Hannah Landnal, jener spindeldürren Feuilletonistin, neben der zu sitzen sie im Deutschen Nationaltheater zu Weimar das zweifelhafte Vergnügen hatte. Landnal weilte derzeit in Amsterdam.

Mittlerweile war Sarah felsenfest davon überzeugt, dass Liszts Spur der Windrose dorthin führte. Nach dem Telefonat mit Père Tabaries hatte sich dieses nächste Ziel ihrer Suche bereits abgezeichnet. Aber wo genau war der neue Hinweis versteckt? Und wie konnte sie ihn für ihr *Audition colorée* sichtbar machen? Das war zunächst alles andere als klar gewesen.

Wieder half ihr die »wandernde Bibliothek« weiter. Im Schriftverkehr von Franz Liszt entdeckte sie einen Brief vom 11. November 1863, in dem sich der Komponist darüber beklagte, von vielen Institutionen nach wie vor als der virtuose Klavierspieler, nicht aber als der Komponist wahrgenommen zu werden. Dann jedoch schränkte er ein:

... Nur eine musikalische Gesellschaft kann sich seit meiner Abreise aus Deutschland damit brüsten, eine ehrenswerte Ausnahme davon zu bilden, nämlich die Gesellschaft »Zelus pro Domo Dei« in Amsterdam, welche mir, infolge der Anerkennung und Aufführung meiner Graner Messe letzte Woche, ihr Diplom der Ehrenmitgliedschaft verliehen hat, begleitet von einem sehr freundlichen Brief in geziemendem Ton. Das Diplom ist überschrieben: »Roomsch Catholiek Kerkmusiek Collegie«, und die Gesellschaft wurde 1691 gegründet.

Liszt hatte seinen Brief etwa zweieinhalb Jahre vor dem desaströsen Konzert in Saint-Eustache verfasst, zu einer Zeit, als die Spur der Windrose nach Sarahs Recherchen im Entstehen begriffen war. Und wieder einmal tauchte der Name der *Missa solemnis,* der »Graner Messe«, auf. Zufall? Oder hatte Liszt nach der *Ungarischen Krönungsmesse* ein weiteres Mal eines seiner geistlichen Werke in einen Schlüssel verwandelt, einen von acht, die dem Windrosenpilger Zugang zur Purpurpartitur gewähren sollten?

Sarah verlagerte ihre Spurensuche auf das Internet. Fatalerweise existierte das Musikkolleg Zelus pro Domo Dei nicht mehr. Sie recherchierte trotzdem weiter und stieß so auf die Amsterdamer »Stichting Toonkunst-Bibliotheek«, welche die Bestände des Kollegs übernommen hatte. Im Web waren sogar Notenblätter abgebildet, und auf diesen prangte tatsächlich in blauer Tinte der von Tabaries erwähnte Stempel. Er war oval, und die abgebildete Lyra ruhte auf einem Standfuß – genau wie die Windharfe, auf der Krystian das Wappen von Saint-Cricq heraufbeschworen hatte. Mehr Anhaltspunkte hatte Sarah nicht gebraucht.

Und »Zelus pro Domo Dei« ließ alle Glocken läuten. So lautete der teilenträtselte Vermerk im Sterbematrikel von Saint-Eustache. Jetzt ergab die seltsame Satzstellung einen Sinn. Die musikalische Gesellschaft hatte die Messe von Gran wohl auf einem Glockenspiel erklingen lassen, vermutlich auf einem Carillon, dessen Geläut gewöhnlich in einem Turm hing und – zumindest in Liszts Tagen – über Seilzüge angeschlagen wurde. Von diesen Instrumenten gab es in Holland, wie Sarah zu ihrem Leidwesen wusste, sehr viele. Sie alle durchzuprobieren wäre eine Lebensaufgabe.

Beim Nachdenken über einen zeitsparenderen Weg war ihr Hannah Landnal eingefallen. Jede Solistin, die im Musikgeschäft überleben wollte, tat gut daran, sich mit der einflussreichen Musikkritikerin gut zu stellen und ihre Kontaktdaten stets parat zu haben.

Sarah wechselte abermals die Identität ihres Handys, damit Nekrasows Gewährsleute keine Verbindung zwischen Tabaries und der Deutschen Feuilletonistin herstellen konnten. Dann wählte sie ihre Mobilrufnummer. Diesmal half kein Verstellen. Sarahs Trumpf war ihr Name. Auch wenn sie damit wieder eine von Krystians Regeln brach.

Nach dem Hallo der Kritikerin sagte sie auf Deutsch: »Hier ist Sarah d'Albis. Haben Sie kurz Zeit für mich, Frau Landnal?«

»Was soll dieser dumme Scherz?«, entgegnete die Journalistin erbost.

»Ich bin es wirklich. In Weimar fragten Sie mich am 13. Januar, ob wir uns dieses Jahr wieder zum ›Amsterdamer Frühlingserwachen‹ treffen. Deshalb rufe ich Sie an.«

»Da brat mir doch einer einen Storch – Sie sind es wirklich! Die ganze Welt sucht nach Ihnen. Musilizer hat Anzeigen in allen großen europäischen Zeitungen geschaltet, um Sie aufzuspüren, und Sie rufen *mich* an? Wieso?«

»Sie wollten doch von mir ein Interview haben. Ich verspreche Ihnen etwas Besseres: Eine *exklusive* Story. Ich erzähle Ihnen jedes Detail des Mordanschlages auf mich und obendrein präsentiere ich Ihnen eine unglaubliche Verschwörungsgeschichte.«

»Mordanschlag? Verschwörungsgeschichte? Ist das ein verkappter Rachefeldzug gegen mich? Wollen Sie mir eine Bären aufbinden, damit ich mich vor aller Welt blamiere?«

»Nein. Ich würde mich bestimmt nicht versteckt halten, wenn es dafür keine guten Gründe gäbe.«

Landnal lachte auf ihre unvergleichlich trockene Art. »Ach, meine Liebe, wenn Sie wüssten, was Ihre Kolleginnen alles anstellen, um Beachtung zu finden! Anna Netrebko lässt sich nackt in der Badewanne filmen und nennt das einen Werbespot; Vanessa Mae mutiert zum Engelchen und posiert nebst weißen Flügeln im silberfarbenem Slip und einem BH, der nur aus ihren Händen besteht; und ...«

»Ich bin nicht so wie die, und das wissen Sie«, unterbrach Sarah die Hitliste der Geschmacklosigkeiten.

»Das stimmt allerdings.« Landnal schwieg einen Moment. Und fragte dann: »Was wollen Sie für die Exklusivstory haben?«

»Einen kleinen Gefallen und ein paar Tage absolutes Stillschweigen über unser Gespräch.«

»Geht's vielleicht ein bisschen genauer? Sie verlangen doch nichts Kriminelles von mir, oder?« Landnals Tonfall klang eher erwartungsvoll als bange.

»Halten Sie zwei Wochen still. Und was das andere betrifft: Ich möchte, dass Sie für mich in die Prinsengracht Nummer 587 fahren und in der Toonkunst-Bibliotheek nach einer Partitur der ›Graner Messe‹ von Liszt suchen. Vermutlich handelt es sich um eine gedruckte Ausgabe mit handschriftlichen Korrekturen oder Ergänzungen. Die Noten dürften aus dem Bestand eines katholischen Kollegs namens ›Zelus pro Domo Dei‹ stammen.«

»Das ist ja ein Klacks. Und nur dafür wollen Sie mir den Pulitzerpreis verschaffen?«

Irgendwie mochte Sarah den spröden Humor der dürren Hannah – solange *sie* nicht dessen Zielscheibe war. »Es gibt da noch eine Kleinigkeit. Ich brauche eine Tonkopie der Messe, in Stereo und mit Ihren besten Mikrofonen aufgenommen. Möglichst gestern.«

»Oha! Aus welcher Kirche?«

»Kann ich nicht sagen. Zelus pro Domo Dei wurde im 17. Jahrhundert von einem Pater Aegidius Glabbais, dem siebten Pastor der Moses-und-Aaron-Kirche gegründet. Sie fahren doch schon seit einer Ewigkeit nach Amsterdam. Wissen Sie zufällig, ob es da ein Glockenspiel gibt?«

»Verbindlichsten Dank für die Erinnerung an mein methusalemisches Alter. Was hat ein Glockenspiel mit der Messe zu tun?«

»Es ersetzt das Orchester für die *Missa solemnis*.«

»Geben Sie's zu: Sie sind der Lockvogel in *Vorsicht, Kamera!* und ich bin das Opfer.«

»Es ist mein Ernst. Sie werden alles verstehen, wenn Sie meine Geschichte hören.«

»Die Mozes en Aaronkerk habe ich schon mehrmals besucht. Es ist eine katholische Kirche mitten im alten jüdischen Viertel – daher wohl auch der Name. Gibt viele interreligiöse Veranstaltungen da. Aber sie hat kein Geläut, auf dem man eine vernünftige Melodie spielen könnte.«

»Das habe ich befürchtet.«

»Wie wäre es mit dem Glockenspiel des Zuidertoren?«

»Sagt mir nichts«, antwortete Sarah, ließ sich den Namen aber buchstabieren und startete damit einen Internetsuchlauf auf ihrem Notebook.

»Das Carillon muss ungefähr dreihundertfünfzig Jahre alt sein und spielt regelmäßig jeden Donnerstag. Irgendwann habe ich sogar einen Artikel über den Stadtglockenspieler geschrieben. Ich frag ihn mal, ob er den Spaß mitmacht.«

»Dafür könnte ich Sie umarmen, Frau Landnal.« Sarah hatte unterdessen eine Website gefunden, die sich ausgesprochen viel versprechend las. Das Carillon des Zuidertoren war 1656 entstanden, ursprünglich mit zweiunddreißig Glocken. Später hatte es sogar eine Erweiterung auf drei Oktaven erfahren. Im Jahr 1995 war es nach alten Konstruktionsplänen restauriert worden. Es könnte also noch den »alten Klang« aus lisztscher Zeit vermitteln, dachte Sarah.

»Mich umarmen?«, erheiterte sich Landnal. »Was für ungewohnte Töne von Ihnen! Ist das etwa der Beginn einer wunderbaren Freundschaft?«

»Lassen Sie es uns nicht übertreiben. So bizarr mein Wunsch für Sie auch klingen mag – es geht um Leben und Tod.«

Hannah Landnal hatte daraufhin, gemessen an ihrer sonstigen Gesprächigkeit, lange geschwiegen. Dann versprach sie, ihr Bestes zu tun. Sie werde am nächsten Tag zurückrufen.

Etwa zwölf Stunden später meldete sie sich zum ersten Mal. Sie habe tatsächlich einen Druck der *Missa solemnis* mit einer verwirrenden Vielzahl von handschriftlichen Korrekturen gefunden. Sarah bat ihre neue Verbündete, ein digitales Bild der Partitur in komprimierter und verschlüsselter Form an ihre geheime E-Mail-Adresse zu versenden. Minuten später war die elektronische Kopie in ihrem Posteingangskorb auf dem Computer.

Fieberhaft machte sich Sarah an die Lektüre der Noten. Schnell wurde ihr klar, welche Strategie Liszt bei seinen »Korrekturen« verfolgt hatte. In den ersten vier Teilen der Messe waren seine Eingriffe nur kosmetischer Natur gewesen, reine Camouflage, Beschäftigungstherapie für Musikwissenschaftler. Aber dann, im *Benedictus,* hatte er die gefühlvollen Gesangsstimmen auf faszinierend subtile Weise neu modelliert. Seine Überarbeitung sah aus wie ein »zweiter Wurf«, eine Verbesserung, die sich klanglich eng ans Original anlehnte, aber für den »Sehenden« – für Sarah – handelte es sich um ein völlig neues Klangbild.

Mithilfe eines Notensatzprogramms extrahierte sie diese Stimme aus der Partitur, damit der Stadtglockenspieler von Amsterdam sie problemlos spielen konnte, und schickte das fertige Ergebnis umgehend an Landnal zurück. Zusätzlich informierte sie die Journalistin per Telefon.

»Ich melde mich«, versprach die dürre Hannah.

Darauf wartete Sarah immer noch.

Inzwischen war es dreißig Minuten vor zwölf. Während sie das Handy auf dem Tisch hypnotisierte, erwachte dieses plötzlich zum Leben. Es machte gleichzeitig durch den Vibrationsalarm und einen sirenenartigen Rufton auf sich aufmerksam. Sarahs Hand schnappte zu.

»Ja?«

»Möchten Sie gerne eine Tonkonserve vom Glockenturm der Zuiderkirche?« Landnal hatte sich schnell an den konspirativen Umgangston gewöhnt.

»Schicken Sie's rüber«, sagte Sarah aufgeregt.

»Schon geschehen. Damit ist mein Teil der Abmachung erfüllt, richtig?«

»Wenn sich keine weiteren Komplikationen ergeben, schon.«

»Hauptsache, ich muss Quasimodo nicht noch einmal überreden, seine Glocken für mich zu läuten. Hat ihn ziemliche Überwindung gekostet und mich sechs Kästen von seinem Lieblingswein.«

»Mein Dank wird Ihnen ewig nachhängen.«

»Das hoffe ich. Also, dann bis bald.«

Sarah hatte schon alles für die Wiedergabe der Tonaufnahme bereit gemacht. Sie musste nur noch den Kopfhörer aufsetzen, die E-Mail aus Amsterdam abrufen und die angehängte Musikdatei abspielen. Erwartungsvoll lehnte sie sich im Stuhl zurück, schloss die Augen und lauschte.

Am Anfang der Aufnahme hätte ein normal begabter Mensch vermutlich nichts Wesentliches gehört. Aber Sarah war alles andere als normal. Ihr unglaublich sensibles Gehör vermochte kleinste Klangnuancen nicht nur wahrzunehmen, sondern daraus auch ein imaginäres Abbild des Raumes zu erschaffen. Daher fühlte sie sich, noch bevor die Glocken erklangen, in den Turm der Zuiderkirche versetzt. Die hochwertigen Mikrofone hatten die Atmosphäre erstaunlich natürlich eingefangen: das Rauschen des Windes im Turm, das leise Singen der zitternden Drahtzüge zwischen Manual und Geläut, das Gurren der Tauben …

Aber dann begann die Musik. Sarah meinte zu sehen, wie der Spieler mit den Fäusten auf die Klaviatur einhämmerte, um die nötige Kraft auf die Glocken zu übertragen. Jeder Anschlag tupfte auf ihre gläserne Leinwand einen dicken Klecks, der mit dem Ausklingen des Tons langsam verlief. Im Zusammenspiel ergab sich ein keilschriftartiges Muster, viel gröber als die feinen Konturen, die ein Klangkörper wie die Staatskapelle Weimar oder die grandiose Orgel der Budapester Matthiaskirche zu zeichnen vermochten, aber gleichwohl deutlich lesbar. Ja, wieder hatte Franz Liszt aus Tönen ein düsteres Gedicht erschaffen.

SELBST WENN DIE ADLER PURPUR TRAGEN
UM JUBALS LIED MIR ABZUJAGEN

UND DIE TIARA STOSSEN NIEDER
DAMIT SIE MACHT GEWINNEN WIEDER

WILL IHNEN TROTZEN ICH VOLL MUTE
BIS KOMMT DER SCHWAN VON MEINEM BLUTE

BEFLÜGELT KANN ZUM TODE SIECHEN
NIE MEHR BRAUCH ICH ZU KREUZE KRIECHEN

Etwa sechs Minuten nach Beginn des läutenden *Benedictus* fühlte sich Sarah wie aus dem Wasser gezogen, so sehr hatte sie die Entzifferung der Klangbotschaft angestrengt. Sie stöhnte. Warum konnte ihr Urururgroßvater nicht wenigstens *einmal* schreiben: »Reise von A nach B, da findest du eine Tafel mit dem nächsten Hinweis«? Stattdessen schickte er ihr abermals nichts als rätselhafte Andeutungen.

Der ersten Auflehnung gegen den neuerlichen Kraftakt, der ihr da abverlangt wurde, folgte eine Phase der Besonnenheit. »Was haben wir da?«, murmelte Sarah.

Es war wieder eine Messe. Ein Werk, für das ihm ein katholisches Kolleg ein Diplom verliehen hatte. Und ausgerechnet darin hatte er seine innere Abneigung gegen die institutionalisierte Frömmigkeit der Kirche zum Ausdruck gebracht, hieß es doch im letzten Vers, er brauche nie mehr zu Kreuze kriechen. Solch kritische Töne waren, wie Sarah sich erinnerte, für Franz Liszt kein Einzelfall, wenngleich er in seinen späteren Jahren als Abbé mehr Zurückhaltung geübt hatte.

Selbst wenn die Adler Purpur tragen ... und die Tiara stoßen nieder... In diesen Worten steckte ein kaum verhohlener Hinweis, dass der Einfluss der Dunklen Farbenlauscher bis in den Vatikan reichte, denn die dreifache Krone der Päpste, die Tiara, war bis zu Paul VI. Symbol der Vorherrschaft geistlicher Gewalt über die weltliche gewesen; im Wappen des Heiligen Stuhls sah man sie immer noch. »Die Tiara erhalten« – diese Redewendung umschrieb üblicherweise die Einführung eines neuen Papstes in sein Amt.

Hatte es schon zu Liszts Zeiten Versuche der Adler gegeben, die »Tiara niederzustoßen«? Möglich wäre es, überlegte Sarah, denn er hatte ja das Ende des Kirchenstaates im Jahr 1870 erlebt. Die weltliche Macht der Päpste auf so radikale Weise zu beschneiden war tatsächlich einem Umsturz gleichgekommen, wenn nicht sogar einer Neuordnung der Welt.

Sie seufzte. Das weitverzweigte Netz der Dunklen zu überblicken, erschien ihr immer aussichtsloser, ihnen die Stirn zu bieten, immer tollkühner. Trotzdem hatte Liszt, wie die weiteren Verse der Klangbotschaft zeigten, beherzt gegen seine mächtigen Gegenspieler aufbegehrt. »Jubals Lied« sollte nur einem »Schwan von seinem Blute« zufallen.

Damit bin wohl ich gemeint, dachte Sarah und, durchdrungen von der spirituellen Aura des Textes, flüsterte sie: »*Quo vadis*« – Wohin gehst du?

Um das letzte Blatt der Windrose abzuzupfen, fehlte ihr noch *eine* zündende Idee. Nur *ein* Wind war noch geblieben: Corus, der von Nordosten blies. Sarah rief sich die vielen Berichte über Liszts Reisen in den Sinn. Und wo er überall gewesen war! Welche seiner zahlreichen Stationen lag nordöstlich von Weimar? Berlin? Vielleicht kehrte die Schatzsuche am Ende nach Deutschland zurück. Aber Liszt war, bei aller patriotischen Begeisterung für sein Ungarn, ein Kosmopolit gewesen. Sollte sie nicht besser in größeren Dimensionen denken?

»Sankt Petersburg?«, murmelte sie. In Liszts Tagen war der dortige Zarenhof ein Magnet für die besten Musiker und Kunstliebhaber. Auch er, der vergötterte Virtuose und visionäre Komponist, hatte immer wieder dort gastiert.

Sie schüttelte den Kopf. Spekulationen würden sie nicht weiterbringen. Sie brauchte etwas Handfestes, um ihre Theorie zu stützen. Erneut vertiefte sie sich in die Klangbotschaft des Glockenspiels. Vielleicht sollte sie Liszts ironisches Spiel mit seiner Frömmigkeit als Wink interpretieren. Sie erinnerte sich, im Tiefenarchiv der Weimarer Herzogin-Anna-Amalia-Bibliothek ein Buch aus Liszts persönlichem Besitz gesehen zu haben – *De L'Imitation De Jésus-Christ* von Thomas a Kempis – und darin hatte eine persönliche Widmung von Papst Pius IX. geprangt.

Der Conte Giovanni Maria Mastai-Ferretti, so der weltliche Titel und Name des damaligen Oberhauptes aller Katholiken, war ein großer Bewunderer von Franz Liszt gewesen. Er hatte die Ehe der

Fürstin Carolyne von Sayn-Wittgenstein annulliert, um dem Maestro den Weg zum Altar zu ebnen und es hieß, nur durch persönliche Intervention des Heiligen Vaters habe der Bohemien Liszt später überhaupt die niederen Priesterweihen erhalten. Das Musikgenie erwies sich auf seine Weise dankbar, indem es dem Kirchenfürsten einen Hymnus gewidmet und den Lobgesang obendrein *Pio IX* genannt hatte. Die Werkeverzeichnisse gaben keine klare Auskunft darüber, wann das Stück komponiert worden war, schätzen den Zeitpunkt der Entstehung aber auf das Jahr 1863 – was genau in die Phase fiel, als Liszt seine Spur der Windrose ausgelegt hatte.

Hier setzte Sarah ihren Hebel an, und ihr inzwischen ausgeprägtes Gespür für die Vorgehensweise ihres Ahnen führte sie bald auf eine vielversprechende Spur. Im Internet stolperte sie über einen reißerischen Artikel über Beutekunst. Speziell ging es darin um Kulturgüter, die während und nach dem Zweiten Weltkrieg von Deutschland in die Sowjetunion verbracht worden waren.

Unter dem Raubgut befindet sich auch ein kleines Kabinett aus Pinienholz und Bronze mit kunstvollen Intarsien. Darin fand sich eine Partitur des Papsthymnus' Pio IX von Franz Liszt. Der Komponist hatte die Notenblätter in Sankt Petersburg persönlich Anton Rubinstein geschenkt, als er dort das 1862 neu gegründete Kaiserliche Konservatorium besuchte. Später kaufte es ein Berliner Musikalienhändler. Durch die Rote Armee kam es in die UdSSR zurück und wird heute in der St. Petersburger Eremitage aufbewahrt ...

»Rubinstein?«, murmelte Sarah. Anton Rubinstein war wie Liszt Pianist und Komponist gewesen. Gehörte er auch zu den Lichten Farbenlauschern? Ihre wandernde Bibliothek förderte dazu einige bemerkenswerte Erkenntnisse zu Tage.

Schon im Alter von neun Jahren – 1839 – begegnet der Russe erstmals dem umjubelten Virtuosen Liszt, später wird er sein Schüler. Der Ältere empfängt den Jüngeren in der Weimarer Altenburg. In seiner Korrespondenz nennt Liszt das Nachwuchstalent liebevoll »Van II.«, ein Spitzname, die Kurzform für »Ludwig van Beethoven II.«. Am 9. Januar 1872 bedankt sich Liszt in einem Brief für eine Dose Kaviar, welche ihm von Madame Rubinstein geschickt worden war. Und als Rubinstein längst selbst ein geschätzter Klavierlehrer geworden ist, schickt er mit Vera Timanoff eine seiner Schülerinnen zu Liszt nach Weimar.

Ob sie nur Grüße brüderlicher Verbundenheit überbracht hat?, fragte sich Sarah. Sie zweifelte kaum noch an Rubinsteins Zugehörigkeit zum engsten Kreis von Liszts Vertrauten.

»Ich müsste an den *Papsthymnus* in der Eremitage herankommen«, sinnierte sie. Aber wie? Irgendwo hatte sie einmal gelesen, dass der Bestand des Sankt Petersburger Museums etwa drei Millionen Exponate umfasste und das Meiste davon in irgendwelchen Kellern und Archiven verrotte, weil es ständig an Geld mangele. Den in der Musilizer-Zentrale gelandeten Coup im Kunstpalast der Zaren noch einmal zu wiederholen, erschien ihr undenkbar. Die Eremitage war zu unübersichtlich, und außerdem sprach Sarah kein Russisch. Sie überlegte, wie sie den offiziellen Weg gehen konnte, ohne sich in den Maschen der postkommunistischen Bürokratie zu verheddern.

»Da mache ich mich besser an die Quadratur des Kreises – das ist leichter«, stöhnte sie und griff zum Handy.

»Hallo?«, meldete sich kurz darauf Hannah Landnal.

»Ich bin's noch einmal, Quasimodos größter Fan.«

»Was? Sagen Sie bloß, die Tonqualiät hat Sie nicht überzeugt.«

»Doch, doch, alles bestens. Vielen Dank noch einmal. Kurze Frage: Wie sind Ihre Kontakte nach Sankt Petersburg, speziell zur Eremitage?«

»Meine Schwerpunkte liegen woanders, aber ich habe mal einen Bericht über die starke Frau des Museums gemacht, die Direktorin Elena Bella Loginowa.«

»Über wen haben Sie eigentlich noch nicht geschrieben?«

»In der Kulturszene? Mir fällt so schnell kein Name ein.«

»Ich hätte da noch eine kleine Bitte, um die gewisse Sache, von der ich Ihnen erzählt habe, schnell zum Abschluss zu bringen. Es ist wieder das gleiche Spiel: Ich brauche die Kopie einer Partitur. Diesmal ist es der Hymnus *Pio IX* von Liszt. Die Noten befinden sich in der Eremitage in Sankt Petersburg, möglicherweise in einem Miniaturkabinett aus Pinienholz und Bronze mit Einlegearbeiten. Bei dem Ensemble handelt es sich offenbar um Beutekunst.«

»Da sollten Sie sich besser an die Quadratur des Kreises machen.«

Sarah stutzte.

»Sind Sie noch dran?«, erkundigte sich Landnal.

»Ja. Äh ... Was ist so schwierig daran, eine Kopie von einer Musikalie anzufordern?«

»Im Prinzip nichts. Aber Beutekunst ist ein heikles Thema in Russland. Wenn Sie in der Sache überhaupt etwas erreichen wollen, dann müssen Sie sich an die Direktorin wenden. Ich schätze mal, mit mir will sie es sich nicht verderben. Soll ich versuchen, in der Eremitage einen Termin für Sie zu machen?«

»Das wäre wunderbar!«

»Schon erledigt. Und wann?«

»Bleiben Sie bitte kurz dran ...« Sarah legte das Handy zur Seite und rief im Internet einen Online-Flugbuchungsservice auf. Als Abflugort gab sie »Paris« ein und als Ziel »St. Petersburg«. Nur wenige Sekunden später sagte sie ins Telefon: »Mir wäre morgen recht. Je eher, desto besser.«

Corus
(Nordosten)

—

St. Petersburg

———— ❋ ————

Im Jahre 1842 kam Liszt nach Petersburg. Verlangend stürzte ich in sein erstes Konzert (im Saal der Adelsgesellschaft). ... Auf dem Podium standen zwei Flügel, zwei Stühle und weiter nichts, kein Orchester und keine Noten waren zu sehen. ... von den ersten Tönen an begriffen wir, dass hier die wahre Bedeutung und Bestimmung des Klaviers erfasst war! ... dass sich die Macht der Poesie völlig das materielle Werkzeug des Klanges unterordnete. Die Farblosigkeit und mangelnde Charakteristik des Klaviers war – unter den Händen eines solchen Virtuosen – zum höchsten Vorzug geworden: weißes Papier, leere Leinwand, auf der er mit seinen Farben nach seinem Willen schaltet, in künstlerischer Übereinstimmung mit der poetischen Gegebenheit der Musik ... der Zauber der Illusion so groß, dass der Klavierton völlig verschwindet... Der Makrokosmos des Rossinischen Orchesters völlig ersetzt von dem Mikrokosmos des Lisztschen Klavierspiels! Das große Geheimnis der Kunst, in der das Werkzeug nichts und der Geist alles bedeutet!

Alexander N. Serow, 1842 über Franz Liszt

... was es da an technischen Wundern zu erleben gab, schien wahrhaftig über das Menschenmögliche zu gehen.
Wendelin Weißheimer,
1886 über Franz Liszt

39. Kapitel

St. Petersburg, 2. April 2005, 9.50 Uhr

Jedes Mal, wenn Sarah nach Sankt Petersburg kam, beschlich sie das Gefühl, als Statistin durch eine Bühnendekoration zu laufen, in der ein über hundert Jahre altes Stück aufgeführt wurde. Die Staatspaläste, Palais und prunkvollen Wohnhäuser zeugten von einer Epoche, in der Noblesse Pflicht war. Allerdings hatte der Zahn der Zeit seine Spuren an der glamourösen Kulisse hinterlassen. Man bemühte sich allenthalben, die Szenerie in altem Glanz wiedererstrahlen zu lassen, aber nach wie vor genügte vielerorts ein Wenden des Kopfes, um blätternde Fassaden, verschabte Hauseingänge und ruinöse Gemäuer zu erblicken. Doch wer die Imaginationskraft besaß, sich die vieljährige Schmutzschicht auf den Gebäuden wegzudenken, der gewahrte die alte Pracht immer noch: in den Glasmalereien der Treppenhäuser, den Ornamenten, den Reliefs, den eigenwilligen Türmchen, dem ganzen Geschwülst eines untergegangenen Beamtenstaats, dem der Schein alles und das wahre Sein nicht ganz so viel bedeutet hatte.

Jetzt, während Sarah den Admiraltejski-Prospekt entlangwanderte, frischte sie all diese Eindrücke wieder auf. Obwohl es der 2. April war, der zweihundertjährige Geburtstag von Hans Christian Andersen und damit das von Nekrasow unheilschwer orakelte Datum, empfand sie so etwas wie eine melancholische Freude, endlich wieder hier zu sein. Fast fühlte sie sich in diesem Bühnenbild selbst wie eine Petersburgerin, wie eine literarische Figur des 19. Jahrhunderts, wie die Lisaweta Iwanowna in Puschkins *Pique Dame*.

Während ihrer Konzertreisen durch alle Welt fehlte meist die Zeit zum Besuch von Galerien oder irgendwelchen Sehenswürdigkeiten. Deshalb war sie auch noch nie in der Eremitage gewesen, obwohl sie den Winterpalast der Zaren schon oft von außen bewundert hatte. Das sollte sich nun ändern.

Sie war zu Fuß vom Angleterre in das Museum aufgebrochen, ein Spaziergang von nur wenigen Minuten. Obwohl sie in dem noblen Hotel schon früher genächtigt hatte, war beim Einchecken am vergangenen Abend offenbar niemandem die Ähnlichkeit der roothaarigen Frankokanadierin Kitty Gerárd mit der berühmten Pianistin Sarah d'Albis aufgefallen. Sie hatte das Fünf-Sterne-Quartier aus der Not heraus gewählt, weil sie erst kurz vor zehn auf dem Petersburger Pulkovo-Flughafen gelandet war – zu spät für eine aufwendige Suche nach einer kleinen, unauffälligen Unterkunft – und weil ihre Nerven flatterten wie die Zunge einer Orgelpfeife.

Die Einreiseformalitäten hatten ihr schauspielerisches Talent auf eine harte Probe gestellt. Daran änderte auch das von der russischen Botschaft in Paris in letzter Sekunde ausgestellte Visum nichts. Es war der Pass, der sie an den Rand eines Nervenzusammenbruchs getrieben hatte. Laut Krystian waren zwar nur ihre Identitäten gefälscht, die Ausweispapiere aber, dank der guten Beziehungen der Windharfenhüter, echt, aber das hatte sie keineswegs beruhigt, als sie in der langen Schlange auf ihre Abfertigung wartete und dann nachher einem, wie sie meinte, unglaublich kritisch dreinblickenden Grenzbeamten Rede und Antwort stehen musste.

»Zu welchem Zweck besuchen Sie unser Land?«, hatte der Uniformierte mit einem Lächeln gefragt, das gar nicht echt sein *konnte*.

Um eine Weltverschwörung abzuwenden. Um die Vorherrschaft der Dunklen Farbenlauscher zu brechen. Weil ich das letzte Rätsel auf der Spur der Windrose mit meinem synästhetischen Gespür lösen und die Purpurpartitur finden will. Sie hatte im Geiste alle möglichen Erklärungen und die dazugehörigen Reaktionen durchgespielt, entschied sich dann aber zu der Antwort: »Ich will mir ein Paar Schönheiten der Stadt ansehen.«

Damit hatte sie den Beamten rumgekriegt, ihr einen Stempel in den Pass zu hauen.

Das Winterpalais lag an der Newa. Um dorthin zu gelangen,

musste Sarah den Newski-Prospekt überqueren. Eine Bombe hatte auf dieser Prachtstraße am 13. März 1881 (nach dem Gregorianischen Kalender) Zar Alexander II. Nikolajewitsch vom Leben zum Tod befördert. Franz Liszt war schon im Vorfeld des Anschlags informiert worden, aber seine als Klangbotschaft chiffrierte Warnung hatte offenbar nie den Adressaten erreicht. Daran musste Sarah jetzt denken, während sie den Asphalt des Boulevards unter ihren Sohlen fühlte.

Alsbald betrat sie den Dworzowaja Ploschtschad, den großen Schlossplatz, aus dessen Mitte die dem Onkel des atomisierten Zaren gewidmete Alexandersäule aufragte. Jenseits des rosafarbenen, fünfzig Meter hohen Granitmonuments lag der Winterpalast mit seinen strahlend weißen Säulen und zartgrünen Fassaden. Er gehörte zu einer weiträumigen Schlossanlage, deren besonderes Glanzstück, die »Kleine Eremitage«, in der zweiten Hälfte des 18. Jahrhunderts für Zarin Katharina die Große erbaut worden war.

Obwohl das Museum erst um 10.30 Uhr öffnete, wartete bereits eine lange Schlange von Besuchern auf Einlass. Vereinzelt hörte Sarah Stimmen des Unmuts, als sie einfach an den Leuten vorbeilief. Nach einigen Komplikationen mit den Zugangskontrolleuren gelangte sie dann aber gerade noch rechtzeitig zum Büro der Direktorin.

Elena Bella Loginowa öffnete dem Gast höchstselbst. Sie war ungefähr einen Meter sechzig hoch und einen Meter breit. Diese von manchen Frauen als unvorteilhaft empfundenen Zahlenverhältnisse hinderten sie nicht daran, ein taubengraues Kostüm mit enger Jacke und schmal geschnittenem Rock zu tragen. Dazu hatte sie Schuhe gewählt, die sich auch gut für eine alpine Wanderung von mittlerem Schwierigkeitsgrad geeignet hätten. Ihr schwarzes, streng zurückgekämmtes, als Chignon getragenes Haar war vermutlich gefärbt – Sarah schätzte die streng dreinblickende Frau auf Mitte fünfzig.

Als Besucher in einem fremden Land wollte sie nichts falsch machen und streckte Loginowa lächelnd die Hand entgegen. Damit hatte sie offenbar schon ihren ersten Fehler begangen, denn die

Hüterin von drei Millionen Kunstschätzen griff nicht etwa zu, sondern deutete ins Innere ihres Arbeitszimmers.

Das Parkett ächzte unter Sarahs Gewicht, als sie durch die Tür trat. Dabei fühlte sie sich spontan in *Det Kongelige Teater* von Kopenhagen zurückversetzt, so groß kam ihr der Raum vor. Und so barock: goldene Stuckverzierungen und kristallene Leuchter an der Decke, ein Mobiliar aus verschnörkelten Antiquitäten und abgewetzten Persern auf dem Boden sowie garantiert echte Ölschinken an den Wänden zeugten, nein, nicht unbedingt von erlesenem Geschmack, sondern wohl eher von den Nöten des Museums, seine überbordende Menge an Kulturgütern adäquat zu lagern.

Der ausgestreckte, diagonal in den Saal weisende Arm der Direktorin ließ auf eine Begrüßung in der Art von »Dies ist mein Reich!« schließen, stattdessen sagte sie lediglich in ausgezeichnetem Französisch: »Treten Sie näher, Madame d'Albis. Oder bestehen Sie darauf, dass ich Sie Gerárd nenne?«

Sarah versteinerte.

Loginowa lächelte auf leicht gönnerhafte Weise. »Haben Sie tatsächlich geglaubt, mich für dumm verkaufen zu können?«

»Ich verstehe nicht ...«

»Ihr Bild war zwei Tage in der *Smena* und gestern sogar in der *St. Petersburg Times.*«

»Das ...« Sarah schüttelte sich, als müsse sie einen Fausthieb wegstecken. Hierauf machte sie gute Miene zum bösen Spiel. »Und ich dachte, ich könnte mal ein wenig abschalten von dem ganzen Rummel, indem ich mein Äußeres verändere und als ganz normaler Tourist Sankt Petersburg bestaune.«

»Die Verkleidung ist Ihnen auch gut gelungen. Aber ich habe mit Ihrem Kommen gerechnet. Nur hätte ich nicht erwartet, dass die mir von Madame Landnal angekündigte Besucherin die große Pianistin sein würde.«

Sarah konnte hören, dass die Direktorin für prominente Persönlichkeiten nicht viel übrig hatte. Schlimmer noch als irgendwelche Ressentiments erschien ihr jedoch Loginowas offensichtliche Unüberraschtheit. »Was meinen Sie damit, Sie hätten mit meinem Kommen *gerechnet*?«

Loginowa schaute auf ihre Armbanduhr. »Ich hoffe, mir diese Erklärung ersparen zu können. Kommen wir erst einmal zu Ihrem Gesuch.«

Am liebsten hätte Sarah auf dem Absatz kehrtgemacht und wäre davongelaufen. Ein vages Gefühl hielt sie jedoch davon zurück. »Haben Sie den *Papsthymnus*?«

»Er liegt dort.« Sie deutete auf ein exorbitant ausladendes Möbel, das Napoleon bei seinem Russlandfeldzug als Kartentisch gedient haben könnte. Hiernach bot sie Sarah endlich einen Stuhl an, der sich dagegen degradierend zierlich ausnahm. Er stand unmittelbar vor der Arbeitstafel.

Nachdem beide die andere Seite des Büros erreicht und sich gesetzt hatten, lugte Sarah mit langem Hals zu dem in hellbraunes Leder gebundenen Buch. »Darf ich es sehen, Madame Loginowa?«

Die Direktorin nahm hinter dem Schreibtisch Platz, legte die Hände auf das Objekt der Begierde und sagte: »Erst möchte ich wissen, was der Grund Ihrer Eingabe ist. Haben Sie deutsche Auftraggeber? Will die Bundesrepublik wieder einmal ihre Ansprüche geltend machen?«

Sarah blinzelte irritiert. »Entschuldigung…?«

»Jetzt tun Sie nicht so. Es ist doch immer wieder dasselbe leidige Thema. ›Beutekunst‹ – so nennen die Deutschen es doch, oder etwa nicht?«

»Ich bin französische Staatsbürgerin.«

»Die hinter den Noten eines Deutschen her ist.«

»Franz Liszt war Ungar.«

»Jetzt lenken Sie nicht vom Thema ab.«

»Außerdem bin ich seine Nachfahrin in sechster Generation. Ich komme aus persönlichen Gründen, weil ich glaube, dass es in Ihrem Exemplar des *Pio IX Papsthymnus* handschriftliche Korrekturen des Komponisten gibt, an denen ich interessiert bin.«

Zum ersten Mal bröckelte die Granitfassade von Loginowas strenger Miene. Sie wirkte überrascht. »Woher wissen Sie das? Wir digitalisieren zwar gerade unsere Bestände und stellen sie ins Internet, aber solange die Partitur in unserem Besitz ist, wurde nie ein Bild davon veröffentlicht.«

»Gibt es dafür einen bestimmten Grund?«

»Mehrere. Erstens dürften wir eine Musikalie wie diese überhaupt nicht in unserem Bestand führen – dafür sind andere Museen zuständig. Wir betrachten sie aber mit dem Kabinett, das es beherbergt hatte, als Einheit.«

»Und zweitens?«

»In dem Buch befindet sich eine persönliche Widmung von Franz Liszt an unseren großen Komponisten Anton Grigorjewitsch Rubinstein. Liszt hatte darum gebeten, dass sein Künstlergenosse im Falle des Ablebens die Partitur der Eremitage-Sammlung vermacht.«

»Das Museum gab es damals schon? Ich dachte, hier hätten die Zaren gewohnt?«, wunderte sich Sarah.

»Haben sie auch. Nachdem Nikolaus I. Pawlowitsch die *Neue Eremitage* 1852 eröffnet hatte, existierten die Kaiserresidenz und das Museum lange nebeneinander.«

»War Pawlowitsch nicht der Vater von Zar Alexander II., der auf dem Newski-Prospekt ermordet wurde?«

»Ganz richtig. Alexander Nikolajewitsch wohnte auch hier, drüben in den schlichten Räumen direkt gegenüber der Admiralität. Sein Sohn, Alexander III. Alexandrowitsch, residierte dann im Anitschkowpalais.«

»Ach! Das ist ja *außerordentlich* aufschlussreich.«

Loginowa musterte ihr Gegenüber, als habe es gerade etwas sehr Törichtes geäußert. In den Sankt Petersburger Annalen gab es gewiss Aufregenderes als einen Sprössling, der mit sechsunddreißig endlich flügge wurde und sich eine eigene Bude suchte.

Für Sarah indes war diese Marginalie der Geschichte tatsächlich äußerst bemerkenswert. Ein Komplott der Dunklen Farbenlauscher hatte – davon konnte sie wohl ausgehen – Zar Alexander II., den von Liszt auserkorenen Sachwalter der letzten Windrosenbotschaft, ausgeschaltet und damit einem Nachfolger den Weg geebnet, der den Sammlungen der Eremitage wohl nicht so viel Aufmerksamkeit hatte angedeihen lassen. Der ihnen vielleicht sogar gestattete, das Notenbuch aus Sankt Petersburg zu entführen? Schon in Paris waren die Adler ihrem Gegenspieler Liszt auf die Schliche gekommen und hätten seine Pläne fast durchkreuzt. Denn wer konnte schon damit rechnen, dass der *Papsthymnus* durch die Turbulenzen der Geschichte wieder an die Newa zurückgewirbelt würde?

»Ich kann Ihr Entzücken nicht nachvollziehen«, bemerkte die Direktorin.

»Nun, immerhin hat mit Alexander III. ein Mann den russischen Thron bestiegen, dessen autokratischer Herrschaftsstil den Volkszorn anheizte. Sein gelehriger Sohn Nikolaus hat dann einen Flächenbrand von globalen Ausmaßen daraus gemacht.«

»Sie spielen auf die Oktoberrevolution an?«

»Eher auf das, was danach gekommen ist: eine neue kommunistische Weltordnung, die Millionen Unschuldiger hingeschlachtet hat.«

»Habe ich mich von Frau Landnal dazu nötigen lassen, meinen freien Tag zu opfern, um mit einer Kapitalistin über das Kommunistische Manifest zu diskutieren?«

»Nein. Ich neige dazu, meine Gedanken laut auszusprechen. Bitte entschuldigen Sie. Dürfte ich jetzt vielleicht einen Blick in die Partitur werfen?«

Loginowa zögerte. Dann pumpte sie ihren ohnehin schon umfangreichen Oberkörper mit einem tiefen Atemzug noch weiter auf und sagte: »Na, meinetwegen. Der Blick soll Ihnen gestattet sein. Aber mehr ist nicht drin.«

»Was ...?«

»Sie haben mich schon verstanden. Das Kabinett, einschließlich dieses Buches, gehört zu den Kulturschätzen des russischen Volkes. Solange die Bundesrepublik Deutschland Ansprüche darauf erhebt, halte ich es unter Verschluss. Dieses Land hat uns Millionen Menschenleben gekostet und den Verlust von unschätzbaren Vermögens- und Kulturgütern. Wir haben einen Anspruch auf Wiedergutmachung.«

Sarah seufzte. »Alles, was ich möchte, sind fünf Minuten. Lassen Sie mich bitte einfach ungestört die Partitur lesen.«

»Das ist aber ein langer Blick.«

»Wollen Sie mir, einer Nachfahrin des Schöpfers dieser Musik, nicht einmal *das* zugestehen?«

Loginowa schnaufte. »Also schön.« Sie schob das Buch über den Schreibtisch. Die kleine Frau musste dazu aufstehen und sich weit vorbeugen, um es auf dem zyklopischen Möbel überhaupt in Sarahs Reichweite zu befördern. »Aber ich bleibe hier sitzen. Nur, damit Sie nicht auf dumme Ideen kommen und ein Erinnerungsfoto schießen.«

»Danke«, sagte Sarah und schnappte sich das flache Buch.

Loginowa zog eine Zeitung aus ihrer Aktentasche und tat so, als lese sie darin.

Nur wenige Blätter befanden sich zwischen den in Leder eingefassten Deckeln. Offenbar hatte Liszt das Notenbuch für seinen Freund Rubinstein extra binden lassen. Bei der Partitur handelte es sich um eine gedruckte Ausgabe ohne Datumsangabe. Der Komponist hatte nur wenige handschriftliche Änderungen vorgenommen. Bemerkenswert! Wenn darin eine Botschaft versteckt war, dann mussten wesentliche Teile davon schon im Original enthalten gewesen sein. Auf einem Leerblatt hinter dem Vorsatzpapier stand in Liszts stürmischer Handschrift folgende, in Französich gehaltene Widmung:

Für Van II.,
meinem Bruder im Geiste
und einem hoch geschätzten Freund

Zum Anlass der feierlichen Eröffnung des St. Petersburger Konservatoriums widme ich Dir diese einzigartige Bearbeitung meines »Pio IX – Papsthymnus«. Mögen dereinst viele Deiner Schüler den von Dir geschaffenen Titel des »Freien Künstlers« mit Stolz und Würde tragen. Damit wirfst Du unseren Speer weit in die Zukunft. Unter Deiner Ägide sollen begabte Instrumentalisten, Sänger und Komponisten nicht nur zu geachteten Mitgliedern der Gesellschaft reifen, sie werden durch die universelle Sprache der Menschheit, die Musik, auch zu mehr Verständnis in der Welt beitragen. Bewahre mein Geschenk bis zu Deinem letzten Atemzug. Danach möge es in die Sammlung der Eremitage übergehen, um auch späteren Generationen ein Licht zu geben.

Dein F. Liszt
St. Petersburg, 8. September 1862

Sarahs Atem flatterte, als sie Luft holte, so aufgeregt war sie. Nun stand also fest, dass der Hymnus schon ein Jahr *vor* dem von Musikhistorikern angenommenen Zeitpunkt entstanden war. *Bewahre mein Geschenk bis zu Deinem letzten Atemzug.* Konnte man deutlicher ausdrücken, dass die Noten etwas überaus Kostbares enhielten? Die Widmung war für Sarah ein unmissverständlicher Hinweis, dass die beiden Komponisten sich als Brüder im Bund der Lichten Farbenlauscher betrachtet hatten. Mit pochendem Herzen machte sie sich ans Studium der Partitur.

Der *Pio IX Papsthymnus* war eigentlich ein Orgelwerk, also kein Ensemblestück. Die Spieldauer moderner Konzertaufnahmen betrug weniger als fünf Minuten. Es war also übersichtlich, für Sarah nur ein Appetithappen, den sie ihrem erstaunlichen Musikgedächtnis in einem Zug einverleibte.

Während sie die Noten las, versuchte sie sich den Klang der Orgel in der Budapester Matthiaskirche vorzustellen. Ihr *Audition colorée* sprach ja auch auf erinnerte Klänge an. Selbst im Traum gehörte Musik wurde von ihr in Farben und Formen mit unterschiedlich beschaffenen Oberflächen *gesehen*. Doch hier konnte sie nur verklumpte Nebel erkennen, lediglich die Andeutung von etwas, das sich mehr ahnen als schauen ließ. Vermutlich hatte Liszt wieder ein besonderes Instrument zur Visualisierung der Klangbotschaft ausgesucht. Aber welches?

Weil die Fünf-Minuten-Frist knapp bemessen war, konzentrierte sich Sarah zunächst aufs Memorieren der Partitur. Als sie sicher war, sich jede einzelne Note eingeprägt zu haben, schloss sie die Augen und spulte das Stück noch einmal im Schnelldurchlauf ab. Ehe sie ganz damit fertig war, hörte sie ein ostentatives Rascheln von Loginowas Zeitung. Sarah hob die Lider.

»Die Zeit ist um«, konstatierte die Museumsdirektorin.

Sarah dachte fieberhaft nach. Vielleicht erschloss sich die Klangbotschaft ja durch eine Spieluhr oder eine andere Musikapparatur, die ebenfalls in der Eremitage auf ihre große Stunde wartete. Oder sollte sie sich eher solchen Exoten zuwenden wie dem eigens für Liszt angefertigten Kombinationsinstrument aus Harmonium und Klavier? Der luftbetriebene, mit Orgelmanualen, -pedalen und -registern zu spielende Teil dieses Monstrums war von den Pariser Werkstätten Alexandre Père & Fils und die Pianobaugruppe von Pierre Erard hergestellt worden; Hector Berlioz hatte Liszt diese Instrumentenbauer empfohlen ...

Plötzlich machte es *klick!* in Sarahs Kopf. Wie hieß es doch gleich in der Anfangszeile der letzten Klangbotschaft? *Beflügelt werd ich zum Tode siechen.* »Es ist ein Wortspiel«, murmelte sie schmunzelnd.

»Keineswegs. Ihre Frist ist tatsächlich abgelaufen«, beharrte Loginowa.

Schon oft hatte sich Sarah bei der Lektüre von Liszts Briefen darüber amüsiert, wie er von dem Berliner Pianofortefabrikanten Carl Bechstein sprach. Er nannte ihn seinen »Beflügler«. Was Namen wie Michael Schumacher oder Steffi Graf für Sportartikelproduzenten der Gegenwart, das war Franz Liszt für Klavierhersteller im 19. Jahrhundert. Sie schickten ihm ihre Instrumente und schmückten sich mit seinem Namen. Carl Bechstein dagegen war mehr für ihn gewesen. Er war im mannigfaltigen Sinne des Wortes Liszts »Beflügler«. Wieder so ein verbales Kaleidoskop des Meisters der Vieldeutigkeit, dachte Sarah.

Vor der Gründung der C. Bechstein Pianofortefabrik im Jahre 1853 hatte mancher Konzertveranstalter mit Liszt seine liebe Not gehabt. Clara Schumann nannte ihn nicht von ungefähr einen »Zertrümmerer von Pianos«. Es kam nicht selten vor, dass er mit seinem dahinstürmenden Spiel im Verlauf einer Aufführung ein Instrument regelrecht zerlegte: Er malträtierte die Mechanik, brachte die Saiten zum Reißen, manchmal brachen sogar die Holzrahmen, weil sie die erforderliche Spannung nicht verkrafteten. Jeder Veranstalter handelte daher weise, wenn er ihm mindestens *zwei* Flügel auf die Bühne stellte. Bechstein setzte von Anfang an auf den gußeisernen Rahmen, womit sich die Lebenserwartung von Konzertflügeln dramatisch steigerte. Aber nicht nur um eine höhere Stabilität ging es ihm, sondern auch um eine Verbesserung von Klang und Spielbarkeit.

Als Vorkämpfer einer neuen Musik wünschte sich Liszt ein Instrument, das ein ganzes Orchester ersetzen konnte. Sieben volle Oktaven auf der Klaviatur waren für ihn keine technische Spielerei, er nutzte sie in seinen Kompositionen aus. Und bis in die Neuzeit sprachen einige Klaviervirtuosen vom »Liszt-Pedal«, wenn sie das Sostenuto, den mittleren der drei Fußhebel, meinten. Franz Liszts Klangvorstellungen waren utopisch und Bechstein hatte sie – im Rahmen der damaligen Möglichkeiten – verwirklicht. Einmal im Jahr schickte der Kommerzienrat dem Musiker nach Weimar ein neues Instrument ...

Sarahs Hände umklammerten die Stuhllehne, am liebsten hätte sie gehechelt wie ein Bluthund, der eine Witterung aufgenommen hatte. Sie musste nach einem alten Bechstein-Flügel suchen ...

Das Telefon auf Loginowas Schreibtisch klingelte. Von dem durchdringenden Geräusch aus den Gedanken gerissen, fuhr Sarah zusammen. Mit einem Mal fiel ihr wieder die Bemerkung der Direktorin bei der Begrüßung ein: *Ich habe mit Ihrem Kommen gerechnet* ... Höchste Zeit, sich aus dem Staub zu machen.

»*Da*«, hörte sie Loginowa sagen; mehrmals wiederholte sie das russische Wort für »ja«. Hierauf folgte ein gänzlich unverständlicher Wortschwall, und sie legte auf. Anschließend schaltete sie wieder auf Französisch um. »Draußen wartet ein Besucher, Madame d'Albis.«

Sarah erhob sich. »Ja. Vielen Dank noch einmal für Ihre Bereitschaft, mir Ihre kostbare Zeit zu opfern, Madame Loginowa. Nur eine Frage hätte ich noch zum Schluss. Gibt es in der Eremitage einen alten Bechstein-Flügel?«

»Wie kommen Sie denn darauf?«

»Die Mehrzahl der russischen Pianisten und Komponisten hat ein halbes Jahrhundert lang auf Bechsteins gespielt, gelehrt und komponiert. In Sankt Petersburg müsste es eigentlich noch etliche solcher Instrumente geben.«

»Na, so was! Aber damit kenne ich mich nicht aus. Sie können ja mal in der Wohnung von Nikolaj Andrejewitsch Rimskij-Korsakow vorbeischauen. Ich glaube, da steht noch ein alter Flügel.«

»Wo finde ich die?«

»Im Sagorodnij-Prospekt. Die Hausnummer müssten Sie von der Touristeninformation erfragen.«

Sarah nickte. »Danke. Dann will ich Ihren Besucher nicht länger warten lassen.«

Loginowa lächelte süffisant. »Da haben Sie wohl etwas falsch verstanden. Professor Janin ist nicht wegen mir hier. Er will *Sie* sprechen.«

Janins Namen zu hören – hier, jetzt, so völlig überraschend –, kam für Sarah einem K.-o.-Schlag gleich. Sie sackte wieder auf den Stuhl zurück und keuchte: »Ich habe keine Verabredung mit diesem Herrn und will ihn auch nicht sehen.«

Loginowa machte sich auf den Weg zum anderen Ende des Arbeitssaales und erwiderte leichthin: »Das wird sich wohl nicht vermeiden lassen. Er steht schon vor der Tür.«

Sarah sprang vom Stuhl auf und blickte sich gehetzt um. »Gibt es keinen Hinterausgang?«

»Nein.« Die Direktorin war nur noch wenige Meter von der Tür entfernt, und als habe sie Augen im Rücken, fügte sie hinzu: »Die Fenster sind durch eine Alarmanlage gesichert.«

Ängstlich drückte sich Sarah an den Schreibtisch und rief: »Bitte nicht!«

Doch es war zu spät. Elena Loginowa hatte die Tür schon geöffnet. Sie lächelte, wie sie es für Sarah d'Albis kein einziges Mal getan hatte, eher so, wie man einen guten Freund begrüßt. Und als wolle sie das Entsetzen der Geisel auf die Spitze treiben, empfing sie den Besucher auf Englisch.

»Guten Morgen, mein Lieber. Schön, Sie zu sehen. Kommen Sie herein.«

Sarah hörte das Knarren der Diele, die auch ihr Eintreten begleitet hatte. Dann sah sie ihn. Und japste: »*Sie!?*«

»Ich freue mich, Sie endlich doch noch erwischt zu haben«, sagte der Mann unter der Tür, ebenfalls auf Englisch. Sein Akzent war schwerer als der von Loginowa.

Kopfschüttelnd deutete Sarah auf den jungen Mann und sagte zur Direktorin: »Das ist nicht Oleg Janin. Ich hatte das zweifelhafte Vergügen, ihn in Deutschland kennen zu lernen. Der Mann da ist ein Betrüger.«

Besagter Mann und die Direktorin stimmten ein heiteres Gelächter an. Loginowa erklärte: »Ich weiß zwar nicht, wie Sie auf die Idee kommen, dass der Professor mit Vornamen Oleg hieße, aber diesen hoch begabten Wissenschaftler hier kenne ich schon, seit er als Kunststudent sein Praktikum bei mir gemacht hat. Wie lange ist das her, Ossip?«

»Mehr als zehn Jahre, Elena Bella Loginowa.«

Sarah schüttelte immer noch den Kopf. Der Mann, der da vor ihr stand, war etwa Mitte dreißig und hatte sie damals im Weimarer Nationaltheater angesprochen. Der schwarzhaarige, blauäugige, gut aussehende Russe war ihr wie ein hartnäckiger Autogrammjäger vorgekommen. Bis sie auf der Rückseite des von ihm erhaltenen Fotos eine Warnung gefunden hatte: *Sie schweben in großer Gefahr! Aber ich kann Ihnen vielleicht helfen.*

Mittlerweile hatte er den Arbeitssaal durchquert und streckte Sarah die Hand entgegen.

»Mein Name ist Ossip Janin. Wohlgemerkt: *Ossip* – nicht Oleg.«

»Ossip?«, wiederholte Sarah benommen.

»Das bedeutet ›Gott möge hinzufügen‹. In Ihrer Heimat würde man mich Joseph nennen.«

»Sind Sie mit Oleg Janin verwandt?«, fragte Sarah misstrauisch.

Er nickte ernst, antwortete aber: »Nein. Eigentlich nicht verwandt.« Und nach einem langen, versonnenen Blick fügte er hinzu: »Obwohl er einmal mein Vater war.«

Nichtsdestoweniger erachte ich es als ganz ersprießlich,
seine Fehler möglicherweise zu verbessern...
Franz Liszt

40. Kapitel

St. Petersburg, 2. April 2005, 11.12 Uhr

Sarah kam sich vor wie eine Gefangene. Dabei hatte Ossip Janin sie in keiner Weise bedroht oder erpresst. Trotzdem war sie ihm benommen aus der Eremitage gefolgt, hatte mit ihm den Schlossplatz überquert und sich von ihm in ein Café auf dem Newski-Prospekt verschleppen lassen. Der Verzicht auf Gegenwehr oder gar einen Fluchtversuch ging allein auf ihre Überzeugung zurück, beim ersten Anzeichen von Widerstand in die Luft gesprengt zu werden – oder was sonst die Russen so mit personae non gratae anstellten.

Da saßen sie nun und rangen mit ihrer Beklommenheit. Das »Literatur-Café« war mit alten Möbeln und Stichen dekoriert. Es sei ein beliebter Künstlertreff, hatte Ossip Janin erklärt, als sei das für eine gekidnappte Pianistin ein Trost: An diesem Ort habe sich Tschaikowskys Schicksal entschieden und Puschkin seinen letzten Tee getrunken, ehe er sich zu Tode duellierte.

»Was wollen Sie von mir?«, wagte Sarah endlich aufzubegehren. Sie versuchte erst gar nicht, den aggressiven Ton in ihrer Stimme zu verbergen.

»Sie trauen mir nicht, oder?«

Sie schüttelte fassungslos den Kopf. »Ihr Vater hat einen ganzen Berg auf mir abgeladen. Er wollte mich umbringen. Wie könnte ich Ihnen da trauen!«

»War das in Les Baux de Provence?«

»Ha! Sie wissen also davon.«

»Ich habe die Suchanzeige von Musilizer in der *Smena* gelesen.«

Das hatte Sarah völlig verdrängt. Einen Moment lang geriet ihr Zorn außer Tritt. Ihr Gegenüber stieß geistesgegenwärtig in diese Lücke.

»Was hat Ihnen Oleg Janin über sich erzählt?«

»Dass er ein Moskauer Musikhistoriker sei und über eine geheime Bruderschaft forsche.«

Der Russe nickte. »Das hat er nicht zum ersten Mal gemacht.«

»Was?«

»In meine Identität schlüpfen. *Ich* bin der Professor, als der er sich ausgegeben hat.«

»Und wie kommt es, dass Sie mir dann in St. Petersburg auflauern?«

»Ganz einfach. Mamutschka – meine Mutter – ist krank. Normalerweise kümmert sich eine Nachbarin um sie, aber in diesem Fall war der Sohn gefordert. Ich bin gebürtiger Petersburger.«

»Und arbeiten in Moskau?«

Er zuckte die Achseln. »Der russische Staatspräsident, Wladimir Wladimirowitsch Putin, ist auch von hier und arbeitet in Moskau.«

Sarah deckte ihn mit einer Salve zorniger Blicke ein. »Sollte das ein Versuch gewesen sein, mich aufzuheitern, dann ist er fehlgeschlagen. Tun wir einmal so, als glaubte ich Ihnen: Wie ist Ihre Verbindung zu Oleg Janin?«

»Er ist mein Stiefvater. Mein Erzeuger hat sich schon aus dem Staub gemacht, bevor ich zur Welt kam. Deshalb wurde ich als Ossip Baranow geboren...«

»Sagen Sie bloß, die berühmte russische Violinistin Ludmilla Baranowa ist Ihre Mutter!«, platzte Sarah heraus.

Er nickte. »Sie war weit über die Grenzen Russlands hinaus ein Star, unter Freunden der klassischen Musik fast so bekannt wie das Moskauer Bolschoi-Ballett. Die Zeitungen schrieben, sie sei von einer ›geradezu mystischen Aura‹ umgeben – vermutlich weil sie Töne sehen konnte.«

»Sie war Synästhetikerin?«

»Ja. So wie auch ich. Und so wie Sie, Madame d'Albis. Dann lief meine Mamutschka Oleg Janin in die Arme.«

»Genauso wie ich.«

»Nein. Anders. Er war ein gefeierter Dirigent. Der Karajan des Ostens. Die beiden heirateten. Er adoptierte mich – so bekam ich meinen heutigen Namen. Wir zogen nach Paris. Mein Stiefvater war ständig auf Tournee. Wenn er aber nach Hause kam, dann nahm er sich auch Zeit für mich. Heute glaube ich allerdings, das er sich mehr für meine Fähigkeit des Farbenhörens interessierte als für mich als menschliches Wesen. Er versuchte, meine Synästhesie durch ermüdende Übungen zu verfeinern und spielte mir häufig seltsame Melodien vor, meist Flötenklänge. Mit Mamutschka machte er es genauso. Wir mussten ihm dann erklären, was wir bei seiner Musik sahen und empfanden. Ich hatte das Gefühl, meine Eindrücke enttäuschten ihn mehr, als dass sie ihm gefielen. Und dann ließ er uns mit einem Mal links liegen. Er tauchte immer seltener zu Hause auf. Schließlich hat er meine Mutter für eine andere Frau verlassen. Sie soll Opernsängerin gewesen sein.«

»Andere Menschen auszunutzen scheint eine Charakterschwäche von ihm zu sein. Sind Sie danach wieder nach Sankt Petersburg zurückgekehrt?«

»Ja«, brummte Ossip Janin.

Sarah knabberte auf ihrer Unterlippe. »Wie alt sind Sie?«

»Neununddreißig.«

»Ich hätte Sie jünger geschätzt.«

»Danke.«

»Und wann zogen Sie wieder nach Russland?«

»1976. Ich war gerade zehn geworden.«

»Also lange vor dem politischen Frühling in der Sowjetunion. Ihre Mutter hat die Annehmlichkeiten des Westens kennengelernt und verlässt mit ihrem Kind ein freies Land, um hinter den eisernen Vorhang zurückzukehren? Soll ich Ihnen das tatsächlich glauben?«

»Bilden Sie sich nicht zu viel auf Ihre Freiheit ein«, antwortete der Russe düster.

»Wenn Sie wollen, dass ich Ihnen Ihre Geschichte abnehme, müssen Sie mich schon überzeugen.«

»Das ist mir klar.« Ossip Janin senkte die Stimme. »Wir haben Paris aus gutem Grund verlassen: Kurz nachdem mich mein Stiefvater wie eine heiße Kartoffel fallen gelassen hatte, fand ich unter den Dielen unserer Pariser Wohnung ein Geheimfach. In dem Versteck lagen verschiedene Schriftstücke. Ich nahm sie in mein Zimmer und las sie mit der Taschenlampe unter der Bettdecke. In den Dokumenten stand viel über Franz Liszt, sein *Audition colorée* und von einem untereinander entzweiten Bund der Farbenlauscher, dessen dunkle Fraktion der lichten an verschiedenen Orten auflauere. Ein Blatt enthielt Namen vermuteter Liszt-Nachfahren, darunter auch den meiner Mutter. Ich war erst neun, ein aufgeweckter Junge, wie Mamutschka immer behauptete, aber doch zu klein, um richtig zu verstehen, was es mit dieser Bruderschaft und den anderen Dingen auf sich hatte. Mich faszinierte einfach das Verbotene und die Aura des Geheimnisvollen.«

Sarah schüttelte aufgebracht den Kopf. »Ich fass es nicht! Janin hat nicht nur Ihre Identität geklaut, sondern auch Ihre Geschichte. Mir erzählte er, *er* habe die Dokumente *seines* Vaters gefunden und dadurch von der Geheimgesellschaft erfahren.«

»Das verwundert mich überhaupt nicht. Dieser Mensch schreckt vor nichts zurück. Als ich ihn damals, naiv wie ich war, nach den Farbenlauschern fragte, warnte er mich, ich solle diesen Namen vergessen, wenn mir mein Leben lieb sei. Meine Mutter bekam das Gespräch mit und stellte ihn zur Rede. Darauf hat er auch sie bedroht. Wenn sie anderen gegenüber auch nur den Namen der Bruderschaft erwähne, werde es uns schlecht ergehen. Kurz darauf stürzte sie aus dem Fenster.«

»*Was?* Wollen Sie damit sagen, Janin hätte sie …?«

»Ja. Aber er hat sich nicht selbst die Hände schmutzig gemacht, sondern seine Dunkelmänner geschickt. Vielleicht sollte es auch nur eine Warnung sein. Jedenfalls ist Mamutschka seitdem querschnittsgelähmt. Und mit ihrer Karriere war auch Schluss.«

Sarah betrachtete die betrübte Miene des Russen. Konnten diese Gefühle gespielt sein? »Was genau wollten Sie in Weimar von mir?«

»Sie vor Oleg Janin warnen. Ich dachte, das hätte ich Ihnen geschrieben. Seit der verbotenen Lektüre unter der Bettdecke habe ich nie aufgehört, den Farbenlauschern nachzuspüren. Dadurch wurde mir klar, dass mein Stiefvater einer verbrecherischen Geheimgesellschaft angehörte, in deren Hierarchie er ziemlich weit oben stehen muss. Dann las ich von Ihnen. Sarah d'Albis sei eine Nachkommin von Franz Liszt, stand in den Zeitungen. Sie sei ein

Synnie, wurde berichtet. Mir war klar, dass Ihnen genau dasselbe passieren konnte wie meiner Mutter und mir.«

»Warum haben Sie mir nicht geschrieben? Als *Ossip* Janin, meine ich.«

»Hab ich doch. Mehrmals! Aber vermutlich sind Ihre Agenturen von Ihnen angewiesen worden, sämtliche Janin-Korrespondenz zu ignorieren.«

Sie nickte. »Stimmt. Genau so war es.«

»Und deshalb bin ich dann nach Weimar gereist. Ohne prahlen zu wollen, genieße ich in Fachkreisen einen guten Ruf. An die Premierenkarten heranzukommen war also kein Problem. Mein Versuch, Sie zu warnen, scheiterte dann aber jämmerlich, sieht man einmal von der Autogrammkarte ab – Sie haben mich behandelt wie einen lästigen Fan.«

Sarah knirschte mit den Zähnen. »Ich war an dem Abend ziemlich durch den Wind. Sie hätten hartnäckiger sein müssen.«

Er lachte, ohne dass es fröhlich klang. »Was denken Sie, was ich getan habe? Es gelang mir herauszufinden, dass Sie im Russischen Hof abgestiegen sind, aber dann war Schluss. Sie wurden abgeblockt wie die Queen. An der Rezeption hinterlegte Nachrichten blieben unbeantwortet. Alle Versuche, Sie anzurufen, schlugen ebenfalls fehl.«

»*Sie* waren das? Und ich dachte, Ihr Stiefvater sei so penetrant gewesen. Kein Wunder, dass er mich stets so seltsam ansah, wenn ich ihn darauf ansprach.«

»Bestimmt hat er sich gefragt, wer außer ihm noch versucht, an Sie heranzukommen.«

Sarah war hin- und hergerissen. Beim alten Janin hatte sie immer wieder ein Gefühl des Argwohns beschlichen, die Geschichte des jungen dagegen berührte sie im Herzen. Sie beschloss, ein Wagnis einzugehen. »Mister Janin ...«

»Bitte sagen Sie Ossip zu mir. Bei dem, was mein Stiefvater Ihnen angetan hat, können Sie ja nie Vertrauen zu mir fassen, wenn Sie mich Janin nennen.«

»Darf ich auch Joseph sagen?« Sie sprach den Namen französisch aus.

»Gerne. Und gestatten Sie mir das einfachere Sarah?«

Innerlich war sie zwar noch nicht so weit, aber um nicht zu abweisend zu wirken, antwortete sie: »Meinetwegen. Bilden Sie sich aber nicht zu viel darauf ein.«

Er nickte wissend. »Seien Sie versichert, ich hasse Oleg Janin mindestens so sehr wie Sie. Aber im Gegensatz zu Ihnen kenne ich ihn. Lassen Sie mich raten: Sie sind da einer Sache auf der Spur, bei der Sie ihm gehörig in die Suppe spucken könnten, richtig?«

Sarah zögerte. »Wie kommen Sie darauf?«

»Erinnern Sie sich nicht, dass Sie mir aus Weimar eine E-Mail geschickt haben?« Ossip blickte zur Decke, offenbar um sich den Wortlaut in den Sinn zu rufen. »Bei meinen Forschungen über die Farbenlauscher und Franz Liszt, hieß es in der Nachricht, könnten Sie mir leider nicht weiterhelfen. Sie wollten zukünftig lieber allein auf den Spuren Ihres Ahnen wandeln.«

»Stimmt! Weil mir Janins Visitenkarte abhanden gekommen war, habe ich Ihre E-Mail-Adresse aus der Universitäts-Website herausgesucht.«

»Was unser beider Glück war. Nach Ihrer Mitteilung habe ich einige Leute kontaktiert und gebeten, mich zu informieren, wenn bei ihnen ungewöhnliche Anfragen zu Franz Liszt eingehen.«

»Unter anderem Elena Bella Loginowa?«

Er nickte. »In den Dokumenten meines Vaters war die Eremitage als einer der Orte aufgeführt, an denen die Dunklen Farbenlauscher einen ›Suchenden der Lichten‹ abzufangen hofften.«

Sarahs Herz setzte einen Schlag aus. »Das heißt, Janin könnte seine Späher hierher geschickt haben, um mir aufzulauern?«

»Gehen Sie davon aus.«

»Ich glaube, mir wird schlecht.«

»Mein Angebot aus Weimar steht immer noch. Wollen Sie, dass ich Ihnen helfe?«

Sarah musterte Ossip durchdringend. Dann seufzte sie. Einen Schritt konnte sie ihm sicher entgegenkommen. »Haben Sie eine Ahnung, wo es in Sankt Petersburg einen Konzertflügel der C. Bechstein Pianofortefabrik aus dem 19. Jahrhundert gibt?«

»Meines Wissens im Rimskij-Korsakow-Konservatorium.«

Sie horchte auf. »Im großen Konzertsaal der Akademie habe ich schon gastiert. Sie hieß früher doch anders, oder?«

»Korrekt. Gegründet wurde sie unter dem Namen St. Petersburg Konservatorium. Es war die erste staatliche Institution dieser Art in Russland.«

Sarahs Herz begann vor freudiger Erregung zu galoppieren. »Ist das Konservatorium nicht ganz in der Nähe?«

Er nickte. »Zu Fuß nicht länger als dreißig Minuten von hier. Es liegt am Theaterplatz, direkt gegenüber dem Marientheater.«

»Ob die mich auf dem Bechstein-Flügel spielen lassen?«

»Sie meinen *jetzt?*« Er schüttelte den Kopf. »Ganz bestimmt nicht.«

Sie schob ihre Hand in die Manteltasche und fühlte den MP3-Player, der ihr in der Musilizer-Zentrale so gute Dienste geleistet hatte. Ein grimmiges Lächeln huschte über ihr Gesicht. »Begleiten Sie mich trotzdem hin?«

Das Sankt Petersburger »Staatliche N. A. Rimskij-Korsakow-Konservatorium« war zu groß, um jemals zu ruhen. Wenngleich am Wochenende kein Unterricht stattfand, gab es in der Musikakademie doch immer diverse Veranstaltungen, Arbeitskreise oder nimmermüde Studenten, die in den zahlreichen Übungsräumen ihre Instrumente und Stimmen traktierten. Ossip Janin konnte ein Liedchen davon singen, hatte er am Theatralnaja Ploschtschad Nummer 3 als Gastdozent doch schon manchen Vortrag gehalten.

Kaum waren Sarah und er im Gebäude, lief ihnen ein stoppelbärtiger Hausmeister mit einer Furcht einflößend großen Rohrzange über den Weg. Er behauptete, er kenne jeden der eintausendvierhundertfünfzig Studenten und natürlich auch die neunundsechzig Professoren, aber das Gesicht der beiden Eindringlinge, das kenne er nicht.

Ossip zeigte ihm seinen Moskauer Universitätsausweis, aber auch damit ließ sich der ziemlich stabil gebaute Endfünfziger nicht besänftigen. Er schulterte seine Rohrzange und klagte, dass sich neuerdings ständig Touristen in seine Schule verliefen und in den Räumen herumschnüffelten. Das lasse er nicht länger zu.

Nachdem Sarah ihm dann ihren MP3-Player vorgeführt hatte, wurde der knurrige Wachhund des Instituts handzahm. Er gab ihnen sogar den Schlüssel zu dem kleinen Konzertsaal im ersten Stock, in dem der Bechstein-Flügel stand.

»Was war das für eine Musik?«, fragte Ossip konsterniert, als sie, wieder zu zweit, die breite Treppe ins Obergeschoss hinaufstiegen.

»Ihr Stiefvater nannte es ›Klänge der Macht‹. Er meinte, die Farbenlauscher zwängen auf diese Weise seit Anbeginn der Zeit anderen Menschen ihren Willen auf – natürlich nur zu ihrem Besten.«

»Ob der Hausmeister das genauso sieht?«

»Sie brauchen mir kein schlechtes Gewissen einzureden, ich fühle mich auch so schon ganz mies. Aber wenn ich die Dunklen nicht mit ihren eigenen Waffen bekämpfe, werde ich nie gewinnen.« Sie zog die Augen zu Schlitzen zusammen. »Angeblich sind Jubals Jünger mehr oder weniger immun gegen die Klänge der Macht.«

Er seufzte. »Ihr Misstrauen kann einen ganz schön deprimieren, wissen Sie das? Ich habe durchaus etwas gespürt. Da war etwas Lockendes, das mir befahl, auf Sie zu hören.«

»Aber Sie konnten dem Zwang gerade noch widerstehen.«

»Allerdings. Ich bin doch keine Kobra, die nach der Flöte des Schlangenbeschwörers tanzt.«

Während die beiden einen Gang betraten, der von seinen Dimensionen her eher einer Prachtstraße glich, musterte Sarah den jungen Professor von der Seite. War er vielleicht doch ein Adler? Seine Arglosigkeit jedenfalls wirkte echt. »Vielleicht schützt Sie Ihre Synästhesie. Das könnte der Grund sein, weshalb Oleg Janin so interessiert an Ihnen war.«

»Mamutschka und ich sind für ihn nur Mittel zum Zweck gewesen, etwas, das man ausbeutet und dann fortwirft. Dafür wird er eines Tages bezahlen.«

»Sie wollen sich für das, was er Ihrer Mutter und Ihnen angetan hat, rächen?«

Ossip schüttelte den Kopf. »Ich verlange nur Gerechtigkeit.« Er deutete zu einer zweiflügligen Tür. »Das da hinten müsste der Konzertsaal sein, den der Hausmeister gemeint hat.«

Die weiten Flure der Musikakademie hallten wider von den übermütigen Läufen der Klarinetten und Violinen, Oboen und Celli, von donnernden Klavieren und jungen Sängern wie auch Sängerinnen, die ihre Stimmen in tiefe Täler oder in schwindelerregende Höhen trieben. Das alles mischte sich mit dem Geruch von billigem Bohnerwachs. Während Sarah schweigend neben Ossip herlief, sog sie förmlich diese ihr so vertraute Atmosphäre ein. Mit einem Gefühl der Wehmut erinnerte sie sich an ihre eigene Zeit als Schülerin am Pariser Conservatoire national de musique. Damals hatte die Musik ihre Seele von selbstzerstörerischen Giften gereinigt.

Während Ossip den Schlüssel im Türschloss zum Konzertsaal herumdrehte, wurde ihr klar, was Franz Liszt mit seiner Widmung an Rubinstein gemeint hatte: *Sie werden durch die universelle Sprache der Menschheit, die Musik, auch zu mehr Verständnis in der Welt beitragen.* Obwohl sie es nie in Worte gefasst hatte, war genau das auch immer *ihr* innigster Wunsch gewesen. Sie wollte nicht nur unterhalten, sondern mit ihrer Kunst die Kruste aus Hass, Zwietracht und Neid aufsprengen und das reinste Gefühl der Menschen bloßlegen: die Liebe. Liebe brauchte weder religiöse noch politische Unterjochung, keine Drohungen, aber auch keine unterschwelligen Manipulationen. Deshalb war Franz Liszt dem Weg des Lichts gefolgt. Dem Weg der Liebe. Und noch bevor Sarah den Saal betrat, wusste sie, dass dies auch ihr künftiger Weg sein würde.

»Dort steht der Flügel«, sagte Ossip und deutete in den Raum.

Sarah war so erfüllt von diesem visionären Moment, dass sie lange nur dastand und nicht reagierte. Erst allmählich wurde das Instrument für sie präsent. Als sie es dann endlich mit ihrem Bewusstsein wahrnahm, überwältigte sie der Anblick umso mehr.

Sie trat durch die Tür, um sich den Flügel genauer anzusehen. Der Konzertsaal mochte achtzig oder hundert Personen Platz bieten. Er glänzte durch Schlichtheit: Die Wände und die hohe Decke waren weiß getüncht, den Boden bedeckte ein Fischgrätmuster aus hellen Eichenstäben. Das Piano stand in völligem Kontrast dazu. Es war ein wohl drei Meter langes, helles Prunkinstrument mit Schnörkeln, geschwungenen Beinen und zahlreichen Verzierungen. Sarahs Hand streichelte den glatten Lack, während sie um den riesigen Flügel herumlief und jedes Detail in sich aufnahm.

»Wieso muss es eigentlich unbedingt ein Bechstein sein?«, fragte Ossip, nachdem er sie eine Weile nur beobachtet hatte.

»Wegen seines Timbre. Ich habe eine Melodie im Kopf, die mir vermutlich nur auf einem Bechstein ihr Geheimnis verrät.«

»Täte es ein Steinway nicht ebenso?«

Sie schüttelte den Kopf. »Was für Liszt während seiner Virtuosenzeit die Flügel von Pierre Erard waren, das bedeuteten ihm in seinen späteren Jahren als Komponist die Instrumente von Carl Bechstein. Ich bin überzeugt, er hat einige seiner Werke diesen Klavieren förmlich auf den Leib geschrieben. Im Museum der Universität von Kansas steht ein Bechstein, den er in seinem Todesjahr in London gespielt hat. Als man dieses Instrument mit einem modernen Steinway verglich, fand man staunend heraus, dass es merklich transparenter klang.«

Ossip setzte sich auf einen der Stühle und deutete mit beiden Händen einladend auf den Flügel. »Sie haben mich neugierig gemacht. Lassen Sie mal hören.«

Sarah ließ ihre Notebooktasche aufs Parkett sinken, klappte die Klaviatur auf und hievte den großen Deckel hoch, damit der Schall sich über den Saiten frei entfalten konnte. Hiernach setzte sie sich auf die Bank, stellte deren Höhe etwas tiefer ein und legte ihre Finger behutsam auf die Tasten. Sie schloss die Augen, um sich die in der Eremitage studierte Partitur präsent zu machen und ihrem *Audition colorée* eine leere gläserne Leinwand zu bieten. Dann begann sie zu spielen.

Wieder einmal hatte es Liszt geschafft, Sarah zu überraschen. Durch seine Überarbeitung war aus einem vergleichsweise düsteren Orgelwerk ein luftig melancholisches Klavierstück geworden. Sie fühlte sich förmlich von den wunderbaren Harmonien durchdrungen und ließ sie durch ihre Hände wieder ausströmen. Selbst als die achte Klangbotschaft der Windrose vor ihren Augen erschien, geriet sie nicht ins Stocken, im Gegenteil legte sie noch mehr Gefühl und Ausdruckskraft in ihr Spiel.

DIE FARBENLAUSCHER SIND GESPALTEN
SEIT PURPURTRAEGER DARIN WALTEN

NACH RUSSLAND ZOG DER ADLER FORT
BEIM ZAREN FAND ER SICHREN HORT

AM BUSEN NAEHRT ER EINE NATTER
DIE SINNT AUF MORD IM WELTTHEATER

DES SCHWANES KINDER BRINGT SIE UM
ER FLIEHT INS PATRIMONIUM

DORT WILL SIE IHM DIE GABE STEHLEN
SCHICKT IHM JANINA IHN ZU KEHLEN

MIR BANGTS DOCH WERD ICH TRIUMPHIEREN
DER MUENZE KLANG LAESST SIE VERLIEREN

Mit dem letzten Akkord sank Sarahs Kopf nach unten, und sie fiel in einen tranceähnlichen Zustand. Später hatte sie nie erklären können, ob diese Versunkenheit durch Klänge der Macht verursacht worden war oder sie schlicht die Offenbarung des Geheimnisses überwältigt hatte. Obwohl die Tonbotschaft wie alle vorhergehenden als Rätsel daherkam, las Sarah darin doch wie in einem offenen Buch.

Franz Liszt, der sich nun offen als Schwan bezeichnete, war vor seinen Feinden ins »Patrimonium« geflohen. Damit musste das *Patrimonium Petri* gemeint sein. Abgesehen von wenigen Ausnahmen wurde dieser »Besitz des Petrus« während Liszts Aufenthalt in Rom auf die Grenzen des Vatikans reduziert.

Der Vatikan! Dort endete die Spur der Windrose.

Sarah erbebte unter einem tiefen Atemzug. Anders als in seinen vorherigen Klangbotschaften sprach der Meister der Harfe nun vieles offen aus. Anscheinend hatte die Fraktion der Adler, die er mit einer Giftschlange verglich, nach dem großen Schisma der Farbenlauscher unter dem Schutz des russischen Zaren Zuflucht gefunden – der Herrscher ahnte nicht, dass er eine Natter an seinem Busen nährte. Mehr noch als diese Offenbarung erregte Sarah jedoch der Name, den Liszt in seine letzte Botschaft eingewoben hatte.

Janina. Sie habe ihm seine Gabe stehlen wollen, berichtete er, ihn, den Schwan Liszt, sogar »kehlen« wollen. Wie Schuppen fiel es Sarah jetzt von den Augen. Sie hatte von der jungen Russin gelesen, ihr war aber bis zu diesem Moment nie die Ähnlichkeit ihres Namens mit dem des Verräters Oleg Janin aufgefallen. Jetzt entstand aus Erinnertem und Verstandenem plötzlich ein unglaubliches Szenenbild.

Olga Janina – die »Kosakengräfin« – hatte geschafft, wovon andere Frauen in Liszts Tagen nur träumten: Sie war nach Rom gereist und hatte den gereiften, doch immer noch umschwärmten »Gott des Klaviers« verführt. Man könnte glauben, ihre Geschichte stamme aus einem Roman von Boris Pasternak:

Trotz ihrer gerade neunzehn Jahre kann Janina auf einige Erfahrung mit Männern zurückblicken. Mit fünfzehn war sie verheiratet worden, hatte ihren Gemahl aber schon am Morgen nach der Hochzeitsnacht verlassen. Für die Dunklen ist sie die ideale Waffe, besitzt ihr Gegenspieler Franz Liszt doch zwei große Schwächen: die Frauen und den Luxus.

Am *Streben* nach materiellem Besitz war er nie wirklich interessiert gewesen. Trotzdem genießt er nur allzu gern die Annehmlichkeiten, welche wohlbetuchte Zeitgenossen ihm angedeihen lassen – oft ist er bei ihnen zu Gast. Selbst die karge Unterkunft im Kloster tauscht er bald gegen mondänere Räumlichkeiten ein, die ihm sein Gönner, der Kardinal Hohenlohe, in der *Villa d'Este* zur Verfügung stellt. Zeitweilig wohnt Liszt sogar im Castell Gandolfo, dem Sommersitz des Papstes.

Eingedenk dessen mietet Janina eine elegante Wohnung und lässt sich vom Pariser Couturier Worth neu einkleiden. Ihre Reize bleiben auf Liszt nicht ohne Wirkung, wenngleich er den Braten gerochen haben mochte, sagte er doch nach dem Kennenlernen zu ihr: »Sprich mit mir niemals über Liebe. Ich darf nicht lieben.« Wohlgemerkt: Er ist mit der Fürstin von Sayn-Wittgenstein liiert, die er zu ehelichen gedenkt, und er weilt ja in Rom, um die niederen Weihen eines Weltgeistlichen zu empfangen (als Abbé unterlag er nicht dem Zölibat).

Die temperamentvolle Russin aber beweist Schläue und Geduld. Sie nutzt Liszts Schwächen geschickt aus. Verwöhnt von den Huldigungen der Massen, nagt nun die Einsamkeit des Oratorianerklosters Madonna del Rosario an ihm. Ihm ist längere Kontemplation auf dem Monte Mario anempfohlen, damals noch ein abgeschiedener Ort außerhalb der Ewigen Stadt. Olga weiß, der Durst nach Zuwendung wird den Meister austrocknen, ihn schwächen. Und genau so geschieht es.

Zur rechten Zeit erscheint sie in der Verkleidung eines Gärtnergehilfen mit einem Korb Blumen an seiner Tür. Von Freude übermannt, lässt er sie ein. Es folgt eine kurze und heftige Affäre.

Dem Rausch der Leidenschaft folgt bald ein Kater der Reue. Sicherlich haben Liszt unterschiedliche Überlegungen ins Patrimonium Petri geführt, nicht allein die Flucht vor den Adlern, sondern auch die Meditation über seine Rolle in Gottes großem Plan, der Herzenswunsch Carolyne von Sayn-Wittgenstein zu heiraten und die Reform der Kirchenmusik – er hat gute Aussichten, den Titel »Generalmusikdirektor der Kirchenmusik« zu erhalten. So könnte er den Menschen neue Wege zum Humanismus, zur Erkenntnis des Wahren, Schönen und Reinen eröffnen, und zugleich würden die Lichten Farbenlauscher Einfluss über einen großen Bereich des Musiklebens gewinnen, wenn ihre Klänge erst jede katholische Kirche der Welt erfüllten. Aber es sollte anders kommen.

Liszt erklärt Olga Janina, er wolle sie nicht wiedersehen. Darauf droht sie, sich und ihn umzubringen. Vor seinen Augen greift sie zur Giftflasche – die Flüssigkeit ist, wie sich alsbald herausstellt, nur ein starkes Schlafmittel. Eine Woche hält er ihrem liebeswunden Gezeter stand, dann liegt er ihr wieder zu Füßen.

Doch nicht für lang. Olga hat im Bett offenbar weit mehr Talent als am Klavier. Als sie vor Publikum ihre »Kunst« zum Besten gibt und patzt, tadelte Liszt sie streng vor aller Augen und Ohren. Das Mädchen verliert die Fassung. Sie flüchtet aus dem Raum und droht damit, sich und ihn zu erschießen. Dazu kommt es zwar nicht, doch sie hat sich nur scheinbar zurückgezogen. Bald verspritzt die Natter ein anderes Gift.

Die Russin verfasst zwei Schmähschriften, deren Indiskretionen in Rom einen Skandal auslösen. Liszt plant trotzdem, die Fürstin Carolyne von Sayn-Wittgenstein an seinem fünfzigsten Geburtstag zu heiraten. Alles ist für die Trauung vorbereitet. Sieben Stunden davor trifft jedoch ein Eilbote aus Russland im Vatikan ein und überbringt »belastendes Material« von Carolynes Verwandtschaft. Die Hochzeit platzt. Und auch die Reformpläne des »Generalmusikdirektors der Kirchenmusik« in spe scheitern.

Die in verschiedenen Liszt-Biografien zerstreuten Puzzlesteine fügten sich für Sarah in diesem Moment, da sie mit geschlossenen Augen vor dem Konzertflügel saß, zu einem großen Bild zusammen. Und die letzte Klangbotschaft war der Kitt, der alles zu einer abgefeimten Intrige der »Adler« verband.

Die feurige Russin hatte sich von den Dunklen rekrutieren lassen, um Liszt zur Strecke zu bringen. Nicht nur dessen Hochzeits- und Reformpläne zerstoben infolge ihres raffinierten Ränkespiels. Janina habe, so behauptet er ja, seine »Gabe stehlen« sollen. Im ersten Moment hatte Sarah dabei an die Purpurpartitur gedacht, aber in diesem Fall hätte er sich bestimmt anders ausgedrückt, wie die erste, die Weimarer Klangbotschaft ja zeigte. Die Worte konnten nur eines bedeuten.

Olga Janina wollte ein Kind von ihm bekommen, das die Fähigkeiten besäße, die Purpurpartitur zu finden, zu verstehen und zu benutzen. Und nachdem sie schwanger geworden war, versuchte sie ihn zu töten ...

Sarahs Herz hatte kaum öfter als drei oder vier Mal geschlagen, während ihr all dies klar wurde. Benommen stellte sie fest, dass sie nicht mehr mit Ossip Janin allein im Konzertsaal war. Aus den benachbarten Übungsräumen hatte sich eine kleine Schar von Studenten eingefunden, die begeistert applaudierten.

»Da capo, Madame d'Albis«, jubelte ein junger Mann mit Beethovenmähne. »Da capo, da capo!« Und andere stimmten in sein Rufen ein.

Plötzlich spürte sie nur noch eiskalte Angst. Ausgerechnet hier, in Sankt Petersburg, wo die Dunklen Farbenlauscher sie erwarteten, schrie man lauthals ihren Namen heraus. Sie sprang von der Bank auf, schnappte sich ihre Tasche und flüchtete aus dem Haus.

Ossip holte sie erst auf dem Theaterplatz ein, weil er den überraschten Studenten noch einige zusammenhanglose Erklärungen hingeworfen hatte, bevor er ihr nachgelaufen war.

»Geht es Ihnen gut, Sarah?«

Sie stapfte in unvermindertem Tempo über den Platz und schnaubte: »Seit ich Les Baux verlassen habe, versuche ich *unauffällig* zu sein und hier bekomme ich Standing Ovations und man brüllt meinen Namen. Ich bin so gut wie tot.«

»Beruhigen Sie sich. Ich bin in dieser Stadt zu Hause. Mir fällt schon was ein, um das zu verhindern. Wo wohnen Sie?«

»Im Angleterre.«

»Du liebe Güte! Ist zwar standesgemäß, aber nicht sehr geschickt, wenn Sie mich fragen. Warum sind Sie nicht gleich im Astoria oder im Nevskij Palace abgestiegen?«

Sie blieb abrupt stehen und funkelte ihn wütend an. »Die waren schon ausgebucht.«

Ein vollbärtiger junger Mann lief zwischen ihnen hindurch. Er rezitierte irgendetwas in schmachtender Betonung und fuchtelte dabei theatralisch mit den Armen in der Luft herum. Sarah blickte ihm irritiert nach.

»Das ist normal hier. Obwohl es in letzter Zeit nachgelassen hat«, erklärte Ossip mit wegwerfender Geste.

Sie blinzelte ihn verständnislos an. »Was?«

»Na, dass Leute beim Herumlaufen Gedichte deklamieren.«

Wieder musste sie dem jungen Mann hinterhersehen. Sie schüttelte den Kopf.

»Deshalb komme ich immer wieder so gerne nach Sankt Petersburg«, erklärte Ossip mit versonnenem Lächeln. »Dostojewski meinte, es sei ›eine Stadt von Halbirren‹. Hier ist alles ein wenig … *anders.* Wer irgendeine Macke oder einen körperlichen Defekt hat, wird als normal betrachtet. Berühmt zu sein, gilt dagegen als unanständig.«

»Ach, deshalb hat sich Madame Loginowa von meiner wahren Identität nicht im Geringsten beeindruckt gezeigt.«

Er nickte. »Ja, sie ist eine typische Petersburgerin: gebildet, distanziert und unheimlich beschlagen in den sinnlosesten Dingen.«

»Wie bitte?«

Ossip deutete vage zu dem wandelnden Vortragskünstler. »Das Spiel mit Glasperlen hat hier Tradition: Jegliches nicht-funktionale Wissen wird für ehrenwert gehalten. Etwa die altkoptische Sprache, die Einzelheiten der Biografie des Schriftstellers Konstantin Waginow, die Geschichte des Kleinen Roten Friedhofes oder die Namen der Katzen von Tolstoj.«

»Ich wusste nicht einmal, dass er Katzen hatte.«

»Ich auch nicht. Haben Sie noch Gepäck im Hotel?«

Sarah riss sich endlich vom Anblick des Rezitators los und lief weiter. »Ja. Höchste Zeit, das Zimmer zu räumen und ...« Sie biss sich auf die Unterlippe.

»Und?«

»Ach, nichts.«

»Haben Sie durch den *Papsthymnus* irgendetwas über die Farbenlauscher erfahren?«

»Das kann ich Ihnen nicht sagen.«

»Sie meinen, Sie *wollen* es nicht. Weil Sie mir immer noch nicht trauen.«

»Jedenfalls muss ich Sankt Petersburg so schnell wie möglich verlassen. Am besten, ich fahre gleich zum Flughafen.«

Ossip deutete nach rechts. »Zum Angleterre geht es übrigens da lang.«

Sie schoss einen gleißenden Blick auf ihn ab und änderte trotzig die Richtung.

»Ich bringe Sie zum Pulkovo und warte, bis Sie in der Luft sind.«

Sarah blieb abermals stehen und sah ihren Begleiter durchdringend an. Ossip schien ehrlich um ihr Wohl besorgt zu sein. Sie seufzte. »Bitte seien Sie mir nicht böse, aber ...«

»Das bin ich nicht. Ich komme auch mit ins Hotel.«

In gemäßigterem Tempo gingen sie weiter. Nach einer Weile fragte Sarah: »Steht in der Heiratsurkunde Ihrer Mutter eigentlich Olegs Familienname?«

»Sicher. Offiziell heißt sie immer noch Ludmila Janina.«

Sarah erschauerte. »Dann wird in Russland also bei der Ehefrau ein a an den Namen des Mannes angehängt?«

»Im Prinzip schon. Warum?«

»Weil eine von Liszts diversen Affären so ähnlich wie Ihr Stiefvater hieß. Vermutlich hat der Maestro sie sogar geschwängert. Sie geistert als ›Kosakengräfin‹ durch die Literatur, aber ihr richtiger Name lautete Olga Janina.«

»Er klingt nicht nur so *ähnlich* wie Oleg, Olga ist die weibliche Form davon. Der Name bedeutet ›Heiliger‹ beziehungsweise ›Heilige‹. In anderen Ländern würde man Helge oder Helga sagen.«

Sie warf den Kopf in den Nacken. »Du lieber Himmel!«

»Können Sie nicht einfach Klartext reden, Sarah?«

»Mir ist nur gerade aufgegangen, dass Ihr Stiefvater möglicherweise mit mir verwandt ist.«

»Ich dachte, das wussten Sie bereits.«

Wieder blieb Sarah stehen und quiekte: »*Was?* Wieso haben Sie mir das verschwiegen?«

»Ich dachte eigentlich, *Sie* wären diejenige, die hier schweigt und jedem vernünftigen Gespräch aus dem Wege geht.«

»Dann sprechen wir, Joseph. Was wissen Sie über den Stammbaum Ihres Stiefvaters?«

»Olga Janina hatte nur ein einziges Kind, genauer gesagt einen Sohn. Wenn der Vater Franz Liszt war, dann ist Oleg Janin dessen direkter Nachkomme.«

»Haben Sie das mit der Taschenlampe unter der Bettdecke herausgefunden?«

»Nein. Durch ganz normale Ahnenforschung. Nur war mir bis zu diesem Moment nicht klar, wer Olga geschwängert hat.«

»Haben Sie noch mehr solche Überraschungen für mich?«

»Ich bin selbst gerade ziemlich geplättet. Was wollen Sie denn wissen?«

»Wenn Ihr Stiefvater ein so bekannter Dirigent war, dann wundert's mich, dass ich ihn nicht kenne. Hatte er einen Künstlernamen?«

»Allerdings. Entschuldigen Sie, für mich war er immer nur Oleg Janin, deshalb habe ich ganz vergessen, das zu erwähnen. Die Kunstwelt kannte ihn als Anatoli Akulin.«

Sarah erschrak so heftig, dass sie stolperte und wohl aufs Pflaster hingeschlagen wäre, wenn Ossip sie nicht geistesgegenwärtig am Arm gepackt hätte. Ihre Knie wurden weich. Rasch griff er auch mit der anderen Hand zu.

»Was ist los mit Ihnen, Sarah? Sie sind ja kreidebleich.«

»D-dieser Name«, stammelte sie. »Anatoli Akulin. Im … im Nachlass meiner Mutter habe ich etliche Zeitungsausschnitte gefunden. Immer wieder tauchte darin der Name Anatoli Akulin auf. Deshalb habe ich angenommen … er sei mein Vater.«

Den Rest des Weges zum Hotel legten sie mehr oder weniger schweigend zurück. Sarah sah weder etwas, noch hörte sie den Verkehrslärm. Sie war wie betäubt.

Wenn Oleg Janin und der berühmte Dirigent Anatoli Akulin ein und dieselbe Person waren … Immer wieder schüttelte sie den Kopf. Sie weigerte sich, den Gedanken bis zur bitteren Konsequenz zu Ende zu denken. Aber hatte dieser alte Lügenbold, dieser falsche Musikhistoriker sie nicht immer wieder »mein Kind« genannt? Waren ihm diese Worte ein ums andere Mal herausgerutscht, weil sie aus seinem Herzen kamen? Weil sie seinen väterlichen Gefühlen für sie entsprangen? Wenn dem so war – wieso hatte er dann versucht, sie umzubringen?

Auch Ossip wirkte mitgenommen, obwohl die Neuigkeit für ihn doch eher positiv war. Irgendwann sagte er denn auch: »Als ich heute früh aufgestanden bin, hätte ich mir nicht träumen lassen, eine so berühmte Stiefschwester zu bekommen.«

»Ich habe keinerlei Beweise, ob Janin mein Vater ist«, schränkte Sarah sofort ein.

»Trotzdem finde ich es unpassend, wenn wir uns weiter wie fremde Leute behandeln. Wollen wir nicht du zueinander sagen?«

Im Moment war das Sarah so egal wie sonst irgendetwas. Aber sie wollte Ossip nicht kränken und murmelte: »Wegen mir.«

Wieder trat ein längeres Schweigen ein. Erst als das vierstöckige Hotelgebäude gegenüber der Isaak-Kathedrale in Sicht kam, erlangte Ossip seine Sprache zurück.

Er deutete zum Haupteingang. »Siehst du die beiden Milizfahrzeuge da?«

Sie nickte. »Denkst du, das hat was mit mir zu tun?«

»Besser, wir benutzen den Nebeneingang.«

Wenig später betraten sie das Angleterre durch eine unscheinbare Tür. Vor ihnen erstreckte sich eine lange, mindestens zwei Stockwerke hohe Galerie mit Palmentöpfen, Gipsfiguren, kleinen Tischen und Sesseln.

»Nur keine Hast!«, raunte Ossip an Sarahs Seite.

Im Spazierschritt durchquerten sie den Wandelgang, der in die Eingangshalle mündete, einem weitläufigen Geviert, dessen große Kristallleuchter sich im schwarzen und weißen Granit des Bodens spiegelten. Die Fahrstühle befanden sich am anderen Ende des Foyers. Und mittendrin stand breitbeinig ein Milizionär mit einer großen Schirmmütze, das Gesicht dem Haupteingang zugewandt, die Hände hinter dem Rücken verschränkt.

Sarah war starr vor Schreck. Wurde sie etwa schon von der Sankt Petersburger Polizei gesucht? Sie hörte neben sich die flüsternde Stimme ihres Begleiters: »Hak dich bei mir unter.«

»Was bilden Sie sich ein!«, zischte sie empört, das geschwisterliche Du vor Aufregung ganz vergessend.

»Wenn man nach dir sucht, wird man kaum auf ein Paar achten. Jetzt mach schon!«, befahl Ossip.

Widerwillig schob sie ihre Hand in seine Armbeuge.

So betraten sie das Foyer. Während sie den Aufzügen entgegenschlenderten, achtete Ossip darauf, immer zwischen ihr und dem Polizisten zu sein. Er war ein gutes Stück größer als sie, wodurch sie fast hinter ihm verschwand. Im heiteren Plauderton erzählte er ihr etwas auf Russisch und wenn er lachte, stimmte sie mit ein. Schon wieder Theater, dachte Sarah, doch als sie endlich im Lift waren, atmete sie erleichtert auf.

»Erster Stock«, flüsterte sie.

Er drückte den Knopf. Die Türen glitten zu, der Aufzug nach oben und als er sich wieder öffnete, erstarrte Sarah abermals.

Vor ihrem Zimmer standen drei Milizionäre und palaverten angeregt miteinander. Einer wandte sich zum Fahrstuhl um.

Ossip reagierte sofort. Er stellte sich vor seine Begleiterin, drückte die Taste zum nächsthöheren Stockwerk und gleich darauf eine zweite, um die Türen wieder zu schließen.

Für zwei, drei quälend lange Sekunden geschah nichts. Sarah glaubte sterben zu müssen. Hatten die Polizisten sie erkannt? Endlich setzte sich der Aufzug wieder in Bewegung.

»Warum sind die hier, Joseph? Was hat das zu bedeuten?«, flüsterte sie aufgeregt.

»Jedenfalls nichts Gutes. Entweder ist jemand in dein Zimmer eingebrochen oder du stehst auf der Fahndungsliste der Miliz. Am besten, wir verschaffen uns Klarheit.«

Als der Fahrstuhl im zweiten Stock stoppte, hielt Sarah den Atem an. Die Türen gingen auf. Es waren keine Polizisten zu sehen.

Ossip zog sie in einen Gang. »Hast du ein Handy?«

»Ja.«

»Gut. Ein Hoteltelefon ist zu unsicher. Man würde im Handumdrehen herausfinden, dass du im Haus bist. Benutze besser dein eigenes. Ruf das Angleterre an und teile der Rezeption mit, dass du in ein Privatquartier umgezogen bist und dein Gepäck von einem Taxi abholen lassen möchtest. Sollte wider Erwarten alles in bester Ordnung sein, wird man deinen Wunsch höflich ablehnen und dir erklären, dass auf diese Weise ja sonst jeder, der eine Brieftasche findet, ein Hotelzimmer plündern könnte. Handelt es sich um einen ›normalen‹ Einbruch, bekommst du das schonend beigebracht. Sollte aber die Polizei mit den Dunklen unter einer Decke stecken, dann wird man dir heile Welt vorspielen, um dich in eine Falle zu locken.«

Sarah würgte. »Ich glaube, ich muss gleich spucken.«

»Warte besser damit, bis wir draußen sind.« Ossip führte sie zu einem Treppenaufgang, über diesen zurück ins Erdgeschoss und durch einen weiteren Nebenausgang auf die Straße. An der frischen Luft ging es Sarah bald besser. Das Handy holte sie aber erst heraus, nachdem sie einen Häuserblock in Richtung Newski-Prospekt gelaufen waren.

Sie wählte die Telefonnummer, die auf ihrem Zimmerpass stand, meldete sich mit dem Namen Kitty Gerárd und bat um Verbindung mit der Rezeption. Es dauerte ungewöhnlich lange, bis sich eine weibliche Stimme meldete. Sarah sagte das mit Ossip abgestimmte Sprüchlein auf. Wieder ließ man sie warten.

Dann brummte ein maskuliner Bass: »Mistress Gerárd?«

»Am Apparat.«

»Sie möchten auschecken, ohne noch einmal ins Hotel zurückzukehren?«

»Ja, bitte. Meinen Rucksack holt ein Taxi ab.«

»Wenn Ihre neue Adresse in Sankt Petersburg ist, liefern wir Ihnen das Gepäck gerne frei Haus.«

»Danke, aber das ist nicht nötig. Der Fahrer wird auch gleich meine Rechnung begleichen.«

»Wie Sie wünschen. Dann geben Sie dem Fahrer bitte eine unterschriebene Vollmacht mit. Wir wünschen Ihnen noch einen schönen Aufenthalt in Sankt Petersburg.«

Sarah schluckte. »Ja. Vielen Dank und adieu.« Sie drückte die rote Taste am Handy, sah Ossip beklommen an und sagte: »Sie machen's. Die Dunklen wissen, dass ich hier bin.«

*Den Lebenden schulden wir Respekt;
den Toten schulden wir nur Wahrheit.*
Voltaire, *Œuvres*

41. Kapitel

St. Petersburg, 2. April 2005, 23.42 Uhr

Sarah hatte ein ungutes Gefühl, als Ossip sie ausgerechnet ans Nabereschnaja Robespjera entführte, eine nach Maximilien de Robespierre benannte Uferstraße an der Newa. In der Französischen Revolution war Robespierre der Wegbereiter der *Terreur* gewesen, einer überaus blutigen »Schreckensherrschaft«. Unter ihm liefen die Guillotinen heiß. Auch König Ludwig XVI. ließ er enthaupten. Warum konnte Ludmila Baranowa nicht in der Mutter-Teresa-Straße wohnen?

Das hätte, glaubte man Ossips Beschreibungen, wohl auch viel besser zu ihrem Wesen gepasst. Nachdem sie damals in Paris den Fenstersturz überlebt hatte, war ihre immer schon vorhandene Religiosität zu einer Art Psychose ausgeartet. Die einst in allen bedeutenden Konzerthäusern gefeierte Violinistin wurde mit einem Mal weltfremd, lebte in ihrer riesigen Altbauwohnung wie in klösterlicher Abgeschiedenheit. Wenn ihr Sohn sie besuchte, dann wohnte er bei ihr. Platz gab es ja genug.

Und nun sollte auch Sarah wenigstens die nächste Nacht hier verbringen. Ossip hatte auf die Schnelle keine andere Lösung gewusst. Von der Fahrt zum Flughafen hatte er dringend abgeraten. Die Dunklen mochten nicht genug Einfluss besitzen, um den Staatsapparat von ganz Russland zu kontrollieren, aber an einem Verkehrsknotenpunkt wie dem Pulkovo Airport stünden bestimmt einige Grenzbeamte auf ihrer Lohnliste. Die Bestechung von Staatsdienern sei in Russland so alltäglich wie das Durstlöschen mit Wodka.

Um jede Verfolgung durch die Farbenlauscher auszuschließen, war er mit Sarah stundenlang durch die Gegend gestrichen und hatte sie in einige ziemlich schräge Szenelokale geführt, die er ausnahmslos durch den Hinterausgang wieder verließ. Jetzt brannten ihre Füße, und sie war zum Umfallen müde. Der Tag neigte sich dem Ende entgegen, aber sie liefen immer noch. Gedankenvoll betrachtete Sarah die im Fluss tanzenden Lichter der Stadt.

»Da vorne ist es«, sagte unvermittelt Ossip neben ihr. Er deutete auf ein schön restauriertes Gebäude aus den 1870er-Jahren. Die Eremitage lag etwa drei Kilometer weiter westlich.

Sie überquerten die Straße und betraten kurz darauf das mondäne Haus. Ludmilla Baranowa wohnte im Hochparterre links. Nachdem Ossip die Tür aufgeschlossen hatte, rief er etwas auf Russisch. Sarah sah ihn fragend an.

»Nur eine Vorwarnung, dass ich jemanden mitbringe. Ich bin momentan nicht liiert. Der Anblick einer Frau an meiner Seite könnte sie schockieren«, erklärte er.

Das kann ja heiter werden!, dachte Sarah und meinte: »Sie ist bestimmt stolz auf ihren Sohn.«

Er lächelte schief. »Ich würde sagen, es geht so. In dieser Stadt ist eine gute Bildung nichts Ungewöhnliches. Man gehört der *Intelligenzia* – der gebildeten Klasse – an, aber man prahlt nicht damit. Die Zugehörigkeit zur ›großen Welt‹ ist in den Augen eines Petersburger Snobs überhaupt nicht *comme il faut*, nicht ...«

»... wie es sich gehört. Ich bin Französin – schon vergessen?«

»Verzeihung. Wenn man die ganze Zeit Englisch spricht ...«

»Schon gut. Jetzt würde ich gerne deine Mamutschka kennenlernen.«

»Sicher. Entschuldigung. Willst du vorher ablegen?«

Ossips ausgesuchte Höflichkeit gefiel Sarah. Sie stellte ihre Tasche ab, zog sich die Jacke aus und er hängte sie auf einen Bügel. Danach führte er sie durch einen Flur, von dem verschiedene Zimmer abgingen. Aus einem der Räume drangen laute Stimmen und Kirchenmusik, so als liefe dort ein Rundfunk- oder Fernsehgerät. Es hörte sich an, als werde eine Messe übertragen. Und in die sakralen Klänge eingewoben war wieder der unterschwellige Befehl: *Kommt herbei! Kommt herbei! ...*

Sarah erschauerte. Die Farbenlauscher riefen also immer noch.

An der dritten Tür von links blieb Ossip stehen und wiederholte seinen russischen Warnruf. Eine zarte, hohe, ziemlich verschnupft klingende Stimme antwortete ihm. Darauf lächelte er Sarah aufmunternd zu.

»Geh nur. Mamutschka ist gespannt, dich zu sehen.«

Schon lange nicht mehr hatte sich Sarah so befangen gefühlt wie in diesem Moment. Schüchtern wie ein kleines Mädchen trat sie unter den Türsturz und blieb wieder stehen. Ihr Blick huschte scheu durch einen großen Raum, der wohl nicht von ungefähr wie das Reich einer nach Paris emigrierten russischen Adligen aussah und für den die Bezeichnung Wohnzimmer wie eine Beleidigung klang. Augenscheinlich hatte sich Ludmila Baranowa hier eine kleine Kopie jenes Paradieses erschaffen, aus dem sie vertrieben worden war, ein Disneyland der Belle Époque.

Es war ein hoher Salon mit stuckverzierter Decke, wertvollen Teppichen, einer damastbezogenen Chaiselongue und dazu passenden Stühlen, diversen Leuchten, darunter ein Kristalllüster und eine Stehlampe mit goldenen Troddeln, sowie einer beachtlichen Sammlung von Ikonen an den Wänden. So ziemlich alle Stellflächen auf den diversen auf Hochglanz polierten Schränkchen und Tischchen waren mit Heiligenfigürchen zugepflastert, die meisten davon aus Porzellan, aber auch Holz, Metall und Kristall waren vertreten. An der rechten Stirnseite des Raumes flimmerte ein riesiger Fernseher. Und etwa zweieinhalb Meter davor saß in einem Rollstuhl Ludmilla Baranowa.

Sarah kannte die einstige Violinistin nur von Fotos, die sie als junge, wunderschöne Frau zeigten. Die kleine Person im Rollstuhl dagegen war alt. Ossip hatte gesagt, sie sei siebenundsechzig.

»Kommen Sie, mein Kind«, rief Ossips Mutter in fast akzentfreiem Französisch und winkte mit einer knöchernen, von Altersflecken übersäten Hand. Sie trug einen weinroten, seidig schimmernden Morgenmantel und um den Hals einen dicken Schal.

»Ich habe ihr gesagt, dass du aus Frankreich kommst«, raunte er, nahm Sarah am Ellenbogen und führte sie in den Salon.

Artig begrüßte sie die Grande Dame der Violine. Es fiel ihr schwer, nicht immer wieder zum Fernseher zu schauen, in dem gerade eine riesige Menschenmenge auf dem Petersplatz zu sehen war.

»Mein Sohn hat schon lange kein Mädchen mehr mit nach Hause gebracht. Ich glaube, die letzte hieß Claire und ist mit ihm Schlitten gefahren.« Sie nickte voller Wehmut.

Ossip verdrehte die Augen zur Decke. »Das war noch in Paris, Mamutschka, und ist mindestens dreißig Jahre her.«

»Die Erinnerung an glücklichere Tage vermag selbst ins finsterste Jammertal ein wenig Licht zu werfen.« Sie seufzte und machte eine fahrige Handbewegung in Richtung Fernsehapparat. »Vor allem in so traurigen Stunden wie diesen.«

Ossip runzelte die Stirn. »Wieso? Ist der Papst wieder krank?«

Ihre Miene füllte sich mit Gram. Kopfschüttelnd antwortete sie: »Wenn es nur das wäre. Nein, dieser tapfere Mann hat seinen letzten Gang angetreten. Ach, könnte ich jetzt nur mit all diesen Menschen auf dem Petersplatz sein und für sein Seelenheil beten!«

Ein eiskalter Schauer rann über Sarahs Rücken. »Heißt das...?«

Ludmilla Baranowa nickte betrübt. »Ja. Der Papst ist gestorben.«

Abertausende Gläubige und Schaulustige waren auf dem Petersplatz versammelt, hatten für Johannes Paul II. Kerzen angezündet, gesungen und gewacht, als könnten sie seinen Lebensfaden dadurch verlängern, und trotzdem war dieser um 21.37 Uhr römischer Zeit abgeschnitten worden. Traditionell hatten kurz darauf die Kirchenglocken der Ewigen Stadt das Totengeläut angestimmt. Wegen der zweistündigen Zeitverschiebung war die Nachricht erst kurz vor Mitternacht in Sankt Petersburg eingetroffen. Während auf dem Petersplatz die Menschen mit *Santo subito!*-Rufen die sofortige Heiligsprechung ihres geliebten Kirchenoberhauptes verlangten, versuchte Sarah das Durcheinander in ihrem Kopf zu ordnen.

War der Papst eines natürlichen Todes gestorben? Sie wollte gerne daran glauben. Aber sie bekam auch nicht die Worte Sergej Nekrasows aus ihrem Kopf heraus. *Während man in zwei Monaten den kleinen Hans Christian in der Wiege feiert, soll sich für einen anderen das Grab öffnen. Sein Tod wird die Welt bewegen.*

Und die Welt *war* bewegt. Sogar Ludmilla Baranowa, die eigentlich der russisch-orthodoxen Kirche angehörte, schluchzte, als sei ihr eigener Sohn gestorben.

Oder war Nekrasows düstere Voraussage sehr viel umfassender gemeint? Hatte er dabei an das unterschwellige *Kommt herbei!* gedacht, das riesige Menschenmassen in Bewegung setzen würde, um von ihrem Oberhirten Abschied zu nehmen? Womöglich wollte er sogar auf die Umwälzungen anspielen, die nach dem Willen der Dunklen der Beisetzung folgen sollten.

»Wie kann ich Russland verlassen, ohne den Häschern der Adler in die Hände zu fallen?«, fragte Sarah. Sie hatte es sich auf der Chaiselongue bequem gemacht, nachdem es Ossip endlich gelungen war, seine Mutter ins Bett zu bringen. Er saß, das rechte Bein auf eine Bank gelegt, in einem eher zierlichen Sessel.

»Am besten auf dem Landweg. Ich bin die Strecke noch nie mit dem Auto gefahren, aber bis zur finnischen Grenze dürften es weniger als hundertfünfzig Kilometer sein und von da bis nach Helsinki vielleicht hundertzwanzig. Wenn du nachts am Kontrollpunkt eintriffst, ist wenig los und die paar Grenzer kannst du nach deiner Flöte tanzen lassen.«

»Das wäre eine Möglichkeit. Wo bekomme ich ein Auto her?«

»Das besorge ich dir. Ich habe Freunde in der Stadt.«

»Danke, Joseph. Du wirst es nicht bereuen.«

»Willst du mir nicht doch dein Reiseziel nennen?«

Sarah ließ ihren Blick über sein besorgtes Gesicht wandern. Er schien aufrichtig um ihr Wohl besorgt zu sein. Trotzdem brachte sie nicht die Kraft auf, ihr Vertrauen noch einmal so unbedacht zu verschenken. Stattdessen gähnte sie demonstrativ und fragte: »Es ist spät. Ich würde jetzt gerne schlafen gehen.«

Natürlich fand Sarah keine Ruhe. Die jüngsten Entwicklungen hatten sie viel zu sehr aufgewühlt. War sie die Tochter Oleg Janins, eines größenwahnsinnigen Geheimbündlers, der sich anmaßte, mit seinen Farbenlauscherbrüdern die Welt neu zu ordnen? Hatten die Dunklen den Papst ermordet, um ihren Plan zu verwirklichen? Wenn dem tatsächlich so war, dann hatte sie versagt. Sie hätte die acht Windrosenrätsel schneller lösen müssen. Wie viel Zeit mochte ihr noch bleiben, um ein schlimmeres Unheil zu verhindern?

Die vielen Fragen polterten in ihrem Kopf wie Steine in einer Wäschetrommel, unmöglich, bei dem Lärm zu schlafen. Sie stöhnte, grub sich unter dem Daunengebirge ihrer Decke hervor und schaltete die Nachttischlampe ein. Ein paar Herzschläge lang betrachtete sie mit finsterer Miene ihr Spiegelbild in einer Schranktür gegenüber dem Bett. Sie trug ein nach Mottenkugeln duftendes, bretthartes Nachthemd Modell »Mamutschka«: knöchellang, hoch geschlossen, gespensterweiß und über der Brust mit Blümchen bestickt. Ossip hatte es im Wäscheschrank seiner Mutter gefunden und mit unverschämtem Grinsen erklärt, sie werde es entbehren können.

Davon war Sarah überzeugt.

Sie holte sich das Notebook ins Bett, wählte sich ins Internet ein und besuchte einige auf Nachrichten spezialisierte Websites. Die Ticker spuckten im Minutentakt neue Mitteilungen über das Ableben des Papstes aus. Binnen Kurzem hatte sie herausgefunden, dass den *Exequien* – dem Bestattungsritual der katholischen Kirche – eine mindestens neuntägige Trauerperiode vorausgehen würde. »Eine ziemlich kurze Galgenfrist«, murmelte sie. Unvermittelt hörte sie ein Geräusch.

Eigentlich handelte es sich um eine ganze Sinfonie aus Lauten, von denen jeder einzelne für eine Gänsehaut gut war. Das Präludium bestand aus einem Knirschen, das wohl von der Haustür kam. Darauf folgte der spröde Klang splitternden Holzes. Hiernach klimperte die Sicherungskette – ganz leise wurde sie durchgezwickt –, und dann drang das Knarren der alten Dielen an Sarahs Ohr. Mit ihrem ungemein feinen Gehör glaubte sie im Flur sogar zwei verschiedene Personen unterscheiden zu können, und ihr schoss ein grauenvoller Gedanke durch den Kopf: *Jetzt sind die Dunklen wieder da und wollen zu Ende bringen, was ihnen im Höllental misslungen ist!*

Rasch schaltete sie die Nachttischlampe aus und klappte den Computer zu. Die Gästeschlafräume befanden sich im hinteren Teil der Wohnung, wo sich der Flur wie ein großes T verzweigte –

gut möglich, dass die Eindringlinge das Licht in ihrem Zimmer nicht bemerkt hatten. Sie schlüpfte in ihre Schuhe und schlich im Nachthemd zur Tür.

Während sie noch überlegte, wie sie den quietschenden Türknauf drehen sollte, ohne sich zu verraten, ertönte vom Eingang her ein Krachen. Offenbar hatten die Einbrecher begriffen, dass man sich in der alten Wohnung nicht geräuschlos bewegen konnte und gingen jetzt schnell und mit roher Gewalt vor.

Im Nu war Sarah auf dem Flur. Am Abzweig zum Hauptgang zuckten rote Lichtfinger über den Teppich. Ossip und seine Mutter mussten gewarnt ...

Plötzlich legte sich wie aus dem Nichts eine Hand auf Sarahs Mund. Sie erschrak sich fast zu Tode.

»Ich bin's, Joseph«, hauchte Ossip ihr ins Ohr und umschlang von hinten ihre Taille, weil ihr vor Schreck die Beine einzuknicken drohten. »Genau so hat es damals in Paris begonnen. Du musst sofort fliehen! Nimm den Dienstboteneingang. Ich wecke Mamutschka und ...« Weiter kam er nicht, denn plötzlich erscholl die hohe Stimme von Ludmilla Baranowa.

»Ich habe keine Angst mehr vor euch. Kommt nur her, Ihr Engel der Finsternis!« Als wisse sie genau, wer da in ihr Refugium eingebrochen war, schrie sie auf Französisch.

Die Eindringlinge reagierten sofort. Ihr schnelles und rücksichtsloses Vorgehen war vermutlich im ganzen Haus zu hören: das Ächzen der Bodendielen ...

Sarah und Ossip sahen nur zitternde Laserpunkte an der Wand, weil das Schlafzimmer der Gelähmten dem Salon am nächsten lag, noch vor dem ehemaligen Wirtschafts- und Dienstbotentrakt.

... die polternden Schritte ...

Ludmilla wiederholte ihre Herausforderung auf Englisch.

... das Bersten von Holz.

Sie wechselte ins Russische.

Kurz hintereinander ertönten mehrere puffende Geräusche, die Sarah nur allzu bekannt vorkamen – jemand schoss mit einem Schalldämpfer.

Ludmilla schrie.

Ossip wollte zu ihr, seiner Mutter helfen, aber Sarah hielt ihn mit aller Kraft fest, stellte sich auf die Zehenspitzen und zischte in sein Ohr: »Bleib, Joseph! Sie hat gerufen, um die Aufmerksamkeit auf sich zu lenken. Um ihren Sohn zu retten. Soll ihr Opfer umsonst gewesen sein?« Sie spürte, wie seine Gegenwehr erlahmte und fügte hinzu: »Bring uns hier raus!«

Er stieß einen erstickten Laut aus, wandte sich um und zog sie mit sich. Die Stimme aus Ludmillas Schlafzimmer war verstummt.

Der Dienstboteneingang lag am Ende des Flurs. Leise öffnete Ossip den Riegel und dann die Tür. Keinen Moment zu früh, denn die Eindringlinge hatten inzwischen ihren Irrtum erkannt und sich an die Durchsuchung der restlichen Räume gemacht. Ossip schob Sarah in ein Treppenhaus, das weniger großzügig geschnitten war als das am Herrschaftseingang. Durch ein Fenster fiel von der Straße Licht herein. Sarah bemerkte eine blitzende Klinge in Ossips Hand.

Behutsam schloss er die Wohnungstür und flüsterte: »Nach unten.«

Auf Zehenspitzen schlichen sie die kurze Treppe hinab. Trotzdem kam es Sarah so vor, als würde jede Stufe unter ihrem Gewicht aufschreien. »Hast du ein Auto?«, fragte sie leise.

»Nein. Wir borgen uns eins vom Nachbarn.«

Endlich waren sie unten angekommen. Ossip öffnete einen Spaltbreit die Haustür und flüsterte: »Das habe ich befürchtet.«

»Was?«

»Da steht ein Wagen mit einem Mann drin. Vermutlich soll er aufpassen, dass niemand entkommt. Warte hier. Ich bin gleich zurück.« Ehe Sarah etwas sagen konnte, war Ossip schon nach draußen verschwunden.

Sie spähte ihm durch den Türspalt hinterher. Er schlich tief geduckt zum vor dem Haupteingang stehenden Wagen des Killers und machte sich mit seinem Jagdmesser an den Reifen zu schaffen. Nachdem er in drei der Pneus drei kleine Löcher gestochen hatte, huschte er zu einem prähistorisch anmutenden Lada, der direkt vor dem Hinterausgang parkte. Unglaublich schnell brach er die Rostlaube auf und krabbelte hinein.

Sarah hörte, wie hinter ihr an der Tür des Dienstboteneingangs gerüttelt wurde. Jeden Moment konnte sie entdeckt werden. Ihr blieb keine andere Wahl als die Flucht nach vorn. Mit eingezogenem Kopf lief sie auf die Straße, um den Lada herum und klopfte an die Scheibe der Beifahrertür. Drinnen sah Ossip von seiner »Arbeit« auf, stutzte einen Wimpernschlag lang und ließ sie dann herein.

»Sie kommen jede Sekunde raus«, raunte Sarah.

Er fummelte schon wieder unter dem Armaturenbrett herum. »Bin gleich so weit.«

»Und wenn er nicht anspringt?«

»Dimitrij Vasilev hält seinen Wagen in Schuss.«

»Danach sieht die Karre aber nicht ...«

Blaue Funken blitzten auf, und der Lada sprang an. Der Augenblick war günstig, denn kaum hatte Ossip an der Lenkradschaltung den Gang eingelegt und das Gaspedal durchgetreten, da kamen auch schon die Killer aus dem Haus. Mit qualmenden Rädern schoss die Rostlaube davon.

»Kopf einziehen!«, brüllte Ossip.

Rote Leuchtpunkte hüpften durch den Wagen. Gleich darauf schlugen mehrere Projektile ins Blech ein. Dann zerplatzte die Rückscheibe.

»Das wird Gospodin Vasilev aber überhaupt nicht gefallen«, knirschte Ossip und riss das Steuer scharf nach links. Der Lada brach mit den Hinterrädern aus und drehte sich um seine Vertikalachse.

»Was soll das werden?«, kreischte Sarah.

»Ich biege in die Tschernyschewskogo ab.«

Der Motor heulte auf, und der betagte Wagen brauste weiter.

Nach einigen bangen Sekunden sagte Ossip: »Du kannst den Kopf wieder hochnehmen.«

Sie richtete sich auf und sah nach hinten durch das zerschossene Fenster. Gerade fegte das Fahrzeug der Verfolger um die Ecke. »Können wir sie abhängen?«

»Das sollte unsere geringste Sorge sein. Drei ihrer Reifen werden gleich auf den Felgen fahren.« An einer Metrostation mit einem elend langen Namen aus kyrillischen Buchstaben bog Ossip abermals nach links ab.

Sie beäugte ihn mit gefurchter Stirn. »Du machst doch so was nicht zum ersten Mal, oder?«

»Nein. Als Halbwüchsiger hatte ich eine ziemlich turbulente Phase durchgemacht.«

»Turbulent?«, wiederholte sie.

»Ich glaube, es war eine Art Protest gegen das, was mein Stiefvater uns angetan ...« Ossips Stimme versagte.

Sarah ahnte, was gerade in ihm vorging. Seine Mutter war tot oder lag im Sterben. »Es tut mir so unendlich leid, Joseph ...« Sie stutzte. Der Lada war eben zum dritten Mal nach links abgebogen. »Sag mal, du willst doch nicht etwa zur Wohnung zurückfahren?«

»Nein. Wir lassen den Wagen im Park des Taurischen Palastes stehen und gehen zu Fuß.«

»Darf ich dich daran erinnern, dass du einen Schlafanzug anhast und ich ein Nachthemd?«

»Ich bin nicht verfroren.«

»Darum geht es doch gar nicht, Joseph. Wir könnten wegen Erregung öffentlichen Ärgernisses verhaftet werden.«

»Nicht in Sankt Petersburg. Schon vergessen? Es ist die Stadt der Halbirren.«

»Und wenn Nekrasows Schergen zurückkommen?«

»Kaum anzunehmen. Sie haben genügend Krach gemacht, um das ganze Haus aufzuwecken. Würde mich nicht wundern, wenn einer der Nachbarn längst die Polizei gerufen hat.«

»Die für Nekrasow arbeitet.«

»Du brauchst ja nicht mitzukommen, Sarah. Ich lasse meine Mamutschka jedenfalls nicht im Stich!«

Sie schluckte. Ossip konnte nicht ahnen, wie sehr seine Worte sie trafen. Jahrelang hatte sie unter Selbstvorwürfen gelitten, hatte sich schuldig am Tode *ihrer* Mutter gefühlt. Sie schüttelte den Kopf. »Ich bin schon zu oft weggelaufen, Joseph. Gib Gas! Vielleicht ist deine Mamutschka noch am Leben.«

Während die Welt um Johannes Paul II. trauerte, nahmen nur wenige Notiz vom tragischen Ende der einst gefeierten Violinistin Ludmilla Baranowa. Sie war ihren Verletzungen fast auf die Minute genau vier Stunden nach dem Dahinscheiden des Papstes erlegen. Mindestens sechs Schüsse hatten ihren Brustkorb förmlich durchsiebt.

Unter den Augen einer kleinen Schar von Nachbarn ließ ihr Sohn seinen Tränen freien Lauf. Er kniete neben dem blutgetränkten Bett der Toten, hielt ihre leblose Hand, klagte über das Unrecht der Welt und erneuerte den alten Racheschwur gegenüber Oleg Janin.

Obwohl Sarah mit ihm litt, war sie noch klar genug, um sich anzukleiden und ihren Computer einzupacken. Nekrasows Häscher hatten ihn unter dem Federbett übersehen oder sich nicht dafür interessiert. Anschließend brachte sie Ossip ein paar Kleidungsstücke. Sie wagte kaum, ihm in die Augen zu blicken.

»Ich wollte dir nur sagen: Wenn du mich jetzt hasst, dann kann ich das verstehen.«

Vermutlich verstanden die wenigsten Nachbarn, was sie sagte, aber alle Blicke wanderten gespannt zu Ossip.

Er nahm ihr das Bündel ab und wischte sich mit einem Hemdsärmel die Tränen ab. »*Dich* soll ich hassen? Wieso denkst du so etwas?«

Die Totenwache der Nachbarn murmelte entweder zustimmend oder fragend.

Sarah warf die Hände in die Höhe. »Das weißt du ganz genau, Joseph. Diese Bestien sind gekommen, um *mich* zu töten. Wäre ich nicht mit dir gegangen, würde deine Mamutschka noch leben.«

Einige Ahs! und Ohs! hallten durch den Raum.

»Bist du dir da so sicher? Mein Stiefvater drohte mir damals, ich solle mich aus seinen Angelegenheiten heraushalten, wenn mir mein Leben und das meiner Mutter lieb wäre. Trotzdem habe ich alles darangesetzt, dich zu treffen und dir zu helfen.«

Sarah schwieg. Was sollte sie auch darauf erwidern?

Eine Frau in kariertem Nachthemd und Strickjacke sagte etwas auf Russisch.

»Sie wundert sich, warum die Miliz nicht kommt«, übersetzte Ossip.

»Das frage ich mich allerdings auch«, antwortete Sarah.

Er seufzte. »Wenn die Polizei im Voraus weiß, dass ihre Geldgeber irgendwo eine schmutzige Arbeit verrichten, dann dauert es gewöhnlich lange, bis eine Streife eintrifft.«

Einige im Raum nickten.

Ossip erhob sich und küsste seine Mutter auf die Stirn. Ludmilla Baranowas Gesicht war von den Kugeln verschont worden. Es sah aus, als schliefe sie nur und träume von ihrem Sohn, den sie durch Mut und List gerettet hatte. Der wandte sich nun gefasst um und sagte: »Mamutschka soll nicht für den Sieg einer Lüge gestorben sein, sondern für den Triumph der Wahrheit. Ich gehe mit dir, Sarah.«

Vor einer Stunde hätte sie ihm, dem Adoptivsohn Oleg Janins, noch eine Absage erteilt. Aber jetzt war aller Argwohn wie weggeblasen. Was für ein hoher Preis für ein bisschen Vertrauen!, dachte sie und nickte.

Er schob seinen Mund dicht an ihr Ohr und flüsterte: »Kann ich *jetzt* erfahren, wohin unsere Reise geht?«

Sie stellte sich auf die Zehenspitzen und wisperte in das seine ein einziges Wort: »Rom.«

REPRISE

Rom

※

… die Musik … [muss] den Menschen veredeln, trösten, läutern und die Gottheit segnen und preisen. Um dieses zu erreichen, ist das Hervorrufen einer neuen Musik unumgänglich. Diese Musik, die wir in Ermangelung einer anderen Bezeichnung musique humanitaire *nennen möchten, sei weihevoll, stark und wirksam.«*

Franz Liszt, *Über zukünftige Kirchenmusik*, 1834

Alle heiligen Gesetze und Grenzen sind verwischt, es ist ein Zustand überspannter Reizung eingetreten, dem nichts mehr genügen will, der sich an allem ersättigt hat, und daher nur auf die äußersten Mittel denkt, um die Empfänglichkeit neu aufzustacheln.

Ludwig Rellstab, 1842

42. Kapitel

Rom, 6. April 2005, 17.38 Uhr

Die Ewige Stadt quoll förmlich über vor Menschen. Dabei war die Beisetzung des Papstes auf den 8. April festgesetzt worden, erst in zwei Tagen also. Nein, *schon* in zwei Tagen, verbesserte sich Sarah, während sie an Ossips Seite in einem berstend vollen Bus der Linie 44 durch Rom zuckelte. Warum die Eile? Das war nicht die einzige Ungereimtheit, die sie beschäftigte. Je mehr Details über das Bestattungsprocedere an die Öffentlichkeit kamen, desto öfter fragte sie sich, ob da nicht im Geheimen die Dunklen Farbenlauscher an den Fäden zogen.

Das begann schon bei der Behandlung der sterblichen Überreste des Verblichenen. Die Amtsvorgänger von Johannes Paul II. waren nach gängiger Praxis einbalsamiert worden. So werde auch bei dem jüngst verstorbenen Kirchenoberhaupt verfahren, wurde anfänglich behauptet. Dann verzichtete man aber plötzlich darauf. Der Leichnam werde lediglich für die öffentliche Zurschaustellung »vorbereitet«, verlautete es nun aus dem Vatikan. Etwa damit die rasche Verwesung möglichst schnell verräterische Spuren verwischte? In Karol Wojtylas Sterbeurkunde stand als Todesursache »septischer Schock« in Verbindung mit einem »irreversiblen Zusammenbruch des Herz-Kreislauf-Systems«. Der von Ärzten wohl bestbehütete Mensch der Welt war somit an einer akuten Blutvergiftung gestorben.

Auch bei den Exequien gab es gewisse »Vereinfachungen«, die in Sarah den Verdacht nährten, man könne sich des Verstorbenen nicht schnell genug entledigen. Vor allem die Veränderung des musikalischen Programms hatte ihr Misstrauen geweckt.

Zum Gedenken des Toten war nur noch ein schlichtes Requiem vorgesehen. Sie musste die darin verborgenen Klänge der Macht nicht erst hören, um den Plan der Dunklen zu durchschauen.

Wenn dreihunderttausend Trauernde auf dem Petersplatz versammelt waren, wenn weltweit Hunderte von Millionen vor den Fernsehschirmen saßen und wenn schließlich der Chor sein *»Requiem aeternam dona eis Domine«* anstimmte – die Bitte »Ewige Ruhe gib ihm, Herr« –, dann würde es geschehen. Sie wusste zwar noch nicht, ob der sublime Befehl direkt in die Melodie eingewoben war oder als nur unbewusst wahrnehmbare Tonfolge in das elektroakustische Signal eingespeist werden sollte, aber das Resultat würde in beiden Fällen dasselbe sein. Oleg Janin hatte von einer kritischen Masse gesprochen, die infiziert werden müsse, um einen globalen Erdrutsch auszulösen, eine Kettenreaktion unvorstellbaren Ausmaßes. Einen Weltenbrand. Längst war das Feuer an die Lunte gelegt. Und am 8. April 2005 sollte die alte Ordnung in einem gigantischen Knall vergehen.

Um das zu verhindern, war Sarah nach Rom gekommen. Sie hatte Ossip nach der Ermordung seiner Mutter in alles eingeweiht; für sie war auch er nun ein Lichter Farbenlauscher. Danach hatte für die beiden eine Odyssee quer durch Europa begonnen: Von einem Jugendfreund aus Ossips »turbulenter Phase« war ihnen ein Fahrzeug überlassen worden, mit dem sie die erste Etappe bis zur russisch-finnischen Grenze bewältigt hatten. Dort benutzte Sarah einmal mehr ihren MP3-Player, um Komplikationen bei der Ausreise zu vermeiden. Bis nach Helsinki fuhren sie anschließend in einem Truck.

Nach Sarahs Empfinden lag die finnische Hauptstadt immer noch zu dicht an Sankt Petersburg. Deshalb wechselte sie abermals den Pass und die Haarfarbe – wieder wählte sie Schwarz – und bestieg mit Ossip einen Frachter nach Stockholm. Von Schweden waren sie dann ins italienische Mailand geflogen und hatten den Rest der Strecke nach Rom im Zug zurückgelegt. In Begleitung von ungefähr einer Million Mitreisenden – jedenfalls kam es Sarah so vor. Bald darauf sollte sie erfahren, dass sie sich verschätzt hatte.

Tatsächlich strömten mehr als vier Millionen Trauergäste in die Ewige Stadt.
Kommt herbei! Kommt herbei!
»Ich hoffe, dein Bekannter hat in der Zwischenzeit etwas erreichen können«, sagte Ossip. Er sprach von Andrea Filippo Sarto, Multimillionär, Veranstalter von Megaevents und ein großer Bewunderer der D'Albis. Sarah bräuchte nur mit den Fingern zu schnippen, und der zweiundfünfzigjährige Witwer hätte sie zum Traualtar geführt. Mit anderen Worten: Sarto lag ihr zu Füßen.

Außerdem verfügte er über hervorragende Kontakte zum Vatikan. Das Medienspektakel zum silbernen Pontifikatsjubiläum am 16. Oktober 2003 war von ihm inszeniert worden. Sie hatte ihn von Helsinki aus angerufen und um Hilfe gebeten.

»Du musst mir einen Termin beim Vizepapst machen, Andrea.«
Er hatte gelacht. »Bei wem?«
»Du weißt, dass mein Italienisch nicht perfekt ist. Ich meine den Interimsamtsträger, der zwischen zwei Päpsten die Geschäfte führt, den Mann, der Johannes Paul unter die Erde bringt und das Konklave vorbereitet.«
»Ach, du redest vom *Camerlengo!* Ich glaube kaum, dass der im Moment Zeit für dich hat. Und seine Assistenten sind in diesen Tagen vermutlich genauso beschäftigt.«
»Es ist lebenswichtig, Andrea! Ich habe von einem Anschlag erfahren.«
»Aber der Heilige Vater ist doch schon tot.«
»Nicht doch! Ich rede von der Trauerfeier.«
»Etwa ein Bombenanschlag?«
»Sagt dir der Terminus *subliminals* etwas?«
»Ja. Steht für unterschwellige Beeinflussung über unbewusst wahrgenommene Sinnesreize. Glaubst du etwa an diesen Hokuspokus?«
»Ich kann dir sogar beweisen, dass es funktioniert. Sie werden die Musik während der Beisetzung des Papstes manipulieren. Wenn du mir nicht hilfst, wird ein Unglück geschehen.«
»Du nimmst mich doch nicht auf den Arm, meine Schönste?«
»Mir war noch nie etwas so ernst, Andrea. Ich kann dir am Tele-

fon nicht mehr sagen. Aber in zwei, drei Tagen werde ich mit einem Freund nach ...«

»Willst du ihn etwa heiraten?«

»Momentan habe ich wirklich andere Sorgen, Andrea. Hilfst du mir?«

»Ich werde mein Bestes tun. Solange ihr zwei in der Stadt bleibt, wohnt ihr natürlich bei mir. In Rom sind ohnehin sämtliche Betten doppelt belegt und es würde mir gar nicht gefallen, wenn du deins mit diesem Burschen teilst.«

Sarah blickte aus dem Fenster des Busses. Rom war im Ausnahmezustand. Sie sah eine Gruppe schokoladenbrauner Nonnen und eine andere aus jungen Leuten, die Schlafsäcke und anderes Gepäck mit sich schleppten. Jeder präparierte sich auf seine Weise für das Großereignis. Auch sie hatte das getan. Aber reichte das? In wenigen Minuten würden sie wissen, was Andrea beim Heiligen Stuhl erreicht hatte. Sie wandte sich wieder Ossip zu.

»Andrea Sarto ist ein Tausendsassa. Irgendwie bringt er uns schon in den Vatikan.«

Der Bus überquerte am Ponte Palatino den Tiber. Jetzt waren sie im Stadtteil Trastevere.

Ossip sah in den Straßenplan, den sie sich am Bahnhof besorgt hatten. Er deutete nach vorne. »Der Monte Gianicolo liegt direkt vor uns. Gleich müssen wir aussteigen.« Er sprach von einem jener sieben Hügel, auf denen der Legende nach die Stadt Rom errichtet worden war. Gemäß katholischer Tradition hatte zudem der Apostel Petrus auf dem Ianiculum sein Leben am Kreuz hingegeben.

Am Südwesthang der grünen, mit zweiundachtzig Metern über normal, aber nicht unbedingt gewaltigen Anhöhe lag Andrea Filippo Sartos Villa. Der Konzertveranstalter hatte seiner Angebeteten einen Rolls-Royce-Abholservice von den Termini – dem Hauptbahnhof – angeboten, aber Sarah war, um ihre Mission nicht zu gefährden, lieber im Pilgergetümmel untergetaucht. Diese neue Bescheidenheit hielt sie bis zum Ziel durch: Sie klingelte am Lieferanteneingang und lächelte in das Kameraauge vor ihrem Gesicht.

Es meldete sich, was ungewöhnlich war, Sartos Leibdiener. Er hieß Mario und hatte sein Butler-Diplom in London gemacht.

Sarah brauchte nicht einmal ihren Namen zu nennen, da öffnete sich auch schon die Pforte unter dezentem Summen. Aus einem Lautsprecher tönte in täuschend echtem Oxfordenglisch die blasierte Stimme des Dieners.

»Bitte treten Sie näher, Madame d'Albis. Sollen wir Sie mit dem Wagen abholen?«

»Das wird nicht nötig sein, Mario. Wir reisen mit kleinem Gepäck.«

»Wie Sie wünschen, Madame. Ich bin entzückt, Sie am Haus zu empfangen.« Das grüne Licht der Sprechanlage erlosch.

Ossip zog die Augenbrauen hoch. »Wagen?«

»Andrea liebt es, in seinem Park mit diesen elektrisch getriebenen Golf Carts herumzusausen. Er lässt sie extra in Modena auf Ferrari-Rot umlackieren.«

»Aber sonst ist er noch normal.«

»Wer? Andrea Filippo Sarto? Nie und nimmer! Komm, ich stell ihn dir vor.«

Auf der Zufahrt durchquerten sie zunächst einen Park, der das Hauptgebäude völlig umschloss. Bald kam die *Villa Sarto* in Sicht. Sie war eher ein repräsentativer, im Renaissancestil gestalteter Palast mit quadratischem Grundriss und imposanten Ausmaßen.

»So lässt sich's leben«, staunte Ossip.

»Leider kommen wir seitlich rein. Wer sich der Villa zum ersten Mal von der Vorderfront her nähert und den Portikus mit seinen weißen Säulen aus Carraramarmor sieht, ist überzeugt, Jupiter höchstpersönlich müsse hier residieren.«

»Das glaube ich jetzt schon.«

Wenig später wurden sie am Seiteneingang von Mario empfangen. Der untersetzte Leibdiener des Hausherrn trug einen Cut, war vom Kinn abwärts also ein typisch englischer Butler, sein Haupt jedoch sah ausgesprochen italienisch aus: schwarzes, gelocktes, pomadisiertes Haar, gezwirbelter Schnurrbart und feurige dunkle Augen.

»Herzlich willkommen in der *Villa Sarto*, Madame d'Albis«, begrüßte er Sarah und bedeutete einem Lakaien durch Handzeichen, dass er ihrem Träger das Gepäck abzunehmen habe. Um einer

Manifestation dieses Missverständnisses vorzubeugen, stellte sie ihren Begleiter gleich mit vollem Titel vor.

»Das ist Professor Ossip Janin von der Lomonossov-Universität Moskau. Was die Diskretion unseres Besuches anbelangt, gelten für ihn die gleichen Regeln, die Signore Sarto Ihnen bestimmt schon in Bezug auf meine Person mitgeteilt hat.«

Mario ließ nur am Zucken der rechten Augenbraue erkennen, dass er innerlich vom Lakaiengang auf den herrschaftlichen Overdrive umgeschaltet hatte. Mit eleganter Geste deutete er ins Haus und sagte: »Da wir den Lieferanteneingang benutzen, darf ich mir erlauben voranzugehen. Signore Sarto erwartet Sie bereits.«

Der Butler führte die Gäste durch einen eher schlichten Gang in eine hohe Eingangshalle, wo er um eine Minute Geduld bat. Länger dauerte es auch nicht, bis der Herr des Hauses erschien. Mit gestrafften Schultern glitt er auf Sarah zu, die manikürten Hände ihr zum Willkommen entgegengestreckt.

Andrea Filippo Sarto sah aus wie Marcello Mastroianni in seinen besten Jahren: Er hatte üppiges, links gescheiteltes, dunkles Haar, einen breiten Mund mit vollen Lippen und, obgleich er lachte, einen melancholischen Blick. Weil er, wie Sarah wusste, seinen Körper jeden Morgen einem strengen Fitnesstraining unterzog, hatte er kaum ein Gramm Fett zu viel auf den Rippen. Seine maßgeschneiderte Kombination aus schwarzer Hose und cognacfarbenem Sakko saß perfekt. Dazu trug er ein lässig sportliches, ebenfalls schwarzes Polohemd und farblich passende Slipper aus Krokodilleder.

»Sarah, meine Schönste. Dein Anblick lässt in meinem Haus die Sonne aufgehen«, flötete er mit einer rauchigen Stimme, die an ein Fagott erinnerte. Er griff nach ihren Händen und hauchte auf jede einen Kuss. Dann erst umarmte er sie.

Sie musste lachen. »Gib dir keine Mühe, Andrea. Ich weiß, dass ich furchtbar aussehe.«

»Frauen neigen immer zu Übertreibungen. Wenn du willst, schicke ich sofort nach einem Coiffeur, um deinen Kopf in Ordnung zu bringen.«

»Danke, aber das ist nicht nötig. Die Haare bleiben vorerst, wie sie sind.« Sarah deutete auf ihren Begleiter, stellte ihn dem Hausherrn vor und bat darum, die Unterhaltung mit Rücksicht auf Ossip in englischer Sprache fortzuführen.

Für einen Konzertveranstalter, der täglich mit Weltstars zu tun habe, sei das überhaupt kein Problem, antwortete Sarto und sie bemerkte, wie er den Russen auffallend intensiv musterte, als wolle er die Wirkung seiner Worte prüfen. Sarah verzichtete darauf, ihn darüber aufzuklären, dass Erfolg in Sankt Petersburg mit schlechtem Geschmack, Konformismus und Biederkeit assoziiert wurde. Ossip gab sich ohnehin betont unbeeindruckt. Entspann sich da zwischen den beiden Männern etwa eine Rivalität?

Nachdem das erste Abtasten unentschieden ausgegangen war, erklärte Sarto konziliant: »Ihr habt eine lange und sicherlich beschwerliche Reise hinter euch. Was kann ich für euer Wohlbefinden tun? Soll Mario ein Bad einlassen? Oder die Sauna anheizen? Natürlich steht euch auch mein Masseur zur Verfügung.«

»Später vielleicht. Zunächst würde ich gerne erfahren, was du in unserer *Angelegenheit* erreicht hast. Du weißt schon …«

Er nickte verstehend und führte die Gäste in einen Salon, gegen den das Wohnzimmer der Ludmilla Baranowa eine Besenkammer gewesen war. Durch ein Spalier aus schmalen Glastüren konnte man die Terrasse und dahinter den Park sehen. Das warme Licht der Abendsonne glitzerte in den Fontänen eines Springbrunnens. Sarah und Ossip nahmen in schneeweißen Sesseln aus feinstem Leder Platz und ließen sich alkoholfreie Getränke servieren.

Als endlich alle dienstbaren Geister den Salon geräumt hatten, brachte Sarah erneut die »Angelegenheit« zur Sprache.

»Da hast du mir eine harte Nuss zu knacken gegeben«, erklärte Sarto. »Die schlechte Nachricht zuerst: Kardinal Somalo und seine drei Beisteher wollen nicht einmal *mich* in ihre Nähe lassen.«

»Wer?«

»Eduardo Martinez Somalo. Der Camerlengo.«

»Ah! Hast du ihnen von der Bedrohung erzählt?«

»Nicht ihnen, sondern gleich dem Kardinalstaatssekretär. Er ist zu Lebzeiten des Heiligen Vaters so eine Art – wie hast du das neulich genannt? – Vizepapst. Das Telefonat war kurz und unverbindlich. ›Wir werden täglich von Verrückten und Sonderlingen bedroht, von muslimischen Fanatisten und von allen möglichen anderen fundamentalistischen Gruppierungen‹, wurde mir mitgeteilt. Die Schweizergarde und die Polizei von Rom habe alles im Griff.«

Sarah nahm einen großen Schluck Eistee aus ihrem Glas. »Und wie lautet die gute Nachricht?«

»Beim Stichwort Musik wurde ich an einen Kardinalpräfekten verwiesen, mit dem ich schon bei mehreren Kirchenkonzerten ausgesprochen gut zusammengearbeitet habe. Ihm untersteht das Päpstliche Institut für Sakrale Musik und außerdem ist er stellvertretender Leiter der Päpstlichen Musikkapelle ›Sistina‹. Wichtiger aber ist, dass er dem Heiligen Vater sehr nahe gestanden haben und in der Kurie einen nicht unerheblichen Einfluss genießen soll.«

Sarah und Ossip wechselten einen Blick.

»Das klingt doch vielversprechend. Wo ist der Haken?«, fragte der Russe.

Sarto hob die Schultern. »Mir ist keiner aufgefallen. Ich habe mit dem Purpurträger einen Termin vereinbart. Er erwartet euch beide morgen früh um acht Uhr dreißig in der Präfektur des päpstlichen Hauses im Apostolischen Palast.«

*[Die Instrumentalmusik] ist unter allen Künsten diejenige,
die die Gefühle zum Ausdruck bringt, ohne ihnen eine direkte
Anwendung zu geben ... Sie lässt die Leidenschaften
in ihrem eigensten Wesen glänzen und schimmern ...*
Franz Liszt

43. Kapitel

Rom, 7. April 2005, 8.10 Uhr

Es war ein wunderschöner, sonniger Frühlingsmorgen, viel zu strahlend, um sich mit dunklen Machenschaften zu beschäftigen. Zum ganz normalen Wahnsinn des römischen Berufsverkehrs kam die Pilgerflut hinzu, die unvermindert in die Ewige Stadt strömte. Doch der Vatikan lag ja nur auf der anderen Seite des Gianicolo. Sartos Chauffeur hatte daher keine Mühe, die unauffällige Limousine pünktlich über die Via delle Fornaci ans Südende des Petersplatzes zu lenken. Die Fahrt endete, dank eines Passierscheins mit den richtigen Stempeln und Unterschriften, am Palazzo del Sant'Uffizio, dem einstigen Sitz der Inquisition, einem von außen eher unscheinbaren Palast, in welchem ein gewisser Kardinalpräfekt namens Joseph Ratzinger über die Reinheit der Glaubenslehre wachte.

Den Rest des Weges gingen Sarah und Ossip zu Fuß. Sie durchquerten die Kolonnaden des Bernini und gelangten so auf den Petersplatz. Das gigantische Oval mit dem großen Obelisken in der Mitte war von reger Betriebsamkeit erfüllt. Im Vorfeld der Trauerfeierlichkeiten wurde alles Mögliche herbeigeschafft und aufgestellt: Absperrungen, Stühle, Hinweistafeln, Ordnungshüter ...

»Sie können hier nicht durch«, sagte – wieder einmal vor einer Barriere, einer hölzernen Hürde – ein Schweizergardist.

Sarah zeigte dem Posten ihr Telefax mit dem Briefkopf des *Prefetto della Casa Pontificia,* des Präfekten des Päpstlichen Hauses. Während der junge Schweizer den Inhalt des Bestätigungsschreibens prüfte, musste sie sich ein Schmunzeln verkneifen. Mit ihren Längsstreifen im fröhlichen Blau-Rot-Gelb der Medici, den Pumphosen, den Stulpen und den Hellebarden sahen die päpstlichen Gardisten aus wie gerade einem Bild von Raffael entsprungen. Die bunte Schutztruppe des Vatikans hatte für Sarah eher etwas Folkloristisches als Abschreckendes.

»In Ordnung. Gehen Sie zum Bronzetor und zeigen Sie dem Hellebardier Ihre Einladung«, sagte der Mann und deutete zu einer Stelle am Ende der Kolonnaden rechts der Peterskirche. Dann ließ er Sarah und Ossip passieren.

Wenig später trafen sie vor der besagten *Portone di Bronzo* ein und präsentierten einmal mehr ihre Legitimation. Der Schweizergardist ging in sein graublaues Schutzhäuschen und telefonierte. Anschließend teilte er den Besuchern mit, sie würden in Kürze vom Sekretär des Kardinals abgeholt.

Er sollte Recht behalten. Nach etwa fünf Minuten erschien ein zierlicher, blasser, junger Geistlicher. Er trug einen schwarzen Talar und um den Hals ein Holzkreuz, das fast so groß wie er selbst war. Nachdem er sich als Pater Guiseppe Pinzani vorgestellt hatte, bat er die Gäste, ihm zu folgen.

Sarahs Herzschlag beschleunigte sich. Sie hatte zwar schon den Petersdom und sogar die Vatikanischen Museen besucht, aber noch nie die Residenz des Papstes. Auch Ossip wirkte beeindruckt. Wie zwei staunende Kinder liefen sie mit großen Augen hinter dem jungen Geistlichen her.

Fast erschien es Sarah wie ein Déjà-vu, als Pater Pinzani beiläufig erwähnte, dass sie gerade die Treppe *Pius IX.* erklömmen – sie war also nach Franz Liszts Gönner benannt, der am Ende die großen Träume des Musikers wie Seifenblasen hatte zerplatzen lassen. Über den Stufenweg gelangten sie zum Damasushof. Auf dem zweiten Absatz lagen die Amtsräume des *Prefetto della Casa Pontificia.*

Hier ging es weiter durch einen breiten Flur, in dem allerlei Gemälde die Blicke der Besucher einfingen und Skulpturen ihnen den Weg verstellten. Durch die kleinen Fenster fiel nur wenig Licht, was in den heißen Sommern sicher für erträgliche Temperaturen sorgte, doch jetzt, wo draußen der Frühling schwelgte, eher aufs Gemüt drückte.

»Da sind wir schon. Bitte warten Sie einen Moment«, sagte Pater Pinzani, nachdem er vor einer erschreckend hohen Tür im äußersten Winkel des Flurs stehen geblieben war. Hiernach öffnete er sie und verschwand in dem dahinter liegenden Raum.

Sarah und Ossip sahen sich gespannt an. »Jetzt entscheidet es sich«, flüsterte sie.

Und schon wurde die Tür wieder geöffnet.

»Seine Eminenz erwartet Sie«, sagte der Sekretär und winkte das Paar lächelnd herein.

Nachdem sie ein Büro mit überraschend moderner Ausstattung durchquert hatten, gelangten sie in das Arbeitszimmer des Purpurträgers. Es war ein großer Raum mit Fenstern an zwei Seiten, berstend vollen Regalen an den anderen beiden Wänden, schweren Eichenmöbeln, hellem Parkett und einer protzigen Sitzgarnitur aus rotbraunem Leder. Kirchenfürsten blickten ernst oder vergeistigt aus goldenen Umrahmungen auf die Besucher herab. Der Gastgeber hingegen machte einen durchaus freundlichen Eindruck.

Er stieß sich vom Schreibtisch ab, rollte mit seinem wuchtigen Lederrollensessel ein Stück zurück und hievte seinen schweren Leib in die Höhe, um den Gästen entgegenzukommen. Der stattliche Körper des Kardinals steckte in einer offenbar maßgeschneiderten schwarzen Soutane. Das ihm zustehende Purpur war nur an wenigen Stellen zu sehen: den aus Moiré-Seide gearbeiteten Besätzen, Säumen und Knöpfen sowie den Einfassungen der Knopflöcher. Zudem lag auf dem Schreibtisch ein rotes Scheitelkäppchen, so als habe er sich gerade das graue Haar gerauft und es dabei vom Kopf gewischt. Trotz der lächelnden Miene glaubte Sarah einen strengen Zug in dem fleischigen Gesicht des Kardinals auszumachen. Kein Wunder in diesen Zeiten, dachte sie.

»Guten Morgen. Vielen Dank für Ihre Pünktlichkeit, Madame d'Albis«, begrüßte der Kardinal zunächst den weiblichen Teil der Delegation. »Ihr glanzvoller Ruf eilt Ihnen voraus. Ich wollte Sie schon immer einmal kennenlernen.«

Sarah lächelte ebenfalls. »Sie sind sehr freundlich, Eminenz...« Erschrocken riss sie die Augen auf. »Bitte entschuldigen Sie. Jetzt ist mir schon wieder Ihr Name entfallen.«

Er winkte ab. »Aber das macht doch nichts! Ich heiße Clemens Benedikt Sibelius. Denken Sie einfach an die Päpste, nach denen ich benannt bin.«

Sie nickte. »Ich werd's mir merken.« Auf Ossip deutend fügte sie hinzu: »Und dieser Herr hier ist Ossip Janin, Professor für Musikgeschichte an der Moskauer Lomonossov-Universität. Er spricht leider kein Italienisch. Könnten wir unsere Unterhaltung auf Englisch fortsetzen?«

»*No problem*«, antwortete Sibelius und schüttelte Ossip die Hand. Dabei musterte er ihn durchdringend. Fast schien es, als wolle er seinen russischen Gast nicht mehr loslassen.

Auch Sarah wechselte nun das Sprachprogramm. »Entschuldigen Sie die dumme Frage, aber was genau tut eigentlich die Präfektur des päpstlichen Hauses?«

Der Kardinal riss sich endlich von Ossip los. Charmant entgegnete er: »Es gibt keine dummen Fragen, Madame, sondern nur dumme Antworten. Zum Verantwortungsbereich des *Prefetto della Casa Pontificia* gehören sowohl der reibungslose Ablauf innerhalb des päpstlichen Haushalts als auch die Obliegenheiten der ehemaligen Zeremonienkongregation: Fragen der Etikette, die Ordnung bei Audienzen und die Vorbereitung von Zeremonien wie Heiligsprechungen, Priester- oder Bischofsweihen, feierlichen Papstmessen et cetera, et cetera.«

»Ist der Präfekt auch für den musikalischen Teil solcher Veranstaltungen zuständig?«

»Nicht im künstlerischen Sinne und schon gar nicht, wenn es sich um streng liturgische Zeremonien handelt. Aber ich sehe schon, dass sich da ein Missverständnis anbahnt. Ich bin hier nur Untermieter, weil meine verschiedenen Aufgabenbereiche sich mit denen des Präfekten des Päpstlichen Hauses überschneiden. Das Dikasterium wird aber grundsätzlich von einem Bischof geleitet, und ich darf mir die Ehre anrechnen, zum Kardinalskollegium zu gehören.«

»Oh, verzeihen Sie. Ich wollte Sie nicht … degradieren.«

Er lachte. »Bitte grämen Sie sich nicht, Madame d'Albis. Sämtliche Einrichtungen zu überblicken, die mit dem Heiligen Stuhl verbunden sind, ist ein Kunststück, das selbst die meisten Kurienmitglieder überfordert. Doch jetzt setzen Sie sich erst einmal, damit wir über diese beunruhigende Sache reden können, die Signor Sarto mir gegenüber erwähnt hat. Möchten Sie etwas trinken?«

Sarah und Ossip ließen sich in den schweren Sesseln nieder und bestellten Tee, woraufhin sich Pater Pinzani entfernte.

Kardinal Sibelius nahm ihnen gegenüber Platz. Seine Miene war jetzt ernst, gedankenvoll. Einen Moment lang fühlte sich Sarah von ihm unangenehm durchdringend gemustert. Dann erschien wieder das Lächeln auf seinem gefurchten Antlitz, und er sagte: »Also, was genau führt Sie zu mir?«

Sarah wusste, dass sie mit Andeutungen nichts erreichen konnte, deshalb berichtete sie ausführlich von den Verschwörungsplänen der Dunklen Farbenlauscher. Je länger sie sprach, desto betroffener wirkte der Kardinal.

»Und das haben alles Sie *allein* herausgefunden?«, fragte er schließlich.

»Im Wesentlichen schon.«

Er nippte mit verkniffener Miene an seinem Kaffee und starrte dann in die Tasse wie in ein dunkles Orakel. Als dieses aber außer einem bisschen Dampf nichts absonderte, fragte er: »Und was genau erwarten Sie jetzt von mir?«

»Zwei Dinge: Erstens muss ich die Purpurpartitur finden. Sie ist irgendwo im Vatikan versteckt ...«

»›Irgendwo‹ ist keine besonders genaue Ortsangabe.«

»Stimmt. Ich vermute, die Klanglehre des Jubal befindet sich im Vatikanischen Geheimarchiv.«

Er nickte ernst. »Das fängt ja gut an. Haben Sie eine Ahnung, wie groß das ist?«

»Wenn Sie uns einen Archivar an die Seite stellen, kommen wir sicher schneller voran.«

»Erst möchte ich hören, wie der Punkt zwei auf Ihrer Wunschliste lautet.«

»Ändern Sie das Musikprogramm der morgigen Trauerfeier. Am besten, Sie verzichten ganz auf Chor und Orchester.«

»Ha!«, stieß Sibelius hervor. »Was Sie da verlangen, ist unmöglich. Außerdem *wurde* der musikalische Teil der Exequien gerade vereinfacht – man beschränkt sich ohnehin auf ein schlichtes Requiem.«

»Deshalb nehme ich auch an, dass darin der unterschwellige Befehl versteckt ist, mit dem die Kettenreaktion ausgelöst werden soll. Legen Sie dem Chor einen Maulkorb an.«

Er schüttelte entrüstet den Kopf. »Ich glaube, Sie vermögen sich nicht einmal *vorzustellen,* was Sie da von mir verlangen, meine Tochter. Ebenso gut könnten Sie einem Supertanker befehlen, aus voller Fahrt eine Wende um einhundertachtzig Grad hinzulegen.«

»Ich weiß nur eins: Wenn das Schiff es nicht wenigstens *versucht,* dann wird es sinken.«

»Das sagen *Sie,* Madame d'Albis. Nichts für ungut, ich bewundere Ihre Virtuosität, aber man behauptet auch, Musiker seien exzentrisch und dächten sich ziemlich verrückte Sachen aus, um ein wenig Publicity zu bekommen. Signor Sarto erwähnte, Sie könnten Ihre Behauptungen beweisen?«

»Jederzeit.«

»Das trifft sich gut, denn ich habe im Vorfeld unserer Unterredung einen Bruder um Beistand gebeten, der den Unterschied zwischen Scharlatanerie und Wundern besser kennt als ich. Er muss jeden Moment hier eintreffen. Wenn Sie einen Rückzieher machen wollen, dann wäre das also jetzt der passende Augenblick dafür. Andererseits ...«

»Je kritischer der Richter, desto unangreifbarer sein Urteil«, unterbrach Sarah den Kardinal. Seine Abwiegelungsversuche gingen ihr allmählich auf die Nerven. »Haben Sie zufällig einen Konzertflügel oder ein Klavier in diesem Haus?«

Abermals musste er lachen. »Der Apostolische Palast ist fünfundfünfzigtausend Quadratmeter groß und hat eintausendvierhundert Räume. Ich denke, da wird sich ein Piano finden lassen.«

Etwa zehn Minuten später betraten Sarah und Ossip in Begleitung von Kardinal Sibelius und seinem Sekretär einen Musiksalon, der sich in unmittelbarer Nachbarschaft des Borgia-Turmes befand.

Der angekündigte kritische Beobachter verspätete sich und hatte telefonisch darum gebeten, gleich an den Ort der Beweisführung kommen zu dürfen. Sarah nutzte die Wartezeit, um sich mit dem Flügel vertraut zu machen.

Nach einigen Minuten traf endlich der Scharlatanerie-Experte ein. Während er sich für seine Unpünktlichkeit bei dem Purpurträger entschuldigte, musterte Sarah ihn voll Argwohn. Er trug den schwarzen Habit eines Prälaten. Unwillkürlich kamen ihr Worte aus der letzten Klangbotschaft in den Sinn: *Die Farbenlauscher sind gespalten, seit Purpurträger darin walten.*

Der Ankömmling war zwar kein Kardinal, aber dadurch fiel er für Sarah noch lange nicht aus dem Raster, zumal seine äußere Erscheinung nicht unbedingt das Klischee des sanften Hirten bediente, der am liebsten alle seine Schäfchen auf einmal in die Arme schließen wollte. Mit seiner grimmigen Miene und dem Stiernacken machte er eher den Eindruck eines Bullterriers. Er hatte streichholzkurze, rotblonde Haare, war ungefähr einen Meter achtzig groß, schwer gebaut und bewegte sich wie ein Catcher vor dem zermalmenden Sprung auf den Gegner. Seine prankenartigen Hände sahen aus, als würde er damit regelmäßig Scharlatane und Häretiker erdrosseln. Bestimmt arbeitete der Mann für die Inquisition.

»Darf ich Ihnen Monsignore Hester McAteer vorstellen?«, sagte der Kardinal auf Englisch, während er das Schwergewicht an Sarah und den Flügel heranführte. »Monsignore McAteer waltet in der Kongregation für Selig- und Heiligsprechungsprozesse als *Promotor Fidei*.«

Sarah erhob sich von der Klavierbank und streckte dem bulligen Prälaten die Hand entgegen. »Sarah d'Albis. Was, bitte schön, ist ein *Promotor Fidei*?«

»Einer, der Betrügern in die Suppe spuckt«, antwortete McAteer mit einer Stimme, die wie das Knurren des besagten Bullterriers klang. Seine kleinen, wasserblauen Augen schienen sich bereits an die Entlarvung der Schwindlerin gemacht zu haben, so intensiv fixierte er sein Gegenüber. Und Sarahs Hand ließ er auch nicht los.

Vielleicht hält er sich für einen wandelnden Lügendetektor, dachte sie und fragte: »Sind Sie Schotte?«

»Ire.«

»Ich *liebe* die grüne Insel.«

»Ach was!«

Der Bursche schien nicht besonders gesprächig zu sein. Sarah wandte sich mit einem Hilfe suchenden Blick an den Kardinal.

Sibelius lächelte versöhnlich und kam noch einmal auf das Aufgabengebiet seines Gutachters zurück. »Manche bezeichnen die Mitarbeiter der Abteilung von Monsignore McAteer als ›Wundermacher‹, aber natürlich *machen* sie solche nicht, sondern sie geben ihnen lediglich einen Echtheitsstempel. Übrigens steht der Titel *Promotor Fidei* für ›Förderer des Glaubens‹. Im Prozess zur Heiligsprechung eines Kandidaten nimmt er die Rolle des Advocatus Diaboli wahr. Das bedeutet ...«

»... ›Anwalt des Teufels‹. Zufällig ist mir der Terminus vertraut«, erklärte Sarah. Gerade war es ihr gelungen, ihre Hand frei zu bekommen.

McAteer fand die Erläuterungen des Präfekten offenbar zu theoretisch, denn er fügte brummend hinzu: »Mein Spezialgebiet ist die Entlarvung von gefälschten Wundern.«

»Kommt so etwas häufig vor?«

»Wollen Sie meine ehrliche Meinung hören?«

»Ich bitte darum.«

»Es gibt gar keine Wunder.«

»Ach!«

Er nickte mit versteinerter Meine. »Die Frage ist nur, ob man die Betrüger entlarven kann. Wenn nicht, gehen sie als Heilige durch. Meine Erfolgsquote ist allerdings ziemlich hoch.«

Er will dich nur einschüchtern, sagte sich Sarah und warf Ossip einen Blick zu. Unter den anwesenden Mannsbildern war er offenbar als einziger auf ihrer Seite.

Sibelius merkte mit einer gewissen Strenge an: »Ich darf noch einmal betonen, dass Monsignore McAteer eben seine persönliche Meinung zum Besten gegeben hat, wofür man Verständnis haben kann, bei einem Mann, der in seinem Leben mehr Scharlatane überführt hat als jeder andere *Promotor Fidei* vor ihm. Offiziell vertritt die für Heiligsprechungen zuständige Kongregation den Standpunkt, der Advocatus Diaboli trenne die Spreu vom Weizen.«

McAteer brummte: »Können wir anfangen, Eminenz? Ich muss heute noch einen Stigmatiker festnageln.«

»Ja, lassen Sie uns beginnen. Benötigen Sie noch irgendetwas, Madame d'Albis?«

Sie schüttelte den Kopf. »Nein. Setzen Sie sich einfach hin und entspannen Sie sich. Ich werde Ihnen jetzt eine Melodie vorspielen. Die Farbenlauscher nennen so etwas ›Klänge der Macht‹. Es wird nicht lange dauern und Sie werden das unbändige Verlangen verspüren, aus diesem Raum zu entkommen.«

»Ha!«, lachte Monsignore McAteer und pflanzte sich breitbeinig neben den Flügel auf einen Stuhl. Der Kardinal nahm auf eine eher verhaltene Weise Platz, so wie jemand, der mit einem Reißnagel im Stuhlpolster rechnet. Sein Sekretär hingegen wirkte gelangweilt.

Sarah improvisierte eine verträumte Fantasie im Stile Debussys, lullte ihre Zuhörer gleichsam in die entpannenden Harmonien ein. Nach einigen Takten unterlegte sie diese in der linken Hand mit einer Variation der beschwörenden Klänge, die sie im Weimarer Hauptbahnhof gehört hatte.

Während sie spielte, wurde ihr einmal mehr bewusst, dass sie nicht nur jeden einzelnen Ton des unterschwelligen Befehls verinnerlicht, sondern auch das *Wesen* der machtvollen Melodie erfasst hatte. Dadurch konnte sie die Kraft der Verführung nicht nur aufs Klavier übertragen, sondern sogar noch verstärken. *Du bist in Gefahr – flieh!* Der sublime Befehl ertönte immer wieder zwischen den träumerischen Akkorden und Läufen. Und er zeigte Wirkung.

Zuerst wurde der Pater blass. Dann verfinsterte sich McAteers ohnehin schon bärbeißige Miene. Wenig später nahmen die Körper der beiden eine angespannte Haltung ein. Sibelius schien diese Veränderungen anfangs nur skeptisch zu beobachten, aber bald zeigte sich auch in seinem Gesicht die Furcht. Nur Ossip blieb verhältnismäßig ruhig. Zwar blickte er besorgt in die Runde der Skeptiker, sah aber nicht so aus, als wolle er jeden Augenblick in Panik verfallen.

Bei den drei Geistlichen aber passierte genau das: Sie sprangen mit einem Mal auf und drängten dem Ausgang entgegen. McAteer und Sibelius waren eine Sekunde früher gestartet als der junge Pater. Deshalb versperrten sie diesem mit ihren massigen Leibern den Weg. Die beiden waren ungefähr gleich schwer, aber der Ire hatte vermutlich in vorklerikaler Zeit Rugby gespielt. Jedenfalls warf er den Kardinal mit einem ungemein effektiv angesetzten Bodycheck aus dem Rennen. Sibelius strauchelte und schlitterte über das Parkett.

Dadurch war in der lebenden Mauer eine Bresche entstanden, in die nun der zierliche Pater stieß. Die Hand nach der Türklinke ausgestreckt, spurtete er flink wie ein Wiesel voran. Nur wenige Schritte noch, und er würde das Ziel als Erster erreichen.

Aber McAteer wäre kein Bullterrier gewesen, hätte er nicht gewusst, wie man einem Gegner in die Waden beißt. Mit einem animalischen Knurrlaut schwang er seinen Arm wie eine Sense nach vorn und bekam gerade noch einen Zipfel der fast schon entfleuchten Soutane zu packen. Der Rest war ein Kinderspiel. Wie eine Vogelscheuche fegte er Pinzani zur Seite und ging als Sieger durch die Tür. Humpelnd und keuchend folgten, die kuriale Hierarchie missachtend, der Pater und der Kardinal.

Ossip drehte langsam den Kopf, wodurch sein Blick vom Zieldurchlauf zur Pianistin zurückkehrte. »Was war denn *das*?«

Sarah lächelte grimmig und antwortete: »Der Beweis für die Macht der Klänge.«

> *Wahnwitzig, ja dreimal wahnwitzig und beschränkt ist jene grobe, rohe*
> *Menge, die nie nach innerer Erkenntnis der Dinge verlangt, sondern nur*
> *zu schlafen und sich zu mästen trachtet, die nicht fühlt, nicht sieht, wie*
> *alles gemeinsam vorwärts drängt ... Mut! Hoffnung! Ein neues*
> *Geschlecht wird erscheinen und vordringen.*
> Franz Liszt

44. Kapitel

Rom, 7. April 2005, 9.24 Uhr

»Sie bekommen Ihren Archivar«, hatte Kardinal Sibelius seinen Gästen versprochen, nachdem er und Monsignore McAteer, sichtlich derangiert, in den Musiksalon zurückgekehrt waren. Pater Pinzani hatte sich entschuldigt, er müsse umgehend zur Beichte. Etwas überraschend war dann für Sarah und Ossip allerdings die Person gewesen, welche Sibelius ihnen an die Seite stellte.

»McAteer?«, hatte sie irritiert den Namen wiederholt. »Ich denke, der muss sich heute noch mit gefälschten Wundmalen des Gekreuzigten beschäftigen.«

Die Antwort des Kardinals war schnell und unerbittlich gekommen. »Das hat Zeit. Schließlich wird man für die Ewigkeit heiliggesprochen. Monsignore McAteer kennt sich im Vatikanischen Geheimarchiv besser aus als mancher Archivar, der dort arbeitet.«

Der Ire nickte. »Man muss nämlich tot sein, um heiliggesprochen zu werden. Die meisten Kandidaten sind längst zu Staub zerfallen, ehe ihr Prozess beginnt. Wenn ich deren angebliche Wunder durchleuchten will, brauche ich was Schriftliches.«

Um solch ein Dokument ging es auch in dem Gespräch, das Sarah und Ossip mit dem bulligen »Förderer des Glaubens« auf dem Weg ins Vatikanische Geheimarchiv führten. Sie durchquerten gerade einen Innenhof, als McAteer zur Schlüsselfrage ansetzte.

»Dieses Purpurlied ...«

»Purpur*partitur*. Man nennt sie auch die Klanglehre des Jubal«, fiel ihm Ossip ins Wort.

»Meinetwegen auch das. Haben Sie eine ungefähre Vorstellung, wie wir die finden können?«

Sarah spürte, wie ihr Hals trocken wurde. Ohne sich dessen bewusst zu sein, tastete sie nach dem Kettenanhänger unter ihrem Pullover. »Nicht direkt.«

McAteer blieb auf der Stelle stehen. »*Was?*«

»Ich weiß ja nicht mal, wie sich die Signaturen im Geheimarchiv zusammensetzen«, verteidigte sie sich.

Der Ire legte die Hände aneinander, nahm kurz Blickkontakt mit seinem obersten Herrn auf und stöhnte: »Gute Frau, das Archiv verfügt über schätzungsweise fünfundvierzig *Kilometer* Akten. Allein der Katalog umfasst fünfunddreißig*tausend* Bände, und er ist nicht einmal vollständig. Außerdem existiert nicht *ein* Signatursystem, sondern eine muntere Schar davon. Und Sie erzählen mir, Sie wüssten ›nicht direkt‹, wie wir Ihre Purpursinfonie in diesem Papiergebirge lokalisieren sollen?«

»Purpurpartitur«, merkte Ossip an.

McAteer bedeutete ihm durch eine wegwerfende Geste zu schweigen.

Sarah atmete tief durch. So dicht vor der Ziellinie wollte sie sich nicht von ein paar tausend Metern Akten entmutigen lassen. »Gibt es vielleicht eine chronologische Sortierung? Wir könnten uns auf die Lebenszeit von Franz Liszt beschränken, 1840 bis 1886 würde vermutlich genügen.«

Der Monsignore grunzte. »Sicher gibt es die, aber damit reduzieren wir die fünfundvierzig Kilometer vielleicht auf vier oder fünf. Außerdem haben sogar akkreditierte Forscher nur Zugang bis zum Jahrgang 1922, dem Ende des Pontifikats Benedikts XV.«

»Um solche Hürden zu nehmen, wollte ich ja einen so kompetenten und befugten Mann wie Sie dabei haben.«

Die ohnehin schon kleinen Augen des Monsignore schrumpften zu Schlitzen. »Wollen Sie mir etwa Honig ums Maul schmieren?«

»Ich käme nicht im Traum darauf.«

»Das will ich Ihnen auch geraten haben. Hester McAteer ist nicht bestechlich. Nicht durch schöne Worte und nicht durch schöne Augen.«

»Danke für das Kompliment.«

Der Ire lief rot an und räusperte sich. »Jetzt lassen Sie uns mal Tacheles reden, Madame d'Albis. Wie sind Sie überhaupt darauf gekommen, dass die Purpur...« Er blickte Hilfe suchend zu Ossip.

»Partitur«, half dieser aus.

»Ja, die Purpurpartitur. Wieso vermuten Sie die rote Ballade ausgerechnet hier?«

»Weil ich durch Hinweise hergeführt wurde.«

»Und stand in diesen Hinweisen nicht irgendwo etwas über die Fundstelle? Eine Nummer oder ein Name?«

»N + BALZAC«, antwortete Sarah spontan.

»N plus Balzac?«, wiederholte er auf eine Weise, als müsse er sich diese Chiffre auf der Zunge zergehen lassen. Dann seufzte er. »Lassen Sie's uns versuchen.«

Der Raum maß schätzungsweise acht mal sechs Meter und lag zu ungefähr drei Vierteln unter der Erde. Nur durch einige schmale, dicht unter der Decke befindliche Fenster drang etwas Tageslicht herein. Er gehörte zu einer großen Menge ähnlicher Kammern, in denen Tausende Regalmeter aufgereiht waren, und Sarah machte sich keine Illusionen, diesen Hort Papier gewordener Kirchengeschichte in seiner wahren Ausdehnung jemals auch nur *sehen,* geschweige denn durchstöbern zu können. Was hatte Liszt einst zum ersten Hüter der Windharfe über die Purpurpartitur gesagt? »Sie soll bleiben, wo sie ist, ein Baum in einem Wald.« Ja, das Vatikanische Geheimarchiv war das perfekte Versteck für ein vermutlich nur wenige Seiten umfassendes Dokument.

Ossip saß über einen der fünfunddreißigtausend Kataloge gebeugt und schüttelte den Kopf. »So kommen wir nicht weiter. Entweder ist ›N + BALZAC‹ eine Sackgasse oder wir müssen in einem anderen Bereich als den Musikalien suchen.«

McAteer gab einen schnorchelnden Laut von sich. »Genauso gut könnten Sie am Himmel einen bestimmten Stern suchen, von dem Sie nicht einmal den richtigen Namen kennen.«

Sarah seufzte. »Er hat Recht, Joseph. Wir haben die Winde vorwärts und rückwärts ausprobiert, als Zahlen und als Buchstaben, aber rein gar nichts gefunden.«

»Vielleicht müssen wir die Buchstaben verwürfeln, um die passende Signatur zu erhalten.«

Sie furchte die Stirn.

Er deutete auf den Zettel, auf dem Sarah das Schlüsselwort notiert hatte. »Ich rede von Permutation, von der Methode der Kabbalisten. Sie haben Worte aus der Thora herausgenommen, um durch Vertauschung der Buchstaben eine verborgene Bedeutung zu erkennen …«

»Halt mal!«, unterbrach sie ihn. »Da fällt mir gerade ein, dass Oleg Janin nicht müde wurde, die Zugehörigkeit von Franz Liszt zu den Freimaurern als Indiz seines falschen Charakters zu verkaufen. Und ein … guter Freund hat mir kürzlich erzählt, dass die Symbole und Riten der Freimaurer zum Teil auf kabbalistische Traditionen zurückgehen. Du könntest mit deiner Vermutung Recht haben.«

»Ich will ja kein Spielverderber sein«, nörgelte McAteer, »aber haben Sie sich schon einmal überlegt, wie viele Kombinationen in den acht Zeichen von N+BALZAC stecken? Ich bin auch kein Mathematiker, aber vermutlich kämen wir schneller ans Ziel, wenn wir die fünfundvierzig Kilometer Seite für Seite durchlesen.«

»Da ist was dran«, sagte Ossip.

Sarah schloss die Augen, um besser nachdenken zu können. Es wollte ihr nicht in den Kopf gehen, dass Liszt sie am Ende so ins Leere laufen ließ. Es *musste* einen Hinweis geben. Er war da. Sie sah ihn nur nicht.

In Gedanken ließ sie noch einmal die acht Klangbotschaften Revue passieren. Vernünftigerweise gehörte ein Hinweis auf das Versteck der Purpurpartitur ans *Ende* der Windrosenspur.

»›Mir bangt's doch werd ich triumphieren – der Münze Klang lässt sie verlieren‹«, murmelte sie die Schlussworte der letzten Botschaft.

»Könnten Sie etwas lauter sprechen?«, bat McAteer.

Sie öffnete die Lider. »Wenn ich mich richtig entsinne, dann gibt es doch auch eine vatikanische Münzsammlung, oder?«

Der Ire nickte. »Das *Dipartimento del Gabinetto Numismatico*. Es ist der Vatikanischen Apostolischen Bibliothek angegliedert. Wollen Sie jetzt sämtliche Aufschriften der Münzen nach den acht Zeichen der Chiffre absuchen?«

Sie schüttelte den Kopf. Es war zum Haareausraufen. Sie fühlte, dass sie dicht dran war, aber ihr fehlte die zündende Idee. »Mit den Klangbotschaften allein komme ich nicht weiter«, grübelte sie. Ihr Finger wanderte über die acht Abkürzungen der Himmelsrichtungen hinweg.

»Und wie sieht's mit den sonstigen Schriftstücken aus, auf die du während deiner Suche gestoßen bist?«, fragte Ossip.

Sarah blickte von dem Zettel auf. Sie öffnete den Mund, aber es kam nichts heraus als heißer Atem. Dann aber begann ihr Herz mit einem Mal heftig zu schlagen. Sie riss die Augen auf. »Balzante!«

»Hüpfend?«, übersetzte McAteer das Wort.

»Es ist eine Vortragsbezeichnung«, erklärte sie aufgeregt. »Das stand gleich am Anfang der Partitur von Franz Liszt, die am 13. Januar in Weimar uraufgeführt wurde: *balzante*. Hüpfend, springend – als ich das sah, habe ich mich gewundert. Liszt ist zwar für seine emotiven Spielanweisungen bekannt, aber *dieses* Wort hatte ich nie zuvor bei irgendeinem Komponisten gesehen.«

»Ja und?«

»Es ist ebenfalls ein Akronym der alten Windnamen.«

»Ich will ja nicht mäkeln«, begann Ossip, »aber das ist nur zum Teil richtig. Das Pluszeichen ...«

»Nein, es stimmt sogar ganz genau«, fiel ihm Sarah ins Wort. »Einige Winde hatten bei den Griechen verschiedene Namen, so auch Caecias und Thracias für den Nordosten und Eurus für den Osten, der meist durch das Kreuz abgekürzt wurde. Wiederholen wir die Prozedur mit *balzante*.«

Abermals wälzten sie die Kataloge. Sie probierten die neue Chiffre vorwärts und rückwärts, in alphabetischer und numerischer Form. Doch kein Eintrag, den sie mithilfe des Schlüsselwortes extrahierten, war vielversprechend genug, um die Akte überhaupt zu ziehen.

»Die Klanglehre ist bestimmt nicht unter dem Namen ›Purpurpartitur‹ abgelegt«, bemerkte Ossip.

»Davon können wir ausgehen«, pflichtete ihm McAteer bei. »Was schlagen Sie vor, wo wir mit der Suche beginnen sollen? Wie wär's mit dem Werk *Die Implikationen der ›Bullae maiores‹ vom 11. bis 14. Jh. auf die Gregorianischen Gesänge*?«

»Das ist jetzt nicht hilfreich«, knurrte Sarah.

Der Ire breitete die Hände aus. »Ich meinte ja nur.«

»Gibt es Signaturen, die um ein oder zwei Stellen länger sind?«

»Mit Sicherheit. Wieso?«

»Ich kann den Schlussvers der letzten Klangbotschaft nicht vergessen: ›Der Münze Klang lässt sie verlieren.‹ Vielleicht bedeutet das, ich soll irgendeine Münze *erklingen* lassen.«

Ossip nickte. »Du meinst, indem du sie in die Luft schnippst? Möglich, dass dein *Audition colorée* dir dabei irgendetwas zeigt. Fragt sich nur, welche Münze wir nehmen sollen. Es gibt bestimmt Tausende hier.«

McAteer schnaubte. »Darauf können Sie Ihren A- ... Aschenbecher verwetten.«

Sarah betrachtete gedankenverloren den Zettel, auf dem jetzt auch das Wort *balzante* stand. Abwesend knabberte sie auf der Unterlippe, und ihre Linke spielte mit dem unter feiner Wolle verborgenen Kettenanhänger.

»*Florin!*«, stieß sie plötzlich hervor.

Die beiden Männer sahen sich verständnislos an.

»Das FL-Signet«, erklärte sie aufgeregt und nestelte hektisch ihren Anhänger hervor. »FL ist die Abkürzung von Florin, besser bekannt als Gulden. Ich habe es die ganze Zeit um den Hals getragen. Es muss ein Gulden sein. Vermutlich ein auffälliges Stück.«

McAteer nickte. »Das lässt sich feststellen.«

Wieder waren nur wenige Minuten vergangen, bis Monsignore McAteer die Besucher in die Vatikanische Bibliothek geführt und einen kundigen Mitarbeiter der Numismatischen Abteilung herbeigeschafft hatte, einen kleinen, rundlichen Franziskaner, der sich an der Seite des Iren wie ein übergewichtiger David neben Goliath ausnahm.

»Sie suchen eine Münze, wissen aber nicht genau, welche?«, erheiterte sich der Mönch. »Monsignore, wir haben nahezu *vierhunderttausend* Münzen und Medaillen hier.«

»Es muss ein Gulden, Florin oder Forint sein«, präsizierte Sarah.

Der Frater verdrehte die Augen, machte sich nach einem strengen Blick von McAteer dann aber beflissen an die Arbeit. Glücklicherweise war auch die Vatikanische Apostolische Bibliothek schon im Computerzeitalter angelangt. Die Datenbanksuche ergab eine kleine, vielversprechende Liste von Treffern. Bereits anstelle vier wurde eine Münze aufgeführt, deren Bezeichnung Sarah aufmerken ließ.

8 Gulden = 20 Francs

»Gulden und Francs?«, murmelte sie und las die Beschreibung. Es handelte sich um eine Goldmünze. Als Herkunftsland war Österreich-Ungarn angegeben. Die Vorderseite zeige ein Porträt von Kaiser Franz Josephs I. mit Lorbeerkranz. Hinten sei unter anderem eine Krone zu sehen. Mehr Hinweise brauchte Sarah nicht, waren ihr die Erinnerungen ihrer vierten Windrosenetappe, die sie ins ungarische Budapest geführt hatte, nur allzu gegenwärtig. Sie tippte auf den Katalogeintrag.

»Die da ist es.«

»Bringen Sie uns bitte die Münze, Frater Domenico«, sagte McAteer in einem Ton, der keinen Widerspruch duldete.

Kurz darauf hielt Sarah das 8-Gulden-Stück in den – gründlich entfetteten – Händen. Der Frater sah sie an, als könne sie jeden Moment mit seinem Schatz ausbüxen. Als sie die Goldmünze in die Luft warf, stieß er einen spitzen Schrei aus. Sofort fing sie das wertvolle Exponat wieder auf, weil sie es beim Hochschnippen nicht richtig mit dem Fingernagel getroffen hatte. McAteer drückte den Mönch mit seinen Pranken in den Stuhl, damit er das Experiment nicht störe.

Sarah holte tief Luft, sagte: »Zweiter Versuch.« Dann schnippte sie die Münze abermals nach oben.

Diesmal hatte sie es besser gemacht. Ein satter, heller Klang war zu vernehmen, und vor ihren Augen erschien eine grüngelbe Acht.

Zur Sicherheit wiederholte sie den Wurf, aber an dem Ergebnis änderte sich nichts.

Sie übergab dem zitternden Mönch die Münze.

»Das war alles?«, fragte er ungläubig.

Sarah nickte. »Das war alles.« An Ossip und den Monsignore gewandt, fügte sie hinzu: »Kehren wir ins Archiv zurück und holen wir uns die Purpurpartitur.«

Acht. Auch in Les Baux de Provence hatte Sarah diese Zahl gesehen. Am Ende fügte sich alles zusammen wie die Bruchstücke einer Vase. McAteer wandelte das Schlüsselwort *balzante* in eine Ziffernfolge um, indem er die Position jedes Buchstabens im Alphabet notierte, also 2 für b, 1 für a und so weiter. Die Acht hängte er hinten an. Aus dem Ergebnis baute er durch Hinzufügung von Trennzeichen eine Archivsignatur zusammen und ging damit in den Musikalienkatalog für die Jahre 1845 bis 1880. Atemlos beobachtete Sarah, wie sein kräftiger Zeigefinger durch das Verzeichnis pflügte – und jäh stehen blieb.

»Was gefunden?«, fragten sie und Ossip wie aus einem Mund.

»Es gibt einen Eintrag unter der Signatur«, antwortete McAteer.

»Darf ich mal sehen?« Sarah war zu aufgeregt, um die Reaktion des Monsignore abzuwarten. Sie schnappte sich einfach das große Findbuch und las selbst, was unter dem Eintrag stand.

Balzac, N.
  »La Notte«, Paris, 1862, 1881.

»N. Balzac«, flüsterte sie. »Das muss es sein!«

Ossip furchte die Stirn. »Und die Jahreszahlen? Sind einige deiner Klangbotschaften nicht nach 1862 entstanden?«

McAteer deutete auf die benachbarten Vermerke im Katalog. »Dieser Eintrag wurde auf jeden Fall nach 1880 vorgenommen. Vielleicht hat er einen vorhergehenden ersetzt.«

Sarah nickte. »Wäre möglich. Die Windrose beginnt mit einer Komposition, die in ihrer Urfassung 1866 fertiggestellt wurde, in der letztgültigen aber erst 1880. Und sie endet mit dem Notenbuch aus der Eremitage, das auf 1862 datiert ist. Dadurch konnte die Suche nach der Purpurpartitur frühestens beginnen, nachdem die komplette Spur ausgelegt war.«

»*La Notte?* Das ist doch irgendein Stück von Franz Liszt, oder?«, fragte Ossip.

»Nicht nur irgendeines. Liszt hatte sich die Elegie anlässlich seiner eigenen Beisetzung gewünscht, aber seine Tochter Cosima verwehrte ihm diesen letzten Willen. *La Notte* wurde erst 1916 uraufgeführt, dreißig Jahre nach seinem Tod.«

»Denkst du, sein Vetter, der Rechtsgelehrte, hat eine frühere Veröffentlichung verhindert?«

»Möglich. Könnte ja sein, dass er von diesem Findbuch hier wusste und die Verbindung zum wahren Komponisten der Elegie verschleiern wollte. Schauen wir uns die Akte *La Notte* mal an.«

Es dauerte nicht lang und ein Archivar hatte aus den unergründlichen Tiefen des *Archivio Segreto Vaticano* eine unscheinbare schwarze Mappe zu Tage gefördert und vor Sarah auf den Lesetisch gelegt.

Ein feierliches Gefühl überkam sie. Ossip schob ihr einen Stuhl zurecht, weil er wohl ahnte, dass sie ihn bald würde brauchen können. Sie setzte sich. Der Musikhistoriker und der Monsignore blieben zu ihren beiden Seiten stehen. Nachdem sie sich gesammelt hatte, öffnete sie die Mappe.

Der Aktendeckel enthielt nur wenige Blätter. Obenauf lag tatsächlich eine Partitur: die kammermusikalische Fassung von *La Notte*. Als Untertitel war »Schlummerlied im Grabe« angegeben. Wie passend!, dachte Sarah. Wer schlummert, wacht auch irgendwann wieder auf. Und dann stieß sie auf ein wesentlich älteres Notenblatt, dessen Überschrift dem Uneingeweihten wie ein Rätsel erscheinen musste.

Théorie des Sons de Youbal
– Pour un pipeau de David –

Schon der Anblick des Schreibmaterials rief einen Schauer über Sarahs Rücken. Nicht auf Papier, sondern auf feinstem Pergament war die »Klanglehre des Jubal« geschrieben, so stand es auf Französisch über den Notenlinien. Und darunter: »Für Davids Hirtenflöte«. Kein vielstimmiges Orchester, sondern das einfache Instrument eines Schäfers war also der Schlüssel zur Königin der Klänge. Unter den bräunlichen Bogen lugte die Ecke eines weiteren Papierblattes hervor.

Aus dem Hintergrund vernahm Sarah die Stimme des »Wundermachers« McAteer. Sibelius' Name fiel. Der Ire informierte den Kardinal über den unerwartet schnellen Erfolg der Suche.

Derweil befühlte Ossip mit Daumen und Zeigefinger eine Ecke des obersten Bogens und erklärte: »Das ist Velin. Auch Jungfernpergament genannt. Es wurde aus den Häuten ungeborener Lämmer oder Kälber hergestellt. So was konnten sich früher nur betuchte Leute leisten.«

Sarah nickte versonnen. »Ja. Zum Beispiel ein Kardinal Richelieu.« Hierauf begann sie die Purpurpartitur zu lesen.

Ihre Augen scannten die handgeschriebenen, kalligrafisch eckigen Noten gleichsam in den nicht flüchtigen Melodiespeicher ihres Gehirns ein. Das ging ziemlich schnell, denn es handelte sich nicht im ursprünglichen Sinne des Wortes um eine Partitur, nicht um die Versammlung aller Stimmen eines Stücks.

Es gab nämlich nur eine einzige.

Die Königin der Klänge war ein in seiner Schlichtheit kaum zu übertreffendes Lied. Trotzdem wurde Sarah förmlich darin hineingezogen wie in einen Mahlstrom, dem man nicht zu entkommen vermag. Ihr wurde schwindelig. Es kam ihr vor, als werde sie auseinandergerissen und wieder neu zusammengesetzt. Ein, zwei aufgeregte Herzschläge lang hielt sie benommen inne und versuchte gegen dieses metamorphische Gefühl anzukämpfen, aber dann ließ sie sich treiben. Sie legte das erste Blatt zu Seite, inhalierte gierig das zweite...

Und dann war Schluss.

Im doppelten Sinne des Wortes sogar: Erstens, weil es keine weiteren Notenblätter gab – wie konnte sämtliches Wissen über die Klänge der Macht in einer so schmucklosen, geradlinigen, einfachen, archaischen Melodie komprimiert sein? – und zweitens, da nun Monsignore Hester McAteer einschritt. Er schob einfach die Notenblätter zusammen, klappte den Aktendeckel zu und nahm die Mappe an sich.

Sarah blickte überrascht zu dem Iren auf. »Was soll *das* denn jetzt?«

Er grinste schief. »Tut mir leid, Madame d'Albis, aber seine Eminenz, Kardinal Sibelius, hat mich angewiesen, die Purpurpartitur sicherzustellen. Er meinte, er wolle sich das Teufelswerk zunächst selbst ansehen.«

Wutschnaubend stapfte sie hinter dem irischen Bullterrier her, zurück durch Gänge und über Treppen ins Büro des Clemens Benedikt Sibelius. Ossip versuchte vergeblich, sie zu beruhigen. Sarah war außer sich.

Als die drei ins Vorzimmer des Kardinals platzten, sprang Pater Pinzani wie von der Tarantel gestochen vom Stuhl auf, griff nach dem Holzkreuz an seiner Brust, verkniff es sich aber, dieses Sarah wie einem Vampir entgegenzustrecken. McAteer ignorierte ihn, klopfte einmal an die Tür des Arbeitszimmers, riss sie ohne weitere Verzögerung auf und stürzte wie ein Berserker ins Büro. Auch er war sichtlich in Rage.

»Eminenz, was Sie da von mir verlangen, geht weit über den ›Gefallen‹, um den Sie mich gebeten haben, hinaus. Die Frau ist eine Furie. Es hätte nicht viel gefehlt und sie wäre mir an die Gurgel gesprungen.« Obwohl der Ire Italienisch geprochen hatte, war sein Lamento für Sarah gut verständlich. Flankiert von Ossip und Pater Pinzani hatte sie kurz nach dem Monsignore das Büro gestürmt.

Sibelius stand hinter seinem wuchtigen Eichenholzschreibtisch, hielt einen Telefonhörer in der Hand und reagierte wie ein Priester, der beim Verlassen einer Peepshow ertappt wird. Rasch murmelte er etwas in die Sprechmuschel und legte dann auf. Hiernach gewann er seine Würde zurück und schlüpfte in die Rolle des gestrengen Beichtvaters.

»Monsignore McAteer, was erlauben Sie sich? Sie können doch nicht einfach so hier hereinplatzen, ohne sich anzumelden.«

»Ich habe geklopft«, verteidigte sich der Sünder und streckte dem Kardinal die schwarze Mappe entgegen. »Hier ist der Purpurchoral, den Sie unbedingt sehen wollten.«

»Purpur*partitur*«, berichtigte Ossip aus dem Hintergrund.

Sibelius ließ aus seinem Talar eine Menge Luft entweichen und sagte darauf in gemäßigterem Ton: »Zeigen Sie mal her.«

McAteer legte den Aktendeckel auf den Schreibtisch. Sarah, Ossip und Pater Pinzani traten näher und spähten am breiten Rücken des Iren vorbei. Der Kardinal klappte die Schutzhülle auf.

»*La Notte?*«, flüsterte er nach einem kurzen Blick auf das oberste Notenblatt.

»Ein instrumentaler Trauergesang von Franz Liszt«, erklärte Sarah. Sie hatte sich an dem Monsignore vorbeigeschoben und stand jetzt, beide Hände auf den Schreibtisch gestützt, direkt vor dem Kardinal. »Die Pergamente darunter enthalten die Purpurpartitur.«

Um selbige zu begutachten, schob Sibelius das Klagelied beiseite. Sein Miene verriet, wie überrascht er war. »Sie ist so schlicht«, murmelte er. Als er den zweiten Velinbogen zur Seite legte, kam ein dritter aus Papier zum Vorschein, den Sarah zuvor nicht mehr hatte lesen können. Sie bekam geradezu Stielaugen, um die kopfstehenden Zeilen zu entziffern.

Hüte dich, du, der du dieses Lied findest! Es soll jedem ein Fluch werden, der es zum Bösen gebraucht, und ein Segen für den Rechtschaffenen. Verwende es weise, zum Gedeihen der Menschen. Öffne ihr Herz, aber nimm ihnen nicht den freien Willen. Denn jeder, der dies tut, versündigt sich an Gottes Schöpfung und wird Seiner Strafe nicht entgehen.

FL

Freitag, 12. Januar 1883
Venezia la bella: Palazzo Vendramin.

Obwohl Kardinal Sibelius das in Deutsch abgefasste Vermächtnis des Farbenlauschers Franz Liszt nicht wie Sarah falsch herum lesen musste, brauchte er für die Entzifferung der krakeligen Handschrift länger als sie. Sie nutzte den Vorsprung, um sich über die Zeit- und Ortsangaben am Schluss des ernsten »Abgesangs« zu wundern.

Liszt hatte den Verdacht gehegt, möglicherweise sogar gewusst, dass viele seiner Angehörigen und Freunde von den Dunklen umgebracht worden waren. Diese Überzeugung mochte ihn dazu bewogen haben, eine frühere Botschaft durch diesen »Segen und Fluch« zu ersetzen – er konnte ja so gut wie nichts entwerfen, ohne es nachher noch einmal zu verbessern. Wer weiß, überlegte Sarah daher, wie oft er die Spur der Windrose nachträglich überarbeitet hatte, ehe dieses Wunderwerk einer musikalischen Schatzkarte endlich seinen Ansprüchen genügte.

Eigentlich war die Windrose weit mehr als eine Suchanleitung, wie der Zettel unter Sibelius' verkniffenem Gesicht unzweifelhaft bewies. Sie war ein Manifest, eine Grundsatzerklärung, in der Liszt für die Farbenlauscher eine neue Ethik festschrieb. Sie durften die Menschen nicht länger manipulieren, sondern sollten ihr geheimes Wissen gebrauchen, um die Unterdrückung durch Diktatoren und Dogmen ein für alle Mal zu beenden. Der letzte wahre Meister der Harfe wollte die Musik zur universellen Sprache einer Kunst erheben, die Menschen aller Völker für das Edle und Reine empfänglich machte, für das Ästhetische und Schöne, damit sich ihr Sinn von allem Dunklen ab- und dem Licht zuwende ...

Plötzlich klingelte das Telefon auf dem Schreibtisch des Kardinals.

Zu spät bemerkte er Sarahs Späherblick und klappte den Aktendeckel zu. Ein oder zwei Sekunden lang starrten alle das Telefon an. Als der Apparat zum dritten Mal schellte und sich der Sekretär schon anschickte, das Gespräch entgegenzunehmen, riss Sibelius den Hörer an sich.

»Wenn Sie mich bitte entschuldigen.«

Er wandte seinen Gästen den Rücken zu. Die linke Hand schützend über die Sprechmuschel gewölbt, redete er leise mit dem Anrufer. Sarah vernahm nur ab und zu ein deutsches »Ja ... Jawohl!«, mehr konnte sie nicht verstehen. Dann legte Sibelius auf und wandte sich langsam um. Einige Sekunden lang waren seine Augen starr auf den Schreibtisch gerichtet, wo immer noch die schwarze Mappe mit der Purpurpartitur lag. Seine Miene wirkte versteinert.

Im nächsten Moment fiel die Lähmung von ihm ab, er lächelte Sarah an und erklärte: »Ich müsste mit meinen Brüdern kurz etwas besprechen. Wenn es Ihnen nichts ausmacht, dann warten Sie doch bitte hier.«

Sarah schüttelte den Kopf. »Kein Problem.«

Der Kardinal nahm die Mappe an sich und winkte sein Kollegium hinaus. Nachdem die schwere, gepolsterte Bürotür zugefallen war, hörte man ein Klappern im Schloss.

»Haben die uns eingesperrt?«, wisperte Sarah.

Ossip nickte. Er lief zur Tür, drückte vorsichtig die Klinke nach unten und zog. Nichts tat sich. »Das gefällt mir nicht. Das gefällt mir *überhaupt* nicht«, murmelte er.

Sarah fröstelte. Konnte es sein...? Sie drehte sich wieder zum Schreibtisch um und fixierte aus engen Augen das Telefon. »Ist dir aufgefallen, wie aufgeschreckt der Kardinal wirkte, als wir eben in sein Büro geplatzt sind?«

»War ja nicht zu übersehen. Bestimmt hatte das Gespräch mit uns zu tun. Wie lautete doch gleich der Eingangsvers der letzten Klangbotschaft?«

»›Die Farbenlauscher sind gespalten, seit Purpurträger darin walten.‹«

»Sibelius *ist* ein Purpurträger.« Ossip lief hinter den Schreibtisch und studierte die Tasten an dem ausladenden Apparat.

Sarah gesellte sich zu ihm. »Was suchst du?«

»Die Wahlwiederholungstaste. Vielleicht hat ja der Kardinal das geheimnisvolle Telefonat initiiert.«

Sie deutete auf einen Knopf. »Wie wär's damit?«

Er hob den Hörer ab, reichte ihn weiter und sagte: »Du kannst Italienisch. Ich nicht.« Dann drückte er auf die Taste.

Sarah lauschte. Nach einer kurzen Stille hörte sie die typische schnelle Tonfolge der Mehrfrequenzwahl. Am anderen Ende der

Leitung klingelte es. Nach dem dritten Läuten wurde abgenommen.

»*Pronto?*« Es war eine tiefe Stimme, ein Mann.

»Hier ist das Büro von Kardinal Sibelius. Darf ich fragen, mit wem ich spreche?«, sagte Sarah auf Italienisch.

Klick! Der andere hatte aufgelegt.

Sie sah vom Apparat zu Ossip auf. »Anscheinend redet der Bursche nicht mit jedem. Er hat gleich wieder ...« Sie verstummte, weil jäh die Bürotür aufgeflogen war.

Zwei Männer in Soutanen stürmten in den Raum. Beide trugen Gasmasken. Der vorderste zielte mit einer Pistole auf Sarahs Kopf und sagte zu Ossip in stark französisch gefärbtem Englisch: »Eine falsche Bewegung und sie ist tot.«

Der andere »Priester« hielt eine Apparatur in den Händen, die wie ein Design-Feuerlöscher anmutete: Flasche aus poliertem Edelstahl, Absperrventil und glitzernder Gliederschlauch, der in einem langen Tubus endete. Während aus selbigem ein zischendes Geräusch entwich, schwenkte ihn der Soutanenträger vor Sarah und Ossip hin und her.

»Die wollen uns vergiften!«, rief sie und zog den Ausschnitt ihres Pullovers über Mund und Nase. Ossip folgte ihrem Beispiel.

»Sie werden nur schlafen«, widersprach der Mann mit der Pistole. »Bleiben Sie ruhig und atmen Sie das Betäubungsmittel gleichmäßig ein.«

Sarah wurde bereits schwindelig. Sie taumelte gegen Ossip und klammerte sich an ihm fest. Zorn kochte in ihr hoch wie zäher, ätzender Brei. Ihr wütender Protest endete in einem so gut wie unverständlichen Lallen.

Die Männer in den Soutanen lachten, ein Geräusch, das in Sarahs Ohren seltsam hohl klang. Es schien sich zu entfernen und hallte dabei immer mehr. Die schwarzen Gestalten vor ihren Augen verschwammen.

»Joseph!«, stöhnte sie. Ihre Finger krallten sich in seine Jackenärmel und sie starrte ihm ins Gesicht, als könne sie damit die Wirkung der Droge aufheben. Dann wurde ihr schwarz vor Augen und sie verlor die Besinnung.

> *Nicht Befreiung und Entfaltung des Ich sind das Geheimnis und das*
> *Gebot der Zeit. Was sie braucht, wonach sie verlangt,*
> *was sie schaffen wird, das ist – der Terror.*
> Thomas Mann, *Der Zauberberg*

45. Kapitel

Rom, 7. April 2005, 16.51 Uhr

Die Soutanenträger hatten nicht gelogen. Sarah lebte noch. Als sie erwachte, erschrak sie über die sie umgebende Stille. Sie war ein Mensch der Klänge. Musik wurde von ihr nicht nur als Geräusch empfunden, sondern als Feuerwerk der Sinne. Aber jetzt herrschte in ihrem Geist nur abgrundtiefe Schwärze.

Ein überwältigendes Gefühl der Beklemmung quoll aus den tiefsten Sphären ihres Bewusstseins empor. Sie richtete abrupt den Oberkörper auf und schnappte nach Luft. Ihr war übel. Nicht übel genug, sich gleich zu übergeben, aber es genügte, um ihr dieses dunkle Erwachen noch mehr zu vergällen. Außerdem brummte ihr Schädel. Wo war sie?

Um sie herum herrschte Finsternis. Es war kühl. Irgendjemand hatte so viel Barmherzigkeit besessen, sie zuzudecken. Mit den Händen tastete sie ihre nächste Umgebung ab. Zu ihrer Linken spürte sie eine Wand. Große, quaderförmige, kalte Steine. Wie in einem Verlies ...

Jetzt erinnerte sie sich wieder. Sibelius, diese falsche Schlange, hatte sie und Ossip in eine Falle gelockt, sie verraten ...

Ihnen die Purpurpartitur gestohlen!

Die Königin der Klänge. Sie war so ganz anders, als Sarah es sich vorgestellt hatte. Aber was konnte denn eine Melodie, die so alt war wie die Menschheit, eigentlich anderes sein als ein schlichtes Hirtenlied? Das Erstaunliche war nur: Sarah kannte es.

Nun gut, verbesserte sie sich. Vielleicht war sie mit der Tonfolge nicht im Einzelnen vertraut gewesen, aber schon vor einigen Jahren hatte sie mit glühenden Ohren einen Artikel über die angeblich »älteste Melodie der Welt« gelesen und sich erinnert, im Fernsehen hier und da einzelne Klangschnipsel davon gehört zu haben. In der Zeitschrift war ein Musikprofessor namens Andor Izsák angeführt worden; er leitete das Europäische Zentrum für Jüdische Musik im deutschen Hannover, war gebürtiger Ungar und hatte an der Hochschule für Musik *Franz Liszt* in Weimar studiert.

Sarah schüttelte den Kopf, weil ihre Gedanken lächerliche Purzelbäume schlugen. Sie fing an zu glauben, dass es überhaupt keine Zufälle mehr gab, sondern alles in einem großen Zusammenhang stand. Die Welt war eine gewaltige Sinfonie, gespielt von einem noch gewaltigeren Orchester – in dem einige Musiker leider für Misstöne sorgten. Glaubte man dem ungarischen Professor aus Hannover, dann hatte die älteste Melodie der Menschheit in einem dreitausendvierhundert Jahre alten jüdischen Glaubensbekenntnis bis in die Gegenwart überdauert. Es hieß *Schema Israel*. Der Name – »Höre, Israel« – war ebenso schlicht wie die archaische Melodie. In den Synagogen konnte man sie bis auf diesen Tag hören, wenn der erste Psalm angestimmt wurde.

Und da gab es doch auch diese merkwürdige Notiz über Franz Liszt, entsann sich Sarah jetzt. Der angeblich so fromme Katholik habe die jüdische Synagoge in Budapest besucht, hieß es, und selbst auf der Orgel des Gotteshauses gespielt – der damals drittgrößten in Europa. Ob er dort auch das *»Sch'ma Israel«* vernommen oder gar angestimmt hatte?

Auf eine in Worten kaum zu beschreibende Weise kam sich Sarah verändert vor, und das lag an der Lektüre der Purpurpartitur. Im ersten Moment hatte sie an einen Scherz des großen Meisters des Doppelsinns gedacht, aber nun fing sie an zu begreifen. Die Klanglehre des Jubal war kein sinfonisches Mammutwerk, das dem Neophyten in einer polyphonen verschlüsselten Sprache die Geheimnisse der Welt offenbarte.

Sondern sie war nur ein *Schlüssel.*

Sarah fegte die Wolldecke beiseite und erhob sich von der Pritsche, weil ihr mit einem Mal heiß wurde, weil die jähe Erkenntnis sie schier zu überwältigen drohte. Die Königin der Klänge war nicht mehr und nicht weniger als ein Türöffner für den Sehenden. Sarah nickte. Ja, so musste es sein!

Deshalb hatte sie sich bei der Lektüre der Purpurpartitur wie verwandelt gefühlt. Und darum waren in dem neuronalen Universum, das ihren Geist beherbergte, einige Sonnensysteme verschoben worden wie die Zapfen in einem komplizierten Schließzylinder. Nun fing sie an zu begreifen, was Klänge der Macht in Wirklichkeit waren, wie sie im Bewusstsein oder vielmehr im *Unter*bewusstsein der Menschen wirkten. Fast war es wie damals, als sich ihr das Piano erschlossen hatte und sie in kürzester Zeit die wunderbarsten Melodien spielen konnte... Ihre Gedanken stockten, weil sie gerade etwas gesehen hatte, nicht irgendeine letztgültige Erkenntnis, sondern – eine Zellentür?

Sie befand sich direkt vor ihr und hatte ein Gitterfenster, das von einer nicht ganz bündig sitzenden Klappe verschlossen war. Jemand musste draußen Licht angeschaltet haben, das jetzt durch einzelne Ritzen in ihr Gefängnis fiel. Sie hörte Schritte und ein Klimpern. Diesmal waren es echte Schlüssel, die an einem Bund hingen. Einer wurde ins Schloss geschoben und herumgedreht. Die Tür öffnete sich.

Zwei Männer standen da wie hineingestanzt in das gleißende Rechteck, das Sarah blendete. Sie riss die Hand hoch, um ihre von der Dunkelheit geweiteten Pupillen zu schützen.

»Guten Morgen, Madame d'Albis, wünschen, wohl geruht zu haben. Sehen Sie, war doch gar nicht so schlimm«, sagte einer der beiden Kerkermeister. Obwohl er jetzt nicht mehr Englisch, sondern ein gepflegtes Französisch sprach, erkannte Sarah die Stimme sofort wieder. Es war der Mann mit der Gasflasche.

»Wo ist mein Begleiter?«, fragte sie, immer noch durch ihre gespreizten Finger lugend.

»Der schläft noch. Scheint weniger robust zu sein als Sie. Wir sind gekommen, um Sie jemandem vorzustellen, der Sie schon seit geraumer Zeit kennenlernen will. Bisher haben Sie sich aber immer dagegen gesträubt.«

Die zwei lachten.

Der Kumpan des Wortführers trat in die Zelle, um Sarah am Oberarm zu packen. Er bewegte seinen Mund so dicht an ihr Ohr, dass sie seinen nach Zwiebeln stinkenden Atem riechen konnte, und flüsterte: »Bitte wehren Sie sich ein bisschen, dann darf ich Sie fesseln.«

Offenbar hatte man die zwei angewiesen, schonend mit der Gefangenen umzugehen, solange sie sich kooperativ zeigte. Sarah hatte keine Lust, von dem stinkenden Kerl mehr als nötig begrapscht zu werden. Deshalb hielt sie still.

»Dann los!«, sagte der andere.

Sie wurde aus dem Kerker geschoben, hinein in einen Gang, der sie spontan an einen Weinkeller denken ließ. Das Gewölbe schien ziemlich alt zu sein. War sie immer noch im Vatikan? Ihre beiden Bewacher hatten jedenfalls die Priesterverkleidung abgelegt und trugen jetzt Springerstiefel, weite Hosen und Rollkragenpullover mit Schulterbesätzen – alles in Schwarz. Sarah sah an sich herab und stellte erleichtert fest, dass sie vollständig bekleidet war. Unauffällig tastete sie mit dem Ellenbogen nach der Seitentasche ihrer braunen Wildlederjacke. Sie fühlte nichts. Den MP3-Player mit den Klängen der Macht hatte man ihr also abgenommen.

Alsbald ging es über ausgetretene Stufen nach oben. Am Ende der Steintreppe befand sich ein Wandelgang, der an vier Seiten einen teils gepflasterten, teils begrünten Innenhof umschloss. Linker Hand war eine überwölbte Toreinfahrt. Sarah wurde nach rechts geschoben. Sie lief an einigen Türen mit hohen Schwellen vorbei, bog einmal nach links ab und sah am Ende des Ganges eine schwere Tür. Offenbar ein weiterer Ausgang des Palazzos, überlegte sie und spielte zwei, drei Schritte lang mit dem Gedanken, sich loszureißen, zur Pforte zu laufen und …

»Da sind wir schon«, sagte der Bewacher mit dem schlechten Atem und machte ihr durch einen schmerzhaften Ruck am Arm ihre eingeschränkte Bewegungsfreiheit bewusst. Sie waren vor einer Tür mit einer Rampe stehen geblieben. Der Kerl, der zuvor den Bewusstseinslöscher bedient hatte, klopfte an, und als von drinnen ein dünnes »Herein!« ertönte, öffnete er die Tür.

»Komm näher!«, hörte Sarah von drinnen eine raschelnde Stimme und bekam eine Gänsehaut. Zögernd überquerte sie die Rampe und trat, dicht gefolgt von ihren Bewachern, in einen großen Raum, der wie das Beratungszimmer eines Renaissancefürsten anmutete: langer Tisch, an die zwei Dutzend hochlehnige Stühle, bombastischer Kamin – in dem große Holzscheite rot glühten –, steinerner Fußboden, bemalte Kassettendecke, langweilige Porträts, Gobelins, drei schwere Truhen, zwei Ritterrüstungen und eine gemächlich tickende Standuhr. Obwohl es Sarah kaum überrascht hätte, wurde sie nicht von einem Edelmann in Strumpfhose begrüßt, sondern von einem weißhaarigen Greis im Rollstuhl.

»Jetzt komm schon, Sarah!«, wiederholte er und winkte, als sei in seinem Arm irgendein darauf spezialisierter Mechanismus eingebaut.

Mit verhaltenen Schritten näherte sie sich dem Alten. Wie ein Ungeheuer sah er nicht gerade aus. Trotzdem flößte sein Anblick ihr Furcht ein. Er war eine lebende Mumie: ein hinfälliges Häuflein Elend in einem fahrbaren Stuhl, abgemagert, mit trüben dunklen Augen. Und sie hatte noch nie so viele Falten im Gesicht eines einzelnen Menschen gesehen.

»Hab keine Angst. Es herrscht Waffenstillstand«, erklärte ihr Gastgeber.

»Warum sollte ich Ihnen vertrauen, Nekrasow? Sie haben schon einmal versucht, mich umzubringen«, erwiderte Sarah kühl.

Er machte eine Geste, als wolle er ihren Einwand wie eine lästige Kröte vom Tisch wischen. »Da waren die Umstände unglücklich. Durch deine Nachforschungen hast du die Bruderschaft vom Aar in ziemliche Bedrängnis gebracht, ohne dich im Geringsten kooperativ zu zeigen. Aber jetzt liegen die Dinge anders.«

Sarah blieb wieder stehen. »Sie meinen, weil Sie den Papst ermordet haben?«

Nekrasow kicherte. »Dieser Karol Wojtyla ist ein alter Trotzkopf gewesen: Sein Geist hat nicht wahrhaben wollen, dass sein Körper zum Leben längst nicht mehr taugte. Seine Zeit war abgelaufen. Genauso, wie auch die meine bald verstrichen ist.« Er deutete auf die Stuhlreihe entlang des Tisches. »Aber nimm doch Platz. Ich möchte mit dir reden.«

Sie setzte sich auf einen Stuhl, der mindestens noch drei Meter von dem Alten entfernt war. Aus den Augenwinkeln nahm sie einen Schemen wahr und glaubte zunächst, einer der beiden Bewacher würde sich an die Seite seines Großmeisters begeben, aber es war ein ganz anderer, der sich zu ihnen gesellte.

»*Sie!?*«, schrie Sarah und sprang so heftig vom Stuhl auf, dass dieser hinter ihr auf den Boden polterte. Sofort waren die beiden Schergen bei ihr und packten sie an den Armen.

Nekrasow kicherte. »Das nenne ich Temperament! Allmählich begreife ich, wieso selbst ein Oleg Janin diese Frau nicht zähmen konnte.«

Selbiger setzte sich neben den Greis an die Sarah gegenüberliegende Seite des Tisches und nickte ihr zu. »Ich bin froh, dich gesund wiederzusehen.«

Am liebsten wäre sie aufgesprungen und hätte ihm die Augen ausgekratzt, aber das ließen die beiden Bewacher nicht zu, die sie wieder in den Stuhl zurückgedrückt hatten und immer noch festhielten. Ihr blieb daher nur die Zunge zum Angriff.

»Verräter! Sie haben Ihren Logenbruder ermordet, die Hüter der Windharfe und Ihre ehemalige Frau umbringen lassen und schamlos mein Vertrauen missbraucht, um für Ihre Geheimclique einen Vorteil rauszuschinden.«

Janin nickte. »Stimmt. Und du redest dir offenbar immer noch die Welt schön. Sibelius hat uns von deiner Absicht berichtet, dich bei der morgigen Trauerfeier als Retterin der Menschheit zu profilieren, und mein werter Herr Sohn hilft dir auch noch dabei.«

»*Stief*sohn.«

»Ich habe ihn adoptiert, und er trägt meinen Namen.«

Sarah holte tief Luft, um endlich die Frage zu stellen, die sie seit Sankt Petersburg umtrieb, doch da schritt Nekrasow ein.

»Es ist ja ganz amüsant, euch beiden zuzuhören, aber unsere Zeit ist knapp bemessen, meine Lieben. Wir sollten über der Wiedersehensfreude nicht den eigentlichen Grund unserer kleinen Unterredung vergessen.«

»Ja. Den würde ich auch gerne erfahren«, sagte Sarah kampfeslustig.

Der Alte lächelte jovial. »Du hast dich in den letzten Wochen außerordentlich bewährt. Nur eine Meisterin der Töne gleich Jubal konnte die Purpurpartitur finden. Du bist eine Auserwählte. Mit deiner Hilfe kann die Bruderschaft vom Aar ihre Utopie verwirklichen und die Menschheit ›auf sanfte Weise‹ zu einem Neuanfang führen.«

»Sie meinen, mittels Gehirnwäsche, sublimer Beeinflussung oder durch sonst irgendeine Manipulation? Nein danke.«

Janin schüttelte den Kopf. »Willst du etwa leugnen, dass die Menschheit an einem Scheideweg steht, Sarah? Sie schaufelt sich ihr eigenes Grab. Egal ob du die zerstörerische Ausbeutung der Umwelt, die drohende Klimakatastrophe, die zunehmende Verrohung, die Konzentration auf alles Triebhafte, die Selbstvergötterung, den Verfall der Werte oder die Gier nach materiellem Profit nimmst – am Ende steht in jedem Fall der Untergang.«

»Und ihr wollt das verhindern?« Sarah schnaubte.

»Du kannst dabei eine herausragende Rolle übernehmen, ja, sogar eines Tages die Farbenlauscher wiedervereinen und als alleinige Meisterin der Harfe anführen.«

»Vielen Dank für das Angebot, aber ich habe andere Pläne.«

»Etwa deine Karriere als Pianistin?« Er lächelte mitleidig.

»Nein. Ich werde euch aufhalten.«

»Du hast weder die Macht noch die Zeit dazu. In wenigen Stunden wird der Sarg von Johannes Paul auf den Petersplatz getragen, und wenn der Chor den Introitus des Requiems anstimmt, beginnt ein neues Zeitalter der Menschheitsgeschichte. Eine neue Ordnung. Stelle dich an unsere Seite, Sarah.«

Sie schüttelte den Kopf. »Ihr mögt ein Chaos anrichten, aber am Ende wird keine Ordnung Bestand haben, die auf Gewalt und Unfreiheit gegründet ist. Liszt hat das gewusst. Er glaubte, dass der freie Wille des Menschen ein unveräußerliches Geschenk Gottes ist, das wir pflegen müssen, anstatt es zu einem bloßen Lippenbekenntnis verkommen zu lassen.«

Janin beugte sich mit gefalteten Händen über den Tisch und fixierte Sarah mit den Augen. »Überlege dir gut, was du sagst, mein Kind. Dies ist unser letztes Angebot. Solltest du dich uns weiter verweigern, bleibt nur die ›Brandrodung‹. Morgen werden die bedeutendsten politischen und geistlichen Führer dieses Planeten auf dem Petersplatz versammelt sein. Viele der nach Rom angereisten

Menschen sind unserem Ruf gefolgt. Und Hunderte von Millionen werden das Requiem an den Fernsehschirmen mitverfolgen. Unsere Befehle nisten längst in ihrem Unterbewusstsein, eingeschleust durch die Musik in Kirchen, Fahrstühlen, Supermärkten, Flughäfen, Werbespots, auf Festen, Sport- und Wahlkampfveranstaltungen ... Du weißt inzwischen sehr gut, wie wir arbeiten und was unsere Klänge der Macht bewirken können. Wenn der Eröffnungsgesang des Requiems erklingt, wird in den Köpfen der Menschen ein Schalter umgelegt: Erst bringen sie die politische Elite dieses Planeten um und dann wird ein Sturm ausbrechen, gegen den selbst der letzte Weltkrieg eine sanfte Brise war.«

Nekrasow klatschte in die Hände. »Sehr eindrucksvoll haben Sie das geschildert, lieber Bruder.« Und sich an Sarah wendend, fügte er hinzu: »Also was ist? Willst du den großen Aufstand der Völker? Sollen wir die alte Weltordnung wie ein Stoppelfeld niederbrennen, um auf der fruchtbaren Asche eine neue gedeihen zu lassen? Oder bevorzugst du den Kuschelkurs? In dem Fall musst du dich *jetzt* für uns entscheiden.«

Sarah schluckte schwer. Sie konnte sich noch gut an Nekrasows Reaktion auf ihre letzte Abfuhr erinnern. Trotzdem brachte sie es nicht über sich, die zum »wahren Glauben« Bekehrte zu spielen.

»Ich muss darüber nachdenken«, antwortete sie ausweichend.

Die zwei alten Männer am Tisch sahen sich fragend an. Sarah konnte sich vorstellen, was in ihren Köpfen vorging.

Überraschenderweise nickte Janin dann aber und sagte: »Gut.«

Nekrasow blickte zur Standuhr. »In einer halben Stunde ist es sechs. Lasse uns deine Entscheidung ... sagen wir, um acht wissen. Und denke an die Menschen, deren Leben jetzt in deiner Hand liegt. Sie sind nach Rom gekommen wie Lämmer zur Schlachtung.« Er kicherte. »Jetzt fehlt nur noch das Totenlied.«

> Liszt sagte mir,
> dass er denjenigen,
> welche von Anfang an nichts verstehen,
> auch nichts erklären könne.
> Alexander Siloti, 1884 über Franz Liszt

46. Kapitel

Rom, 7. April 2005, 18.17 Uhr

Sarah kauerte im Schneidersitz auf der Pritsche in ihrer finsteren Zelle und war ratlos. Was konnte sie tun? Würde Nekrasow seinen teuflischen Plan fallen lassen, wenn sie ihm zum Schein die Gefolgschaft versprach? Ein Gefühl sagte ihr, dass ein Großmeister der Dunklen Farbenlauscher sich nicht so leicht täuschen ließ. Vermutlich würde er von ihr irgendeinen Beweis ihrer inneren Läuterung verlangen. Vielleicht eine praktische Anwendung der Fähigkeiten, die ihr die Purpurpartitur erschlossen hatte. Oder...

Ein Klappern an der Tür ließ sie aufhorchen. War ihre Bedenkzeit schon verstrichen? Sie hätte schwören können, erst seit wenigen Minuten wieder im Kerker zu sein. Die Tür schwang auf, enthüllte ein lichtes Rechteck, in dem diesmal nur *eine* Silhouette stand, der Scherenschnitt eines großen, schlanken Mannes.

»Hast du Lust, mit mir heute Abend auszugehen?«, fragte der Schemen mit Ossips Stimme.

Sie sprang von der Pritsche auf und fiel ihm um den Hals.

Mit einem Mal überlief sie ein kalter Schauer. Hatte Janin bei seinem Adoptivsohn etwa mehr Erfolg gehabt? War es ihm gelungen, Ossip umzudrehen, womöglich sogar mit Klängen der Macht?

Sie löste sich aus den Armen ihres Befreiers und trat einen Schritt zurück. »Wie bist du freigekommen, Joseph?«

Er zuckte die Achseln. »Ich habe mich schlafend gestellt.«

»Das ist alles?«

»Nein. Anscheinend hat unser Bewacher befürchtet, ich könne von dem Gas einen ernsten Schaden davongetragen haben. Er holte seinen Kameraden, um mich zu untersuchen. Da habe ich sie überwältigt.«

»Überwältigt? Wie? Mit einem Kugelschreiber?«

»Hätte ich den gehabt, wäre es leichter gewesen.« Er holte hinter dem Rücken eine Pistole hervor und hielt sie ihr unter die Nase. »Nein, der eine ist mit der Kanone hier etwas zu dicht an mich rangegangen. Ich konnte sie ihm entwinden, und der Rest war ein Kinderspiel. Jetzt liegen sie mit einer Beule am Kopf in meiner Zelle.«

»Lernt man so etwas in Moskau auf der Uni?«

»Nein, in Sankt Petersburg auf der Straße. Ich sagte dir doch, dass meine Sturm-und-Drang-Zeit ziemlich turbulent war. Können wir jetzt gehen oder muss ich vorher noch ein Treuegelöbnis ablegen?«

Sie zögerte. Wenn Ossip manipuliert war, dann glaubte er sogar selbst an seine Aufrichtigkeit.

Er nahm ihre Hand und legte die Waffe hinein. »Jetzt zufrieden?«

Angewidert starrte sie auf das schwarze Ding. Es war ihr nicht geheuer und außerdem überraschend schwer. Sie seufzte. Was blieb ihr anderes übrig, als Ossip zu vertrauen? Sie verstaute die Pistole in der Jackentasche und sagte: »Gehen wir.«

»Kennst du den Weg zum Ausgang?«

»Ich glaube ja. Wie es scheint, befinden wir uns im Kellergewölbe eines Palazzos. Ich war vor ein paar Minuten oben, weil mir Sergej Nekrasow und dein Stiefvater ein unmoralisches Angebot gemacht haben.«

»Oh?«

»Ich erzähl's dir später. Komm!«

Sarah führte Ossip zu der Treppe, die sie zuvor mit ihren Begleitern genommen hatte. Kurz darauf erreichten sie den Wandelgang des Palazzos. Sarah spähte von der obersten Stufe um die Ecke.

»Keine Menschenseele zu sehen.«

»Ich bin sicher, die haben Kameras«, unkte Ossip.

»Dann bleibt uns nur eins: Augen zu und durch.« Sie beschrieb ihm den Weg zum Ausgang. Man beschloss, die Strecke im Spurt zurückzulegen. Mit der Pistole sollte sich das Schloss der Tür öffnen lassen, meinte Ossip.

»Ich zähle bis drei«, flüsterte Sarah.

»Wieso?«

»Weil man das so macht.«

»Alles klar.« Mit seiner Linken umfasste er ihre rechte Hand und Sarah zählte: »Ein, zwei, *drei*.«

Alsdann stürzten sie aus dem Aufgang hervor, erst nach rechts und bald linksherum. Die Tür in die Freiheit lag nun direkt vor ihnen, flog förmlich auf sie zu …

Doch plötzlich rollte ihnen, als käme er mitten aus der Wand, Sergej Nekrasow in den Weg. Mit einer Geschicklichkeit, die Sarah ihm nicht zugetraut hatte, schwenkte er sein Gefährt um neunzig Grad herum, richtete eine Pistole auf Sarah und rief: »Halt, oder ich schieße!«

Schlitternd kamen sie nur wenige Schritte vor ihm zum Stehen. Sarah blickte sehnsüchtig zur Tür. Noch zehn, zwölf Meter und …

»Wusste ich doch, dass die Kameras haben«, knurrte Ossip.

Der Greis kicherte. Zum besseren allgemeinen Verständnis seiner vor Verachtung triefenden Antwort schaltete er auf Englisch um. »Kameras? Für euch haben wir uns etwas Besseres einfallen lassen. In euren Kleidern sind RFID-Chips versteckt, und überall im Haus gibt es Sensoren. Ich war über jeden eurer Schritte informiert. Bruder Janin wird auch gleich hier sein. Ich schätze, er ist nicht sehr erfreut, dass ihr ihn schon wieder bei den Vorbereitungen für unseren großen Tag unterbrecht.«

»Er soll ruhig kommen. Dann kann ich ihn gleich erwürgen«, knirschte Ossip.

Die Pistole schwenkte zu ihm herum. »Vielleicht sollten wir den Spieß besser umdrehen«, sagte Nekrasow. »Ich schätze, dass deine Freundin es gerne vermeiden möchte, dich mit einem Loch im Bauch zu sehen.«

»Nicht!«, entfuhr es Sarah.

Der Greis lächelte zufrieden. »Du hast deine Galgenfrist eigenmächtig verkürzt, meine Liebe. Jetzt frage ich dich zum letzten Mal: Gibst du deinen Widerstand auf und kooperierst mit uns? Wäg deine Antwort gut ab. Ein Ja ist im Interesse einer besseren Zukunft aller Menschen, ein Nein dagegen bedeutet Tod. Und bei deinem hübschen Freund hier fangen wir gleich an.«

Sarah vergrub die Hände in den Taschen ihrer Jacke. Das Herz klopfte ihr bis zum Hals. Sie mochte Ossip. In den letzten Tagen hatte sie sich sogar mehrmals gefragt, ob aus ihnen hätte ein Paar werden können, wenn sie nicht vorher Krystian begegnet wäre. Sie konnte Ossip nicht für eine Sache opfern, so wie Oleg Janin es mit Tiomkin getan hatte. Andererseits – würde Nekrasow ihr glauben? Sie traute ihm zu, dass er den Stiefsohn seines Logenbruders trotzdem umbrachte, nur um seine Entschlossenheit zu demonstrieren. Nein, sie musste Ossip auf andere Weise retten.

»Wenn Sie ihm auch nur ein Haar krümmen, dann behalte ich das Geheimnis der Purpurpartitur für mich.« Es war ein Schuss ins Blaue, aber sie hoffte, dass Nekrasow kein Meister der Töne gleich Jubal war. Einem normal begabten Synnie wie Ossip würde sich die Klanglehre nicht erschließen.

Tatsächlich sank der Lauf von Nekrasows Pistole ein Stück herab. Er nickte mit einem beifälligen Lächeln. »Es ist dir also gelungen, die Königin der Klänge zu enträtseln.«

Sarah schöpfte Hoffnung. »Ich würde eher sagen, sie hat *mich* enträtselt.«

Der Alte nickte immer noch. Seine freundliche Miene gefror. »Meine Liebe, ist dir schon einmal der Gedanke gekommen, dass ich auf deine Purpurpartitur spucke?«

Sarah erschauerte. »Was?«

»Ja. Sie ist mir inzwischen schnurzegal. Unsere Ultima Ratio ist längst zur besseren Wahl geworden. Morgen brennen wir den Acker nieder, um auf der fruchtbaren Krume ein neues Friedensreich zu pflanzen.«

Er hob wieder die Waffe. Zielte auf Ossip. Ein Schuss hallte durch den Palazzo. Irgendwo flogen Tauben auf. Zwei weitere Schüsse folgten. Dann sackte Sergej Nekrasow in seinem Rollstuhl zusammen.

Ossips Augen waren weit aufgerissen. Hastig betastete er seine Brust und als er dort kein Blut sprudelndes Leck finden konnte, wandte er sich Sarah zu. Bei ihr entdeckte er das Loch. Mit angesengten, nach außen gewölbten Fasern klaffte es auf ihrer linken Jackentasche.

Sie konnte sich nicht länger beherrschen, wollte auch nicht mehr stark sein, und warf sich Ossip schluchzend in die Arme. »Mir blieb nichts anderes übrig, als zu schießen. Sonst hätte er dich umgebracht.«

Er streichelte ihren Kopf und redete beruhigend auf sie ein. »Ja. Du konntest nicht anders. Und dafür danke ich dir. Hättest du noch eine Sekunde gezögert, wäre *ich* jetzt tot. Und nun komm. Die Schüsse sind bestimmt gehört worden.«

Obwohl sich seine Argumente ihr durchaus erschlossen, weigerten sich ihre Beine, an dem im Rollstuhl zusammengesunkenen, blutüberströmten Nekrasow vorbeizulaufen. Ossip musste sie förmlich vom Fleck zerren. Erst als der Tote hinter ihr aus dem Blickfeld verschwunden war, kamen sie schneller voran und dem Ausgang näher.

Bei der Tür angelangt, drückte Ossip die Klinke herab. »Abgeschlossen. Wie ich's mir gedacht habe. Gib mir die Pistole, Sarah.«

Sie zog sie aus der lädierten Jackentasche und reichte sie ihm.

»Tritt zur Seite«, sagte er, dann zielte er auf das Schloss und schoss. Er zog an der Klinke. Die Tür bewegte sich.

»Stopp, oder ihr seid beide tot!«, hallte ein gebieterischer Ruf durch den Innenhof.

Ihre Köpfe flogen herum.

Oleg Janin und vier dunkel gekleidete Männer kamen den Gang entlang auf sie zugelaufen. Zwei seiner Begleiter hatten Beulen am Kopf; alle trugen automatische Schnellfeuergewehre mit Laservisieren – die roten Leuchtpunkte tanzten auf den Gesichtern der Flüchtlinge. Nur Janin begnügte sich mit einer Pistole. »Waffe auf den Boden und mit dem Fuß wegschieben!«, befahl er.

Ossip zögerte.

Sarah ahnte, was in ihm vorging. Er dachte vermutlich an seine ermordete Mamutschka und an die Chancen, sie hier und jetzt zu rächen. »Tu, was er sagt«, flüsterte sie. »Die sind in der Überzahl.«

Er ging in die Knie, legte die Pistole auf den Boden und stupste sie mit den Zehenspitzen zur Seite.

»Sehr gut, mein Sohn«, sagte Janin zufrieden.

Sarah deutete auf den Leichnam im Rollstuhl. »Ihr Großmeister ist tot, Janin. Warum legen Sie sich noch so ins Zeug? Wollen Sie und Ihre Brüder führerlos in Ihr Utopia einziehen?«

»Führerlos?«, echote Janin amüsiert. »Wieso führerlos? Nekrasow war alles Mögliche: ein Meister bei den Freimaurern, der Letzte aus dem inneren Zirkel eines Bundes, der sich ›Der Kreis der Dämmerung‹ nannte, und er stand auch an der Spitze von Musilizer. Aber in der Bruderschaft vom Aar hat er immer nur die zweite Geige gespielt. Ich machte ihn wegen seiner besonderen Verbindungen und Begabungen zu meinem Stellvertreter. Ja« – Janin lächelte selbstzufrieden –, »*ich* bin der Meister der Töne.«

Sarah starrte ihn ungläubig an. Ihr war schwindelig. Ihre Rechte suchte Ossips Hand.

Der wahre Großmeister der Dunklen Farbenlauscher schüttelte seine Heiterkeit ab, wie man sich einer lästigen Verkleidung entledigt, aber zum Vorschein kam nicht die Fratze eines Monsters, sondern eine eher besorgte Miene. »Wahrscheinlich hat Bruder Nekrasow dich das schon gefragt, aber ich will dir trotzdem noch eine Chance geben, Sarah. Du besitzt eine einzigartige Gabe. Willst du sie mit mir zusammen gebrauchen, um die Menschheit zu läutern?«

»Etwa durch Ihre Verführungskünste?« Sie schüttelte den Kopf. »Nein. Das höhlt die Menschen nur aus. Ich will sie mit meiner Musik erfüllen.«

»Verführung höhlt sie aus?«, wiederholte er gedankenvoll. »Du denkst dabei nicht zufällig an deine Mutter?«

Sarahs Herz setzte einen Schlag aus. »Was sagen Sie da?«

Er nickte. »Befrage dein Herz. Ich bin sicher, es kennt die Wahrheit längst. Joséphine d'Albis war etwas Besonderes. Die Bruderschaft vom Aar hat seit dem Tode Liszts viele Spuren verfolgt, aber bei ihr waren wir uns so gut wie sicher, dass in ihren Adern das Blut des letzten Meisters der Töne gleich Jubal floss. Durch sie konnten endlich wieder zwei Ahnenreihen Liszts zusammengeführt und die Gabe, sein besonderes *Audition colorée,* wiedererweckt werden.«

»Um die Purpurpartitur zu finden?«

»Und sie zu verstehen.«

Sarah nickte. Sie glaubte, ihr Herz müsse vor Bitterkeit wie eine Backpflaume verschrumpeln. »Also schickte der Bruderbund ihr das passende Gegenstück, einen weltweit gefeierten Dirigenten namens Anatoli Akulin. Und das warst *du! Du* hast Mutter verführt, so wie einst Liszt von deiner Ahnin, Olga Janina, verführt worden war. Und als die Brut der Dunklen in ihr reifte, hast du ihr das Herz gebrochen.«

»Es war Joséphine, die vor *mir* geflohen ist. Fast hätten wir dich nicht wiedergefunden.«

Ungeachtet der Schnellfeuergewehre trat Sarah direkt vor Janin hin und stemmte die Fäuste in die Seiten. Sie schäumte. Mehr als das: Der ganze Frust, die ganze Wut ihrer tränenverregneten Kindheit brachen jäh hervor, als sei in ihr ein Staudamm gebrochen. »Ach?«, verspritzte sie ihr Gift mitten in sein Gesicht. »Jetzt ist am Ende noch *sie* an deinem Verrat schuld, was? Hast du dich nie gefragt, wieso Joséphine d'Albis und vor ihr Ludmilla Baranowa vor dir geflohen sind? Du saugst die Menschen aus, bis kein Leben mehr in ihnen ist. Alles, was du ihnen zu geben vermagst, ist der Tod. Ich verfluche dich, Vater. Ich verfluche dich mit allen Flüchen Gottes und mit sämtlichen Flüchen dieser Welt. Du bist ...«

»Schweig!«, rief er und streckte ihr die flache Hand entgegen, als fürchte er tatsächlich den Bann seiner Tochter.

Sarah schwieg. Ihre Kraft war verbraucht. Nur die Tränen flossen noch. Sie spürte nicht einmal, wie Ossip von hinten an sie herantrat und sie schützend in die Arme nahm.

Oleg Janin wandte sich an die Bewaffneten und zischte: »Schafft sie in den Keller zurück. Wir müssen uns beeilen. Die Stunde der Farbenlauscher naht.«

*Nicht dem Wollen des Künstlers, sondern dem,
was ihm auszusprechen gelungen ist,
trägt die Nachwelt Rechnung.*
Franz Liszt

47. Kapitel

Rom, 7. April 2005, 18.46 Uhr

Die Geschlechtertrennung war aufgehoben. Sarah und ihr Stiefbruder wurden von den zwei zuvor von Ossip gerupften »Adlern« grob in die erstbeste Zelle gestoßen. Die Dunklen waren offensichtlich in Eile.

Auf dem Weg in die Gewölbe des Palazzos hatte sich Sarah wieder in den Griff bekommen. Auf ihren Wangen glänzten noch die Tränen, doch in ihrem Kopf war schon ein Plan gereift – eigentlich handelte es sich um eine Verzweiflungstat. Die Zellentür war noch nicht geschlossen, da begann sie zu singen.

Es war eine seltsame Tonfolge, die ihrer Kehle entstieg, fremdartiger als dem Europäer eine chinesische Oper und zugleich vertrauter als das Gutenachtlied der Mutter für das Kind.

Die beiden Wachen stutzten. Dann grinsten sie sich an. Einer drehte sich zu der Gefangenen um und sagte süffisant: »Gib dir keine Mühe. Das funktioniert bei uns nicht. Wir sind Farbenlauscher wie du.«

Doch Sarah sang weiter. Ja, sie legte sogar noch mehr Nachdruck in ihre Vortrag. Die Zellentür krachte ins Schloss.

»Halt dir die Ohren zu und summ irgendwas«, raunte sie Ossip zu und dann lief sie zu dem Türfenster und setzte ihr Lied der Macht fort. Die Klappe über dem Gitter fiel zu. Und Sarah sang. Die Schritte entfernten sich. Aber sie gab nicht auf. Vor der Zelle wurde es still...

Mit einem Mal kehrten die Schritte zurück. Im Schloss wurde ein Schlüssel herumgedreht. Die Tür öffnete sich wieder. Beide Wachen blickten Sarah aus glasigen Augen an.

Sie trat zwei Schritte vor. Das Paar machte keine Anstalten, sie festzuhalten. Sarah begann zu ahnen, warum Macht eine so gefährliche Droge war. Sie näherte sich dem weniger stinkenden der beiden Posten bis auf Handbreite und fragte: »Wen siehst du vor dir?«

»Die Meisterin der Harfe«, antwortete er.

Sie lächelte zufrieden und trat wieder einen Schritt zurück. »Gut. *Sehr* gut. Ich möchte, dass ihr von nun an meinem Befehl gehorcht. Habt ihr verstanden?«

»Ja, Meisterin«, erwiderten sie.

»Du!« Sie deutete auf den Mann mit dem Zwiebelgeruch. »Sage mir, wie man unbemerkt aus dem Palazzo kommt.«

Er überlegte einen Moment, bevor er wie in Trance sagte: »Der Zeitpunkt ist günstig, Meisterin, weil die Stunde der Farbenlauscher naht. Die letzten Vorbereitungen binden alle Kräfte. Der Innenhof des Palazzos ist jetzt unbewacht. In wenigen Minuten trifft dort ein Lieferwagen ein. Er soll Geräte in den Vatikan transportieren. Sie werden für die morgige Übertragung des Requiems benötigt. Versteckt euch im Laderaum, Meisterin, sobald das Fahrzeug beladen ist.«

Damit war auch die Frage geklärt, ob sie sich noch im Apostolischen Palast befanden. Sarah nickte zufrieden. »Und jetzt zieht euch aus. Die Unterwäsche könnt ihr anbehalten.«

Sofort begannen die Wachen mit der Entkleidung.

»Was soll denn *das* jetzt?«, flüsterte Ossip.

»Du hast doch gehört, was Nekrasow über die Funkchips gesagt hat. Wenn wir hier herausmarschieren, lösen wir Alarm aus. Deshalb werden wir das Outfit wechseln.«

Er schüttelte ungläubig den Kopf. »Wie hast du das angestellt? Ich denke, diese Burschen sind gegen die Klänge der Macht immun?«

»Nicht immun. Nur unempfindlich. Ich habe das stärkste Geschütz gegen sie aufgefahren, das ein Farbenlauscher benutzen kann: die *Königin* der Klänge.«

»Die Purpurpartitur?«

»Genau genommen, ein neues Lied, das ich mithilfe der Klanglehre geschaffen habe.«

Seine Augen wurden groß. »Aber das waren doch nur Noten. Wie hat sie sich dir erschlossen?«

»Ich habe mich *ihr* erschlossen.« Sie deutete auf die entblätterten Wachen. »Sie sind fertig. Jetzt kommen wir an die Reihe.«

Sarah gebot den Wachen, sich in der Zelle schlafen zu legen und das Gewölbe in den nächsten vierundzwanzig Stunden nicht zu verlassen. Dann schloss sie die Kerkertür, ohne sie allerdings zu verriegeln und ließ sich von Ossip ein Bündel Kleider geben. Dabei sah er sie ganz merkwürdig an.

Mit einem Mal umarmte er sie und presste seine Lippen auf die ihren. Der Kuss entbehrte nicht einer gewissen Innigkeit, wenngleich er andererseits auch nicht von der Sorte war, die sie von Krystian bekommen hatte. Und nach einigen Sekunden gab Ossip ihren Mund auch schon wieder frei, hielt sie aber weiter fest.

»Puh!« Sie blinzelte konsterniert. »Was war denn das? Ein sozialistischer Bruderkuss?«

Er lächelte verlegen. »Nein, ein Dankeschön.«

»Und wofür?«

»Du hast mir vor ein paar Minuten das Leben gerettet, schon vergessen?«

Sie schüttelte ernst den Kopf. »Wie könnte ich das je vergessen? Ich habe einen Menschen getötet.«

»Besser du ihn als er mich. Es war Notwehr, Schwesterherz.«

Sie zog die Augenbrauen zusammen. Es war das erste Mal, dass er sie so nannte. Ein seltsamer, kleiner Moment der Verbundenheit war das. Sie fragte sich, ob Ossips Zuneigungsbeweise neben Dankbarkeit und geschwisterlichen Gefühlen noch andere Ursachen hatten. Irgendwie fand sie seine Ungeschicklichkeit im Umgang mit Frauen niedlich und sie spürte einmal mehr, dass er für ihr Gefühlsleben alles andere als eine Beruhigungspille war.

Trotzig schüttelte sie die Benommenheit ab, löste sich aus seiner Umarmung und befahl streng: »Dreh dich um.«

»Wieso? Wir sind doch jetzt Geschwister.«

»*Stief*geschwister. Dreh dich um!«

Er gehorchte.

Rücken an Rücken zogen sie sich aus.

»Auch die Unterhose?«, fragte er.

»Wenn du sicher bist, dass sie nicht verwanzt ist, kannst du sie anbehalten.«

»Dann lieber das Adamskostüm.«

In Windeseile zogen sie sich um. Die Waffen der Farbenlauscher wollte Sarah partout nicht mitnehmen: Es sei an diesem Tag schon genug Blut geflossen. Auf Ossips Drängen kassierten sie aber wenigstens die Munition. Während er die Magazine aus den Pistolen zog, musterte sie ihn. Er sah in dem schwarzen Outfit ganz passabel aus, aber sie kam sich in ihren Sachen ziemlich verloren vor.

»Die Klamotten stinken nach Zwiebeln«, beklagte sie sich.

Er grinste. »Jetzt nörgel nicht. Wir müssen uns sputen, damit wir unseren Bus bekommen.«

Sie erreichten den Innenhof gerade zur rechten Zeit. Vom Kelleraufgang spähten sie zur Ausfahrt. Unter dem Torbogen stand ein hellgrauer Kastenwagen. Eben waren zwei schwarz gekleidete Gestalten herausgesprungen und hatten die Türen zugeworfen. Oleg Janin sprach mit ihnen. Was er sagte, konnte Sarah nicht verstehen, aber die beiden Farbenlauscher nickten eifrig. Nur zum Schluss wurde Janins Stimme lauter.

»Und jetzt beeilt euch. Die Zeit drängt!«

Die zwei entfernten sich im Laufschritt. Janin öffnete die Beifahrertür und stieg ein.

»Das ist unsere Chance«, flüsterte Ossip. »Duck dich und bleib dicht hinter mir.« Dann rannte er los.

Sarah hatte Mühe, ihm zu folgen. Die Eile war aber angebracht, denn der Fahrer stieg bereits aus, um das Tor zu öffnen. In der Deckung des Fahrzeugs erreichten sie die überwölbte Ausfahrt. Der laufende Motor und das quietschende Tor erzeugten genug Geräusche, um das Öffnen der Hecktür zu übertönen. Schnell schlüpften sie in den Laderaum.

»Hoffentlich ist das keine dieser modernen japanischen Kisten, bei der jeder Furz elektronisch angezeigt wird«, flüsterte Ossip, während Sarah an ihm vorbeiglitt.

Sie schüttelte den Kopf. »Es ist ein Franzose.«

Als der Lieferwagen anruckte, zog Ossip die Tür zu.

Nach wenigen Metern hielt der Wagen wieder an. Sarah hörte, wie jemand ausstieg, und ihr stockte der Atem. Hatten sie sich etwa doch verraten? Sie griff nach Ossips Hand. Beide lauschten.

Unvermittelt ertönte direkt hinter ihnen das Quietschen des Tores. Sarah atmete auf. Natürlich! Der Fahrer war ja zugleich auch Portier. Wieder klappte die Wagentür, und die Fahrt ging weiter.

Bald wurde der Verkehrslärm lauter. Offenbar fuhren sie jetzt auf einer Hauptstraße. Unseligerweise waren die Fenster des Laderaums mit einer milchigen Folie beklebt. Dadurch drang zwar von draußen etwas Licht herein, doch obwohl Sarah mit den Händen direkt auf der Scheibe einen Hohlraum formte, in den sie ihr Gesicht bettete, konnte sie nicht mehr als ein paar verschwommene Schlieren ausmachen. Es bestand nicht die geringste Chance festzustellen, wo sich der Palazzo der Dunklen Farbenlauscher befand.

Als sie sich vom Fenster abwandte, sah sie, wie ihr Stiefbruder an einer der drei im Wagen verstauten Aluminiumkisten herumfingerte. Sie ging neben ihm in die Hocke und flüsterte: »Ich habe die Kästen schon mal gesehen, einen sogar von innen – im Keller des Pariser Hauptquartiers von Musilizer.«

»Als du den Archivar bezirzt hast?«

»So kann man das nicht nennen. Was hast du vor?«

»Na was schon? Nachsehen, was da drin ist... *Mist!*«

»Was ist?«

»Die Kiste ist mit einem Spezialschloss gesichert. Ohne vernünftiges Werkzeug bekomme ich die nicht...« Er verstummte, weil der Wagen plötzlich hielt.

Ganz in der Nähe wanderte ein Chor vorbei. Vermutlich junge Leute, die zum Gedenken an *papa,* ihren Papst, ein Lied anstimmten. Kurz darauf ruckte der Wagen erneut an.

Dieses Stop-and-go wiederholte sich nun immer öfter. Bald schien das Fahrzeug überhaupt nicht mehr voranzukommen.

»Die Straßen sind verstopft«, wisperte Ossip.

Sarah nickte. »Unser feiner Herr Vater hat die Massen gerufen, und jetzt versperren sie ihm den Weg. Ich schlage vor, wir setzen uns ab, ehe er auf die Idee kommt, die Kisten anderweitig in den Vatikan zu schaffen.«

Wieder hüpfte der Lieferwagen ein Stück vorwärts. Beim nächsten Halt erklangen von draußen erboste Stimmen. Jemand beschwerte sich über den rücksichtslosen Fahrer. Der offenbar Angetrunkene steigerte sich in seinen Unmut hinein und hämmerte gegen das Wagenblech. Das ganze Fahrzeug dröhnte. Sarah kam sich vor wie in einer *Steeldrum*.

»Jetzt oder nie!«, raunte Ossip, ergriff ihre Hand, öffnete die rückwärtige Tür und sprang mit Sarah auf die Straße. Leise schloss er den Laderaum wieder. Keine Sekunde zu früh, denn schon fuhr der Wagen mit den unheilvollen Kisten weiter.

Auf Roms Straßen und Plätzen herrschte Chaos. Noch immer ein friedliches Chaos, aber nichtsdestotrotz waren schon zwölf Stunden vor Beginn der Trauerfeierlichkeiten der Petersplatz und die Zufahrtswege zur *Città del Vaticano* hoffnungslos verstopft. An den unmöglichsten Ecken campierten Menschen mit und ohne Schlafsack, um einen der begehrten dreihunderttausend Plätze vor dem Petersdom zu ergattern. Für die restlichen Millionen waren auf anderen Piazze Großleinwände installiert worden. Sarah und Ossip hatten Mühe voranzukommen.

»Wir verlieren zu viel Zeit«, klagte sie.

»Wenn ich ein Engel wäre, würde ich dich durch die Luft tragen«, seufzte ihr Stiefbruder.

Sie bedachte ihn mit einem argwöhnischen Blick. War Ossip plötzlich zum Romeo mutiert? »Sag mal, hast du vorhin geschmult, als ich mich ausgezogen habe?«

Er grinste. »Nur ein einziges Mal. Und nur ganz kurz.«

Sie verdrehte die Augen. »*Männer!* – Apropos, ich muss Andrea anrufen. Wir brauchen ein Telefon.«

Ossip drückte einen allzu aufdringlichen Trauergast zur Seite und deutete nach vorn. »Da hinten ist ein öffentlicher Fernsprecher.«

»Hast du Kleingeld oder eine Telefonkarte?«

Er kramte in den Hosentaschen, die ja nicht seine eigenen waren, und förderte ein paar Münzen zu Tage.

Wenig später hatte Sarah den Konzertveranstalter Andrea Filippo Sarto an der Leitung.

»Sarah, meine Schönste, ich habe mir schon Sorgen gemacht. Bist du immer noch im Vatikan?«

»Nein. Man hat mich hinausgeworfen. Aber ich will wieder rein.«

»Ich fürchte, ich kann dir nicht folgen.«

»Kardinal Sibelius ist ein Verräter. Er hat uns an die Verschwörer verraten. Wir brauchen einen neuen Kontakt, möglichst weit oben, und zwar schnell.«

»Ich sehe, was ich machen kann.«

»Lass dich nicht abwimmeln, Andrea. Es ist lebenswichtig. – Ach, und noch etwas! Bitte besorg mir was Neues zum Anziehen. Ich stinke wie ein vergammelter Zwiebelkuchen.«

Seine Exzellenz der Hochwürdigste Herr Erzbischof Giuliano Ascoltato war der einflussreichste Prälat der Kurie, der sich von Sartos Überredungskunst auf die Schnelle hatte fesseln lassen. Immerhin vertrat er den Kardinalstaatssekretär, den zu Lebzeiten des Papstes zweiten Mann in der Kirchenhierarchie. Oder salopp ausgedrückt: Ascoltato war der Stellvertreter des Stellvertreters des Stellvertreters Gottes. Das war schon *ziemlich* weit oben.

Sarah und Ossip hatten es zu Fuß bis zum Vatikan geschafft – anfangs kraft der eigenen Ellenbogen, später mit einer von Sarto organisierten Polizeieskorte. Am Bronzetor schließlich stieß der Konzertveranstalter höchstselbst zu ihnen; er hatte die Sicherheit der ummauerten *Villa Sarto* gegen das Getümmel Roms eingetauscht, um seiner Angebeteten und ihrem Stiefbruder in den Amtsstuben des Apostolischen Palastes Schützenhilfe zu geben.

Nun saßen die Stiefgeschwister und ihr Fürsprecher in einem Ehrfurcht gebietenden Büro im dritten Stock des Papstpalastes, nur zwei Stockwerke unter den Privaträumen des verstorbenen Kirchenoberhaupts. Sarah – sie trug mittlerweile ein figurbetontes Kleid aus roter Wildseide, das nach ihrem Empfinden etwas zu kurz, aber ganz nach Sartos Geschmack war – lieferte gerade in englischer Sprache einen zwar kurzen, aber eindrucksvollen Abriss des Bedrohungsszenarios. Auf der anderen Seite des massiven Mahagonischreibtisches kauerte Erzbischof Ascoltato wie eine Gottesanbeterin. Sein asketisches Äußeres und die strengen Züge in seinem hageren Gesicht waren noch Ehrfurcht gebietender als sein Arbeitszimmer.

Begreiflicherweise reagierte der Bischof skeptisch, ja, sogar ungehalten, als Sarah die Verschwörungs- und Entführungsgeschichte umrissen hatte.

»Sibelius ein Verräter?« Er schüttelte den Kopf. »Das kann ich mir nicht vorstellen. Und der Rest? Verzeihen Sie, Gnädigste, aber das Ganze hört sich an wie ein Mysteryroman.«

Sarah seufzte. »Ich kann Ihnen demonstrieren, wie stark die Klänge der Macht wirken.«

Ascoltato musterte sie durchdringend von Kopf bis Fuß, wobei Sarah mit einem gewissen Unbehagen bemerkte, dass er sich für ihre Beine besonders viel Zeit ließ. Schamhaft zupfte sie den Rocksaum in Richtung Knie. Endlich nickte er. »Also gut. Doch ich berufe mich auf das Alte Testament: In jedem Streitfall müssen ›zwei oder drei Zeugen‹ das Urteil bestätigen. Ich werde mir kompetenten Beistand holen.«

Sarah ahnte Schlimmes.

Der stellvertretende Regierungschef des Papstes telefonierte. Nachdem er aufgelegt hatte, faltete er die Hände über dem Bauch und lächelte. »Wir haben Glück. Monsignore Hester McAteer ist noch im Palast.«

Ihr stockte der Atem. Vehement erhob sie Einspruch. Der Ire sei möglicherweise in die Verschwörung verwickelt, man müsse ihn aus der Sache heraushalten. Aber der Bischof lächelte nur grillenhaft und erwiderte: »Das ist undenkbar. Ich kenne den *Promotor Fidei*. Er genießt den Ruf der Unbestechlichkeit. Jetzt denken Sie einmal genau nach: Hat er Sie persönlich angegriffen?«

Sie blickte Hilfe suchend zu Ossip, der die Augenbrauen hob, als wolle er sagen: »Er reicht dir die Hand. Greif zu!«

Nach kurzem Grübeln räumte sie ein: »Wenn ich's mir recht

überlege, war es eher McAteer, der Sibelius attackiert hat. Verbal zumindest. Und durch die Art, wie er in sein Büro gestürmt ist. Es könnte sein, dass der Kardinal ihn aus dem Weg haben wollte, um Janins Schergen das Feld zu überlassen.«

Ein gewichtiges Nicken ließ den Kopf auf Ascoltatos langem Hals vor- und zurückwippen. Zum ersten Mal hatte sein Lächeln etwas Gewinnendes. »So wird es gewesen sein. Vertrauen Sie mir.«

Was blieb ihr anderes übrig? Sie seufzte und erklärte sich bereit, die Klänge der Macht im Beisein des Monsignore erneut anzustimmen.

Kurze Zeit später kreuzte McAteer auf. Die Pianistin und ihren russischen Begleiter so schnell wiederzusehen, verwunderte auch ihn. Tatsächlich bestätigte er, Kardinal Sibelius habe sich bei ihm nach dem verworrenen Gespräch in seinem Büro für die Unterstützung bedankt und ihn regelrecht davongescheucht. Sarah beobachtete das Mienenspiel des Iren wie die Nadel eines Lügendetektors. Trotz seiner ruppigen, bärbeißigen Art schien er im Herzen ein wahrheitsliebender Mann zu sein. Sie beschloss, ihm einen Vertrauenskredit einzuräumen.

Um das Verfahren zu beschleunigen, wählte sie abermals ihre eigene Stimme als Medium, ging diesmal aber etwas schonender mit der Jury um. Sie ließ lediglich den Sekretär Ascoltatos ein paar kleine Kunststücke aufführen. Anfangs hatte sie an die übliche Hypnotiseurnummer gedacht – jemand aus dem Publikum sitzt auf einem Schemel und kräht wie ein Hahn –, aber dann fand sie das für einen Soutanenträger irgendwie unpassend und ließ den Mann auf dem Stuhl einen Raben imitieren.

»Ich *fass* es nicht«, sagte darauf Ascoltato kopfschüttelnd.

»Gegen das, was die Dunklen Farbenlauscher vorhaben, ist das eben nur eine Witznummer gewesen. Sie sind im Stande, die Massen zu entfesseln. Wenn es nach Oleg Janin geht, dann wird morgen der Petersplatz zum Brandherd eines globalen Feuersturms werden.«

»*Santo cielo!* Morgen werden auf der Piazza San Pietro über zweihundert Staatsgäste und praktisch das ganze Kardinalskollegium versammelt sein. Wenn denen etwas zustößt, dann käme das für die politische und religiöse Welt einer Enthauptung gleich.«

»Das ist ja der Sinn der Übung«, sagte Sarah. Sie spürte, dass sie endlich ein offenes Ohr gefunden hatte.

»Wie können wir das verhindern?«, fragte der Bischof.

»Ändern Sie den Ablauf der Trauerzeremonie.«

»Ja«, pflichtete McAteer ihr bei.

Ossip und Andrea nickten.

»Unmöglich«, sagte Ascoltato.

Am liebsten hätte sie laut geschrien. »Sie glauben nicht, wie oft ich dieses Wort in der letzten Zeit gehört habe. Ich denke, die Kirche ist für Wunder zuständig. Vollbringen Sie eins.«

McAteer stieß einen abgehackten Lacher aus.

Ascoltato warf ihm einen strafenden Blick zu, ehe er sich wieder an Sarah wandte. »Hier geht es nicht um Wunder, meine Tochter, sondern um die Exequien, das Bestattungsritual der Heiligen Mutter Kirche. Wunder ja, aber eine Änderung der Tradition?« Er schüttelte den Kopf.

»Aber mir wurde erklärt, der Päpstliche Zeremonienmeister, Erzbischof Piero Marini, habe erst Mitte der Woche neue Regeln verkündet.«

»Ja, schon, doch so eine Änderung erfordert ein langes Abwägen. Unser neues Ritual, das sich durch noble Schlichtheit und Schönheit auszeichnet, entspricht dem Geist des Zweiten Vatikanischen Konzils. Die Vorschriften sind in dem vor sieben Jahren vom Heiligen Vater abgesegneten Buch *Ordo Exsequiarum Romani Pontificis* niedergelegt.«

»Vor sieben Jahren?«, stutzte Sarah.

»Verzeihung, Eminenz«, mischte sich mit einem Mal Sarto ins Gespräch. »Ist es nicht so, dass dieses neue Regelwerk erst unmittelbar *nach* dem Tod des Papstes veröffentlicht wurde?«

»Nun ja. Das stimmt.«

»Dann könnten die Richtlinien, zumindest in Teilen, erst kürzlich geändert worden sein?«, wagte Sarah zu fragen.

Der Bischof wand sich wie ein Aal. »Theoretisch schon. Aber das wäre ein ... *Sakrileg.*«

Du hast deine Verschwörung raffiniert eingefädelt, Vater, dachte Sarah, behielt ihre Gedanken jedoch für sich. Mit einem wissenden Lächeln erwiderte sie: »Glauben Sie mir, so ein ›Sakrileg‹ hinzuschmieren ist für manche kein Hexenwerk. Ändern Sie das Programm.«

»Das Programm ändern?« Ascoltatos Stimme versagte. Sein Gesicht war kreidebleich geworden. Fassungslos schüttelt er den Kopf. »Was Sie verlangen, ist unmöglich. Es hat doch längst begonnen.«

*Das Genie ist die Macht,
Gott der menschlichen Seele zu offenbaren.*
Franz Liszt

48. Kapitel

Rom, 8. April 2005, 10.00 Uhr

Die Trauerfeier für Papst Johannes Paul II. begann pünktlich um zehn Uhr mit einem großen Glockengeläut. Über vier Millionen Menschen hatten sich zur Totenmesse nach Rom versammelt. Der Petersplatz und die Straßen rund um den Vatikan barsten schier vor Menschen.
Kommt herbei! Kommt herbei!
Sarah stand hinter einer Gardine im dritten Stock des Vatikanischen Palastes, in den Diensträumen des Päpstlichen Staatssekretariats, und verfolgte mit versteinerter Miene den Ablauf der Zeremonie. Seltsamerweise fiel ihr dazu eine Passage aus Hans Christian Andersens Märchen *Die kleine Meerjungfrau* ein:

Oh, wie horchte sie auf, und wenn sie dann abends am offenen Fenster stand und durch das dunkelblaue Wasser hinaufsah, dachte sie an die große Stadt mit all ihrem Lärm und Geräusch, und dann vermeinte sie, die Kirchenglocken bis zu sich herunter läuten zu hören.

Und sie erinnerte sich an das traurige Ende des Märchens, während sie unter dem Glockengeläut zur Piazza San Pietro hinabblickte. Wie Erzbischof Ascoltato am Abend zuvor gesagt hatte, waren der öffentlichen Totenmesse schon andere Programmteile vorausgegangen. Zu den Exequien gehörte auch die bereits am frühen Morgen begangene Zeremonie im Petersdom. Eine der Neuerungen war der Akt der »Verhüllung des Antlitzes«. Der Zeremonienmeister und der Privatsekretär des Papstes hatten das Gesicht des Verstorbenen mit einem weißen Seidentuch zugedeckt. Die symbolträchtige Handlung bekam für Sarah eine wohl unbeabsichtigte Bedeutung: *Bitte, Heiliger Vater, sieh uns nicht zu bei dem, was wir nun tun.*

Anschließend war der schlichte Nussholzsarg auf den Petersplatz hinausgetragen worden. Die wenigsten Trauergäste wussten von der zusätzlichen Zinkwanne und der Kiste aus Zypressenholz, die den Leichnam umschlossen wie ein dreifach gesicherter Tresor.

Der Chor stimmte den Eingangshymnus des Requiems an.

Sarahs Anspannung wuchs ins Unerträgliche. War sie abermals zu spät gekommen? Janin hatte diesen Moment gemeint, als er von der »Stunde der Farbenlauscher« sprach. In den Köpfen der Zuschauer werde ein Schalter umgelegt und dann beginne ein neues Zeitalter der Menschheitsgeschichte.

Atemlos beobachtete sie, wie die Prälaten ein großformatiges Evangelium auf die Totenlade legten und wie hierauf der Wind in den Seiten des Buches blätterte. Wahllos. Genauso wie er die Äolsharfe zu spielen pflegte.

Ihr Blick schweifte zu den Ehrenplätzen. Noch im Tode war der Papst von seinen Purpurträgern flankiert. Sibelius fehlte. Hinter den Kardinälen saßen drüben die violett leuchtenden Bischöfe und hüben die vorwiegend schwarz gekleideten Staatsgäste: UN-Generalsekretär Kofi Annan, US-Präsident George W. Bush, der britische Premier Tony Blair, Frankreichs Staatspräsident Jacques Chirac, aus Deutschland der Bundeskanzler Gerhard Schröder und Bundespräsident Horst Köhler und viele, viele mehr, darunter auch zahlreiche Patriarchen anderer Glaubensbekenntnisse. Sarah stellte sich vor, wie es aussähe, wenn die auf dem Petersplatz versammelten Massen die Sicherheitskräfte einfach überrannten und die Führer der »alten Ordnung« zerfleischten.

Aber nichts dergleichen geschah.

Allmählich beruhigten sich Sarahs Nerven ein wenig. Lediglich ein kleiner Personenkreis war über die drohende Verschwörung der Dunklen Farbenlauscher informiert worden, und Erzbischof Ascoltato hatte darum gebeten, dass dies auch so bliebe. Aus diesem Grund war das Büro, von dem aus sie dem Kardinaldekan Joseph Ratzinger beim Leiten der Totenmesse zuschaute, ausgesprochen leer, wenn man bedachte, dass sich hinter anderen Fenstern, ja, sogar auf den Ziegeldächern der umstehenden Gebäude unzählige Geistliche, Nonnen und andere Schaulustige drängten. Ossip stand zu Sarahs Rechter und Monsignore McAteer schützte ihre linke Flanke.

Außerdem waren der Kommandant der Schweizergarde und der eigens für die Sicherheitsmaßnahmen eingesetzte Organisations-Sonderkommissar zugegen, die ständig mit ihren Funkgeräten, Handys und sonstigen Kommunikationsmitteln Kontakt zu den Kolonnenführern der insgesamt fünfzehntausend Sicherheitskräfte hielten.

»Signora d'Albis?«, sprach der Kommandant der päpstlichen Schutztruppe Sarah auf Italienisch an.

Sie wandte sich zu dem Schweizer um, einem dunkelhaarigen Mann, der auch für einen Italiener hätte durchgehen können. »Ja?«

»Der Anruf eben kam vom Leiter der Sondereinheit der Carabinieri. Sie haben den Palazzo der Geheimgesellschaft gefunden und gestürmt. Wie Sie vermutet haben, gehört das Gebäude einer Tochtergesellschaft der Musilizer SARL. Die Vögel waren jedoch schon ausgeflogen.«

»Keine Spur von Oleg Janin?«

»Leider nein.«

»Konnten Sie in Erfahrung bringen, ob Musilizer in Rom oder Umgebung noch andere Immobilien besitzt?«

»Bisher nicht.«

Sie nickte. »Danke, Kommandant.« Damit war vorerst wohl jede Chance dahin, den Kopf der Bruderschaft vom Aar zu fassen.

»Möglicherweise besitzen wir Janins Telefonnummer«, sagte mit einem Mal Ossip.

Sie sah ihn fragend an. »Was?«

»Na, Sibelius hat uns doch per Telefon an die Adler verpfiffen.«

McAteer schüttelte den Kopf. »Daran habe ich auch schon gedacht. Der Kardinal hat den Nummernspeicher seines Apparats gelöscht, und in seinem Büro konnten wir auch keinen einzigen Hinweis auf die Farbenlauscher …«

»Moment mal!«, ging Sarah dazwischen. »Vielleicht kenne ich die Nummer.«

»Sind Sie neuerdings auch Hellseherin?«, brummte der Ire.

»Nein. Aber ich habe das absolute Gehör: Ich kann Ihnen aufs Hertz genau die Frequenz jedes Tones sagen, den ich höre. Und ich verfüge über ein gutes Gedächtnis für Melodien. Als ich die Wahlwiederholungstaste an Sibelius' Apparat drückte, hörte ich eine Tonfolge. Daraus müsste sich doch die Telefonnummer rekonstruieren lassen, oder?«

Der Organisations-Sonderkommissar hatte zugehört und sagte: »Und ob das geht! Wenn der Kardinal den Anführer der Verschwörer nicht auf einem Mobiltelefon, sondern in seinem jetzigen Versteck angerufen hat, dann kriegen wir auch die Adresse heraus.«

Dreißig Minuten später eilten Sarah und Ossip durch die Vatikanischen Gärten, genauer gesagt zum Helioport des Papstes. Die Trauerfeier auf dem Petersplatz war noch lange nicht zu Ende. Die Polizei hatte aus der von Sarah wiedergegebenen Tonfolge eine Nummer rekonstruiert und den dazugehörigen Anschluss lokalisiert: Via Annia Ecke Via dei Querceti. Oleg Janins angenommener Schlupfwinkel lag in unmittelbarer Nähe des Kolosseums.

Was darauf in Gang gesetzt worden war, gehörte zu den schwierigsten Operationen in der Geschichte der Antiterroreinheit der Carabinieri. In kürzester Zeit wurde eines der zum Schutz der Staatsgäste vorgesehenen Teams zum Einsatzort verlegt. Das allein war ein äußerst mühsames Unterfangen. Obwohl die Straßen für den normalen Autoverkehr gesperrt waren, konnten die Polizeifahrzeuge durch die Menschenmassen kaum ins Zielgebiet vordringen. Der Plan bestand darin, die Häuserblocks rund um Janins vermutetes Versteck abzusperren und ihn mit seinen Farbenlauschern zur Aufgabe zu zwingen, notfalls mit Waffengewalt.

Endlich hatten Sarah und Ossip den westlichsten Zipfel des Parks erreicht, wo der Polizeihubschrauber auf sie wartete. Sie schnallten sich an, setzten die Helme auf, und die Maschine hob ab. Wo es unten kein Durchkommen gab, war die Bewältigung der Strecke in der Luft nicht mehr als ein Katzensprung.

Als die riesige Arena des Kolosseums unter ihnen auftauchte, stieß Ossip seine Stiefschwester in die Seite. »Weißt du noch, was ich gestern zu dir gesagt habe?«

Sie lächelte matt. »Wenn du ein Engel wärst, würdest du mich durch die Luft tragen.«

Er breitete die Hände aus und sagte: »Voilà!«

Sie nahm seine Linke und drückte sie ganz fest. Seine Wärme zu spüren tat ihr gut. »Danke für die Aufmunterung.«

Der Helikopter landete im oberen Teil des Parco Ninfeo di Nerone, einer Grünanlage südlich des Kolosseums. Die Luftlinie von dort bis zum Zielobjekt betrage etwa zweihundert Meter, sagte der Pilot.

Als Sarah und Ossip den Hubschrauber verließen, wurden sie schon von einem Carabiniere in Empfang genommen, der sie auf die Ostseite des Parks führte. Vom Versteck Oleg Janins aus uneinsehbar, befand sich dort die mobile Kommandozentrale, ein dunkelblauer Truck, in dessen näherer Umgebung emsiges Treiben herrschte. Der Polizist verschwand im Wagen, um die Zivilisten anzumelden. Drei oder vier Minuten später kam er mit dem Einsatzleiter der Antiterroreinheit wieder heraus.

Commandante Massimo Carotta war ein drahtiger Mann, der offenbar viel Wert auf ein martialisches Äußeres legte: Er trug wie seine Männer einen schwarzen Kampfanzug, und sein Schädel war, bis auf einen dünnen Flaum, kahlgeschoren. Über Sarahs Erscheinen war er hoch unerfreut.

»Offen gestanden verstehe ich nicht, Signora d'Albis, was Sie überhaupt hier wollen.«

»Konnten Sie herausfinden, wer sich in dem Gebäude befindet?«, fragte Sarah, als habe sie seine Bemerkung überhört. Aus Rücksicht auf Ossip sprach sie Englisch.

Der Kommandant stellte sich darauf ein. »Ja. Sie hatten Recht. Es ist tatsächlich dieser Russe drin. Offenbar allein. Er droht damit, sich in die Luft zu sprengen. Wir evakuieren gerade das Viertel.«

Sarah nickte. »Ich kenne Janin. Er ist ein Verfechter der Politik der verbrannten Erde und schont niemanden. Ich fürchte, nicht einmal sich selbst. *Deshalb* bin ich hier. Er ist mein Vater.«

»Oh! Das wusste ich nicht.«
»Ich möchte mit ihm sprechen.«
Carotta blickte sie scharf an. Dann sagte er: »Also schön. Das könnte durchaus hilfreich sein. Sie bekommen eine Flüstertüte.«
»Nein. Ich gehe in das Haus und rede dort mit ihm.«
»Das kann ich auf keinen Fall zulassen...«
Ossip nickte. »Er hat Recht, Sarah. Das ist zu gefährlich. Mein Stiefvater ist unberechenbar.«
»Stiefvater?«, grunzte der Kommandant. »Was soll das hier werden? Ein Familientreffen?«
»So etwas Ähnliches«, erwiderte Sarah. »Und jetzt bringen Sie mich zu ihm.«

Das Haus, in dem Oleg Janin sich verschanzt hatte, war an zwei Seiten von Straßen umgeben – der Via Annia und Via dei Querceti – und an den anderen beiden von einem großen Garten. Ein netter kleiner Palast, dachte Sarah, aber für einen Mann, der nach der Weltherrschaft griff, ein fast bescheidenes Domizil.

Ihr Vater war sofort zu einem Gespräch bereit gewesen, nachdem sie sich von der Straße aus über den Handlautsprecher bei ihm gemeldet hatte. Zuvor war sie von der Polizei verwanzt worden, diesmal jedoch mit ihrem Einverständnis – unter dem Kragen der Jacke lauschte ein hoch empfindliches Mikrofon und in ihrem Rücken klebte der dazugehörige Sender.

Sie betrat das Gebäude durch den Haupteingang. Janin hatte das Schloss elektrisch entriegelt. Geräuschvoll warf sie die Tür zu – und öffnete sie gleich wieder, sehr leise und auch nur einen Spaltbreit. Dann schritt sie in die Mitte der Eingangshalle, um sich zu orientieren.

Das großzügige Oval war mit Marmor ausgelegt. Schwarze und weiße Rhomben. Uralte Freimaurersymbolik. Drei Stockwerke höher funkelte ein ausladender Kronleuchter. Sarah betrat die geschwungene Treppe zu ihrer Rechten. »Ich bin im Schlafzimmer, ganz oben«, hatte ihr Vater aus dem offenen Fenster gerufen.

Nachdem sie auf einer nicht ganz so pompösen Treppe die restlichen Etagen überwunden hatte, erblickte sie den Schlafsalon. Als fürchte Janin nichts und niemanden, standen die zwei Türflügel weit offen.

Sie trat hindurch und sah sich um. Ja, es war ein Schlafgemach, so opulent ausgestattet, dass auch ein prunksüchtiger Fürst seinen Gefallen daran gefunden hätte: Möbel, Teppiche, Skulpturen und Bilder von erlesener Güte, wenn auch nach Sarahs Geschmack etwas zu schwülstig. Die rechte Seite des Raumes wurde von einem riesigen Himmelbett beherrscht. Zur Linken befanden sich Bücherregale und einige Polstermöbel. Janin saß in einem schweren Lehnstuhl, weit genug vom Fenster entfernt, um den Scharfschützen der Polizei kein Ziel zu bieten. Neben ihm stand ein rundes Tischchen, auf dem die Purpurpartitur lag.

»Ich wusste, dass meine Tochter mich finden würde«, sagte er.

Sarah blieb etwa vier Schritte von ihm entfernt stehen und musterte den Mann, dem sie ihre Existenz verdankte. Er hielt ein kleines schwarzes Kästchen in der Hand, das wie die Fernbedienung eines Videorekorders aussah. »Und welches Orakel hat dir das verraten?«, entgegnete sie. Sie versuchte, ihre Stimme nicht allzu aggressiv klingen zu lassen.

Seine Brust blähte sich unter einem kleinen Lacher. »Du hast die Purpurpartitur gefunden. Wie könnte ich, dein eigener Vater, mich da vor dir verstecken? Nur aus Neugierde: Wie hast du's angestellt?«

»Kardinal Sibelius' Telefon arbeitet mit einem Mehrfrequenzwahlverfahren. Die Töne haben mich zu dir geführt.«

Er lachte leise. »Natürlich. Es sind immer die Töne, mit denen wir Farbenlauscher unsere Absichten verwirklichen. Du bist gekommen, mich umzustimmen, richtig?«

Sie nickte. »Dein großer Plan ist vereitelt. Der Weltenbrand fällt aus. Ich möchte, dass du dich vor einem Gericht für deine Untaten verantwortest.«

»Bist du bewaffnet?«

»Nein.«

Es folgte ein stummes Ringen mit Blicken. Dann nickte er. »Ich kenne dich besser, als du ahnst, mein Kind. Du sagst die Wahrheit. Betrachte dich von nun an als meine Geisel.«

Sie schluckte. »Hast du wirklich eine Bombe?«

Janin lächelte. »Auf die Gefahr hin, mich zu wiederholen: Wir Farbenlauscher setzen unsere Ziele mit *Tönen* durch. Ich besitze etwas viel Besseres als eine Bombe.« Er hob die Fernbedienung und drückte einen Knopf.

Sarah stockte der Atem. Sie lauschte, konnte aber weder etwas sehen noch hören. »Was hast du da gerade aktiviert?«

»Eine Infraschallorgel.«

»Wie bitte?«

»Sie arbeitet mit Pressluft. Unsere Wissenschaftler in Marseille haben sie entwickelt. Die Töne sind für das menschliche Ohr nicht wahrnehmbar, aber wenn sie volle Leistung abstrahlt, kann sie Personen noch auf acht Kilometer Entfernung töten. Momentan flötet sie nur auf Sparflamme: Magen, Herz und Lunge der pflichtbewussten Carabinieri da unten werden mit sieben Schwingungen in der Sekunde ordentlich durchgewalkt. Der Effekt ist mit einer Seekrankheit vergleichbar. Ihnen wird ein paar Stunden lang speiübel sein. Wenn du schön brav bist, belasse ich es bei dieser kleinen Demonstration meiner Macht.«

Sarah hoffte inständig, dass Kommandant Carotta sie verstehen und seine Männer noch rechtzeitig in Sicherheit bringen konnte. Von jetzt an musste sie improvisieren.

»Die Antiterroreinheit hat auf dem Kolosseum Raketen in Stellung gebracht. Sie können von der Kommandozentrale aus gezündet werden, und die ist weiter als acht Kilometer von hier entfernt.«

Der selbstgefällige Ausdruck wich aus Janins Gesicht. »Du bluffst.«

»Tu ich nicht. Das Spiel ist aus, Vater. Komm mit mir und du wirst von den Raketen wenigstens nicht in Stücke gerissen.«

Er sagte nichts. Offenbar disponierte er gerade seine Pläne um. Sie durfte ihm jetzt keine Gelegenheit geben, sich eine neue Strategie auszudenken. Auf das Tischchen mit den Pergamentblättern deutend, fragte sie: »Wozu das Ganze?«

Er verzog unwillig den Mund. »Muss ich dir das wirklich noch einmal erklären?«

»Du glaubst also tatsächlich an deine neue Weltordnung.«

»Ja.«

»Und? Hat die Klanglehre des Jubal dir den Weg ins Utopia der Farbenlauscher gezeigt?«

Janin schüttelte den Kopf. »Ich habe sie nicht lesen können so wie du. Es ist, wie es ist: *Du* bist eine Meisterin der Töne gleich Jubal, nicht ich. Was du mit meinen Brüdern im Palazzo angestellt hast, ist der Beweis: Selbst ein Farbenlauscher kann deiner Macht nicht widerstehen. Du hast gewonnen und ich verloren.« Nach einer kleinen Pause setzte er hinzu: »Wenigstens für heute.« Sein Blick wanderte wieder zu dem schwarzen Kästchen.

Sarah erschauerte. *Die Strategie der »verbrannten Erde« ist keine typisch russische Erfindung...* Waren das nicht seine Worte? Ihr schwante, was sich gerade in seinem Psychopathenhirn zusammenbraute. »Willst du Tausende Unschuldiger töten? Rühr die Fernbedienung nicht an!«, rief sie, weniger, weil sie mit seiner Einsicht rechnete, als vielmehr zur Warnung des mithörenden Antiterrorkommandos.

Er lachte. »Die Welt hat ihre Unschuld längst verloren, mein Kind. Nur die Toten sind ohne Sünde.« Sein Blick wanderte wieder zum Kästchen. Janins Daumen bewegte sich. Und verharrte unschlüssig über den kleinen Tasten.

Sarah stimmte einen beschwörenden Gesang an. Laut und kraftvoll. Die Klänge der Macht kamen direkt aus ihrer Seele, aus den Tiefen, in denen sie so lange verborgen waren. Sie musste verhindern, dass dieser Wahnsinnige alles menschliche Leben im Umkreis von acht Kilometern auslöschte – aber sie durfte sich nicht verkünsteln. Deshalb webte sie fieberhaft einen schlichten Befehl in ihre Melodie: *Lass die anderen leben!*

Janin blickte von der Apparatur auf. Es sah eher unwillig als gebannt aus, so wie einer, den man beim Kopfrechnen stört. Ein Lächeln huschte über seine Lippen. Vermutlich hatte nie jemand gewagt, mit Klängen der Macht gegen ihn anzutreten, wohl wissend, wie aussichtslos dies bei einem Meister der Harfe war.

Lass die anderen leben!, wiederholte Sarah. Immer wieder. Die Miene ihres Vaters erstarrte. Ihr war, als blicke sie in das Gesicht eines Toten. Trotzdem machte sie weiter. Tränen rannen über ihre Wangen, während sie ihre wilde Entschlossenheit hinaussang.

Plötzlich sank Janins Hand mit der Fernbedienung herab und blieb wie gelähmt in seinem Schoß liegen. Von der jähen Bewegung erschrocken, verstummte Sarah.

»Lass die anderen leben!«, flehte sie.

Er lächelte müde. »Ja. Ich kann dir einfach nicht widerstehen, mein Kind.« Seine Brust blähte sich unter einem tiefen Seufzer und er fügte hinzu: »Aber warum hast du für dich und mich keine Gnade erbeten?«

Hierauf drückte er eine Taste.

Sarah lief ein kalter Schauer über den Rücken. Hatte ihr Vater die Schallwaffe entschärft? Sein resignierender Ton gefiel ihr nicht. Mit aller Eindringlichkeit, zu der sie fähig war, wiederholte sie: »Komm jetzt bitte und stelle dich der Polizei, Vater. Oder muss ich dich erst zwingen?«

Er lächelte traurig und sagte: »Es ist zu spät, mein Täubchen. Und im Übrigen ist meine Maschine gegen deinen Gesang immun.« Er zeigte ihr die Fernbedienung, wie er es schon einmal getan hatte, doch diesmal bemerkte Sarah darin ein Zählwerk aus roten Leuchtziffern. Es lief im Sekundentakt rückwärts.

50, 49, 48 ...

Sie wirbelte herum und rannte durch die Tür ins Treppenhaus.

42, 41, 40 ...

Mehr stolpernd als laufend eilte sie die Stufen hinab. Erst ein Stockwerk, dann noch eines ...

21, 20, 19 ...

Endlich war sie auf dem geschwungenen Treppenaufgang. Mit jedem Schritt mehrere Stufen gleichzeitig nehmend, spurtete sie weiter nach unten.

3, 2, 1 ...

Plötzlich nahm sie unter ihren Füßen eine pumpende Bewegung wahr, fast so, als sei der Boden des Foyers nur ein Gummituch, das auf und ab wippte. Risse bildeten sich im schwarz-weißen Marmor, krochen darin entlang wie dünne gezackte Würmer. Die Treppe wankte. Offenbar war eine der Infraschallpfeifen auf die Eigenresonanz des Gebäudes eingestellt und versetzte es in immer stärkere Schwingungen. Als Sarah die letzte Stufe überwand, hörte sie über sich ein Krachen.

Ihr Blick flog nach oben. Der riesige Kronleuchter hatte sich aus der Decke losgerissen und stürzte auf sie herab. Sie hechtete auf den Ausgang zu. Bäuchlings schlitterte sie über den Boden. Hinter ihr schepperte es. Kristalle schossen wie Schrapnelle durch die Luft. Das ganze Haus zitterte und ächzte wie ein lebendes, sich unter Schmerzen windendes Wesen.

Dann war sie auf dem Treppenabsatz vor der immer noch offen stehenden Tür. Schnell rappelte sie sich wieder hoch und rannte auf die Straße, blieb auch dort nicht stehen, sondern lief nach rechts weiter, auf den Park zu, der ihr wie eine Oase inmitten von Chaos und Zerstörung erschien. Noch bevor sie ihr Ziel erreichte, brach hinter ihr das Gebäude wie ein Kartenhaus zusammen.

CODA

—

Les Baux de Provence

Wir glauben so unerschütterlich an die Kunst wie an Gott und Menschheit, die in ihr ein Organ und ihren erhabenen Ausdruck finden. Wir glauben an einen unendlichen Fortschritt ... mit aller Kraft der Hoffnung und der Liebe!

Franz Liszt

Imitiere niemanden.
Bleibe dir selbst treu.
Kultiviere deine eigene Kreativität.
Franz Liszt

Epilog

Les Baux de Provence, 11. April 2005, 11.35 Uhr

Capitaine Nemo wedelte aufgeregt mit dem Schwanz. Seine braunen Augen sprühten förmlich vor Wiedersehensfreude, während er hechelnd neben Sarah hertippelte, aufgeregt mit dem Schwanz wedelte und sie immer wieder erwartungsvoll ansah. Ihre Schritte waren eher gemessen. Oder verhalten? Sie wusste selbst nicht genau, was sie am Ende des Weges erwartete.

Das Pflaster des provenzalischen Dorfes Les Baux de Provence war so uneben wie seit Jahrhunderten. Hier schien die Zeit stillzustehen. Und trotzdem war an diesem Ort so viel Geschichte geschrieben, so viel verändert worden. Auch für sie, die neue Meisterin der Töne gleich Jubal.

Manchmal hört die Welt für einen Moment auf, sich zu drehen, und die Menschen gewahren es nicht einmal. Während Sarah auf der Rue de Lorme Cité Haute entlangschritt, musste sie an die Ereignisse der letzten Tage denken.

Papst Johannes Paul II. lag in seiner letzten Ruhestätte in der Krypta des Petersdoms. Sein Begräbnis war ohne nennenswerte Störungen zu Ende gegangen. Die Medien hatten lediglich von einem verdächtigen Flugobjekt berichtet, das kurzzeitig für Aufregung sorgte. Aber es waren keine Terroristen, die den Himmel über dem Vatikan bedrohten. Und auch keine Dunklen Farbenlauscher. Inzwischen war ein Großteil der Trauergäste friedlich in seine Heimatorte zurückgekehrt.

Sarah hatte den Ablauf der Zeremonie nicht mehr ändern können, aber auf ihren Tipp hin war die Tonübertragungstechnik gründlich überprüft worden. Dabei fand man einige Aggregate, die zur Einspeisung eines sublimen Signals dienten. Nicht nur die

Lautsprecher auf dem Petersplatz wären davon betroffen gewesen, sondern auch die Übertragungsleitungen der Rundfunk- und Fernsehsender. Ohne diesen akustischen »Katalysator« waren die manipulierten Klänge des Requiems jedoch wirkungslos geblieben – abgesehen von den Tränen, die sie auf die Gesichter vieler Trauernder gezaubert hatten.

Um Oleg Janin dagegen weinte niemand. Nur ein schwer einzuschätzendes Gefühl der Wehmut hatte Sarah erfasst, als man ihr vom Fund seiner zerschmetterten und verkohlten Leiche berichtete. Auch die Purpurpartitur war ein Raub der Flammen geworden. Als Brandursache nannte die Feuerwehr eine beim Einsturz des Hauses geborstene Gasleitung. Sarah selbst hatte außer ein paar Schrammen und einer Menge Staub nichts abbekommen.

Capitaine Nemo knurrte, weil sich ein Straßenköter zu nah an sein Frauchen herangewagt hatte. Sarah beruhigte ihn. Vor sich konnte sie schon das »Schwalbennest« sehen, das Haus von Florence Le Mouel, der Hütern der Windharfe, Vertrauten unter ihrem Ordensnamen Névél bekannt. Als Sarah die von Kiefern beschattete Treppe erklomm, blieb Nemo an ihrer Seite. Sie durchquerten den Torbogen, der in den kleinen Innenhof führte, und mit einem Mal war ihr, als kehre sie nach Hause zurück.

Die Eichentür mit den eisernen Beschlagnägeln war nicht verschlossen. »Platz, Capitaine Nemo. Melde dich, wenn jemand hinein- oder herauswill«, befahl Sarah dem Hund. Er setzte sich auf den oberen Treppenabsatz und bellte ein Mal zur Bestätigung. Sie betrat das Gebäude, ohne die Glocke erklingen zu lassen. Es sollte ja eine Überraschung sein.

In den mit Musikinstrumenten angefüllten Zimmern und Höhlen herrschte Stille. Sie lief hier- und dorthin, begegnete aber niemandem. Marya hatte aber ausdrücklich gesagt: »Gehe in Névels Haus. Dort wirst du ihn finden.«

Also stieg Sarah zur Dachterrasse hinauf, jenem windigen Aussichtspunkt, auf dem die Erste Hüterin sie mit dem Spiel der Windharfe geprüft hatte. Und als Sarah durch das Türgitter mit den Lyren-Motiven blickte, sah sie ihn.

Krystian stand vor der Brüstung und schaute ins Val d'Enfer, ins »Höllental«, hinab.

Sarahs Herz begann heftig zu schlagen. Sie wusste immer noch nicht genau, was sie erwartete. Der Abschied von Ossip in Rom war ihr nicht leichtgefallen. Hätte ihr Leben einen geringfügig anderen Verlauf genommen, wäre sie wohl mit ihm nach Russland gereist. Würde sie ihre Wahl bereuen müssen? Stände sie am Ende wieder allein da wie zu Beginn ihrer Odyssee?

Behutsam öffnete sie die Tür.

Krystian wandte sich um. Seine graublauen Augen schienen ihren Anblick wie einen überraschenden Duft in sich aufzusaugen – kurz wurden sie groß und gleich wieder normal. Sein Gesicht hingegen blieb für Sarah ein Rätsel. War es Erstaunen, das sie darin erblickte? Oder Ungläubigkeit? Dann aber bewegten sich seine Lippen. Lautlos sprach er ihren Namen. Nein, nicht Sarah, sondern Kithára.

Mit einem Mal wusste sie, dass sie die richtige Entscheidung getroffen hatte. Und ihm musste es ähnlich ergehen, denn auch er zögerte nicht länger, seine Gefühle zu zeigen. Sie liefen aufeinander zu und fielen sich in die Arme.

»Kithára«, flüsterte er in ihr Ohr. Sein warmer Atem ließ sie erschauern. »Kithára, du bist zurückgekommen.«

»Ach, Krystian«, antwortete sie voll überschäumenden Glücks. »Wohin sonst hätte ich denn gehen sollen?«

»Ich weiß nicht. Du bist jung, wunderschön und es gibt viele Männer ...«

»Weiß Gott!«, unterbrach sie ihn. »Die gibt es. Und einer hätte mich fast schwach gemacht. Aber ich konnte trotzdem immer nur an dich denken.«

Er lehnte seinen Oberkörper zurück, ohne sie allerdings loszulassen. »Ist er ein Farbenlauscher?«

Sie lachte. »Jetzt ja. Einer von den Schwänen. Er ist mein Stiefbruder, Oleg Janins Adoptivsohn.«

»Oh! Dann muss ich dir keine bühnenreife Eifersuchtsszene hinlegen?«

»Nein. Spar dir deine Kräfte lieber für Angenehmeres auf.«

Sie küsste ihn, und es war ein ganz anderer Kuss als der, den Ossip ihr im Gewölbe des Palazzos der Dunklen gegeben hatte.

Irgendwann – die Zeit hatte für Sarah jede Bedeutung verloren – standen sie eng aneinandergeschmiegt an der Brüstung und sahen gemeinsam ins Val d'Enfer hinab. Ruhig, so als erzähle sie nur eine uralte Geschichte, berichtete sie ihm von ihren Abenteuern. Dann schwiegen sie und ließen sich den Wind um die Nase wehen.

»Damit ist die Purpurpartitur wohl für immer verloren«, sagte Krystian nach einer Weile.

Sarah musste schmunzeln. »Nein. Eine Kopie gibt es noch.«

Er sah sie verwundert an. »So?«

Sie tippte sich an die Schläfe. »Hier oben liegt sie, ganz tief vergraben. Und weißt du was?«

»Sag es mir.«

»Die Klanglehre des Jubal war gar nicht die Schatzkammer der Weisheit und des Wissens, die Janin und seine Dunklen Farbenlauscher zu finden hofften.«

»Sondern?«

Sie zeigte auf ihre Stirn. »Der Hort verbirgt sich dahinter. Die Königin der Klänge ist nur der Schlüssel gewesen, der mich eintreten ließ, um die Macht der Musik in ihrem vollen Glanz zu bestaunen. Ich habe schon früher ab und zu durchs Schlüsselloch gespäht, wenn ich mit meinem Klavierspiel die Menschen bezauberte, nur war ich mir dessen nie bewusst gewesen.«

»Und wirst du den Schlüssel irgendwann weitergeben, so wie es dein Ahne, Franz Liszt, getan hat?«

»Möglicherweise«, antwortete sie kokett und schmiegte ihre Wange an seine Brust. »Vielleicht könnten wir ja zusammen den nächsten Meister der Töne gleich Jubal suchen.«

Er streichelte sanft ihr windzerzaustes Haar. »Nur suchen, oder ist da eventuell auch ein bisschen mehr drin?«

Sie legte den Kopf in den Nacken zurück und strahlte ihn an. »War das gerade ein Heiratsantrag?«

Krystian lächelte schief. »Na ja, ich würde sagen, es geht in die Richtung.«

Sarah schlang die Arme um seinen Hals und küsste ihn lang und innig. Nachdem sie sich einstweilen an ihm satt getrunken hatte, lehnte sie wieder ihre Wange an seine Brust und seufzte: »Dann fängt jetzt also eine neue Spur der Windrose an. Eine, bei der es nur um uns beide geht.«

»Und um den zukünftigen Meister.«

Sie schmunzelte. »Woher weißt du, dass es ein Junge wird?«

NACHWORT DES AUTORS

───── ❋ ─────

Ich habe fleißig seyn müssen;
wer eben so fleißig ist,
der wird es eben so weit bringen können.
Johann Sebastian Bach

»In innerer Anlage, in Thaten und Schicksalen immer eigen und außerordentlich reizt diese Künstlergestalt zum Dichten und Philosophieren«, schreibt Hermann Kretzschmar in der *Allgemeinen Deutsche Biografie* über den Künstler Franz Liszt. Und er fügt über diese einzigartige Musikerpersönlichkeit hinzu, sie stelle den Geschichtsschreiber »vor psychologische und historische Probleme, zu deren Lösung die vorhandenen Mittel nicht überall ausreichen«.

Da ist etwas dran. Es gibt mehr als einhundert Liszt-Biografien, und es liegt mir fern, auch nur den Anschein zu erwecken, sie alle gelesen zu haben. Trotzdem waren es am Ende über sechshundert Quellen, die in diesen Roman eingeflossen sind, an den Recherchen gemessen sicher das aufwendigste Werk meiner bisherigen schriftstellerischen Laufbahn. Doch ich bereue die Mühe nicht.

In ihrem Essay *Wirbel um Franz Liszt* resümieren Karl Hoede und Reinhold Mueller: »Liszts Leben war reich an Verirrungen und Enttäuschungen; er hat sie mit der gleichen Gelassenheit hingenommen wie seine beispiellosen Erfolge und Ehrungen, die in solchem Maße nur wenigen Sterblichen zuteil geworden sind. Allen Schwierigkeiten und Anfeindungen zum Trotz zeigte er sich innerlich gefestigt. Wo es in der Kunst um Kampf ging, blieb er ein Sieger. Wo er sah, dass die Macht des Schicksals gegen ihn entschied, resignierte er, ohne zu verzagen. Woher nahm Liszt die Kraft zu solcher Größe?... Er war ein Mensch! Und nichts Menschliches war ihm fremd.« Diese Standhaftigkeit macht Franz Liszt für mich zu etwas Besonderem.

Vermag ein Schriftsteller bei einer solchen Biografie zu widerstehen? Ich habe es jedenfalls nicht gekonnt und je mehr ich in das Leben Liszts eintauchte, desto mehr wurde mir bewusst, dass mein Roman einem Sternbild gleichen würde: Er setzt sich zusammen aus den Fixsternen realer Fakten und den Verbindungslinien, die nur in der Phantasie existieren. Einige dieser Fakten sind allerdings so erstaunlich, dass man sie für eine Ausgeburt meiner überbordenden Phantasie halten möchte. Dazu gehören etwa die turbulenten Vorgänge während der Pariser Premiere von Liszts *Missa solemnis* in Saint-Eustache; der sensationelle Fund der Querflöte von Jacob Denner nahe Nürnberg; die Windrosen im Hof des Weimarer Stadtschlosses, im Grandhotel Russischer Hof oder im Grundriss der Stjerneborg auf der Insel Ven; der Engel mit dem Gesicht von Franz Liszt im Orgelprospekt der Budapester Matthiaskirche; der schwarze Balthasar in Les Baux de Provence; die späte Entdeckung von Liszts vermutlicher Tochter Ilona Höhnel geb. von Kovatsits in Weimar und auch das verdächtige Flugobjekt, das während der Beisetzungsfeier für Papst Johannes Paul II. kurzzeitig für Aufregung gesorgt hatte. Die Liste der Fakten, aus denen der Roman entstand, erscheint mir im Nachhinein jedenfalls erheblich länger als die der frei erfundenen Einstreuungen.

Zu den wahren Phänomenen gehört auch Sarahs Begabung, wenngleich ich in ihrem Fall die Farben gelegentlich etwas dick aufgetragen habe. Status quo ist: Die Forschungsreisenden haben im Urwald der Synästhesie gerade erst die Randgebiete erkundet. Dieser Dschungel mag noch viele Geheimnisse bergen. So erzählte mir etwa Prof. Lutz Jäncke, einer der führenden Wissenschaftler auf dem Gebiet, er habe noch keinen Fall untersuchen können, in dem nicht die Tonhöhe, sondern das Timbre die Wahrnehmung des Farbenhörers bestimme. Solche Formen des *Audition colorée* könne es aber durchaus geben.

Dies scheint der russische Maler Wassili Kandinsky zu belegen. Er war nicht nur Synästhetiker, sondern auch ein guter Cellospieler. Von ihm ist bekannt, dass er in seinem 1911 entstandenen

Gemälde *Impression 3 (Konzert)* verschiedenen Musikinstrumenten unterschiedliche Farbtöne zuordnete: sein eigenes Instrument, das Cello, war blau, die Tuba rot und das Fagott violett. Bei ihm habe ich mich inspirieren lassen, um Sarah d'Albis Wahrnehmungen zu beschreiben.

Die Namen all jener aufzuzählen, die sich um den vorliegenden Roman verdient gemacht haben, ist fast unmöglich. Besonders danke ich Karin, meiner Frau, deren vielfältige Unterstützung nicht mit Gold aufzuwiegen ist. Stellvertretend für die vielen anderen, denen mein Dank gebührt, möchte ich an dieser Stelle jedoch einige – nicht nach Wichtigkeit, sondern alphabetisch – besonders erwähnen:

Dr. Frank P. Bär, Abteilungsleiter der Sammlung historischer Musikinstrumente im Germanischen Nationalmuseum Nürnberg und Autor zahlreicher Werke über Musikinstrumente; er half mir beim Aufspüren der Denner-Flöte. ✣ Maestro Giordano Bellincampi, Generalmusikdirektor der Dänischen Nationaloper Aarhus, für seinen Gastauftritt in der Boreas-Episode. ✣ Maximilian Freyaldenhoven, Empfangschef (Front Office Manager) des Grandhotel Russischer Hof zu Weimar, öffnete mir in seinem Haus Türen, die für andere Gäste verriegelt bleiben. ✣ Dr. Roland Martin Hanke, Vorsitzender des Deutschen Freimaurermuseums in Bayreuth und sein Direktionsassistent Peter Nemeyer erschlossen mir Dokumente über die maurerische Seite von Franz Liszt. ✣ Frau Dr. Ulrike von Hase-Schmundt, Kunsthistorikerin und Urenkelin Karl August von Hases, lieferte mir Fotos und andere Details zum einstigen Hase-Haus in Jena. ✣ Roman und Andrea Hocke halfen mir einmal mehr, den italienischen, respektive den vatikanischen Part zu beleben. ✣ Prof. Konrad Hünteler für die Auskünfte zur Denner-Flöte und die Kostprobe seines Könnens, die er mit diesem außergewöhnlichen Instrument im Roman abgeliefert hat ✣ Prof. Andor Izsák, Direktor des Europäischen Zentrums für Jüdische Musik, danke ich für seine Hilfe bei der Suche nach der ältesten Melodie der Welt. ✣ Prof. Dr. rer. nat. Lutz Jäncke, Ordinarius des Insituts für Neuropsychologie an der Universität Zürich, ebnete mir Wege ins Gehirn, die bisher nur wenige beschritten haben. ✳ Vom Deutschen Nationaltheater und der Staatskapelle Weimar gewährten mir die Musikdramaturgin Kerstin Klaholz und die Pressereferentin Susann Leine einen, in diesem Fall nicht nur sprichwörtlichen, Blick hinter die Bühne. ✳ Frau Dagmar Kloth, Kulturbeauftragte des Grandhotels Russischer Hof unternahm mit mir einen Streifzug durch die Kulturgeschichte von Weimar im Allgemeinen und des Russischen Hofs im Besonderen. ✳ Frau Evelyn Liepsch vom Goethe-Schiller-Archiv unterstützte mich bei den Recherchen im Nachlass von Franz Liszt. ✳ Dr. Wolf-Ekkehard Lönnig half bei Übersetzungen aus dem Lateinischen ✳ und Rita Müller bei solchen aus der russischen Sprache. ✳ Stephan Märki, Generalintendant des Deutschen Nationaltheaters und der Staatskapelle Weimar, hat sich dankenswerterweise für mich ebenfalls in eine Romanfigur verwandelt. ✳ Durch Prof. Dr. Karl-Wilhelm Niebuhr von der Theologischen Fakultät der Friedrich-Schiller-Universität Jena kam ich dem Berghaus Karl August von Hases auf die Spur. ✳ Das Office du Tourisme des Baux de Provence, insbesondere Claire Novi, unterstützten mich dabei, auf den Spuren des »Schwarzen Prinzen« Balthasar zu wandeln. ✳ Reinhard Platzer verschaffte mir ungeahnte Einblicke in die Welt der Freimaurer und half mir so manches Mal mit seinen Französischkenntnissen aus. ✳ Frau Sylvia Schlutius von der C. Bechstein Pianofortefabrik AG vermittelte mir neue Einsichten bezüglich der Wechselbeziehungen zwischen Kompositionstechnik und Klavierbau am Beispiel Franz Liszts. ✳ Gerhard Schlecht lieh mir seinen einhundertvierzig Jahre alten *Stieler's Schul-Atlas*, womit ich in den Besitz der Europakarte kam, hinter der Liszts erste Klangbotschaft Dornröschenschlaf hielt. ✳ Prof. André Schmidt, Geschäftsführer der Franz-Liszt-Gesellschaft von Weimar, öffnete mir die Altenburg zu einer Privatführung und erzählte mir manch interessantes Detail über den Musikus. ✳ Jac van Steen, Generalmusikdirektor und Chefdirigent der Staatskapelle Weimar, war als *special guest* zu einem Auftritt im ersten Kapitel bereit. ✳ Die Flötistin Elisabeth Sulser schmeckt, sieht und malt Musikstücke – auch durch das Gespräch mit ihr wurde meiner Sarah Leben eingehaucht.

Diesen allen danke ich von ganzem Herzen. Ohne ihre bereitwillige Unterstützung hätte der vorliegende Roman so nie entstehen können.

Bleibt am Ende die Frage, wie machtvoll Musik tatsächlich ist. Würde sie keinen Einfluss auf uns Menschen haben, dann gäbe es nicht so viele teure Werbespots mit Musik, dann würden nicht so viele Soldaten nach ihr marschieren, dann hätten nicht Potentaten sie stets für ihre Zwecke missbraucht. Warum wird die Musik immer wieder instrumentalisiert? Weil sie zuallererst die Gefühle und nicht den Verstand anspricht. Sie ist eine Droge, die sich im Äther verbreiten lässt und im Blut nicht nachgewiesen werden kann. Totalitäre Regime schätzen solche Eigenschaften.

Friedrich der Große gab seinen Hofkapellmeistern persönlich Dirigieranweisungen, Napoleon versuchte sich als Verfasser von Propagandaopern und Josef Stalin versicherte sich der Dienste von Komponisten als »Ingenieure der menschlichen Seele«, um sein Bild vom neuen Menschen zu verwirklichen. Die Nationalsozialisten perfektionierten diese »Kunst«. Nie zuvor in der Menschheitsgeschichte war Musik in einem solchen Maße instrumentalisiert worden wie unter Hitler und seinem kunstsinnigen Propagandaminister Joseph Goebbels. Die Nazis sahen in ihr den Inbegriff deutscher Hochkultur und deutschen Wesens. Sie haben sogar die Verteidigung dieser Kultur als einer der Gründe ins Feld geführt, um den Zweiten Weltkrieg zu beginnen. Wohl nie zuvor wurde in Deutschland so exzessiv komponiert, musiziert und gesungen wie im »Dritten Reich«. Sogar Koryphäen wie Herbert von Karajan, Karl Böhm oder Richard Strauss ließen sich bereitwillig als Botschafter der nationalsozialistischen Kulturpolitik einspannen. Eingedenk dessen ist man geneigt zu sagen: Zeige mir, wie du mit Musik umgehst, und ich sage dir, wer du bist.

So mag dieses Buch auch dazu anregen, über den Genuss eines der wunderbarsten Attribute des menschlichen Seins nicht die eigenen Gedanken zu vergessen. Es wäre fatal, sie einem anderen zu überlassen. Wer weiß, vielleicht stößt ja irgendwann doch jemand auf die Spur der Windrose. Ausgeschlossen ist das nicht, wurde doch im Juni 2005, kurz nachdem unsere Geschichte endet, eine

Bach-Arie wiederentdeckt, die nur durch ein Wunder dem Brand in der Herzogin-Anna-Amalia-Bibliothek entronnen ist. Und es kommt noch besser: Während der Vorbereitungen einer Ausstellung über den Jugendschriftsteller Franz Graf Pocci in der Bayerischen Staatsbibliothek hat man in München ein bislang verschollen geglaubtes Lied von Franz Liszt entdeckt. Es kam am 11. Juli 2007 zur Uraufführung. Hat sich jemand die Noten schon einmal genau angesehen?

Ralf Isau, Sommer 2007

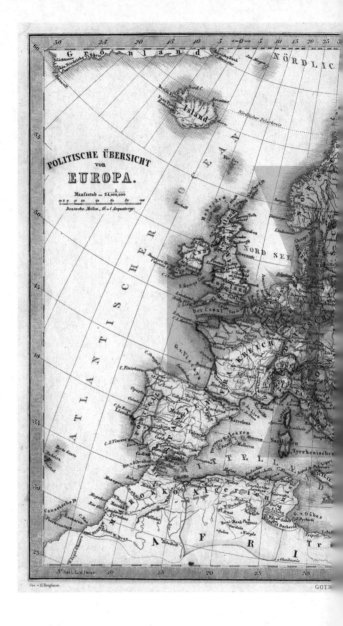

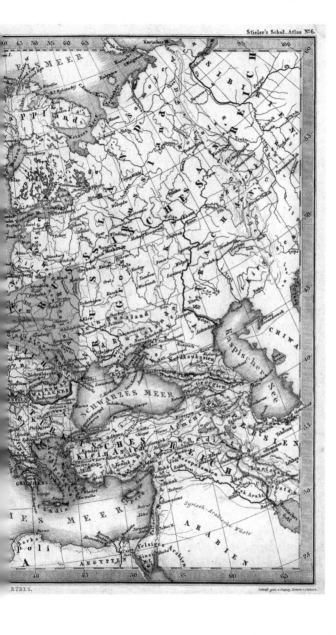

LESEPROBE

aus dem neuen Thriller von Ralf Isau:

»Der Mann, der nichts vergessen konnte«

Es wird behauptet, bedeutende Ereignisse seien wie eine Frischzellenkur für das Gedächtnis. Noch Jahrzehnte später entsännen sich Menschen beim Gedanken daran genau an den Ort ihres Aufenthalts oder an die gerade verrichtete Tätigkeit. Umso sonderbarer mutet es an, wenn ausgerechnet der Mann mit dem besten Gedächtnis der Welt sich nicht mehr an einen solchen Tag erinnern konnte. Und trotzdem ist genau das geschehen.

Als am 9. November 1989 die Berliner Mauer fiel, war Tim Labin erst neun Jahre alt. Er litt zwar gelegentlich unter epileptischen Anfällen, doch seine Lehrer bescheinigten ihm einen überdurchschnittlich regen Verstand. Seinen Altersgenossen war er weit voraus. Der dunkle Fleck auf der später so makellosen Netzhaut seines Erinnerungsvermögens rührte von tragischen Vorkommnissen her, die in besagter Nacht sein Leben nachhaltig verändern sollten.

Wie Millionen andere Familien saßen auch die Labins an jenem Donnerstag vor dem TV-Gerät. Um sie herum vibrierte das ganze Wohnhaus wie eine riesige Lautsprecherbox, weil offenbar die ganze Nachbarschaft ebenfalls Westfernsehen guckte. Der Sender Freies Berlin, vor wenigen Monaten noch eine verbotene Fernsehstation auf der anderen Seite des sozialistischen Schutzwalls, strahlte ein weltweit einzigartiges Live-Programm aus.

Am innerstädtischen Grenzübergang Bornholmer Straße hatte die Masse seit etwa neun Uhr abends »Tor auf!« skandiert, bis Viertel nach elf der Schlagbaum tatsächlich hochging. Ähnliches vollzog sich an den Übergängen Sonnenallee und Invalidenstraße. Seitdem war Berlin ein Tollhaus. Im Westen der Stadt fielen sich die

Menschen um den Hals, am Brandenburger Tor tanzten sie auf der Mauer, und in den Straßen floss der Sekt in Strömen.

Bei den Labins herrschte ergriffenes Schweigen. Robert und Hanna saßen im Wohnzimmer, einander bei den Händen haltend, auf der Couch. Ihre Blicke waren wie unter Hypnose auf die Mattscheibe gerichtet. Um ihre elterlichen Instinkte nicht zu wecken, verhielt sich Tim still. Er steckte zwar schon in dem lächerlichen blauen Frotteeschlafanzug mit dem Sandmännchen auf der Brust, durfte aber ebenfalls noch fernsehen.

Plötzlich klingelte es an der Wohnungstür.

Die Eltern zuckten zusammen, als flösse elektrischer Strom durch die Sprungfedern des alten Sofas.

»Ziemlich spät für einen Besuch«, raunte Hanna. Ein besorgter Ausdruck lag auf ihrem Gesicht.

Roberts Blick wanderte zur Standuhr neben dem Sekretär. Es war elf Minuten vor Mitternacht. Seine Stimme klang auf eine beschwörende Weise ruhig, als er antwortete: »Vielleicht nur jemand von den Nachbarn, der mit uns auf die Grenzöffnung anstoßen will. Ich schau mal nach.« Er schlüpfte in die Filzpantoffeln, und nachdem er den Fernseher leise gestellt hatte, schlich er aus dem Zimmer.

Trotz des Lärms aus den oberen Stockwerken hörte Tim die Dielen im Flur knarren. Die Labins lebten in einer geräumigen Altbauwohnung in der Krausnickstraße 5, im Berliner Stadtteil Mitte. Mit den Nachbarn kam man gut aus. Wozu also die Geheimnistuerei?, fragte er sich.

Erneut klingelte es, und die gedämpfte Stimme eines Mannes war zu hören. »Herr und Frau Labin? Ich muss Sie dringend sprechen. Bitte öffnen Sie.«

Im nächsten Moment war Robert wieder im Zimmer. Hastig schaltete er die Deckenleuchte und den Fernseher aus. »Es ist Gomlek«, zischte er und spähte vorsichtig durchs Fenster zur Straße hinab.

»Wer?«, fragte Hanna.

»Iwan Gomlek. Der Russe, der neulich bei uns in der Registratur herumgeschnüffelt hat. Rainer meinte, ich solle ihn nicht beachten.

Gomlek sei von unseren Freunden, ein KGB-Stationsleiter aus Karlshorst.«

Tims Mutter sprang von der Couch hoch. »Der sowjetische Geheimdienst? Meinst du, sie sind uns auf die Schliche gekommen?«

»*Psst!*« Robert vollzog mit erhobenem Zeigefinger einen Kreis, als wolle er auf Kobolde oder andere unsichtbare, unter der Decke schwebende Lauscher hindeuten. Das Verhalten seiner Eltern war Tim nicht geheuer. Mit einem Mal hörte er ein Klopfen von der Wohnungstür.

»Herr und Frau Labin. Bitte öffnen Sie sofort! Wir wissen, dass Sie zu Hause sind.«

»Wir sind aufgeflogen«, jammerte Hanna.

Robert schüttelte den Kopf. »Vielleicht werden wir bespitzelt, Schatz. Aber wir sind weder Feinde der Republik, noch haben wir uns jemals des Diebstahls oder Verrats schuldig gemacht.«

»Nein, aber wir haben etwas *hinzugefügt*. Sie werden sich einen feuchten Kehricht um unsere Absichten scheren. Für sie sind wir Saboteure. Sie bringen uns nach Bautzen und sperren uns weg. Oder wir werden hingerichtet ...«

Abermals pochte es. »Herr Labin, seien Sie doch vernünftig. Wenn Sie nicht öffnen, müssen wir die Tür aufbrechen«, drohte die Stimme von draußen.

»Ich versuche sie hinzuhalten. Versteck du den Jungen. *Sofort!*«, zischte Robert.

Allmählich bekam es Tim mit der Angst zu tun. Zwar hatte er seine Eltern in den letzten Wochen ab und zu beim Tuscheln erwischt, sich aber nichts weiter dabei gedacht. Erwachsene meinten ja ständig, sie müssten ihren Kindern irgendetwas vormachen oder verschweigen, weil sie für die Wahrheit noch nicht reif genug seien.

Seine Mutter packte ihn am Arm. »Komm, schnell!«, flüsterte sie und zog ihn auf den Flur hinaus, wohin schon der Vater vorausgeeilt war.

»Sie haben uns geweckt. Was wollen Sie denn?«, rief Robert und täuschte ein Gähnen vor.

»Versuchen Sie nicht, uns hinzuhalten, Labin. Wir haben Ihren Fernseher gehört.«

»Sind Sie noch nie vor der Glotze eingeschlafen?«

»Das sage ich Ihnen, sobald Sie uns geöffnet haben. Aufmachen!«, befahl die Stimme dieses Gomlek. Tim fand sie hinreichend einschüchternd, um sich den Mann als besonders gefährlichen Geheimagenten vorzustellen.

Inzwischen war Hanna mit ihrem Sohn durch die nächste Tür geeilt – in die Küche. Neben dem Fenster lag die Speisekammer. »Hinein mit dir und keinen Mucks!«, raunte sie und schob Tim in den engen Verschlag. »Wenn sie kommen, dann kriech unter die Plane in der Kartoffelkiste.«

Ehe er sich's versah, hatte sie die Tür schon wieder verschlossen. Tim hätte am liebsten laut losgeheult. Die von den Bildern fröhlicher Menschen heraufbeschworene friedliche Stimmung war einer kalten Furcht gewichen. Aufregung, Angst, heftiges Atmen, Dämmerlicht und Kälte – das alles war nicht gut für ihn. Es konnte einen epileptischen Anfall auslösen. Und dann wäre er allein, niemand könnte ihm helfen … Zitternd versuchte er, zwischen den verzogenen Holzfüllungen der Tür hindurchzuspähen, doch das Licht aus der Küche versiegte jäh. Seine Mutter war in den Flur zurückgekehrt.

Die Kammer verfügte über ein eigenes Fenster, eng zwar und mit einer Schicht weißer Farbe auf der Scheibe, aber wenigstens schimmerte etwas Licht von den Straßenlaternen hindurch. Tim sah sich um. Er kauerte inmitten von Regalen voller Einweckgläser, Dosen und Äpfel. Ganz hinten stand die große Holzkiste mit den Kartoffeln. Als er die Plane zurückschlug, hörte er unvermittelt die aufgeregte Stimme des Vaters.

»Was soll das? Wir haben nichts getan!«

»In die Küche mit ihnen«, verlangte Gomlek.

Die Ritzen in der Tür wurden erneut von gelbem Licht geflutet. Lautes Poltern und die Stimmen zweier anderer Männer drangen in die Kammer. Tims Angst wurde größer und größer, sein Zittern immer heftiger. Trotzdem zog es ihn wieder zu dem Spalt in der Tür. Dicht über dem Boden war er am breitesten und gewährte ein schmales Sichtfeld zwischen Außenwand und der karierten Wachstuchdecke auf dem Küchentisch. Niemand war zu sehen.

»Wo ist Ihr Sohn?«, fragte Gomlek mit tiefer Stimme. Er sprach fast akzentfrei Deutsch.

»Er übernachtet heute bei einem Freund«, log Robert.

Tim war am Nachmittag tatsächlich bei seinem Schulfreund in der Oranienburger Straße gewesen. Weil beide Jungen im selben Karree wohnten, hatte er abends die Abkürzung über den begrünten Innenhof genommen und das Haus durch den Hintereingang betreten. Sollten die Agenten nur vorne, in der Krausnickstraße, Posten bezogen haben, konnten sie von seiner Heimkehr nichts wissen.

Iwan Gomlek schien sich mit der Antwort zu begnügen. Er lief an der Vorratskammer vorbei und zog die Fenstervorhänge zu. Jetzt konnte Tim ihn von der Seite sehen und erschrak.

Das Scheusal richtete eine Pistole auf seine Eltern, ein schwarzes Ding mit monströs langem Lauf. Der Mann mochte um die fünfzig sein, war ganz in Schwarz gekleidet, groß und so breit wie ein Kleiderschrank. Sein kantiger Schädel wurde durch eine Glatze noch besonders betont. Irgendetwas stimmte nicht mit dem Gesicht …

»Plaudern wir miteinander. Bitte nehmen Sie Platz«, sagte Gomlek mit gespielter Freundlichkeit. Er schob den Küchentisch zum Herd hinüber und stellte zwei Stühle mitten in den Raum. Seine beiden Helfer zwangen Robert und Hanna, sich hinzusetzen, womit sie für Tim ebenfalls sichtbar wurden, wenn auch nur von hinten.

»Damit Sie in der Aufregung keine Dummheiten anstellen, werden wir Ihnen jetzt ein Mittel injizieren«, erklärte Gomlek im Ton eines Arztes, der über eine harmlose Schutzimpfung spricht.

Tims Mutter fing leise an zu weinen.

»Was ist das? Eine Wahrheitsdroge?«

»Viel besser. Schön stillhalten, damit ich nicht hiervon Gebrauch machen muss.« Gomlek wackelte bedeutungsvoll mit der Waffe.

Einer seiner Begleiter zog eine Spritze auf. Der Kerl hatte dichtes, glattes, schwarzes Haar, einen vollen Schnurrbart, aber nur *eine*

Augenbraue. Im Vergleich zu seinem Boss war er jünger, kleiner, grobschlächtiger und irgendwie ... orientalischer. Sanftheit gehörte offenbar nicht zu seinen Stärken – er stach Hanna die Nadel einfach durch den Rock in den Oberschenkel.

»Muss das wirklich sein?«, protestierte Robert.

Der dritte Agent schlug ihm mit dem Handrücken ins Gesicht.

Hanna schrie.

Der Mann versetzte auch ihr eine Ohrfeige.

Tim hätte am liebsten ebenfalls losgebrüllt, doch ihm schwante, dass er damit weder sich noch seinen Eltern einen Gefallen tat. Stattdessen biss er in den Ärmel seines Pyjamas, um gegen die aufkommende Panik anzukämpfen. Sein Herz schlug ihm bis zum Halse, als seine Mutter zu weinen begann. Ihm war schwindelig. Warum hatte ihn seine Epilepsie nicht längst außer Gefecht gesetzt? Hilflos musste er mit ansehen, wie der Schnurrbärtige eine zweite Ampulle köpfte, dieselbe Spritze abermals aufzog und sie dem Vater ins Bein jagte.

Gomlek befahl seinen Männern, die Wohnung nach dem Jungen zu durchkämmen. Derweil sackte Robert zur Seite. Tim sah seinen Vater schon betäubt vom Stuhl fallen, aber unvermittelt hielt der KGB-Mann ihn fest und rückte ihn wieder gerade. »Vermutlich wundern Sie sich, warum Ihre Arme und Beine Ihnen nicht mehr gehorchen. Das ist aber ganz normal«, erklärte er gut gelaunt, während es in einem Nachbarzimmer polterte. »Mein Kamerad hat Ihnen einen Cocktail verabreicht, der Ihre Muskulatur erschlaffen lässt. Keine Sorge, wir haben die Zusammensetzung und Dosierung so gewählt, dass Sie weiter atmen und sprechen können. Die Schwäche wirkt nur auf die Extremitäten. So ersparen wir uns die Handschellen oder Stricke, und Sie können mir ganz entspannt zuhören und meine Fragen beantworten. Sie arbeiten doch beide im Referat 7 der Hauptverwaltung Aufklärung, nicht wahr?«

»Was soll die Frage? Das wissen Sie doch ganz genau«, blaffte Robert.

Gomlek verzog den Mund zu etwas, das einem Lächeln ähnelte.

»Ganz richtig. Ich will es Ihnen nur leichter machen, Herr Labin. Wir können die Angelegenheit auch gerne abkürzen: Wonach haben Sie und Ihre Frau im Archiv gesucht?«

»Wir? Gesucht? Ich habe keine Ahnung, wovon Sie reden.«

Der Agent schlenderte zu den Küchenschränken neben dem Herd, ließ seine Fingerspitzen über zwei der dort liegenden Messer gleiten und entschied sich für das größere. Damit kehrte er zurück und stach Hanna die Klinge tief in den Oberschenkel.

Ihr Schmerzensschrei ließ Tim von der Tür zurückschrecken. Mit weit aufgerissenen Augen saß er auf dem Boden der Speisekammer und presste sich den Arm gegen den Mund, weil er nicht mehr länger an sich halten konnte. In einem erstickten Laut brachen die aufgestaute Furcht und das Entsetzen aus ihm hervor. *Wenn sie dich hören, bringen sie dich um!* Der Gedanke vermischte sich in seinem Kopf mit der Sorge um die Eltern zu einem betäubenden Gift, das ihm schier das Bewusstsein raubte.

Nach einer Weile kroch er trotzdem zum Spalt zurück. Hanna wimmerte nur noch, und der KGB-Mann fuhr mit seinem Verhör fort.

»... müssen mir bitte glauben, Herr Labin, dass ich keine Freude bei dem empfinde, wozu Sie mich zwingen«, säuselte Gomlek gerade, als bedauere er den brutalen Vorfall. »Aber ich kenne mich mit der menschlichen Anatomie leidlich aus. Das Messer hat keine Schlagader verletzt. Ihre Frau muss also nicht verbluten – wenn Sie Ihre Bedenkzeit kurz halten.«

»Wir sind keine Spione«, beteuerte Robert. Seine Stimme klang gepresst von unterdrücktem Zorn und hilfloser Verzweiflung.

»Habe ich das behauptet?«, entgegnete Gomlek konziliant. »Was wissen Sie über Thomas Jefferson Beale?«

»Wie? Ich verstehe nicht...«

»Unserer Kenntnis nach haben Sie in der Registratur, in der Sie arbeiten, Informationen über diese Person gesammelt. Der Name ist auch mehrmals in Gesprächen gefallen, die Sie mit Leuten aus Ihrem Auslandsgeheimdienst und anderen Mitarbeitern der HVA führten.«

Roberts Kopf taumelte hin und her. »Beale ist kein amerikanischer Spion. Unsere Nachforschungen sind rein privater Natur.«

»Ach?«

»Das ist die Wahrheit. Sie müssen mir glauben, Genosse Gomlek. Bitte verbinden Sie doch endlich meine Frau.«

Hannas Wimmern wurde lauter.

»Das hat noch Zeit. Sie kennen doch sicher die Worte des großen Strategen: ›Wenn du deinen Gegner nicht besiegen kannst, dann lass ihn sich selbst besiegen.‹ Mag sein, dass ich nicht stark genug bin, um Sie zum Reden zu bringen, Herr Labin, aber gegen Ihre eigenen Gefühle kommen Sie auf die Dauer nicht an. Sagen Sie mir jetzt, was Sie so sehr an Thomas Beale interessiert. Was verbindet Sie oder Ihre Familie mit diesem Mann?«

»Das weiß ich selbst nicht genau ...«

»Wir spielen hier kein Kaffeehausschach, Herr Labin. *Sie* sind am Zug. Geben Sie mir endlich klare Antworten, oder Ihre Frau ...«

Gomlek verstummte, weil die beiden Agenten in die Küche zurückkehrten.

»Wir haben nur das hier gefunden, Genosse Oberstleutnant«, sagte der mit der fehlenden Augenbraue in fließendem Deutsch, wenn auch mit hartem Akzent.

»Wodka?«

»Sogar zwei Flaschen von dem feinsten Wässerchen. Von dem Jungen fehlt jede Spur. Er könnte höchstens noch hinter der Tür da sein.«

»Du meinst, uns sitzt ein Kibitz im Nacken?«, entgegnete Gomlek vergnügt. Zum ersten Mal wandte er sein Gesicht direkt dem Versteck zu.

Tim erschrak. Ihm war, als blicke er ins Antlitz eines haarlosen Ungeheuers. Dieser Mann hatte etwas von einem Kraken an sich. Hektisch krabbelte er zu der Kartoffelkiste, kletterte hinein, zog sich die Plane über den Kopf und hielt den Atem an.

Einen lärmenden Herzschlag später wurde die Tür aufgerissen. Zwei feste Schritte. Durch die Ritzen zwischen den Brettern sah Tim schwere Stiefel. Direkt über ihm erklang die Stimme des

Schnurrbärtigen. »Eine Speisekammer, Genosse Oberstleutnant. Kein Junge. Nur eine Kiste.«

»Schau nach, was drin ist, Casim.«

Tim sah durch den Spalt, wie der Mann in die Hocke ging und die Mündung einer Pistole vorüberglitt. Er kniff die Augen zu. *Jetzt bist du fällig!* Der Gedanke donnerte noch durch seinen Schädel, als unvermittelt Roberts aufgeregte Stimme dazwischenblitzte.

»Also gut, ich gebe Ihnen, was Sie haben wollen.«

Der Agent in der Kammer fuhr herum.

Gomlek lachte. »Warum nicht gleich so, Herr Labin?« Und in ernsterem Ton fügte er hinzu: »Du kannst zurückkommen, Casim, und schließ die Tür hinter dir ab.«

Tim hörte ein Klappen, und in der Kiste wurde es dunkel. Er atmete aus.

Eine Weile wagte er nicht, sich zu rühren, aber dann wurde die Sorge um die Eltern übermächtig. Er schlüpfte unter der Plane hervor, kroch auf allen vieren zur Tür und spähte durch den Spalt.

Das Kinn seiner Mutter war auf die Brust gesunken. Es sah aus, als schliefe sie. Robert reckte seinem Peiniger trotzig das Kinn entgegen.

Gomlek sagte amüsiert: »Ich hoffe für Sie, Ihr Zwischenzug war nicht bloß eine Finte.«

Ehe Tims Vater etwas erwidern konnte, erschien wieder der Mann mit der fehlenden Augenbraue auf der Bildfläche und reichte seinem Boss einen geöffneten, vergilbten Briefumschlag. Gomlek entnahm ihm ein einzelnes, in der Mitte gefaltetes Blatt.

»Eine Vollmacht in englischer Sprache. Wie interessant«, murmelte er, während er mit großen Augen den Inhalt des Papiers studierte. »Sogar beinahe hundertfünfzig Jahre alt! Und was haben wir denn da?« Gomlek fing an, aus dem Inhalt zu zitieren: »›Ich verdanke Mr. Rosewood mein Leben ... Er genießt mein vollstes Vertrauen ... händigen Sie bitte Mr. Rosewood die Schachtel mit sämtlichen Papieren aus.‹ Rosewood? Rosenholz? Klingt ja tatsächlich, als habe sich da einer Ihrer Ahnen um den Unterzeichner des Dokuments verdient gemacht. Da stehen nur die Initialien

T.J.B. Woher wussten Sie, dass dieses Schriftstück von Thomas Jefferson Beale stammt?«

»Weil es unzählige Veröffentlichungen über Robert Morriss und Beale gibt.«

»Wo? In der DDR? Das bezweifle ich. Und in den Buchläden unserer sozialistischen Bruderstaaten werden Sie bestimmt auch nichts über das Gespann gefunden haben. Oder lesen Sie etwa die Schriften des Klassenfeinds?« Gomleks Stimme wurde hart. »Machen Sie mir nichts vor, Herr Labin. Sie wissen mehr, als Sie zugeben wollen. Ist Ihre Familie im Besitz dieser Schachtel, die Beales Freund Jacob Rosewood in Empfang genommen hat?«

»Nein, verdammt noch mal! Sie unterstellen uns da etwas ...« Roberts Kopf wackelte wie bei einem Betrunkenen hin und her. »Wir haben weder diese Schachtel noch die erwähnten Papiere jemals gesehen. Wäre es anders, wieso sollten wir dann in der Registratur nach weiteren Spuren zu diesem mysteriösen Dokument suchen?«

»Vielleicht, weil Beales Vermächtnis verschlüsselt ist und Sie es nicht entziffern können?«

»Aber das ist nicht wahr.«

»Ein guter Spieler überblickt stets mehrere Züge seines Gegners im Voraus, Herr Labin. Als dieser Vollidiot von Pressesprecher heute ohne Ermächtigung den Wegfall sämtlicher Reisebeschränkungen verkündete, war mir klar, dass ich sofort handeln musste, damit Sie mir nicht entwischen ...«

»Sie sind wahnsinnig!«, schrie Robert dazwischen.

Tim trat der kalte Schweiß auf die Stirn, und sein Herz fing an zu rasen.

Gomlek blieb scheinbar gelassen. Bedächtig nahm er dem Bärtigen eine der Wodkaflaschen aus der Hand – und zerschlug sie blitzschnell auf dem Kochherd. Der Inhalt spritzte über den Boden. Mit dem zersplitterten Rest in der Hand näherte er sich langsam Tims Mutter.

»Sind Sie bereit, für den Sieg Ihre Dame zu opfern, Labin?«

»Bitte!«, bettelte Robert. »Lassen Sie Hanna in Ruhe. Dieses

Papier ist uralt. Vielleicht existiert Beales Schachtel überhaupt nicht mehr. Ich würde Ihnen alles geben, um meine Familie zu schützen, aber ich *habe* nichts.«

»Kannst du mir Feuer geben, Casim?«, wandte sich Gomlek seinem Henkersknecht zu.

Der Schnurrbärtige zog eine Streichholzschachtel aus der Tasche und strich ein Zündholz an. Auf Gomleks Wink warf er es in die Wodkapfütze unter dem Herd. Tim vernahm ein leises Fauchen. Blaue Flammen züngelten über den Boden.

Gomlek verzog den Mund zu einem kleinen Lächeln. »*Tempus fugit*, sagt der Lateiner – ›Zeit fliegt‹ –, und die Ihre ist gerade verflogen.« Noch immer stand er vor Hanna, den Flaschenhals fest umklammert.

»*Bitte!*«, schluchzte Robert. »Was immer Sie von uns wollen, wir haben es nicht.«

Versonnen starrte Gomlek auf das beschichtete Tischtuch, das zuvor auf den Boden gefallen war. Qualmwolken stiegen davon auf. Er schüttelte traurig den Kopf. »Wirklich *zu* schade, Herr Labin. Es ist nicht allein die magere Ausbeute unseres Besuchs hier, die mich bekümmert, sondern mehr noch Ihr völlig nutzloses Leiden.«

»Wenn Sie nur *bitte* endlich gehen!«

»Sie haben mir also nichts mehr mitzuteilen?«

»Verdammt noch mal, *nein!*«, brüllte Robert aus voller Kehle.

Starr vor Angst klebte Tim an der Tür und wünschte, dies alles sei nur ein grausamer Traum. Sämtliche Muskeln in seinem Körper waren hart wie Stein; nur seine Lungen pumpten den Sauerstoff immer schneller ins Blut.

Gomlek seufzte. »Dann sagen Sie Ihrer Frau Lebewohl.« Er nickte seinem zweiten Helfer zu.

Der Mann trat hinter Hanna, krallte seine Finger in ihren dunklen Haarschopf und riss ihren Kopf brutal zurück.

Eine kleine Ewigkeit lang betrachtete Gomlek teilnahmslos die ihm dargebotene Kehle. Dann holte er bedächtig mit seinem Scherbendolch aus.

In diesem Moment durchlief Tim ein nur allzu bekanntes

Gefühl – meistens kündigte sich so ein epileptischer Anfall an. Ein, zwei Sekunden lang war ihm, als stürze er in einen tiefschwarzen Abgrund. Dann versagten ihm Arme und Beine den Dienst, und während er wie aus weiter Ferne den Schrei seines Vaters hörte, sackte er zu Boden und versank in Finsternis.

PIPER

Ralf Isau
Der Mann, der nichts vergessen konnte

Thriller. 464 Seiten. Gebunden

Tim Labin ist nicht nur der neue Schachweltmeister, sondern in jeder Hinsicht ein Mensch mit außergewöhnlichen Begabungen. Er hat das perfekte Gedächtnis. Binnen kürzester Zeit kann er sich ganze Bücher einprägen, Sprachen erlernen und Codes entschlüsseln. Doch es gibt einen blinden Fleck in seiner Erinnerung: Am Tag des Berliner Mauerfalls wurden seine Eltern auf mysteriöse Weise ermordet. Was damals genau geschah, weiß Tim auch fast zwanzig Jahre später noch nicht. Erst als ihn die Computerspezialistin JJ um Mithilfe bei der Entschlüsselung einer zweihundert Jahre alten Chiffre bittet, wird Tim von seiner Vergangenheit eingeholt. Denn offenbar sind mächtige Feinde einem Geheimnis auf der Spur, das die Weltordnung erschüttern könnte. Schon spielen die Finanzmärkte verrückt und der Riese USA scheint zu wanken. Der Schlüssel zu dem Rätsel befindet sich an einem Ort, der mysteriöser, faszinierender und gefährlicher ist als jeder andere Platz auf der Welt – in Tims Erinnerung ...

Guy Gavriel Kay
Die Fürsten des Nordens
Roman. Aus dem kanadischen Englisch von Irene Holicki. 560 Seiten. Serie Piper

Auf ihren erbarmungslosen Feldzügen verbreiten die Erlinger Feuer und Tod. Ihre Drachenschiffe gelten als unbesiegbar. Doch König Aeldred ist fest entschlossen, sein Reich zu verteidigen. Allerdings droht nicht nur durch die Erlinger Gefahr. Aeldred muss die Dämonen besiegen, die in seinem Innern lauern, um das Königreich zu retten. Und in den Tiefen des Geisterwalds machen schauerliche Geschöpfe der Zwischenwelt Jagd auf ihre Opfer …

»Guy Gavriel Kay verzückt, überrascht und unterhält seine Leser wie kein anderer.«
Carsten Kuhr, phantastik-news.de

Thomas Finn
Der Funke des Chronos
Ein Zeitreise-Roman. 416 Seiten. Serie Piper

Durch eine Verkettung unglücklicher Umstände gerät der Medizinstudent Tobias mit einer Zeitmaschine ins Hamburg des Jahres 1842. Dort erwartet ihn, statt der Idylle der biedermeierlichen Hansestadt, blankes Unheil: Ein Serienmörder treibt sein Unwesen und versetzt die Bewohner in Angst und Schrecken. Der fremd aussehende Zeitreisende gerät ins Visier der Polizei und wird der Morde verdächtigt. Als Tobias auch noch in einen Strudel rätselhafter Freimaurerverschwörungen hineingezogen wird, scheint die Katastrophe unabwendbar. Da kommt ihm in letzter Not der berühmte Dichter Heinrich Heine zu Hilfe.
Ein phantastisches, actionreiches Abenteuer um einen Zeitreisenden, der in einem Netz von Verschwörungen und Intrigen um sein Leben und die Liebe kämpfen muß.

Markus Heitz
Die Mächte des Feuers
Roman. 576 Seiten. Serie Piper

Der epische Bestseller von Markus Heitz: Seit Jahrhunderten werden die Geschicke der Welt in Wahrheit von übermächtigen Wesen gelenkt, den Drachen. Sie entfachen politische Konflikte, stürzen Könige und treiben Staaten in den Krieg. Doch nun schlagen die Menschen zurück ... Im Jahr 1925 untersucht die Drachentöterin Silena eine Reihe mysteriöser Todesfälle. Immer neue geheimnisvolle Gegenspieler und Verbündete erscheinen. Silena wird in einen uralten magischen Konflikt verstrickt. Stecken Drachen dahinter, oder muss sie sich einem ganz anderen Gegner stellen?

»Fantasy und Horror in einem feurig fesselnden Gemisch.«
Bild am Sonntag

Dyachenko
Das Jahrhundert der Hexen
Roman. Aus dem Russischen von Christine Pöhlmann. 448 Seiten. Serie Piper

Der Krieg der Hexen gegen die Menschen hat begonnen: In der Metropole Wyshna schließen sich Hexen zu einem Bund zusammen, um die Herrschaft über die Stadt an sich zu reißen. Gerüchten zufolge bereiten sie die Ankunft der Mächtigsten, der Großen Mutter, vor. Als der Ermittler Klawdi erfährt, dass auch Ywha, die Verlobte seines Freundes, das Dämonische in sich trägt, bricht das Chaos aus. Ywha und Klawdi geraten in einen tödlichen Konflikt, der das Ende unserer Welt bedeuten kann. Denn die apokalyptische Schlacht zwischen Hexen und Menschen ist nicht mehr aufzuhalten ...

Rasante Action-Fantasy für alle Fans von »Wächter der Nacht«

Noch viel mehr Fantasy
NAUTILUS - Abenteuer & Phantastik

Seit 15 Jahren das erste Magazin für alle Fans von Fantasy & SF.

Jeden Monat neu mit aktuellen Infos zu Fantasy & SF-Literatur, Mystery, Science & History, Kino und DVD, Online- & PC-Adventures, Werkstatt-Berichten von Autoren, Filmemachern und Spieleerfindern - und dazu die offizielle Piper Fantasy-Kolumne.

**NAUTILUS - monatlich neu im Zeitschriftenhandel
Probeheft unter www.abenteuermedien.de/piper**